EROTICS IN KĀLIDĀSA - II

- CARNAL CONDITIONS
- TYPES OF LOVE
- STAGES OF LOVE

KALIDASA ACADEMY OF SANSKRIT MUSIC & FINE ARTS SERIES No. 5

EROTICS IN KĀLIDĀSA - II

CARNAL CONDITIONS • TYPES OF LOVE
STAGES OF LOVE

PRINCIPAL INVESTIGATOR & EDITOR
PROF. SUSHMA KULSHRESHTHA
D. Phil.; D. Litt.; F.R.A.S. (London)
Director
Kalidasa Academy of Sanskrit Music & Fine Arts, Delhi

BOOK EASTERN EBL LINKERS

Eastern Book Linkers

DELHI : : (INDIA)

Published by
Eastern Book Linkers
5825, New Chandrawal, Jawahar Nagar
Delhi-110007
Phone : 2520287

Kalidasa Academy of Sanskrit
Music & Fine Arts Series No.5

Publication Secretary & Index Maker
Dr. Anju Bala

Jacket cover courtesy :
Mr. Jyotsnamoy Chatterjee

First Edition : 1998

ISBN : 81-86339-80-9

Price : BOOK EASTERN EBL LINKERS Rs. 1500-

Laser Type Setting : Creative Graphics, Delhi

Printed in India : Sham Printing Agency, Delhi

कालिदास संस्कृत सङ्गीत कला एकेडमी ग्रन्थमाला संख्या-5

कालिदास-साहित्य एवं कामकला-II

कामदशा • रतिभेद • प्रेमविलास

प्रधान अनुसन्धात्री एवं सम्पादिका

प्रो॰ सुषमा कुलश्रेष्ठ

डी॰ फ़िल॰; डी॰ लिट॰; एफ़॰ आर॰ ए॰ एस॰ (लन्दन)

पूर्व विज़िटिंग प्रोफ़ेसर, संस्कृत विभाग

राँची विश्वविद्यालय, राँची

ईस्टर्न बुक लिंकर्स

दिल्ली : : (भारत)

प्रकाशक :

ईस्टर्न बुक लिंकर्स

5825, न्यू चन्द्रावल, जवाहर नगर

दिल्ली–110007

दूरभाष : 2520287

कालिदास संस्कृत सङ्गीत कला

एकेडमी ग्रन्थमाला संख्या –5

प्रकाशन–सचिवा एवं शब्दानुक्रमणिका–निर्मात्री

डॉ० अञ्जुबाला

आवरणपृष्ठ–सौजन्य

श्री ज्योत्स्नामय चैटर्जी

प्रथम संस्करण : 1998

ISBN : 81-86339-80-9

लेज़र टाईप सैटिंग : क्रियेटिव ग्राफ़िक्स, दिल्ली

मुद्रक : शाम प्रिंटिग एजेन्सी, दिल्ली

कालिदास संस्कृत सङ्गीत कला एकेडमी ग्रन्थमाला संख्या-5

कालिदास-साहित्य एवं कामकला-II

कामदशा • रतिभेद • प्रेमविलास

अनुसन्धातृगण

प्रो॰ चन्द्रकान्त शुक्ल

पीएच॰ डी॰; डी॰ लिट॰

आचार्य एवम् अध्यक्ष, संस्कृत विभाग

राँची कॉलेज, राँची विश्वविद्यालय

डॉ॰ आनन्द कुमार

अध्यक्ष, संस्कृत विभाग

सी॰ एम॰ पी॰ डिग्री कॉलेज

इलाहाबाद विश्वविद्यालय

डॉ॰ उर्मिला श्रीवास्तव

अध्यक्ष, संस्कृत विभाग

आर्य कन्या डिग्री कॉलेज

इलाहाबाद विश्वविद्यालय

ईस्टर्न बुक लिंकर्स

दिल्ली : : (भारत)

DEDICATED TO MY VENERABLE GURU

PROF. PRABHU DAYALU AGNIHOTRI

A DOYEN OF SANSKRIT & INDOLOGY

ON THE AUSPICIOUS OCCASION OF

THE ADVENT OF HIS

85th

BIRTH ANNIVERSARY

(20th JULY, 1998)

DELHI
Āṣāḍha Śukla Trayodaśī
2055 Vikrama Saṁvat

SUSHMA KULSHRESHTHA

EDITORIAL

कामोऽसौ समवर्तताग्र इति हि ब्रूते समीची श्रुतिः
कामादेव जगज्जनिस्थितिलयैराद्यः पुमान् क्रीडति।
निष्कामोऽपि सकाम एव लभते निःश्रेयसं दुर्लभं
कामः कस्य वशे क एष भुवने कामस्य न स्याद्वशे॥

शंभुस्वयंभुहरयो हरिणेक्षणानां
येनाक्रियन्त सततं गृहकर्मदासाः।
वाचामगोचरचरित्रविचित्रिताय
तस्मै नमो भगवते कुसुमायुधाय॥

जायन्ते कति जज्ञिरे कति जनिष्यन्ते कतीह क्षितौ
स्रष्टारो नितरामिदं तु कविभिर्निर्मत्सरैः कथ्यताम्।
आपूर्वापरदक्षिणोत्तरहरित्साहित्यसिंहासन-
स्वैरारोहपराक्रमं भजतु कः श्रीकालिदासात्परः॥

Music is eternal bliss and Erotics a divine ecstasy on earth. It was the auspicious day of *Dhanatrayodaśī* in 1975, when, in order to prepare a paper on 'Music in Kālidāsa' to be presented in the All India Kalidasa Samaroha, Vikram University Ujjain, I began to read speedily the seven world famous works of Kālidāsa. Consequently, my first paper on Kālidāsa was prepared in thirteen days and was presented in the Kalidasa Samaroha (which commences on the *Devaprabodhinī Ekādaśī)* at Ujjain in November, 1975. I came back from Ujjain and decided to work on 'Music and Dance in Kālidāsa'. I started working on this project just for my own pleasure-*svāntaḥ sukhāya*. I went through the works of Kālidāsa again and again, leisurely, with an attentive eye on the portions related to music and dance. I almost made it a point that whenever and wherever invited, I would write and present my paper on any aspect of music in the works of Kālidāsa in conferences and research seminars and for publication also I would send my papers related to 'Music in Kālidāsa'. As a good result of this decision, I presented 20 research papers on one or the other aspect of music in the works of Kālidāsa in 20 sessions of All India Kalidasa Samaroha, All India Oriental Conference, Buddhist Conference (California University, Berkeley, U.S.A. in 1987), World Sanskrit Conference (Banaras Hindu University, Varanasi in 1981; Pennsylvania University, Philadelphia, U.S.A. in 1984; Kern Institute, University of Leiden, the Netherlands in 1987 and University of Vienna, Vienna, Austria in 1990; La Trobe University, Melbourne, Australia in 1994) and the XXXIII International Congress of Asian and North African Studies at University of Toronto, Toronto, Canada in 1990. I published twenty research papers on varied topics related to 'Music in Kālidāsa' in reputed journals, Felicitation and Commemoration volumes.

The work was in progress. The University Grants Commission approved my project entitled 'A study of Music and Dance in the works of Kālidāsa' and sanctioned a financial grant. To the authorities of the University Grants Commission, particularly Dr. (Mrs.) Naseem Bhatia, Jt. Secretary, I owe a deep sense of gratitude. Later on, the degree of D. Litt. was also awarded by the Ranchi University, Ranchi on my work entitled '*A Study of the Elements of Music in the works of Kālidāsa*' in 1989.

I published the following five volumes related to the abovementioned project:

1. *Kālidāsa-Sāhitya evaṁ Vādanakalā* (Instrumental Music in Kālidāsa) was published in 1986 and ceremoniously released by Dr. S.V. Sohoni in the Kalidasa Samaroha at Vikram University, Ujjain in November, 1986.
2. *Kālidāsa-Sāhitya evaṁ Saṅgītakalā* (Music in Kālidāsa) was published in 1988 and ceremoniously released by the then Hon'ble Vice President of India, Dr. Shankar Dayal Sharma on 5th May, 1989.
3. *Kālidāsa-Sāhitya evaṁ Paśu-Pakṣi-Saṅgīta* (Music of Birds & Animals in Kālidāsa) was published in 1989 and ceremoniously released by the then Hon'ble Vice President of India, Dr. Shankar Dayal Sharma on 18th January, 1990.

4. *Kālidāsa - Saṅgīta-Mañjarī-I: Meghadūta-Saṅgīta-Pallavī* was published in 1990. Co-composer-Dr. J. S. Kulshreshtha.
5. *Kālidāsa-Saṅgīta-Mañjarī-II : Ṛtusaṁhāra-Saṅgīta-Surabhi* was published in 1992 and ceremoniously released by the Hon'ble Chief Minister of Madhya Pradesh, Shri Sunder Lal Patwa on 12.11.1992. Co-composer-Dr. J.S. Kulshreshtha.

On the very auspicious occasion of the *Kumbha Mahāparva,* I along with my respected mother Smt. Kamlesh Kumari Kulshreshtha had gone to Prayāga to have a holy dip in th confluence of Gaṅgā, Yamunā and Sarasvatī. Dr. Anand Kumar and Dr. Urmila Srivastava were also with us. It was just after performing the holy *snāna* and the *pūjā* on 6th February, 1989 that an excellent idea to start a new project on Kālidāsa flashed in my mind.

Another significant incident : While releasing my book *Kālidāsa-Sāhitya evaṁ Saṅgīta-Kalā* on 5th May, 1989, the then Hon'ble Vice President of India, Dr. Shankar Dayal Sharma emphasised in his speech the need of doing research on interdisciplinary topics, *viz.*, Literature & Āyurveda, Literature & Erotics etc. Being highly impressed and encouraged by his views, I at once decided to undertake an interdisciplinary project on Kālidāsa. Thus the idea of starting a big project entitled 'Erotics in Kālidāsa' (*Kālidāsa-sāhitya evaṁ Kāmakalā*) in ten volumes cropped up. The entire planning of this project was in my mind but its successful execution and accomplishment required uninterrupted research by a team of good investigators. I was fortunate enough to have Prof. Chandrakant Shukla, Dr. Anand Kumar and Dr. Urmila Srivastava who with their full capacity and utmost sincerety have worked with me. To all of them, I offer my hearty thanks and extend my good wishes.

There are four human goals called *Caturvarga* or the four *Puruṣārthas*, namely, *Dharma*, *Artha, Kāma and Mokṣa* propounded by our seers (*Maharṣis*) for the proper regulation of human life. All these four (or the first three-*Trivarga*) arc equally essential for the life of a human being. *Kāma* or the feeling of love is the very source of life on this earth.

Kāma is one of the most profound notions of the Sanskrit Culture which India evolved as the life-pattern of its people devoted to an enlightened pursuit of institutionalised achievements along the way of their continued striving for human perfection. Basically *Kāma* is the activity of mind to comprehend or possess something on the thought level but generally *Kāma* is understood in its sex-centred connotation with regard to one's whole personality as coming in union with another personality of the opposite sex.This very *Kāma* has been referred to by our *Śāstrakāras* as *Ratibhāva* or the erotic sentiment, which is the *sthāyibhāva* of *Sṛṅgāra rasa*. The existence of both the sexes- *Nāyaka* and the *Nāyikā* is essential for the *Udbhūti* (evolvement) of *Ratibhāva*. When the *Nāyaka* and the *Nāyikā* are attracted towards each other, *Rati* finds its way. There are certain qualities, *guṇas* and *alaṅkāras* present in the *Nāyaka* and the *Nāyikā* which form the reason of their attraction towards each other. There are many heroic *guṇas* and *alaṅkāras* through which a *Nāyaka* attracts a *Nāyikā* towards himself. Similarly, there are many qualities and graces (*alaṅkāras*) through which a *Nāyikā* is capable of attracting a *Nāyaka* towards herself. Bhikṣu Padmaśrī, the Ācārya of Erotics, accepts these as the prelude of *sambhoga* in his treatise *Nāgarasarvasva*, Ācārya Abhinavagupta accepts these as the *Bhāvakas* of *sambhoga,* Abhinavakālidāsa Nṛpati Nañjarāja considers these *Nāyikāguṇas* as *Śṛṅgāraceṣṭā*, Rāmacandra and Guṇacandra as *Yauvanasthadharma* and the other dramaturgists and rhetoricians as *Yoṣidalaṅkāra* or the *Nāyikālaṅkāra*.

According to our planning, under the series *Erotics in Kālidāsa*, will be presented the first ever study of the seven world famous works of Dīpaśikhākālidāsa with reference to erotics in ten volumes. The maiden volume of this series entitled *Nāyakanāyikāguṇālaṅkāra* which comprises the novel and first ever study of the *Nāyakanāyikāguṇālaṅkāras* done with reference to any poet has seen the light of the day.

This study is divided into two *stabakas*. The first *stabaka* sub-divided into four *Puṣpas* deals with the Śāstric and technical analysis of the following eight heroic *Sāttvika Guṇas*, thirtythree *Nāyikālaṅkāras* (Graces of Women) and the seventeen *Nāyakālaṅkāras* (Graces of Men) :

Sāttvika Guṇas : 1. Śobhā, 2. Vilāsa, 3. Mādhurya, 4. Gāmbhīrya, 5. Sthairya (Dhairya), 6. Lalita 7. Audārya, 8. Teja.

Nāyikālaṅkāras : 1. Bhāva, 2. Hāva, 3. Helā, 4. Śobhā, 5. Kānti, 6. Dīpti, 7. Mādhurya, 8. Prāgalbhya, 9. Audārya, 10. Dhairya, 11. Līlā, 12. Vilāsa, 13. Vicchitti, 14. Vibhrama, 15. Kilakiñcita, 16. Moṭṭāyita, 17. Kuṭṭamita, 18. Bibboka, 19. Lalita, 20. Vihṛta, 21. Mada, 22. Tapana,

23. Maugdhya (Mugdhatā), 24. Vikṣepa, 25. Kutūhala, 26. Hasita (Parihāsa), 27. Cakita, 28. Keli, 29. Krīḍita, 30. Vyāja, 31. Visrambhaṇa (Visrambhabhāṣaṇa), 32. Cāṭu, 33. Premābhisandhāna.

Nāyakālaṅkāras : 1. Bhāva, 2. Hāva, 3. Helā, 4. Śobhā, 5. Kānti, 6. Dīpti, 7. Mādhurya, 8. Prāgalbhya, 9. Audārya, 10. Dhairya, 11. Kutūhala, 12. Hasita (Parihāsa), 13. Cakita, 14. Vyāja, 15. Visrambhaṇa (Visrambhabhāṣaṇa), 16. Cāṭu. 17. Premābhisandhāna.

The second *stabaka* divided into seven *Puṣpas* (each *Puṣpa* is further divided into three *Pallavas*) presents an exhaustive and critical study of the illustrations of the aforesaid fiftyeight *Sāttvika guṇas, Nāyikālaṅkāras* and the *Nāyakālaṅkāras* from the seven world famous works of the Kavikulaguru Dīpaśikhākālidāsa which are full of hundreds of beautiful pictures of erotics painted here and there. At the end are appended *Nāyakanāyikāguṇālaṅkāra-bodhaka-Padyānukramaṇikā, Gadyānukramaṇikā, Nāyakanāyikāguṇālaṅkārānukramaṇikā,* Bibliography and Index.

This volume was ceremoniously released by Hon'ble Shri Vasant Sathe, the then President, Indian Council of Cultural Relations at a special function held at Sir Shankar Lal Concert Hall, University of Delhi on 13th March, 1995. This function was presided over by the then Vice-Chancellor, University of Delhi, Prof. A.L. Nagar.

Another memorable moment : I received an invitation from Prof. Greg M. Bailey of the Deptt. of Asian Languages, La Trobe University, Bundoora, Victoria, Australia to organise a panel in the IX World Sanskrit Conference. I at once planned and sent my proposal of organising a panel on *Erotics in Sanskrit & English Literature with special reference to Kālidāsa & Shakespeare'* comprising fifteen research papers by eminent scholars. It was my pleasure that this proposal was accepted by the organisers of the conference. Our panel was 'Panel VI : Erotics' which was allotted three different sessions comprising five papers each on 11th, 12th and 14th January, 1994 respectively during the IX World Sanskrit Conference held at La Trobe University, Melbourne, Australia from 9th to 15th January, 1994.

It was our proud privilege to participate in the IX World Sanskrit Conference and present our papers in our own panel which was the biggest ever organised in any session of the World Sanskrit Conference as it comprised three sessions and fifteen research papers. All the papers were presented in the sessions which were largely attended by scholars from all over the world. Lively and fruitful discussions were held during these sessions of the Panel on Erotics. We came back to our country and decided to publish these fifteen papers in a volume. Time passed on. I requested some other scholars also to write on the abovementioned theme. Luckily, I could collect another fifteen papers. Hence, the bunch of all these thirty papers has been published in a Volume entitled *Erotics in Sanskrit & English Literature-I : Kālidāsa & Shakespeare* which was ceremoniously released by Prof. R.K. Sharma on 23rd November, 1996 at the inaugural session of the Iṣṭ Kalidasa-Mahotsava held in Delhi.

Now, under the series *'Erotics in Kālidāsa'* is being presented the *Volume II* entitled *'Carnal Conditions, Types of Love, Stages of Love'* which comprises the novel and first ever study of the fourteen carnal conditions, ten types of love and six stages of love done with reference to any poet. This study is divided into two *stabakas*. The first *stabaka* sub-divided into four *Puṣpas* deals with the Śāstric and technical analysis of the following fourteen carnal conditions, ten types of love and six stages of love :

Kāmadaśā (Carnal Conditions): 1. Cakṣuḥprīti, 2. Manaḥsaṅga, 3. Abhilāṣa (Saṅkalpa), 4. Cintā, 5. Anusmṛti and Nidrāccheda, 6. Guṇakīrtana, 7. Udvega, 8. Vilāpa, 9. Unmāda, 10. Tanutā, 11. Lajjātyāga, 12. Vyādhi and Sañjvara, 13. Jaḍatā and Mūrcchā and 14. Maraṅa.

Ratibheda (Types of Love) : 1. Ābhiyogikī Rati : (i) Svena Ābhiyogikī (ii) Pareṇa Ābhiyogikī, 2. Vaiṣayikī Rati : (i) Śabdotpannā Vaiṣayikī (ii) Sparśotpannā Vaiṣayikī (iii) Rūpotpannā Vaiṣayikī (iv) Rasotpannā Vaiṣayikī (v) Gandhotpannā Vaiṣayikī, 3. Sambandhajā (Sāṁsargikī) Rati, 4. Ābhimānikī Rati, 5. Tadīyaviśeṣayuktā Rati : (i) Priyapadotpannā (ii) Goṣṭhotpannā (iii) Priyajanotpannā, 6. Aupamānikī Rati, 7. Naisargikī Rati, 8. Svarūpajā Rati: (i) Nāyakaniṣṭha (ii) Lalanāniṣṭha (iii) Ubhayaniṣṭha, 9. Ādhyātmikī Rati and 10. Sāmprayogikī Rati.

Premavilāsa (Stages of Love) : 1. Premā, 2. Māna : (i) Īrṣyāmāna (ii) Praṇayamāna, 3. Praṇaya, 4. Sneha : (i) Darśanaja (ii) Sparśaja (iii) Prauḍha (iv) Madhya (v) Manda, 5. Rāga : (i) Nīlī (ii) Śyāmā (iii) Kusuṁbha (iv) Māñjiṣṭha and 6. Anurāga.

The second *stabaka* divided into seven *Puṣpas* (each *Puṣpa* is further divided into three *Pallavas*) presents an exhaustive and critical study of the illustrations of the abovementioned thirty *Kāmadaśās* (Carnal Conditions), *Ratibheda* (Types of Love) and *Premavilāsa* (Stages of Love) from the seven renowned works of the Kavikulaguru Dīpaśikhākālidāsa which are full of hundreds of beautiful pictures of erotics painted here and there. At the end are appended *Saṁskṛta-Granthoddhṛta-Kāmadaśāratibhed-apremavilāsa-bodhaka-Padyānukramaṇikā, Kālidāsa-Granthoddhṛtra-Kāmadaśāratibhedapremavilāsa-bodhaka-Padyānukramaṇikā, Kālidāsa - Rūpakoddhṛta-Kāmadaśāratibhedapremavilāsa-bodhaka-Gadyānukramaṇikā, Kālidāsa-Granthoddhṛta-Kāmadaśāratibhedapremavilāsānukramaṇikā,* Bibliography and Index.

It gives me great pleasure to state that I was invited to participate, organise a panel and present my paper at the XXXV International Congress of Asian and North African Studies (ICANAS) held in Budapest, Hungary from 7th to 12th July, 1997. My panel entitled *Erotics in Sanskrit Literature with special reference to Kālidāsa* comprising fifteen papers by eminent scholars was accepted for presentation there. This definitely shows the popularity of Kālidāsa and Erotics all over the world.

I have no words to express my gratitude to my revered *Guru* Prof. P. D. Agnihotri who initiated me in the *adhīti, bodha, ācaraṇa* and *pracāraṇa* of the Kālidāsa-literature. I am extremely grateful to my learned *Gurus* --- Prof. A.N. Jani, Prof. P.N. Kawthekar, Prof. A. P. Mishra, Prof. Jaymant Mishra, Prof. Sumati Mutatkar, Prof. S.C. Pande, Prof. A. P. Singh, Prof. Shakuntala Mullick and my venerable parents Smt. K. K. Kulshreshtha and Prof. J.S. Kulshreshtha but for whose inspiration, guidance and co-operation, it would not have been possible for me to take up this big research project of interdisciplinary nature on the hitherto untouched and untrodden topic *Erotics in Kālidāsa.*

I am extremely thankful to the authorities of the University Grants Commission, particularly Dr. (Mrs.) Harminder Kaur Chauhan, Research Officer, who approved my project entitled *Erotics in Kālidāsa & Aśvaghoṣa* and sanctioned a financial grant under its Major Research Project Scheme to facilitate the completion of Vols. II and III of this series.

I am extremely grateful to venerable Dr. Bhikshu Satyapala, Head of the Department of Buddhist Studies, University of Delhi, who inspired me to undertake the project entitled *'Erotics in Kālidāsa & Aśvaghoṣa'* under the Department of Buddhist Studies. Hence this work on volume II was carried out and successfully completed under the said Department with all necessary facilities and help provided to me. The work on volume III of the said project is being carried out presently.

I wish to express my gratitude to Dr. (Mrs.) Malathi Subramanian, Principal, Daulat Ram College, University of Delhi and Shri Mahendra Nath Gupta, Chairman,Governing Body of DRC, who have very kindly granted me study leave to carry out the multi-dimensional interdisciplinary research work on volumes II and III of the project entitled *'Erotics in Kālidāsa'* and provided me with all the necessary facilities. The volume II of this series is seeing the light of the day and the volume III entitled '*Samprayoga*' (Sexual Union) is expected in 1999.

I wish to place on record my indebtedness to all my friends and colleagues who offered their valuable advice whenever required and made themselves available to me in the preparation and printing of this volume. Some of them are Dr. K. K. Mishra, Prof. M. I. Khan, Prof. Rajendra Nanavati, Dr. Surabhi D. Sheth, Mr. Jyotsnamoy Chatterjee, Dr. R. K. Seth, Dr. Shashi Tiwari, Prof. Chandrakant Shukla, Dr. Anand Kumar, Dr. Urmila Srivastava and Ms. Elizabeth (Tokyo, Japan).

I wish to express my gratitude to Shri Jyotsnamoy Chatterjee who provided me with the lovely photographs taken by himself, from his huge collection of beautiful photographs for the jacket cover of this volume.

I wish to record my sincere thanks to all the scholars, my friends and disciples and the authorities of different libraries and institutions who have helped me in the preparation and presentation of this volume. I am thankful to the members of the Publication Committee - Ms. Abha Kulshreshtha, Shri Mehar Singh and Dr. Anju Bala who successfully performed their meticulous job. My affectionate blessings go to my dear disciple Dr. Anju Bala and Shri Mehar Singh by whom the proofs were faithfully compared with the manuscript and were very carefully gone through. May God bless them!

I express my sincere thanks to Shri Sham Lal Malhotra (Proprietor, Eastern Book Linkers) and his worthy son Shri Ravi Malhotra who undertook the publication of this work and brought it out with attractive presentation in record time. For beautiful computer-composing, my special thanks are due to Shri Anil Sharma and Shri Krishna Pathak of Creative Graphics, Delhi. Shri Sham Lal Malhotra and the band of his workers have worked hard and through their careful efficiency, this volume consisting of 512 pages in royal size could be composed and published in a record period of 85 days from 13.4.1998 to 7.7.1998, the day of its ceremonial release and the auspicious 78th birth anniversary of my revered father Prof. J.S Kulshreshtha.

It gives me great pleasure to dedicate this work *'Erotics in Kālidāsa-II : Carnal Conditions • Types of Love • Stages of Love'* to my venerable *Guru* Prof. Prabhu Dayalu Agnihotri, a great doyen of Sanskrit and Indology, on the auspicious occasion of the advent of his 85th birth anniversary (20th July, 1998).

In *Kālidāsa-Sāhitya evaṁ Kāmakalā*-II : *Kāmadaśā • Ratibheda • Premavilāsa'* is presented the first ever and novel study of the fourteen carnal conditions, ten types of love and six stages of love as found in the complete works of Kālidāsa. How far have the investigators succeeded in their endeavour is left solely to the judgement of the connoisseur and discerning reader of literature and Erotics. I conclude with the words of Kavikulaguru Dīpaśikhākālidāsa :

आपरितोषाद् विदुषां न साधु मन्ये प्रयोगविज्ञानम् ।
बलवदपि शिक्षितानामात्मन्यप्रत्ययं चेतः ॥

MANIKA-DHAWAL
KC/ 12-B, Ashok Vihar
Delhi-110052
Āṣāḍha Śukla Trayodaśī
7th July, 1998

SUSHMA KULSHRESHTHA
DIRECTOR
Kalidasa Academy of Sanskrit
Music & Fine Arts
Delhi

विषयानुक्रमणिका

द्वितीय स्तबक

प्रथम स्तबक

शास्त्रीय विवेचन

प्रथम पुष्प

विषयावतरण

॥ धर्मार्थकामेभ्यो नमः ॥

प्रथम पुष्प

विषयावतरण

कविकुलगुरु कालिदास की रचनाओं का हम जिस किसी शास्त्रीय सिद्धान्त के आधार पर अध्ययन करें, उनकी रचनाओं को हम उन सिद्धान्तों पर खरा पाते हैं। वस्तुतः कालिदास ऐसे कवि हैं जिन्होंने अपने काव्यों को पूरी तरह समाज के साथ जोड़कर उन्हें तदनुरूप व्यवस्थित किया है। परन्तु इसका यह अभिप्राय नहीं है कि वे समाजशास्त्रीय ग्रन्थों के रचयिता हैं, अपितु वे पूरी तरह कवि हैं और उसमें भी शृङ्गारी कवि हैं। फिर भी उनका शृङ्गार समाज के मानवों को प्रत्यक्षतः अथवा परोक्षतः व्यवस्थित जीवन-शैली का उपदेश देता है।

शृङ्गार के मूल में जो भावना विद्यमान है, उसे ही 'काम' कहते हैं और यही काम जीवन का मूलाधार भी है। शृङ्गार रस मानव की एक अपरिहार्य शारीरिक भूख 'काम' का प्रतिनिधित्व करता है, किन्तु काव्य में शृङ्गार रस कामुकता अथवा विलासिता को द्योतित नहीं करता है, अपितु वह समाज के प्रतिनिधिभूत उत्तम प्रकृति वाले स्त्री-पुरुषों से सम्बद्ध होता है। निर्विवाद रूप से काव्य में शृङ्गार का वही रूप ग्राह्य एवं मान्य हो पाता है जो सामाजिक दृष्टि से भी ग्राह्य एवं मान्य हो। धर्माविरुद्ध काम ही शृङ्गार रस का प्रतिपाद्य होता है। जब काम-भाव उदात्तता के शृङ्ग पर आरूढ़ हो जाता है तभी वह काव्य के लिए स्वीकार्य हो पाता है।

काव्यों में रसराज शृङ्गार ही सर्वोपरि है और उस शृङ्गार की मूल भावना काम ही है। भरत मुनि तो काम के अतिरिक्त अन्य तीन पुरुषार्थों में भी काम को अनुस्यूत मानते हैं और कहते हैं कि प्रायः सभी भावों की काम से उत्पत्ति होती है और प्रायः यही काम इच्छा से संयुक्त होकर अनेक रूपों को धारण कर लेता है जैसे–धर्मकाम, अर्थकाम और मोक्षकाम। स्त्री और पुरुष का मिलन ही काम कहलाता है –

प्रायेण सर्वभावानां कामान्निष्पत्तिरिष्यते ।
स चेच्छागुणसम्पन्नो बहुधा परिकल्पितः ॥
धर्मकामोऽर्थकामश्च मोक्षकामस्तथैव च ।
स्त्रीपुंसयोस्तु योगो यः स तु काम इति स्मृतः ॥[१]

सभी भावों अथवा प्रवृत्तियों के मूल में काम-तत्त्व विद्यमान है। वैदिक साहित्य में भी स्थान-स्थान पर इसे सृष्टि का आदि कारण अथवा आदिदेव के रूप में अभिहित किया गया है। काम-शक्ति के बिना किसी भी प्रवृत्ति का प्रचलन नहीं हो सकता है। काम मन का रेतस है जो मानव के जन्म-काल से ही उसमें विद्यमान रहता है। शिशु के कोमल हृदय में भी प्रथमतया वही स्पन्दित होता है। यह एक ऐसी रागात्मक प्रवृत्ति है जो प्रत्येक प्राणी के अन्दर विद्यमान रहती है।

त्रिविक्रम भट्ट ने अपने काव्य नलचम्पू के प्रारम्भिक पद्यों में काम का माहात्म्य प्रतिपादित करते हुए उसे समग्र संसारात्मक लता का उत्पादक दृढ़ कन्द कहा है। जिस तरह प्रसव-योग्य कन्द के अभाव में कोई लता उत्पन्न नहीं हो पाती है, उसी तरह कामदेव के बिना किसी भी प्राणी की सृष्टि नहीं हो पाती है। प्राकृतिक कामना के बिना किसी भी प्राणी की उत्पत्ति सम्भव नहीं है, इसीलिए कामदेव अथवा कामभाव प्रणम्य है –

जयति मधुसहायः सर्वसंसारवल्लीजननजठरकन्दः कोऽपि कन्दर्पदेवः ।
तदनु पुनरपाङ्गोत्सङ्गसञ्चारितानां जयति तरुणयोषिल्लोचनानां विलासः ॥[२]

यद्यपि काम शब्द कामना अथवा इच्छा अर्थ का बोधक है, किन्तु काव्यों में हम जिस काम शब्द का व्यवहार पाते हैं, वह वस्तुतः स्त्री और पुरुष के पारस्परिक आकर्षण से उत्पन्न होने वाली भावना-विशेष ही है। इसी भाव को अभिव्यक्त करते हुए छान्दोग्योपनिषद् में 'काम' शब्द को परिभाषित किया गया है–**यदा वै मिथुनौ समागच्छत आपयतो वै तावन्योन्यस्य कामम्।**[३] काम की इस परिभाषा को व्याख्यायित करते हुए आद्य शङ्कराचार्य ने लिखा है–**यथा लोके मिथुनौ मिथुनावयवौ स्त्रीपुंसौ यदा समागच्छतो ग्राम्यधर्मतया संयुज्येयातां तदाऽऽपयतः प्रापयतोऽन्योन्यस्येतरेतरस्य तौ कामम्।**[४]

आजन्म संन्यासी शङ्कराचार्य की दृष्टि में स्त्री-पुरुष का मिथुनीभाव निश्चित रूप से ग्राम्य-धर्म है, किन्तु यही धर्म सृष्टि का मूल है और इसी भाव को शृङ्गारी कवियों ने अपने काव्यों का विषय बनाया है, परन्तु कवियों ने अपने काव्यों में ग्राम्य-दोष को आने नहीं दिया है।

---

१. नाट्यशास्त्र–२४.९४–९५

२. नलचम्पू–१.२

३. छान्दोग्योपनिषद्–१.१.६

४. छान्दोग्योपनिषद्–१.१.६ पर शाङ्करभाष्य

'काम' ऐसी रागात्मिका वृत्ति है जो प्रत्येक जीव के मानस में स्वाभाविक रूप से विद्यमान रहती है और अनुकूल अवस्था को प्राप्त करके उद्बुद्ध हो उठती है। मानसिक व्यापार के रूप में प्रतिष्ठित कामवृत्ति मानवों की विविध एषणाओं को सञ्चालित और नियन्त्रित करती है। इस कामवृत्ति की अतिशायिता को अभिव्यक्त करने के लिए अथर्ववेद में एक पूरा सूक्त ही ग्रथित है जिसमें पच्चीस मन्त्र हैं।[१] इसके अनेक मन्त्रों में 'टेक' की तरह मन्त्रों के उत्तरांश में काम की सर्वोपरिता अभिव्यक्त करते हुए ऋषि अथर्वा ने निबद्ध किया है–

ततस्त्वमसि ज्यायान् विश्वहा महांस्तस्मै ते काम नम इत् कृणोमि ॥

ऋषि अथर्वा यह मानते हैं कि काम ही सबसे महान् है जो सभी तत्त्वों से बढ़कर है, अतः वह नमस्य है। निश्चित रूप से सृष्टि का मूल तत्त्व 'काम' सर्वोपरि है और सर्वप्रथम उत्पन्न भी है–

कामो जज्ञे प्रथमो।[२]

अथर्ववेद के एक अन्य मन्त्र में भी यह कहा गया है कि सृष्टि के प्रारम्भ में सर्वप्रथम 'काम' ही आया जो मन का प्रथम रेत अथवा बीज था–

कामस्तदग्रे समवर्तत मनसो रेतः प्रथमं यदासीत् ।[३]

यह काम-भाव किस तरह एक व्यक्ति के हृदय से दूसरे के हृदय में गतिमान् होता है, इस विषय को भी विद्वान् लोग जानते समझते रहे हैं–

कामेन मा काम आगन् हृदयाद्धृदयं परि ।
यदमीषामदो मनस्तदैतूप मामिह ॥[४]

अथर्ववेद के उपर्युक्त सूक्त के एक अन्य मन्त्र में काम की बलशालिता का वर्णन करते हुए कहा गया है कि वह बल के साथ प्रतिष्ठायुक्त है, मित्रता चाहने वाले के लिए विभु और तेजस्वी है, संग्रामों में उग्र और विजयी है तथा बल और पराक्रम देने वाला है–

त्वं काम सहसासि प्रतिष्ठितो विभुर्विभावा सख आ सखीयते ।
त्वमुग्र पृतनासु सासहिः सह ओजा यजमानस्य धेहि ॥[५]

महर्षि मनु ने **सङ्कल्पमूलः कामो वै**[६] कहते हुए काम-तत्त्व को संकल्पमूल वाला प्रतिपादित किया है। इस अंश की व्याख्या करते हुए आचार्य मेधातिथि ने काम को मानस-व्यापार बताते हुए

१. अथर्ववेद–९.२
२. अथर्ववेद–९.२.१९
३. अथर्ववेद–१९.५२.१
४. अथर्ववेद–१९.५२.४
५. अथर्ववेद–१९.५२.२
६. मनुस्मृति–२.३

यह प्रदर्शित किया है कि यह सभी क्रियाओं की प्रवृति के मूल में विद्यमान है – **एते हि मानसा व्यापाराः सर्वक्रियाप्रवृत्तिषु मूलतां प्रतिपद्यन्ते।**[१]

वस्तुतः यह काम-भाव सृष्टि का मूल होने के कारण सभी क्रियाओं में अनुस्यूत है। काम-भाव के अभाव में मानव-शरीर की कल्पना भी नहीं की जा सकती है और यदि शरीर ही नहीं रहेगा तो विभिन्न पुरुषार्थों की कल्पना भी नहीं की जा सकती है। इस दृष्टि से काम-तत्त्व धर्म, अर्थ और मोक्ष के भी मूल में विद्यमान हो जाता है। यह तत्त्व ऐसा है जो सभी प्रकार के प्राणियों में समान भाव से वर्तमान है। कोटिशः प्राणियों में केवल मानव अन्य तीन पुरुषार्थों से युक्त होता है, किन्तु काम-तत्त्व तो सभी प्राणियों में समान रूप से प्राप्त होता है। अतः व्यापकता की दृष्टि से यह काम-तत्त्व अपरिमेय है।

इसी काम-भाव का प्रतिपादन हम भगवान् शिव के अर्ध-नारीश्वर रूप में पाते हैं। इस रूप को सृष्टि के मूल के रूप में देखा जा सकता है। इस पर विचार करते हुए वाचस्पति गैरोला ने लिखा है–

"प्रजापति के द्वारा द्विधा विभक्त स्वरूप की परिणति 'अर्धनारीश्वर' रूप में है। यह रूप सृष्टि-प्रक्रिया का आदि तत्त्व या मूल कारण है। वैदिक अग्नि-सोम उसी के रूपान्तर हैं। उन्हीं के द्वन्द्वात्मक या रागात्मक सम्बन्धों का परिणाम यह सृष्टि है। प्राणि-समन्वित यह जितनी भी सृष्टि है उसका विस्तार पिता द्वारा माता में गर्भ-धारण से हुआ। पार्वती और परमेश्वर इस मातृत्व और पितृत्व-भाव के प्रतीक हैं। 'अर्धनारीश्वर' उनकी साम्यावस्था का नाम है। सारा सृजन-व्यापार यहीं से आरम्भ हुआ। नारी (माता) का अंश सोमतत्त्व है और पुरुष (पिता) का अंश अग्नितत्त्व। सोम और अग्नि क्रमशः पार्वती और परमेश्वर के अंश हैं।"[२]

यूनानी दन्तकथा में भी यह भाव प्राप्त होता है कि प्रारम्भिक अवस्था में स्त्री और पुरुष दोनों एक ही थे और बाद में ईश्वरीय शक्ति के कारण उनमें अलगाव होने के कारण वे फिर एक दूसरे से संयुक्त होने के लिए सदैव समुत्सुक रहते हैं। स्त्री और पुरुष में होने वाले इसी संयुक्तता-भाव को साहित्यिक भाषा में 'काम' शब्द से अभिहित किया जाता है।

शृङ्गारी काव्यों के नायक और नायिका अथवा स्त्री और पुरुष इसी काम-भावना से समन्वित होते हैं। कामशास्त्रियों तथा काव्यशास्त्रियों के अनुसार यही काम-भावना जब स्त्रियों अथवा पुरुषों के अन्दर उद्भूत होती है और जब उनमें उसकी शान्ति नहीं हो पाती है तब उनमें विभिन्न प्रकार की दशाएँ उत्पन्न होती हैं।

शृङ्गार रस के दो रूप होते हैं – सम्भोग और विप्रलम्भ। यद्यपि सम्भोग की स्थिति ही शृङ्गार की वास्तविक स्थिति है, किन्तु इसमें जब तक विप्रलम्भ का समन्वय नहीं होता है तब तक सम्भोग

---

१. मनुस्मृति–२.३ पर मनुभाष्य

२. कामसूत्र-परिशीलन, पृ० २०

भी पूर्णता को प्राप्त नहीं कर पाता है। इस विप्रलम्भ की स्थिति में जब नायक अथवा नायिका रहते हैं तो उनमें जो अनेक दशाएँ उत्पन्न होती हैं, उन्हें ही शास्त्रकारों ने 'कामदशा' के रूप में स्वीकृति प्रदान की है। एक दूसरे के वियोग में ये दशाएँ नायकों अथवा नायिकाओं में रहती हैं और इनके कारण ही मिलन होने के बाद उनमें परस्पर प्रीति का आधिक्य होता है। शास्त्रकारों के अनुसार जब नायक अथवा नायिका अन्ततः दूसरे से मिल नहीं पाते हैं तब उनमें काम की वह अन्तिम अवस्था आती है जब नायक अथवा नायिका अथवा दोनों की मृत्यु तक हो जाती है। किन्तु हमारा भारतीय काव्य इस स्थिति को स्वीकार नहीं करता है क्योंकि वह आशावादी है। फिर भी अनेक काव्यकारों ने अपने नायकों अथवा नायिकाओं में इस अन्तिम अवस्था तक का बड़ी सावधानी से वर्णन किया है और वहाँ भारतीय आशावादिता का खण्डन भी नहीं हो पाया है। इन कामदशाओं को जिस कवि ने जितनी बारीकी से अपने काव्यों में पिरोया है, उनका काव्य उतना ही अधिक रमणीय और महनीय हो उठा है।

शास्त्रकारों के अनुसार 'रति' शृङ्गार रस का स्थायी भाव है। रति का सामान्य अर्थ है प्रीति अथवा अनुरक्ति। विशेष अर्थ के रूप में यह रमण अथवा नर-नारी के संभोग को अभिव्यक्त करता है। इसका मूलाधार प्रमोद अथवा आनन्द है। वस्तुतः रति अनुरागात्मक भाव है जिसकी सम्भावना कामनात्मक काम के बिना सम्भव नहीं है। इसी रहस्य को अभिव्यक्ति प्रदान करने के लिए काम को पति और अनुरागात्मिका रति को पत्नी के रूप में स्वीकृत किया जाता है। कामना के अभाव में अनुरागात्मिका रति की सम्भावना नहीं होती है। इस रति के उत्पन्न होने पर नायक-नायिका अथवा स्त्री-पुरुष एक दूसरे के प्रति काम-भावना से आकृष्ट होते हैं। रति के इसी अभिप्राय को अभिव्यक्त करते हुए जयकृष्ण दीक्षित ने पौरुरवस-मनसिजसूत्र की टीका में लिखा है कि नर और नारी की अलग-अलग इन्द्रियों का अपने अधिष्ठातृ देव के साथ साङ्कर्य रूप से एकाकार होना ही 'रति' है-**पृथग्रूपेणावस्थितस्येन्द्रियद्वितीयस्य स्वकीयाधिष्ठातृदेवतया सह साङ्कर्येण एकस्वरूपकरणं रतिः।**[१] परन्तु प्रश्न उठता है कि यह रति-भाव उत्पन्न कैसे होता है? इसका समाधान भी भारतीय काव्यशास्त्रियों तथा कामशास्त्रियों ने दिया है। स्त्रियों तथा पुरुषों का एक दूसरे से सम्मिलन होता है जिससे उनमें एक दूसरे के प्रति परस्पर प्रेमात्मक रति उत्पन्न हो जाती है। इसका वर्गीकरण बड़ी ही सूक्ष्मता से शास्त्रकारों ने किया है। इन रति-कारणों को ही हम एक तरह से रति का भेद भी स्वीकार कर सकते हैं, क्योंकि ऐसी स्थिति में रति के विभिन्न प्रकारों का भी प्रकारान्तरतया निर्देश हो जाता है।

रति उत्पन्न होने के जो कारण शास्त्रकारों के द्वारा बताये गये हैं, उनमें परस्पर इतना सूक्ष्म अन्तर है कि उन्हें एक-दूसरे से अलग कर पाना बहुत कठिन है। ऐसी सूक्ष्मता का विवेचन शास्त्रकारों की प्रतिभा को द्योतित करता है। कुछ ही शास्त्रकारों ने रति-कारणों पर विचार किया है और काव्यों के टीकाकारों में से कुछ ने ही अपनी टीकाओं में इन कारणों पर सङ्केत मात्र किया

१. पौरुरवस-मनसिजसूत्र-४ पर मञ्जरी

है। कुछ ही टीकाकार ऐसे प्राप्त होते हैं जिन्होंने काव्यों का विवेचन करने में अपनी प्रतिभा का प्रदर्शन करते हुए रति उद्‌भूत होने वाले कारणों का कुछ निरूपण किया है। वस्तुतः यह विषय अप्रसिद्ध की तरह है और उसकी इस अप्रसिद्धि में इसकी दुरूहता प्रमुख कारण है। ये रति-कारण यद्यपि रति उत्पन्न होने वाले कारणों की ओर सङ्केत करते हैं, किन्तु इसी के साथ-साथ वे एक तरह से रति के विभिन्न प्रकारों का भी उल्लेख कर डालते हैं। ये रति-कारण ही रति-भेद भी माने जाएँगें।

रति विविध कारणों से उत्पन्न होकर विविध प्रकार की दशाएँ भी प्राप्त करती है। जिस तरह लोक में कोई वृक्ष क्रमशः अङ्कुरित, पल्लवित, कलिकायुक्त, पुष्पित, फलित और अन्ततः भोगयुक्त होता है उसी तरह यह रति भी छह प्रकार की अवस्थाएँ प्राप्त कर क्रमशः अपनी चरम परिणति पर पहुँचती है। शास्त्रकारों ने इन छह अवस्थाओं के क्रम-निर्धारण में जिस प्रतिभा का प्रदर्शन किया है, वह उनके मानव-मन की पहचान की शक्ति को द्योतित करती है। यद्यपि इस क्रम के निर्धारण में कुछ शास्त्रकारों में थोड़ा मतभेद दृष्टिगत होता है, फिर भी वह उपेक्षणीय है। रति की परिणति में होने वाली इन विभिन्न दशाओं को ही शास्त्रकारों ने रत्यवस्था के नाम से अभिहित किया है। इसे ही किसी आचार्य ने प्रेम-विलास की संज्ञा से भी प्रकट किया है। वस्तुतः यह विवेचन ऐसा है जो क्रमशः प्रेम की पराकाष्ठा को द्योतित करने वाला है और इसके आधार पर हम किसी भी नायक अथवा नायिका में होने वाले विविध परिवर्तनों को लक्षित कर सकते हैं। हमारा भारतीय मत इसी सिद्धान्त का पोषक है कि नायक अथवा नायिका के अन्तर्गत होने वाला प्रेम दिनानुदिन उत्कर्ष को प्राप्त करता जाता है और अन्त में चरम परिणति को पाकर अद्वैतमय हो जाता है।

'कालिदास-साहित्य एवं कामकला' के प्रस्तुत द्वितीय खण्ड में शास्त्रानुरूप काम-दशाओं, रतिभेदों अथवा रतिकारणों तथा प्रेमविलासों अथवा रत्यवस्थाओं का विवेचन किया जाएगा और उन्हीं के अनुरूप कालिदास की रचनाओं का अनुशीलन किया जाएगा।

— 0 —

द्वितीय पुष्प

कामदशा

द्वितीय पुष्प

कामदशा

शास्त्रकारों ने काम-भावना के कारण नायक तथा नायिका के अन्दर उत्पन्न होने वाली कुछ ऐसी स्थितियों का वर्णन किया है जिन्हें कामदशा कहा जाता है। नाट्यशास्त्रकार महर्षि भरत इन्हें अनुरागावस्था कहते हैं। उनके अनुसार स्त्रियाँ जब रति-जन्य सुख की प्राप्ति नहीं कर पाती हैं तब उनमें जो दस प्रकार की स्थितियाँ आती हैं, उन्हें ही अनुरागावस्था कहते हैं। अभिलाष, चिन्ता, अनुस्मृति, गुणकीर्तन, उद्वेग, विलाप, उन्माद, व्याधि, जडता और मरण रूप क्रमशः होने वाली ये दशाएँ स्त्री और पुरुष दोनों में समान रूप से होती हैं–

एवंविधैः कामलिङ्गैरप्राप्तसुरतोत्सवा ।
दशस्थानगतं कामं नानाभावैः प्रदर्शयेत् ॥
प्रथमे त्वभिलाषः स्याद् द्वितीये चिन्तनं भवेत् ।
अनुस्मृतिस्तृतीये तु चतुर्थे गुणकीर्तनम् ॥
उद्वेगः पञ्चमे प्रोक्तो विलापः षष्ठ उच्यते ।
उन्मादः सप्तमे ज्ञेयो भवेद्व्याधिस्तथाष्टमे ॥
नवमे जडता चैव दशमे मरणं भवेत् ।
स्त्रीपुंसयोरेष विधिर्लक्षणञ्च निबोधत ॥[1]

आचार्य अभिनवगुप्त ने 'अप्राप्तसुरतोत्सवा' इसको स्पष्ट करते हुए लिखा है–**प्राप्तसंभोगत्वे तु नैते विकाराः सम्भवन्ति।**[2] किन्तु वे आचार्य भट्टतौत को उद्धृत करते हुए यह प्रतिपादित करते हैं कि पूर्वप्राप्तसंभोगता में भी तथा अप्राप्तसंभोगता में भी ये दशाएँ होती हैं–

१. नाट्यशास्त्र (ना० शा०)–२४.१६८-१७१

२. ना० शा०–२२.१६९ पर अभिनवभारती

तथा च भट्टतौतेनोक्तम्–'कामावस्था न शृङ्गारः क्वचिदासां तदङ्गता।' इति। पूर्वप्राप्तसंभोगतायामपि शृङ्गाराङ्गतेति यावत्। अप्राप्तसंभोगित्वेऽपि हि सागरिकावत्सराजयोर्दर्शितः शृङ्गारो रसाध्याये।[१]

यद्यपि भरतमुनि 'अप्राप्तसुरतोत्सवा' कहकर पहले इन दशाओं को केवल स्त्रियों तक ही सीमित रखते हैं, किन्तु बाद में 'स्त्रीपुंसयोरेष' कहकर इन्हें स्त्रियों तथा पुरुषों दोनों में होने वाला सिद्ध करते हैं।

कामसूत्रकार वात्स्यायन मुनि ने भी इन दशाओं का उल्लेख पारदारिक अधिकरण में किया है और इन्हें काम के दस स्थान कहा है। वे पुरुष की उस स्थिति का वर्णन करते हैं जिसमें कोई पुरुष ऐसी स्थिति में पहुँच जाता है जब उसे लगने लगता है कि वह किसी विशिष्ट स्त्री के साथ सहवास के बिना जीवित नहीं रह सकता है। ऐसी स्थिति में ही उसे उस स्त्री की ओर उन्मुख होना चाहिए। व्यवहार में इस स्थिति को ही काम के स्थान कहते हैं जो दस होते हैं। चक्षुःप्रीति, मनःसङ्ग, संकल्पोत्पत्ति, निद्राच्छेद, तनुता, विषयों के प्रति वैराग्य, लज्जा-नाश, उन्माद, मूर्च्छा और मरण क्रमशः इसके चिह्न या परिचायक हैं–

यदा तु स्थानात्स्थानान्तरं कामं प्रतिपद्यमानं पश्येत्तदात्मशरीरोपघातत्राणार्थं परपरिग्रहानभ्युपगच्छेत्।

दश तु कामस्य स्थानानि।

चक्षुःप्रीतिर्मनःसङ्गः सङ्कल्पोत्पत्तिर्निद्राच्छेदस्तनुता विषयेभ्यो व्यावृत्तिर्लज्जाप्रणाश उन्मादो मूर्च्छा मरणमिति तेषां लिङ्गानि।[२]

यद्यपि वात्स्यायन ने जिस प्रकरण में इन दशाओं का विवेचन किया है, उससे प्रतीत होता है कि वे इन दशाओं को पुरुषों के लिए ही मानते हैं, किन्तु वहीं आगे वे संकेत करते हैं कि स्त्रियों में तो यह स्थिति और भी विशेष होती है–

यं कञ्चिदुज्ज्वलं पुरुषं दृष्ट्वा स्त्री कामयते। तथा पुरुषोऽपि योषितम्। अपेक्षया तु न प्रवर्तते इति गोणिकापुत्रः।

तत्र स्त्रियं प्रति विशेषः।[३]

यद्यपि कामदशा का नामोल्लेख करने में नाट्यशास्त्री भरत और कामशास्त्री वात्स्यायन में पर्याप्त मतभेद है, किन्तु नागरसर्वस्वकार कामशास्त्री आचार्य भिक्षु पद्मश्री पूरी तरह से आचार्य भरत का ही अनुसरण करते हुए उनके द्वारा निर्दिष्ट दस दशाओं को उसी क्रम में रखते हैं–

---

१. ना० शा०–२२.१६९ पर अभिनवभारती

२. कामसूत्र (काम०)–५.१.३-५

३. कामसूत्र–५.१.८-९

अभिलाषस्तथा चिन्ताऽनुस्मृतिर्गुणकीर्तनम् ।
उद्वेगश्च विलापोऽथोन्मादो व्याधिस्तथाष्टमः ॥
जडता मरणं चेति दशावस्थाः प्रकीर्तिताः ।
प्रमदानां नराणाञ्च स्मरेषूद्भिन्नचेतसाम् ॥[1]

इस तरह भिक्षु पद्मश्री इन कामदशाओं को स्त्रियों तथा पुरुषों में होने वाला मानते हैं, लेकिन इसके पहले वे उल्लिखित करते हैं कि यदि कदाचित् भाग्यवश अथवा अन्य किसी कारणवश कोई भाग्यहीना नायक से वियुक्त हो जाती है तब वह दस मनोभवावस्थाओं से युक्त हो जाती है–

दैवेन यदि कदाचित् कथमपि जायते तस्य विच्छेदः ।
सहसैव सा वराकी यायाद्दशमीं मनोभवावस्थाम् ॥[2]

इस रूप में भिक्षु पद्मश्री आचार्य भरत की कामदशाओं को ही स्वीकार करते हैं। हाँ, आचार्य भरत ने जहाँ इन अवस्थाओं को अनुरागावस्था कहा है वहीं भिक्षु पद्मश्री इन्हें मनोभवावस्था के नाम से अभिहित करते हैं।

आचार्य रुद्रट ने इन काम की अवस्थाओं को स्मर-दशा कहते हुए सिद्ध किया है कि ये दशाएँ असम्प्राप्ति अर्थात् नायक अथवा नायिका के एक दूसरे को नहीं प्राप्त कर पाने की स्थिति में होती हैं जो क्रमशः दस होती हैं–अभिलाष, चिन्ता, स्मृति, गुणकीर्तन, उद्वेग, प्रलाप, उन्माद, व्याधि, जडता तथा मरण–

तयोर्भवेदसंप्राप्तौ दशावस्थः स्मरो यथा ॥
अभिलाषोऽथ चिन्ता स्यात्स्मृतिश्च गुणकीर्तनम् ।
उद्वेगोऽथ प्रलापः स्यादुन्मादो व्याधिरेव च ॥
जडता मरणं चैव दशमी जायते ध्रुवम् ।
असम्प्राप्तौ भवन्त्येतास्तयोर्दश दशा यथा ॥[3]

आचार्य सागरनन्दी ने इन दशाओं को मन्मथदशा कहा है। उनके अनुसार नायक तथा नायिका का परस्पर दर्शन हो जाने पर प्रेम का संचार हो जाने पर उनमें ये दस अवस्थाएँ क्रमशः आ जाती हैं जो लास्य से सम्बन्धित होने के कारण उपयोगी हैं। ये अवस्थाएँ हैं–अभिलाष, चिन्ता, अनुस्मरण, गुणकथा, उद्वेग, विलाप, आतंक, उन्माद, जडता तथा मरण–

अथ नायिकानायकयोः प्रथमदर्शनासादितमन्मथोन्माथयोर्दशावस्थाः भवन्ति। तत्

---

१. नागरसर्वस्व (नागर०)–१४.१७-१८

२. नागरसर्वस्व–१४.१६

३. शृङ्गारतिलक (शृङ्गार०)–२.४.६-९

परिज्ञानमपि नाटके लास्याधिकारित्वात् सार्थकम्। यथा-अभिलाषचिन्तानुस्मरणगुण-कथोद्वेगविलापातङ्कोन्मादजडतामरणादीनि इति।[1]

आचार्य धनञ्जय ने शृङ्गार को तीन भागों में विभक्त करते हुए उन्हें अयोग, विप्रयोग और सम्भोगरूप माना है। जब नवयुवाओं (नायक तथा नायिका) में एक दूसरे के प्रति अनुराग होता है, किन्तु वे परतन्त्रतावश, दैववश अथवा दूर रहने के कारण एक दूसरे से मिल नहीं पाते हैं तब उनमें जो दस अवस्थाएँ होती हैं उन्हें अयोग शृङ्गार की स्थिति कहा जाता है और वे क्रमशः उत्तरोत्तर तीव्र होती जाती हैं। ये दशाएँ हैं—अभिलाष, चिन्तन, स्मृति, गुणकथा, उद्वेग, प्रलाप, उन्माद, संज्वर, जडता तथा मरण—

अयोगो विप्रयोगश्च सम्भोगश्चेति स त्रिधा।
तत्रायोगोऽनुरागेऽपि नवयोरेकचित्तयोः॥
पारतन्त्र्येण दैवाद्वा विप्रकर्षादसङ्गमः।
दशावस्थः स तत्रादावभिलाषोऽथ चिन्तनम्॥
स्मृतिर्गुणकथोद्वेगप्रलापोन्मादसंज्वराः।
जडता मरणं चेति दुरवस्थं यथोत्तरम्॥[2]

भोजराज ने कामदशाओं को प्रेम-पुष्टियाँ कहा है और उनकी संख्या बारह मानी है। वे हैं—चक्षुःप्रीति, मनःसङ्ग, संकल्पोत्पत्ति, प्रलाप, जागर, कृशता, विषयों के प्रति अरुचि, लज्जात्याग, व्याधि, उन्माद, बारम्बार मूर्च्छा और मरण। ये दशाएँ क्रमशः होती हैं—

चक्षुःप्रीतिर्मनःसङ्गः संकल्पोत्पत्तिसंततिः।
प्रलापो जागरः कार्श्यमरतिर्विषयान्तरे॥
लज्जाविसर्जनं व्याधिरुन्मादो मूर्च्छनं मुहुः।
मरणं चेति विज्ञेयाः क्रमेण प्रेमपुष्टयः॥[3]

आचार्य शारदातनय ने कामदशाओं को मन्मथावस्था कहा है। उनके अनुसार अयोग की स्थिति में जब परस्पर अनुरक्त युवक-युवती में संगम नहीं हो पाता है तो उनमें दस या बारह स्थितियाँ आती हैं। ये हैं—इच्छा, उत्कण्ठा, अभिलाषा, चिन्ता, स्मृति, गुण-स्तुति, उद्वेग, प्रलाप, उन्माद, व्याधि, जडता और मरण। इनमें से कुछ विद्वान् दो स्थितियों को स्वीकार नहीं करते हैं—

तैस्तैरुपक्रमैर्यूनो रक्तयोश्चेदसङ्गमे।
दशधा मन्मथावस्था भवेद्द्वादशधाऽथवा॥

---

१. नाटकलक्षणरत्नकोश (नाटक०)—पृ० २३१

२. दशरूपक (दश०)—४.५०-५२

३. सरस्वतीकण्ठाभरण (सरस्वती०)—५.९९-१००

इच्छोत्कण्ठाभिलाषाश्च चिन्ता स्मृतिगुणस्तुती ।
उद्वेगोऽथ प्रलापः स्यादुन्मादो व्याधिरेव च ॥
जाड्यं मरणमित्यादि द्वे कैश्चिद्वर्जिते बुधैः ।[1]

आचार्य विद्यानाथ ने भी शारदातनय की तरह ही इन्हें मन्मथावस्था कहा है और उनकी संख्या दस या बारह मानी है। इन बारह अवस्थाओं को वे शृङ्गार के अङ्कुरित, पल्लवित, पुष्पित और फलित होने में कारण मानते हैं जो कामशास्त्र के अनुसार हैं। क्रमशः होने वाली ये अवस्थाएँ हैं–चक्षुःप्रीति, मनःसङ्ग, संकल्प, प्रलाप, जागर, कृशता, अरति, लज्जात्याग, संज्वर, उन्माद, मूर्च्छा और मरण–

अथ मन्मथावस्था द्वादश निरूप्यन्ते ।
अथ शृङ्गारस्याङ्कुरितत्वपल्लवितत्वकुसुमितत्वफलितत्वहेतवो द्वादशावस्था निरूप्यन्ते ।

चक्षुःप्रीतिर्मनःसङ्गः संकल्पोऽथ प्रलापिता ।
जागरः कार्श्यमरतिर्लज्जात्यागोऽथ संज्वरः ॥
उन्मादो मूर्च्छनं चैव मरणं चरमं विदुः ।
अवस्था द्वादश मताः कामशास्त्रानुसारतः ॥
केचित्तु दशावस्था इति कथयन्ति ।[2]

विश्वनाथ महापात्र ने विप्रलम्भ शृङ्गार के चार भेदों का निरूपण करते हुए उसे पूर्वराग, मान, प्रवास और करुणात्मक रूप से चतुर्धा माना है जिसमें पूर्वराग वह अवस्था होती है जिसमें नायक अथवा नायिका एक दूसरे के सौन्दर्य को देखकर या उसके विषय में सुनकर परस्पर अनुरक्त होते हैं। यह समागम के पहले की दशा होती है–

स च पूर्वरागमानप्रवासकरुणात्मकश्चतुर्धा स्यात् ।
श्रवणाद्दर्शनाद्वापि मिथः संरूढरागयोः
दशाविशेषो योऽप्राप्तौ पूर्वरागः स उच्यते ॥[3]

विश्वनाथ के अनुसार पूर्वराग की अवस्था में ही दस प्रकार की कामदशाएँ हो सकती हैं। वे हैं–अभिलाष, चिन्ता, स्मृति, गुणकथन, उद्वेग, संप्रलाप, उन्माद, व्याधि, जडता और मरण–

अभिलाषश्चिन्तास्मृतिगुणकथनोद्वेगसंप्रलापाश्च ।
उन्मादोऽथ व्याधिर्जडता मृतिरिति दशात्र कामदशाः ॥[4]

---

१. भावप्रकाशन (भा॰ प्र॰)–४.८१-८२

२. प्रतापरुद्रीय (प्रताप॰), रसप्रकरण, पृ॰ ३१०

३. साहित्यदर्पण (साहित्य॰)–३.१८७-१८८

४. साहित्यदर्पण–३.१९०

रूपगोस्वामी ने कुछ भिन्न प्रकार से ही कामदशाओं का वर्णन किया है। उन्होंने विप्रलम्भ तथा संभोग रूप द्विविध शृङ्गार में से विप्रलम्भ को महत्त्वपूर्ण मानते हुए उसको चार भेदों में विभक्त किया है। वे हैं–पूर्वराग, मान, प्रेमवैचित्य तथा प्रवास। उसमें दर्शन के द्वारा अथवा श्रवण के द्वारा संगम के पूर्व ही जो रति उन्मीलित होती है, उसे ही पूर्वराग विप्रलम्भ कहते हैं–

न विना विप्रलम्भेन संभोगः पुष्टिमश्नुते।
कषायिते हि वस्त्रादौ भूयान् रागो विवर्धते॥
पूर्वरागस्तथा मानः प्रेमवैचित्यमित्यपि।
प्रवासश्चेति कथितो विप्रलम्भश्चतुर्विधः॥
रतिर्या संगमात्पूर्वं दर्शनश्रवणादिजा।
तयोरुन्मीलति प्राज्ञैः पूर्वरागः स उच्यते॥[1]

इस पूर्वानुराग को भी रूपगोस्वामी ने प्रौढ, समञ्जस तथा साधारण के भेद से तीन प्रकार का माना है जिसमें प्रौढ के अन्तर्गत उन्होंने अनेक प्रकार की दशाओं को स्वीकार करते हुए भी प्राचीन शास्त्रकारों के अनुरूप दस प्रकार की दशाओं का उल्लेख किया है। वे हैं–लालस, उद्वेग, जागर्य, तानव, जडता वैयग्र्य,व्याधि, उन्माद, मोह और मृत्यु–

प्रौढः समञ्जसः साधारणश्चेति स तु त्रिधा॥
समर्थरतिरूपस्तु प्रौढ इत्यभिधीयते।
लालसादिरिह प्रौढे मरणान्ता दशा भवेत्॥
लालसोद्वेगजागर्यास्तानवं जडिमात्र तु॥
वैयग्र्यं व्याधिरुन्मादो मोहो मृत्युर्दशा दश।
प्रौढत्वात्पूर्वरागस्य प्रौढा सर्वा दशा अपि॥[2]

इस तरह रूपगोस्वामी ने पूर्वराग में प्रौढ-भेद को उत्कृष्ट मानते हुए यह कहा है कि इस भेद में ये दसों अवस्थाएँ प्रौढ रूप में विद्यमान होती हैं। पुनः उन्होंने समञ्जस भेद वाले पूर्वानुराग के अन्तर्गत भी इन दशाओं को स्वीकार करते हुए उनका नामोल्लेख किया है–अभिलाष, चिन्ता, स्मृति, गुणकीर्तन, उद्वेग, विलाप, उन्माद, व्याधि, जडता और मृत्यु–

भवेत्समञ्जसरतिस्वरूपोऽयं समञ्जसः।
अत्राभिलाषचिन्तास्मृतिगुणसंकीर्तनोद्वेगाः।
सविलापा उन्मादव्याधी जडता मृतिश्च ताः क्रमशः॥[3]

---

१. उज्ज्वलनीलमणि (उज्ज्वल०)–शृङ्गारभेद–३-५

२. उज्ज्वलनीलमणि–शृङ्गारभेद–१७-१८ तथा २०-२१

३. उज्ज्वलनीलमणि–शृङ्गारभेद–४६

समञ्जस के अन्तर्गत रूपगोस्वामी ने जिन दस दशाओं का नामोल्लेख किया है उनमें और प्रौढ के अन्तर्गत उल्लिखित दस दशाओं के अभिधान में कुछ अन्तर दृष्टिगत होता है। समञ्जस के अभिप्राय को स्पष्ट करते हुए जीवगोस्वामी ने संगम से पूर्व होने वाले विभावादि से युक्त पूर्वराग को समञ्जस कहा है–**समञ्जसा रतिरेव स्वरूपं यस्य सः। समञ्जसा रतिरेव संगमात्पूर्वभूता विभावादिभिः संवलितः समञ्जसाख्यः पूर्वरागो रसः स्यादित्यर्थः।**[1]

साधारण पूर्वराग के अन्तर्गत भी रूपगोस्वामी दस में से विलापपर्यन्त प्रारम्भिक छह दशाओं की विद्यमानता स्वीकार करते हैं–

साधारणरतिप्रायः साधारण इतीरितः।
अत्र प्रोक्ता विलापान्ताः षड् दशास्ताश्च कोमलाः ॥[2]

रूपगोस्वामी ने विप्रलम्भ के प्रवास-भेद के अन्तर्गत भी दस दशाओं को स्वीकार किया है। नायक-नायिका का परस्पर संगम होने के बाद जब उन दोनों में से कोई देशान्तर चला जाता है तो ऐसे विप्रलम्भ शृङ्गार को प्रवास-विप्रलम्भ कहा जाता है। वह बुद्धिपूर्वक तथा अबुद्धिपूर्वक दो भेद का होता है। जब परतन्त्रता के कारण नायक तथा नायिका में से किसी एक का प्रवासवश अलगाव हो जाता है तब उस प्रवास-विप्रलम्भ को अबुद्धिपूर्वक कहा जाता है। दिव्य तथा अदिव्य के भेद से परतन्त्रता अनेक प्रकार की हो सकती है। इस अबुद्धिपूर्वक प्रवास-विप्रलम्भ में भी दस दशाएँ होती हैं। वे हैं–चिन्ता, जागर, उद्वेग, तानव, अङ्ग की मलिनता, प्रलाप, व्याधि, उन्माद, मोह तथा मृत्यु–

पूर्वसंगतयोर्यूनोर्भवेद्देशान्तरादिभिः ।
व्यवधानं तु यत्प्राज्ञैः स प्रवास इतीर्यते ॥
तज्जन्यविप्रलम्भोऽयं प्रवासत्वेन कथ्यते।

....

स द्विधा बुद्धिपूर्वः स्यात्तथैवाबुद्धिपूर्वकः।

....

पारतन्त्र्योद्भवो यस्तु प्रोक्तः सोऽबुद्धिपूर्वकः।
दिव्यादिव्यादिजनितं पारतन्त्र्यमनेकधा ॥
चिन्तात्र जागरोद्वेगौ तानवं मलिनाङ्गता।
प्रलापो व्याधिरुन्मादो मोहमृत्युर्दशा दश ॥[3]

---

१. उज्ज्वलनीलमणि–शृङ्गारभेद–४६ पर लोचनरोचनी

२. उज्ज्वलनीलमणि–शृङ्गारभेद–५६

३. उज्ज्वलनीलमणि–शृङ्गारभेद–१३९-१४०, १४१ तथा १५१ एवं १५३

इस तरह रूपगोस्वामी ने भी जिन तीन या चार स्थलों पर काम-दशाओं का नामोल्लेख और विवेचन किया है उनमें भी पर्याप्त अन्तर दृष्टिगत होता है, लेकिन शास्त्रकार ने उसका स्पष्टीकरण नहीं दिया है। यदि इनकी सभी दशाओं का संगणन किया जाए तो सोलह दशाएँ होती हैं। वे हैं–लालस, उद्वेग, जागर्य, तानव, जडता, वैयग्र्य, व्याधि, उन्माद, मोह तथा मृत्यु के अतिरिक्त अभिलाष, चिन्ता, स्मृति, गुणकीर्तन, विलाप (प्रलाप) और अङ्गमलिनता। इनमें से भी लालस, वैयग्र्य और अङ्गमलिनता ये तीन दशाएँ ऐसी हैं जिनका उल्लेख किसी पूर्ववर्ती आचार्य ने नहीं किया है।

अभिज्ञानशाकुन्तल की अर्थद्योतनिका टीका में राघवभट्ट ने दो स्थानों पर कामदशाओं का नामोल्लेख किया है और दोनों ही स्थानों के नामोल्लेख में कुछ अन्तर भी है। प्रथम स्थल पर उन्होंने **नयनप्रीतिः प्रथमं चित्तासङ्गस्ततोऽर्थसङ्कल्पः। निद्राच्छेदस्तनुता विषयनिवृत्तिस्त्रपानाशः॥ उन्मादो मूर्च्छा मृतिरित्येताः स्मरदशा दशैव स्युः॥**[1] कहकर नयनप्रीति, चित्तासङ्ग, अर्थसङ्कल्प, निद्राच्छेद, तनुता, विषयनिवृत्ति, लज्जानाश, उन्माद, मूर्च्छा और मरण को स्मरदशा के अन्तर्गत क्रमशः माना है। अन्य स्थल पर **अङ्गेष्वसौष्ठवं चैव पाण्डुता कृशतारुचिः। अधृतिः स्यादनालम्बस्तन्मयोन्माद-मूर्च्छना। मृतिश्चेति क्रमाज्ज्ञेया दश स्मरदशा इह॥**[2] कहकर अङ्ग में असौष्ठव, पाण्डुता, कृशता, अरुचि, अधृति, अनालम्ब, तन्मयता, उन्माद, मूर्च्छना और मरण को क्रमशः होने वाली दस स्मरदशाएँ माना है।

राघवभट्ट स्वयं इन दो प्रकार की स्मरदशाओं को स्वीकार करते हुए कहते हैं कि ये दोनों प्रकार की स्मरदशाएँ मान्य हैं और इनकी गणना में जो अन्तर दीखता है वह आचार्यों के मतभेद के कारण है–**अधुना तु नयनप्रीत्यादय उक्ता इति पूर्वापरानाकलनादिति चेन्न। आचार्यमतभेदमात्रत्वात्। अत एवोक्तम्–अभिलाषाद्यवस्थानां चक्षुःप्रीत्यादिकास्वपि। सम्भवादितरत्रापि तासां स्यादैक्यमेव तत्॥ चिरंतनप्रसिद्ध्या तु विविच्य कथिता इमाः॥**[3]

अभिज्ञानशाकुन्तल के टीकाकार श्रीनिवासाचार्य ने भी कामदशाओं का उल्लेख किया है। उन्होंने जिन बारह कामदशाओं की गणना की है उसके सन्दर्भ को तो उन्होंने उल्लिखित नहीं किया है, किन्तु वह उद्धरण[4] पूर्णतया प्रतापरुद्रीय का है।

राघवभट्ट ने अर्थद्योतनिका टीका के अन्तर्गत कामदशा के जिन द्विविध प्रकार के भेदों का उल्लेख किया है उसमें से प्रथम प्रकार की दस दशाएँ तो वात्स्यायन के द्वारा कथित दस दशाओं को ही स्वीकार करती है, हाँ उनके अभिधान में कुछ पर्यायवाचिकता है। द्वितीय प्रकार की गणना में से अङ्ग में असौष्ठव को रूपगोस्वामी द्वारा कथित अङ्गमलिनता के साथ जोड़ा जा सकता है।

१. अभिज्ञानशाकुन्तल (अभिज्ञान॰) पर अर्थद्योतनिका, पृ॰ १९५
२. अभिज्ञान॰ पर अर्थद्योतनिका, पृ॰ ३५५
३. अभिज्ञान॰ पर अर्थद्योतनिका, पृ॰ १९५
४. अभिज्ञान॰ पर शाकुन्तलव्याख्या, पृ॰ १९५

पाण्डुता, अरुचि, अधृति, अनालम्ब और तन्मयता ऐसी दशाएँ हैं जिनका उल्लेख किसी भी शास्त्रकार ने नहीं किया है। वस्तुतः पाण्डुता को कृशता के अन्तर्गत ही समाहित किया जा सकता है। अरुचि भी आचार्य विद्यानाथ द्वारा कथित अरति से भिन्न नहीं है। अधृति को भी उन्माद के अन्तर्गत रखा जा सकता है। अनालम्ब भी उद्वेग या उन्माद का एक रूप माना जा सकता है। इसी प्रकार तन्मयता को मोह की एक स्थिति के रूप में स्वीकार किया जा सकता है।

उपर्युक्त विवेचन से यह स्पष्ट है कि नाट्यशास्त्रियों, कामशास्त्रियों और काव्यशास्त्रियों ने काम की दशाओं को तो स्वीकृति दी है, किन्तु जिन लोगों ने भी इस विषय का विवेचन किया है उन लोगों ने अन्य शास्त्रकारों से कुछ भिन्न बातें जोड़ने का प्रयत्न किया है। हाँ, फिर भी कुछ ऐसे भी शास्त्रकार हुए हैं जिन्होंने अपने पूर्ववर्ती भरत या वात्स्यायन आदि को आधार मान कर कामदशाओं का निरूपण किया है।

कामदशा का विवेचन करने वाले प्रमुख शास्त्रकारों को हम मुख्यतः दो वर्गों में बाँट सकते हैं। पहले वर्ग के अन्तर्गत आचार्य भरत और उनसे प्रभावित आचार्यों को रखा जा सकता है तो दूसरे वर्ग के अन्तर्गत वात्स्यायन मुनि और उनसे प्रभावित आचार्य होंगे। भरत से प्रभावित आचार्य हैं–भिक्षु पद्मश्री, रुद्रट, सागरनन्दी, धनञ्जय, शारदातनय, विश्वनाथ और रूपगोस्वामी जबकि वात्स्यायन से प्रभावित आचार्य हैं–भोजराज और विद्यानाथ। सागरनन्दी का भरत-वर्ग में आना थोड़ा आश्चर्यजनक है, क्योंकि कई अन्य शास्त्रीय सिद्धान्तों के विवेचन में वे नाट्यशास्त्र से अधिक कामशास्त्र के निकट परिलक्षित होते हैं। इसी तरह कामशास्त्री आचार्य भिक्षु पद्मश्री आचार्य भरत का अनुसरण करते हैं।

भरत-वर्ग के आचार्यों में से भिक्षु पद्मश्री, रुद्रट, विश्वनाथ और रूपगोस्वामी के समञ्जस के अन्तर्गत आने वाले कामदशा–नाम प्रायः पूरी तरह भरत के दशा-नाम से साम्य रखते हैं। भरत ने जिसे व्याधि कहा है वही व्याधि सागरनन्दी के लिए आतङ्क है और धनञ्जय के लिए संज्वर है। केवल अभिधान में अन्तर है। विवेचन में व्याधि, आतङ्क और संज्वर में कोई विशेष अन्तर नहीं है। इस तरह भरत, भिक्षु पद्मश्री, रुद्रट, विश्वनाथ, रूपगोस्वामी, सागरनन्दी और धनञ्जय के द्वारा दस दशाओं का नामोल्लेख प्रायः एक समान है। शारदातनय भी पूरी तरह से भरत के अनुयायी हैं जो दस दशाओं को भरत की तरह ही मानते हैं, लेकिन अलग से इच्छा और उत्कण्ठा को प्रारम्भिक कामदशा के रूप में जोड़ देते हैं, फिर भी वे यह कहते हैं कि कुछ आचार्य दस ही काम-दशाएँ स्वीकार करते है। वस्तुतः वे भी दस के ही पोषक लगते हैं। उनकी इच्छा और उत्कण्ठा का रागावेश भी भरत के अभिलाष के अन्तर्गत हो जाता है। अर्थ की दृष्टि से भी इच्छा, उत्कण्ठा और अभिलाष पर्याय की तरह ही प्रवृत्त होते हैं।

इसी प्रकार रूपगोस्वामी ने भरतोक्त दस कामदशाओं के अतिरिक्त जिस लालस का उल्लेख किया है उसका लक्षण यद्यपि उन्होंने अभिलाष से भिन्न किया है, किन्तु उसे भी अभिलाष से भिन्न कहना तर्कसंगत नहीं लगता है। जागर्य, तानव, वैयग्र्य और मोह का उल्लेख करने में रूपगोस्वामी

कामसूत्र से प्रभावित दिखते हैं, जिसकी समीक्षा आगे की जाएगी। उन्होंने अङ्गमलिनता या मलिनाङ्गता रूप एक दशा का जो उल्लेख किया है उसका उन्होंने लक्षण भी नहीं किया है और उसे हम विषय-वैराग्य या लज्जानाश के अन्तर्गत भी रख सकते हैं, क्योंकि इन स्थितियों में अपने शरीर के प्रति ध्यान का न रहना स्वाभाविक ही है। अत: अङ्गमलिनता दशा उपयुक्त नहीं है।

आचार्य भरत की दस दशाओं के साथ वात्स्यायन की दस दशाओं की तुलना करने पर हम पाते हैं कि वात्स्यायन के अतिरिक्त भोजराज और विद्यानाथ ने भी उन्माद तथा मरण को स्वीकार किया है जो भरत को भी स्वीकार्य है। विचार करने पर स्पष्टतया परिलक्षित होता है कि वात्स्यायन तथा भोजराज की संकल्पोत्पत्ति तथा विद्यानाथ का संकल्प भरत के अभिलाष से भिन्न नहीं हैं। इसी तरह वात्स्यायन के निद्राच्छेद को एवं भोजराज, विद्यानाथ और रूपगोस्वामी के जागर को भरत की अनुस्मृति के अन्तर्गत ही रखा जा सकता है। वात्स्यायन तथा भोजराज के विषय-वैराग्य एवं विद्यानाथ की अरति को भरत के उन्माद के अन्तर्गत ही समाहित किया जा सकता है। इसी प्रकार वात्स्यायन, भोजराज और विद्यानाथ की मूर्च्छा एवं रूपगोस्वामी का मोह भरत की जडता से भिन्न तात्पर्य के प्रतिपादक नहीं हैं।

अन्तत: भरत की दस दशाओं के अतिरिक्त वात्स्यायन की केवल चार दशाएँ-चक्षु:प्रीति, मन:सङ्ग, तनुता और लज्जानाश ही ऐसी हैं जिनको भरत की किसी दशा में अन्तर्भावित नहीं किया जा सकता है। वात्स्यायन की तनुता ही भोजराज और विद्यानाथ की कृशता है। वात्स्यायन का लज्जानाश ही भोजराज और विद्यानाथ का लज्जात्याग है। निष्कर्षत: भरत की दस दशाओं के अतिरिक्त तनुता और लज्जानाश को भी काम-दशाओं के अन्तर्गत ग्रहण करना चाहिए।

वात्स्यायन मुनि ने चक्षु:प्रीति और मन:सङ्ग को कामदशाओं में प्रथम दो दशा के रूप में उल्लिखित किया है। यहाँ विचारणीय यह हो जाता है कि क्या ये दो दशाएँ काम-दशा के अधिकार-क्षेत्र में आ पाती हैं?

यद्यपि वात्स्यायन ने इन काम-दशाओं को परिभाषित नहीं किया है, किन्तु बाद के शास्त्रकारों के अनुसार निकट से अपने प्रिय को देखना चक्षु:प्रीति है और प्रियतम में चित्त की विश्रान्ति मन:सङ्ग है। अधिकांश शास्त्रकार यही मानते हैं कि विप्रलम्भ या वियोग में ही काम-दशाएँ होती हैं, तब तो चक्षु:प्रीति और मन:सङ्ग को काम-दशा में नहीं रखा जाएगा, क्योंकि ये दशाएँ संयोगावस्था में भी हो सकती हैं। परन्तु विचार करने पर प्रतीत होता है कि ये दो दशाएँ वियोग अथवा विप्रलम्भ में भी हो सकती हैं जिनमें यद्यपि प्रिय निकट में विद्यमान नहीं रहता है, फिर भी चित्र आदि के माध्यम से वह निकट प्रतीत हो सकता है तथा वियोगावस्था में भी प्रियतम का स्मरण करके चित्त में विश्रान्ति आ सकती है। अत: इन दो दशाओं को भी भरतोक्त दस दशाओं के अतिरिक्त स्वीकार किया जाना चाहिए।

निष्कर्षत:, निम्नलिखित चौदह दशाओं को निर्विवाद रूप से काम-दशा के रूप में स्वीकार

कामदशा-बोधक सारिणी

शास्त्रकार	भरत ई०पू० प्रथम शती	वात्स्यायन ई०पू० प्रथम शती	भिक्षु पद्मश्री नवीं शती उत्तरार्ध	रुद्रट नवीं शती	सागरनन्दी दसवीं शती पूर्वार्ध	धनञ्जय ९७४-९९६ ई०	भोजराज १००५-१०७४ई०	शारदातनय ११७५-१२५० ई०	विद्यानाथ १३वीं शती उत्तरार्ध	विश्वनाथ १३०० -१३८४ ई०	रूपगोस्वामी १४७०-१५५४ ई०		
शास्त्रनाम	नाट्यशास्त्र	कामसूत्र	नागरसर्वस्व	शृङ्गारतिलक	नाटकलक्षण रत्नकोष	दशरूपक	सरस्वती-कण्ठाभरण	भावप्रकाशन	प्रतापरुद्रीय	साहित्यदर्पण	उज्ज्वलनीलमणि		
दशानाम	अनुराग वस्था	काम-स्थान	मनोभवावस्था	स्मरदशा	मन्मथदशा	अयोग शृङ्गार की अवस्थाएँ	प्रेम पुष्टियाँ	मन्मथावस्था	शृङ्गारावस्था	पूर्वराग की दशाएँ	प्रौढ़ के अन्तर्गत	समञ्जस के अन्तर्गत	प्रवास के अन्तर्गत
संख्या	१०	१०	१०	१०	१०	१०	१२	१० या १२	१२	१०	१०	१०	१०
	अभिलाष	चक्षुःप्रीति	अभिलाष	अभिलाष	अभिलाष	अभिलाष	चक्षुःप्रीति	इच्छा	चक्षुःप्रीति	अभिलाष	लालस	अभिलाष	चिन्ता
	चिन्ता	मनःसङ्ग	चिन्ता	चिन्ता	चिन्ता	चिन्तन	मनःसङ्ग	उत्कण्ठा	मनःसङ्ग	चिन्ता	उद्वेग	चिन्ता	जागर
	अनुस्मृति	संकल्पोत्पत्ति	अनुस्मृति	स्मृति	अनुस्मरण	स्मृति	संकल्पोत्पत्ति	अभिलाषा	संकल्प	स्मृति	जागर्य	स्मृति	उद्वेग
	गुणकीर्तन	निद्राच्छेद	गुणकीर्तन	गुणकीर्तन	गुणकथा	गुणकथा	प्रलाप	चिन्ता	प्रलाप	गुणकथन	तानव	गुणकीर्तन	तानव
	उद्वेग	तनुता	उद्वेग	उद्वेग	उद्वेग	उद्वेग	जागर	स्मृति	जागर	उद्वेग	जडता	उद्वेग	अङ्गमलिनता
	विलाप	विषय-वैराग्य	विलाप	प्रलाप	विलाप	प्रलाप	कृशता	गुणस्तुति	कृशता	संप्रलाप	वैयग्र्य	सविलाप	प्रलाप
	उन्माद	लज्जानाश	उन्माद	उन्माद	आतङ्क	उन्माद	विषय-विरक्ति	उद्वेग	अरति	उन्माद	व्याधि	उन्माद	व्याधि
	व्याधि	उन्माद	व्याधि	व्याधि	उन्माद	संज्वर	लज्जात्याग	प्रलाप	लज्जात्याग	व्याधि	उन्माद	व्याधि	उन्माद
	जडता	मूर्च्छा	जडता	जडता	जडता	जडता	व्याधि	उन्माद	संज्वर	जडता	मोह	जडता	मोह
	मरण	मरण	मरण	मरण	मरण	मरण	उन्माद	व्याधि	उन्माद	मरण	मरण	मरण	मरण
							मूर्च्छा	जडता	मूर्च्छा				
							मरण	मरण	मरण				

किया जाएगा- अभिलाष, चिन्ता, अनुस्मृति, गुणकीर्तन, उद्वेग, विलाप, उन्माद, व्याधि, जडता, मरण, चक्षु:प्रीति, मन:सङ्ग, तनुता और लज्जात्याग।

शास्त्रकारों ने इनके अतिरिक्त अन्य जिन काम-दशाओं का उल्लेख किया है वे सभी किसी न किसी रूप में उपर्युक्त चौदह दशाओं के अन्तर्गत ही अन्तर्भावित हो जाएगीं। यदि इन चौदह काम-दशाओं को स्वीकार किया जाता है तो उनका निम्नलिखित क्रम अधिक उपयुक्त कहा जाएगा- चक्षु:प्रीति, मन:सङ्ग, अभिलाष, चिन्ता, अनुस्मृति, गुणकीर्तन, उद्वेग, विलाप, उन्माद, तनुता, लज्जात्याग, व्याधि, जडता और मरण। इन्हीं चौदह काम-दशाओं का विनेचन आगे के पृष्ठों पर किया जाएगा।

१. चक्षु:प्रीति

प्रतापरुद्रीय- आदराद्दर्शनं चक्षु:प्रीतिरित्यभिधीयते ।

कामसूत्र पर जयमङ्गला-स्त्रियं दृष्टवतः संयोगेच्छालक्षणात्कामादनन्तरं दृशौ स्निग्धे भवतः।[१]

आदरपूर्वक प्रिय को देखना चक्षु:प्रीति है। संयोग की इच्छा से प्रिय को देखने से आँखे स्निग्ध होती हैं। चक्षु:प्रीति दशा को स्पष्ट करते हुए प्रतापरुद्रीय के टीकाकार कुमार स्वामिसोमपीथि कहते हैं कि प्रत्यक्ष रूप से, चित्र में अथवा स्वप्न में प्रिय का दर्शन चक्षु:प्रीति है-**तत्र प्रत्यक्षचित्रस्वप्नादौ सादरं प्रियदर्शनं चक्षु:प्रीतिरित्यर्थः।**[२] उदाहरणार्थ-

प्रियं प्रियां च त्रिजगज्जयिश्रियौ लिखाधिलीलागृहभित्ति कावपि ।
इति स्म सा कारुतरेण लेखितं नलस्य च स्वस्य च सख्यमीक्षते ।[३]

'विलास-भवन की दीवार पर तीन लोकों को जीतने वाली शोभावाले किसी नायक-नायिका को चित्रित करो,' ऐसी आज्ञा देकर दमयन्ती कुशल चित्रकार द्वारा चित्रित नायक-नायिका में नल और अपनी सहस्थिति देखती थी।

उपर्युक्त श्लोक में दमयन्ती की चक्षु:प्रीति का वर्णन हुआ, क्योंकि वह चित्रस्थ नायक-नायिका में नल को अपने साथ देखकर अपनी आँखों को तृप्त करती थी।

२. मन:सङ्ग

प्रतापरुद्रीय- मन:सङ्गः प्रियतमे नित्यं चित्तस्य विश्रमः।

कामसूत्र पर जयमङ्गला-ततो विषयाप्राप्तो मन:सङ्गस्तत्र मनसः सक्तिः।[४]

---

१. प्रताप०-रसप्रकरण, पृ० ३१०, काम०-५.१.५ पर जयमङ्गला

२. प्रतापरुद्रीय-रसप्रकरण, पृ० ३१० रत्नापणटीका

३. नैषधीयचरित-१.३८

४. प्रताप०-रसप्रकरण, पृ० ३११, काम०-५.१.५ पर जयमङ्गला

सर्वदा प्रिय में चित्त की विश्रान्ति होना अथवा संलग्न रहना मनःसङ्ग है। उदाहरणार्थ-

कथाप्रसङ्गेषु मिथः सखीमुखात्तृणेऽपि तन्व्या नलनामनि श्रुते।
द्रुतं विधूयान्यदभूयताऽनया मुदा तदाकर्णनसज्जकर्णया॥[1]

कोमलाङ्गी दमयन्ती ने परस्पर वार्तालाप के क्रम में सखियों के मुख से 'नल' नामक तृण की चर्चा सुनकर झटपट सारा काम छोड़ दिया और हर्षपूर्वक नल के श्रवण में अपने कानों को लगाया।

उपर्युक्त श्लोक में मनःसङ्ग-रूप कामदशा का वर्णन है, क्योंकि दमयन्ती नल के प्रति इतनी आकर्षित थी कि वह नल नामक तृण की चर्चा पर भी सारा कार्य छोड़कर उस ओर चित्त लगा देती थी जिस ओर नल का उल्लेख होता रहता था। नल के उल्लेख मात्र से उसके चित्त को विश्रान्ति मिलती थी।

३. अभिलाष

नाट्यशास्त्र- **व्यवसायात्समारब्धः सङ्कल्पेच्छासमुद्भवः।**
समागमोपायकृतः सोऽभिलाषः प्रकीर्तितः॥

शृङ्गारतिलक- **व्यवसायो भवेद्यत्र बाढं तत्संगमाशया।**
संकल्पाकुलचित्तत्वात्सोऽभिलाषः स्मृतो यथा॥

नाटकलक्षणरत्नकोश- **यूनश्चक्षुषा पीतं रूपं युवतेः सङ्गमायाभिलाषं जनयति।**

दशरूपक- **अभिलाषः स्पृहा तत्र कान्ते सर्वाङ्गसुन्दरे।**
दृष्टे श्रुते वा तत्रापि विस्मयानन्दसाध्वसाः॥

भावप्रकाशन- **सङ्कल्पेच्छासमुद्भूतव्यवसायपुरस्सरः।**
यस्तत्समागमोपायः सोऽभिलाषः प्रकीर्तितः॥

साहित्यदर्पण- **अभिलाषः स्पृहा।**

उज्ज्वलनीलमणि- **व्यवसायोऽभिलाषः स्यात्प्रियसङ्गमलिप्सया।**
स्वमण्डनान्तिकप्राप्तिरागप्रकटनादिकृत्॥[2]

संकल्प तथा इच्छा के कारण प्रिय से मिलने का जो भाव मन में उत्पन्न होता है, उस समागम के लिए जो मानसिक उद्योग होता है, उसे ही अभिलाष कहते हैं। यह अभिलाष प्रिय को देखकर

---

१. नैषधीयचरित-१.३५

२. ना० शा०-२४.१७२, शृङ्गार०-२.९, नाटक०-पृ० २३२, दश०-४.५३, भा० प्र०-४.८५, साहित्य०-३.१९१, उज्ज्वल०-शृङ्गारभेद-४७

भी उत्पन्न हो सकता है और उसके विषय में सुनकर भी हो सकता है। इस दशा में नायक अथवा नायिका की क्या स्थितियाँ हो जाती हैं उस पर भी कुछ शास्त्रकारों ने विचार किया है-

नाट्यशास्त्र- **निर्याति विशति च मुहुः करोति चाकारमेव मदनस्य।**
तिष्ठति च दर्शनपथे प्रथमस्थाने स्थिता कामे॥

नाटकलक्षणरत्नकोश- **तेन खल्वसौ खिद्यति, पुलकमावहति, शून्यदृष्टिः, पार्श्वमागतां सखीमपि न पश्यति, पृच्छमाना नोत्तरं प्रयच्छति, चरणकमल-कोट्या भुवमालिखति, लज्जया मन्दमन्दचित्तगतमावेदयति।**

दशरूपक- **साक्षात्प्रतिकृतिस्वप्नच्छायामायासु दर्शनम्।**
श्रुतिव्याजात्सखीगीतमागधादिगुणस्तुतेः ॥

भावप्रकाशन- **मुहुरन्तः प्रविशति निर्गच्छति मुहुः पथि।**
करोति मान्मथीं चेष्टां तद्दृष्टिपथवर्तिनी॥
अलङ्करोति चात्मानमास्ते चैकाकिनी क्वचित्।
अभिलाषभवाभावाः कथ्यन्ते मान्मथा बुधैः॥[1]

अभिलाष की स्थिति में प्रिय के स्थान पर बार-बार जाना या जाकर बाहर आना तथा उसकी दृष्टि में अपने को बार-बार लाकर अनुराग का प्रदर्शन होता है। प्रिय के लिए अपने को अलङ्कृत करना भी अभिलाष के ही अन्तर्गत है। नायक अथवा नायिका का दर्शन साक्षात् रूप से, चित्र के द्वारा, स्वप्न, इन्द्रजाल आदि माया के द्वारा भी हो सकता है। यह सखियों के द्वारा गाये हुए गीत अथवा मागध आदि की गुणस्तुति के द्वारा भी हो सकता है। सागरनन्दी ने अभिलाष की स्थिति में नायिका का खिन्न होना, रोमाञ्चित होना, शून्यदृष्टि होना, पास में आयी हुई सखी को भी न देख पाना, कुछ पूछने पर भी उत्तर न देना, लज्जावश चरणाङ्गुलियों से जमीन कुरेदना तथा अपने मन की बातों को धीरे-धीरे खोलना आदि को इस दशा के अनुभाव के रूप में वर्णित किया है। किन्तु ऐसा मानना उचित प्रतीत नहीं होता है, क्योंकि ऐसे अनुभाव तो बाद की काम-दशाओं में आ पाते हैं। उदाहरणार्थ-

प्रविशति यथा गेहेऽकस्माद्बहिश्च विचेष्टते
वदति च यथा सख्या सार्धं सहासमिवोत्सुका।
दयितवदनालोके मन्दं यथा च चलत्यसौ
मृगदृशि तथा तस्यां शङ्के स्मरेण कृतं पदम्॥[2]

---

१. ना० शा०-२४.१७३, नाटक०-पृ० २३२, दश०-४.५४, भा० प्र०-४.८६

२. शृङ्गारतिलक-२.१०

वह मृगनयनी घर में जाती है और अचानक ही बाहर निकल आती है, सखियों के साथ वार्तालाप में हास्य के साथ बात करती है तथा मन्द-मन्द चलती है, ऐसा लगता है कि काम ने उस पर अपना पैर रख दिया है।

उपर्युक्त श्लोक में अभिलाष नामक कामदशा का चित्रण हुआ है, क्योंकि नायिका ऐसे-ऐसे व्यवहार करती है जिससे स्पष्ट परिलक्षित हो जाता है कि उसमें काम विकार का आविर्भाव हो चुका है और उसमें नायक की प्राप्ति के प्रति अभिलाषा जग चुकी है।

४. चिन्ता

नाट्यशास्त्र– **केनोपायेन सम्प्राप्तिः कथं वासौ भवेन्मम ।**
दूतीनिवेदितैर्भावैरिति चिन्तां निदर्शयेत् ॥

शृङ्गारतिलक– **कथं स वल्लभः प्राप्यः किं कुर्यां तस्य तुष्टये ।**
कथं भवेदसौ वश्य इति चिन्ता भवेद्यथा ॥

दशरूपक– **ध्यानं चिन्तेहितानाप्तेः शून्यताश्वासतापकृत् ।**

भावप्रकाशन– **केनोपायेन तत्प्राप्तिर्ममैव स भवेत्कथम् ।**
किं स वक्ष्यति किं वक्ष्ये दूतादि प्रेषयामि किम् ॥
किं तेनेति वितर्कोऽयं हृदि चिन्तेति कथ्यते ।

साहित्यदर्पण– **चिन्ता प्राप्त्युपायादिचिन्तनम् ।**

उज्ज्वलनीलमणि– **अभीष्टावाप्त्युपायानां ध्यानं चिन्ता प्रकीर्तिता ।**
शय्याविवृत्तिनिश्वासनिर्लक्षप्रेक्षणादिकृत् ॥[1]

यह प्रिय मेरा किस तरह होगा, किस तरह इसे प्राप्त करूँ, ऐसे भाव को चिन्ता नामक कामदशा कहते हैं जिसमें दूती आदि का प्रेषण भी किया जाता है। इस दशा में नायक अथवा नायिका की कैसी स्थिति हो जाती है उसका भी वर्णन कुछ शास्त्रकारों ने किया है–

नाट्यशास्त्र– **आकेकरार्धविप्रेक्षितानि वलयरशनापरामर्शः ।**
नीवीनाभ्याः संस्पर्शनञ्च कार्यं द्वितीये तु ॥

नाटकलक्षणरत्कोश- **किं तेन तस्मिन् क्षणे यथैव मया दृष्टोऽसौ तथा दृष्टाहमपि न वा मन्दभागिनी दृष्टास्मीति सखीभिः पुनरुक्तमिममेव वृत्तान्तमावर्तयति। अनुरागप्रत्याकलनकलानिमित्तमवस्थासूचकमनेकार्थगर्भितञ्च मन्मथलेखं प्रस्थापयति।**

---

१. ना० शा०–२४.१७४, शृङ्गार०–२.११, दश०–४.१६, भा० प्र०–४.८७, साहित्य०–३.१९१, उज्ज्वल०–शृङ्गारभेद–४९

भावप्रकाशन- बध्नाति मेखलादीनि परामृशति पाणिना ॥
स्पृशत्यूरुञ्च नाभिञ्च नीवीं विस्रस्य नह्यति ।
अन्तर्वाष्पोद्‌गमं चक्षुराकेकरकनीनिकम् ॥
अन्तर्बहिः पुरः पश्चादनालम्बनवीक्षणम् ।
चिन्तासमुत्थिता ह्येते भावाः स्युर्मन्मथाश्रयाः ॥[१]

इस दशा में नायिका अर्धनिमीलित नेत्रों से देखती है, अपने कंगन या करधनी पर हाथ फेरती है तथा नाभि और पिंडली आदि को छूती है। वह हमेशा यही कहती है कि जिस तरह मैंने उसे देखा है, क्या उसने भी मुझे इसी रूप में देखा है? सागरनन्दी के अनुसार ऐसी स्थिति में वह अपनी अवस्थाओं के सूचक प्रेमपत्र आदि लिखती है। वस्तुतः दूती का प्रेषण अथवा प्रेम-पत्र-प्रेषण एक तरह की स्थितियों को ही अभिव्यक्त करता है। सागरनन्दी ने यह भी बताया है कि वह प्रेमपत्र कैसा होना चाहिए। उनके अनुसार नायिका ऐसा प्रेमपत्र भेजे जिससे उसकी मानसिक दशा का कलापूर्ण उल्लेख हो। वह पत्र केतकी के पत्ते पर कस्तूरी से कुरेदकर लिखा गया हो, रेशमी धागे से लिपटा हुआ हो, मलयचन्दन का उस पर लेप हो और नायिका स्तनों का चित्र बनाकर उसपर सुन्दर अक्षरों में प्रियतम का नाम लिखे-

पत्रं केतकसम्भवं मृगमदन्यस्ताक्षरं तन्तुभि-
र्माङ्गल्यैः परिवेष्टितं मलयजैरार्द्रैर्दधन्मृत्तिकाम् ।
विन्यस्तस्तनमुद्रमञ्चितबहिर्नाम प्रियस्योद्वह-
त्तन्वी मन्मथलेखशिल्पकमिदं कुर्याद्दशादेशकम् ॥[२]

उदाहरणार्थ-

तदिहानवधौ निमज्जतो मम कन्दर्पशराऽऽधिनीरधौ ।
भव पोत इवाऽवलम्बनं विधिनाऽऽकस्मिकसृष्टसन्निधिः ॥[३]

इस कारण इस अपार कामबाणरूप मनोव्यथा के समुद्र में डूबते हुए मेरे लिए दैववश मेरे समीप आये हुए तुम नौका की तरह मेरे लिए अवलम्बन बनो।

उपर्युक्त श्लोक में चिन्ता नामक कामदशा का चित्रण हुआ है, क्योंकि राजा नल दमयन्ती को पाने की लालसा से चिन्तित हैं और इस कार्य की पूर्ति के लिए वे हंस को दूत के रूप में भेजते हैं।

---

१. ना० शा०–२४.१७५, नाटक०–पृ० २३३, भा० प्र०–४.८८

२. नाटकलक्षणरत्नकोश–पृ०२३३

३. नैषधीयचरित–२.६०

५. अनुस्मृति

नाट्यशास्त्र- मुहुर्मुहुर्निश्वसितैर्मनोरथविचिन्तनैः ।
प्रद्वेषाच्चान्यकार्याणामनुस्मृतिरुदाहृता ॥

शृङ्गारतिलक- द्वेषो यत्रान्यकार्येषु तदेकाग्रं च मानसम् ।
श्वासैर्मनोरथैश्चापि चेष्टा तत्स्मरणं यथा ॥

नाटकलक्षणरत्नकोश- प्रियस्यानुभूतरूपस्मरणादनुस्मरणमुपजायते।

दशरूपक- सदृशज्ञानचिन्ताद्यैः संस्कारात्स्मृतिरत्र च ।
ज्ञातत्वेनार्थभासिन्यां भ्रूसमुन्नयनादयः ॥

भावप्रकाशन- सुखदुःखादिभावानां देशकालानुषङ्गिणाम् ।
अनुभूयातिवृत्तानां विमर्शो मनसा स्मृतिः ॥

उज्ज्वलनीलमणि- अनुभूतप्रियादीनामर्थानां चिन्तनं स्मृतिः ।[१]

बार-बार उसाँसे लेना, प्रिय के विषय में चिन्ता के कारण किसी भी कार्य में मन का नहीं लगना अनुस्मृति अथवा स्मृति है। इसमें देश-काल के अनुसार सुख-दुःख आदि भावों का और अनुभवजन्य दुराचारों का मानस विचार-विमर्श होता है। स्मृति दशा के आने पर नायक अथवा नायिका की स्थिति कैसी हो जाती है इसका वर्णन करते हुए शास्त्रकारों ने कहा है कि ऐसी स्थिति में चित्त प्रिय में निमग्न रहता है, अतः न बैठने में, न सोने में और न ही अपने किसी अन्य कार्य में मन लगता है। ऐसी स्थिति में ध्यान करना, श्वास लेना, द्वेष करना, अन्य कार्यों की निन्दा करना, अनशन करना, न बैठना, न सोना और न ही कहीं प्रेम प्राप्त करना आदि भाव आते हैं-

नाट्यशास्त्र- नैवासने न शयने धृतिमुपलभते स्वकर्मणि ।
तच्चिन्तोपगतत्वात् तृतीयमेवं प्रयुञ्जीत ॥

नाटकलक्षणरत्नकोश-यत्र सकलविषयव्यावृत्तिः, करणीयेष्वनादरः, इतिकर्तव्यमूढञ्च हृदयमुत्पद्यते ।

भावप्रकाशन- ध्यायति श्वसिति द्वेष्टि कार्यमन्यच्च निन्दति ।
न भुङ्क्ते नापि निद्राति न प्रीतिं लभते क्वचित् ॥
एते ह्यनुस्मृतिभवा भावा मन्मथकल्पिताः ।

उज्ज्वलनीलमणि- अत्र कम्पाङ्गवैवश्यस्वापनिश्वसितादयः ॥[२]

---

१. ना० शा०-२४.१७६, शृङ्गार०-२.१३, नाटक०-पृ० २३४, दश०-४.२०, भा० प्र०-४.८९, उज्ज्वल०-शृङ्गारभेद-५१

२. ना० शा०-४.१७७, नाटक०-पृ० २३४, भा० प्र०-४.९०, उज्ज्वल०-शृङ्गारभेद-५१.

उदाहरणार्थ-

शयनमशनं यानं स्थानं सखीवचनश्रुतिं
न खलु कुरुते सेवाकाले गुरोरपि संभ्रमम्।
सकलविषयव्यावृत्तात्मा घनश्वसितोद्गमा
स्मरति सततं तञ्चैवेकं स्मरज्वरयामिनी ॥[1]

सभी प्रकार के विषयों से जिसका मन हट गया है, ऐसी नायिका का मन सदा उसी प्रिय के चिन्तन में लगा हुआ है। उसे ज्वर है और इस स्मरज्वर के कारण वह जोरों से उसाँसे भर रही है, सोने, चलने, खाने और बैठने का भी उसे ध्यान नहीं रह गया है, सखियों की बातें भी नहीं सुनती है और सेवा के समय पूज्यजनों की सेवा भी नहीं करती है।

उपर्युक्त श्लोक में अनुस्मृति अथवा स्मृति नामक कामदशा का चित्रण हुआ है, क्योंकि नायिका की ऐसी दशा का चित्रण किया गया है जिसमें दिखाया गया है कि वह अपने प्रिय का स्मरण करने में और सब कुछ भूल गई है।

६. गुणकीर्तन

नाट्यशास्त्र- **अङ्गप्रत्यङ्गलीलाभिर्वाक्चेष्टाहसितेक्षितैः ।**
नास्त्यन्यः सदृशस्तेनेत्येतत् स्याद् गुणकीर्तनम् ॥

शृङ्गारतिलक- **सौन्दर्यहसितालापैर्नास्त्यन्यस्तत्समो युवा ।**
इति वाणी भवेद्यत्र तदिदं गुणकीर्तनम् ॥

नाटकलक्षणरत्नकोश- **प्रियस्यान्यव्यापारतया सखीसमक्षं गुणानां कीर्तनं गुणकथा ।**

भावप्रकाशन- **रूपौदार्यगुणैर्लीलाचेष्टाहसितविभ्रमैः ॥**
सौन्दर्यालापमाधुर्यैर्नास्त्यन्यस्तत्समः पुमान् ।
इति यत्रेदृशी वाणी भवेत्सैव गुणस्तुतिः ॥

उज्ज्वलनीलमणि- **सौन्दर्यादिगुणश्लाघा गुणकीर्तनमुच्यते ।**[2]

अंगों की लीलापूर्ण चेष्टा के साथ हँसने, बोलने, देखने आदि से ऐसा व्यवहार करना मानो प्रिय के समान और दूसरा कोई नहीं है, गुणकीर्तन नामक कामदशा है। नायक अथवा नायिका जब ऐसा व्यवहार करें जिससे प्रतीति हो कि उसकी दृष्टि में नायिका अथवा नायक ही हर तरह से गुणों में बढ़कर है, गुणकीर्तन, गुणकथन अथवा गुणकथा नामक कामदशा है। इस कामदशा के व्यवहारों

१. नाटकलक्षणरत्नकोश–पृ० २३४

२. ना० शा०–२४.१७८, शृङ्गार०–२.१५, नाटक०–पृ० २३४, भा० प्र०–४.९१, उज्ज्वल०–शृङ्गारभेद–५३

का विवेचन करते हुए शास्त्रकारों ने कहा है कि इस अवस्था में रोमाञ्च, अश्रु तथा स्वेद का पोंछना, मिलन के लिए दूती का प्रेषण आदि कार्य किये जाते हैं। इसमें प्रिय अथवा प्रिया के गुणों का आदरपूर्वक उल्लेख, भाव में मन्थरता, दूती द्वारा प्राप्त सन्देश के प्रति विश्वास और प्रिय-मिलन के प्रति चिन्तनपूर्वक प्रिय के गुणों की स्तुति होती है-

नाट्यशास्त्र- **गुणकीर्तनोल्लुकसनैरश्रुस्वेदापमार्जनैश्चापि ।**
दूत्यविरहविस्रम्भैरभिनययोगश्चतुर्थे तु ॥

भावप्रकाशन- **गुणान् गणयति स्वैरं वीक्षते भावमन्थरम् ।**
रोमाञ्चो गद्गदपदा वाक्स्वेदश्च कपोलयोः ॥
विस्रम्भकथनं दूत्या तत्समागमचिन्तनम् ।
एवङ्गुणस्तुतिभवा भावा मदनसूचनाः ॥

उज्ज्वलनीलमणि- अत्र वेपथुरोमाञ्चकण्ठगद्गदिकादयः ॥[१]

उदाहरणार्थ-

नेत्रे खञ्जनगञ्जने सरसिजप्रत्यर्थि पाणिद्वयं
वक्षोजौ करिकुम्भविभ्रमकरीमत्युन्नतिं गच्छतः ।
कान्तिः काञ्चनचम्पकप्रतिनिधिर्वाणी सुधास्यन्दिनी
स्मेरेन्दीवरदामसोदरवपुस्तस्याः कटाक्षच्छटा ॥[२]

इस सुन्दरी की आँखें खंजन पक्षी की आँखों से भी अधिक सुन्दर हैं, इसके दोनों हाथ कमल से होड़ लेते हैं, इसके उभरे हुए स्तन करिकुम्भ के उभार को भी चुनौती दे रहे हैं, इसकी शोभा स्वर्णचम्पा के फूल की तरह है, इसकी वाणी से मानो अमृत टपक रहा है और इसके कटाक्षों की छटा तो नीलकमल की माला की तरह है।

उपर्युक्त श्लोक में विश्वनाथ महापात्र ने नायक की ओर से नायिका की गुणस्तुति करायी है जिसमें नायक यह दिखाता है कि नायिका से बढ़कर इस संसार में कोई वस्तु उत्तम नहीं हो सकती है। सभी प्रकार की उत्तमता उस नायिका में ही समाहित है।

७. उद्वेग

नाट्यशास्त्र- **आसने शयने चापि न तुष्यति न तिष्ठति ।**
नित्यमेवोत्सुका च स्याद्उद्वेगस्थानमाश्रिता ॥

१. ना० शा०-२४.१७९, भा० प्र०-४.९२, उज्ज्वल०-शृङ्गारभेद-५३.

२. साहित्यदर्पण-पृ०-१५९

शृङ्गारतिलक- **यस्मिन्रम्यमरम्यं स्यान्न च हर्षाय किंचन।**
प्रद्वेषः प्राणितव्येऽपि स उद्वेगः स्मृतो यथा॥

नाटकलक्षणरत्नकोश- **बहुभिरपि यत्नैरनासाद्यमाने तत्सङ्गमसुखे उद्वेगः।**

भावप्रकाशन- **उद्वेगो मानसः कम्पः क्रोधशोकभयादिजः।**

उज्ज्वलनीलमणि- **उद्वेगो मनसः कम्पः।**[१]

जिसे बैठने अथवा सोने में भी सन्तोष अथवा हर्ष नहीं होता है और केवल अपने प्रिय से सङ्गम के प्रति उत्सुकता बनी रहती है, उस कामावस्था को उद्वेग कहा जाता है। उद्वेग दशा की स्थितियों का वर्णन करते हुए शास्त्रकारों ने कहा है कि ऐसी दशा में चिन्ता, उसाँसे लेना, खेद प्रकट करना, हृदय की पीड़ा को अभिव्यक्त करना आदि उद्विग्नता के भाव होते हैं। इस दशा में चन्द्रमा, चन्दन, श्रेष्ठ निवास तथा कमल आदि की सुन्दरता भी अच्छी नहीं लगती है। नींद से जग जाना, स्तम्भ, विवर्णता आदि भाव भी रहते हैं-

नाट्यशास्त्र- **चिन्तानिःश्वासखेदेन हृद्दाहाभिनयेन च।**
कुर्यात्तदेवमत्यन्तमुद्वेगाभिनयेन च॥

नाटकलक्षणरत्नकोश- **चन्द्रचन्दनसुधामन्दिरारविन्दप्रभृतिषु सुन्दरेष्वपि प्रद्वेषः सर्वतोहृदयस्याधृतिरवस्थानञ्च।**

भावप्रकाशन- **निश्वासोन्निद्रताचिन्ताः स्तम्भो वैवर्ण्यमश्रु च॥**
न शय्यासनयोः प्रीतिर्हृल्लेखो दीनतापि च।
एवमुद्वेगजा भावाः कन्दर्पपरिकल्पिताः॥

उज्ज्वलनीलमणि- **तत्र निश्वाससंज्वरौ।**
स्तम्भश्चिन्ताश्रुवैवर्ण्यस्वेदादय उदीरिताः॥[२]

उदाहरणार्थ-

सुधावेश्म द्वेष्टि स्फुटितकमलां द्वेष्टि नलिनीं
सखीन्यस्तां भूषां क्षिपति न विनोदेषु रमते।
घनारूढोद्वेगा क्वचिदपि न धत्ते धृतिमसौ
प्रियालोके यद्यन्नः कृतमथ तस्मै स्पृहयति॥[३]

---

१. ना० शा०-२४.१८०, शृङ्गार०-२.१७, नाटक०-पृ०२३५, भा० प्र०-४.९३, उज्ज्वल०-शृङ्गारभेद-२५

२. ना० शा०-२४.१८१, नाटक०-पृ०२३५, भा० प्र०-४.९३, उज्ज्वल०-शृङ्गारभेद-२५

३. नाटकलक्षणरत्नकोश-पृ०२३५

वह विशाल भवन और विकसित कमल या कमलिनी को देखकर उससे ईर्ष्या करने लगी है, सखियों के द्वारा आभूषण पहनाये जाने पर उन्हें दूर फेंक देती है, मनोविनोद के लिए किये हुए परिहास से भी प्रसन्न नहीं होती है, किसी वस्तु को देखकर या उसे पाकर भी धीरज नहीं रख पाती है और हमेशा यही चाहती है कि मैं जो प्रिय के देखने पर या आने पर नहीं कर पायी उसे अब अवश्य करूँगी।

उपर्युक्त श्लोक में किसी नायिका की उद्विग्नता का वर्णन हुआ है, इस कारण यहाँ उद्वेग नामक कामदशा कही जाएगी।

८. विलाप

नाट्यशास्त्र- **इह स्थित इहासीन इह चोपगतो मया।**
इति तैस्तैर्विलपितैर्विलापं सम्प्रयोजयेत् ॥

शृङ्गारतिलक- **बम्भ्रमीति मनो यस्मिन्नत्यौत्सुक्यादितस्ततः।**
वाचः प्रियाश्रिता एव स प्रलापः स्मृतो यथा।

नाटकलक्षणरत्नकोश- **प्रियस्य प्रथमदर्शनोपनतलज्जयाऽपरिचित इत्यविश्वासविषयत्वात्तत्काल इदं न कृतमिदं न कृतमित्यनुतापाद् विप्रलापः।**

भावप्रकाशन- **इहादृष्टमिहाश्लिष्टमिहागतमिह स्थितम्।**
इह निवृत्तमत्रैव शयितं चाप्यलङ्कृतम् ॥
एवमादीनि वाक्यानि प्रलाप इति कथ्यते।

प्रतापरुद्रीय- **प्रलापः प्रियसंश्लिष्टगुणालाप उदाहृतः।**

साहित्यदर्पण- **अलक्ष्यवाक्प्रलापः स्याच्चेतसो भ्रमणाद्भृशम्।**[1]

'वे यहाँ रहते थे, यहाँ बैठते थे, यहाँ मुझसे मिले थे,' आदि वचनों को याद कर-कर के जो रोना होता है उसे ही विलाप, प्रलाप अथवा विप्रलाप नामक कामदशा कहा जाता है। आचार्य सागरनन्दी के अनुसार जब नायिका नायक को प्रथम बार देखकर लज्जावश, परिचयाभाव के कारण अथवा विश्वासाभाव के कारण बातें नहीं कर सकी हो और उसकी याद करके बार-बार विलाप करे उस हृदय-सन्ताप को ही विप्रलाप कहा जाता है। यदि भरत आदि की परिभाषा स्वीकार की जाए तब तो केवल प्राप्तसुरतोत्सवावस्था में ही यह कामदशा हो पाएगी, किन्तु सागरनन्दी की परिभाषा के अनुसार यह कामदशा अप्राप्तसुरतोत्सवावस्था में भी होगी। इस दशा में जो नायिका अथवा नायक की स्थिति होती है उसका उल्लेख करते हुए शास्त्रकारों ने कहा है कि ऐसी स्थिति में नायिका अन्दर-बाहर, आगे-पीछे, दूर से तो कभी समीप से कहीं देखती है, कहीं जाती है, कहीं

---

१. ना० शा० २४.१८२, शृङ्गार०–२.१९, नाटक०–पृ० २३५, प्रताप०–रसप्रकरण–पृ० ३१२, साहित्य०–३.१९२

भी रुक जाती है, कहीं सो जाती है, कभी निन्दा करती है, कभी प्रसन्न होती है, इधर-उधर भटकती है, घूमती है, दौड़ती है तथा चिल्लाती है–

नाट्यशास्त्र- **उद्विग्नात्यर्थमौत्सुक्यादधृत्या च विलापिनी।**
ततस्ततश्च भ्रमति विलापस्थानमाश्रिता॥

भावप्रकाशन- **अन्तर्बहिः पुरः पश्चाद्दूरादारात् समीपतः॥**
क्वचित्पश्यति यात्येव क्वचित्क्वाप्यवतिष्ठते।
आस्ते क्वचित्क्वचिच्छेते क्वचिन्निन्दति नन्दति॥
इतश्चेतश्च रथ्यायां रौति भ्राम्यति धावति।
एवं विलापजा भावा मनोभववशानुगाः॥[१]

उदाहरणार्थ–

सा बाला वयमप्रगल्भमनसः सा स्त्री वयं कातराः
सा पीनोन्नतिमत्पयोधरयुगं धत्ते सखेदा वयम्।
साक्रान्ता जघनस्थलेन गुरुणा गन्तुं न शक्ता वयं
दोषैरन्यजनाश्रयैरपटवो जाताः स्म इत्यद्भुतम्॥[२]

वह बाला है (उसे कुंठित-हृदय होना चाहिए), किन्तु उसे पा न सकने के कारण मैं कुण्ठित-हृदय हो रहा हूँ, वह स्त्री है (अतः कातरता उसमें होनी चाहिए थी), किन्तु मैं कातर हो रहा हूँ, वह उन्नत स्तन-युगल से युक्त है (अतः खेद उसे होना चाहिए), किन्तु मैं खेद-युक्त हूँ, वह भारी नितम्बों से आक्रान्त है (अतः उसे चलने में असमर्थ होना चाहिए), किन्तु मैं चलने में असमर्थ हो रहा हूँ। यह तो महान् आश्चर्य की बात है कि दोष किसी और में है, किन्तु उसकी अपटुता मुझमें विद्यमान है।

उपर्युक्त श्लोक में किसी नायक की विलापावस्था अथवा प्रलापावस्था का चित्रण हुआ है, क्योंकि वह नायिका के विविध हाव-भाव को देखकर अथवा स्मरण कर उद्विग्न होकर प्रलाप करता है।

९. उन्माद

नाट्यशास्त्र- **तत्संश्रितां कथां युङ्क्ते सर्वावस्थागतापि हि।**
पुंसः प्रद्वेष्टि चाप्यन्यानुन्मादः सम्प्रकीर्तितः॥

१. ना० शा०–२४.१८३, भा० प्र०–४.९५
२. अमरुकशतक–३४

श्रृङ्गारतिलक- श्वासप्ररोदनोत्कम्पवसुधोल्लेखनैरपि ।
व्यापारो जायते यत्र स उन्मादः स्मृतो यथा ॥

नाटकलक्षणरत्नकोश-अतिचिरकालमेवंविधविविधकष्टभावनायां प्रकृतिविपर्ययादुन्मादः ।

दशरूपक- अपेक्षाकारितोन्मादः सन्निपातग्रहादिभिः ।

भावप्रकाशन- उन्मादो विरहोत्थो यः सोऽतस्मिंस्तद्ग्रहाग्रहः ।

प्रतापरुद्रीय- उन्मादस्तुल्यवर्तित्वं चेतनाचेतनेष्वपि ।

साहित्यदर्पण- उन्मादश्चापरिच्छेदश्चेतनाचेतनेष्वपि ।[१]

जब केवल अपने इष्ट का ही ध्यान बना रहता है अथवा केवल उसी के विषय में बातचीत की जाती है और अन्य व्यक्तियों के प्रति विराग या द्वेष हो जाता है तो उसे उन्माद कहते हैं। शारदातनय तथा विद्यानाथ के अनुसार किसी वस्तु में अन्य वस्तु का आरोपण अथवा विवेकशून्यता और चेतन तथा अचेतन में समान आचरण का होना उन्माद कहलाता है।

इस उन्माद दशा में नायक अथवा नायिका की कैसी स्थिति होती है उसका वर्णन करते हुए शास्त्रकारों ने कहा है कि इस दशा में अपलक देखना, लम्बी साँस खींचना, ध्यान करने अथवा चलने के समय रोना, हँसना, बैठ जाना, गिर पड़ना, स्तुति करना, मोहित होना आदि अनुभाव होते हैं–

नाट्यशास्त्र- तिष्ठत्यनिमिषदृष्टिर्दीर्घं निःश्वसिति गच्छति ध्यानम् ।
रोदिति विहारकाले नाट्यमिदं स्यात्तथोन्मादे ॥

नाटकलक्षणरत्नकोश- यत्र विना हेतोः रोदिति, विना निद्रां स्वपिति, विना प्रहर्षेण हसति, विना क्रोधात् क्रुध्यति, तच्च सुभगमितस्ततः सङ्कल्पवर्णिकाविलिखितमवलोकयते, तमालिङ्गितुं नभसि भुजलतां प्रसारयति, तच्च सन्ततवाष्पजलधाराकलितललितनीलनयनोत्पलयुगला विविधमुग्धविदग्धभङ्गितरङ्गवद्भिर्वचनैरुपालभते।

दशरूपक- अस्मिन्नवस्था रुदितगीतहासासितादयः ॥

भावप्रकाशन- सर्वावस्थासु सर्वत्र सर्वथा सर्वदा मनः ॥
तद्गतं तत्कथाह्लादि प्रद्वेष्टीष्टानपीतरान् ।
दीर्घं मुहुर्निश्वसिति तिष्ठत्यनिमिषेक्षणम् ॥

---

१. ना॰ शा॰–२४.१८४, श्रृङ्गार॰–२.२१, नाटक॰–पृ॰ २३६, दश॰–४.३०, भा॰ प्र॰–४.९६, प्रताप॰–रसप्रकरण, पृ॰ २९७, साहित्य॰–३.१९१

विहारकाले रुदति क्रन्दति ध्यायति क्षणम्।
गायति स्वदते तस्मिन् हसति स्तौति मुह्यति॥
इत्थमुन्मादजा भावाः कथिता नाट्यकोविदैः।

साहित्यदर्पण- **अस्थानहासरुदितगीतप्रलपनादिकृत्** ।[1]

उदाहरणार्थ—

प्रासादे सा दिशि दिशि च सा पृष्ठतः सा पुरः सा
पर्यङ्के सा पथि पथि च सा तद्वियोगातुरस्य।
हंहो चेतः प्रकृतिरपरा नास्ति मे कापि सा सा
सा सा सा सा जगति सकले कोऽयमद्वैतवादः॥[2]

महल में वही, दिशाओं में वही, पीछे वही, आगे वही, पलंग पर वही, मार्ग-मार्ग में वही ही वही है। मैं उसके वियोग में ऐसा व्याकुल हो गया हूँ कि उसके अतिरिक्त मेरी कोई प्रकृति ही नहीं रह गई है। सम्पूर्ण संसार में केवल वही ही वही है! यह कैसा अद्वैतवाद है?

उपर्युक्त श्लोक में किसी नायक की उन्मादावस्था का चित्रण हुआ है जो सर्वत्र नायिका का ही दर्शन करता है। उसे और कुछ भी दृष्टिगत नहीं होता है।

१०. तनुता

प्रतापरुद्रीय- **कार्श्यमङ्गस्य तानवम्।**

उज्ज्वलनीलमणि- **तानवं कृशता गात्रे दौर्बल्यभ्रमणादिकृत्।**

कामसूत्र पर जयमङ्गला- **निद्रामलभमानस्य तनुता शरीरकार्श्यम्।**[3]

दुर्बलता, निद्रा के अभाव आदि के कारण होने वाली शारीरिक कृशता को तनुता, तानव, कार्श्य अथवा कृशता कहा जाता है।

उराहरणार्थ—

परिपाण्डुदुर्बलकपोलसुन्दरं
दधती विलोलकबरीकमाननम्।
करुणस्य मूर्तिरथवा शरीरिणी
विरहव्यथेव वनमेति जानकी॥[4]

---

१. ना० शा०—२४.१८५, नाटक०—पृ० २३६, दश०—४.३०, भा० प्र०—४.९७, साहित्य०—३.१६०

२. अमरुकशतक—१०२

३. प्रताप०—रसप्रकरण, पृ० ३१४, उज्ज्वल०—श्रृङ्गारभेद, २८, काम०—५.१.५. पर जयमङ्गला

४. उत्तररामचरित—३.४

अत्यन्त पीले और कृश कपोलों से भी मनोहर तथा चंचल केश-पाश से युक्त मुख को धारण करती हुई सीता करुण की मूर्ति अथवा शरीरधारिणी वियोग-व्यथा के समान वन में आ रही हैं।

उपर्युक्त श्लोक में विरह-व्यथा के कारण सीता की शारीरिक दुर्बलता का चित्रण भवभूति के द्वारा किया गया है। कामज-दुर्बलता से सौन्दर्य में कमी नहीं आ पाती है, इसका उल्लेख भी प्रस्तुत श्लोक के माध्यम से किया गया है।

रूपगोस्वामी कहते हैं कि कुछ शास्त्रकारों ने तानव के स्थान पर विलाप को कामदशा के अन्तर्गत परिगणित किया है-

कैश्चित्तु तानवस्थाने विलापः परिपठ्यते।[1]

रूपगोस्वामी का यह अभिप्राय नहीं है कि तानव और विलाप एक ही प्रकार की दशाएँ हैं, अपितु वे यह कहते हैं कि कुछ शास्त्रकार तानव के स्थान पर विलाप का उल्लेख करते हैं।

११. लज्जात्याग

लज्जात्याग को वात्स्यायन, भोजराज और विद्यानाथ कामदशा के अन्तर्गत परिगणित करते हैं, परन्तु किसी ने इसका लक्षण नहीं दिया है। यशोधर ने इस सम्बन्ध में केवल इतनी ही बात कही है कि लज्जानाश हो जाने पर नायक अथवा नायिका गुरुजनों से भी भयभीत नहीं होते हैं- **गुरुभ्योऽपि निर्लज्जत्वान्न बिभेति।**[2]

उदाहरणार्थ-

वनवाससुखात्पराङ्मुखः प्रयियासा गृहमेव येन मे ।
न हि शर्म लभे तया विना नृपतिर्हीन इवोत्तमश्रिया ।।[3]

मैं (नन्द) वनवास के सुख से पराङ्मुख हूँ, इसलिए मैं घर जाना चाहता हूँ। उसके बिना मैं वैसे ही शान्ति नहीं पा रहा हूँ जैसे राज्यलक्ष्मी से रहित कोई राजा शान्ति नहीं पाता है।

उपर्युक्त श्लोक में नन्द की वैसी स्थिति का वर्णन है जिसमें वह आश्रम में रहता हुआ भी लज्जा को त्याग कर एक श्रेष्ठ संन्यासी से अपने मन की स्थिति का स्पष्ट वर्णन कर देता है और बताता है कि वह सुन्दरी के बिना नहीं रह सकता है।

१२. व्याधि

नाट्यशास्त्र- सामदानार्थसम्भोगैः काम्यैः सम्प्रेषणैरपि ।
स वैर्निराकृतैः पश्चाद् व्याधिः समुपजायते ।।

---

१. उज्ज्वल॰-शृङ्गारभेद, ३०

२. काम॰ ५.१.५ पर जयमङ्गला

३. सौन्दरनन्द-८.१३

शृङ्गारतिलक- **संतापवेदनाप्रायो दीर्घश्वाससमाकुलः ।**
तनूकृततनुर्व्याधिरष्टमो जायते तथा ॥

भावप्रकाशन- **कामैर्विलोभनं द्रव्यैः सामदानोपबृंहितैः ॥**
प्रेषितैरपि केनापि हेतुना च निराकृतैः ।
अभीष्टसङ्गमाभावाद्व्याधिः समुपजायते ॥

प्रतापरुद्रीय- **तापाधिक्यं ज्वरो मतः ।**

साहित्यदर्पण- **व्याधिस्तु दीर्घनिःश्वासपाण्डुताकृशतादयः ।**

उज्ज्वलनीलमणि- **अभीष्टालाभतो व्याधिः पाण्डिमोत्तापलक्षणः ।**[१]

जब साम, दान आदि उपायों तथा इच्छित वस्तुओं के प्रेषण पर भी प्रिय की प्राप्ति नहीं हो पाती है तब दीर्घ श्वास, तापाधिक्य अथवा ज्वर की अवस्था को व्याधि कहा जाता है। इसे ही सागरनन्दी ने आतङ्क तथा धनञ्जय ने संज्वर और विद्यानाथ ने संज्वर या ज्वर कहा है। इस अवस्था में नायक अथवा नायिका का शरीर तप्त हो उठता है, सिर में तीव्र वेदना होने लगती है, उसे कहीं भी शान्ति नहीं मिलती है, जीने की लालसा नहीं रह जाती है, आँखों में शिथिलता आ जाती है, जहाँ तहाँ गिरना और विलाप आदि करने की स्थिति आ जाती है, शरीर में कम्प हो जाता है, रात्रि जागते हुए बीतती है, असमय में भोजन और शयन होता है और उन्हें कमलनाल का वलय पहनाया जाता है अथवा ठंडा या गीला कपड़ा पहनाया जाता है–

नाट्यशास्त्र- **मुह्यति हृदयं क्वापि प्रयाति शिरसश्च वेदना तीव्रा ।**
न धृतिञ्चाप्युपलभते ह्यष्टममेवं प्रयुञ्जीत ॥

नाटकलक्षणरत्नकोश- **प्रतियामिनि विषमाशनं निरन्तरचिन्तासन्तानाभिनिवेशो निरवग्रह-परितापप्रशमोपायतया च सेव्यमानमृणालवलयजलार्द्रसंव्यानप्रभृति-शीतोपचार इत्येभिर्निमित्तैः शिरार्तिज्वरलक्षणमातङ्कमावहति।**

भावप्रकाशन- **मोहोऽङ्गदाहः सन्तापः शिरश्शूलञ्च वेदना ।**
मुमूर्षाजीवितोपेक्षा पतनं यत्र कुत्रचित् ॥
स्रस्ताक्षता निश्वसितं स्तम्भश्च परिदेवितम् ।
एते व्याधिभवा भावाः प्रायः शृङ्गारयोनिजाः ॥

साहित्यदर्पण- **वाताद्यैर्भूमीच्छोत्कम्पनादिकृत् ।**

उज्ज्वलनीलमणि- **अत्र शीतस्पृहा मोहनिश्वासतपनादयः ।**[२]

---

१. ना॰ शा॰–२४.१८६,शृङ्गार॰–२.२३, भा॰ प्र॰–४.९८, प्रताप॰–रसप्रकरण, पृ॰ ३१६, साहित्य॰–३.१९२, उज्ज्वल॰–शृङ्गारभेद, ३६

२. ना॰ शा॰–४.१८७, नाटक॰–पृ॰ २३६, भा॰ प्र॰–४.९९, साहित्य॰–३.१६४ उज्ज्वल॰–शृङ्गारभेद, ३६

उदाहरणार्थ–

आतङ्कान्न घटितसङ्गमास्य बाला
प्रौढार्तिः स्वतनुभिरितस्ततः क्षिपन्ती ।
भूयिष्ठं भजति सखीजनेन हस्तं
विन्यस्योरसि सुविमृश्यमानसंज्ञा ॥[1]

वह बाला अपने प्रिय के नहीं मिल पाने के कारण अत्यधिक वेदनावश अपने शरीर को इधर-उधर फेंक रही है और उसकी सखियाँ उसके पास बैठकर उसके दिल की धड़कनों को हाथ रख-कर उसकी चैतन्यावस्था का विचार कर रही हैं।

उपर्युक्त श्लोक में किसी विरहिणी के द्वारा शरीर को इधर-उधर फेंकना तथा उसकी चेतनता की लुप्त हो रही स्थिति का वर्णन होने के कारण यहाँ व्याधि नामक कामदशा है।

१३. जडता

नाट्यशास्त्र- **पृष्टा न किञ्चित्प्रब्रूते न शृणोति न पश्यति ।**
हाकष्टवाक्या तूष्णीका जडतायां गतस्मृतिः ॥

शृङ्गारतिलक- **अकाण्डे यत्र हुंकारो दृष्टिः स्तब्धा गता स्मृतिः ।**
श्वासः समधिकः कार्श्यं जडतेयं स्मृता यथा ॥

नाटकलक्षणरत्नकोश- **प्रियाद्वैतभावनापरिपाकजा जडता ।**

भावप्रकाशन- **जाड्यमप्रतिपत्तिः स्यात्सर्वकार्येषु सर्वदा ।**

प्रतापरुद्रीय- **मूर्च्छा त्वभ्यन्तरेऽवृत्तिर्बाह्येन्द्रियनिमीलनात् ।**

साहित्यदर्पण- **जडता हीनचेष्टत्वमङ्गानां मनसस्तथा ।**

उज्ज्वलनीलमणि- **इष्टानिष्टापरिज्ञानं यत्र प्रश्नेष्वनुत्तरम् ।**
दर्शनश्रवणाभावो जडिमा सोऽभिधीयते ॥
अकाण्डेऽपि हुङ्कारस्तम्भश्वासभ्रमादयः ।[2]

जडता नामक दशा में नायक अथवा नायिका पूछने पर भी उत्तर नहीं देते हैं, स्मृति के नहीं रहने के कारण न बिना देखे और न बिना सुने हाय-हाय करते हैं, प्रियतम के साथ एकात्मभाव का चिन्तन तथा बाह्य विषयों से अपने को पूरी तरह से अलग करके हृदय-शून्य की अवस्था में आ

१. नाटकलक्षणरत्नकोश–पृ० २३६

२. ना० शा०–२४.१८८, शृङ्गार०–२.२५, नाटक०–पृ० २३७, भा० प्र०–४.१००, प्रताप०–रसप्रकरण, पृ० ३१६, साहित्य०–३.१९३, उज्ज्वल०–शृङ्गारभेद, ३१

जाते हैं। इस दशा की स्थितियों का वर्णन करते हुए शास्त्रकारों ने कहा है कि इस दशा में नायक अथवा नायिका असमय में हुंकार भरते हैं, उनके शरीर के सारे अंग ढीले पड़ जाते हैं, मुँह से साँस लेना, बुद्धिमान्द्य, सुख-दुःख का ज्ञान न होना, न किसी गन्ध का ज्ञान, न कुछ दिखाई देना, न कुछ सुनाई देना, कृशता, स्तब्धता, स्पर्श की भी अनभिज्ञता, निर्निमेष नयनों से देखना, मौन हो जाना और किसी प्रकार के शोक का भी अनुभव न होना आदि भाव आ जाते हैं–

नाट्यशास्त्र- **अकाण्डे दत्तहुङ्कारा यथा प्रशिथिलाङ्गिका।**
श्वासग्रस्तानना चैव जडताभिनये भवेत्॥

नाटकलक्षणरत्नकोश- **यस्यां न जिघ्रति, न पश्यति, न संशृणुते, नास्यै कश्चिद्रसः स्वदते इति।**

दशरूपक- **अनिमिषनयननिरीक्षणतूष्णीभावादयस्तत्र ॥**

भावप्रकाशन- **इष्टानिष्टान्न जानाति सुखदुःखे न वेत्ति च॥**
प्रश्ने न किञ्चित्प्रब्रूते न शृणोति न पश्यति।
हाहेति भाषणाकाण्डहुङ्कारः शिथिलाङ्गता॥
कार्श्यवैवर्ण्यनिश्वासाः स्तम्भः स्पर्शानभिज्ञता।
एते जाड्यभवा भावा मीनकेतनमाश्रिताः॥

साहित्यदर्पण- **मूर्च्छनाज्ञानपतनभ्रमणादर्शनादिकृत्।**[१]

उदाहरणार्थ–

हा हा देवि! स्फुटति हृदयं ध्वंसते देहबन्धः
शून्यं मन्ये जगदविरलज्वालमन्तर्जलामि।
सीदन्नन्धे तमसि विधुरो मज्जतीवान्तरात्मा
विष्वङ्मोहः स्थगयति कथं मन्दभाग्यः करोमि।[२]

हाय, हाय, हे देवि! मेरा हृदय फट रहा है, मेरे शरीर के जोड़ ढीले पड़ रहे हैं, संसार को मैं सूना मान रहा हूँ और मैं अन्दर ही अन्दर अनवरत ज्वाला से जल रहा हूँ। खिन्न और व्याकुल मेरी अन्तरात्मा मानो भयंकर अन्धकार में डूब रही है। मूर्च्छा मुझे चारो ओर से घेर रही है। मैं अभागा क्या करुँ?

उत्तररामचरित के उपर्युक्त श्लोक में राम अपनी ही मूर्च्छावस्था का वर्णन कर रहे हैं। इसमें राम की जिन स्थितियों का वर्णन प्राप्त होता है, वे सभी स्थितियाँ शास्त्रकारों के द्वारा जडता या

१. ना॰ शा॰–२४.१८९, नाटक॰–पृ॰ २३७, दश॰–४.१३, भा॰ प्र॰–४.१०१, साहित्य॰–३.१५०
२. उत्तररामचरित–३.३८

मूर्च्छावस्था को द्योतित करती हैं। ऐसी स्थिति वाले राम को नाटककार ने अनन्तर मूर्च्छित अवस्था में भी दिखाया है।

१४. मरण

नाट्यशास्त्र-	**सर्वैः कृतैः प्रतीकारैर्यदि नास्ति समागमः।** **कामाग्निना प्रदीप्ताया जायते मरणन्ततः॥**
शृङ्गारतिलक-	**उपायैर्विविधैर्नार्या यदि न स्यात्समागमः।** **कन्दर्पशरभिन्नाया मरणं जायते ततः॥**
नाटकलक्षणरत्नकोश-	**मरणं प्राणच्छेदः। यथोक्तम्** **यत्नैरलभमानेष्टसङ्गमेऽन्तःप्रदीपितः।** **कामाग्निर्ज्ज्वलयत्यङ्गान्यदोष इव लङ्घनम्॥**
भावप्रकाशन-	**आस्ववस्थासु विहितैः प्रतीकारैः समागमः।** **न भवेद्यदि कामाग्निदग्धयोर्मरणं भवेत्॥**
उज्ज्वलनीलमणि-	**तैस्तैः कृतैः प्रतीकारैर्यदि न स्यात्समागमः।** **कन्दर्पबाणकदनात्तत्र स्यान्मरणोद्यमः॥**[१]

जब नायक अथवा नायिका एक दूसरे को प्राप्त करने के लिए सभी प्रकार के उपाय कर लें, किन्तु उन्हें प्रिय की प्राप्ति न हो सके तो ऐसी स्थिति में मरण नामक कामदशा आती है। ऐसी स्थिति में प्रेम की ज्वाला शरीर को भी दग्ध कर देती है। रूपगोस्वामी के अनुसार ऐसी दशा में नायक अथवा नायिका अपनी सारी प्रिय वस्तुएँ अपने वयस्यों को समर्पित कर देते हैं। भ्रमर, मन्द पवन, ज्योत्स्ना और कदम्ब आदि इसके अनुभाव होते हैं–

तत्र स्वप्रियवस्तूनां वयस्यासु समर्पणम्।
भृङ्गमन्दानिलज्योत्स्नाकदम्बानुभवादयः॥[२]

इस मरण दशा को काव्यों अथवा नाटकों में निबद्ध किया जाए अथवा नहीं इस सम्बन्ध में शास्त्रकारों में मतभेद विद्यमान है। पुनः यदि इसे निबद्ध किया जाय भी तो उसका स्वरूप क्या होगा, इस सम्बन्ध में भी विवाद बना हुआ है। भरत मुनि मात्र इतना कहकर ही मौन हो जाते हैं कि अन्तिम दशा का प्रदर्शन नहीं करना चाहिए। आचार्य रुद्रट इसे अशोभन मानते हैं और इसीलिए उसे काव्योचित नहीं मानते हैं। आचार्य सागरनन्दी तो स्पष्ट शब्दों में कहते हैं कि यह दशा नाटकीय घटना का अंग नहीं हो सकती है। आचार्य शारदातनय मरण को अमङ्गलसूचक मानते हुए उसे

१. ना० शा०–२४.१९०, शृङ्गार०–२.२७, नाटक–पृ०२३८, भा० प्र०–४.१०२, उज्ज्वल०– शृङ्गारभेद, ४२
२. उज्ज्वल०–शृङ्गारभेद, ४३

युवक-युवती के बीच वर्ण्य नहीं मानते हैं। विश्वनाथ महापात्र के अनुसार मरण का वर्णन करने से रस विच्छिन्न हो जाता है, अतः उसका वर्णन नहीं किया जाना चाहिए-

नाट्यशास्त्र- **एवं स्थानानि कार्याणि कामतन्त्रं समीक्ष्य तु।**
अप्राप्तौ यानि काम्यस्य वर्जयित्वा तु नैधनम्॥

शृङ्गारतिलक- **मरणं किं त्वसौन्दर्यात्तयोः कैश्चिन्न बध्यते॥**

नाटकलक्षणरत्नकोश- **तस्यैवंविधस्य मरणस्य लक्षणमनङ्गवृत्तित्वादाचार्येण नोपवर्णितमलमस्योपन्यासेन।**

भावप्रकाशन- **अमङ्गलं स्यान्मरणमिति यूनोर्न कल्प्यते।**

साहित्यदर्पण- **रसविच्छेदहेतुत्वान्मरणं नैव वर्ण्यते॥**[१]

आचार्य रुद्रट मरण का काव्य-निबन्धन स्वीकार नहीं करते हुए कहते हैं कि कुछ लोग नायक अथवा नायिका के प्रत्युज्जीवन की इच्छा से मरण का वर्णन करते हैं। ऐसा प्रख्यात कथा में तो चल सकता है, किन्तु उत्पाद्य कथा के लिए यह उचित नहीं है, क्योंकि यदि एक के मरने पर किसी प्रकार दूसरा जीवित भी रह जाए तो वहाँ प्रेम कहाँ रह जाएगा-

अन्ये तदपि बध्नन्ति प्रत्युज्जीवनवाञ्छया।
वृत्तानुवादे तच्छस्तमुत्पाद्ये प्रायशो न हि॥
एकस्मिंस्तु मृतेऽप्यन्यो यदि जीवेत्कथंचन।
का स्नेहगणना तत्र म्रियते चेन्न संगमः॥[२]

आचार्य धनिक भी इसी तथ्य के पोषक हैं। वे कहते हैं कि श‍ृङ्गार के आलम्बन में कभी भी मरण का वर्णन नहीं करना चाहिए। केवल मरण की तैयारी का संङ्केत-मात्र किया जा सकता है- **शृङ्गाराश्रयालम्बनत्वेन मरणे व्यवसायमात्रमुपनिबन्धनीयम्। अन्यत्र कामाचारः।**[३]

विश्वनाथ महापात्र श‍ृङ्गार में मरण दशा के चित्रण को वर्जित मानते हुए आगे कहते हैं कि यदि इस दशा का चित्रण किया भी जाए तो वह दो रूप में हो सकता है-मरणासन्न दशा के रूप में अथवा मरण की हार्दिक अभिलाषा के रूप में, जहाँ मरण के बाद पुनः जीवन का निर्देश किया जाए-

जातप्रायं तु तद्वाच्यं चेतसाकाङ्क्षितं तथा।
वर्ण्यतेऽपि यदि प्रत्युज्जीवनं स्याद्दूरतः॥[४]

आचार्य विश्वनाथ ने स्वयं ही इन दोनों प्रकार की मरण दशाओं का वर्णन निम्नलिखित श्लोकों के माध्यम से किया है-

---

१. ना० शा०-२४.१९१, श‍ृङ्गार०-२.२८, नाटक०-पृ० २३८, भा० प्र०-४.१०३, सा० द०-३.१९३

२. श‍ृङ्गार०-२.२९-३०

३. दश०-४.२१ पर अवलोक

४. साहित्य०-३.१९४

शेफालिकां विदलितामवलोक्य तन्वी
प्राणान् कथंचिदपि धारयितुं प्रभूता।
आकर्ण्य सम्प्रति रुतं चरणायुधानां
किं वा भविष्यति न वेम्दि तपस्विनी सा॥[१]

अरे मित्र! तुम्हारी तन्वी प्रेमिका का हाल क्या कहूँ? जब उसने खिले हुए शेफालिका फूलों को देखा, तब बड़ी कठिनता से प्राण धारण किया, किन्तु इस समय मुर्गे की ध्वनि को सुनकर, कहा नहीं जा सकता है, उसकी क्या स्थिति होगी।

विश्वनाथ महापात्र के उपर्युक्त श्लोक में नायिका की मरणासन्न दशा का चित्रण हुआ है। इसमें कहा गया है कि रात्रि में तो नायिका प्रिय से मिलन की आशा में किसी तरह जीवन धारण किये रही, लेकिन जब उसने मुर्गे की आवाज सुनकर यह जान लिया होगा कि अब प्रातःकाल हो गया है तो पता नहीं अब उसकी क्या स्थिति हो गई होगी, अर्थात् सम्भवतः वह अब जीवित नहीं होगी।

तथा–

रोलम्बाः परिपूरयन्तु हरितो झङ्कारकोलाहलै-
र्मन्दं मन्दमुपैतु चन्दनवनीजातो नभस्वानपि।
माद्यन्तः कलयन्तु चूतशिखरे केलीपिकाः पञ्चमं
प्राणाः सत्वरमश्मसारकठिना गच्छन्तु गच्छन्त्वमी॥[२]

भौंरे अपने मधुर कूजन से दिशाओं को भर दें, मलयानिल के मन्द झोंके चारो ओर विद्यमान हो जाएँ, आम्र-मञ्जरी की सुगन्धि से मतवाले कोयल पञ्चम स्वर में कूक उठें और पत्थर से भी कठोर मेरे प्राण, जितनी जल्दी हो, मुझे छोड़कर चले जाएँ।

उपर्युक्त श्लोक में आचार्य विश्वनाथ ने ऐसे प्रेमी का वर्णन किया है जिसका प्रिय जब उसको मिल नहीं पाता है तो वह प्रेमी अन्ततः अपनी मृत्यु को वरण करने की अभिलाषा प्रकट करता है।

प्रत्युज्जीवन-रूप जिस तीसरे प्रकार की मरणदशा का सङ्केत शास्त्रकारों ने किया है उस पर विचार करते हुए आचार्य विश्वनाथ ने कहा है कि कादम्बरी के महाश्वेता और पुण्डरीक के वृत्तान्त में यह प्रकार परिलक्षित होता है, किन्तु इसे करुण-विप्रलम्भ के अन्तर्गत ही रखा जा सकता है- **कादम्बर्यां महाश्वेतापुण्डरीकवृत्तान्ते। एष च प्रकारः करुणविप्रलम्भविषय इति।**[३]

आचार्य रुद्रट ने भी प्रत्युज्जीवन-रूप मरणदशा को स्वीकार किया है, किन्तु उन्होंने इसके लिए प्रख्यात कथा को आधार माना है। ऐसी स्थिति में कादम्बरी में आने वाली कथा में इसका वर्णन उचित नहीं माना जाएगा, क्योंकि कादम्बरी की कथा प्रख्यात नहीं है, अपितु वह उत्पाद्य है।

१. साहित्यदपर्ण–पृ० २३६

२. साहित्यदपर्ण–पृ० २३६

३. साहित्यदपर्ण–पृ० २३६

तृतीय पुष्प

रतिभेद

(रतिकारण)

तृतीय पुष्प

रतिभेद (रतिकारण)

शास्त्रकारों ने रति को शृङ्गार का स्थायिभाव स्वीकार किया है। नाट्यशास्त्रकार महर्षि भरत के अनुसार यह आमोदात्मक भाव है जो इष्टार्थविषय की प्राप्ति के द्वारा रति रूप में उत्पन्न होता है – **रतिर्नाम आमोदात्मको भावः। ....इष्टार्थविषयप्राप्त्या रतिरित्युपजायते।**[१] भोजराज के अनुसार मनोनुकूल विषयों में सुख की संवेदना रति कहलाती है – **मनोनुकूलेष्वर्थेषु सुखसंवेदनं रतिः।**[२]

शारदातनय ने रति को स्पष्ट करते हुए कहा है कि युवक तथा युवती के बीच होने वाली स्वसंवेद्य तथा सुखसंवेदनात्मिका जो अनुभूति है उसे ही रति कहते हैं। ऐश्वर्य और सुख से सम्पन्न, समग्र गुणों से युक्त, नवयौवन से युक्त, प्रशंसनीय प्रकृति से सम्पन्न, श्रेष्ठ तथा रूपयुक्त स्त्री एवं पुरुष के बीच होने वाली परस्पर विभाविका स्पृहा नामक चित्तवृत्ति रति कहलाती है। युवक और युवती की आपस में प्रार्थना–स्वरूप इच्छा रति होती है। युवक और युवती में परस्पर एकान्त में विश्वासयुक्त और सुखात्मिका मनोवृत्ति रति कहलाती है। एकान्त में स्त्री और पुरुष के बीच आलाप, लीलोपचार, चेष्टा, दृष्टि तथा दर्शन आदि से उत्पन्न होने वाले आपसी भोग की इच्छा रति कहलाती है–

परस्परस्वसंवेद्यसुखसम्वेदनात्मिका ।
याऽनुभूतिर्मिथः सैव रतिर्यूनोः सरागयोः ॥
सम्पन्नैश्वर्यसुखयोरशेषगुणयुक्तयोः ।
नवयौवनयोः श्लाघ्यप्रकृत्योः श्रेष्ठरूपयोः ॥
नारीपुरुषयोस्तुल्या परस्परविभाविका ।
स्पृहाह्वया चित्तवृत्ती रतिरित्यभिधीयते ॥

---

१. ना० शा०–७.९

२. सरस्वती०–५.१३८

रतिरिच्छा भवेद् यूनोरुभयप्रार्थनात्मिका।
यूनोः परस्पराह्लादरहोविस्रम्भकारिता ॥
सुखात्मिका मनोवृत्ती रतिरित्यभिधीयते।
आलापलीलोपचारचेष्टादृष्टिविलोकनैः ॥
अन्योन्यभोग्यधीरेव रहः स्त्रीपुंसयो रतिः ।[१]

विश्वनाथ महापात्र के मत में प्रिय वस्तु के प्रति हृदय में होने वाली उत्कटता रति है-**रतिर्मनोऽनुकूलेऽर्थे मनसः प्रवणायितम्।**[२] आचार्य भानुदत्त किसी के प्रति घनी आसक्ति को ही रति कहते हैं-**घनासक्तिरेव रतिः।**[३] आचार्य शिङ्गभूपाल के अनुसार युवक तथा युवतियों में एक दूसरे के प्रति रहने वाली स्थायी इच्छा ही रति है-**यूनोरन्योन्यविषया स्थायिनीच्छा रतिर्भवेत्।**[४] भक्ति रस को प्रधानता प्रदान करने वाले आचार्य रूपगोस्वामी मधुरा रति को श‍ृङ्गार का स्थायिभाव कहते हैं-**स्थायिभावोऽत्र श‍ृङ्गारे कथ्यते मधुरा रतिः।**[५]

पण्डितराज जगन्नाथ के अनुसार स्त्री और पुरुष जब एक दूसरे के आलम्बन हो जाते हैं उस प्रेम नामक चित्तवृत्ति-विशेष को रति कहते हैं-**स्त्रीपुंसयोरन्योन्यालम्बनः प्रेमाख्यश्चित्तवृत्तिविशेषो रतिः स्थायिभावः।**[६]

इस प्रकार हम देखते हैं कि विभिन्न आचार्यों ने रति को अलग-अलग ढंग से परिभाषित किया है। प्रारम्भिक आचार्यों में भरतमुनि रति को आमोदात्मक भाव मानते हैं जो इष्टार्थविषय की प्राप्ति के द्वारा रतिरूप में उत्पन्न होता है। भोजराज भी मात्र इतना ही कहते हैं कि मनोनुकूल विषयों में सुख की सम्वेदना रति है। आगे के आचार्यों में शारदातनय ही पहले आचार्य हैं जिन्होंने रति को विस्तार से स्पष्ट किया है। उन्होंने आचार्य भरत और भोजराज की तरह रति को सुखसम्वेदनात्मिका माना है, किन्तु वे यह बताते हैं कि यह सुखसम्वेदन परस्पर युवकों तथा युवतियों में होने पर ही रति है। वे स्पष्ट शब्दों में कहते हैं कि एक युवक की अथवा युवती की दूसरी युवती अथवा युवक के लिए जो रागपूर्ण, स्पृहापूर्ण, आह्लादपूर्ण और भोगेच्छायुक्त स्थिति होगी वही रति है। आगे के अधिकांश आचार्यों ने शारदातनय का ही अनुसरण करते हुए युवक अथवा युवतियों के एक दूसरे के प्रति आकर्षण वाले भाव को ही रति अभिहित किया है। हाँ, आचार्य विश्वनाथ और आचार्य भानुदत्त ने किसी भी मनोनुकूल विषय के प्रति मन की उत्कटता अथवा घनी आसक्ति को ही रति माना है, किन्तु यदि हम श‍ृङ्गार रस की दृष्टि से रति शब्द पर विचार करते हैं तो आचार्य शारदातनय,

१. भा० प्र०-४.५-७
२. साहित्य०-३.१८२
३. रसतरङ्गिणी-प्रथम तरङ्ग, पृ० १४६
४. रसार्णव०-२.१०६
५. उज्ज्वल०-स्थायिभावप्रकरण-१
६. रसगङ्गाधर-प्रथम आनन, पृ० १६१

शिङ्गभूपाल, पण्डितराज जगन्नाथ आदि का अभिमत अधिक युक्तिसङ्गत प्रतीत होता है। निष्कर्षतः हम कह सकते हैं कि युवक-युवती, स्त्री-पुरुष अथवा नायक-नायिका की एक दूसरे के ऊपर आश्रित रहने वाली विशिष्ट चित्तवृत्ति रति है।

भोजराज ने रति को स्पष्ट करते हुए उसका प्रीति से पार्थक्य भी प्रतिपादित किया है। वे यह मानते हैं कि सम्प्रयोग की स्थिति में ही मनोनुकूल विषयों में सुख की संवेदना रति कहलाएगी अन्यथा वह प्रीति हो जाएगी–

मनोऽनुकूलेष्वर्थेषु सुखसंवेदनं रतिः ।
असम्प्रयोगविषया सैव प्रीतिर्निगद्यते ॥[१]

इस तरह भोजराज के अनुसार रति तभी हो सकती है जब उसमें स्त्री और पुरुष का परस्पर सम्प्रयोग वर्णित हो रहा हो। इस अंश में भोजराज अन्य शास्त्रकारों से रति का विवेचन करने में अधिक स्पष्ट प्रतीत हो रहे हैं। इसी के आधार पर आचार्य शिङ्गभूपाल भी प्रीति को हर्ष आदि से अलग नहीं मानते हैं–**असम्प्रयोगविषया सेयं हर्षान्न भिद्यते।**[२]

यद्यपि रति को अनेक शास्त्रकारों ने परिभाषित किया है, किन्तु उनमें से कुछ ने ही रति उत्पन्न होने के कारणों पर प्रकाश डाला है। रति उत्पन्न होने के कारणों पर विचार करते हुए भोजराज ने कहा है कि निसर्ग के द्वारा, संसर्ग के द्वारा, औपम्य के द्वारा, अध्यात्म के द्वारा, अभियोग के द्वारा, संप्रयोग के द्वारा, अभिमान के द्वारा और विषय के द्वारा रति उत्पन्न होती है–

रतिर्निसर्गसंसर्गौपम्याध्यात्माभियोगजा ।
संप्रयोगाभिमानोत्था विषयोत्था च कथ्यते ॥[३]

भोजराज के शृङ्गारप्रकाश में भी उपर्युक्त कारणों को ही प्रतिपादित किया गया है और वहाँ उन्हें नैसर्गिकी, सांसर्गिकी, आभियोगिकी, आध्यात्मिकी, औपमानिकी, वैषयिकी, साम्प्रयोगिकी और आभिमानिकी नाम से अभिहित किया गया है।[४]

आचार्य शिङ्गभूपाल रति के कारणों पर विचार करते हुए कहते हैं कि निसर्ग से, अभियोग से, संसर्ग से, अभिमान से, उपमा से, अध्यात्म से और विषयों से रति में विक्रिया होती है–

निसर्गेणाभियोगेन संसर्गेणाभिमानतः ॥
उपमाध्यात्मविषयैरेषा स्यात् तत्र विक्रिया ।[५]

---

१. सरस्वती०–५.१३८

२. रसार्णव०–२.१२४

३. सरस्वती०–५.१६५

४. शृङ्गारप्रकाश (राघवन्)–पृ० ३३

५. रसार्णव०–२.१०८-१०९

रूप्गोस्वामी के अनुसार अभियोग, विषय, सम्बन्ध, अभिमान, तत्सम्बन्धी विशेषता, उपमा और स्वभाव से रति की उत्पत्ति होती है और इनमें से उत्तरोत्तर कारण पहले वाले कारण से अधिक उत्कृष्ट होते हैं–

अभियोगाद्विषयतः संबन्धादभिमानतः ।।
सा तदीयविशेषेभ्य उपमातः स्वभावतः ।
रतिराविर्भवेदेषामुत्तमत्वं यथोत्तरम् ।।[१]

इस तरह रति उत्पन्न होने के कारणों पर विचार करते हुए भोजराज ने आठ कारणों का उल्लेख किया है, किन्तु आचार्य शिङ्गभूपाल और आचार्य रूपगोस्वामी ने केवल सात-सात कारणों की ओर ही सङ्केत किया है। इन कारणों के क्रम में भी अन्तर दृष्टिगत होता है। रूपगोस्वामी के तो नामोल्लेख में भी अन्तर प्रतीत होता है। आगे चलकर उन्होंने स्वभाव से उत्पन्न होने वाले कारण को दो भेदों में बाँट दिया है और पहले का नाम दिया है निसर्ग से उत्पन्न होने वाला और दूसरे का नाम दिया है स्वरूप से उत्पन्न होने वाला। उनके मत से स्वभावज कारण बाह्य कारणों की अपेक्षा नहीं रखता है–

बहिर्हेत्वनपेक्षी तु स्वभावोऽर्थः प्रकीर्तितः ।।
निसर्गश्च स्वरूपं चेत्येषोऽपि भवति द्विधा ।[२]

निसर्ग और स्वरूप के रूप में स्वभाव के दो भेदों को स्वीकार कर लेने पर रूपगोस्वामी के अनुसार भी रति के आठ कारण हो जाते हैं, किन्तु उनके क्रम और कुछ नामों में अन्तर विद्यमान रह जाता है। सरस्वतीकण्ठाभरण में इन रति-कारणों को परिभाषित नहीं किया गया है। इसी तरह रसार्णवसुधाकर में भी स्पष्ट रूप से किसी की परिभाषा नहीं दी गयी है। हाँ, उज्ज्वलनीलमणि में प्रायः सभी रति-कारणों की सामान्य परिभाषा दी गयी है। शास्त्रकारों ने इन कारणों को स्पष्टतया व्याख्यायित नहीं किया है, अतः इनमें से कौन क्या है, इसे पूरी तरह स्पष्ट कर पाना कठिन है। उज्ज्वलनीलमणि भी भक्तिरस को प्रतिपादित करने वाला ग्रन्थ है, अतः उसकी परिभाषाओं पर भी एकाङ्गिता का दोषारोपण किया जा सकता है।

यद्यपि शास्त्रकारों ने नैसर्गिकी आदि को रति उत्पन्न होने का कारण कहा है, किन्तु प्रकारान्तर से उन्हें रति-भेद भी कहा जा सकता है। रूपगोस्वामी ने इन रति-कारणों अथवा रति-भेदों का क्रम भी निर्धारित किया है, किन्तु उनके सभी भेदों में अन्य शास्त्रकारों द्वारा निर्दिष्ट सभी भेद समाहित नहीं हो पाते हैं। रूपगोस्वामी की सम्बन्धजा ही भोजराज और शिङ्गभूपाल की सांसर्गिकी रति है। अन्ततः हम रति के निम्नलिखित दस कारणों अथवा भेदों को क्रमशः स्वीकार कर सकते हैं – १. आभियोगिकी, २. वैषयिकी, ३. सम्बन्धजा, ४. आभिमानिकी, ५. तदीयविशेषयुक्ता, ६. औपमानिकी, ७. नैसर्गिकी, ८. स्वरूपजा, ९. आध्यात्मिकी और १०. साम्प्रयोगिकी।

---

१. उज्ज्वल० स्थायिभावप्रकरण–३-४
२. उज्ज्वल० स्थायिभावप्रकरण–२६-२७

ध्यातव्य है कि केवल भोजराज ने साम्प्रयोगिकी कारण का उल्लेख किया है और शिङ्गभूपाल अथवा रूपगोस्वामी ने इसे नहीं माना है। प्रश्न उठ सकता है कि साम्प्रयोगिकी को रति-कारण के रूप में माना जा सकता है अथवा नहीं। भोजराज ने स्वयं ही रति को परिभाषित करते हुए प्रीति से उसका अन्तर स्पष्ट करते हुए कहा है कि रति के लिए सम्प्रयोग अनिवार्य है। यदि रति के मूल में सम्प्रयोग विद्यमान है तब अनेक भेदों में फिर से साम्प्रयोगिकी को किस तरह रखा जा सकता है। सम्भव है, इसी शङ्का के कारण शिङ्गभूपाल तथा रूपगोस्वामी ने साम्प्रयोगिकी को रति-कारणों के अन्तर्गत परिगणित नहीं किया है। परन्तु इसका समाधान करते हुए कहा जा सकता है कि रति के लिए सम्प्रयोग का होना तो आवश्यक है ही, किन्तु जब वही सम्प्रयोग अधिक उत्कर्षाधायक होकर आएगा तब वह साम्प्रयोगिकी रति कहलाएगी।

साम्प्रयोगिकी की तरह ही आध्यात्मिकी रति भी विचारणीय है। भक्ति रस का प्रामुख्य स्वीकार करने वाले रूपगोस्वामी ने अध्यात्म-तत्त्व-युक्त आध्यात्मिकी रति को स्वीकार नहीं किया है जबकि भोजराज और शिङ्गभूपाल ने आध्यात्मिकी को परिगणित किया है। इसका समाधान यह दिया जा सकता है कि रूपगोस्वामी के मत में यद्यपि रति शृङ्गार रस की स्थायी है, फिर भी उनके पूरे शृङ्गार रस में कहीं न कहीं भक्ति अथवा प्रकारान्तर से अध्यात्म-तत्त्व अनुस्यूत है, अतः अलग से आध्यात्मिकी रति को परिगणित करना उन्हें अपेक्षित नहीं लगा। विभिन्न आचार्यों के मत का समाहार करते हुए जिन दस रति-कारणों अथवा रति-भेदों को स्वीकार किया जाएगा उनका निरूपण क्रमशः निम्नलिखित रूप में किया जा सकता है:-

१. आभियोगिकी

रसार्णवसुधाकर- अभियोगोऽभिनिवेशः। तदेकपरत्वमिति यावत्।

उज्ज्वलनीलमणि- अभियोगो भवेद्भावव्यक्तिः स्वेन परेण च ॥[१]

संलग्नता अथवा आसङ्ग से उत्पन्न रति को आभियोगिकी कहते हैं जिसमें किसी अन्य के प्रति आसङ्ग की अभिव्यक्ति होती है। इसमें किसी का मनःस्थित भाव अभिव्यक्त होता है। यदि यही भाव अपने द्वारा ही प्रकट किया जाए तो (१) 'स्वेन' कहा जाएगा और यदि कोई दूसरा व्यक्ति किसी अन्य व्यक्ति के भाव को प्रकट करता है तो उसे (२) 'परेण' कहेंगे। इस आधार पर आभियोगिकी रति-कारण अथवा रति-भेद दो तरह का हो जाएगा। 'स्वेन आभियोगिकी' के उदाहरणार्थ-

तन्मे मनः क्षिपति यत् सरसप्रहार-
मालोक्य मामगणितस्खलदुत्तरीया।
त्रस्तैकहायनकुरङ्गविलोलदृष्टिः
साश्लिष्टवत्यमृतसंवलितैरिवाङ्गैः ॥[२]

१. रसार्णव०-पृ० २१२, उज्ज्वल० स्थायिभावप्रकरण-पृ० ३६४

२. मालतीमाधव-४.८

सरस प्रहारवाले मुझे देखकर अपने स्तनों पर से गिरते हुए उत्तरीय की परवाह न कर डरे हुए एकवर्षीय मृग के शावक के समान चञ्चल नयनों से युक्त उस (मदयन्तिका) ने अमृत से युक्त की तरह अङ्गों से जो मुझे आलिङ्गित किया, वह मेरे मन को चञ्चल बना रहा है।

उपर्युक्त श्लोक में 'स्वेन आभियोगिकी' रति कारण लक्षित होता है, क्योंकि मदयन्तिका के उत्तरीय आदि के स्खलन से मकरन्द के मन में रति उत्पन्न हो रही है जिसे वह स्वयं सूचित कर रहा है।

'परेण आभियोगिकी' के उदाहरणार्थ-

त्वदीयमापीय गतावलम्बा संवादमाध्वीकमतीव साध्वी।
आघूर्णमाना व्रजराजसूनो नीवीं स्खलन्तीं न विदाञ्चकार ॥[१]

हे व्रजराजतनय! वह बेचारी तुम्हारी चर्चा रूपी मदिरा का पान कर, निःसहाय होकर और आघूर्णित होकर अपनी स्खलित होने वाली नीवी को भी नहीं जान पायी।

उक्त अंश में कोई दूती राधा के अनुराग को अभिव्यक्त करती हुई यह बताती है कि किस प्रकार उसके चित्त में श्रीकृष्ण के प्रति रति उत्पन्न हो रही है। किसी दूती के द्वारा रति-कारण का वर्णन होने के कारण यहाँ 'परेण आभियोगिकी' है।

यद्यपि भोजराज ने आभियोगिकी को परिभाषित नहीं किया है, किन्तु उनके अनुसार अनुरागातिशयसूचक वाक्य आभियोगिकी रति मानी जाएगी जिसे उन्होंने अपने द्वारा उद्धृत उदाहरण को स्पष्ट करते हुए कहा है।[२]

२. वैषयिकी

रसार्णवसुधाकर- **विषयाः शब्दादयः।**

उज्ज्वलनीलमणि- **शब्दस्पर्शादयः पञ्चविषयाः किल विश्रुताः।**[३]

शब्द, स्पर्श, रूप, रस और गन्ध के द्वारा जहाँ रति की उत्पत्ति होती है उसे वैषयिकी रति कहते हैं। इन पाँच विषयों से उत्पन्न होने के कारण वैषयिकी के पाँच भेद हो जाएँगे।

शब्दोत्पन्ना वैषयिकी रति का उदाहरण-

सखि मे नियतिहतायास्तद्दर्शनमस्तु वा मा वा।
पुनरपि स वेणुनादो यदि कर्णपथे पतेत् तदेवालम् ॥[४]

---

१. उज्ज्वल० स्थायिभावप्रकरण-७

२. सरस्वती०-५.८२

३. रसार्णव०-पृ० २१४, उज्ज्वल० स्थायिभावप्रकरण-पृ० ३६५

४. रसार्णव०-पृ० २१४

हे सखि! मुझ भाग्यहीना को उसका दर्शन हो या न हो, किन्तु यदि फिर से कभी उसका वेणुवादन मात्र कानों को सुनाई दे दे तो वही पर्याप्त है।

शिङ्गभूपाल के द्वारा रचित उपर्युक्त श्लोक में शब्दोत्पन्ना वैषयिकी रति है, क्योंकि यहाँ पहले से कभी भी कृष्ण से नहीं मिली हुई कामवल्ली को भी कृष्ण के वेणुवादन-ध्वनि से ही रति उत्पन्न हो रही है।

रूपगोस्वामी शब्दोत्पन्ना वैषयिकी रति के उदाहरण के रूप में विदग्धमाधव के निम्नलिखित श्लोक को उद्धृत करते हैं जिसमें राधा ललिता से कहती हैं–

नादः कदम्बविटपान्तरतो विसर्पन्
को नाम कर्णपदवीमविशन्न जाने।
हा हा कुलीनगृहिणीगणगर्हणीयां
येनाद्य कामपि दशां सखि लम्भितास्मि ॥[१]

हे सखि! कदम्ब के उपवन से कौन सा ऐसा शब्द मेरे कानों में समा गया इसे मैं नहीं जान सकी। दुःख की बात है कि उसी शब्द के कारण मैं आज कुलीन स्त्रियों के लिए निन्दित किसी विशेष दशा को प्राप्त हो गयी हूँ।

उक्त अंश पर अपना अभिमत प्रकट करते हुए जीवगोस्वामी कहते हैं कि नाद का तात्पर्य वेणुध्वनि से है– **नादोऽत्र वेणुनादः प्रकरणाल्लभ्यते।**[२]

स्पर्शोत्पन्ना वैषयिकी रति का उदाहरण–

बध्नन्नङ्गेषु रोमाञ्चं कुर्वन् मनसि निर्वृतिम्।
नेत्रे निमीलयन्नेष प्रियास्पर्शः प्रवर्तते ॥[३]

अङ्गों में रोमाञ्च को उत्पन्न करता हुआ, मन में आनन्द को करता हुआ और आँखों को निमीलित करता हुआ प्रिया का स्पर्श प्रवर्तित हो रहा है।

उपर्युक्त अंश में कोई नायक प्रिया के स्पर्श को याद करके रति का अनुभव कर रहा है, अतः यहाँ स्पर्शोत्पन्ना वैषयिकी रति है।

रूपोत्पन्ना वैषयिकी रति का उदाहरण–

कृताकृष्टिक्रीडं किमपि तव रूपं मम सखी
सकृद्दृष्ट्वा दूरादहितहितबोधोज्झितमतिः।

---

१. उज्ज्वल० स्थायिभावप्रकरण–९

२. उज्ज्वल० स्थायिभावप्रकरण–९ पर लोचनरोचनी

३. सरस्वती०–५.८६

हताशेयं प्रेमानलमनुविशन्ती सरभसं
पतङ्गीवात्मानं मुरहर मुहुर्दाहितवंती ॥[१]

हे कृष्ण! आकर्षण का खेल करने वाले तुम्हारे मनोरम रूप को मेरी सखी ने एक बार ही देखकर हित-अहित के ज्ञान को छोड़ दिया। हताश हुई उसने अत्यन्त वेग के साथ तुम्हारी प्रेमाग्नि में पतङ्गी की तरह अपने को बार-बार गिराकर जला दिया।

हंसदूत के उपर्युक्त श्लोक में मथुरा में स्थित श्रीकृष्ण के प्रति सखी ललिता राधा का विरह वर्णित करती हुई श्रीकृष्ण के रूप के कारण होने वाली रति का उल्लेख कर रही है, अतः यहाँ रूपोत्पन्ना वैषयिकी रति है।

रसोत्पन्ना वैषयिकी रति का उदाहरण-

कस्य नो कुरुते तन्वि पिपासाकुलितं मनः ।
अयं ते विद्रुमच्छायो मरुमार्ग इवाधरः ॥[२]

हे तन्वि! मरुभूमि में जिस तरह पिपासाकुल व्यक्ति के मन को किसलय की छाया व्याकुल बना देती है उसी तरह तुम्हारा नूतन किसलय एवं मूँगे की तरह रक्तिम अधर किसे पिपासाकुल नहीं बना देगा।

उपर्युक्त श्लोक में अधर-रस के पान की चर्चा होने के कारण रसोत्पन्ना वैषयिकी रति है।

गन्धोत्पन्ना वैषयिकी रति का उदाहरण-

रन्धनकर्मनिपुणिके मा क्रुध्यस्व रक्तपाटलसुगन्धम् ।
मुखमारुतं पिबन् धूमायते शिखी न प्रज्वलति ॥[३]

हे भोजननिर्माण कार्य में लगी हुई! तुम अनल पर क्रोधित नहीं होओ, क्योंकि वह तुम्हारे रक्तकमल समान सुगन्धित मुख-वायु के पीने के कारण ही धूमायित हो रहा है।

गाथासप्तशती की उपर्युक्त गाथा में नायिका के मुख से निकलने वाली सुगन्धित वायु का उल्लेख होने के कारण गन्धोत्पन्ना वैषयिकी रति है।

३. सम्बन्धजा (सांसर्गिकी)

उज्ज्वलनीलमणि-सम्बन्धः कुलरूपादिसामग्रीगौरवं भवेत् ।[४]

---

१. उज्ज्वल० स्थायिभावप्रकरण-१२

२. सरस्वती०-५.८८

३. गाथासप्तशती-१.१४

४. उज्ज्वल० स्थायिभावनिरूपण-पृ० ३६७

कुल, रूप आदि सामग्री की महत्ता अथवा गौरव से उत्पन्न होने वाली रति को सम्बन्धजा रति कहेंगे। भोजराज और शिङ्गभूपाल की सांसर्गिकी रति भी सम्बन्धजा रति ही है। उदाहरणार्थ–

उत्पत्तिर्देवयजनाद् ब्रह्मवादी नृपः पिता।
सुप्रसन्नोज्ज्वला मूर्तिरस्यां स्नेहं करोति मे ॥[1]

इस पर मेरा स्नेह इसीलिए हो रहा है, क्योंकि यह देवयज्ञ से उत्पन्न हुई है, ब्रह्मवादी राजा इसके पिता हैं और इसका रूप सुप्रसन्न और उज्ज्वल है।

देवयज्ञ और ब्रह्मवादी पिता आदि के सम्बन्ध के गौरव के कारण महावीरचरित के उपर्युक्त श्लोक में राम की सीता के प्रति सम्बन्धजा रति है। इसी श्लोक को आचार्य शिङ्गभूपाल ने सांसर्गिकी रति के अन्तर्गत उदाहृत किया है।

सांसर्गिकी रति का अन्य उदाहरण–

अमृतमय गगनशेखर रजनीमुखतिलक चन्द्र हे स्पृश।
स्पृष्टो यैः प्रियतमो मामपि तैरेव करैः ॥[2]

हे चन्द्रमा! तुम अमृतमय हो, तुम आकाश के मुकुट हो, तुम रजनीरूपी नायिका के मुख के तिलकस्वरूप हो। तुमसे मेरी प्रार्थना है कि तुमने अपनी जिन किरणों से (परदेशी) प्रियतम का स्पर्श किया है, उन्हीं से मेरा भी करो।

उक्त गाथा में प्रियतमा उसी चाँदनी का स्पर्श अपने शरीर पर अनुभव कर रही है जो प्रियतम को भी स्पर्श किये हुई है। चाँदनी के स्पर्श रूप संसर्ग के कारण यहाँ रति हो रही है, अतः सांसर्गिकी रति है।

४. आभिमानिकी

सरस्वतीकण्ठाभरण-रुचिविशेषोऽभिमानस्तत एवंप्राया रतयो भवन्ति।

रसार्णवसुधाकर- इदमेव मम प्रियं नान्यदित्यभिप्रायोऽभिमानः।

उज्ज्वलनीलमणि- सन्तु भूरीणि रम्याणि प्रार्थ्यं स्यादिदमेव मे।
इति यो निर्णयो धीरैरभिमानः स उच्यते ॥[3]

यद्यपि अनेक सुन्दर वस्तुएँ हों, किन्तु मुझे तो यही वस्तु चाहिए इस तरह की रुचि अभिमान है और उससे उत्पन्न होने वाली रति को आभिमानिकी कहेंगे। उदाहरणार्थ–

---

१. महावीरचरित–१.२१

२. गाथासप्तशती–१.१६

३. सरस्वती०–पृ० ४५०, रसार्णव०–पृ० २१२, उज्ज्वल० स्थायिभावप्रकरण–१७

जगति जयिनस्ते ते भावा नवेन्दुकलादयः
प्रकृतिमधुराः सन्त्येवान्ये मनो मदयन्ति ये।
मम तु मदियं याता लोके विलोचनचन्द्रिका
नयनविषयं जन्मन्येकः स एव महोत्सवः॥[१]

संसार में ऐसी अनेक वस्तुएँ हैं जो मन को प्रसन्न करती हैं, इस तरह की अतिशय प्रसिद्ध नवीन चन्द्रकला आदि जयशील हैं, किन्तु जो यह नेत्रचन्द्रिका (मालती) लोक में मेरा नेत्रविषय हो गयी है, जन्मशाली मेरे लिए वही एकमात्र सौख्य उत्पन्न करने वाली है।

मालतीमाधव के उपर्युक्त श्लोक में माधव नूतन चन्द्रमा की कला आदि अनेक सांसारिक प्रकृतिमधुर पदार्थों की अपेक्षा नयनों को सुख प्रदान करने वाली मालती को ही चाहता है, अतः यहाँ आभिमानिकी रति है।

५. तदीयविशेषयुक्ता

उज्ज्वलनीलमणि- तदीयानां विशेषाः स्युः पदगोष्ठप्रियादयः।
पदान्यत्र पदाङ्काः स्युः गोष्ठं वृन्दावनाश्रितम्।[२]
प्रौढभावानुविद्धो यस्तस्य प्रियजनोऽत्र सः॥

प्रिय के पद, व्रज और उनके प्रियजन को ही प्रिय के विशेष के रूप में माना जाएगा और उनसे उत्पन्न रति तदीयविशेषयुक्ता होगी। इनमें प्रिय के पद के चिह्न ही प्रिय के पद माने गये हैं। वृन्दावन में रहने वाले स्थान को गोष्ठ कहा गया है और प्रौढ भाव से युक्त व्यक्ति ही उसका प्रियजन है। स्थूल रूप से इस रति-कारण को तीन भेदों में बाँटा गया है- (क) प्रियपदोत्पन्ना रति, (ख) गोष्ठोत्पन्ना रति और (ग) प्रियजनोत्पन्ना रति।

प्रियपदोत्पन्ना रति का उदाहरण–

स्फुरति सखि रथाङ्गाम्भोजदम्भोलिभाजां
तटभुवि विशदेयं कस्य पङ्क्तिः पदानाम्।
हृदयमघृणघूर्णाघ्रातमुद्घाटयन्ती
मम तनुलतिकायां कुड्मलं या तनोति॥[३]

हे सखि! इस तट पर चक्र, कमल और वज्र के चिह्नों से युक्त किसके पदों की इतनी सुन्दर

---

१. मालतीमाधव–१.३७

२. उज्ज्वल० स्थायिभावप्रकरण–१९-२२

३. उज्ज्वल० स्थायिभावप्रकरण–२०

पंक्ति स्फुरित तथा प्रकाशमान हो रही है जो वेदना से युक्त हृदय को फैलाती हुई मेरी शरीर-लता में कलियों को उत्पन्न कर रही है।

उक्त अंश में राधा अपनी सखी से श्रीकृष्ण के पैरों के चिह्नों का उल्लेख करती हुई कहती हैं कि यही पदपंक्ति मेरे हृदय में रति को जागृत कर रही है, अतः यहाँ प्रियपदोत्पन्ना रति है।

गोष्ठोत्पन्ना रति का उदाहरण–

मदयति हृदयं सखि व्रजोऽयं
मधुरिमभिः क्वचिदप्यदृष्टपूर्वैः।
इह विहरति कोऽपि नागरेन्द्र-
स्त्रिभुवनमण्डनमूर्तिरित्यवेहि ॥[१]

हे सखि! यह व्रज अपनी मधुरिमा के द्वारा मेरे हृदय को उन्मादित कर रहा है। ऐसा प्रतीत होता है कि यहाँ पर त्रिभुवन को मण्डित करने वाला कोई नागरेन्द्र विहार कर रहा है।

उक्त श्लोक के माध्यम से कोई नववधू व्रजभूमि में आकर व्रजभूमि के स्पर्शमात्र से श्रीकृष्ण के प्रति रतियुक्त हो जाती है, अतः यहाँ गोष्ठोत्पन्ना रति है।

प्रियजनोत्पन्ना रति का उदाहरण–

गुरुभिरपि निषिद्धा तामहं यावदक्ष्णोः
पदमनयमनन्तश्रेयसां सद्म राधाम्।
तृषितमिव मनो मे प्रेक्षते तन्वि ताव-
द्दिशि दिशि विहरन्तीं श्यामलां शालभञ्जीम् ॥[२]

हे सखि! अपने गुरुजनों के द्वारा निषिद्ध किये जाने पर भी जब से मैंने उस कल्याणमयी राधा को अपनी आँखों से देखा है तब से ही मेरा तृषित मन सभी दिशाओं में विहार करने वाली उस साँवली पुतली (कृष्ण की मूर्ति) को देख रहा है।

उक्त श्लोक के माध्यम से उस गोपी के हृदय में श्रीकृष्ण के प्रति रति की उत्पत्ति बतायी गयी है जिसने श्री कृष्ण की प्रिया राधा को देख लिया है और इस कारण श्रीकृष्ण के प्रति आसक्त हो गयी है। राधा रूप प्रियजन के कारण यहाँ रति उत्पन्न हो रही है, अतः यहाँ प्रियजनोत्पन्ना रति है।

तदीयविशेषयुक्ता और उसके अन्तर्गत जिन तीन प्रकार की रतियों का उल्लेख किया गया है उन्हें अन्य शास्त्रकारों ने स्वीकृति नहीं दी है। वस्तुतः यह रति रूपगोस्वामी के द्वारा श्रीकृष्ण को ध्यान में रख कर बनायी गयी है। यदि इस प्रकार से रति की उत्पत्ति के लिए कारणों को माना जाने लगेगा तो रति-कारणों की अनन्त परम्परा आ जाएगी। ऐसी स्थिति में प्रिय के देश, काल, चिह्न,

१. उज्ज्वल० स्थायिभावप्रकरण–२१

२. उज्ज्वल० स्थायिभावप्रकरण–२३

वस्तु, उसके द्वारा कही हुई बातें आदि भी रति-कारण होने लगेंगी, अतः ऐसे रति-कारण की उपेक्षा की जानी चाहिए। फिर भी एक मान्य आचार्य के द्वारा इस तरह के रति-कारण का उल्लेख हुआ है, अतः इसे काव्यों में खोजा जा सकता है।

६. औपमानिकी

उज्ज्वलनीलमणि-मया कथंचिदप्यस्य सादृश्यमुपमोदिता ।[१]

किसी भी प्रकार के प्रिय के सादृश्य के कारण उत्पन्न होने वाली रति को औपमानिकी रति कहेंगे। उदाहरणार्थ-

अपि जनकसुतायास्तच्च तच्चानुरूपं
स्फुटमिह शिशुयुग्मे नैपुणोन्नेयमस्ति।
ननु पुनरपि तन्मे गोचरीभूतमक्ष्णो-
रभिनवशतपत्रश्रीमदास्यं प्रियायाः ॥[२]

इन दोनों बालकों के अन्दर मेरे परिवार से मिलती-जुलती केवल छवि ही नहीं है, अपितु दोनों में जानकी की वह समानता भी है जिससे प्रियतमा का ताजे कमल के समान शोभा वाला वह मुखड़ा मेरी आँखों के आगे झलक उठा है।

उत्तररामचरित के उपर्युक्त श्लोक में राम जब लव और कुश को देखते हैं तो रूपसाम्य के कारण उन्हें सीता का स्मरण हो उठता है, अतः यहाँ औपमानिकी रति है।

७. नैसर्गिकी

उज्ज्वलनीलमणि-निसर्गः सुदृढाभ्यासजन्यः संस्कार उच्यते ।
तदुद्बोधस्य हेतुः स्याद्गुणरूपश्रुतिर्मनाक् ॥[३]

सुदृढ अभ्यास से उत्पन्न होने वाले संस्कार को ही निसर्ग कहते हैं। उसके गुण अथवा रूप का किंचित् मात्र श्रवण ही उद्बोध का कारण होता है। उदाहरणार्थ-

स तर्जतु बताग्रजस्त्यजतु मां सुहृन्मण्डलः
पिता किल विलज्जतां घनदृगम्बुरम्बास्तु मे ।
मनः सखि समीहते श्रितगुणश्रियं सर्वथा
तमेव यदुपुङ्गवं न तु कदापि चैद्यं नृपम् ॥[४]

हे सखि! मेरा बड़ा भाई चाहे मुझे फटकारे चाहे मेरा मित्रमण्डल मेरा त्याग कर दे, मेरे पिता को लज्जित होना पड़े अथवा मेरी माता को आँसू बहाना पड़े, किन्तु मेरा मन उस गुणवान् यदुपुंगव को ही चाहता है, कभी भी इस शिशुपाल को नहीं।

---

१. उज्ज्वल० स्थायिभावप्रकरण-२४
२. उत्तररामचरित-६.२६
३. उज्ज्वल० स्थायिभावप्रकरण-२७
४. उज्ज्वल० स्थायिभावप्रकरण-२८

उपर्युक्त श्लोक के अनुसार रुक्मिणी अपने मनोगत स्वाभाविक अथवा नैसर्गिक भाव को प्रकट करती हुई कहती हैं कि चाहे जो भी हो जाए वह श्रीकृष्ण को ही चाहेंगी, अतः इस स्थान पर नैसर्गिकी रति है।

८. स्वरूपजा

उज्ज्वलनीलमणि- अजन्यस्तु स्वतः सिद्धः स्वरूपं भाव इष्यते।
एतत्तु कृष्णललनोभयनिष्ठतया त्रिधा॥
कृष्णनिष्ठं स्वरूपं स्याददैत्यैः सुगमं जनैः॥
स्वरूपं ललनानिष्ठं स्वयमुद्‌बुद्‌धतां व्रजेत्।
अदृष्टेऽप्यश्रुतेऽप्युच्चैः कृष्णे कुर्याद्द्रुतं रतिम्॥
तत्स्यादुभयनिष्ठं यत्स्वरूपं कृष्णसुभ्रुवोः॥[1]

जो भाव किसी के द्वारा उत्पन्न नहीं हो, स्वतः सिद्ध हो उसे स्वरूपजा रति-कारण कहेंगे। यह– (क) कृष्णनिष्ठ, (ख) ललनानिष्ठ और (ग) उभयनिष्ठ तीन प्रकार का होता है। जो आसुरी वृत्ति वाले होते हैं, उन्हें कृष्णगत स्वरूप सुगमतया प्राप्त नहीं होता है। ललनागत स्वरूप नहीं देखे जाने पर अथवा नहीं सुने जाने पर भी स्वयं जाग्रत हो जाता है और श्रीकृष्ण में शीघ्र रति को उत्पन्न कर देता है। जो भाव कृष्ण और कृष्ण की प्रिया दोनों में ही एक साथ विद्यमान हो उसे उभयनिष्ठ रति कहा जाता है।

(क) **कृष्णनिष्ठ स्वरूपजा रति** का उदाहरण–

इयं व्यक्तिर्गोपी न भवति पुरः किंतु कुतुकी
हरिर्नारीवेषो यदखिलसुरस्त्रीर्धुवति नः।
जगन्नेत्रश्रेणीतिमिरहरणायाम्बरमणिं
विना कस्यान्यस्य प्रियसखि भवेदौपयिकता॥[2]

हे प्रियसखि! सामने दिखाई पड़ने वाला यह व्यक्ति वही कौतुकी श्रीकृष्ण है जो इन सभी सुरदेवियों के हृदय में उसी तरह काम-जन्य कम्प उत्पन्न कर रहा है, मानो तीनों लोकों के नयनों में रहने वाले अन्धकार को नष्ट करने में मात्र सूर्य ही समर्थ है, अन्य कोई नहीं।

उक्त अंश में कृष्णनिष्ठ स्वरूपजा रति है, क्योंकि अपनी प्रेयसी के मान को तोड़ने के लिए कृष्ण के द्वारा स्त्री-वेश धारण करने के कारण सुरदेवियों के हृदय में रति भाव उत्पन्न हो रहा है।

(ख) **ललनानिष्ठ स्वरूपजा रति** का उदाहरण–

जिहीते यः कक्षां क्वचिदलमदृष्टाश्रुतचर-
स्त्रिलोक्यामस्तीति क्षणमपि न सम्भावनमयीम्।
घनश्यामं पीताम्बरमहह संकल्पयदमुं
जनं कञ्चिद्गोष्ठे सखि मम वृथा दीर्यति मनः॥[3]

---

१. उज्ज्वल० स्थायिभावप्रकरण–३०, ३१, ३३ तथा ३५

२. उज्ज्वल० स्थायिभावप्रकरण–३२

३. उज्ज्वल० स्थायिभावप्रकरण–३४

हे सखि! जिस व्यक्ति की तीनो लोकों में भी रहने की संभावना मेरे मन में क्षणमात्र के लिए भी नहीं रही, उसी पीताम्बरधारी घनश्याम को संकल्पित करने वाला मेरा मन व्यर्थ ही दुःख झेल रहा है।

उपर्युक्त श्लोक में ललनानिष्ठ स्वरूपजा रति है, क्योंकि कोई गोप-वधूटी श्रीकृष्ण का बिना दर्शन या श्रवण पाये ही स्वयं स्फुरित होकर श्रीकृष्ण का अनुभव करके भावयुक्त हो जाती है।

(ग) **उभयनिष्ठ स्वरूपजा रति** का उदाहरण–

सहचरि हरिरेष ब्रह्मवेषं प्रपन्नः
किमयमितरथा मे विद्रवत्यन्तरात्मा।
शशधरमणिवेदी स्वेदधारां प्रसूते
न किल कुमुदबन्धोः कौमुदीमन्तरेण ॥[१]

हे सखि! स्वयं श्रीकृष्ण ने ही यह ब्राह्मण-वेश धारण कर लिया है, अन्यथा मेरी अन्तरात्मा कैसे विगलित होती। चन्द्रकान्त मणि से निर्मित वेदी चन्द्रमा की चाँदनी के बिना स्वेद-धारा उत्पन्न नहीं कर सकती है।

ललितमाधव के उपर्युक्त अंश में सूर्य-पूजा के समय श्रीकृष्ण ब्राह्मण का वेश धारण करके आते हैं, फिर भी उन्हें देखकर राधा का मन व्याकुल हो उठता है। दूसरी ओर श्रीकृष्ण तो राधा के प्रति रतियुक्त हैं ही। अर्थान्तरन्यास अलङ्कार के द्वारा यहाँ रतिभाव को प्रकट किया गया है। इस पर विचार करते हुए श्री विश्वनाथ चक्रवर्ती अपनी आनन्दचन्द्रिका टीका में लिखते हैं–

चन्द्रकान्तचन्द्रिकयोरुभयनिष्ठस्वरूपमिव गोपीकृष्णयोरुभयनिष्ठं स्वरूपं कृष्ण - निष्ठललनानिष्ठाभ्यां स्वरूपाभ्यां पृथगेवावगन्तव्यम्।[२]

यद्यपि श्रीकृष्णविषयक रति की दृष्टि से स्वरूपजा रति के उपर्युक्त भेद उचित प्रतीत होते हैं, किन्तु अन्य काव्यों में इस तरह के जो कारण मिलेंगे उन्हें हम क्रमशः (क) नायकनिष्ठ स्वरूपजा रति, (ख) नायिकानिष्ठ स्वरूपजा रति और (ग) उभयनिष्ठ स्वरूपजा रति कह सकते हैं।

९. आध्यात्मिकी

रसार्णवसुधाकर-अध्यात्मं स्वात्मप्रामाण्यमात्रम्।[३]

अपनी आत्मा ही जहाँ प्रामाण्य होकर आये उससे जो रति उत्पन्न होती है उसे ही आध्यात्मिकी रति कहेंगे। उदाहरणार्थ–

---

१. उज्ज्वल० स्थायिभावप्रकरण–३५

२. उज्ज्वल० स्थायिभावप्रकरण–३५ पर आनन्दचन्द्रिका

३. रसार्णव०–पृ० २१३

करकमलवितीर्णैरम्बुनीवारशष्पै-
स्तरुशकुनिकुरङ्गान् मैथिली यानपुष्यत्।
भवति मम विकारस्तेषु दृष्टेषु कोऽपि
द्रव इव हृदयस्य प्रस्रवोद्भेदयोग्यः ॥[१]

मैथिली ने जिन पेड़ों, पक्षियों और मृगों को अपने हाथों से अर्पित जल, नीवार और घास के द्वारा परिवर्धित किया था उन्हें देख लेने पर पता नहीं कौन सा भाव मेरे मन में उत्पन्न हो रहा है जो हृदय के निःस्यन्द को फोड़ निकालने योग्य कोई द्रव प्रतीत हो रहा है।

उत्तररामचरित के उपर्युक्त अंश में रामचन्द्र ने सीता के द्वारा पाले हुए वृक्षों, पक्षियों और मृगों को देखकर अपने भीतर किसी ऐसे भाव का अनुभव किया जो उनके हृदय को द्रवीभूत कर रहा है, अतः यहाँ आध्यात्मिकी रति प्रतीत होती है, क्योंकि उनके मन में ही जो भाव उत्पन्न हो रहा है, वही रति का उद्बोधक है।

१०. साम्प्रयोगिकी

यद्यपि साम्प्रयोगिकी रति को भोजराज ने स्वीकार किया है, किन्तु उन्होंने उसको परिभाषित नहीं किया है। आचार्य शिङ्गभूपाल रति-कारणों की गणना करने में साम्प्रयोगिकी का उल्लेख नहीं करते हैं। वे कहते हैं कि भोजराज ने इसे अलग से मान्यता दी है, किन्तु चूँकि इसका अन्तर्भाव शब्द आदि के अन्तर्गत हो जाएगा, अतः अलग से साम्प्रयोगिकी मानने की आवश्यकता नहीं है–

भोजस्तु संप्रयोगेण रतिमन्यामुदाहरत्।
संप्रयोगस्य शब्दादिष्वन्तर्भावान्न तन्मतम् ॥[२]

शिङ्गभूपाल ने भी इसे परिभाषित नहीं किया है और उन्होंने भी भोजराज की तरह ही निम्नलिखित श्लोक को साम्प्रयोगिकी के उदाहरण के रूप में उद्धृत किया है–

उन्नमय्य सकचग्रहमास्यं चुम्बति प्रियतमे हठवृत्त्या।
हुं हुँ मुञ्च मम मेति च मन्दं जल्पितं जयति मानधनायाः ॥[३]

केशों को पकड़कर और ऊपर उठाकर प्रियतमा का जबर्दस्ती मुख चूमते समय मानवती स्त्रियों के द्वारा धीरे-धीरे 'हुं हुँ मुझे छोड़ो' आदि कहा हुआ शब्द सर्वोत्तम है।

उक्त श्लोक में कोई मानवती नायिका तर्जन के रूप में छुड़ाने के लिए और निवारण करने के लिए जो-जो व्यापार कर रही है उससे रति उत्पन्न हो रही है, अतः इस अंश में साम्प्रयोगिकी रति है। इसे स्पष्ट करते हुए स्वयं भोजराज ने भी लिखा है–**अत्र तर्जनार्थमोक्षार्थवारणार्थानां मन्दं मन्दं प्रयोगान्मानवत्याः संप्रयोगे रत्युत्पत्तिः प्रतीयते।**[४]

— o —

१. उत्तररामचरित–३.२५
२. रसार्णव०–पृ० २१६
३. सरस्वती०–५.८३ तथा रसार्णव०–पृ० २१६
४. सरस्वती०–पृ० ४५०

चतुर्थ पुष्प

प्रेमविलास

(रत्यवस्था)

चतुर्थ पुष्प

प्रेमविलास (रत्यवस्था)

स्त्री और पुरुष के अन्दर उद्भूत होने वाली रति ही क्रमशः छह अवस्थाओं को प्राप्त करके अभिवृद्ध होती है–

(१) प्रेमा, (२) मान, (३) प्रणय, (४) स्नेह, (५) राग और (६) अनुराग। आचार्य शारदातनय ने इन्हीं अवस्थाओं को स्पष्ट करते हुए कहा है कि यह रति प्रेम से अङ्कुरित होती है, पुनः मान से पल्लवित होती है, प्रणय से कोरकयुक्त होती है, स्नेह से कुसुमित होती है, राग से फलवती होती है और अन्त में अनुराग से भोग के योग्य हो जाती है–

इयमङ्कुरिता प्रेम्णा मानात्पल्लविता पुनः ॥
सकोरका प्रणयतः स्नेहात्कुसुमिता भवेत् ।
रागात् फलवती चेयमनुरागेण भुज्यते ॥[१]

आचार्य शारदातनय की तरह ही विवेचन करते हुए आचार्य शिङ्गभूपाल ने लिखा है कि जिस तरह क्रमशः अङ्कुर, पल्लव, कलिका, प्रसून, फल और फिर भोग की अवस्थाएँ आती हैं उसी तरह ये छह अवस्थाएँ आती हैं–

अङ्कुरपल्लवकलिकाप्रसूनफलभोगभागियं क्रमशः ।
प्रेमा मानः प्रणयः स्नेहो रागोऽनुरागश्च ॥[२]

शिङ्गभूपाल के अनुसार हम इन छह अवस्थाओं को लौकिक रूप से निम्नलिखित रूप में समझ सकते हैं–जिस तरह सर्वप्रथम अङ्कुर आता है उसी तरह रति की प्रथम अवस्था है प्रेमा। अङ्कुर

१. भा० प्र०–४.८
२. रसार्णव०–२.१११

आगे चलकर पल्लवित होता है, उसी तरह प्रेमा मान का रूप लेगा। पल्लव के बाद कली खिलती है उसी तरह मान के बाद प्रणय होगा। कली खिल कर फूल बनती है, उसी तरह प्रणय स्नेह के रूप को धारण करता है। फूल के बाद जिस तरह फल होता है, उसी तरह स्नेह राग का रूप धारण करेगा और जिस तरह फल भोग के योग्य हो जाता है, उसी तरह राग भी अनुराग के रूप में रति की चरम अवस्था को प्राप्त कर लेगा।

आचार्य रूपगोस्वामी ने रति की इन छह अवस्थाओं को अभिव्यक्त करने के लिए अलग ढंग का रूपक बाँधा है। उनके अनुसार दृढा रति प्रेमस्वरूप होती है, प्रेम ही बढ़कर स्नेह हो जाता है, स्नेह अभिवृद्धि पाकर मान, मान बढ़कर प्रणय, प्रणय वृद्धिङ्गत हो राग और राग अभिवृद्धि पाकर अनुराग और इस तरह महाभाव की स्थिति को प्राप्त कर लेता है। जिस तरह बीज रूप गन्ने से रस, रस से गुड़, गुड़ से खाँड़, खाँड़ से शक्कर, शक्कर से मिश्री और फिर मिश्री, मिश्री का उपल हो जाता है उसी तरह ये छह अवस्थाएँ क्रमशः अभिवृद्धि पाती हुईं अन्त में अनुराग दशा को प्राप्त कर लेती हैं–

स्याद्दृढेयं रतिः प्रेमा प्रोद्यन्स्नेहः क्रमादयम्।
स्यान्मानः प्रणयो रागोऽनुरागो भाव इत्यपि॥
बीजमिक्षुः स च रसः स गुडः खण्ड एव सः।
स शर्करा सिता सा च सा यथा स्यात् सितोपला॥[१]

रूपगोस्वामी ने रति की अवस्थाओं का नामकरण करते हुए उन्हें प्रेमविलास की संज्ञा से अभिहित किया है। वे कहते हैं कि इन सभी छह अवस्थाओं को लोग सामान्यतया 'प्रेम' शब्द के अन्तर्गत ही रख देते हैं–

अतः प्रेमविलासा स्युर्भावाः स्नेहादयस्तु षट्।
प्रायो व्यवह्रियन्तेऽमी प्रेमशब्देन सूरिभिः॥[२]

रत्यवस्था अथवा प्रेमविलास का विवेचन आचार्य शारदातनय, शिङ्गभूपाल और रूपगोस्वामी ने किया है और सब ने इसकी छह स्थितियों का ही उल्लेख किया है, किन्तु रूपगोस्वामी इन अवस्थाओं के क्रम-निर्धारण में शारदातनय और शिङ्गभूपाल से अलग हैं। शारदातनय और शिङ्गभूपाल क्रमशः प्रेम, मान, प्रणय, स्नेह, राग और अनुराग को मानते हैं; किन्तु रूपगोस्वामी प्रेम, स्नेह, मान, प्रणय, राग और अनुराग को क्रमशः स्वीकार करते हैं। यद्यपि दोनों क्रमों को रखने के प्रति तर्क या समाधान दिये जा सकते हैं, किन्तु शारदातनय और शिङ्गभूपाल वाला क्रमनिर्धारण अधिक उपयुक्त प्रतीत होता है, क्योंकि वे पूर्वाग्रह से युक्त नहीं हैं, जबकि रूपगोस्वामी के सभी सिद्धान्तों पर श्रीकृष्ण की भक्ति का प्रभाव है।

---

१. उज्ज्वल॰ स्थायिभावप्रकरण–५३-५४

२. उज्ज्वल॰ स्थायिभावप्रकरण–५५

१. प्रेमा

भावप्रकाशन- इ-शब्दवाच्यो मदनो माति यत्र प्रकर्षतः ।
तत्प्रेम तदधिष्ठानं रतिर्यूनोः परस्परम् ॥
परस्पराश्रयघनं निरूढं भावबन्धनम् ।
यदेकापायतोपायि तत्प्रेमेति निगद्यते ॥

रसार्णवसुधाकर- स प्रेमा भेदरहितं यूनोर्यद् भावबन्धनम् ।

उज्ज्वलनीलमणि- सर्वथा ध्वंसरहितं सत्यपि ध्वंसकारणे ।
यद्भावबन्धनं यूनोः स प्रेमा परिकीर्तितः ॥[१]

युवक और युवतियों के बीच में 'प्र इ मा' (प्रकर्ष, मदन, फैलना) के रूप में जो कामभाव प्रकृष्टता से प्रविष्ट हो जाता है वह प्रेम है। दोनों के बीच में होने वाली रति उसका आधार है और दोनों में रहनेवाला ऐसा निगूढ़ भाव-बन्धन जिसे अलग नहीं किया जा सकता है प्रेम है। इसमें ध्वंस का कारण रहने पर भी ध्वंस का अभाव रहता है।

प्रेम अथवा प्रेमा की परिभाषा में आने वाले 'भावबन्धन' पद को स्पष्ट करते हुए स्वयं शारदातनय कहते हैं कि जिस भाव में 'यह वह है'-ऐसा विचार नहीं देखा जाता, उसे ही भाव-बन्धन कहा जाता है। यही प्रेम विभावादि के द्वारा रति को पुष्ट करता है। वे आगे कहते हैं कि जो क्लेश-रहित हो और कुटिल प्रीति करने वाला हो तथा जहाँ स्वतन्त्रता परस्पर प्रिय होती हो वही प्रेम-कौटिल्य कहलाता है–

इदं तदिति सङ्कल्पो ययोर्न क्वापि दृश्यते ।
तद्भावबन्धनमिति कथयन्ति मनीषिणः ॥
एतत्प्रेम रतिं पुष्येत्तैर्विभावादिभिः पुनः ।
यदक्लिष्टं विगाहेत कौटिल्यं प्रीतिकारकम् ॥
तदेव प्रेमकौटिल्यं यत्स्वातन्त्र्यं मिथः प्रियम् ।[२]

आचार्य रूपगोस्वामी अपने ग्रन्थ भक्तिरसामृतसिन्धु में प्रेमा को स्पष्ट करते हुए कहते हैं कि जो मसृण भाव चित्त में सम्यक् रूप से आर्द्रता तथा अत्यधिक ममत्व को उत्पन्न कर देता है, उसे ही प्रेमा कहते हैं–

सम्यङ्मसृणितस्वान्तो ममत्वातिशयाङ्कितः ।
भावः स एव सान्द्रात्मा बुधैः प्रेमा निगद्यते ॥[३]

---

१. भा० प्र०–४.९, रसार्णव०–पृ० २१७, उज्ज्वल० स्थायिभावप्रकरण–५७

२. भा० प्र०–४.१०-११

३. भक्तिरसामृतसिन्धु–४.१

उज्ज्वलनीलमणि के टीकाकार श्री विश्वनाथ चक्रवर्ती ने प्रेमा को स्पष्ट करते हुए कहा है कि नायक का नायिका के प्रति ऐसा भाव कि तुम ही मेरी प्रेयसी हो और नायिका का नायक के प्रति भाव कि तुम ही मेरे प्रिय हो प्रेमा अवस्था होगी जिसमें दोनों युवक और युवती एक दूसरे के प्रेम में प्रीतिरज्जु से बँधे की तरह होंगें–**त्वं मे प्रेयसी, त्वं मे प्रेयानिति मनोऽनुलापमय्यां प्रीतिरज्ज्वां यूनोर्बन्धनं पारस्परिकमित्यर्थः ।**[१] उदाहरणार्थ–

नवकुवलयस्निग्धैरङ्गैर्ददन्नयनोत्सवं
सततमपि नः स्वेच्छादृश्यो नवो नव एव सः ।
विकलकरणः पाण्डुच्छायः शुचा परिदुर्बलः
कथमपि स उन्नेतव्यस्तथापि दृशो प्रियः ॥[२]

ताजे कमल के समान स्निग्ध अंगों से आँखों को ताजगी प्रदान करते हुए और हमेशा ही हमारे लिए यथेच्छ रूप से दर्शनीय होकर भी नये-नये प्रतीत होने वाले वह रामचन्द्र, यद्यपि अब शोक के कारण विकल इन्द्रियों वाले और पीली कान्ति वाले हो गये हैं और अत्यन्त दुबले हो जाने के कारण बड़ी कठिनाई से पहचाने जाने योग्य हैं, फिर भी आँखों को प्यारे लगते हैं।

उत्तररामचरित के तृतीय अङ्क में सीता के साथ विद्यमान वासन्ती राम को देखकर उनके प्रति जो भाव प्रकट करती है, वह दोनों के परस्पर प्रेम को प्रकट करने वाला है। यद्यपि राम और सीता में विलगाव हो गया है, फिर भी उनमें प्रेम की कमी नहीं आयी है, अपितु प्रेम और भी प्रगाढ़ हो गया है। वासन्ती इसी तथ्य को उपर्युक्त श्लोक के माध्यम से अभिव्यक्त करती है। वस्तुतः वह यहाँ सीता के मनोगत भावों को प्रकट कर रही है। इस श्लोक में ही नहीं, अपितु उत्तररामचरित के प्रायः पूरे तृतीय अङ्क में 'प्रेमा' नामक रत्यवस्था प्राप्त होती है।

२. मान

भावप्रकाशन– स्वातन्त्र्यं तद्यदन्यस्य मनोरथनिरोधनम् ॥
स एव मान इत्युक्तो मनोरथनिरोधनम् ।
मा नेति वीप्सया रोधो मान इत्युच्यते बुधैः ॥
मान्यते प्रेयसा येन यत्प्रियत्वेन मन्यते ॥
मनुते यो मिमीते यस्स हि मानः प्रकीर्तितः ।

रसार्णवसुधाकर– यत्तु प्रेमानुबन्धेन स्वातन्त्र्याद्धृदयंगमम् ॥
बध्नाति भावकौटिल्यं सोऽयं मान इतीर्यते ।

---

१. उज्ज्वल० स्थायिभावप्रकरण–५७ पर आनन्दचन्द्रिका

२. उत्तररामचरित–३.२२

उज्ज्वलनीलमणि- स्नेहस्तूत्कृष्टतावाप्त्या माधुर्यं मानयन्नवम्।
यो धारयत्यदाक्षिण्यं स मान इति कीर्त्यते ॥[1]

जहाँ दूसरे की स्वतन्त्रता को रोक दिया जाता है, उस प्रकार के मनोरथ-निरोध को मान कहा जाता है जो मा न (नहीं नहीं) इस प्रकार निषेध-द्वित्व से बोधित होता है। इसमें कुटिल बनी हुई प्रेयसी, अथवा कुटिल बने हुए प्रिय की पूजा की जाती है। इसमें दूसरे की कुटिलता के कारण एक (नायक अथवा नायिका) सोच में पड़ता है। इसमें दूसरे के क्रोध के कारण एक अपने कृत्य पर सोचता है अथवा इसके द्वारा एक दूसरे को मापता या तोलता है कि पहले को मेरे प्रति कितना प्रेम है।

आचार्य शारदातनय ने ईर्ष्यामान और प्रणयमान के भेद से मान को दो भेदों में बाँटा है। उनके अनुसार सौत के दर्शन, उसके स्पर्श तथा उसके श्रवण को नहीं सह सकने के कारण जो मान होता है, वह ईर्ष्यामान है। जिस ईर्ष्या से प्रसन्नता की प्राप्ति हो और अपने अभीष्ट की सिद्धि होती हो उस प्रकार का मान प्रणयमान कहा जाएगा जो प्रिय में भी होगा और प्रिया में भी, किन्तु ईर्ष्यामान का वर्णन केवल स्त्रियों में ही किया जाना चाहिए। यदि पुरुषों में ईर्ष्यामान का वर्णन हो तो वह मान का नहीं; अपितु वैर का उत्पादक होगा। प्रेम तो स्वयं कुटिल होता है, यदि उसमें मान सम्मिलित हो जाता है तो फिर उसका तो कहना ही क्या–

ईर्ष्याप्रणयभेदेन मानः स्त्रीपुंसयोर्द्विधा।
सपत्नीदर्शनस्पर्शश्रवणासहता स्थिरा ॥
ईर्ष्या स्त्रीणां तया रोध ईर्ष्यामान उदाहृतः।
येनेर्ष्यासु प्रसादः स्यात्स्वाभीष्टार्थानुकूलतः।
प्रियेण स विधीयेत समानप्रणयात्मके ॥
अयं प्रणयमानस्तु वर्णनीयो द्वयोरपि।
ईर्ष्यामानस्तु कविभिर्योषितामेव वर्ण्यते ॥
स पुंसां यदि वर्ण्येत वैरस्यायैव कल्प्यते।
स्वतोऽपि कुटिलं प्रेम किमु मानान्वये सति ॥[2]

(क) ईर्ष्यामान उदाहरणार्थ–

प्रयच्छतोच्चैः कुसुमानि मानिनी विपक्षगोत्रं दयितेन लम्भिता।
न किञ्चिदूचे चरणेन केवलं लिलेख वाष्पाकुललोचना भुवम् ॥[3]

---

१. भा० प्र०–४.१२-१३, रसार्णव०–पृ० २१८, उज्ज्वल० स्थायिभावप्रकरण–८९

२. भा० प्र०–४.१२, १४ तथा १५

३. किरातार्जुनीय–८.१४

एक प्रेमी अपनी प्रिया को सपत्नी का नाम लेकर उच्च स्वर से सम्बोधित कर फूलों का गुच्छा दे रहा था, इसे जानकर भी प्रिया कुछ भी नहीं बोली और आँखों में आँसू भरकर केवल पैर से भूमि खोदने लगी।

किरातार्जुनीय के उपर्युक्त श्लोक में कोई गन्धर्व अपनी प्रिया को जब फूलों का गुच्छा दे रहा था तो वह गलती से सपत्नी का नाम ले रहा था, अतः यहाँ प्रिया मान कर बैठी जो ईर्ष्या से युक्त हुआ, अतः यहाँ ईर्ष्यामान है।

(ख) प्रणयमान उदाहरणार्थ–

बालक! त्वत्तोऽधिकं निजकमेव वल्लभं मम जीवितम् ।
तत्त्वया विना न भवतीति तेन कुपितं प्रसादयामि ॥[१]

निरे बालक! तुमसे अधिक मेरा अपना जीवन मुझे प्रिय है। चूँकि वह तुम्हारे बिना टिक नहीं सकता इसीलिए कुपित तुम्हें मैं मना रही हूँ।

गाथासप्तशती की उपर्युक्त गाथा में कोई नायिका अपने नायक का मानभङ्ग करने के लिए कहती है कि हे बालक! मैं तुम्हें इसलिए मना रही हूँ, क्योंकि मैं अपने को तुमसे अधिक चाहती हूँ और मेरा जीवन तो तुम्हारे कारण ही है। यहाँ पर्यायोक्त अलंकार के द्वारा वचोभङ्गी के माध्यम से नायिका नायक के प्रति मान तोड़ने का अनुनय कर रही है, अतः यहाँ प्रणयमान है।

३. प्रणय

भावप्रकाशन– उपचारैर्मिथो यूनोर्यद्बाह्याभ्यन्तराभिधैः ॥
मानप्रकर्षप्रभवरोषास्वादकषायितम् ।
प्रेम नीतं प्रकर्षं चेत्स एव प्रणयः स्मृतः ॥

रसार्णवसुधाकर– बाह्याभ्यन्तरोपचारैर्यत् प्रेममानोपकल्पितैः ।
बध्नाति भावविस्रम्भं सोऽयं प्रणय उच्यते ॥

उज्ज्वलनीलमणि– मानो दधानो विस्रम्भं प्रणयः प्रोच्यते बुधैः ।[२]

युवक और युवती के बीच आपसी बाह्य तथा आभ्यन्तर शब्दिक वाद-विवाद से मान में प्रकृष्टता आ जाती है और उससे उत्पन्न रोष में कसैलापन आ जाता है और फिर जब प्रेम में प्रकृष्टता आती है, वही प्रणय है। इस प्रणय में अभिन्नता की स्थिति आ जाती है। उदाहरणार्थ–

१. गाथासप्तशती–३.१५

२. भा॰ प्र॰–४.१४, रसार्णव॰–२.११३-११४, उज्ज्वल॰ स्थायिभावप्रकरण–१००

एकस्मिञ्शयने पराङ्मुखतया वीतोत्तरं ताम्यतो-
रन्योन्यं हृदयस्थितेऽप्यनुनये संरक्षतोगौरवम्।
दंपत्योः शनकैरपाङ्गवलनान्मिश्रीभवच्चक्षुषो-
र्भग्नो मानकलिः सहासरभसं व्यावृत्तकण्ठग्रहः ॥[1]

नायक और नायिका दोनों ही एक ही बिछावन पर एक दूसरे की ओर पीठ किये पड़े हुए हैं, यद्यपि दोनों में एक दूसरे को मनाने की इच्छा है, फिर भी अपने-अपने गौरव की रक्षा में लगे हुए हैं। थोड़ी देर बाद दोनों ने एक ही बार चुपके-चुपके कनखियों से देखा तो दोनों की आँखें मिल गयीं, मानकलह समाप्त हो गया और दोनों ही बड़े जोरों से हँस पड़े और दोनों ने एक दूसरे के गले में बाँहें डाल दीं।

अमरुकशतक के उपर्युक्त श्लोक में ऐसे नायक-नायिका का वर्णन है जो मान-कलह किये बैठे हैं और शय्या पर पराङ्मुख होकर पड़े हुए हैं। दोनों के मन में मानभङ्ग की इच्छा तो है, किन्तु चाह रहे हैं कि दूसरा पहले पहल करे। इसी बीच दोनों की नज़रें एक साथ एक दूसरे पर पड़ जाती हैं और दोनों हँस पड़ते हैं और मानभङ्ग हो जाता है, फिर दोनों में प्रणय की स्थापना हो जाती है।

४. स्नेह

भावप्रकाशन- **मनसो यद्द्रवार्द्रत्वं विषयेषु ममत्वता।**
भयशङ्कावसानात्मा स एव स्नेह उच्यते ॥
द्विधा द्रवः स्यान्मनसो दर्शनात्स्पर्शनादपि।
जतुवद्वह्निसंस्पर्शाद्दर्शनाच्चन्द्रकान्तवत् ॥
आर्द्रता शिशिरत्वं यत्सर्वावस्थासु मानसम्।

रसार्णवसुधाकर- **विस्रम्भे परमां काष्ठामारूढे दर्शनादिभिः ॥**
यत्र द्रवत्यन्तरङ्गं स स्नेह इति कथ्यते।

उज्ज्वलनीलमणि- **आरुह्य परमां काष्ठां प्रेमा चिद्दीपदीपनः।**
हृदयं द्रावयन्नेष स्नेह इत्यभिधीयते।
अत्रोदिते भवेज्जातु न तृप्तिर्दर्शनादिषु ॥[2]

विषयों के प्रति मन में होने वाली द्रव के समान जो आर्द्रता तथा भय और आशङ्का से रहित ममत्व है, वही स्नेह कहा जाता है जिसमें अभिन्नता अपने चरम उत्कर्ष पर आ जाती है और प्रिय या प्रिया के दर्शन आदि से भी मन नहीं भरता है। मन का यह द्रव दर्शन और स्पर्शन के रूप से

१. अमरुकशतक-२३

२. भा० प्र०-४.१६-१७, रसार्णव० २.११४-११५, उज्ज्वल० स्थायिभावप्रकरण-७३

दो प्रकार का होता है। दर्शन रूप द्रवात्मक स्नेह चन्द्रकान्त मणि की तरह है जो चन्द्रमा के दर्शन से पिघल उठता है स्पर्श रूप द्रवात्मक स्नेह लाह की तरह है जो अग्नि के संयोग से पिघल उठता है और इस तरह स्नेह के दो भेद हो जाएँगे–(क) दर्शन से स्नेह और (ख) स्पर्श से स्नेह।

(क) दर्शन से उत्पन्न होने वाले स्नेह का उदाहरण–

दीर्घा वन्दनमालिका विरचिता दृष्ट्यैव नेन्दीवरैः
पुष्पाणां प्रकरः स्मितेन रचितो नो कुन्दजात्यादिभिः ।
दत्तः स्वेदमुचा पयोधरभरेणार्घ्यो न कुम्भाम्भसा
स्वैरेवावयवैः प्रियस्य विशतस्तन्व्या कृतं मङ्गलम् ॥[१]

नायिका ने कमलों को छोड़कर अपने नेत्रकमलों से ही वन्दनमालिका बना दी, कुन्द तथा जाती आदि फूलों के बिना ही अपनी मुस्कान से फूल बिखेर दिये और कलश-जल को छोड़कर स्वेद की बूँदें गिराने वाले पयोधरों से ही अर्घ्य-जल दिया। इस तरह विरह से क्षीण बनी हुई उसने प्रियतम के घर आने पर अपने अंगों के द्वारा ही मङ्गल-भाव प्रकट किया।

अमरुकशतक के उपर्युक्त श्लोक में किसी परदेशी की पत्नी ने अपने प्रिय के लौट आने पर उसके देखते ही जो भाव प्रकट किये वे दर्शन से उत्पन्न होने वाले स्नेह की अभिव्यक्ति करने वाले हैं। प्रिय के देखने मात्र से ही नायिका में द्रवता आ गयी और उसके सारे अनुभाव 'स्नेह' को व्यक्त करने वाले हुए।

(ख) स्पर्श से उत्पन्न होने वाले स्नेह का उदाहरण–

गाढालिङ्गनवामनीकृतकुचप्रोद्धूतरोमोद्गमा
सान्द्रस्नेहरसातिरेकविगलच्छ्रीमन्नितम्बाम्बरा ।
मा मा मानद माति मामलमिति क्षामाक्षरोल्लापिनी
सुप्ता किं नु मृता नु किं मनसि किं लीना विलीना नु किम् ॥[२]

सुरत के समय गाढ आलिङ्गन के कारण जिसके स्तन दब गये थे और जिन पर रोमाञ्च उत्पन्न हो गये थे, अत्यधिक स्नेह रस के कारण जिसके मनोरम नितम्ब के वस्त्र सरक गये थे और जो टूटी-फूटी वाणी में मुझसे कह रही थी कि हे मानद! नहीं, नहीं, अब ज्यादा नहीं सताओ, अब रहने दो। क्या वही मेरी प्रिया अब सो गयी है, गतप्राणा है, मेरे हृदय में लीन हो गयी है अथवा कहीं अन्यत्र विलीन हो गयी है?

अमरुकशतक के उपर्युक्त श्लोक में नायक नायिका की ओर से उसके स्पर्श-सुख का वर्णन कर रहा है। यहाँ प्रेम की पराकाष्ठा के कारण स्पर्श से द्रवता आती है, अतः यहाँ स्पर्श से उत्पन्न होने वाला स्नेह है।

---

१. अमरुकशतक–४५

२. अमरुकशतक–४०

स्नेह प्रौढ, मध्य और मन्द के भेद से तीन प्रकार का होता है–

स तु स्नेहस्त्रिधा प्रौढमध्यमन्दविभागतः ।

तथा

स त्रेधा कथ्यते प्रौढमध्यमन्दविभेदतः ॥[१]

(क) आचार्य शारदातनय के अनुसार विदेश में विद्यमान रहने पर, मृत्यु हो जाने पर अथवा प्रतियोगी (नायक के लिए नायिका और नायिका के लिए नायक) के दुर्बल हो जाने पर धर्मी का जो क्लेशजनक स्नेह होता है, उसे ही प्रौढ स्नेह कहते हैं–

विदेशस्थे मृते वापि दुर्बले प्रतियोगिनि ।
धर्मिणः क्लेशकारी यः स प्रौढः स्नेह उच्यते ॥[२]

आचार्य शिङ्गभूपाल ने प्रौढ स्नेह को अभिव्यक्त करते हुए कहा है कि प्रवास आदि के कारण चित्तवृत्ति की अज्ञानता में नायक का नायिका के प्रति अथवा नायिका का नायक के प्रति जो क्लेशकारी स्नेह होता है, वही प्रौढ स्नेह है–

प्रवासादिभिरज्ञातचित्तवृत्तौ प्रिये जने ।
इतरक्लेशकारी यः स प्रौढः स्नेह उच्यते ॥[३]

आचार्य शारदातनय ने प्रौढ स्नेह को परिभाषित करते हुए जिस 'मृते' पद का उल्लेख किया है, वह चिन्त्य हो जाता है।

प्रौढ स्नेह में प्रिय अथवा प्रिया एक दूसरे के वियोग में इस प्रकार द्रवीभूत हुए रहते हैं कि वे हमेशा क्लेश से समन्वित रहते हैं। उनका चित्त हमेशा अपने प्रिय में ही निमग्न रहता है। उदाहरणार्थ–

आलम्ब्याङ्गणवाटिकापरिसरे चूतद्रुमे मञ्जरीं
सर्पत्सान्द्रपरागलम्पटरटद्भृङ्गाङ्गनाशोभिनीम् ।
मन्ये स्वां तनुमुत्तरीयशकलेनाच्छाद्य बाला स्फुर-
त्कण्ठध्वाननिरोधकम्पितकुचश्वासोद्गमा रोदिति ॥[४]

मुझे ऐसा प्रतीत हो रहा है कि मेरी प्रिया आँगन में स्थित वाटिका में आम्रवृक्ष पर लिपटे हुए घने पराग के लोभी, गुञ्जन करने वाले भ्रमर और भ्रमरियों से शोभित आम्रमञ्जरी का सहारा लेकर

१. भा० प्र०–४.२०, रसार्णव० २.११५

२. भा० प्र०–४.२१

३. रसार्णव०–२.११६

४. अमरुकशतक–७८

उत्तरीय के एक कोने से शरीर को आच्छादित कर, हिचकियों और उच्छ्वासों से स्तनों को प्रकम्पित करती हुई रो रही है।

अमरुकशतक के उपर्युक्त श्लोक में नायक के द्वारा जिस नायिका का वर्णन किया जा रहा है उसमें प्रौढ स्नेह विद्यमान है, क्योंकि नायिका नायक की याद में अत्यधिक रूप से खिन्न हो रही है और स्नेह से द्रवीभूत भी हो रही है।

(ख) आचार्य शारदातनय के अनुसार मध्य स्नेह वह है जिसमें प्रतियोगी (नायक नायिका के लिए और नायिका नायक के लिए) के द्वारा उस-उस वियोगोत्पन्न दुःख की ऐसी अनुभूति की जाती है जो चित्तवृत्ति को स्नेहसिक्त कर देती है–

तत्तद्वियोगजं दुःखं तादृशं प्रतियोगिना।
अनुभूयातिवृत्तश्चेत्स्नेहो मध्यः प्रकीर्तितः॥[१]

आचार्य शिङ्गभूपाल के अनुसार जब एक (नायक अथवा नायिका) दूसरे (नायिका अथवा नायक) के अनुभव की अपेक्षा नहीं रखता है और वियोग आदि को सहता है, वह मध्य स्नेह है–**इतरानुभवापेक्षां सहते यः स मध्यमः।**[२]

उदाहरणार्थ–

किं देव्याः कृतदीर्घरोषमुषितस्निग्धस्मितं तन्मुखं
किं वा सागरिकां क्रमोद्धतरुषा संतर्ज्यमानां तथा।
बद्ध्वा नीतमितो वसन्तकमहं किं चिन्तयाम्यद्य भोः
सर्वाकारकृतव्यथः क्षणमपि प्राप्नोमि नो निर्वृतिम्॥[३]

क्या मैं देवी के उस मुख के विषय में चिन्ता करूँ जिसके स्नेहयुक्त स्मित को बहुत समय तक चलने वाले क्रोध ने हर लिया है, क्या बढ़े हुए क्रोध वाली उस देवी से त्रस्त और भयभीत सागरिका की चिन्ता करूँ अथवा क्या यहाँ से बाँध कर ले जाये गये विदूषक के विषय में चिन्ता करूँ? ओह! हर तरह से पीड़ित मैं क्षण भर के लिए भी शान्ति नहीं पा रहा हूँ।

रत्नावली नाटिका के उपर्युक्त श्लोक में सागरिका के अनुभव की अपेक्षा वासवदत्ता में जो राजा का स्नेह है, वह मध्यम स्नेह है।

(ग) आचार्य शारदातनय के अनुसार उस-उस व्यसन तथा आपत्ति मात्र वाला स्नेह मन्द कहलाता है–

---

१. भा॰ प्र॰–४.२२

२. रसार्णव॰–२.११७

३. रत्नावली–३.१९

तदात्वव्यसनापत्तिमात्रको मन्द उच्यते।[1]

आचार्य शिङ्गभूपाल के अनुसार नायक अथवा नायिका में से किसी एक के मान आदि में जो न दूसरे की अपेक्षा ही रखता है और न ही उसकी उपेक्षा करता है, वह स्नेह मन्द कहलाता है–

द्वयोरेकस्य मानादौ तदन्यस्य करोति यः।
नैवापेक्षां न चोपेक्षां स स्नेहो मन्द उच्यते॥[2]

शिङ्गभूपाल ने मन्द स्नेह के सम्बन्ध में 'मानादौ' पद दिया है, अतः अतिपरिचय आदि की स्थिति में भी मन्द स्नेह होगा। जैसे–

यः कौमारहरः स एव हि वरस्ता एव चैत्रक्षपा-
स्ते चोन्मीलितमालतीसुरभयः प्रौढाः कदम्बानिलाः।
सा चैवास्मि तथापि तत्र सुरतव्यापारलीलाविधौ
रेवारोधसि वेतसीतरुतले चेतः समुत्कण्ठते॥[3]

जो मेरे कौमार्य का हरण करने वाला है, वही आज मेरा पति है, आज उसी चैत्र मास की रात्रि है, खिली हुई मालती की सुगन्ध से युक्त और धूलि-कदम्ब की उन्मत्त करने वाली वायु बह रही है और मैं भी वही हूँ, फिर भी न जाने क्यों आज भी उस रेवा नदी के तट पर विद्यमान उस बेंत के कुञ्ज में सुरत-व्यापार के लिए मेरा चित्त उत्कण्ठित हो रहा है।

शीलाभट्टारिका-रचित उपर्युक्त श्लोक में किसी स्वैरिणी का जार के प्रति उपेक्षाभाव एवं अपेक्षा-भाव प्रकट हो रहा है जो गृहिणीत्व के भाव से पूर्णतया परिचित है, अतः यहाँ मन्द स्नेह है।

आचार्य शारदातनय ने इस स्नेहावस्था को अन्य भी अनेक प्रकार से विभाजित किया है। उनके अनुसार स्नेह, कृत्रिम और अकृत्रिम के भेद से दो तरह का होता है। इसमें से (क) कृत्रिम स्नेह सोपाधिक होता है और (ख) अकृत्रिम स्नेह निरुपाधिक। उपाधि के नष्ट होने पर उससे उत्पन्न होने वाला स्नेह भी समाप्त हो जाता है। अकृत्रिम अथवा स्वाभाविक स्नेह उत्कृष्ट होता है जबकि कृत्रिम स्नेह में तत्तत् विक्रियाओं के अन्वेषण की शङ्का बनी रहती है, परन्तु स्वाभाविक में तत्तत् विषय आदि के प्रमाद से भय रहता है। यही स्नेह कभी एकाश्रय रूप और कभी उभयाश्रय रूप होता है। इसमें से (क) एकाश्रय तिर्यक् आदि योनियों में होता है और (ख) उभयाश्रय मनुष्य आदि में होता है। एकाश्रय वासना से उत्पन्न होता है जबकि उभयाश्रय के उत्पन्न होने में अनेक कारण होते हैं–

द्विधा भवेत्स च स्नेहः कृत्रिमाकृत्रिमात्मकः।
सोपाधिः कृत्रिमः स्नेहो निरुपाधिरकृत्रिमः।

---

१. भावप्रकाशन–५.२३

२. रसार्णव० २.११७-११८

३. रसार्णव०–पृ० २२२ पर उद्धृत

उपाधौ विनिवृत्ते तु तज्जन्यो विनिवर्तते ॥
स्नेहः स्वभावजो यावद्द्रव्यभावी भविष्यति ।
शङ्का स्यात्कृतके तत्तद्विक्रियान्वेषणात्मिका ॥
स्वाभाविके भयं तत्तद्विषयादेः प्रमादतः ।
एकाश्रयः स च क्वापि क्वापि स्यादुभयाश्रयः ॥
एकाश्रयस्तिर्यगादौ मर्त्यादावुभयाश्रयः ।
आश्रयाद्वासनातश्च जायन्ते यत्र तत्र तु ॥
एकाश्रयो वासनातो द्व्याश्रयो हेतुभिर्भवेत् ।[१]

पुनः उन्होंने स्थिर, गत्वर और नश्वर के भेद से स्नेह को तीन भागों में विभाजित किया है। तीनों स्नेह क्रमशः तत्तत् कार्यवश उत्तम, मध्यम तथा अधम में होते हैं। (क) जो उत्तम पात्र में वृद्धि पाता है, जो उपकारों की अपेक्षा नहीं करता है तथा जो किसी के प्रति किये गये उपकार को नहीं जानता है वह 'स्थिर' कहलाता है। (ख) जो किये गये अनेक उपकारों से उत्पन्न होता है, जो उपकारों की अपेक्षा करता है और मध्यम पात्र में जो वृद्धि को प्राप्त करता है, वह 'गत्वर' है। (ग) दोष के सुनने मात्र से सौमनस्य को छोड़कर जो प्रतिकूलता की ओर प्रवृत्त होता है, वह 'नश्वर' स्नेह कहलाता है। नीच आदि में स्नेह प्रायः अस्थिर तथा श्रेष्ठ लोगों में स्थिर होता है–

स्थिरश्च गत्वरश्चेति नश्वरश्चेति स त्रिधा ॥
उत्तमे मध्यमे नीचे तत्तत्कार्यवशाद्भवेत् ।
उत्तमे वृद्धिमभ्येति नोपकारानपेक्षते ॥
उपकारं न जानाति स स्नेहः स्थिर उच्यते ।
बहूपकारप्रभव उपकारानपेक्षते ॥
मध्यमे वर्धितः किञ्चित् स स्नेहो गत्वरो भवेत् ।
दोषश्रवणमात्रेण सौमनस्यं विहाय यः ॥
प्रातिकूल्यं प्रवर्तेत स स्नेहो नश्वरो भवेत् ।
नीचादावस्थिरः प्रायः स्नेहो ज्यायसि तु स्थिरः ॥[२]

५. राग

भावप्रकाशन– **स एव चेद्गुणद्रव्यदेशकालादिभिर्हृदि ॥**
रज्यते दीप्यते चित्ते स राग इति कथ्यते ।

---

१. भावप्रकाशन–४.१८-१९

२. भावप्रकाशन–४.२४-२८

सुखदुःखात्मकं भोग्यं सुखत्वेनाभिमन्यते ॥
येन रागः स इत्युक्तो रञ्जनाद्विषयात्मनोः ।

रसार्णवसुधाकर– दुःखमभ्यधिकं चित्ते सुखत्वेनैव रज्यते ॥
येन स्नेहप्रकर्षेण स राग इति गीयते ।

उज्ज्वलनीलमणि– दुःखमप्यधिकं चित्ते सुखत्वेनैव व्यज्यते ।
यतस्तु प्रणयोत्कर्षात्स राग इति कीर्त्यते ॥[१]

जब स्नेह ही गुण, द्रव्य, देश, काल आदि से संयुक्त होकर हृदय में रहता है और जिससे चित्त रंग जाता है अथवा चमक जाता है तब वह राग कहलाता है। ऐसी स्थिति में अतिशय दुःख भी सुख देने वाला हो जाता है और विषय तथा आत्मा रंग जाती है।

आचार्य शारदातनय और शिङ्गभूपाल ने इस राग के तीन भेद माने हैं। शारदातनय ने इन तीनों का क्रम निर्धारित करते हुए पहले नीली, फिर कुसुम्भ और अन्त में मञ्जिष्ठा को रखा है और बताया है कि क्रमशः मञ्जिष्ठ, नीली और कुसुम्भ श्रेष्ठ, मध्यम और अधम हैं–

नीलीकुसुम्भमञ्जिष्ठारागौपम्येन स त्रिधा ॥
ज्येष्ठो मञ्जिष्ठरागः स्यान्नीलीरागस्तु मध्यमः ।
कुसुम्भरागः कविभिरधमः परिकीर्तितः ॥[२]

आचार्य शिङ्गभूपाल ने यद्यपि ऐसा नहीं कहा है कि कौन श्रेष्ठ है और कौन अधम है, फिर भी उनके विवेचन को देखने से ऐसा प्रतीत होता है कि वे भी आचार्य शारदातनय के मत को ही मानने वाले हैं–**कुसुम्भनीलीमञ्जिष्ठरागेन स त्रिधा॥**[३]

रागों के नामोल्लेख और उनके विभाजन में आचार्य रूपगोस्वामी शारदातनय और शिङ्गभूपाल से कुछ मतभेद रखते हैं। उनके अनुसार राग सर्वप्रथम नीलिमा और रक्तिमा के भेद से दो प्रकार को होता है जिसमें से नीली और श्यामा के कारण नीलिमा की उत्पत्ति होती है, अर्थात् यह नीली और श्यामा के भेद से दो रूपों वाला हो जाता है। पुनः रक्तिमा के दो भेद हो जाते हैं–कुसुम्भ तथा मञ्जिष्ठा। इस तरह उनके मत में राग के चार भेद हो जाएँगें–नीली, श्यामा, कुसुम्म और मञ्जिष्ठा–

नीलिमा रक्तिमा चेति रागोऽयं द्विविधो मतः ।
नीलीश्यामाभवो रागो नीलिमा कथ्यते बुधैः ॥
रागः कुसुम्भमञ्जिष्ठासंभवो रक्तिमा मतः ।[४]

---

१. भा० प्र०–४.२९-३०, रसार्णव०–२.११८-११९, उज्ज्वल० स्थायिभावप्रकरण–११८

२. भावप्रकाशन–४.३० तथा ३४

३. रसार्णव०–२.११९

४. उज्ज्वल० स्थायिभावप्रकरण–१२०-१२१ तथा १२६

(क) नीली राग–नीली राग को परिभाषित करते हुए आचार्य शारदातनय ने कहा है जो क्षालित राग न अधिक दूर रहता है और न ही अधिक शोभित होता है, उसे ही नीली राग कहते हैं–

क्षालितो यस्तु नापैति यश्च नातीव शोभते ।
नीलीरागः स एवेति कथितो रागवेदिभिः ॥[१]

आचार्य शिङ्गभूपाल ने इसे स्पष्ट करते हुए कहा है कि नीली राग ऐसा होता है जो न अधिक छिपा रहता है और न ही अधिक दीप्त रूप में आता है–

नीलीरागस्तु यः सक्तो नापैति न च दीप्यते ।[२]

आचार्य रूपगोस्वामी के अनुसार नाश की सम्भावना से रहित, बाहर से प्रकाशित नहीं होने वाला और दूसरे भावों को छिपाने वाला राग नीली राग है–

व्ययसंभावनाहीनो बहिर्नातिप्रकाशवान्
स्वलग्नभावावरणो नीलीरागो सतां मतः ॥[३]

उदाहरणार्थ–

प्रसन्नविशदाशया विविधमुद्रया निर्मितं
प्रतारणमपि त्वया गुणतया सदा गृह्णती।
तथा व्यवजहार सा व्रजकुलेन्द्र चन्द्रावली
सखीभिरपि तर्किता त्वयि यथा तटस्थेत्यसौ॥[४]

हे व्रजकुलेन्द्र! पूर्णतया निर्मल तथा प्रसन्न चित्त वाली और तुम्हारे द्वारा अनेक प्रकार की प्रतारणाओं को गुण-रूप मानने वाली उस चन्द्रावली ने इस प्रकार की तर्कपूर्ण बातें कहीं जिसके आधार पर सखियों ने उसे तुम्हारे प्रति तटस्थ ही समझा।

उज्ज्वलनीलमणि में उद्धृत उपर्युक्त श्लोक में चन्द्रावली के स्नेह में ईर्ष्या, मान आदि भावों का समावेश नहीं है और बाहर से राग भी प्रकाशित रूप में देखने को नहीं मिल रहा है, अतः यहाँ नीली राग नामक रत्यवस्था है।

आचार्य रूपगोस्वामी ने नीलिमा राग का दूसरा रूप श्यामा राग माना है। उनके अनुसार भीरुता के भाव से युक्त, नीली राग से कुछ अधिक प्रकाशित और चिरकाल में उपलब्ध होने वाला राग श्यामा राग है।

---

१. भावप्रकाशन–४.३१

२. रसार्णव०–२.१२१

३. उज्ज्वल० स्थायिभावप्रकरण–१२२

४. उज्ज्वल० स्थायिभावप्रकरण–१२३

भीरुतौषधिसेकादिराद्यात्किञ्चित्प्रकाशभाक् ।
यश्चिरेणैव साध्यः स्यात्स श्यामाराग उच्यते ॥[1]

उदाहरणार्थ–

पुरा कुञ्जे मञ्जुन्यवतमसयुक्तेऽपि चकिता
मुरारेर्या पार्श्वे न तरुणि दिवाप्यन्तरगमात्।
तमालैः सैवाद्य द्विगुणिततमिस्रेऽपि मुदिता
तमिस्रार्धे मानिन्यहह भवती तं मृगयते॥[2]

हे तरुणि! तुम तो पहले उस अल्प अन्धकार वाले कुञ्ज में भी चकित रहने के कारण एक मुरारि के पास नहीं जाती थी, किन्तु वही मानिनी तुम तमाल के वृक्ष से भी दुगुने अंधकार वाले कुञ्ज में भी प्रसन्न हृदय होकर अँधेरी रात में उसे ढूँढती फिर रही हो।

उज्ज्वलनीलमणि में उद्धृत उक्त श्लोक में भीरुता से युक्त भद्रा में श्रीकृष्णविषयक जो राग है, वह कुछ-कुछ प्रकाशित हो रहा है, अतः यहाँ श्यामा राग है।

(ख) कुसुम्भ राग- कुसुम्भ राग को परिभाषित करते हुए आचार्य शारदातनय ने कहा है कि जो क्षालित राग हृदय से दूर हो जाता है और जो देखते ही शीघ्र सुशोभित हो उठता है, उसे कुसुम्भ राग कहा जाता है-

योऽपैति क्षालितः क्षिप्रमध्यक्षं योऽपि शोभते ।
कुसुम्भराग एवैष इति विद्वद्भिरीरितः ॥[3]

आचार्य शिङ्गभूपाल के अनुसार जो राग चित्त में क्षण भर में ही व्याप्त हो जाता है और अत्यधिक प्रकाशित रहता है, फिर भी शीघ्र ही विनष्ट भी हो जाता है, उसे कुसुम्भ राग कहते हैं-

कुसुम्भरागः स ज्ञेयो यश्चित्ते रज्यति क्षणात् ।
अतिप्रकाशमानोऽपि क्षणादेव विनश्यति ॥[4]

आचार्य रूपगोस्वामी के अनुसार कुसुम्भ राग उसे कहते हैं जो चित्त में शीघ्र ही व्याप्त हो जाता है, अन्य राग की कान्ति से प्रकट होता है और उचित रीति से शोभित होता है–

कुसुम्भरागः स ज्ञेयो यश्चित्ते सज्जति द्रुतम् ।
अन्यरागच्छविव्यञ्जी शोभते च यथोचितम् ॥[5]

---

१. उज्ज्वल० स्थायिभावप्रकरण–१२४

२. उज्ज्वल० स्थायिभावप्रकरण–१२५

३. भावप्रकाशन–५.३२

४. रसार्णव० २.१२०

५. उज्ज्वल० स्थायिभावप्रकरण–१२७

उदाहरणार्थ-

बहुवल्लभस्य या भवति वल्लभा कथमपि पञ्च दिवसानि ।
सा किं षष्ठं मृगयते कुतो मृष्टं च बहुकं च ।।[१]

जो स्त्री अनेक वल्लभाओं से प्रेम करने वाले की प्रिया होती है, वह किसी तरह पाँच दिन तो देख लेती है, किन्तु वह क्या छठे दिन की प्रतीक्षा करती है? जो वस्तु अनुकूल होती है, वह कहीं बहुत भी होती है क्या ?

गाथासप्तशती की उपर्युक्त गाथा में कोई बहुवल्लभ नायक की प्रिया नायक से पाँच दिन का समय माँगे रहती है। वह जानती है कि छठे दिन से तो नायक मेरे पास रहेगा नहीं। इस स्थान में नायिका का नायक के प्रति राग तो सदैव विद्यमान रहता है, किन्तु नायक का नायिका के प्रति राग कुसुम्भ पुष्प की तरह है जो शोभायित तो होता है, किन्तु वह क्षणिक काल के लिए ही अपनी चमक दिखाता है।

(ग) मञ्जिष्ठा राग- मञ्जिष्ठा राग को परिभाषित करते हुए शारदातनय ने कहा है कि जो राग क्षालित होते हुए भी हृदय से कभी जाता नहीं है और अत्यधिक शोभित होता है उसे मञ्जिष्ठा राग कहते हैं–

अतीव शोभते यस्तु नापैति क्षालितोऽपि सन् ।
स एव कविभिः सर्वैर्मञ्जिष्ठाराग उच्यते ।।[२]

आचार्य शिङ्गभूपाल के अनुसार जो राग शीघ्र ही युक्त हो जाता है और बहुत काल तक नष्ट नहीं होता है तथा अत्यधिक शोभित होता है, उसे मञ्जिष्ठा राग कहते हैं–

अचिरेणैव संसक्तश्चिरादपि न नश्यति ।।
अतीव शोभते योऽसौ माञ्जिष्ठो राग उच्यते ।[३]

आचार्य रूपगोस्वामी के अनुसार कभी भी नष्ट नहीं हाने वाला, स्वयं प्रकाशित होने वाला तथा अपनी कान्ति से स्वयं ही वर्धित होने वाला राग माञ्जिष्ठ होता है–

आहार्योऽनन्यसापेक्षो यः कान्त्या वर्धते सदा ।
भवेन्माञ्जिष्ठरागोऽसौ राधामाधवयोर्यथा ।।[४]

उदाहरणार्थ-

अद्वैतं सुखदुःखयोरनुगतं सर्वास्ववस्थासु यद्
विश्रामो हृदयस्य यत्र जरसा यस्मिन्नहार्यो रसः ।

१. गाथासप्तशती–,१.७२

२. भावप्रकाशन–४.३३

३. रसार्णव०–२.१२१-१२२

४. उज्ज्वल० स्थायिभावप्रकरण–१३०

कालेनावरणात्ययात् परिणते यत्स्नेहसारे स्थितं
भद्रं तस्य सुमानुषस्य कथमप्येकं हि तत् प्राप्यते॥[१]

जो सभी परिस्थितियों में सुख और दु:ख की एकरूपता से युक्त है, जिसमें हृदय को पूर्ण विश्राम प्राप्त होता है, जिसका सुख वृद्धावस्था के आने पर भी दूर नहीं किया जा सकता है और जो प्रतिबन्ध के नष्ट हो जाने पर भी समय से परिपक्व हो जाने वाले स्नेह रूपी उत्कृष्ट भाव पर अवलम्बित रहता है, उस सौजन्ययुक्त व्यक्ति का वह कल्याणकारी प्रेम बहुत कठिनाई से मिलता है।

उत्तररामचरित के उपर्युक्त श्लोक में राम और सीता विषयक ऐसे राग का वर्णन प्राप्त होता है जो चिरकालस्थायी होने के साथ-साथ पूर्णतया शोभित भी है, अत: वह मञ्जिष्ठा की तरह उत्कृष्ट एवं स्थायी राग वाला है।

६. अनुराग

भावप्रकाशन- **रागोऽनुवृत्तोऽविच्छिन्नमनुराग उदाहृतः ।**
अनुरूपोऽथवा राग इति वा निर्णयो भवेत् ॥
स तु प्राय: स्वसंवेद्यो यूनोरन्योन्यरक्तिमा ।
अन्यत्रैष प्रयुज्येत गौणवृत्तिव्यपाश्रयात् ॥

रसार्णवसुधाकर- **राग एव स्वयं वेद्यदशाप्राप्त्या प्रकाशितः ।**
यावदाश्रयवृत्तिश्चेदनुराग इतीरितः ॥

उज्ज्वलनीलमणि- **सदानुभूतमपि यः कुर्यान्नवनवं प्रियम् ।**
रागो भवन्नवनवः सोऽनुराग इतीर्यते ॥[२]

राग से अनुवृत्त तथा अभिन्न भाव अनुराग कहलाता है अथवा राग के अनुरूप ही अनुराग होता है। वह प्राय: स्वसंवेद्य और युवक तथा युवती के बीच अन्योन्य की अनुरक्ति से होता है। अन्य स्थान पर यह गौणवृत्ति संबन्ध से प्रयुक्त होता है। यह राग प्रतिक्षण नवीन होता हुआ प्रिय को क्षण-क्षण में नूतन करता रहता है।

आचार्य रूपगोस्वामी अनुराग को स्पष्ट करते हुए कहते हैं कि एक दूसरे के वश में रहना, विचित्र प्रेम रहना, प्रेमी से संबन्धित निर्जीव वस्तुओं में जन्म की अत्यधिक अभिलाषा रखना और विप्रलम्भ में अनुराग का अत्यधिक संवर्धन आदि क्रियाएँ इस अवस्था में होती हैं–

---

१. उत्तररामचरित–१.३९

२. भा० प्र०–४.३५, रसार्णव०–२.१२२-१२३, उज्ज्वल० स्थायिभावप्रकरण–१३७

परस्परवशीभावः प्रेमवैचित्र्यकं तथा।
अप्राणिन्यपि जन्माप्त्यै लालसाभर उन्नतः॥
विप्रलम्भेऽस्य विस्फूर्तिरित्याद्याः स्युरिह क्रियाः॥[१]

उदाहरणार्थ-

प्रपन्नः पन्थानं हरिरसकृदस्मन्नयनयो-
रपूर्वोऽयं पूर्वं क्वचिदपि न दृष्टो मधुरिमा।
प्रतीकेऽप्येकस्य स्फुरति मुहुरङ्गस्य सखि या
श्रियस्तस्याः पातुं लवमपि समर्था न दृगियम्॥[२]

हे सखि! श्रीकृष्ण मेरे नयनपथ में अनेक बार आये, किन्तु उनका आज की तरह का अपूर्व माधुर्य पहले कभी नहीं देखा। उनके शरीर के एक-एक अवयव में जो शोभा स्फुरित हो रही है, उस शोभा के लेशमात्र का भी पान करने में मेरी दृष्टि समर्थ नहीं हो पा रही है।

उज्ज्वलनीलमणि में उदाहृत उपर्युक्त श्लोक में राधा का श्रीकृष्ण के प्रति जो राग अभिव्यक्त हुआ है, वह क्षण-क्षण नूतनता को प्रतिपादित कर रहा है और हर समय यही लगता है कि यह रूप तो उनके द्वारा पहले कभी देखा ही नहीं गया है। अतः यहाँ अनुराग नामक रत्यवस्था है।

— ० —

१. उज्ज्वल० स्थायिभावप्रकरण–१४०-१४१

२. उज्ज्वल० स्थायिभावप्रकरण–१३८

द्वितीय स्तबक

कालिदास-साहित्य में कामदशा • रतिभेद • प्रेमविलास

प्रथम पुष्प

ऋतुसंहार में कामदशा • रतिभेद • प्रेमविलास

प्रथम पल्लव : ऋतुसंहार में कामदशा

द्वितीय पल्लव : ऋतुसंहार में रतिभेद

तृतीय पल्लव : ऋतुसंहार में प्रेमविलास

प्रथम पुष्प

ऋतुसंहार में कामदशा • रतिभेद • प्रेमविलास

प्रथम पल्लव

ऋतुसंहार में कामदशा

अभिलाष (संकल्प)

१. कृतापराधान् बहुशोऽभितर्जितान्
सवेपथून् साध्वसलुप्तचेतसः ।
निरीक्ष्य भर्तॄन् सुरताभिलाषिणः
स्त्रियोऽपराधान्समदा विसस्मरुः ॥[१]

शिशिर ऋतु में, मतवाली स्त्रियाँ रति विषयक अपराध करने वाले पतियों को अनेक प्रकार से ताडित करती हैं किन्तु वही स्त्रियाँ काँपते हुए और भय से घबराये हुए तथा सुरतसुख की अभिलाषा से युक्त पतियों को देखकर उनके अपराधों को भूल जाती हैं।

यहाँ पुरुषगत अभिलाष कामदशा का चित्रण हुआ है।

२. मत्तद्विरेफपरिचुम्बितचारुपुष्पा
मन्दानिलाकुलितनम्रमृदुप्रवालाः ।
कुर्वन्ति कामिमनसां सहसोत्सुकत्वं
चूताभिरामकलिकाः समवेक्ष्यमाणाः ॥[२]

---

१. ऋतुसंहार (एम॰ आर॰ काले-सम्पादित)–५.६

२. ऋतुसंहार–६.१७

वसन्त ऋतु में, मतवाले भौरों द्वारा चूमी गयी सुन्दर पुष्पों वाली, मन्द-मन्द हवाओं से झूलती हुई कोमल आम की मञ्जरी वाली नयी लताओं को देखने से अकस्मात् कामी पुरुषों के मन में उत्कण्ठा उत्पन्न होती है।

प्रस्तुत पद्य में कामी पुरुषों की अभिलाष नामक कामदशा की ओर संकेत किया गया है।

३. मार्गं समीक्ष्यातिनिरस्तनीरं
प्रवासखिन्नं पतिमुद्वहन्त्यः ।
अवेक्ष्यमाणा हरिणेक्षणाक्ष्यः
प्रबोधयन्तीव मनोरथानि ॥[१]

हेमन्त ऋतु में, हरिणों के समान नेत्रों वाली स्त्रियाँ प्रवास से दुःखी पतियों के विषय में विचार करती हुई, मार्गों के जल को सूखा देख कर उनके आगमन की प्रतीक्षा करती हैं और अनेक प्रकार की अभिलाषाओं को जगा रही हैं।

यहाँ स्त्रियाँ मिलन-कालीन भोग की कल्पना कर रही हैं। अतः अभिलाष नामक कामदशा है।

गुणकीर्तन

हंसैर्जिता सुललिता गतिरङ्गनाना-
मम्भोरुहैर्विकसितैर्मुखचन्द्रकान्तिः ।
नीलोत्पलैर्मदकलानि विलोचनानि
भ्रूविभ्रमाश्च रुचिरास्तनुभिस्तरङ्गैः ॥[२]

शरद् ऋतु में, हंसों ने सुन्दरियों की सुन्दर चाल जीत ली, विकसित कमलों ने मुखचन्द्र की छवि जीत ली, नील-कमलों ने सुन्दरियों की मादक चितवन जीत ली और छोटी-छोटी लहरों ने सुन्दरियों की भौहों की भंगिमा जीत ली।

प्रस्तुत पद्य में सुन्दरियों की सुन्दर गति, मुख की छवि, भृकुटि-विलास तथा मादक चितवन रूपी गुणों का उल्लेख किया गया है। फलतः यहाँ गुणकीर्तन नामक कामदशा है।

उद्वेग

१. विलोचनेन्दीवरवारिबिन्दुभि-
र्निषिक्तबिम्बाधरचारुपल्लवाः ।

---

१. ऋतुसंहार-प्रक्षिप्त.४

२. ऋतुसंहार-३.१७

निरस्तमाल्याभरणानुलेपनाः

स्थिता निराशाः प्रमदाः प्रवासिनाम् ।।[1]

वर्षा ऋतु में, प्रवासी पतियों की कामिनियाँ नेत्र-कमलों से बहते हुए आँसुओं के द्वारा बिम्ब फल के समान लाल और पल्लवों के समान कोमल अधरोष्ठों को भिगोती हुई, मालाओं, आभूषणों और चन्दनादि लेपों को छोड़कर निराश बैठी रहती हैं।

वर्षा ऋतु के आ जाने पर भी प्रियतम के न आ पाने के कारण कामिनियों की पुष्पहार, आभूषण एवं लेप जैसे प्रिय पदार्थों के प्रति अरुचि उनकी उद्वेग कामदशा की सूचक है।

२. **आमूलतो विद्रुमरागताम्रं**

सपल्लवाः पुष्पचयं दधानाः ।

कुर्वन्त्यशोका हृदयं सशोकं

निरीक्ष्यमाणा नवयौवनानाम् ।।[2]

वसन्त ऋतु में, जड़ से लेकर ऊपर तक मूँगे की लालिमा के समान ताम्रवर्ण के पुष्पों को धारण करने वाले पल्लव-सहित अशोक वृक्ष को देखने पर नवयुवतियों के हृदय शोकयुक्त हो जाते हैं।

अशोक वृक्ष नवपल्लवों एवं नवपुष्पों से युक्त होने के कारण दर्शनीय होता है और अपने नाम अशोक (शोक रहित) को सार्थक करता है किन्तु यहाँ नवयुवतियों विशेषतः वियोगिनियों के हृदय को शोकसन्तप्त कर रहा है, जो कामिनियों की उद्वेगावस्था का द्योतक है।

३. **किं किंशुकैः शुकमुखच्छविभिर्न भिन्नं**

किं कर्णिकारकुसुमैर्न कृतं नु दग्धम् ।

यत्कोकिलः पुनरयं मधुरैर्वचोभि-

र्यूनां मनः सुवदनानिहितं निहन्ति ।।[3]

वसन्त ऋतु में, अपनी सुन्दरियों के मुख में आसक्त युवकों का मन शुक के मुख के समान कान्ति वाले पलाश के फूलों से क्या नहीं विदीर्ण हुआ? और क्या कनैल के फूलों ने उनका मन नहीं जलाया? जो कि कोयल अपनी मधुर आवाज़ से व्यथित कर रही है।

प्रस्तुत पद्य में युवकों के मन को पलाश का फूल विदीर्ण कर रहा है, कनैल का फूल जला

---

१. ऋतुसंहार–२.१२

२. ऋतुसंहार–६.१६

३. ऋतुसंहार–६.२०

रहा है और उस पर कोयल की मधुर तान उसे और दुःखी कर रही है। प्रिय पदार्थों के प्रति अरुचि पुरुषों की उद्वेगावस्था की व्यञ्जक है।

४. नेत्रे निमीलयति रोदिति याति शोकं
घ्राणं करेण विरुणद्धि विरौति चोच्चैः।
कान्तावियोगपरिखेदितचित्तवृत्ति-
र्दृष्ट्वाऽध्वगः कुसुमितान्सहकारवृक्षान् ॥[1]

वसन्त ऋतु में, प्रिया के विरह से खिन्न चित्तवृत्ति वाले पथिक पुष्पित आम्रवृक्षों को देखकर आँखें मूंद लेते हैं, रोने लगते हैं, दुःखी हो जाते हैं, हाथ से नाक बन्द कर लेते हैं एवं उच्च स्वर से विलाप करने लगते हैं।

पथिकों के लिये आम्रवृक्ष सन्तापजनक हो गया है, वे न तो उसे देख ही पाते हैं और न ही उसकी सुगन्धि को सहन कर पाते हैं। उनकी यह दशा उद्वेग की बोधक है। यहाँ 'विलाप' नामक कामदशा भी सुस्पष्ट है।

विलाप

असितनयनलक्ष्मीं लक्षयित्वोत्पलेषु
क्वणितकनककाञ्चीं मत्तहंसस्वनेषु।
अधररुचिरशोभां बन्धुजीवे प्रियाणां
पथिकजन इदानीं रोदिति भ्रान्तचित्तः ॥[2]

विरही पथिक शरद् ऋतु में नील कमलों में कान्ताओं की काली आँखों की शोभा, मतवाले हंसों के कलरवों में बजती हुई सोने की करधनी की शोभा और बन्धुजीव के फूलों में अधरों की सुन्दर शोभा देखकर बेसुध होकर रोने लगते हैं।

पथिक जन नीलकमल, हंस एवं बन्धूक पुष्पों में अपनी प्रियाओं के भिन्न-भिन्न अंगों की शोभा पाकर यह समझ लेते हैं कि उनकी प्रिया अब जीवित नहीं है और उसका सौन्दर्य इनमें बँट गया है और वे रोने लगते हैं। इस प्रकार यहाँ पुरुषगत विलाप कामदशा का सुन्दर चित्रण हुआ है।

तनुता

१. तनूनि पाण्डूनि मदालसानि
मुहुर्मुहुर्जृम्भणतत्पराणि।

---

१. ऋतुसंहार–६.२६

२. ऋतुसंहार–३.२४

अङ्गान्यनङ्गः प्रमदाजनस्य
करोति लावण्यससंभ्रमाणि ।।[1]

वसन्त ऋतु में, कामदेव प्रमदाजनों के अङ्गों को कृश, पीला, आलस्ययुक्त, बार-बार जम्हाई लेने वाला तथा सौन्दर्य से विलासमय बना देता है।

प्रस्तुत पद्य में प्रमदाओं के अङ्गों के कृशता का उल्लेख हुआ है जो तनुता कामदशा का द्योतक है।

२. **रुचिरकनककान्तीन्मुञ्चतः पुष्पराशी-**
न्मृदुपवनविधूतान्पुष्पितांश्चूतवृक्षान् ।
अभिमुखमभिवीक्ष्य क्षामदेहोऽपि मार्गे
मदनशरनिघातैर्मोहमेति प्रवासी ।।[2]

वसन्त ऋतु में, मन्द पवन द्वारा हिलाये जाते हुए फूले आम के पेड़ों से सुन्दर सोने जैसी कान्ति वाले बौरों को गिरता हुआ देखकर प्रिया के वियोग में पहले से ही कृश हुआ प्रवासी काम के बाणों से आहत होकर मूर्च्छित हो जाता है।

प्रस्तुत पद्य में पथिक की कृशता का वर्णन हुआ है। अतः यहाँ तनुता कामदशा सुशोभित है।

मूर्च्छा

रुचिरकनककान्तीन्मुञ्चतः पुष्पराशी-
न्मृदुपवनविधूतान्पुष्पितांश्चूतवृक्षान् ।
अभिमुखमभिवीक्ष्य क्षामदेहोऽपि मार्गे
मदनशरनिघातैर्मोहमेति प्रवासी ।।[3]

प्रस्तुत पद्य में मूर्च्छा कामदशा का सुन्दर चित्रण हुआ है।

ऋतुसंहार में दीपशिखा कवि कालिदास ने ऋतुओं का सामान्य चित्रण किया है। विभिन्न ऋतुओं में वनस्पति-जगत् तथा पशु-पक्षियों पर पड़ने वाले प्रभाव का निरूपण भी किया गया है। जहाँ तक मानव-जगत् का प्रश्न है कवि ने प्रायः सम्भोग श्रृंगार का वर्णन किया है, विप्रलम्भ तो यत्र-तत्र दिखायी देता है। अतएव कामदशायें अत्यल्प मात्रा में ही दृष्टिगत होती हैं। इतिवृत्त का अभाव होने के कारण नायक अथवा नायिका-विशेष का चित्रण न होने से उपलब्ध कामदशायें भी स्फुट एवं प्रभावोत्पादक नहीं हैं।

---

१. ऋतुसंहार–६.९
२. ऋतुसंहार–प्रक्षिप्त.७
३. ऋतुसंहार–प्रक्षिप्त.७

— o —

द्वितीय पल्लव

ऋतुसंहार में रतिभेद

आभियोगिकी

उच्छ्वासयन्त्यः श्लथबन्धनानि
गात्राणि कंदर्पसमाकुलानि।
समीपवर्तिष्वधुना प्रियेषु।
समुत्सुका एव भवन्ति नार्यः ॥[1]

वसन्त ऋतु में, अपने पतियों के समीप में रहने पर भी स्त्रियाँ लम्बी-लम्बी साँसें लेती हुईं वस्त्रों के बन्धन ढीले हो जाने के कारण काम से आतुर अपने अङ्गों को दिखाती हुई अत्यन्त उत्सुक हो जाती हैं।

प्रस्तुत पद्य में नारियों की अपने पतियों की संलग्नता से उत्पन्न रति स्पष्ट है। नारियों के द्वारा लम्बी-लम्बी साँसें लेना आदि उनकी मनःस्थित रति का ही द्योतक है। यह भाव कवि के द्वारा प्रकट किये जाने से यहाँ परेण आभियोगिकी रति है।

वैषयिकी

१. नितम्बबिम्बैः सदुकूलमेखलैः
स्तनैः सहाराभरणैः सचन्दनैः ।
शिरोरुहैः स्नानकषायवासितैः
स्त्रियो निदाघं शमयन्ति कामिनाम् ॥[2]

---

१. ऋतुसंहार–६.८

२. ऋतुसंहार–१.४

ग्रीष्म ऋतु में, स्त्रियाँ रेशमी वस्त्र एवं करधनी से सुसज्जित नितम्बों के द्वारा, हार आदि आभूषणों तथा चन्दन के लेप से युक्त स्तनों के द्वारा एवं स्नान के समय चूर्ण से सुवासित केशों के द्वारा अपने प्रेमियों की उष्णता दूर करती हैं।

यहाँ नितम्ब, स्तन एवं केशों के स्पर्श से कामुकों की उष्णता शान्त हो रही है। इस प्रकार यहाँ कामुक जनों में स्पर्श के द्वारा रति उत्पन्न होने से स्पर्शोत्पन्ना वैषयिकी रति है।

२. **पयोधराश्चन्दनपङ्कचर्चिता-**
स्तुषारगौरार्पितहारशेखराः ।
नितम्बदेशाश्च सहेममेखलाः
प्रकुर्वते कस्य मनो न सोत्सुकम् ॥[१]

ग्रीष्म ऋतु में भी रमणियों के गीले चन्दन के लेप से युक्त एवं बर्फ के समान श्वेत माला धारण किये हुए स्तन तथा सुवर्ण की मेखलाओं से सुशोभित नितम्ब-स्थल किसके चित्त में उत्सुकता नहीं उत्पन्न करते।

यहाँ चन्दनचर्चित स्तन एवं मेखलासुशोभित नितम्ब-स्थल को देखने से कामुकजनों के भीतर उत्कण्ठा उत्पन्न हो रही है। अतः प्रस्तुत पद्य रूपोत्पन्ना वैषयिकी रति का उदाहरण है।

साम्प्रयोगिकी

१. **पुष्पासवामोदसुगन्धिवक्त्रो**
निःश्वासवातैः सुरभीकृताङ्गः ।
परस्पराङ्गव्यतिषङ्गशायी
शेते जनः कामरसानुविद्धः ॥[२]

हेमन्त ऋतु में, पुष्प रस अर्थात् मदिरा से सुगन्धित मुख वाले, श्वासवायु से सुगन्धित शरीर वाले, कामरस अर्थात् मदनानन्द से सिक्त एक दूसरे के अंगों में प्रगाढ रूप से चिपक कर सोने वाले रसिक लोग शयन करते हैं।

प्रस्तुत पद्य में कामी एवं कामिनियों का निरन्तर सान्द्र आलिङ्गन साम्प्रयोगिकी रति को ही सूचित करता है। यद्यपि यहाँ रतिकाल की किसी क्रिया का उल्लेख नहीं है फिर भी 'परस्पराङ्गव्यतिषङ्गशायी' से जनों की शयनशीलता व्यक्त होने के कारण साम्प्रयोगिकी रति ध्वनित हो रही है।

---

१. ऋतुसंहार–१.६

२. ऋतुसंहार–४.११

२. दन्तच्छदैः सव्रणदन्तचिह्नैः
स्तनैश्च पाण्यग्रकृताभिलेखैः ।
संसूच्यते निर्दयमङ्गनानां
रतोपभोगो नवयौवनानाम् ।।[१]

हेमन्त ऋतु में, नवयुवतियों के अधरों पर दाँतों से किये गये घावों के चिह्नों के द्वारा तथा स्तनों पर हाथों के नाखूनों से बनायी गयी रेखाओं के द्वारा इस बात का पता चलता है कि इनके प्रेमियों ने निर्दयतापूर्वक इनके साथ सुरत-सुख का आनन्द लिया है।

प्रस्तुत पद्य में नवयुवतियों के अधरों के दन्तक्षत तथा स्तनों के नखक्षत साम्प्रयोगिकी रति को ही सूचित कर रहे हैं।

ऋतुसंहार के महाकवि कालिदास की प्रथम रचना होने के कारण इसमें वह उदात्तता नहीं प्राप्त होती जो अन्य कृतियों में मिलती है। जहाँ तक काम पुरुषार्थ का प्रश्न है, यद्यपि यहाँ उद्दाम यौवन का प्रकटन हुआ है किन्तु पात्रविशेष एवं कथानक आदि के अभाव में इसमें माधुर्य लुप्त होता दिखायी देता है। इस काव्य में वस्तुपरक वर्णन के साथ-साथ प्राय: ऋतुओं द्वारा प्रेमीजनों के ऊपर पड़ने वाले प्रभाव का वर्णन हुआ है। महाकवि कालिदास मानव जीवन एवं प्रकृति के मध्य रागात्मक सम्बन्ध स्थापित करते हैं। फलस्वरूप प्रेम तत्त्व का उल्लेख होना स्वाभाविक है। इस प्रेम तत्त्व के उन्मीलन में ऐन्द्रियता का आस्वादन प्रमुख हो गया है किन्तु फिर भी इसमें रति अथवा श्रृंगार के चित्रात्मक वर्णनों का अभाव है। इसीलिये इसमें रतिभेदों एवं प्रेमविलास के उदाहरण अल्पसंख्या में ही मिलते हैं।

— 0 —

१. ऋतुसंहार–४.९२

तृतीय पल्लव

ऋतुसंहार में प्रेमविलास

प्रणय

कृतापराधान्बहुशोऽभितर्जिता-
न्सवेपथून्साध्वसलुप्तचेतसः।
निरीक्ष्य भर्तॄन्सुरताभिलाषिणः
स्त्रियोऽपराधान्समदा विसस्मरुः ॥[१]

शिशिर ऋतु में, मतवाली स्त्रियाँ रति-विषयक अपराध करने वाले पतियों को अनेक प्रकार से ताडित करती हैं किन्तु वे ही काँपते हुए और भय से घबराये हुए तथा सुरत-सुख की अभिलाषा से युक्त पतियों को देखकर उनके अपराधों को भूल जाती हैं।

प्रस्तुत पद्य में, पतियों के द्वारा गोत्रस्खलन अथवा अन्यासक्ति रूप अपराध करने के कारण पत्नियाँ प्रारम्भ में तो मान व क्रोध प्रकट करती हैं किन्तु अपने पतियों के भीतर जब रतिक्रीडा की इच्छा देखती हैं तो वे भी मतवाली हो जाती हैं और सारा मान या क्रोध भूलकर प्रणयमग्न हो जाती हैं। अतः यहाँ प्रथमतः मान में प्रकृष्टता के कारण उससे उत्पन्न रोष में कसैलापन आ जाता है और फिर अन्ततः प्रेम में प्रकृष्टता आ जाती है। इसलिये इसे प्रणय प्रेमविलास का अस्फुट निदर्शन कहा जा सकता है।

अनुराग

कालागुरुप्रचुरचन्दनचर्चिताङ्ग्यः
पुष्पावतंससुरभीकृतकेशपाशाः।

---

१. ऋतुसंहार–५.६

श्रुत्वा ध्वनिं जलमुचां त्वरितं प्रदोषे
शय्यागृहं गुरुगृहात्प्रविशन्ति नार्यः ॥[१]

वर्षा ऋतु में, स्त्रियाँ अधिक मात्रा में काला अगुरु मिले हुए चन्दन का लेप शरीर पर लगाकर तथा पुष्पों के आभूषणों से अपने केशपाश को सुगन्धित कर सायंकाल मेघों का गर्जन सुनते ही शीघ्र सास-ससुर के स्थान से उठकर अपने शयनकक्ष में चली जाती हैं।

यहाँ नारियों का अपने अङ्गों को सुसज्जित करना तथा बादलों की गरज सुनते ही अपने शयन-कक्ष में जाने को उत्सुक हो जाना, इस तथ्य का द्योतक है कि उनका राग प्रतिक्षण नवीन होता रहता है। अतः यहाँ नारियों के अनुराग का चित्रण हुआ है।

ऋतुसंहार में मूलतः ऋतुओं का प्रकृति पर पड़ने वाला प्रभाव चित्रित किया गया है। प्रसङ्गतः मानव-जीवन पर, शृङ्गार के परिप्रेक्ष्य में, पड़ने वाले प्रभाव का भी यत्र-तत्र वर्णन है। किन्तु कथानक का अभाव होने के कारण तथा शृङ्गार के प्रसङ्ग में साक्षात् रतिक्रीडा के विभिन्न रूपों का उल्लेख होने के कारण एवं रति की पूर्वपीठिका आदि का क्रमिक उल्लेख न होने के कारण प्रस्तुत खण्ड काव्य में महाकवि के महाकाव्यों एवं नाटकों के समान प्रेमविलास का चित्रण प्राप्त नहीं होता।

— 0 —

१. ऋतुसंहार–२.२१

द्वितीय पुष्प

मेघदूत में कामदशा • रतिभेद • प्रेमत्रिलास

प्रथम पल्लव : मेघदूत में कामदशा

द्वितीय पल्लव : मेघदूत में रतिभेद

तृतीय पल्लव : मेघदूत में प्रेमविलास

द्वितीय पुष्प

मेघदूत में कामदशा • रतिभेद • प्रेमविलास

प्रथम पल्लव

मेघदूत में कामदशा

१. चक्षुःप्रीति

१. त्वय्यायत्तं कृषिफलमिति भ्रूविकारानभिज्ञैः
प्रीतिस्निग्धैर्जनपदवधूलोचनैः पीयमानः।
सद्यः सीरोत्कषणसुरभि क्षेत्रमारुह्य मालं
किञ्चित्पश्चाद् व्रज लघुगतिर्भूय एवोत्तरेण ॥[१]

हे मेघ! कृषि-कार्य का फल तुम्हारे ऊपर ही निर्भर है, इस कारण से कटाक्षपातों को न समझने वाले तथापि प्रेमार्द्र ग्रामीण स्त्रियों की आँखों से सतृष्ण देखे जाते हुए तुम माल प्रदेश पर इस प्रकार वर्षा करके जिससे कि वह हाल ही में हल चलाने से सुगन्धित हो जाय, पहले तो कुछ पश्चिम की ओर मुड़ जाना और फिर बरस जाने के कारण तेज गति वाले होकर उत्तर दिशा की ओर से चले जाना।

भले ही ग्राम्य स्त्रियाँ भोली-भाली होने के कारण कटाक्षपात इत्यादि क्रियाओं को नहीं जानतीं फिर भी वे सरस एवं प्रेममय हृदयवाली होती ही हैं। अतः वे प्रिय मेघ के आने पर सतृष्ण एवं साभिलाष नेत्रों से देखती हैं। मल्लिनाथ ने **'लोचनैः पीयमानः'** का अर्थ **'सादरं वीक्ष्यमाणः'** किया है। इस प्रकार यहाँ नायिकागत चक्षुःप्रीति का वर्णन है।

२. पादन्यासैः क्वणितरशनास्तत्र लीलावधूतै
रत्नच्छायाखचितवलिभिश्चामरैः क्लान्तहस्ताः।

---

१. मेघदूत (एम॰ आर॰ काले-सम्पादित)—१.१६

वेश्यास्त्वत्तो नखपदसुखान्प्राप्य वर्षाग्रबिन्दू-

नामोक्ष्यन्ते त्वयि मधुकरश्रेणिदीर्घान् कटाक्षान् ॥[1]

हे मेघ! उज्जयिनी में स्थित उस महाकाल मन्दिर में सायंकाल नृत्य करने के कारण बजती हुई करधनियों वाली तथा विलासपूर्वक हिलाये जाते हुए एवं रत्ननिर्मित दण्ड वाले चामरों से थके हुए हाथों वाली वेश्यायें नखक्षत वाले अङ्गों को सुख देने वाली तुम्हारी वर्षा की प्रथम बूँदों को पाकर तुम्हारे ऊपर भ्रमर-पक्तियों के समान लम्बे कटाक्षपात करेंगी।

यहाँ वेश्याओं द्वारा मेघ पर कटाक्षपातरूप चक्षु:प्रीति स्पष्ट है।

३. **गम्भीरायाः पयसि सरितश्चेतसीव प्रसन्ने**

छायात्मापि प्रकृतिसुभगो लप्स्यते ते प्रवेशम् ।

तस्मादस्याः कुमुदविशदान्यर्हसि त्वं न धैर्या-

न्मोघीकर्तुं चटुलशफरोद्वर्तनप्रेक्षितानि ॥[2]

हे मेघ! महाकाल मन्दिर से आगे बढ़ने पर गम्भीरा नामक नदी के हृदय के समान निर्मल जल में स्वभावतः सुन्दर तुम्हारा प्रतिबिम्ब रूप शरीर भी प्रवेश को प्राप्त कर लेगा। इसीलिये इस गम्भीरा के कुमुद के समान धवल चञ्चल मछलियों के उछाल रूपी चितवनों को तुम्हें धीरता अर्थात् अपने संयम के कारण निष्फल नहीं करना चाहिये।

यहाँ गम्भीरा नदी मेघ के प्रति अपने प्रेम को अपने जल में उछलती हुई मछलियों की चंचल दृष्टियों के रूप में प्रकट कर रही है। इस प्रकार गम्भीरा-नायिका की मेघ-नायक के प्रति चक्षु:प्रीति स्फुट है।

४. **तामुत्तीर्य व्रज परिचितभ्रूलताविभ्रमाणां**

पक्ष्मोत्क्षेपादुपरिविलसत्कृष्णशारप्रभाणाम् ।

कुन्दक्षेपानुगमधुकरश्रीमुषामात्मबिम्बं

पात्रीकुर्वन्दशपुरवधूनेत्रकौतूहलानाम् ॥[3]

हे मेघ! चम्बल नदी को पार करके जब तुम आगे बढ़ोगे तो भ्रूविलास में कुशल, श्वेत कान्ति वाले तथा भ्रमरों की शोभा को चुराने वाले दशपुर नगर की वधुओं के नेत्रों के कौतूहल के विषय बन जाओगे अर्थात् वे ललनायें तुम्हें उत्सुकतापूर्वक देखेंगी।

प्रस्तुत पद्य में साभिलाष दृष्टि का वर्णन हुआ है। फलतः चक्षु:प्रीति नामक कामदशा स्पष्ट है।

---

१. मेघदूत-१.३८

२. मेघदूत-१.४३

३. मेघदूत-१.५०

२. मनःसङ्ग

१. **आलोके ते निपतति पुरा सा बलिव्याकुला वा**
मत्सादृश्यं विरहतनु वा भावगम्यं लिखन्ती ।
पृच्छन्ती वा मधुरवचनां सारिकां पञ्जरस्थां
कच्चिद्भर्तुः स्मरसि रसिके त्वं हि तस्य प्रियेति ॥[1]

२. **उत्सङ्गे वा मलिनवसने सौम्य निक्षिप्य वीणां**
मद्गोत्राङ्कं विरचितपदं गेयमुद्गातुकामा ।
तन्त्रीमार्द्रां नयनसलिलैः सारयित्वा कथंचि-
द्भूयो भूयः स्वयमपि कृतां मूर्च्छनां विस्मरन्ती ॥[2]

३. **शेषान्मासान् विरहदिवसस्थापितस्यावधेर्वा**
विन्यस्यन्ती भुवि गणनया देहलीदत्तपुष्पैः ।[3]

हे मेघ! यक्षिणी या तो देवताओं की पूजा में लीन मिलेगी या फिर अनुमान करके मेरे वियोग-दुर्बल शरीर का चित्र बना रही होगी अथवा पिंजड़े में बन्द मीठी आवाज़ वाली मैना से पूछ रही होगी कि ऐ रसिके! तुझे क्या अपने स्वामी की याद आती है, तू तो उन्हें बड़ी प्रिय थी।

हे मेघ! सम्भव है विरहवश मलिन वस्त्र पहने हुए वह यक्षी गोद में वीणा रखकर, उच्च स्वर से मेरे नाम से युक्त गीत को बनाकर गाने का प्रयत्न कर रही होगी। उस करुण-गान से निरन्तर बहने वाली अश्रुधारा से भीगे हुए वीणा के तारों को वह किसी प्रकार से पोंछकर स्वयं बनाये हुए एवं सधे हुए स्वरों के आरोह-अवरोह (मूर्च्छना) को भूल ही जाती होगी।

अथवा विरह के दिन से निश्चित की गयी अवधि के शेष बचे हुए महीनों को, देहली पर रखे गये फूलों को गिन-गिन कर पृथिवी पर रख कर, गिनती हुई यक्षिणी तुम्हें दिखायी पड़ेगी।

प्रस्तुत पद्यों में मनोविनोद के लिये यक्षिणी द्वारा यक्ष का चित्र बनाना या सारिका से यक्ष-विषयक बातचीत करना अथवा यक्ष के नाम से युक्त गीत गाना या यक्ष-मिलन के शेष महीनों को फूल के द्वारा गिनना आदि क्रियायें यक्षिणी की यक्ष में चित्तसंलग्नता को सूचित करती हैं। अतः यहाँ मनःसङ्ग नामक कामदशा है। टीकाकार मल्लिनाथ ने स्पष्ट रूप से यहाँ मनःसङ्ग कामदशा का उल्लेख किया है–**'मत्सादृश्यमित्यादिना मनःसङ्गानुवृत्तिः सूचिता।'**

---

१. मेघदूत–२.२५
२. मेघदूत–२.२६
३. मेघदूत–२.२७

इसी प्रकार पूर्वमेघ में भी यक्ष कल्पना करता है कि यक्षिणी शाप के शेष दिनों को गिनने में तत्पर होगी, जो यक्षिणी की मन:सङ्ग कामदशा की ओर संकेत करता है–

४. तां चावश्यं दिवसगणनातत्परामेकपत्नीम् ।[१]

३. अभिलाष (संकल्प)

१. वीचिक्षोभस्तनितविहगश्रेणिकाञ्चीगुणायाः
संसर्पन्त्याः स्खलितसुभगं दर्शितावर्तनाभेः ।
निर्विन्ध्यायाः पथि भव रसाभ्यन्तरः संनिपत्य
स्त्रीणामाद्यं प्रणयवचनं विभ्रमो हि प्रियेषु ॥[२]

हे मेघ! उज्जयिनी नगरी के रास्ते में जाते हुए आप तरङ्गों की हलचल से शब्द करने वाले पक्षियों की पंक्तिरूपी करधनी की लड़वाली, लड़खड़ाने के कारण (मदोन्मत्त होकर) सुन्दर रूप से बहती हुई तथा भँवर रूपी नाभि को दिखलाने वाली निर्विन्ध्या नामक नदी के जल-प्रवाह में पड़कर अर्थात् उससे मिलकर उसके रस को ग्रहण करने में अन्तरङ्ग बनियेगा क्योंकि नायिकाओं का प्रिय के प्रति हाव-भावों का प्रदर्शन ही प्रथम प्रणयवचन होता है।

प्रस्तुत पद्य में कवि ने मेघ को नायक एवं निर्विन्ध्या नदी को नायिका के रूप में वर्णित किया है। लहरों के कारण शब्दायमान पक्षी ही उसकी बजती हुई करधनी है, स्खलित प्रवाह ही उसका मस्त चाल से चलना है और भँवरों का उठना ही उसका नाभि-प्रदर्शन है। इस प्रकार वह मुख से कुछ न कह कर अपने अंगप्रदर्शनादि द्वारा प्रिय मेघ से मिलने का भाव प्रकट कर रही है। फलतः यहाँ अभिलाष कामदशा है।

२. शापान्तो मे भुजगशयनादुत्थिते शार्ङ्गपाणौ
शेषान्मासान्गमय चतुरो लोचने मीलयित्वा ।
पश्चादावां विरहगुणितं तं तमात्माभिलाषं
निर्वेक्ष्यावः परिणतशरच्चन्द्रिकासु क्षपासु ॥[३]

यक्ष सन्देश देता हुआ कहता है कि भगवान् विष्णु के शेषनाग-शय्या से उठने पर मेरे शाप का अन्त हो जायगा। इसलिये बचे हुए चार महीनों को तुम आँखें बन्द करके बिता दो। उसके पश्चात् हम लोग शरद् ऋतु की पूर्ण चन्द्र ज्योत्स्ना वाली रात्रियों में विरह के दिनों में जो-जो अभिलाषायें की हैं, उनका उपभोग करेंगे।

---

१. मेघदूत-१.९

२. मेघदूत-१.२९

३. मेघदूत-२.५०

यहाँ यक्ष के मन में यक्षिणी से समागम का भाव स्पष्ट है। अतः अभिलाष नामक दशा सुस्पष्ट है। यह ध्येय है कि यहाँ 'अभिलाष' वाचक पद का प्रयोग भी हुआ है।

३. निःश्वासेनाधरकिसलयक्लेशिना विक्षिपन्तीं
शुद्धस्नानात्परुषमलकं नूनमागण्डलम्बम् ।
मत्सम्भोगः कथमुपनयेत्स्वप्नजोऽपीति निद्रा-
माकाङ्क्षन्तीं नयनसलिलोत्पीडरुद्धावकाशाम् ॥[1]

यक्ष कहता है कि विरह के कारण मेरी पत्नी के रूखे और कपोलों पर लटकने वाले केशों को विरहसन्तापवश उष्ण निःश्वास अधरोष्ठ को पीड़ित करता हुआ इधर-उधर उड़ा रहा होगा तथा स्वप्न में भी मेरे साथ रतिसुख किसी प्रकार प्राप्त हो जाये इस कारण आँसुओं के प्रवाह से अवरुद्ध अवकाश वाली निद्रा को चाहती होगी किन्तु आँसुओं के कारण नींद नहीं आती होगी, ऐसी यक्षिणी तुम्हें दिखायी देगी।

यहाँ यक्षिणी संकल्प के कारण यक्ष से समागम की आकांक्षा कर रही है फलस्वरूप अभिलाष नामक कामदशा है।

४. सम्भोगं वा हृदयनिहितारम्भमास्वादयन्ती
प्रायेणैते रमणविरहेष्वङ्गनानां विनोदाः॥[2]

हे मेघ! वह यक्षिणी मेरे साथ किये गये सम्भोग को मनःकल्पित कर आस्वादन करती हुई तुम्हारे दृष्टिपथ में आयेगी क्योंकि प्रायः प्रिय के विरह में स्त्रियाँ ऐसे ही मनोविनोद करती हैं।

यहाँ यक्षिणी प्रियविषयक मनोरथ में तल्लीन है जो उसकी संकल्पावस्था का द्योतक है। मल्लिनाथ ने हृदयनिहित का अर्थ मनःसंकल्पित ही किया है—**'हृदये निहितो मनसि संकल्पित आरम्भ उपक्रमो यस्य तम्'**। वे स्पष्ट शब्दों में कहते भी हैं—**'एतेन संकल्पावस्थोक्ता।'**

४. चिन्ता

१. नन्वात्मानं बहु विगणयन्नात्मनैवावलम्बे
तत्कल्याणि त्वमपि नितरां मा गमः कातरत्वम् ।
कस्यात्यन्तं सुखमुपनतं दुःखमेकान्ततो वा
नीचैर्गच्छत्युपरि च दशा चक्रनेमिक्रमेण ॥[3]

---

१. मेघदूत—२.३१

२. मेघदूत—२.२७

३. मेघदूत—२.४९

यक्ष अपनी पत्नी को सन्देश देता हुआ कहता है–हे प्रिये! मैं तो बहुत सोच विचार कर अपने से अपने को सहारा दे रहा हूँ, अतः हे सुभगे! तुम्हें भी इसी प्रकार धीरज रखना चाहिये, अधिक घबड़ाना नहीं चाहिये। क्योंकि संसार में कौन ऐसा व्यक्ति है जिसे सुख ही सुख मिला है अथवा किसे मात्र दुःख ही मिला हैं। प्राणियों की दशा तो पहिये की परिधि के समान बारी-बारी से नीचे और ऊपर जाती-आती रहती है।

प्रस्तुत पद्य में यक्ष अपनी प्रिया की दशा की चिन्ता कर रहा है और उसे सन्देश में सान्त्वना-वचन देता है। अतः यहाँ चिन्ता कामदशा स्पष्ट है।

इसी प्रकार पूर्वमेघ में यक्ष श्रावण मास के सन्निकट होने के कारण अपनी दयिता के जीवन के प्रति चिन्तित हो उठता है और दूत-प्रेषण का निर्णय लेता है। यहाँ प्रियाविषयक चिन्ता स्पष्ट है–

२. **प्रत्यासन्ने नभसि दयिताजीवितालम्बनार्थी ।**[१]

५. निद्राच्छेद (जागर) एवम् अनुस्मृति

१. **सव्यापारामहनि न तथा पीडयेद्विप्रयोगः**
शङ्के रात्रौ गुरुतरशुचं निर्विनोदां सखीं ते ।
मत्सन्देशैः सुखयितुमलं पश्य साध्वीं निशीथे
तामुन्निद्रामवनिशयनां सौधवातायनस्थः ॥[२]

यक्ष अपनी प्रेयसी को सन्देश देने के लिये उचित समय और उचित स्थान का निर्देश करता है–दिन में काम में लगी होने के कारण मेरा वियोग उसे उतना न सताता होगा किन्तु रात्रि में मनोविनोद का कोई उपाय न होने के कारण उसका शोक और बढ़ जाता होगा। इसलिये आधी रात के समय खुली हुई नींद वाली तथा भूमि पर लेटी हुई पतिव्रता उस मेरी पत्नी को मेरे सन्देशों से सुख पहुँचाने के लिये भवन के झरोखे में बैठकर देखना।

यहाँ रात में यक्षिणी को बिना काम के खाली होने के कारण वियोग अधिक सन्तप्त करता है, फलस्वरूप उसे नींद नहीं आती और जागरावस्था में ही रात बिताती है। इस प्रकार यहाँ जागर शृङ्गारावस्था का चित्रण हुआ है। टीकाकार मल्लिनाथ का भी कथन है–**'अनेन जागरावस्थोक्ता।'**

२. **आधिक्षामां विरहशयने संनिषण्णैकपार्श्वां**
प्राचीमूले तनुमिव कलामात्रशेषां हिमांशोः ।

---

१. मेघदूत–१.४

२. मेघदूत–२.२८

नीता रात्रिः क्षण इव मया सार्धमिच्छारतैर्या
तामेवोष्णैर्विरहमहतीमश्रुभिर्यापयन्तीम् ॥[१]

मानसिक व्यथा से अतिशय दुर्बल मेरी प्रिया यक्षी विरहकालोचित शय्या पर एक करवट से लेटी हुई ऐसी दिखाई पड़ेगी मानों पूर्व दिशा के क्षितिज पर चन्द्रमा की केवल एक कला अवशिष्ट हो। जिस रात्रि को किसी समय मेरे साथ मनोवाञ्छित विलास करते हुए वह एक क्षण के समान बिताती थी, इस विरह में पहाड़ सी बनी हुई उसी रात्रि को गरम-गरम आँसुओं के साथ वह बड़ी कठिनाई से बिता रही होगी। इस पद्य के उत्तरार्ध में विरहविधुरा यक्षिणी की निद्राच्छेद कामदशा सुष्ठुरूपेण निरूपित है।

३. **सा संन्यस्ताभरणमबला पेशलं धारयन्ती**
शय्योत्सङ्गे निहितमसकृद्दुःखदुःखेन गात्रम्।
त्वामप्यस्रं नवजलमयं मोचयिष्यत्यवश्यं
प्रायः सर्वो भवति करुणावृत्तिरार्द्रान्तरात्मा ॥[२]

यक्ष मेघ से कहता है कि वह बेचारी अबला मेरी प्रिया यक्षिणी आभूषणों को त्यागकर अपने सुकुमार शरीर को तरह-तरह के दुःखों के कारण विरह-शय्या पर तड़पती हुई बड़ी कठिनाई से रख रही होगी। अतः उसे देखकर तुम्हारे नेत्रों से भी अवश्य ही नई नई आँसू की बूँदें गिरेंगी क्योंकि कोमल हृदयवाले व्यक्तियों की चित्तवृत्ति प्रायः करुणापूर्ण होती है। प्रस्तुत पद्य में टीकाकार भरतसेन के अनुसार यहाँ यक्षिणी के आभूषण-परित्याग से अनुस्मृति कामदशा अवस्थित है–

'संन्यस्ताभरणत्वेन अनुस्मृत्यवस्था चोक्ता।'[३] भरतसेन के अनुसार प्रस्तुत पद्य उद्वेग, अनुस्मृति एवं व्याधि रूप कामदशात्रय का सुन्दर निदर्शन है।

६. गुणकीर्तन

१. **तन्वी श्यामा शिखरिदशना पक्वबिम्बाधरोष्ठी**
मध्ये क्षामा चकितहरिणीप्रेक्षणा निम्ननाभिः।
श्रोणीभारादलसगमना स्तोकनम्रा स्तनाभ्यां
या तत्र स्याद्युवतिविषये सृष्टिराद्येव धातुः ॥[४]

१. मेघदूत–२.२९
२. मेघदूत–२.३३
३. मेघदूत–(डॉ॰ लाल रमा यदुपाल सिंह-सम्पादित)–पृ॰ १८०
४. मेघदूत–२.२२

हे मेघ! मेरे घर के उस क्रीडा-पर्वत पर बैठकर जब तुम जुगुनुओं की पंक्ति के समान चमकने वाली अपनी बिजली रूपी दृष्टि से मेरे घर के भीतर झाँकोगे तो तुम्हें मेरी प्रिया दिखेगी-जो पतली-दुबली है, षोडशवर्षीया है, उसके छोटे-छोटे नुकीले दाँत हैं, अधरोष्ठ पके हुए बिम्बफल के समान लाल हैं, कटि-प्रदेश क्षीण है, डरी हुई मृगी के नेत्रों के समान बड़ी-बड़ी आँखें हैं, नाभि गहरी है, नितम्ब-भार के कारण धीरे-धीरे चलती है, विशाल वक्षःस्थल के कारण वह आगे झुकी हुई सी लगती है। वह तुम्हें युवतियों के विषय में ब्रह्मा की प्रथम रचना के समान प्रतीत होगी।

यहाँ यक्ष अपनी प्रिया के शरीर-सौन्दर्य का गुणगान कर रहा है। उसकी दृष्टि में उसकी पत्नी अलका की सभी स्त्रियों में सर्वाधिक सुन्दर है। फलतः गुणकीर्तन नामक अनुरागावस्था है।

२. श्यामास्वङ्गं चकितहरिणीप्रेक्षणे दृष्टिपातं
वक्त्रच्छायां शशिनि शिखिनां बर्हभारेषु केशान्।
उत्पश्यामि प्रतनुषु नदीवीचिषु भ्रूविलासान्
हन्तैकस्मिन् क्वचिदपि न ते चण्डि सादृश्यमस्ति ॥[१]

हे मेघ! तुम मेरी प्रियतमा यक्षी से यह कहना कि मैं तुम्हारे शारीरिक सौन्दर्य को प्रकृति के विभिन्न पदार्थों में खोजने का प्रयास करता हूँ पर खेद की बात है कि किसी एक पदार्थ में तुम्हारी पूर्ण समानता नहीं मिलती। मैं तुम्हारे शारीरिक सौन्दर्य को प्रियङ्गु लताओं में, तुम्हारी चितवन को हरिणियों के नेत्रों में, तुम्हारी मुखकान्ति को चन्द्रमा में, केशों को मयूरों के पुच्छ-समूहों में तथा भौहों के विलास को नदी की तरंगों में पाता हूँ किन्तु इनमें से कोई भी एक पदार्थ पूरी तरह से तुम्हारे समान नहीं है। तुम्हारा सौन्दर्य तो इन सबसे भिन्न है, अनुपम है।

प्रस्तुत पद्य में यक्ष प्रियतमा यक्षिणी के शरीर-सौन्दर्य का गुणगान करता है। अतः गुणकीर्तन नामक कामदशा है।

३. उत्सङ्गे वा मलिनवसने सौम्य निक्षिप्य वीणां
मद्गोत्राङ्कं विरचितपदं गेयमुद्गातुकामा ।[२]

यहाँ यक्षिणी स्वरचित यक्ष के नाम से युक्त गीत को गाने का उपक्रम कर रही है। निश्चित-रूप से यक्षविषयक गीत होने के कारण उसमें यक्ष का गुण-कथन होगा। अतः यह पद्य गुणकीर्तन कामदशा का सुन्दर निदर्शन है।

७. उद्वेग

पादानिन्दोरमृतशिशिराञ्जालमार्गप्रविष्टा-
न्पूर्वप्रीत्या गतमभिमुखं संनिवृत्तं तथैव।

---

१. मेघदूत-२.४४

२. मेघदूत-२.२६

चक्षुः खेदात्सलिलगुरुभिः पक्ष्मभिश्छादयन्तीं

साभ्रेऽह्नीव स्थलकमलिनीं न प्रबुद्धां न सुप्ताम् ॥[१]

यक्ष कहता है कि झरोखों के द्वारा घर के अन्दर प्रविष्ट हुई अमृततुल्य शीतल चन्द्र की किरणों को पूर्व प्रीति के कारण सामने गये हुए तथा खिन्नता के कारण उसी प्रकार लौटे हुए नेत्र को आँसुओं से भारी पलकों से बन्द करती हुई, मेघाच्छन्न दिन में न पूर्णतया विकसित और न पूर्णतया अविकसित स्थलोत्पन्न कमलिनी के समान, वह मेरी पत्नी दिखायी देगी।

यहाँ यक्षिणी को अमृत के समान शीतल चन्द्रमा की किरणें भी अच्छी नहीं लग रही हैं। वियोगावस्था के कारण उसे आनन्द के स्थान पर खिन्नता हो रही है फलस्वरूप वह रोने लगती है। इस प्रकार यक्षिणी की उद्वेगावस्था का सुन्दर चित्रण हुआ है। इसे विषयद्वेष नामक दशा भी कहा जाता है। मल्लिनाथ ने यहाँ विषयद्वेष नामक छठी दशा ही कहा है–**'एतेन विषयद्वेषाख्या षष्ठी दशा सूचिता।'**

८. विलाप

१. **त्वामालिख्य प्रणयकुपितां धातुरागैः शिलाया-**

मात्मानं ते चरणपतितं यावदिच्छामि कर्त्तुम् ।

अस्रैस्तावन्मुहुरुपचितैर्दृष्टिरालुप्यते मे

क्रूरस्तस्मिन्नपि न सहते सङ्गमं नौ कृतान्तः ॥[२]

यक्ष मेघ से कहता है कि तुम मेरी प्रिया से कहना कि जब भी मैं शिलाखण्ड पर गेरू आदि रंगों से तुम्हें रूठी हुई चित्रित कर मनाने के लिये तुम्हारे चरणों पर गिरकर क्षमा-याचना करना चाहता हूँ तो बार-बार बढ़े हुए आँसुओं से मेरी दृष्टि बन्द हो जाती है। इससे स्पष्ट है कि क्रूर दैव चित्र में भी हम लोगों का मिलन सहन नहीं करता।

यहाँ यक्ष स्वनिर्मित यक्षिणी के चित्र को देखकर रोने लगता है और उसकी आँखों में आँसू आ जाते हैं। फलस्वरूप विलाप कामदशा का संकेत है।

२. **नूनं तस्याः प्रबलरुदितोच्छूननेत्रं प्रियायाः**

निःश्वासानामशिशिरतया भिन्नवर्णाधरोष्ठम् ।

हस्तन्यस्तं मुखमसकलव्यक्ति लम्बालकत्वा-

दिन्दोर्दैन्यं त्वदनुसरणक्लिष्टकान्तेर्बिभर्ति ॥[३]

---

१. मेघदूत–२.३०

२. मेघदूत–२.४५

३. मेघदूत–२.२४

हे मेघ! निस्सन्देह अधिक रोने के कारण उसकी आँखें सूज गयी होंगी, लम्बी साँसों की निरन्तर गर्मी से उसके अधरोष्ठ सूख कर फीके पड़ गये होंगे। उसका सुन्दर मुख तो तुम्हें पूरी तरह से दिखायी भी नहीं देगा। उदासीन होने के कारण उसका आधा मुख तो हथेली पर ही टिका होगा और जो कुछ खुला भी होगा उस पर केश-संस्कार के अभाव में, उसके अस्त-व्यस्त केश बिखरे होंगे। अतः उसकी ठीक उसी प्रकार की शोभा होगी, जैसी तुम्हारे द्वारा घिरे हुए चन्द्रमा की होती है।

यहाँ यक्ष के वियोग में यक्षिणी के निरन्तर विलाप अथवा रोदन का वर्णन किया गया है।

३. तस्य स्थित्वा कथमपि पुरः कौतुकाधानहेतो-
रन्तर्बाष्पश्चिरमनुचरो राजराजस्य दध्यौ।
मेघालोके भवति सुखिनोऽप्यन्यथावृत्ति चेतः
कण्ठाश्लेषप्रणयिनि जने किं पुनर्दूरसंस्थे ॥[१]

कुबेर का सेवक वह विरही यक्ष आषाढ़ मास के प्रथम दिन रामगिरि की चोटी पर टिके हुए कौतुक उत्पन्न करने वाले मेघ के आगे किसी तरह से खड़े होकर आँखों के अन्दर ही आँसुओं को रोके हुए अपनी प्रिया के विषय में सोचता रहा कि वर्षाकाल के उद्दीपक समय में वह कैसे बचेगी। क्योंकि मेघ को देख लेने पर तो सम्भोग-सामग्रियों से युक्त सुखी लोगों का चित्त भी व्याकुल हो जाता है तो ऐसे लोगों के विषय में कहना ही क्या जिनका प्रियजन दूर रहता हो।

यहाँ यक्ष यह सोचकर कि विरहिणी यक्षिणी की न जाने क्या दशा होगी, उसकी आँखों में आँसू आ जाते हैं किन्तु धीरोदात्त नायक होने के कारण आँसुओं को वह अन्दर ही रोक लेता है। इस प्रकार यहाँ यक्ष की विलाप नामक कामदशा का चित्रण हुआ है।

९. उन्माद

१. कश्चित्कान्ताविरहगुरुणा स्वाधिकारात्प्रमत्तः
शापेनास्तंगमितमहिमा वर्षभोग्येण भर्त्तुः।
यक्षश्चक्रे जनकतनयास्नानपुण्योदकेषु
स्निग्धच्छायातरुषु वसतिं रामगिर्याश्रमेषु ॥[२]

अपने कर्त्तव्य-पालन से असावधान, फलस्वरूप अपनी पत्नी के वियोग के कारण असहनीय और एक वर्ष तक भोगे जाने वाले अपने स्वामी कुबेर के शाप से जिसकी महिमा नष्ट हो गयी थी ऐसा कोई यक्ष जानकी के स्नान से पवित्र हुए जल से युक्त तथा सघन छाया वाले वृक्षों से युक्त रामगिरि नामक पर्वत के आश्रमों में निवास कर रहा था।

१. मेघदूत-१.३
२. मेघदूत-१.१

'रामगिर्याश्रमेषु' में प्रयुक्त बहुवचन इस तथ्य का द्योतक है कि यक्ष विरह-दुःखी होने के कारण निश्चिन्त होकर किसी एक स्थान पर नहीं रहता था अपितु रामगिरि के विभिन्न वनाश्रमों में घूमा करता था। उसका यह कृत्य उसकी उन्माद अवस्था की ओर संकेत करता है। मल्लिनाथ ने लिखा भी है–**'तत्राप्युन्मादावस्था। अत एवैकत्रानवस्थानं सूचितमाश्रमेष्विति बहुवचनेन।'**

यक्ष की यह उन्मत्तता ही है कि गिरते हुए कनकवलय को संभाल कर धारण करने की उसे सुध न थी।[1] दुष्यन्त भी शकुन्तला-विरह में इतने कृश हो गये हैं कि कनकवलय नीचे गिर पड़ता है किन्तु वे बार-बार ऊपर खिसकाते रहते हैं– **कनकवलयं स्रस्तं स्रस्तं मया प्रतिसार्यते।**[2] किन्तु यक्ष कृश होने के साथ-साथ उन्मत्त भी है तभी तो उसका कनकवलय कब और कहाँ गिर पड़ा, उसे पता न चला और उसकी कलाई सूनी है।

यक्ष का अचेतन मेघ को दूत बनाकर सन्देश भेजना भी उसकी उन्मादावस्था की ओर ही संकेत करता है।

२. **आद्ये बद्धा विरहदिवसे या शिखा दाम हित्वा**
शापस्यान्ते विगलितशुचा तां मयोद्वेष्टनीयाम्।
स्पर्शक्लिष्टामयमितनखेनासकृत्सारयन्तीं
गण्डाभोगात्कठिनविषमामेकवेणीं करेण ॥[3]

यक्ष कहता है कि हे मेघ! वियोग के पहले दिन मेरी पत्नी ने जो फूल की माला छोड़कर चोटी बाँधी थी और जो शाप की समाप्ति पर शोकरहित मेरे द्वारा खोली जायगी, उस चोटी को जो अब छूने में कठोर हो गयी होगी तथा एक लट के रूप में लटक रही होगी, बिना कटे हुए नाखूनों वाले हाथों से कपोलस्थल से बार-बार हटाती हुई, मेरी प्रिया तुम्हें दिखायी देगी।

विरहावस्था के कारण केश-संस्कार न किये जाने से यक्षिणी की लट बार-बार कपोलों पर आ जाती है और वह लापरवाही से लट को बार-बार हटाती रहती है। लट को कपोलस्थल से ठीक से न हटाना, उसका बार-बार कपोलों पर आ जाना तथा स्वभावतः बारम्बार हाथ का लट के पास पहुँच जाना, यक्षिणी की चित्तविभ्रम अथवा उन्माद अवस्था का द्योतक है। मल्लिनाथ ने कहा है–**'असकृत् सारणाच्चित्तविभ्रमदशा सूचिता।'** टीकाकार भरतसेन ने सुबोधा टीका में इसे उद्वेगावस्था कहा है।

१० तनुता

१. **आधिक्षामां विरहशयने सन्निषण्णैकपार्श्वां**
प्राचीमूले तनुमिव कलामात्रशेषां हिमांशोः।

---

१. मेघदूत–१.२

२. अभिज्ञानशाकुन्तल–३.१०

३. मेघदूत–२.३२

नीता रात्रिः क्षण इव मया सार्धमिच्छारतैर्या

तामेवोष्णैर्विरहमहतीमश्रुभिर्यापयन्तीम् ॥[१]

हे मेघ! निरन्तर मानसिक व्यथा के कारण क्षीण तथा विरह-शय्या के एक किनारे लेटी हुई मेरी प्रिया ऐसी लगेगी जैसे कृष्णपक्ष की चतुर्दशी की क्षीण चन्द्रकला पूर्व दिशा में स्थित हो। जिसने मेरे साथ इच्छापूर्वक सुखों का अनुभव करती हुई पूरी रात क्षण के समान बितायी है, वह आज उन्हीं रातों को, जो विरह के कारण दीर्घ लगती होंगी, आँसुओं के साथ बिता रही होगी।

यक्षिणी विरह की मानसिक व्यथा से इतनी दुर्बल हो गयी है कि एक कलामात्र शेष चन्द्रमा की मूर्ति जैसी लगती है। श्लोक में प्रयुक्त 'तनु' शब्द से भी क्षीणता की व्यञ्जना हो रही है। इस प्रकार यहाँ यक्षिणी की तनुता कामदशा का सुन्दर चित्रण हुआ है। मल्लिनाथ का भी कथन है-**'एतेन कार्श्यावस्थोक्ता'**। भरतसेन सुबोधा टीका में प्रस्तुत श्लोक के उत्तरार्ध में निद्राच्छेद कामदशा का उल्लेख करते हैं। उनका कहना है कि विरहवेदना के कारण रात्रि का दीर्घ प्रतीत होना निद्राच्छेद की ओर संकेत करता है-**एतेन विरहयातनया रात्रेर्दैर्घ्यं सूचितम् उक्तञ्च-"उन्निद्राया रुदत्याश्च रात्रिवर्षशतोपमा" इति। एतेन निद्राच्छेदरूपा दशा दर्शिता।**[२]

२. **तस्मिन्नद्रौ कतिचिदबलाविप्रयुक्तः स कामी**

नीत्वा मासान्कनकवलयभ्रंशरिक्तप्रकोष्ठः ।

आषाढस्य प्रथमदिवसे मेघमाश्लिष्टसानुं

वप्रक्रीडापरिणतगजप्रेक्षणीयं ददर्श ॥[३]

उस रामगिरि नामक पर्वत पर पत्नी से वियुक्त उस कामी यक्ष ने जिसका कनकवलय गिर जाने से कलाई खाली हो गयी थी, कुछ महीने बिताकर आषाढ़ के प्रथम दिन एक मेघ को देखा जो रामगिरि की चोटी से लगा हुआ था तथा वप्रक्रीडा में संलग्न हाथी के समान दर्शनीय था।

प्रस्तुत पद्य में यक्ष की, सोने का कंगन गिर जाने से सूनी कलाई का वर्णन किया गया है। वस्तुतः यक्ष आठ महीने में इतना कृश हो गया था कि उसका स्वर्णवलय गिर गया। इस प्रकार कनकवलय का गिरना उसकी तनुता दशा को संकेतित करता है।

३. **वेणीभूतप्रतनुसलिला तामतीतस्य सिन्धुः**

पाण्डुच्छाया तटरुहतरुभ्रंशिभिर्जीर्णपर्णैः ।

सौभाग्यं ते सुभग विरहावस्थया व्यञ्जयन्ती

कार्श्यं येन त्यजति विधिना स त्वयैवोपपाद्यः ॥[४]

---

१. मेघदूत-२.२९

२. मेघदूतम्-(उत्तरमेघः)-(डॉ॰ लाल रमायदुपाल सिंह-सम्पादक) पृ॰ १६८

३. मेघदूत-१.२

४. मेघदूत-१.३०

हे सौभाग्यशाली मेघ! तुम्हारे विरह में नायिका की चोटी की तरह अल्प जल वाली तथा किनारे पर उगे हुए वृक्षों से गिरने वाले सूखे पत्तों से पीले रंग की और चिरकाल से गये हुए तुम्हारे सौभाग्य को अपनी वियोगावस्था के द्वारा प्रकट करने वाली वह निर्विन्ध्या नदी जिस प्रकार से विरहजन्य दुर्बलता को छोड़ दे, वह तुम्हें अवश्य ही करना चाहिये।

मेघ के इतने दिनों से दूर रहने के कारण निर्विन्ध्या नदी की जलधार पतली पड़ गयी है तथा सूखे एवं पीले पत्तों के उसमें गिरने से उसका रंग भी पीला पड़ गया है। इस प्रकार यहाँ निर्विन्ध्या-नायिका की कृशता का निरूपण हुआ है।

११. लज्जात्याग

निःश्वासेनाधरकिसलयक्लेशिना विक्षिपन्तीं
शुद्धस्नानात्परुषमलकं नूनमागण्डलम्बम्।
मत्सम्भोगः कथमुपनमेत्स्वप्नजोऽपीति निद्रा-
माकाङ्क्षन्तीं नयनसलिलोत्पीडरुद्धावकाशाम्॥[१]

यक्ष कहता है कि तैलादि से रहित स्नान के कारण मेरी पत्नी के रूखे और कपोलों पर लटकने वाले बालों को उष्ण निःश्वास अधरोष्ठ को पीड़ित करता हुआ इधर-उधर उड़ा रहा होगा तथा स्वप्न में भी मेरे साथ रतिसुख किसी प्रकार प्राप्त हो जाये इस कारण से वह आँसुओं के प्रवाह से अवरुद्ध अवकाश वाली निद्रा को किसी तरह से चाहती हुई, तुम्हें दिखायी देगी।

यक्षिणी अपने प्रिय पति की चिन्ता में मग्न रहती है, फलस्वरूप उसकी आँखों में आँसुओं का प्रवाह बना रहता है। पति का स्मरण कर आँसू बहाने लगना उसके लज्जात्याग की ओर संकेत करता है। मल्लिनाथ ने लिखा है–**'अत्राश्रुविसर्जनेन लज्जात्यागो व्यज्यते।'** इस पद्य में अभिलाष कामदशा का उल्लेख पहले किया जा चुका है।

१२. व्याधि

तां जानीथाः परिमितकथां जीवितं मे द्वितीयं
दूरीभूते मयि सहचरे चक्रवाकीमिवैकाम्।
गाढोत्कण्ठां गुरुषु दिवसेष्वेषु गच्छत्सु बालां
जातां मन्ये शिशिरमथितां पद्मिनीं वाऽन्यरूपाम्॥[२]

---

१. मेघदूत–२.३१

२. मेघदूत–२.२३

यक्ष कहता है कि मुझ साथी के दूर चले आने पर विरह के कारण चकवी के समान अकेले रहने वाली तथा कम बोलने वाली उस मेरी पत्नी को मेरा दूसरा प्राण ही समझना। इस समय विरह के कारण भारी दिनों को बिताती हुई प्रबल विरह वेदना वाली वह बाला पाले से मारी गयी कमलिनी के समान भिन्न रूप वाली हो गयी होगी।

प्रस्तुत पद्य में विशेष रूप से 'शिशिरमथिता' पद से यक्षिणी की किञ्चिद् व्याधिग्रस्तता का आभास होता है।

१३. मूर्च्छा

१. सा संन्यस्ताभरणमबला पेशलं धारयन्ती
शय्योत्सङ्गे निहितमसकृद्दुःखदुःखेन गात्रम् ।
त्वामप्यस्रं नवजलमयं मोचयिष्यत्यवश्यं
प्रायः सर्वो भवति करुणावृत्तिरार्द्रान्तरात्मा ॥[1]

यक्ष कहता है कि बार-बार बड़े दुःख से शय्या पर रखे गये आभूषणरहित कोमल शरीर को धारण करती हुई दुर्बला वह मेरी प्रिया तुमसे भी नवजलमय आँसू अवश्य छुड़वायेगी क्योंकि प्रायः कोमल हृदय वाला व्यक्ति स्वभावतः करुणावृत्ति होता है।

यक्षिणी अपने कोमल शरीर को जैसे-तैसे शय्या पर डाल देती है और उसे किसी प्रकार से धारण करती है। वह प्रियमिलन की आशा से उसकी धरोहर रूप अपने शरीर को बचाये हुए थी। प्रस्तुत पद्य में यक्षिणी की अत्यन्त अशक्त दशा का चित्रण होने के कारण मूर्च्छावस्था की व्यञ्जना हो रही है–**'अनेनात्यन्ताशक्त्या मूर्च्छावस्था सूच्यते'** (मल्लिनाथ)। भरतसेन ने इस श्लोक में उद्वेग, अनुस्मृति और व्याधि अवस्था का भी दर्शन किया है। उनका कहना है कि आभूषण-परित्याग से अनुस्मृति तथा कष्टपूर्वक शरीर को धारण करने से व्याधि दशा की व्यञ्जना हो रही है–**'उद्वेगावस्थेयम्। सन्न्यस्ताभरणत्वेन अनुस्मृत्यवस्था चोक्ता। दुःखदुःखेन गात्रमित्यनेन व्याध्यवस्थाऽप्युक्ता।'**[2]

२. उत्सङ्गे वा मलिनवसने सौम्य निक्षिप्य वीणां
मद्गोत्राङ्कं विरचितपदं गेयमुद्गातुकामा ।
तन्त्रीमार्द्रां नयनसलिलैः सारयित्वा कथंचि-
द्भूयो भूयः स्वयमपि कृतां मूर्च्छनां विस्मरन्ती ॥[3]

---

१. मेघदूत–२.३३

२. मेघदूतम् (डॉ॰ लाल रमायदुपाल सिंह-सम्पादित)–पृ॰ १८०

३. मेघदूत–२.२६

यक्षिणी वीणावादन के लिये स्वरचित आरोह-अवरोह-क्रम को भी भूल जाती है। मल्लिनाथ विस्मरण का कारण बताते हुए कहते हैं कि पति के नाम से युक्त गीत को गाते समय उसे पतिगुण का स्मरण हो आता है और उस स्मरण से वह मूर्च्छित-सी हो जाती है इसलिये बार-बार भूलने लगती है–**'विस्मरणं चात्र दयितगुणस्मृतिजनितमूर्च्छावशादेव।'** इस प्रकार प्रस्तुत पद्य में भी यक्षिणी की मूर्च्छावस्था की व्यञ्जना हो रही है।

टीकाकार मल्लिनाथ के अनुसार महाकवि कालिदास ने मेघदूत में दस कामदशाओं में से केवल आठ कामदशाओं का निरूपण किया है। उनका कहना है कि पूर्वानुराग विप्रलम्भ में ही चक्षुःप्रीति कामदशा होती है किन्तु यहाँ तो प्रवास (शापज) विप्रलम्भ है और प्रवास तो पूर्वसंगत नायक-नायिका का ही सम्भव है। इसलिये यहाँ वह अपूर्व चक्षुःप्रीति नहीं दिखाई देती जो पूर्वानुराग में होती है। अतः यक्ष-यक्षिणी की चक्षुःप्रीति का वर्णन महाकवि ने नहीं किया है। इसी प्रकार काव्य को वैरस्य से बचाने के लिये कवि ने अन्तिम दशा 'मरण' का भी उल्लेख नहीं किया है–

वैयर्थ्यादादिमां हित्वा वैरस्यादन्तिमां तथा ।
हृत्सङ्गादिरिहाचष्ट कविरष्टाविति स्थितिः ।।[१]

मल्लिनाथ ने मात्र यक्षिणी की कामदशाओं का ही निरूपण किया है जबकि यक्ष में भी अनेक कामदशायें दृष्टिगत होती हैं। इसके अतिरिक्त प्रकृति-मानवारोपण स्थल पर भी कामदशाओं की संभावना बनती है, जिनका ऊपर यत्र-तत्र उल्लेख किया गया है। मल्लिनाथ के अनुसार यक्षिणी की कामदशा के प्रसङ्ग में कालिदास ने निरन्तर पद्यों में क्रमशः मनःसङ्ग, संकल्प, जागर, कृशता, विषयद्वेष, लज्जात्याग, उन्माद (चित्तविभ्रम) एवं मूर्च्छा का चित्रण किया है। अतः स्पष्ट है कि वे भरतमुनि-प्रतिपादित अभिलाष, चिन्ता, स्मृति आदि क्रम को महत्त्व न देकर वात्स्यायनप्रोक्त चक्षुःप्रीति, मनःसङ्ग आदि की सरणि अपनाते हैं।

— o —

१. मेघदूत–२.३३ पर टीका

द्वितीय पल्लव

मेघदूत में रतिभेद

वैषयिकी

१. शब्दाख्येयं यदपि किल ते यः सखीनां पुरस्ताद्
कर्णे लोलः कथयितुमभूदाननस्पर्शलोभात्।
सोऽतिक्रान्तः श्रवणविषयं लोचनाभ्यामदृश्य-
स्त्वामुत्कण्ठाविरचितपदं मन्मुखेनेदमाह ॥[1]

यक्ष कहता है कि हे मेघ तुम मेरी प्रिया से कहना कि जो तुम्हारा प्रियतम संयोग काल में तुम्हारी सखियों के सामने स्पष्ट शब्दों में कहने योग्य भी बात को मुख स्पर्श के लोभ से कान में कहने के लिये लालायित रहा करता था, वही अब तुमसे इतनी दूर है कि कान और आँख की पहुँच से बाहर हो गया है और तुमसे उत्कण्ठापूर्वकरचित पदों वाला यह सन्देश मेरे द्वारा कहला रहा है।

यक्ष का ऊँचे स्वर से सबके सामने कहने योग्य बात को भी मुख के स्पर्श के लोभ से कान में कहने के लिये उत्सुक रहना, उसकी स्पर्श विषयक रति का द्योतक है। अतः यहाँ वैषयिकी रति है।

२. अम्भोबिन्दुग्रहणचतुरांश्चातकान् वीक्षमाणाः
श्रेणीभूताः परिगणनया निर्दिशन्तो बलाकाः।
त्वामासाद्य स्तनितसमये मानयिष्यन्ति सिद्धाः
सोत्कम्पानि प्रियसहचरी सम्भ्रमालिङ्गितानि ॥[2]

---

१. मेघदूत–२.४३

२. मेघदूत–१.२२

यक्ष कहता है कि हे मेघ! वर्षा के जल बिन्दुओं को ग्रहण करने में चतुर चातकों को देखते हुए तथा आकाश में पंक्तिबद्ध बलाकाओं को गणना के द्वारा दिखलाते हुए सिद्धलोग तुम्हारे गर्जन के समय भयवश कम्पन के साथ अपनी प्रियाओं के द्वारा घबराहट के साथ किये गये आलिङ्गनों को प्राप्त करके तुम्हें मानेंगे।

पुरुष तो प्रायः स्वभावतः प्रियालिङ्गनों के लिये उत्सुक रहता है और जब मेघ के गर्जन से डरकर सिद्धांगनायें सिद्धों का आलिङ्गन करने लगेंगी तो सिद्ध मेघ के प्रति कृतज्ञता प्रकट करेंगे। यहाँ सिद्धजनों का प्रियालिङ्गन-प्रियास्पर्श के लिये उत्सुक होना स्पर्श विषयक रति का द्योतक है।

सम्बन्धजा (सांसर्गिकी)

१. भित्त्वा सद्यः किसलयपुटान् देवदारुद्रुमाणां
ये तत्क्षीरस्रुतिसुरभयो दक्षिणेन प्रवृत्ताः।
आलिङ्ग्यन्ते गुणवति मया ते तुषाराद्रिवाताः
पूर्वं स्पृष्टं यदि किल भवेदङ्गमेभिस्तवेति ॥[१]

हे गुणशालिनी! देवदारु वृक्षों के किसलय पुटों को शीघ्र भेदकर उनके दूध के प्रवाह से सुगन्धित होकर ये जो दक्षिण दिशा की ओर बहने वाली हिमालय पर्वत की हवायें हैं, इनके द्वारा सम्भवतः तुम्हारे शरीर का स्पर्श पहले किया गया होगा, इसलिये मेरे द्वारा आलिङ्गित किये जाते हैं।

यहाँ यक्ष उसी हवा का स्पर्श कर रहा है जो पहले उसकी प्रियतमा यक्षिणी के शरीर का स्पर्श कर चुकी है। हवा के स्पर्श रूप संसर्ग के कारण यहाँ रति हो रही है, अतः सांसर्गिकी रति है।

२. यस्यां यक्षाः सितमणिमयान्येत्य हर्म्यस्थलानि
ज्योतिश्छायाकुसुमरचितान्युत्तमस्त्रीसहायाः।
आसेवन्ते मधु रतिफलं कल्पवृक्षप्रसूतं
त्वद्गम्भीरध्वनिषु शनकैः पुष्करेष्वाहतेषु ॥[२]

जिस अलकापुरी में यक्ष, सुन्दरी स्त्रियों के साथ स्फटिक मणियों निर्मित, तारागणों के प्रतिबिम्ब रूपी पुष्पों से सुसज्जित, भवनों की छतों पर आकर तुम्हारी ध्वनि के समान गम्भीर ध्वनि वाले मृदङ्गों के बजाये जाने पर कल्पवृक्ष से उत्पन्न रतिफल नामक मदिरा का पान करते हैं।

यहाँ यक्ष के उत्तम स्त्रियों के साथ मदिरापान का वर्णन है। स्त्रियों की उत्तमता निश्चित रूप से कुल, रूप आदि जनित है। अतः प्रस्तुत पद्य में यक्षगत सांसर्गिकी रति का चित्रण हुआ है।

---

१. मेघदूत-२.४७

२. मेघदूत-२.५

३. अक्षय्यान्तर्भवननिधयः प्रत्यहं रक्तकण्ठै-
रुद्गायद्भिर्धनपतियशः किन्नरैर्यत्र सार्धम् ।
वैभ्राजाख्यं विबुधवनितावारमुख्यासहाया
बद्धालापाः बहिरुपवनं कामिनो निर्विशन्ति ॥[१]

जहाँ अलकापुरी में भवनों के अन्दर अपार निधि रखने वाले तथा अप्सरारूपी वारवनिताओं को साथ रखने वाले, वार्तालाप करते हुए कामी यक्ष प्रतिदिन, मधुर स्वरों वाले तथा कुबेर के यश को ऊँचे स्वरों में गाने वाले किन्नरों के साथ चैत्ररथ नामक बाहरी उद्यान का उपभोग करते हैं।

प्रस्तुत पद्य में वाराङ्गनाओं को विबुधवनिता कहा गया है जो उनके रूपसौन्दर्य की ओर इंगित करता है। अतः यहाँ यक्षनिष्ठा सांसर्गिकी रति है।

आभिमानिकी

श्यामास्वङ्गं चकितहरिणीप्रेक्षणे दृष्टिपातं
वक्त्रच्छायां शशिनि शिखिनां बर्हभारेषु केशान् ।
उत्पश्यामि प्रतनुषु नदीवीचिषु भ्रूविलासान्
हन्तैकस्मिन् क्वचिदपि न ते चण्डि सादृश्यमस्ति ॥[२]

मैं प्रियङ्गु लताओं में तुम्हारे शरीर की, भयभीत हरिणियों की आँखों में तुम्हारी चितवन की, चन्द्रमा में तुम्हारे मुख की, मोरों के पंखों में तुम्हारे बालों की तथा नदी की तरंगों में तुम्हारे भौंहों के विलास की सम्भावना करता हूँ। किन्तु खेद है कि इनमें से कोई भी एक वस्तु में तुम्हारी समानता नहीं देख पाता हूँ।

यहाँ यक्ष प्रियंगु लता, चकितहरिणीप्रेक्षण, चन्द्र, मयूरपंख आदि अनेक सुन्दर वस्तुओं के होने पर भी उनमें अपनी प्रिया यक्षिणी के रूप को नहीं देख पाता, यह उसका अभिमान है। अतः उससे उत्पन्न होने के कारण प्रस्तुत पद्य में आभिमानिकी रति है।

साम्प्रयोगिकी

१. नीवीबन्ध्वोच्छ्वसितशिथिलं यत्र बिम्बाधराणां
क्षौमं रागादनिभृतकरेष्वाक्षिपत्सु प्रियेषु ।
अर्चिस्तुङ्गानभिमुखमपि प्राप्य रत्नप्रदीपान्
ह्रीमूढानां भवति विफलप्रेरणा चूर्णमुष्टिः ॥[३]

---

१. मेघदूत–२.१०
२. मेघदूत–२.४४
३. मेघदूत–२.७

जिस अलकापुरी में चंचल हाथों वाले प्रियतमों के द्वारा, अधोवस्त्र की गाँठ खुल जाने से ढीले हुए रेशमी वस्त्र के कामोत्तेजनावश खींचने पर लज्जा से सकुचाई हुई बिम्बाफल के समान अधरोष्ठ वाली नायिकाओं की मुट्ठी में भरी हुई केसर आदि की धूलि जगमगाते हुए रत्नरूपी दीपकों के सामने पहुँच करके भी व्यर्थ हो जाती है।

प्रस्तुत पद्य में अलकापुरी के नायक-नायिकाओं की कामक्रीडा का निर्देश किया गया है। प्रेमी-प्रेमिका का रति क्रीडा में निमग्न रहना, रागाधिक्य के कारण प्रेमिकाओं के अधोवस्त्रों के बन्धन का ढीला होना तथा कामोत्तेजनावश प्रेमियों के चञ्चल हाथों द्वारा रेशमी वस्त्र को खींचकर प्रेमिकाओं को विवृतजघना बना देना यक्ष एवं यक्षिणीगत साम्प्रयोगिकी रति का निदर्शन है। विद्युल्लता टीकाकार पूर्णसरस्वती का कहना है कि नीवीबन्ध का ढीला पड़ना इस बात का द्योतक है कि प्रिय के स्पर्श सुख से कामिनियाँ पराधीनचित्त वाली हो गयी हैं तथा 'अनिभृतकर' से चुम्बन, आलिङ्गन, नखविलेखनादि बाह्यरतप्रपञ्च सूचित किया गया है।

२. तस्याः किञ्चित्करधृतमिव प्राप्तवानीरशाखं
नीत्वा नीलं सलिलवसनं मुक्तरोधो नितम्बम्।
प्रस्थानं ते कथमपि सखे लम्बमानस्य भावि
ज्ञातास्वादो विवृतजघनां को विहातुं समर्थः ॥[१]

यक्ष कहता है कि हे मित्र मेघ! बेंत की शाखाओं द्वारा छुये गये अतएव मानो हाथ से कुछ-कुछ पकड़े हुए और तटरूपी नितम्बस्थल से खिसके हुए, उस गम्भीरा नदी रूपी नायिका के नीले जलरूप वस्त्र को हटाकर लम्बे ऊपर झुके हुए तुम्हारा चलना किसी भी प्रकार कठिनाई से ही हो सकेगा क्योंकि आस्वाद को जान लेने वाला कौन-सा व्यक्ति खुले हुए जघनस्थलों वाली कामिनी को छोड़ने में समर्थ हो सकेगा।

यक्ष का कहना है कि मेघ जब गम्भीरा नदी का जल पी लेगा तो उसका जल कुछ कम हो जाने से उसके दोनों तट नीचे तक दिखायी देने लगेंगे तब वहाँ जल में झुकी हुई बेंत की लताओं को देखने पर ऐसा लगेगा जैसे गम्भीरा नदी ने अपने लतारूपी हाथों से तटरूपी नितम्बों से खिसके हुए जलरूपी वस्त्र को पकड़ रखा हो। यहाँ मेघ नायक का जलग्रहण रूप सम्भोग के लिये गम्भीरा नायिका पर लम्बे झुकना साम्प्रयोगिकी रति की ओर ही संकेत कर रहा है। वस्तुतः यहाँ नदी पर पानी पीने के लिये लम्बे झुके हुए मेघ को उस नायक के रूप में चित्रित किया गया है जो कामिनी के वस्त्र को हटाकर सम्भोगासक्त हो रहा है।

३. तेषां दिक्षु प्रथितविदिशालक्षणां राजधानीं
गत्वा सद्यः फलमविकलं कामुकत्वस्य लब्धा।

---

१. मेघदूत-१.४४

तीरोपान्तस्तनितसुभगं पास्यसि स्वादु यस्मात्
सभ्रूभङ्गं मुखमिव पयो वेत्रवत्याश्चलोर्मि ॥[१]

यक्ष कहता है कि दिशाओं में सर्वत्र प्रसिद्ध विदिशा नामक राजधानी में जाकर तुम शीघ्र ही कामुकता का सम्पूर्ण फल प्राप्त करोगे क्योंकि तुम वहाँ स्वादिष्ट एवं तरंगित वेत्रवती नदी के जल को भ्रूविलास युक्त नायिका के मुख की भाँति, तटों के समीप गर्जन से सुन्दरतापूर्वक, पान करोगे।

यहाँ मेघ नायक द्वारा वेत्रवती नायिका की उपभोग कामना का सम्पूर्ण फल मिलने की बात कही गयी है। मेघ जब स्वादिष्ट (मीठे) एवं लहरों वाली वेत्रवती नदी का जल पीने में संलग्न होगा तो उसे ऐसा लगेगा जैसे किसी कटीली भौंहों वाली कामिनी के ओठों का रस पी रहा हो। कामीजनों के लिये अधरपान सुरत से भी अधिक सुखकर होता है– **'कामिनामधरस्वादः सुरतादतिरिच्यते।'** इस प्रकार यहाँ साम्प्रयोगिकी रति का चित्रण हुआ है।

४. **तस्योत्सङ्गे प्रणयिन इव स्रस्तगङ्गादुकूलां**
न त्वं दृष्ट्वा न पुनरलकां ज्ञास्यसे कामचारिन् ।
या वः काले वहति, सलिलोद्गारमुच्चैर्विमाना
मुक्ताजालग्रथितमलकं कामिनीवाभ्रवृन्दम् ॥[२]

हे स्वेच्छानुसार विचरण करने वाले मेघ! जिस प्रकार अपने प्रेमी की गोद में शिथिल हुए, गंगा के समान श्वेत दुपट्टे वाली कोई कामिनी होती है, उसी प्रकार कैलास पर्वत के ऊर्ध्वभाग में श्वेत दुपट्टे के समान प्रवहमान गंगा से युक्त अलकापुरी को देखकर तुम फिर उसे नहीं पहचान पाओगे।

कैलास पर्वत के कुछ ऊपरी भाग में अलकापुरी स्थित है और उसके कुछ नीचे समीप में श्वेतजला गंगा बहती है, अतः अलका ऐसी जान पड़ती है जैसे कि कोई नायिका विवस्त्र होकर अपने प्रेमी की गोद में लेटी है। कैलास पर्वतरूपी नायक की गोद में अलकापुरी नायिका का प्रेमवश गंगारूपी दुपट्टा सरका कर बैठना साम्प्रयोगिकी रति का ही निदर्शन है।

— o —

१. मेघदूत–१.२५
२. मेघदूत–१.६६

तृतीय पल्लव

मेघदूत में प्रेमविलास

मान

१. भूयश्चाह त्वमपि शयने कण्ठलग्ना पुरा मे
निद्रां गत्वा किमपि रुदती सस्वनं विप्रबुद्धा।
सान्तर्हासं कथितमसकृत् पृच्छतश्च त्वया मे
दृष्टः स्वप्ने कितव! रमयन् कामपि त्वं मयेति ॥[१]

मेघ यक्ष-पत्नी से कहता है कि उसके पति ने आगे यह भी कहा है कि पहले कभी शय्या पर मेरे कण्ठ से लगी हुई भी तुम नींद को प्राप्त कर किसी कारणवश उच्चस्वर से रोती हुई जाग गयी थीं और बार-बार रोने का कारण पूछते हुए, मुझसे तुमने मन्दहास के साथ यह कहा था कि हे धूर्त! मैंने तुमको स्वप्न में किसी स्त्री के साथ रमण करते हुए देखा था।

प्रस्तुत पद्य में स्वप्नोपलब्धापराधालम्बन मान का निरूपण हुआ है। प्रायः व्यक्ति जैसा सोचता है वैसा ही स्वप्न में देखता है। स्त्रियों को अकारण अपने पति के अन्यासक्त होने का भय बना रहता है। अतः यक्षपत्नी स्वप्न में भी वही देख रही है और अन्ततः ईर्ष्यामान के कारण रोने लगती है। यहाँ प्रयुक्त 'कितव' वस्तुतः प्रेम का सम्बोधन है व इसका अर्थ सामान्य धूर्त नहीं है। यास्क के अनुसार इसकी व्युत्पत्ति 'किं तव अस्ति' है जिससे यहाँ स्त्रीस्वभावानुसार अर्थ निकलता है–तुम्हें मेरे दुःख से क्या लेना-देना, तुम तो अन्यासक्त हो'। टीकाकार जगद्धर 'अन्तर्हास' का कारण यक्षिणी का मानिनी होना मानते हैं–**स्वप्नासत्यगोपनायान्तर्हासः। यद्वा मानिनीत्वेन सपत्नीसमागमासहनादन्तर्हासः।** (रसदीपिनी)।

---

१. मेघदूत–२.५१

२. तस्मिन् काले नयनसलिलं योषितां खण्डितानां
शान्तिं नेयं प्रणयिभिरतो वर्त्म भानोस्त्यजाशु।
प्रालेयास्रं कमलवदनात् सोऽपि हर्तुं नलिन्याः
प्रत्यावृत्तस्त्वयि कररुधि स्यादनल्पाभ्यसूयः ॥[१]

उस समय अर्थात् प्रातःकाल प्रेमियों को खण्डिता नायिकाओं के आँसू शान्त करने होते हैं इसलिये तुम सूर्य के मार्ग को शीघ्र छोड़ देना क्योंकि वह भी कमलिनी के कमलमुख से ओस रूप आँसू को दूर करने के लिए लौटा होगा। इसलिये तुम्हारे द्वारा किरणों के अवरोध करने पर वह अत्यधिक द्वेषयुक्त हो जायगा।

कविसम्प्रदाय में सूर्य और नलिनी क्रमशः प्रेमी और प्रेमिका के रूप में प्रसिद्ध हैं। सूर्य रात में अन्यत्र चला जाता है अतः उसकी पत्नी रातभर उसके वियोग में ओसरूपी आँसू बहाकर रोती रहती है। प्रातःकाल, सूर्य आते ही मानिनी प्रेमिका को मनाने के लिये सर्वप्रथम अपने किरणरूपी हाथों से उसके आँसू पोछता है। यहाँ कमलिनी का ईर्ष्यामान सुस्पष्ट है।

स्नेह

एतस्मान्मां कुशलिनमभिज्ञानदानाद् विदित्वा
मा कौलीनादसितनयने मय्यविश्वासिनी भूः।
स्नेहानाहुः किमपि विरहे ध्वंसिनस्ते त्वभोगा-
दिष्टे वस्तुन्युपचितरसाः प्रेमराशीभवन्ति ॥[२]

यक्ष मेघ से कहता है कि तुम मेरी प्रिया से यह कहना-हे असित नेत्रों वाली! इस पहचान के देने से मुझ यक्ष को सकुशल जानकर लोकप्रवाद के कारण मेरे विषय में अविश्वासिनी मत होना। प्रीतियों को विरहकाल में नष्ट हो जाने वाली व्यर्थ ही लोग कहते हैं। वस्तुतः स्नेह तो प्रियजन के विषय में भोग के अभाव में संचित रस वाले होकर और अधिक घनीभूत प्रेम वाले हो जाते हैं।

प्रस्तुत पद्य में यक्ष के स्नेह की चर्चा की गयी है। स्नेह यहाँ शब्दोपात्त भी है। यक्ष का यह कथन कि पारस्परिक प्रेम वियोग काल में दूर रहने पर बढ़ता ही है कम नहीं होता, इस तथ्य का स्पष्टतया द्योतक है कि यक्ष 'स्नेह' प्रेमविलास से युक्त है।

---

१. मेघदूत–१.४२

२. मेघदूत–२.५२

राग

वीचिक्षोभस्तनितविहगश्रेणिकाञ्चीगुणाया:
संसर्पन्त्या: स्खलितसुभगं दर्शितावर्तनाभे: ।
निर्विन्ध्याया पथि भव रसाभ्यन्तर:संनिपत्य
स्त्रीणामाद्यं प्रणयवचनं विभ्रमो हि प्रियेषु ॥[1]

यक्ष मेघ से कहता है कि लहरों की हलचल से शब्द करने वाले पक्षियों की पंक्तिरूपी करधनी की लड़ी वाली, चाल के लड़खड़ाने के कारण सुन्दरतापूर्वक बहती हुई और भँवररूपी नाभि दिखलाने वाली निर्विन्ध्या नदी के मार्ग में (जलप्रवाह में) पड़कर (उससे बड़े चाव से मिलकर) अपने में जल भर लेने वाले अर्थात् आनन्दरस का अनुभव करने वाले बनो, क्योंकि नायिकाओं का अपने प्रियजनों के प्रति हाव-भाव प्रदर्शन ही प्रथम रति प्रार्थना-वाक्य होता है।

यहाँ निर्विन्ध्या नदी पर नायिकात्व का आरोप है। उसका नाभि प्रदर्शन, स्खलितगमन (मस्त चाल से चलना) आदि विलास-प्रदर्शन रागावस्था को सूचित करता है। प्रस्तुत पद्य में राग के अधिक प्रकाशित होने और चित्त में शीघ्र व्याप्त होने के कारण यहाँ कुसुम्भ राग परिलक्षित हो रहा है।

— o —

१. मेघदूत—१.२९

तृतीय पुष्प

कुमारसम्भव में कामदशा • रतिभेद • प्रेमविलास

प्रथम पल्लव : कुमारसम्भव में कामदशा

द्वितीय पल्लव : कुमारसम्भव में रतिभेद

तृतीय पल्लव : कुमारसम्भव में प्रेमविलास

तृतीय पुष्प

कुमारसम्भव में कामदशा • रतिभेद • प्रेमविलास

प्रथम पल्लव

कुमारसम्भव में कामदशा

१. चक्षुःप्रीति

१. हरस्तु किञ्चित्परिलुप्तधैर्य-
श्चन्द्रोदयारम्भ इवाम्बुराशिः ।
उमामुखे बिम्बफलाधरोष्ठे
व्यापारयामास विलोचनानि ॥[१]

कामदेव के अपने पुष्प-धनुष् पर 'सम्मोहन' नामक अमोघ बाण चढ़ाने पर शङ्कर भी चन्द्रोदय होने पर समुद्र की भाँति कुछ अधीर हो गए और वह बिम्बफल के समान अधरोष्ठ वाली पार्वती के मुख को अपने तीनों नेत्रों से देखने लगे। यहाँ शिव के निर्विकार हृदय में काम का प्रथम उन्मेष दृष्टिगत होने से तथा शिव द्वारा अपने तीनों नेत्रों से पार्वतीमुख के वीक्षण से 'भाव' नायकालङ्कार तथा चक्षुःप्रीति कामदशा सुष्ठुरूपेण उपन्यस्त हैं। इसी पद्य में अभिलाष कामदशा भी सुशोभित है जैसा टीकाकार मल्लिनाथ के व्याख्यान से स्पष्ट है–

बिम्बफलतुल्योऽधरोष्ठो यस्य तस्मिन् उमामुखे विलोचनानि व्यापारयामास। त्रिभिरपि लोचनैः साभिलाषमद्राक्षीदित्यर्थः। एतेन भगवतो रतिभावोदय उक्तः।[२]

सरस्वतीकण्ठाभरणालङ्कारकार भोजराज प्रस्तुत पद्य में रति स्थायीभाव की अवस्थिति मानते हैं। वे रति स्थायीभाव की निम्नाङ्कित परिभाषा देते हैं तथा उक्त पद्य में अभिलाष को भी स्वीकार करते हैं–

---

१. कुमारसम्भव (एम॰ आर॰ काले–सम्पादित)–३. ६७

२. कुमारसम्भव–३.६७ पर मल्लिनाथ-टीका

मनोऽनुकूलेष्वर्थेषु सुखसंवेदनं रतिः।
असम्प्रयोगविषया सैव प्रीतिर्निगद्यते॥

अत्र बिम्बोष्ठत्वादिभिर्मनोऽनुकूले पार्वतीमुखे विलोचनव्यापारानुमितो महेश्वरस्याभिलाष-विशेषः सात्त्विकादेरनुत्पादात् सुखानुभवस्योत्पत्तिमात्रमनुमापयति।[1]

२. **विवृण्वती शैलसुतापि भाव-**
मङ्गैः स्फुरद्बालकदम्बकल्पैः।
साचीकृता चारुतरेण तस्थौ
मुखेन पर्यस्तविलोचनेन॥[2]

जिस समय महायोगी भगवान् शङ्कर के हृदय पर काम के बाण गिरने लगे, उस समय पार्वती भी नवकुसुमित कदम्बकोरकों की भाँति अपने अङ्ग-प्रत्यङ्ग से अपनी हृदयगत रतिभावना प्रकाशित करने लगीं और अपने अतिमनोरम कटाक्षाञ्चित मुख को तिरछा घुमाये खड़ी हो गईं। अपने आराध्य शिव द्वारा तीनों नेत्रों से वीक्षित पार्वती की अतिशयलज्जावश अपने कटाक्षाञ्चित मुख को ईषत् तिरछा करके स्थित होने की मुद्रा उनके रत्याख्य भाव तथा चक्षुःप्रीति कामदशा की व्यञ्जक है। नायिका पार्वती की ईषत् तिर्यक्कृत अवस्थिति उनके सौन्दर्य में वृद्धि करती है। अपने नायक-नायिकाओं की ऐसी मुखमुद्रा का निरूपण कालिदास ने अन्यत्र भी अनेक स्थानों पर किया है यथा–

(१) **निनाय साचीकृतचारुवक्त्रः।**[3]

(२) **पातुं पक्ष्मलनेत्रमुन्नमयतः साचीकरोत्याननम्।**[4]

(३) **न च प्रियेष्वायतलोचनानां**
समग्रपातीनि विलोचनानि॥[5]

पार्वतीगत चक्षुःप्रीति के व्यञ्जक कुमारसम्भव के पद्य से मिलता-जुलता भाव पार्वतीपरिणय में भी उपलब्ध है–

तदनु युगपदीशः पार्वतीवक्त्रपद्मे
स्मितविकसितगण्डे प्राहिणोल्लोचनानि।
पुलकिततनुरन्तर्भावमावेदयन्ती
दरमुदितमुखेन्दुः सा च सव्रीडमस्थात्॥[6]

---

१. सरस्वतीकण्ठाभरण (का० हि० वि० वि० संस्करण)-४.१३८ एवं वृत्ति, पृ० ४३०
२. कुमारसम्भव–३.६८
३. रघुवंश–६.१४
४. मालविकाग्निमित्र–४.१५
५. मालविकाग्निमित्र–४.८
६. पार्वतीपरिणय–३.९

चक्षु:प्रीति रूप प्रथम कामदशा से युक्त पार्वती के अङ्गों का नवकुसुमित कदम्बकोरकों की भाँति रोमाञ्चित एवं पुलकित होना अतिस्वाभाविक है। कालिदास के उपर्य्युद्धृत पद्य से मिलता जुलता भाव मालतीमाधव तथा उत्तररामचरित में भी उपलब्ध है जहाँ कदम्ब तथा रोमाञ्च में साम्य दर्शाया गया है–

प्रथमप्रियावचनसंश्रवस्फुर-
त्पुलकेन सम्प्रति मया विडम्ब्यते।
घनबद्धनूतनपय:समुक्षण-
क्षणबद्धकुड्मलकदम्बडम्बर: ॥[1]

× × × × × × × × × × × ×

सस्वेदरोमाञ्चितकम्पिताङ्गी
जाता प्रियस्पर्शसुखेन वत्सा।
मरुन्नवाम्भ: प्रविधूतसिक्ता
कदम्बयष्टि: स्फुटकोरकेव ॥[2]

नायिकागत चक्षु:प्रीति के परिचायक उक्त पद्य में पार्वती की मन:सङ्ग तथा अभिलाष कामदशाएं भी अभिव्यञ्जित हैं।

३. **प्रत्यर्थिभूतामपि तां समाधे:**
शुश्रूषमाणां गिरिशोऽनुमेने।
विकारहेतौ सति विक्रियन्ते
येषां न चेतांसि त एव धीरा: ॥[3]

४. **अवचितबलिपुष्पा वेदिसंमार्गदक्षा**
नियमविधिजलानां बर्हिषां चोपनेत्री।
गिरिशमुपचचार प्रत्यहं सा सुकेशी
नियमितपरिखेदा तच्छिरश्चन्द्रपादै: ॥[4]

---

१. मालतीमाधव–३.७
२. उत्तररामचरित–३.४२
३. कुमारसम्भव–१.५९
४. कुमारसम्भव–१.६०

(हिमालय ने देवताओं के भी पूज्य और स्वकीय शिखर पर रहने वाले महादेव की यथायोग्य पूजा करके उनकी सेवा-शुश्रूषा के लिए जया और विजया नामक दो सखियों के साथ श्रद्धायुक्त पार्वती को नियुक्त किया।) तपश्चर्या के लिए विरोधिभूत भी पार्वती की सेवा-शुश्रूषा को शिव ने स्वीकार कर लिया क्योंकि विकार के हेतु के उपस्थित रहने पर भी (युवती बाला का सान्निध्य होने पर भी) जिनके मन में विकार उत्पन्न नहीं होता, वे ही धीर होते हैं। सुन्दर केश वाली सुकुमारी पार्वती पूजन के लिए फूलों को चुन कर, वेदिका को अच्छी तरह साफ़ कर, नित्यकर्म के लिए जल तथा कुशों को लाकर, सर्वदा शङ्कर के मस्तक पर स्थित चन्द्रमा की अमृतमय किरणों से परिश्रम की क्लान्ति को न पाकर प्रतिदिन भगवान् शङ्कर की सेवा-शुश्रूषा करती थीं। उपर्य्युद्धृत दोनों पद्य नायक शिव तथा नायिका पार्वती की चक्षु:प्रीति स्मरदशा के अभिव्यञ्जक हैं। तपश्चर्या के लिए प्रत्यर्थिभूत भी पार्वती की सेवा-शुश्रूषा का शिव द्वारा अङ्गीकरण उनकी चक्षु:प्रीति का निदर्शक है। इसी प्रकार नगाधिराज द्वारा शिव की आराधना के लिए अपनी प्रयता-श्रद्धायुक्ता पुत्री का नियोजन, उसका उनकी सेवा-शुश्रूषा में तत्काल मन से लग जाना, पूर्ण तत्परता तथा आनन्द के साथ सेवा में निरत होना तथा शिव की चन्द्रकला से पार्वती की क्लान्ति का अपनोदन—ये सब पार्वती की चक्षु:प्रीति के ही अभिव्यञ्जक हैं। शङ्कर की सेवा-शुश्रूषा में सतत रत पार्वती क्लान्त होने पर भी चक्षु:प्रीति का अनवरत लाभ प्राप्त कर रही हैं। प्रस्तुत पद्य में पार्वती के रत्याख्य भाव की भी सुन्दर अभिव्यक्ति हुई है। शिवसेवारता पार्वती बहुत सुन्दर भी दिखती थीं। उनके सौन्दर्य को लक्ष्य करते हुए टीकाकार अरुणगिरिनाथ लिखते हैं—

अत्र परिखेदसुकेशीशब्दाभ्यां श्रमावस्थासुलभः शोभातिशयः प्रत्याय्यते।[१]

जिस तत्परता, सन्नद्धता तथा मनोनिवेश के साथ पार्वती शिव की आराधना तथा शुश्रूषा कर रही थीं, उसमें काम-भाव की सतत अवस्थिति के साथ चक्षु:प्रीति एवं मन:सङ्ग कामदशाएं तो थीं ही, साथ ही शिव पति-रूप में प्राप्त हों, यह भाव भी वहाँ निगूढ रूप में था ही जिसका सङ्केत शिवपुराण में उपलब्ध है—

गिरिशमुपचचार प्रत्यहं सा सुकेशी
स्वजनकवचनाज्ञापालनायेशभक्ता।
सकलभुवननाथः शङ्करश्चन्द्रमौलि-
र्भवतु मम हि भर्ता भावयन्तीति लाभम्॥[२]

५. **विधिप्रयुक्तां परिगृह्य सत्क्रियां**
परिश्रमं नाम विनीय च क्षणम्।
उमां स पश्यन्नृजुनैव चक्षुषा
प्रचक्रमे वक्तुमनुज्झितक्रमः॥

१. कुमारसम्भव—१.६० पर नोट्स में उद्धृत, पृ० ३०
२. कुमारसम्भव—१.६० पर नोट्स में उद्धृत, पृ० ३०

६. **अपि त्वदावर्जितवारिसम्भृतं**
प्रवालमासामनुबन्धि वीरुधाम्।
चिरोज्झितालक्तकपाटलेन ते
तुलां यदारोहति दन्तवाससा॥

७. **अपि प्रसन्नं हरिणेषु ते मनः**
करस्थदर्भप्रणयापहारिषु।
य उत्पलाक्षि! प्रचलैर्विलोचनै-
स्तवाक्षिसादृश्यमिव प्रयुञ्जते॥[1]

शास्त्रोक्त विधि से की गई पार्वती की पूजा को स्वीकार करते हुए ब्रह्मचारिवेषधारी शिव ने कुछ विश्राम कर विलासचेष्टाशून्य दृष्टि से पार्वती को देखा और कुशलता-सम्बन्धी औपचारिक प्रश्न करने के अनन्तर तपस्या करने का कारण पूछा। 'इन आश्रम की लताओं में तुम्हारे जलप्रदान से नूतन पत्तों की उत्पत्ति तो निरन्तर हुआ करती है जो नवीन पत्ते चिरकाल से लाक्षारस के न लगाने पर भी स्वाभाविक रक्तवर्ण के तुम्हारे अधरोष्ठ की समानता को प्राप्त करते हैं। तुम्हारे हाथ से प्रणयवश छीन कर कुशों को खाने वाले (अतएव अपराधी) इन हरिणों के विषय में तुम्हारा चित्त प्रसन्न तो रहता है जिनकी चञ्चल दृष्टि, हे उत्पलाक्षि! तुम्हारी ही दृष्टि का अनुकरण करती है।' उपर्युक्त तीनों पद्य नायकगत चक्षुःप्रीति अनङ्गदशा के सुन्दर निदर्शन हैं। ब्रह्मचारिवेषधारी शिव ऊपर से तो विलासचेष्टाहीन दृष्टि से पार्वती को निहारते हैं, किन्तु उनकी दृष्टि अन्दर से पूर्णतः सविलास है। अग्रिम दो पद्यों में शिव पार्वती से लताओं तथा हरिणों के विषय में भी जो कुशल-मङ्गल पूछते हैं, वहाँ भी उनकी दृष्टि सतत उत्पलाक्षी पार्वती के निसर्गरक्त अधरोष्ठ तथा सुन्दर नेत्रों पर ही टिकी रहती है जो उनकी चक्षुःप्रीति की व्यञ्जिका है। इन पद्यों में नायकगत मनःसङ्ग कामदशा भी विद्यमान है।

८. **ऋजुतां नयतः स्मरामि ते**
शरमुत्सङ्गनिषण्णधन्वनः।
मधुना सह सस्मितां कथां
नयनोपान्तविलोकितं च यत्॥[2]

(कामदेव के भस्मीभूत हो जाने पर रति उसको लक्ष्य कर विलाप करती हुई कहती है) शरों की वक्रता दूर करने के हेतु अपनी गोद में पुष्पधनुष् को रख कर वसन्त से बात करते हुए और उस सावधान होने के समय पर भी तुम मेरी ओर सस्नेह कटाक्षवीक्षण कर लेते थे–यह मैं कैसे भूल सकती हूँ? विलापरता रति के ये वचन उसकी तथा कामदेव दोनों की चक्षुःप्रीति के व्यञ्जक हैं। यहाँ यह प्रश्न सम्भावित है कि कामदेव के दग्ध हो जाने पर क्या चक्षुःप्रीति सम्भव है? वस्तुतः

१. कुमारसम्भव–५.३२,३४,३५
२. कुमारसम्भव–४.२३

यहाँ रति अपने जीवन की पूर्वावस्था का स्मरण कर रही है। अतएव यहाँ उभयगत चक्षुःप्रीति स्मरदशा अवलोकनीय है।

९. असंमतः कस्तव मुक्तिमार्गं
पुनर्भवक्लेशभयात्प्रपन्नः।
बद्धश्चिरं तिष्ठतु सुन्दरीणा-
मारेचितभ्रूचतुरैः कटाक्षैः॥[१]

(कामदेव इन्द्र से कहते हैं) आपकी सम्मति के बिना ही कौन पुरुष सांसारिक जन्म-मरण के दुःख से भयभीत होकर मोक्षमार्ग को प्राप्त हो रहा है, कहिये, जो आपकी कृपा होने तक सर्वाङ्गसुन्दरियों के कटाक्ष-विलासों के वशीभूत होकर चिरकाल तक बन्धन में पड़ा रहे। यहाँ प्रकारान्तर से उभयगत चक्षुःप्रीति एवं मनःसङ्ग कामदशाएं सम्भाव्य हैं।

यहाँ कुमारसम्भव से चक्षुःप्रीति के नौ उदाहरण प्रस्तुत किए गए। ध्यातव्य है कि इस प्रथम कामदशा में नायक अथवा नायिका का वीक्षण सविलास हुआ करता है तथा प्रायेण कटाक्षवीक्षण या नयनोपान्त विलोकित हुआ करता है जो सतत कामामृत-निर्झर के समान आनन्दित करता है। इस दृष्टि से उपर्य्युद्धृत निदर्शनों के विलोचनानि, पर्यस्तविलोचनेन, ऋजुनैव चक्षुषा, उत्पलाक्षि! प्रचलैर्विलोचनैः, नयनोपान्तविलोकितं तथा आरेचितभ्रूचतुरैः कटाक्षैः पद विशेष अभिप्राय के व्यञ्जक हैं।

२. मनःसङ्ग

१. उमापि नीलालकमध्यशोभि
विस्रंसयन्ती नवकर्णिकारम्।
चकार कर्णच्युतपल्लवेन
मूर्ध्ना प्रणामं वृषभध्वजाय॥

२. अनन्यभाजं पतिमाप्नुहीति
सा तथ्यमेवाभिहिता भवेन।
न हीश्वरव्याहृतयः कदाचित्
पुष्णन्ति लोके विपरीतमर्थम्॥[२]

पार्वती भी मस्तक को अत्यधिक झुकाने से काले केशों में गुँथे हुए ताज़े कर्णिकार पुष्प को और कान पर रखे हुए अवतंसभूत पल्लव को गिराती हुई शङ्कर को प्रणाम करने लगीं। शङ्कर ने प्रणाम करने के अनन्तर पार्वती को 'अन्य स्त्री को स्वीकार नहीं करने वाले पति को प्राप्त करो'

१. कुमारसम्भव-३.५
२. कुमारसम्भव-३.६२, ६३

ऐसा सत्य शुभाशी: दिया। महात्माओं का वचन किसी देश में, किसी काल में या किसी अवस्था में कभी भी मिथ्या नहीं होता।

उपर्युक्त दोनों पद्य क्रमश: पार्वतीगत तथा शिवगत मन:सङ्ग कामदशा के व्यञ्जक हैं। शङ्कर द्वारा अनुमतप्रवेशा पार्वती को नन्दिकेश्वर शिव के आश्रम में ले जाता है। पार्वती के सुन्दर कृष्ण सीमन्तों में ताज़े कर्णिकार गुँथे हुए हैं। पार्वती के मन में शिव के प्रति रागात्मक श्रद्धातिशय विद्यमान है। वह अत्यधिक झुककर उन्हें प्रणाम करती हैं, फलत: कर्णिकार तथा अवतंसभूत पल्लव गिर जाते हैं जो पार्वती के मन के शिव में पूर्णत: सक्त होने के व्यञ्जक हैं। अत: यहाँ नायिकागत मन:सङ्ग अवस्थित है।

शिव पार्वती को अनन्यभाक् पति को प्राप्त करने का सत्य शुभाशी: प्रदान करते हैं एवम् उन्हीं के साथ बाद में पार्वती का विवाह सम्पन्न होता है। शिव के श्रीमुख से पार्वती के लिए उक्त शुभाशी: का सहज प्रदान शिव के मन:सङ्ग का निदर्शक है।

३. तथा समक्षं दहता मनोभवं
पिनाकिना भग्नमनोरथा सती।
निनिन्द रूपं हृदयेन पार्वती
प्रियेषु सौभाग्यफला हि चारुता॥

४. इयेष सा कर्तुमवन्ध्यरूपतां
समाधिमास्थाय तपोभिरात्मनः।
अवाप्यते वा कथमन्यथा द्वयं
तथाविधं प्रेम पतिश्च तादृशः॥

५. निशम्य चैनां तपसे कृतोद्यमां
सुतां गिरीशप्रतिसक्तमानसाम्॥
उवाच मेना परिरभ्य वक्षसा
निवारयन्ती महतो मुनिव्रतात्॥[१]

हर के कोपानल से कामदेव को अपने नेत्रों के सम्मुख जल कर भस्म होते हुए देख कर, पार्वती की शिव की स्त्री होने की दशा भग्न हुई। तब वह अपनी स्वाभाविक सुन्दरता को कोसने लगीं। यदि अपने प्रियतम को ही रिझा न सकी तो व्यर्थ सौन्दर्य से फल ही क्या? तब पार्वती ने एकाग्रचित्त से तपश्चर्या करके अपने रूप को सफल करने की इच्छा की। तपस्या के बिना तादृश उत्कृष्ट प्रेम तथा शिवसदृश पति–ये दोनों कैसे मिल सकते हैं? जब पार्वती की सखी के द्वारा मेना को यह ज्ञात हुआ कि पार्वती का चित्त हर में आसक्त हो गया है और वह तपश्चर्या करने के लिए

१. कुमारसम्भव–५.१, २, ३

कृतसंकल्पा है, तब वह अपनी पुत्री को वक्षःस्थल से लगाकर तपस्या से निवृत्त करने के लिए इस प्रकार बोलने लगीं।

उपरिनिर्दिष्ट तीनों पद्य पार्वतीगत मनःसङ्ग के उत्कृष्ट निदर्शन हैं। पार्वती पूर्णरूपेण मन से शिवसक्त हैं। अपने रूप को निष्फल देख वे उसकी निन्दा करती हैं। प्रियविषयक सौभाग्यप्राप्ति-वाल्लभ्यप्राप्ति ही रूप का फल है। यदि वे शिव की वल्लभा होतीं तो वे मदन का दहन क्यों करते? और यदि वे सुभगा नहीं हैं तो उनके रूप से क्या लाभ? लावण्य एवं सौभाग्य को व्याख्यायित करते हुए टीकाकार वल्लभदेव प्रस्तुत पद्य उद्धृत करते हैं–

सज्जल्पनसन्निरीक्षणसद्गमनानीति वदन्ति लावण्यम्।
स्पृहणीयो रतसुभगः स्पर्शगुणो भवति सौभाग्यम्॥[1]

प्रथम पद्य का 'भग्नमनोरथा' पद पार्वती की अभिलाष मदनदशा का भी अभिव्यञ्जक है। अपने रूपसौन्दर्य को पूर्णतः सफल बनाने के लिए पार्वती ने कठोर तपश्चरण का निर्णय किया अन्यथा तथाविध प्रेम जिससे वे हर की अर्धाङ्गहरा बन जाएं तथा तादृश पति-मृत्युञ्जय तथा चतुर्दशभुवनाधिपति भगवान् महेश्वर कैसे प्राप्त होते। तप द्वारा कुछ भी असाध्य नहीं है। अपने मत की पुष्टि के लिए मल्लिनाथ मनु को उद्धृत करते हैं तथा टीकाकार वल्लभदेव भी तत्सदृश पद्य उद्धृत करते हैं–

द्वयमेव खलु स्त्रीणामपेक्षितं यद्भर्तृवाल्लभ्यं जीवद्भर्तृकत्वं चेति। तच्च तपश्चर्यैकसाध्यमिति निश्चिकायेत्यर्थः। अत्र मनुः–

यद्दुष्करं यद्दुरापं यद्दुर्गं यच्च दुस्तरम्।
तत्सर्वं तपसा प्राप्यं तपो हि दुरतिक्रमम्॥ इति॥[2]

× × × × × × × × × × × ×

यतः अन्यथा तपसा विना [तथाविधं] तादृशं देहार्धदाननिदानं प्रेम तादृशः चतुर्दशभुवनाधिपतिः पतिः भगवान् महेश्वर इति कथम् एतत् द्वयम् [अवाप्यते] समासाद्यते, अपि तु न। यतस्तपोमूलमिष्टपदवी। तदुक्तम्–

यद्दूरं यद्दुराराध्यं यच्च दूरे व्यवस्थितम्।
तत्सर्वं तपसा साध्यं तपो हि दुरतिक्रमम्॥[3]

अन्तिम पद्य का 'गिरीशप्रतिसक्तमानसाम्' या फिर इसका पाठभेद 'गिरीशं प्रति सक्तमानसाम्'

---

१. कुमारसम्भव–५.१–वल्लभदेव-टीका में उद्धृत, पृ० १३४

२. कुमारसम्भव–५.२ पर मल्लिनाथ-टीका, पृ० ६९

३. कुमारसम्भव–५.२ पर वल्लभदेव-टीका पृ० १३५

भी पार्वती की शिवविषयक मनःसङ्ग कामदशा का सुष्ठु निदर्शक है। वल्लभदेव इसकी उचित व्याख्या करते हैं–'**आरोपितचित्तामाहितान्तःकरणां सतीम्**।[१]

६. असह्यहुङ्कारनिवर्तितः पुरा
पुराऽरिमप्राप्तमुखः शिलीमुखः।
इमां हृदि व्यायतपातमक्षिणो-
द्विशीर्णमूर्तेरपि पुष्पधन्वनः।।[२]

(पार्वती की सखी ब्रह्मचारिवेषधारी शिव को बताती है) मदन ने हर को जो बाण मारा था, वह तो हर के हुङ्कारमात्र से ही निवृत्त हुआ और मदन भी जलकर भस्म हुआ, परन्तु वह बाण हर की पार्श्ववर्तिनी सेवापरायणा पार्वती के ही वक्षःस्थल पर आ लगा। यहाँ पार्वती की कामशरविद्धता उनके शिवविषयक मनःसङ्ग की सूचिका है। इसी पद्य में तनुता (कृशता) कामदशा भी विद्यमान है।

७. तद्दर्शनादभूच्छंभोर्भूयान्दारार्थमादरः।
क्रियाणां खलु धर्म्याणां सत्पत्न्यो मूलकारणम् ।।
धर्मेणापि पदं शर्वे कारिते पार्वतीं प्रति।
पूर्वापराधभीतस्य कामस्योच्छ्वसितं मनः ।।[३]

अरुन्धती को देखने से शिव के हृदय में स्त्री जाति के प्रति अत्यन्त आदर उत्पन्न हुआ क्योंकि धार्मिक क्रियाओं में पतिव्रता स्त्रियाँ ही मुख्य साधन होती हैं। पार्वती की प्राप्ति के लिए शिव को जब गार्हस्थ्य धर्म में प्रवेश करने की इच्छा हुई तब पहले के अपराध से भयभीत कामदेव को कुछ ढाढस हुआ। यहाँ भी शिव की मनःसङ्ग मदनदशा व्यञ्जित है। कुमारसम्भव के अन्य अनेक स्थलों पर भी यह कामदशा अवलोकनीय है।[४]

३. अभिलाष (संकल्प)

१. अथोपनिन्ये गिरिशाय गौरी
तपस्विने ताम्ररुचा करेण।
विशोषितां भानुमतो मयूखै-
र्मन्दाकिनीपुष्करबीजमालाम्।।

---

१. कुमारसम्भव–५.२ पर वल्लभदेव-टीका पृ० १३५
२. कुमारसम्भव–५.५४
३. कुमारसम्भव–६.१३-१४
४. कुमारसम्भव–१.५८; ३.६०, ६८, ७५, ७६

२. प्रतिग्रहीतुं प्रणयिप्रियत्वा-
त्रिलोचनस्तामुपचक्रमे च।
संमोहनं नाम च पुष्पधन्वा
धनुष्यमोघं समधत्त बाणम्॥[1]

पार्वती ने प्रणाम करने के अनन्तर, तपश्चर्या पूरी करके उठे हुए शङ्कर भगवान् को अपने लाल लाल हाथों से धूप में सुखाए हुए गङ्गा के पुष्करबीजों की माला को जपार्थ समर्पित किया। शङ्कर भगवान् ने प्रणयिवत्सल होने के कारण पार्वती की दी हुई उस पद्माक्षमाला को जैसे ही स्वीकार किया वैसे ही कामदेव ने भी संमोहन नामक सफल बाण को अपने धनुष् पर चढ़ाया। ये दोनों पद्य पार्वती तथा शिव दोनों की अभिलाष कामदशा के सुन्दर निदर्शन हैं। पार्वती द्वारा अत्यधिक झुक कर शिव के प्रति प्रणाम-निवेदन तथा पुष्करबीजमाल्यार्पण उनकी अभिलाष कामदशा तथा उनकी रागात्मक अनुभूति की प्रारम्भिक अभिव्यक्ति के द्योतक हैं। पार्वती तपस्वी शिव को वैसी वस्तु–पद्माक्षमाला उपायनीकृत करती हैं जो उनकी प्रतिदिन की ढौकनिका में काम आवे। गौरवर्णा गौरी पार्वती के रक्त कर उनके अभिलाष के सूचक हैं। प्रस्तुत पद्य में पार्वती के लिए कवि कालिदास ने गौरी पद का प्रयोग किया है। गौरी का अर्थ ही है–**योगाग्निदग्धदेहा सा पुनर्जाता हिमालये। शङ्खेन्दुकुन्दधवला ततो गौरी तु सा स्मृता॥**[2] शिव भी प्रणयिप्रियत्वात् तत्काल उस जपमाला को सहर्ष स्वीकार करते हैं जो उनके पार्वतीविषयक अभिलाष का स्पष्ट निदर्शक है। 'प्रणयिप्रियत्वात्' की अनेक व्याख्याएं सम्भव हैं किन्तु 'प्रणयिनि प्रियत्वं तस्मात्' सर्वाधिक प्रसङ्गानुकूल है। पार्वती शिव की प्रणयिनी हैं, तो उनके उपहार–पद्माक्षमाला को वे कैसे शीघ्र स्वीकार नहीं करते। उनके उपायन-स्वीकरण के साथ ही साथ पुष्पधन्वा अपने संमोहन बाण द्वारा शिव को संमोहित करने का प्रयास करते हैं। कुल मिलाकर गौरी पार्वती तथा भगवान् शिव की अभिलाष मदनदशा यहाँ सुष्ठुरूपेण उपन्यस्त है। मन्मथ के पाँच बाणों के अनेकविध नाम उपलब्ध हैं यथा–

(१) उन्मादनसंमोहनतापनशोषणमारणाख्याः पञ्चशराः पञ्चशरस्य प्रसिद्धाः।[3]

(२) संमोहनस्तापनश्च शोषणः स्तम्भनस्तथा।
उन्मादनश्च कामस्य पञ्च बाणाः प्रकीर्तिताः॥

(३) द्रावणः क्षोभणश्चैव वशीकरण इत्यपि।
आकर्षणश्च कामस्य बाणः संमोहनोऽपरः॥
इति नारायणः।[4]

---

१. कुमारसम्भव–३. ६५, ६६

२. कुमारसम्भव–३.६५ के नोट्स में उद्धृत, पृ॰ २९२

३. कुमारसम्भव–३.६६ पर वल्लभदेव-टीका में उद्धृत, पृ॰ ११०

४. कुमारसम्भव–३.६६ पर नोट्स में उद्धृत, पृ॰ २९३

३. इयं महेन्द्रप्रभृतीनधिश्रिय-
श्चतुर्दिगीशानवमत्य मानिनी।
अरूपहार्यं मदनस्य निग्रहात्
पिनाकपाणिं पतिमाप्तुमिच्छति॥[१]

यह मानिनी पार्वती इन्द्राणी प्रभृतियों से भी बढ़कर अपना सौभाग्य समझती हुई, इन्द्र, वरुण, यम एवं कुबेर इन चारों दिग्पालों की भी अपेक्षा न करती हुई, काम के दग्ध हो जाने पर अरूपहार्य पिनाकपाणि शिव को ही पतिरूप में वरण करना चाहती है। यहाँ पार्वती की शिवगत अभिलाष (संकल्प) कामदशा सुष्ठुरूपेण व्यञ्जित है। यहाँ पार्वती के लिए कवि ने 'मानिनी' पद का प्रयोग किया है जिसका अर्थ मल्लिनाथ के अनुसार अभिमानवती है तथा वल्लभदेव के अनुसार मनस्विनी एवम् अभिनवरूपधारिणी है। शिव द्वारा काम के दग्ध किए जाने पर पार्वती को स्पष्ट हो गया कि शिव को रूपसम्पत्ति द्वारा प्राप्त नहीं किया जा सकता। अतएव उन्होंने विचार कर तपश्चर्या द्वारा अपने लक्ष्य को प्राप्त करने का निर्णय किया। यह उनके द्वारा अभिनवरूपधारण था। पार्वती का मानिनीत्व इससे भी सिद्ध होता है कि वे चारों दिग्पालों की अपेक्षा न करते हुए उनसे भी श्रेष्ठ भगवान् शिव को भी जीतने के लिए उन्मुख थीं जैसा कि टीकाकार वल्लभदेव लिखते हैं–

इन्द्रवरुणधनदयमान् अधिलक्ष्मीकान् ककुप्चतुष्टयप्रभूननपेक्ष्य इयं किल मनस्विनी साभिनवरूपधारिणी हरं लिप्सते प्रियतमम्। एवंविधा अपि कथं तेन परित्यक्तेत्याह स्मरस्य दाहात् रूपसौन्दर्येण हर्तुमशक्यम्। यदि ह्यसौ रूपवश्यः स्यान्न तदेतन्निमित्तं कामं दहेत्। हरजिगीषोन्मुखत्वमस्या मानिनीति पदेनाह।[२]

पार्वती की अभिलाष कामदशा से मण्डित उक्त श्लोक उनकी नैसर्गिकी रति का भी अभिव्यञ्जक है।

४. यथा श्रुतं वेदविदां वर ! त्वया
जनोऽयमुच्चैःपदलङ्घनोत्सुकः।
तपः किलेदं तदवाप्तिसाधनं
मनोरथानामगतिर्न विद्यते॥[३]

(पार्वती ब्रह्मचारिवेषधारी शिव से कहती हैं) हे वैदिकश्रेष्ठ ! आपने जो सखी के मुख से सुना है, वह सत्य है। यह व्यक्ति (मैं पार्वती) शिवलाभरूप उच्चपद की प्राप्ति के लिए उत्सुक है। उस उच्च स्थान की प्राप्ति की आशा ही इस तपश्चर्या का कारण है क्योंकि मनोरथ का अविषय ऐसा

---

१. कुमारसम्भव–५.५३

२. कुमारसम्भव–५.५३ पर वल्लभदेव-टीका, पृ० १५८

३. कुमारसम्भव–५.६४

कोई पदार्थ नहीं है। पार्वती का हृदयगत अभिलाष–शिवलाभ रूप उच्चपद की प्राप्ति यहाँ स्फुट होने से अभिलाष कामदशा विद्यमान है। अपने मनोगत अभिलाष की सिद्धि के लिए पार्वती कठोर तपश्चर्या में रत हैं और अन्त में उन्हें पूर्ण सिद्धि की अवाप्ति होती है। पार्वतीगत अभिलाष का निदर्शक प्रस्तुत पद्य आभिमानिकी रति से भी भूषित है।

५. अनेन धर्मः सविशेषमद्य मे
त्रिवर्गसारः प्रतिभाति भाविनि।
त्वया मनोनिर्विषयाऽर्थकामया
यदेक एव प्रतिगृह्य सेव्यते॥

६. प्रयुक्तसत्कारविशेषमात्मना
न मां परं सम्प्रतिपत्तुमर्हसि।
यतः सतां सन्नतगात्रि! सङ्गतं
मनीषिभिः साप्तपदीनमुच्यते॥

७. अतोऽत्र किञ्चिद्भवतीं बहुक्षमां
द्विजातिभावादुपपन्नचापलः।
अयं जनः प्रष्टुमनास्तपोधने!
न चेद्रहस्यं प्रतिवक्तुमर्हसि॥[१]

(ब्रह्मचारिवेषधारी शिव पार्वती से कहते हैं) हे उदारहृदये! जब कि तुमने अपने पितृगृह में सुलभ अर्थ व काम को त्यागकर केवल धर्म में ही अपना चित्त स्थिर किया, तब यह बात तो सिद्ध हो गई कि धर्म, अर्थ और काम–इस त्रिवर्ग में धर्म ही श्रेष्ठ है। हे सन्नताङ्गि! तुम्हारे द्वारा पूजातिशय से सत्कृत मुझे अन्य व्यक्ति न समझो क्योंकि मनीषियों के कथनानुसार सज्जनों की मैत्री साप्तपदीन–सात पदों का साथ उच्चारण कर लिया अथवा सात पद (कदम) एक साथ चल लिए–होती है और हमारी वह मैत्री हो चुकी है। हे तपस्विनि! उस सख्य के बल पर ही मैं ब्राह्मणसुलभ चापल के कारण तुमसे तपस्या के सम्बन्ध में कुछ पूछना चाहता हूँ। यदि अतिशय गोपनीय न हो तो प्रत्युत्तर दे सकती हो।

उपरिनिर्दिष्ट तीनों पद्य शिव के पार्वतीसम्बद्ध अभिलाष कामदशा के सुन्दर उदाहरण हैं। शिव ब्रह्मचारिवेष में अपने वास्तविक स्वरूप को छिपाये हुए हैं। पार्वती के साथ वे जो जो बात करते हैं, सभी से उनकी अभिलाष कामदशा स्फुट होती जाती है। वे बड़े ध्यान से पार्वती को देखते हुए उनके लिए उचित सम्बोधनों–**भाविनि, सन्नतगात्रि तथा तपोधने** का साकूत प्रयोग करते हैं। तीनों ही पद्य शिवगत चक्षुःप्रीति तथा मनःसङ्ग कामदशाओं से भी मण्डित हैं।

---

१. कुमारसम्भव–५.३८, ३९, ४०

'सतां सङ्गतं मनीषिभिः साप्तपदीनमुच्यते' से मिलता जुलता भाव रघुवंश में भी उपलब्ध है–

सम्बन्धमाभाषणपूर्वमाहुः।[१]

कालिदास के अनुसार सज्जनों का सख्य साप्तपदीन होता है। कुछ विद्वानों ने त्रिपदा तथा प्रतिपदा मैत्री का भी उल्लेख किया है–

सतां सप्तपदा मैत्री सत्सतां त्रिपदा स्मृता।
सत्सतामपि ये सन्तस्तेषां मैत्री पदे पदे ।।[२]

८. **कियच्चिरं श्राम्यसि गौरि! विद्यते**
ममापि पूर्वाश्रमसञ्चितं तपः।
तदर्धभागेन लभस्व कांक्षितं
वरं तमिच्छामि च साधु वेदितुम्।।[३]

(ब्रह्मचारिवेषधारी शिव पार्वती से कहते हैं) हे गौरि ! तुम अधिक तपस्या न करो। ऐसा श्रम करने की कोई आवश्यकता नहीं है। मैंने भी ब्रह्मचर्याश्रम में बहुत तपस्या की है। अपनी तपस्या का अर्धभाग मैं तुम्हें प्रदान करता हूँ। उससे तुम अपने अभिलषित पति को प्राप्त करो, किन्तु तुम्हारे उस वर को मैं अच्छी तरह जानना चाहता हूँ। यहाँ शिव की अभिलाष मदनदशा सुष्ठुरूपेण व्यञ्जित है। शिव पार्वती के मुख से वररूप में अपना नाम सुनने के अभिलाषुक हैं। इसी पद्य में शिव की चक्षुःप्रीति एवं मनःसङ्ग कामदशाएं भी अवलोकनीय हैं। इस पद्य का एक निगूढ अर्थ भी है। तप से तपःसाधनभूत शरीर अभिप्रेत है। पूर्वाश्रमसञ्चित से अभिप्राय है पूर्व अर्थात् सृष्टि के आदि में, अश्रम से अर्थात् मायामात्र से सम्पादित जो तप अर्थात् शरीर है, उससे हे गौरि! अपना कांक्षित प्राप्त करो अर्थात् अपने शरीर का अर्धभाग मैं तुम्हें प्रदान करूँगा–ऐसा शिव पार्वती से कहते हैं। इस निगूढार्थ का सङ्केत नारायणटीका में उपलब्ध है–

अत्र निगूढोऽर्थः। तपःशब्देनात्र तपःसाधनभूतं शरीरं लक्ष्यते। साध्यसाधनभावश्च सम्बन्धः। पूर्वाश्रमसञ्चितं पूर्वं जगत्सर्गादौ अश्रमेण। मायामात्रेणेत्यर्थः। सम्पादितं यत्तपः शरीरं तस्यार्धभागेन कांक्षितं लभस्व। मम शरीरार्धभागमेव ते दास्यामि।[४]

इस पद्य से मिलता जुलता भाव शिवपुराण में भी उपलब्ध है–

किमाकांक्षसि सुश्रोणि कथयस्व ममाग्रतः ।
कुतूहलेन शुश्रूषुरहं तव नगेन्द्रजे ।।[५]

---

१. रघुवंश–२.५८
२. कुमारसम्भव–५.३९-अवचूरि-टीका में उद्धृत, द्रष्टव्य, पृ० ३१४
३. कुमारसम्भव–५.५०
४. कुमारसम्भव–५.५० के नोट्स में उद्धृत, पृ० ३१६
५. कुमारसम्भव–५.५० के नोट्स में उद्धृत, पृ० ३१६

९. इति ध्रुवेच्छामनुशासती सुतां
शशाक मेना न नियन्तुमुद्यमात्।
क ईप्सितार्थस्थिरनिश्चयं मनः
पयश्च निम्नाभिमुखं प्रतीपयेत्।।

१०. कदाचिदासन्नसखीमुखेन सा
मनोरथज्ञं पितरं मनस्विनी।
अयाचतारण्यनिवासमात्मनः
फलोदयान्ताय तपः समाधिने।।

११. अथानुरूपाभिनिवेशतोषिणा
कृताभ्यनुज्ञा गुरुणा गरीयसा।
प्रजासु पश्चात्प्रथितं तदाख्यया
जगाम गौरी शिखरं शिखण्डिमत्।।

१२. विमुच्य सा हारमहार्यनिश्चया
विलोलयष्टिप्रविलुप्तचन्दनम्।
बबन्ध बालारुणबभ्रु वल्कलं
पयोधरोत्सेधविशीर्णसंहति।।[१]

इस प्रकार उपदेश करने पर भी मेना दृढ़ इच्छा वाली अपनी कन्या पार्वती को मुनिव्रत अर्थात् तपस्या करने के संकल्प से निवृत्त नहीं कर सकीं। मन के स्थिर संकल्प को तथा नीचे की ओर जाने वाले जल के प्रवाह को कौन रोक सकता है? तब अवसर पाकर पार्वती ने सखी के द्वारा स्वकीय मनोरथ को जानने वाले पिता हिमालय से अभीष्ट फल की प्राप्ति होने तक तपस्या करने के लिए वननिवास की आज्ञा माँगी। पार्वती की अभिलाषा महादेव-रूप वर की प्राप्ति है। अतएव सन्तुष्ट हिमालय ने पुत्री को अनुमति दे दी। पार्वती भी आज्ञा पाकर सिद्धि प्राप्त होने तक तपश्चर्यार्थ उस शिखर पर गईं जो बाद में उन्हीं के नाम पर गौरीशिखर नाम से प्रसिद्ध हुआ। दृढनिश्चया पार्वती ने अपने हरिचन्दनाङ्कित मुक्ताहार को त्याग कर प्रभातकालीन सूर्य के वर्ण के समान लाल वल्कल धारण किया।

उपरिनिर्दिष्ट चारों पद्य पार्वती की अभिलाष कामदशा से अभिमण्डित हैं। चारों में पार्वती का शिव के प्रति गाढ अभिलाष एवम् उनकी प्राप्ति के लिए तपोमार्ग का वरण वर्णित है। इन सभी पद्यों में प्रयुक्त कुछ विशिष्ट पद 'ध्रुवेच्छाम्' ईप्सितार्थनिश्चयम्', 'मनोरथज्ञम्', 'मनस्विनी', 'अनुरूपाभिनिवेषतोषिणा' एवम् 'अहार्यनिश्चया' पार्वती के शिवविषयक अभिलाष को ही व्यञ्जित

१. कुमारसम्भव–५.५,६,७,८

करते हैं। कुमारसम्भव के अन्य अनेक स्थलों पर अभिलाष कामदशा के अन्य उदाहरण भी उपलब्ध हैं।[1]

४. चिन्ता

१. **शैलात्मजापि पितुरुच्छिरसोऽभिलाषं**
व्यर्थं समर्थ्य ललितं वपुरात्मनश्च।
सख्योः समक्षमिति चाधिकजातलज्जा
शून्या जगाम भवनाभिमुखी कथञ्चित्॥

२. **सपदि मुकुलिताक्षीं रुद्रसंरम्भभीत्या**
दुहितरमनुकम्प्यामद्रिरादाय दोर्भ्याम्।
सुरगज इव बिभ्रत्पद्मिनीं दन्तलग्नां
प्रतिपथगतिरासीद् वेगदीर्घीकृताङ्गः॥[2]

पार्वती ने मानी पिता हिमालय के 'कन्या का पति शङ्कर हो' इस प्रकार के मनोरथ को तथा स्वकीय सुन्दर शरीर को भी निष्फल जानकर, विजया तथा मालिनी नामक सखियों के सम्मुख अपना तिरस्कार होने से अधिक लज्जित होकर, उदास हो बड़े कष्ट से घर की ओर प्रस्थान किया। उसी समय हिमालय, शङ्कर के कोप के भय से आँख बन्द की हुई अत्यन्त दीन कन्या पार्वती को अपने हाथों पर उठाकर, दाँतों से कमलिनी को लिए ऐरावत गज के समान, वेग से शरीर को सीधा कर, रास्ता पकड़ घर की ओर चल दिए। ये दोनों पद्य पार्वती की चिन्ता कामदशा के व्यञ्जक हैं। पार्वती अपनी रूपसम्पत्ति द्वारा शिव को न जीत सकीं और न ही उनके पिता के उच्चत्व, मानित्व आदि द्वारा वह कार्य सम्पन्न हुआ, उल्टे समवयस्क सखियों के समक्ष शून्या पार्वती को तिरस्कार–शिवद्वारा स्त्रीसान्निध्य के त्याग की इच्छा से अन्तर्हित हो जाना–सहन करना पड़ा। उनका रुद्र के कोप के भय से निमीलिताक्षी तथा अनुकम्प्या होना उनकी चिन्ता को अभिव्यक्त करता है। पूर्व पद्य सरस्वतीकण्ठाभरण में मानिता के उदाहरण–रूप में प्रस्तुत है।

३. **अथ विश्वात्मने गौरी सन्दिदेश मिथः सखीम्।**
दाता मे भूभृतां नाथः प्रमाणीक्रियतामिति॥
तया व्याहृतसन्देशा सा बभौ निभृता प्रिये।
चूतयष्टिरिवाभ्याशे मधौ परभृतोन्मुखी॥[3]

---

१. कुमारसम्भव–६.२७–२९, ७८–७९, ८४

२. कुमारसम्भव–३. ७५,७६

३. कुमारसम्भव–६.१–२

४. स तथेति प्रतिज्ञाय विसृज्य कथमप्युमाम्।
ऋषीञ्ज्योतिर्मयान्सप्त सस्मार स्मरशासनः ॥[१]

इसके अनन्तर पार्वती ने एकान्त में शङ्कर के लिए 'मुझे देने वाले मेरे पिता हिमालय से कहिये' इस तरह सखी द्वारा कहा। जिस प्रकार आम्रलता चिरप्रार्थित प्रिय वसन्त के आने पर अपने विषय की प्रिय बातें कोकिला से करवाती है, उसी प्रकार सखी द्वारा प्रिय शङ्कर को सन्देश देने वाली पार्वती शोभित हुईं। इस तरह सखी से सन्देश प्राप्त कर शङ्कर ने 'मैं हिमालय से इसके लिए प्रार्थना करूँगा' कह कर असह्य विरह के कारण किसी तरह पार्वती को वहाँ से विदा कर (आगामी कार्य के लिए) मरीच्यादि सप्तर्षियों का स्मरण किया। प्रथम दो पद्य पार्वती की तथा अन्तिम पद्य शिव की चिन्ता मदनदशा के निदर्शक हैं। पार्वती सखी द्वारा स्वपाणिग्रहणार्थ सन्देश देती हैं शिव को तथा शिव भी मरीच्यादि सप्तर्षियों को दूत-रूप से हिमालय के पास भेजने के लिए उनका स्मरण करते हैं।

५. न्यस्ताक्षरा धातुरसेन यत्र
भूर्जत्वचः कुञ्जरबिन्दुशोणाः।
व्रजन्ति विद्याधरसुन्दरीणा-
मनङ्गलेखक्रिययोपयोगम्॥[२]

हिमालय पर्वत पर विद्याधरों की स्त्रियाँ गजबिन्दु के समान लाल भूर्जपत्र पर सिन्दूरद्रवादि धातुओं के रस से अपने सन्देशमय प्रेमपत्र लिखकर अपने प्रियतमों के पास भेजती हैं। हिमालय पर विद्याधर तथा विद्याधरसुन्दरियाँ निवास करते हैं। विद्याधररमणियाँ अपने हृद्गत भावों को कामलेखरूप में भूर्जपत्र पर धातुरस से लिखकर अपने प्रियतमों के पास भेजती हैं। कामलेखग्रथन चिन्ता कामदशा का ही अङ्ग होने से यहाँ चिन्ता सुष्ठुरूपेण उपन्यस्त है। प्रस्तुत पद्य हिमालय में अर्द्धदिव्ययोनि विद्याधर-युगलों के निवास तथा वहाँ भूर्जपत्रों की उत्पत्ति को भी सङ्केतित करता है। यह पद्य राजशेखरप्रणीत काव्यमीमांसा में द्रव्यनियम के उदाहरण-रूप में प्रस्तुत है-**हिमवानेव भूर्जोत्पत्तिस्थानम्।**[३]

५. अनुस्मृति एवं निद्राच्छेद (जागर)

१. निवेदितं निःश्वसितेन सोष्मणा
मनस्तु मे संशयमेव गाहते।
न दृश्यते प्रार्थयितव्य एव ते
भविष्यति प्रार्थितदुर्लभः कथम्॥[४]

---

१. कुमारसम्भव-६.३
२. कुमारसम्भव- १.७
३. काव्यमीमांसा-पृ० ८१
४. कुमारसम्भव-५.४६

(ब्रह्मचारिवेषधारी शिव पार्वती से कहते हैं–यदि वर की अभिलाषा से तप कर रही हो, तो भी तप व्यर्थ है क्योंकि रत्न किसी को ढूँढ़ता नहीं, अपितु रत्न को ही लोग ढूँढते हैं।) तुमने जो यह गरम गरम दीर्घ निःश्वास छोड़ी है उससे अनुमान करता हूँ कि योग्य वर-प्राप्ति की अभिलाषा ही तुम्हारी इस तपस्या का कारण है, किन्तु मेरे मन में यह संशय हो रहा है कि ऐसा कौन व्यक्ति है जो तुम्हारे द्वारा प्रार्थित होने पर तुम्हें दुर्लभ हो। यहाँ पार्वती का वर के सम्बन्ध में सुनकर दीर्घ निःश्वास लेना उनकी अनुस्मृति कामदशा का व्यञ्जक है।

२. **त्रिभागशेषासु निशासु च क्षणं**
निमील्य नेत्रे सहसा व्यबुध्यत।
क्व नीलकण्ठ व्रजसीत्यलक्ष्यवा-
गसत्यकण्ठार्पित बाहुबन्धना॥[1]

(अनेक बार तो ऐसा होता था कि) रात्रि के अन्तिम प्रहर के शेष रहने पर ही यह पार्वती क्षणमात्र के लिए जब सो जाती थीं तो तुरन्त ही जाग उठती थीं और–'हे नीलकण्ठ! कहाँ चले जा रहे हो' यह कह कर स्वप्न के भ्रम में किसी अदृश्य व्यक्ति को ही सम्बोधित कर अपनी भुजाओं को ऐसे फैला लेती थीं जैसे शिव के कण्ठ में हाथ डाल कर उन्हें रोक रही हों। विरह-संताप के कारण पार्वती को बड़ी कठिनाई से कभी नींद आती थी। कभी वे क्षण भर ही सोती थीं कि स्वप्न में शिव को देखकर और उनके साथ वार्ता कर जाग जाती थीं। यहाँ पार्वती की अनुस्मृति, निद्राच्छेद तथा जागर कामदशा सुष्ठुरूपेण वर्णित है। शिव का सतत ध्यान करने से पार्वती को स्वप्न में भी वे ही दिखाई देते हैं। मल्लिनाथ यहाँ उन्माद कामदशा की भी अवस्थिति मानते हैं।[2] यह पद्य साहित्यदर्पण में प्रलाप कामदशा के उदाहरणरूप में उद्धृत है।

३. **वीज्यते स हि संसुप्तः श्वाससाधारणानिलैः।**
चामरैः सुरबन्दीनां बाष्पसीकरवर्षिभिः॥[3]

जबरदस्ती हरण कर बन्धनग्रस्त देवाङ्गनाएं, प्रियतमवियोगजन्य दुःख से गरम-गरम निःश्वास को छोड़ती हुईं, आँख से अश्रु टपकाती हुईं सोए हुए तारकासुर को चामरों से हवा करती हैं। यहाँ देवाङ्गनाओं की अनुस्मृति कामदशा दृष्टिगत होती है। देवाङ्गनाओं को तारकासुर को चामरों द्वारा हवा करनी पड़ रही है, किन्तु उन्हें सतत अपने प्रियतमों का स्मरण हो रहा है।

---

१. कुमारसम्भव–५.५७

२. कुमारसम्भव– ५.५७ पर मल्लिनाथ-टीका, पृ० ८५–

एतेन जागरोन्मादौ सूचितौ।

३. कुमारसम्भव–२.४२

४. महारणक्षोणिपशूपहारी
कृतेऽसुरे तत्र तवात्मजेन।
बन्दिस्थितानां सुदृशां करोतु
वेणीमोक्षं सुरलोक एषः।।[1]

जब आपके पुत्र (कुमार कार्तिकेय) उस महासमर-स्थली में महान् असुरों को सियार आदि पशुओं की भेंट चढ़ा देंगे तभी ये देवता लोग स्वर्ग में बन्दिनी बनी डुई अपनी सुन्दर नेत्रों वाली रमणियों की उलझी हुई वेणियों को खोलने में समर्थ हो सकेंगे। यहाँ वर्णित देवरमणियों की दशा प्रकारान्तर से उनकी अनुस्मृति कामदशा को ध्वनित करती है।

६. गुणकीर्तन

१. उवाच चैनं परमार्थतो हरं
न वेत्सि नूनं यत एवमात्थ माम्।
अलोकसामान्यमचिन्त्यहेतुकं
द्विषन्ति मन्दाश्चरितं महात्मनाम्।।

२. विपत्प्रतीकारपरेण मङ्गलं
निषेव्यते भूतिसमुत्सुकेन वा।
जगच्छरण्यस्य निराशिषः सतः
किमेभिराशोपहतात्मवृत्तिभिः।।

३. अकिञ्चनः सन् प्रभवः स सम्पदां
त्रिलोकनाथः पितृसद्मगोचरः।
स भीमरूपः शिव इत्युदीर्यते
न सन्ति याथार्थ्यविदः पिनाकिनः।।

४. विभूषणोद्भासि पिनद्धभोगि वा
गजाजिनालम्बि दुकूलधारि वा।
कपालि वा स्यादथवेन्दुशेखरं
न विश्वमूर्तेरवधार्यते वपुः।।[2]

(ब्रह्मचारिवेषधारी शिव पार्वती से शिव के दोषों को कहते हैं। उत्तरस्वरूप) पार्वती उनसे इस प्रकार बोलीं—निश्चय ही तुम शङ्कर को वास्तविक रूप में नहीं जानते, इसीलिए मुझसे ऐसा कह

१. कुमारसम्भव—१२.५२

२. कुमारसम्भव—५.७५, ७६, ७७,७८

रहे हो। मूर्ख लोग असाधारण महापुरुषों के चरित से अकारण ही द्वेष रखते हैं। अपना अमङ्गल दूर करने के लिए अथवा किसी ऐश्वर्य की कामना से लोग माङ्गलिक पदार्थों का सेवन करते हैं, किन्तु जो महादेव संसार भर को शरण देने वाले हैं और जिन्हें कोई कामना शेष नहीं है, उन्हें चन्दनादि माङ्गलिक पदार्थों की क्या आवश्यकता है। वह स्वयम् अकिञ्चन होते हुए भी समस्त सम्पदा के उत्पन्न करने वाले हैं, श्मशान भूमि में निवास करते हुए भी तीनों लोकों के स्वामी हैं, भयावह आकृति वाले होने पर भी कल्याणकारी शिव हैं। उनके वास्तविक स्वरूप को पहचानने वाला इस संसार में कोई नहीं है। त्रैलोक्यात्मक अष्टमूर्ति शिव का शरीर सर्प से वेष्टित है या अलङ्कारों से भूषित है, उनका परिधान गजचर्म है या दुकूल है, वह ब्रह्मशिरःकपालधारी हैं या चन्द्रशेखर हैं, यह कोई नहीं जान सकता। उपर्युद्धृत सभी पद्य शिव के प्रति पार्वती की गुणकीर्तन कामदशा के स्पष्ट परिचायक हैं। सभी में शिव के अनेक गुण कीर्तित हैं जो पार्वती के उनके प्रति गाढ़ राग के निदर्शक हैं।

५. तदङ्गसंसर्गमवाप्य कल्पते
ध्रुवं चिताभस्मरजो विशुद्धये।
तथा हि नृत्याभिनयक्रियाच्युतं
विलिप्यते मौलिभिरम्बरौकसाम्।।

६. असम्पदस्तस्य वृषेण गच्छतः
प्रभिन्नदिग्वारणवाहनो वृषा।
करोति पादावुपगम्य मौलिना
विनिद्रमन्दाररजोऽरुणाङ्गुली।।

७. विवक्षता दोषमपि च्युतात्मना
त्वयैकमीशं प्रति साधु भाषितम्।
यमामनन्त्यात्मभुवोऽपि कारणं
कथं स लक्ष्यप्रभवो भविष्यति।।[१]

महेश के शरीर का स्पर्श पाकर वह चिता की भस्म भी निश्चय ही परम पवित्रता देने वाली बन जाती है, क्योंकि ताण्डव नृत्य का अभिनय करते समय उनके शरीर से झड़कर गिरी हुई वही चिता की भस्म देवताओं द्वारा अपने मस्तक पर लगाई जाती है। ऐरावतवाहन इन्द्र सम्पत्ति से विहीन एवं बैल पर आरूढ उन शङ्कर के चरणों को अपने मस्तक से लगाकर खिले हुए मन्दार के पुष्पों के पराग से रंग देने के कारण लाल-लाल अँगुलियों वाला बना देते हैं। केवल दोषदर्शन-बुद्धि से प्रेरित होकर च्युतात्मा तुमने हर के विषय में जो कुछ कहा, उसमें एक बात सत्य कही है कि उनके कुल, वंशादि का कोई पता नहीं है। वेद जिन महेश्वर को ब्रह्मा का भी सृष्टिकर्ता कहते हैं, उन

१. कुमारसम्भव-५.७९, ८०, ८१

महेश्वर की उत्पत्ति अथवा कुल, वंशादि को कैसे जाना जा सकता है। ब्रह्मचारिवेषधारी शिव ने पार्वती के समक्ष शिव की पर्याप्त निन्दा की थी किन्तु उत्तरस्वरूप पार्वती शिव का गुणकथन करती हैं क्योंकि वे शिव के वास्तविक स्वरूप को जानती हैं तथा उन्हीं को पतिरूप में प्राप्त करने के लिए गाढतपश्चर्यारता हैं। अन्ततः वह शिव को तपश्चर्या द्वारा जीतने में पूर्ण साफल्य प्राप्त करती हैं। यहाँ पार्वती की गुणकीर्तन कामदशा स्फुट है।

८. अपि क्रियार्थं सुलभं समित्कुशं
जलान्यपि स्नानविधिक्षमाणि ते।
अपि स्वशक्त्या तपसि प्रवर्तसे
शरीरमाद्यं खलु धर्मसाधनम्॥

९. यदुच्यते पार्वति पापवृत्तये
न रूपमित्यव्यभिचारि तद्वचः।
तथा हि ते शीलमुदारदर्शने !
तपस्विनामप्युपदेशतां गतम्॥

१०. विकीर्णसप्तर्षिबलिप्रहासिभि-
स्तथा न गाङ्गैः सलिलैर्दिवश्च्युतैः।
यथा त्वदीयैश्चरितैरनाविलै-
र्महीधरः पावित एष सान्वयः॥[१]

(ब्रह्मचारिवेषधारी शिव पार्वती से पूछते हैं) कहिए, आपको यहाँ यज्ञादि के लिए समिधा और कुश तो सुगमता से उपलब्ध हो जाते हैं न? यहाँ का जल आपके स्नान के योग्य तो है न? आप अपनी शक्ति के अनुरूप ही तो तपस्या कर रही हैं न? क्योंकि शरीर ही धर्म का सर्वप्रथम साधन है। हे पार्वति! जो यह कहा गया है कि सुन्दर स्वरूप कभी पाप का आचरण नहीं करता, यह बात ठीक ही है क्योंकि सौम्यदर्शने! तुम्हारा सुशील सदाचरण बड़े-बड़े तपस्वियों के लिए भी अनुकरणीय है। यह हिमालय पर्वत सप्तर्षियों द्वारा पूजा में बिखेरे गए पूजा के पुष्पों से तथा स्वर्ग से उतारे गए गङ्गाजल से भी उतना पवित्र नहीं हुआ जितना यह तुम्हारे निष्कलङ्क आचरण के द्वारा सपरिवार पवित्र किया गया है। उपर्य्युद्धृत सभी पद्य नायक शिव के पार्वतीसम्बद्ध गुणकीर्तन दशा के स्पष्ट व्यञ्जक हैं।

११. किमित्यपास्याभरणानि यौवने
धृतं त्वया वार्धकशोभि वल्कलम्।
वद प्रदोषे स्फुटचन्द्रतारका
विभावरी यद्यरुणाय कल्पते॥

---

१. कुमारसम्भव-५.३३, ३६, ३७

१२. दिवं यदि प्रार्थयसे वृथा श्रमः
पितुः प्रदेशास्तव देवभूमयः।
अथोपयन्तारमलं समाधिना
न रत्नमन्विष्यति मृग्यते हि तत्।

१३. अहो स्थिरः कोपि तवेप्सितो युवा
चिराय कर्णोत्पलशून्यतां गते।
उपेक्षते यः श्लथलम्बिनीर्जटाः
कपोलदेशे कलमाग्रपिङ्गलाः॥

१४. मुनिव्रतैस्त्वामतिमात्रकर्शितां
दिवाकरप्लुष्टविभूषणास्पदाम्।
शशाङ्कलेखामिव पश्यतो दिवा
सचेतसः कस्य मनो न दूयते॥

१५. अवैमि सौभाग्यमदेन वञ्चितं
तव प्रियं यश्चतुरावलोकिनः।
करोति लक्ष्यं चिरमस्य चक्षुषो
न वक्त्रमात्मीयमरालपक्ष्मणः॥[1]

(ब्रह्मचारिवेषधारी शिव पार्वती से कहते हैं) इस नूतन युवावस्था में ही तुमने आभूषणों को त्याग कर वृद्धावस्था में शोभा देने वाले वल्कल वस्त्रों को क्यों धारण कर लिया है? भला कहीं चन्द्र और तारों से भरी रजनी प्रारम्भ में ही सूर्य के सारथि अरुण की ओर आया करती है। यदि (तपश्चर्या द्वारा) तुम्हें स्वर्गप्राप्ति की कामना है तो यह तुम्हारा परिश्रम व्यर्थ है क्योंकि तुम्हारे पिता का यह सम्पूर्ण प्रदेश ही देवताओं की निवास-भूमि है और यदि वर की अभिलाषा से तप कर रही हो तो भी तप व्यर्थ है क्योंकि रत्न किसी को ढूँढता नहीं फिरता अपितु रत्न को ही लोग ढूँढते फिरते हैं। ×××× आश्चर्य की बात है कि तुम्हारा अभीष्ट कोई कठोर हृदय वाला युवक है, जो चिरकाल से सुसज्जित कमलों से विहीन तुम्हारे कानों तथा कपोलों पर शिथिल होकर लटकी हुई धान की पकी बालों की तरह पीली तुम्हारी जटा की उपेक्षा कर रहा है। मुनियों के समान कठोर तप करते करते तुम अत्यन्त कृश हो गई हो और जिस शरीर पर आभूषण धारण करने चाहिए थे, वह सूर्य की किरणों से झुलस सा गया है। इस प्रकार दिन में चन्द्रमा की किरणों के समान तुम्हारी इस दीन दशा को देखकर किस सहृदय का मन दुःख से नहीं भर जायगा। तुम्हारा वह इष्ट व्यक्ति कोई व्यर्थ ही अपने सौन्दर्य के गर्व में भूला हुआ मालूम पड़ रहा है जो अतिमधुर दिखाई देने वाले, तिरछी

१. कुमारसम्भव–५.४४, ४५, ४७, ४८, ४९

पलकों वाले तुम्हारे इन प्रिय नेत्रों से अपने मुख को चिरकाल तक के लिए लक्ष्य नहीं बना रहा है। उपर्य्युद्‌धृत सभी पद्य नायक शिवगत पार्वतीसम्बद्ध गुणकीर्तन दशा के सुष्ठु निदर्शक हैं।

७. उद्वेग

१. निवेदितं निःश्वसितेन सोष्मणा
मनस्तु मे संशयमेव गाहते।
न दृश्यते प्रार्थयितव्य एव ते
भविष्यति प्रार्थितदुर्लभः कथम्॥[1]

(ब्रह्मचारिवेषधारी शिव पार्वती से कहते हैं) तुमने जो यह गरम-गरम निःश्वास छोड़ी है, उससे तुम्हारे मन की अभिलाषा मुझे मालूम हो रही है किन्तु मेरे मन में यह संशय हो रहा है कि ऐसा कौन व्यक्ति है जो तुम्हारे कामना करने पर भी तुम्हें न मिले। यहाँ पार्वती का ऊष्म निःश्वास उनकी उद्वेग कामदशा को व्यञ्जित करता है।

२. द्रुमेषु सख्या कृतजन्मसु स्वयं
फलं तपःसाक्षिषु दृष्टमेष्वपि।
न च प्ररोहाभिमुखोऽपि दृश्यते
मनोरथोऽस्याः शशिमौलिसंश्रयः॥[2]

(पार्वती की सखी ब्रह्मचारिवेषधारी शिव से कहती हैं) हमारी सखी ने यहाँ आकर जिन वृक्षों को स्वयं लगाया था, वे ही इनके कठोर तप के साक्षी बन कर अब फलने भी लग गये हैं किन्तु महादेव शङ्कर को पतिरूप में प्राप्त करने के इनके मनोरथ में अभी तक अङ्कुर भी नहीं फूटे दिखाई पड़ रहे हैं। सखी के ये वचन प्रकारान्तर से पार्वती की उद्वेग अवस्था के ही अभिव्यञ्जक हैं।

३. पशुपतिरपि तान्यहानि कृच्छ्रा-
दगमयदद्रिसुतासमागमोत्कः।
कमपरमवशं न विप्रकुर्यु-
र्विभुमपि तं यदमी स्पृशन्ति भावाः॥[3]

(सप्तर्षियों से पार्वती के साथ विवाह की तिथि जानकर) पार्वती से समागम के लिए उत्सुक महेश्वर के वे तीन दिन बड़े कष्ट से बीते। जब सांसारिक भाव जितेन्द्रिय शङ्कर को भी विकल करते हैं तो दूसरों की क्या चर्चा की जाय। पार्वतीपरिणयोत्सुक शिव का जैसा वर्णन यहाँ प्रस्तुत है वह उनकी उद्वेग कामदशा का ही निदर्शक है।

---

१. कुमारसम्भव-५.४६

२. कुमारसम्भव-५.६०

३. कुमारसम्भव-६.९५

यद्यपि कुमारसम्भव के षष्ठ सर्ग के शिवमुख-निःसृत वचनों[१] के अनन्तर उपर्य्युद्धृत पद्य के भाव औचित्य की परिधि में नहीं आते, किन्तु कवि ने सम्भवतः महाकाव्य के नियमों की आवश्यकतापूर्ति के लिए ही ऐसा पद्य रचा। यहाँ शिव सामान्य प्रेमी के रूप में चित्रित हैं। फिर भी कालिदास ने उनकी कामदशा की अभिव्यक्ति के लिए पद का प्रयोग चातुरी के साथ किया है यथा वे 'स्पृशन्ति' का प्रयोग करते हैं 'विकुर्वन्ति' का नहीं।[१]

८. विलाप (प्रलाप)

१. उपात्तवर्णे चरिते पिनाकिनः
सबाष्पकण्ठस्खलितैः पदैरियम्।
अनेकशः किन्नरराजकन्यका
वनान्तसङ्गीतसखीररोदयत्॥[२]

यह हमारी सखी पार्वती जब कभी बाष्प-गद्गद कण्ठ से पिनाकधारी शिव के गुणों का गायन करने लगतीं थीं तो वे गीत इतने हृदयद्रावक होते थे कि इनकी वन में रहने वाली सङ्गीत की सखियाँ किन्नरराजकन्यकाएँ भी अनेक बार रोने लगती थीं। नगाधिराजतनया पार्वती जब शिव के प्रति भावानुरक्त हुईं, तब से वह अन्यमनस्क रहने लगीं। हिमालय के वनों में वह अपनी सखियों किन्नरराजकुमारियों के साथ रहती थीं। वे किन्नरराजकुमारियाँ सङ्गीत में उनकी सखी थीं। अनेक अवसरों पर पार्वती तथा उनकी सखियाँ साथ-साथ गायन किया करती थीं। पार्वती अनेक बार त्रिपुर-दहनादि शिवचरित्र को गाया करती थीं। उस गान से उनकी कामव्यथा और अधिक बढ़ जाती थी। वह मूर्च्छित सी होने लगती थीं। इस कारण उनके अश्रुरुद्ध कण्ठ से स्खलित रूप में गीत के पद निकलते थे। उनकी इस स्थिति को देखकर उनकी सखियाँ रोने लगती थीं। वह पद्य पार्वती के प्रियतम-विरहातिशयजन्य तपन एवं विलाप का अभिव्यञ्जक है। अतः यहाँ तपन स्वभावज नायिकालङ्कार तथा विलाप कामदशा सुष्ठुरूपेण उपन्यस्त हैं।

उपर्य्युद्धृत पद्य सङ्गीत की दृष्टि से विशेष महत्त्व का है। विरहापनोदन के अनेक उपायों में से एक प्रियचरित्र अथवा प्रिय-नामाङ्कित गीत का गायन भी होता है-

देवतापूजनं कुर्यात् कुर्याद्वा निभृते बलिम्।
लिखेत् कान्तप्रतिकृतिं पाठयेच्छुकसारिकाम्॥
वादयेच्च तथा वीणां गायेद् गीतं तदङ्कितम्।
गणयेत्सावधिदिनं तिष्ठेत् सङ्कल्पसङ्गमैः॥
एवंविधैर्विनोदैश्च रमणेन विनाबला।
विनयेच्च व्यथां तीव्रां सङ्गमाशावलम्बनात्॥[३]

---

१. कुमारसम्भव-६.२६-२७

२. कुमारसम्भव-५.५६

३. मेघदूत-सुबोधाटीका-२.२६ (शेषान्मासान्-२.२१) की भरतमल्लिक-प्रणीत टीका में उद्धृत, पृ० १५२

पार्वती भी अपने विरह का अपनोदन करने के लिए सखियों के साथ त्रिपुरदहन आदि हरचरित का गान करती हैं। गान तो करती हैं विरह के अपनोदन के लिए किन्तु हरचरित सुनकर उनकी मदन-व्यथा वृद्धिगत हो जाती है। टीकाकार मल्लिनाथ के अनुसार यहाँ 'प्रलाप' नामक कामावस्था वर्णित है जिसमें प्रिय का गुणकीर्तन किया जाता है-

द्वादशावस्थापक्षे तु प्रलापावस्था च व्यज्यते। 'प्रलापो गुणकीर्तनम्' इत्यालङ्कारिकाः।[१]

हरचरित गाते-गाते अश्रुओं से कण्ठ का अवरुद्ध होना, गीत के पदों का स्खलित रूप में निकलना, पार्वती का रुदन आदि उनके विरहातिशय के सूचक हैं। उनकी इस विरहसन्तप्त अवस्था को देख कर कोई भी द्रवीभूत हो जायगा फिर वन में उनकी सङ्गीत-सखियों किन्नरराजकुमारियों का रोना तो अति स्वाभाविक है। एक सखी के दुःख को उसकी सखी ही भलीभाँति समझ सकती है। वे किन्नरराजकुमारियाँ वास्तव में पार्वती की सखियाँ थीं। सखी शब्द का अर्थ ही है 'समप्राणा'। यह समप्राणता उनमें विद्यमान है-**सखिशब्देन समप्राणतोक्ता। तथोक्तं रसाकरे। 'अत्यागसहनो बन्धुः सदैवानुमतः सुहृद्। एकक्रियो भवेन्मित्रं समप्राणः सखा मतः॥'**[२] यहाँ ध्यातव्य है कि हिमालय में पार्वती की सखियाँ कौन थीं। पार्वती क्योंकि पर्वतराज हिमालय की पुत्री थीं तो उनकी सखियाँ भी कुछ कम नहीं। वे भी हिमालय में रहने वाले मधुरकण्ठ किन्नरराजों की कन्यकाएँ थीं। राजकुमारी की सखियाँ भी तो राजकुमारियाँ ही होंगी। साथ ही वे सङ्गीत-रूप ललितकला में भी पार्वती की सखियाँ थीं, क्योंकि सङ्गीतकला में किन्नरों का विशेष नैपुण्य होता है।

व्याख्येय पद्य में 'उपात्तवर्णे' पद का सङ्गीतपरक अर्थ है-**'पिनाकिनः शम्भोः चरिते त्रिपुरविजयादिचेष्टिते उपात्तवर्णे प्रारब्धगीतक्रमे। 'गीतक्रमे स्तुतौ वेदे वर्णशब्दः प्रयुज्यते।' इति हलायुधः।'**[३] हलायुध कोश के प्रामाण्य के अनुसार स्तुति तथा वेद के प्रसङ्ग में 'वर्ण' शब्द का अर्थ है 'गीतक्रम' अर्थात् जब पार्वती द्वारा हरचरित का गान प्रारम्भ होता था-यह अर्थ **'उपात्तवर्णे चरिते पिनाकिनः'** का है। सारतः कहा जा सकता है कि पार्वती गाननिपुणा थीं तथा विरहातिशयजन्य तपन के अपनोदनार्थ भी गानरत हुआ करती थीं।

२. **त्रिभागशेषासु निशासु च क्षणं**
निमील्य नेत्रे सहसा व्यबुध्यत।
क्व नीलकण्ठ व्रजसीत्यलक्ष्यवा-
गसत्यकण्ठार्पितबाहुबन्धना॥[४]

(अनेक बार तो ऐसा होता था कि) रात्रि के अन्तिम प्रहर के शेष रहने पर ही यह पार्वती

१. कुमारसम्भव-५.५६ मल्लिनाथ-टीका, पृ० ८५

२. रघुवंश-५.५७ के नोट्स में हेमाद्रि टीका से उद्धृत, पृ० ७०२

३. कुमारसम्भव-५.५६ मल्लिनाथ-टीका, पृ० ८४

४. कुमारसम्भव-५.५७

क्षणमात्र के लिए जब सो जाती थीं तो तुरन्त ही जाग उठती थीं और–'हे नीलकण्ठ! कहाँ चले जा रहे हो' यह कहकर स्वप्न के भ्रम में ही किसी अदृश्य व्यक्ति को सम्बोधित कर अपनी भुजाओं को ऐसे फैला लेती थीं जैसे शिव के कण्ठ में हाथ डालकर उन्हें रोक रही हों। प्रस्तुत पद्य में पार्वती की प्रलाप कामदशा वर्णित है। साहित्यदर्पण में भी यह पद्य प्रलाप के उदाहरणरूप में उद्धृत है। इस पद्य का विवेचन इसी पुष्प के निद्राच्छेद एवम् अनुस्मृति (जागर) शीर्षक में द्रष्टव्य है।

३. अथ सा पुनरेव विह्वला
वसुधालिङ्गनधूसरस्तनी।
विललाप विकीर्णमूर्धजा
समदुःखामिव कुर्वती स्थलीम्।।

४. उपमानमभूद्विलासिनां
करणं यत्तव कान्तिमत्तया।
तदिदं गतमीदृशीं दशां
न विदीर्ये कठिनाः खलु स्त्रियः।।

५. क्व नु मां त्वदधीनजीवितां
विनिकीर्य क्षणभिन्नसौहृदः।
नलिनीं क्षतसेतुबन्धनो
जलसंघात इवासि विद्रुतः।।

६. कृतवानसि विप्रियं न मे
प्रतिकूलं न च ते मया कृतम्।
किमकारणमेव दर्शनं
विलपन्त्यै रतये न दीयते।।

७. स्मरसि स्मर मेखलागुणै-
रुत गोत्रस्खलितेषु बन्धनम्।
च्युतकेशरदूषितेक्षणा-
न्यवतंसोत्पलताडनानि वा।।

८. हृदये वससीति मत्प्रियं
यदवोचस्तदवैमि कैतवम्।
उपचारपदं न चेदिदं
त्वमनङ्गः कथमक्षता रतिः।।[१]

---

१. कुमारसम्भव–४.४,५,६,७,८,९

तब तो वह रति अत्यन्त विह्वल होकर धरती पर लोटने लगी, जिससे उसके स्तन धूलि से धूसरित हो उठे। वह अपने बालों को बिखेर कर विलाप करने लगी और इस प्रकार उसके विलाप से वह वनस्थली भी उसके इस दु:ख में समान दु:ख वाली सी बन गई। अपने अनुपम सौन्दर्य के कारण तुम्हारा जो शरीर विलासी पुरुषों का उपमान बना हुआ था, उसकी आज ऐसी दयनीय दशा हो गई है और मेरा हृदय फिर भी नहीं फट रहा है। हाय! सचमुच स्त्रियाँ बड़ी कठोर होती हैं। हे प्रियतम, जैसे जल का प्रवाह बाँध टूट जाने पर कमलिनी को छोड़ कर भाग खड़ा होता है, उसी प्रकार अपने सहारे जीवन बिताने वाली मुझको छोड़कर और पल भर में ही स्नेह का नाता तोड़कर तुम कहाँ चले गए हो? हे प्रियतम, तुमने मुझे अप्रसन्न करने वाला कोई कार्य नहीं किया और न मैंने ही तुम्हारे प्रतिकूल कोई आचरण किया। तब फिर बिना किसी कारण के ही बिलखती हुई इस रति को तुम अपना दर्शन क्यों नहीं दे रहे हो। हे स्मर, एक बार तुमने मेरे सामने भूल से किसी अन्य स्त्री का नाम ले लिया था, जिस पर मैंने प्रणय-कोप करके तुम्हें अपनी मेखला से बाँध दिया था और अपने कर्णाभूषण कमल से तुम्हारे मुख में ताडन किया था, जिससे उस कमल का पराग तुम्हारी आँखों में पड़ गया था और तुम्हारी आँख दुखने लगी थी। कहीं उसी प्रसङ्ग को याद करके तो तुम नहीं रूठे हुए हो। तुम (कामदेव) कहा करते थे कि तुम (रति) मेरे हृदय में निवास करती हो। मैं अब समझ रही हूँ कि यह तुम्हारा छल था। यदि ऐसा न होता तो यह कैसे सम्भव था कि तुम्हारे भस्मशेष हो जाने पर भी मैं रति कैसे इस प्रकार जीवित बची रहती।

उपर्य्युद्धृत सभी पद्य कामदेव के हरकोपानल से भस्म हो जाने पर रति की विलाप कामदशा के निदर्शक हैं। कुमारसम्भव के प्राय: सम्पूर्ण चतुर्थ सर्ग में यह तथा मरण कामदशा निरूपित हैं। इस सर्ग के पद्यों में विलाप या प्रलाप कामदशा तभी मानी जा सकती है जब यहाँ करुणविप्रलम्भ शृङ्गार की स्थिति मानी जाय। आचार्य अभिनवगुप्त, भोजराज, आचार्य विश्वनाथ एवं शिङ्गभूपाल द्वारा निर्दिष्ट परिभाषाओं तथा निर्देशों के अनुसार रतिविलाप करुणविप्रलम्भ का पोषक है और वहाँ वर्णित रतिदशा करुणविप्रलम्भ के अन्तर्गत होने वाली कामदशाओं में से विलाप या प्रलाप दशा है।

आचार्य विश्वनाथ के अनुसार विप्रलम्भ शृङ्गार के चार भेद हैं–

यत्र तु रतिः प्रकृष्टा नाभीष्टमुपैति विप्रलम्भोऽसौ।
स च पूर्वरागमानप्रवासकरुणात्मकश्चतुर्धा स्यात्॥[१]

करुण विप्रलम्भ को व्याख्यायित करते हुए विश्वनाथ लिखते हैं–

यूनोरेकतरस्मिन्गतवति लोकान्तरं पुनरलभ्ये।
विमनायते यदैकस्ततो भवेत् करुणविप्रलम्भाख्यः॥[२]

करुणविप्रलम्भ वह शृङ्गार-प्रकार है जिसे प्रेमी और प्रेमिका में से किसी एक के दिवंगत हो

१. साहित्यदर्पण–३.१८७

२. साहित्यदर्पण–३.२०९

जाने किन्तु पुनरुज्जीवित हो सकने की अवस्था में, जीवित बचे दूसरे के हृदय के शोकसंवलित रतिभाव का अभिव्यञ्जन कहा गया है। करुणविप्रलम्भ वस्तुतः करुण का भ्रमोत्पादक वियोगशृङ्गार प्रकार है जैसा रसार्णवसुधाकर की इन पंक्तियों से स्पष्ट है–

द्वयोरेकस्य मरणे पुनरुज्जीवनावधौ ॥
विरहः करुणोऽन्यस्य सङ्गमाशानुवर्तनात् ॥
करुणभ्रमकारित्वात् सोऽयं करुण उच्यते ॥[१]

भोजराज ने तो विश्वनाथ कविराज से पूर्व ही विप्रलम्भ को चतुर्विध माना है–

भावो यदा रतिर्नाम प्रकर्षमधिगच्छति ।
नाधिगच्छति चाभीष्टं विप्रलम्भस्तदोच्यते ॥
पूर्वानुरागो मानश्च प्रवासः करुणश्च सः ।
पुरुषस्त्रीप्रकाण्डेषु चतुःकाण्डः प्रकाशते ॥[२]

विश्वनाथ प्रभृति आचार्य कादम्बरी के पुण्डरीक-महाश्वेता-वृत्तान्त में, पुनरुज्जीवित होने वाले पुण्डरीक की मृत्यु पर महाश्वेता के शोकसंविग्न रतिभाव के अभिव्यञ्जन को करुणविप्रलम्भ के अन्तर्गत स्वीकार करते हैं। इसी प्रकार कुमारसम्भव के रतिविलाप में सर्वप्रथम अभिव्यङ्ग्य रस करुण प्रतीत होता है किन्तु आकाशवाणी द्वारा रति के हृदय में कामदेव से पुनर्मिलन की आशा जग उठने के बाद सहृदय हृदय करुणविप्रलम्भ का आस्वाद ले सकता है। हमारी सम्मति में कुमारसम्भव का रतिविलाप करुणविप्रलम्भ का श्रेष्ठ निदर्शन है। अपने मत की पुष्टि में हम शिङ्गभूपाल द्वारा प्रस्तुत करुणविप्रलम्भ का रतिविलापस्थ उदाहरण तथा वृत्ति प्रस्तुत करते हैं–

अथ मदनवधूरुपप्लवान्तं
व्यसनकृशा प्रतिपालयांबभूव।
शशिन इव दिवातनस्य रेखा
किरणपरिक्षयधूसरा प्रदोषम्॥

(कुमारसम्भवे ४.४६)

अत्र आकाशसरस्वतीप्रत्ययेन रतेर्विप्रलम्भः कृशत्वाद्यनुमितैर्ग्लान्यादिभिः व्यभिचारिभावैः पोषितः समयपरिपालनादिभिरनुभावैर्व्यज्यते।

अत्र केचिदाहुः–करुणो नाम विप्रलम्भशृङ्गारो नास्ति। उभयालम्बनस्य तस्य एकत्रैवासम्भवात्। यत्र त्वेकस्यापाये सति तदितरगताः प्रलापादयो भवन्ति स शोकान्न भिद्यते इति। तदयुक्तम्। यत्र पुनरुज्जीवनेन संभोगो नास्ति तत्र सत्यं शोक एव। यत्र सोऽस्ति तत्र विप्रलम्भ एव।[३]

१. रसार्णवसुधाकर–२.२२०-२१
२. सरस्वतीकण्ठाभरण–५.४५-४६
३. रसार्णवसुधाकर–२.२२१-२२ के अनन्तर वृत्ति, पृ० २७४-७५

शृङ्गारतिलक एवं रसकलिका में भी विप्रलम्भ के चार भेद उल्लिखित हैं-

विप्रलम्भाभिधानोऽयं शृङ्गारः स्याच्चतुर्विधः।
पूर्वानुरागो मानाख्यः प्रवासः करुणात्मकः ॥[१]

तत्र विरहश्चतुर्विधः पूर्वानुरागमानाख्यप्रवासकरुणात्मकः।[२]

आचार्य विश्वनाथ ने पूर्वराग विप्रलम्भ में दस कामदशाएं–अभिलाष, चिन्ता, स्मृति, गुणकथन, उद्वेग, संप्रलाप, उन्माद, व्याधि, जडता एवं मृति बताई हैं।[३] अन्य आचार्यों के अनुसार उन्होंने कामदशाओं की एक भिन्न सूची भी दी है–नयनप्रीति, चित्तासङ्ग, सङ्कल्प, निद्राच्छेद, तनुता, विषयनिवृत्ति, त्रपानाश, उन्माद, मूर्च्छा एवं मृति।[४] विश्वनाथ ने प्रवास विप्रलम्भ की १० कामदशाएं अलग से निर्दिष्ट की हैं जो इस प्रकार हैं–

अङ्गेष्वसौष्ठवं तापः पाण्डुता कृशताऽरुचिः ॥
अधृतिः स्यादनालम्बस्तन्मयोन्मादमूर्च्छनाः।
मृतिश्चेति क्रमाज्ज्ञेया दश स्मरदशा इह ॥[५]

आचार्य विश्वनाथ ने यद्यपि करुणविप्रलम्भ की कामदशाओं का पृथक् निर्देश नहीं किया है किन्तु सभी आचार्यों द्वारा निर्दिष्ट कामदशाएं वहाँ भी दृष्टिगत होंगी, ऐसा माना जा सकता है। इसी तथ्य को ध्यान में रखकर जब हम रतिविलाप को पढ़ते हैं तो वहाँ विलाप कामदशा को बहुलता के साथ तथा अन्य कामदशाओं को भी पाते हैं।

९. रजनीतिमिरावगुण्ठिते
पुरमार्गे घनशब्दविक्लवाः।
वसतिं प्रिय कामिनां प्रिया-
स्त्वदृते प्रापयितुं क ईश्वरः॥

१०. अलिपंक्तिरनेकशस्त्वया
गुणकृत्ये धनुषो नियोजिता।
विरुतैः करुणस्वनैरियं
गुरुशोकामनुरोदितीव माम्॥

---

१. शृङ्गारतिलक–२.१,पृ० ४४

२. रसकलिका–रसार्णवसुधाकर, पृ० २७५ में उद्धृत

३. साहित्यदर्पण–३.१९०

४. साहित्यदर्पण–३.१९४ के अनन्तर वृत्ति, पृ० २३५

५. साहित्यदर्पण–३.२०५–६

११. प्रतिपद्य मनोहरं वपुः
पुनरप्यादिश तावदुत्थितः।
रतिदूतिपदेषु कोकिलां
मधुरालापनिसर्गपण्डिताम्॥

१२. रचितं रतिपण्डित त्वया
स्वयमङ्गेषु ममेदमार्तवम्।
ध्रियते कुसुमप्रसाधनं
तव तच्चारु वपुर्न दृश्यते॥[१]

वर्षाकाल में रात के सघन अन्धकार से ढके हुए नगर के मार्गों पर चलती हुई एवं मेघगर्जन को सुनकर भयभीत अभिसारिकाओं को अब उनके प्रियतमों के घरों तक पहुँचाने की सहायता तुम्हारे बिना कौन कर सकेगा। यह काले भ्रमरों की पंक्ति, जिसे तुमने पहले अनेक बार अपने धनुष् की डोरी के स्थान पर प्रयुक्त किया था, इस समय अपने करुणाजनक स्वर में मुझ अत्यन्त शोकवाली हतभागिनी के साथ रो सी रही है। अब तुम फिर एक बार उठ कर अपना वही मनोहर शरीर धारण कर लो और सुमधुर कूजन में स्वभाव से ही निपुण इस कोकिला को आदेश दो कि यह प्रेमियों के मध्य रति की दूती का कार्य सम्पन्न करे। हे रतिपण्डित कामदेव, तुमने स्वयम् अपने हाथों से इन वसन्त ऋतु के पुष्पों द्वारा मेरा शृङ्गार किया था। मैं तो अब भी उन पुष्पाभरणों को धारण किए हुए हूँ किन्तु तुम्हारा वह कमनीय शरीर नहीं दिखाई पड़ रहा है।

उपर्य्युद्धृत सभी पद्य कामपत्नी रति की विलाप कामदशा के स्पष्ट निदर्शक हैं। दीपशिखा कालिदास ने कामदेव के शिव द्वारा भस्मीभूत कर दिए जाने पर रति के जिस विलाप को अपनी चातुरी से उपन्यस्त किया है, वह समग्र संस्कृत साहित्य में अप्रतिम है। यद्यपि यहाँ आलम्बन (कामशरीर) नष्ट हो चुका है किन्तु जिस प्रकार के भावों का उद्रेक रति में हो रहा है, वह पूर्णरूपेण उसकी कामदशा को ही अभिव्यञ्जित करता है। इसलिए रतिविलाप में विप्रलम्भ शृङ्गार के चतुर्थ भेद करुणविप्रलम्भ की ही अवस्थिति मानी जायगी—जैसा अभिनवगुप्त, भोजराज, विश्वनाथ तथा शिङ्गभूपालप्रभृति आचार्यों द्वारा प्रदत्त करुणविप्रलम्भ की परिभाषा तथा विवेचन से स्पष्ट है।

१३. तमवेक्ष्य रुरोद सा भृशं
स्तनसंबाधमुरो जघान च।
स्वजनस्य हि दुःखमग्रतो
विवृतद्वारमिवोपजायते॥

१४. इति चैनमुवाच दुःखिता
सुहृदः पश्य वसन्त किं स्थितम्।
तदिदं कणशो विकीर्यते
पवनैर्भस्म कपोतकर्बुरम्॥

---

१. कुमारसम्भव—४.११,१५,१६,१८

१५. अयि संप्रति देहि दर्शनं
स्मर पर्युत्सुक एष माधवः।
दयितास्वनवस्थितं नृणां
न खलु प्रेम चलं सुहृज्जने॥

१६. अमुना ननु पार्श्ववर्तिना
जगदाज्ञां ससुरासुरं तव।
बिसतन्तुगुणस्य कारितं
धनुषः पेलवपुष्पपत्रिणः॥

१७. गत एव न ते निवर्तते
स सखा दीप इवानिलाहतः।
अहमस्य दशेव पश्य मा-
मविषह्यव्यसनेन धूमिताम्॥

१८. विधिना कृतमर्धवैशसं
ननु मां कामवधे विमुञ्चता।
अनपायिनि संश्रयद्रुमे
गजभग्ने पतनाय वल्लरी॥[1]

रति वसन्त को देख छाती पीटती हुई और जोर से रुदन करने लगी। अपने सामने इष्ट बन्धुजनों को देखकर दुःख का द्वार खुल सा जाता है। दुःख से भरी रति वसन्त को सम्मुख उपस्थित देखकर बोली–हे वसन्त, देखो तो तुम्हारे प्रिय मित्र की यह क्या दशा हो गई? कबूतर के समान रंग वाली कामदेव के शरीर की इस भस्म को वायु कण-कण करके इधर-उधर बिखेर रहा है। हे कामदेव, तुम्हारा यह प्रिय सखा वसन्त तुम्हारे दर्शन के लिए उत्सुक है, अतः अब तो दर्शन दो। पुरुषों का प्रेम अपनी स्त्रियों में भले ही सुदृढ़ न हो, किन्तु अपने मित्रों के साथ तो अचल ही होता है। तुम्हारे निकट रहने वाले तुम्हारे इसी सखा ने तो देवों तथा असुरों सहित समस्त संसार को तुम्हारे कमलनाल की प्रत्यञ्चा तथा कोमल पुष्पों के बाण वाले धनुष का आज्ञाकारी बनाया था। हे वसन्त, तुम्हारा यह मित्र कामदेव वायु से बुझाये गये दीपक की भाँति अब वापस नहीं आने वाला है, मैं तो उस दीपक की बत्ती के समान हूँ जो अब इस असहनीय विपत्ति के शोकरूपी धूम को उगल रही हूँ। मुझे छोड़कर मेरे अर्द्धाङ्ग पति की हत्या कर दैव की प्रतिहिंसा केवल आधी सफल हुई, किन्तु हाथी ने जब आश्रयभूत वृक्ष को ही नष्ट कर दिया तब उसकी आश्रित लता भी अवश्य ही नाश को प्राप्त होगी।

---

१. कुमारसम्भव–४.२६,२७,२८,२९,३०,३१

उपरिनिर्दिष्ट सभी पद्य कामपत्नी रति की अनेकविध विलाप (प्रलाप) कामदशा के ही अभिव्यञ्जक हैं। इन सभी पद्यों में कामदशा की अवस्थिति मानने के लिए यह आवश्यक है कि सम्पूर्ण रतिविलाप में विप्रलम्भ शृङ्गार के चतुर्थ भेद करुणविप्रलम्भ के अभिव्यञ्जन को स्वीकार किया जाय। अभिनवगुप्त, भोजराज, शिङ्गभूपाल तथा विश्वनाथ प्रभृति आचार्यों के मतों को देखते हुए हमें यह समीचीन प्रतीत होता है कि कुमारसम्भव का रतिविलाप करुणविप्रलम्भ का श्रेष्ठ निदर्शन है और यहाँ वर्णित रति की सभी कामदशाएं उसी करुणविप्रलम्भ के अन्तर्गत स्थित मानी जानी चाहिए।

९. उन्माद एवम् अरति

१. त्रिभागशेषासु निशासु च क्षणं
निमील्य नेत्रे सहसा व्यबुध्यत।
क्व नीलकण्ठ व्रजसीत्यलक्ष्यवा-
गसत्यकण्ठार्पितबाहुबन्धना।।[1]

(पार्वती की सखी ब्रह्मचारिवेषधारी शिव से पार्वती के विषय में बता रही है) रात्रि के अन्तिम प्रहर के शेष रहने पर ही यह पार्वती क्षणमात्र के लिए जब सो जाती थीं तो तुरन्त ही जाग उठती थीं और 'हे नीलकण्ठ! कहाँ चले जा रहे हो' यह कह कर स्वप्न के भ्रम में ही किसी अदृश्य व्यक्ति को सम्बोधित कर अपनी भुजाओं को ऐसे फैला लेती थीं जैसे शिव के कण्ठ में हाथ डालकर उन्हें रोक रही हों। यह पद्य पार्वती की उन्माद एवं जागर कामदशाओं का व्यञ्जक है। टीकाकार मल्लिनाथ ने भी इस पद्य में जागर एवम् उन्माद कामदशाओं की अवस्थिति मानी है। नाटकलक्षणरत्नकोश[2] में उपलब्ध विवरण के अनुसार यहाँ विशेषेण उन्माद उपन्यस्त है।

२. तदा प्रभृत्युन्मदना पितुर्गृहे
ललाटिकाचन्दनधूसरालका।
न जातु बाला लभते स्म निर्वृतिं
तुषारसंघातशिलातलेष्वपि।।[3]

उसी समय से हमारी यह सखी अपने पिता हिमालय के घर में भी इतने उत्कट काम के वश में हो गईं कि इनके सिर की अलकें चन्दन एवं तिलक लगाते-लगाते मटमैली हो गईं और यद्यपि यह बर्फ की शिलाओं पर लेटी रहती थीं तथापि इन्हें चैन नहीं मिलता था। प्रस्तुत पद्य भी उन्मदना पार्वती की उन्माद, अरति तथा संज्वर कामदशाओं का व्यञ्जक है। टीकाकार मल्लिनाथ यहाँ अरति एवं संज्वर की अवस्थिति मानते हैं-

१. कुमारसम्भव-५.५७
२. नाटकलक्षणरत्नकोश-पृ० २३६
३. कुमारसम्भव-५.५५

एतेनारत्यपरसंज्ञा विषयविद्वेषावस्था द्वादशावस्थापक्षे संज्वरश्च व्यज्यते।[१]

३. यदा बुधैः सर्वगतस्त्वमुच्यसे
न वेत्सि भावस्थमिमं कथं जनम्।
इति स्वहस्तोल्लिखितश्च मुग्धया
रहस्युपालभ्यत चन्द्रशेखरः।।[२]

एकान्त में अपने हाथों से चित्रित चन्द्रशेखर को यह हमारी भोली भाली सखी यह उलाहना दिया करती थीं कि तुमको तो विद्वान् लोग सर्वान्तर्यामी बताते हैं तब फिर मेरे मन के भावों का तुम्हें क्यों पता नहीं लगता। विरहापनोदन के अनेक उपायों में से एक है चित्रालेखन। पार्वती एकान्त में शिव का चित्र बनाकर उनसे बातें करती हैं—उन्हें उलाहना देती हैं। यह सब उनकी उन्माद कामदशा को ही व्यञ्जित करता है। नाटकलक्षणरत्नकोश में उपलब्ध विवरण के अनुसार[३] यहाँ विशेषरूप से उन्माद दृष्टिगत होता है।

१०. तनुता (कृशता)

१. असह्यहुङ्कारनिवर्तितः पुरा
पुरारिमप्राप्तमुखः शिलीमुखः।
इमां हृदि व्यायतपातमक्षिणो-
द्विशीर्णमूर्तेरपि पुष्पधन्वनः।।[४]

(पार्वती की सखी ब्रह्मचारिवेषधारी शिव से निवेदन करती है) पुष्पधन्वा कामदेव का बाण जो पहले शिव पर चलाया गया था, उनके असह्य हुङ्कार के कारण वापस लौटकर शिव के पास तक तो नहीं पहुँच सका, किन्तु उसने कामदेव के शरीर के दग्ध हो जाने के बाद भी मेरी इस सखी के हृदय पर गम्भीर आघात कर दिया है। इस पद्य में प्रकारान्तर से पार्वती की तनुता कामदशा वर्णित है जिसका उल्लेख मल्लिनाथ ने किया है—

--------व्यायतपातं व्यायतः सुदूरावगाढ इति यावत्। तादृक्पातः प्रहारो यस्मिन् कर्मणि तत्तथा अक्षिणोत् अकर्शत्। दग्धदेहस्यापि मार्गणो लग्नः। 'मृदुः सर्वत्र बाध्यते' इति भावः। अनेन 'विवृण्वती शैलसुतापि भावम्' (३/६८) इत्यत्रोक्तं चक्षुःप्रीतिमनःसङ्गाख्यमवस्था-द्वयमनन्तरावस्थोपयोगितयानूद्य कार्श्यावस्था सूचिता।[५]

---

१. कुमारसम्भव—५.५५ पर मल्लिनाथ-टीका, पृ० ८४
२. कुमारसम्भव—५.५८
३. नाटकलक्षणरत्नकोश—पृ० २३६
४. कुमारसम्भव—५.५४
५. कुमारसम्भव—५.५४ पर मल्लिनाथ-टीका, पृ० ८४

२. **मुनिव्रतैस्त्वामतिमात्रकर्शितां**
दिवाकराप्लुष्टविभूषणास्पदाम्।
शशाङ्कलेखामिव पश्यतो दिवा
सचेतसः कस्य मनो न दूयते।।[1]

(ब्रह्मचारिवेषधारी शिव पार्वती से कहते हैं) मुनियों के समान कठोर तप करते-करते तुम अत्यन्त कृश हो गई हो और जिस शरीर पर आभूषण धारण करने चाहिए थे, वह सूर्य की किरणों से झुलस सा गया है। इस प्रकार दिन में चन्द्रमा की किरणों के समान तुम्हारी इस दीन दशा को देखकर किस सहृदय का मन दुःख से नहीं भर जायगा। प्रस्तुत पद्य भी तपोनिरता पार्वती की तनुता दशा का व्यञ्जक है। यद्यपि शिव के उल्लेखानुसार पार्वती की यह तनुता चान्द्रायणादि मुनिव्रतों के पालन से है तथापि उनकी इस तनुता में उनकी कामज तनुता भी संयुक्त है-यह तथ्य सहृदयों से छिपा हुआ नहीं है।

३. **न वेद्मि स प्रार्थितदुर्लभः कदा**
सखीभिरस्रोत्तरमीक्षितामिमाम्।
तपःकृशामभ्युपपत्स्यते सखीं
वृषेव सीतां तदवग्रहक्षताम्।।[2]

(पार्वती की सखी ब्रह्मचारिवेषधारी शिव को बताती है) अत्यन्त कष्ट से प्राप्त होने योग्य वे महादेव तपस्या से अत्यन्त कृश होने के कारण सखियों द्वारा साश्रुनयनों से देखी जाती हुई हमारी सखी पर न जाने कब उस प्रकार की कृपावृष्टि करेंगे जैसे अनावृष्टि से सूखी जोती हुई भूमि पर इन्द्र वृष्टि करते हैं। यहाँ भी पूर्वपद्य की भाँति पार्वती की कृशता का कारण कठोर तपश्चर्या तो है ही किन्तु उसमें कामज तनुता भी संयुक्त है-यह तथ्य सहृदयों से गूहित नहीं है। अतः प्रकारान्तर से यहाँ तनुता कामदशा विद्यमान है।

४. **अथ मदनवधूरुपप्लवान्तं**
व्यसनकृशा परिपालयांबभूव।
शशिन इव दिवातनस्य लेखा
किरणपरिक्षयधूसरा प्रदोषम्।।[3]

इसके अनन्तर पति-वियोग के दुःख से दुर्बल अङ्गों वाली रति शापावधि के समाप्त होने की उसी प्रकार प्रतीक्षा करने लगी, जिस प्रकार दिन में निकले हुए चन्द्रमा की किरणों के अभाव से

---

१. कुमारसम्भव–५.४८

२. कुमारसम्भव–५.६१

३. कुमारसम्भव–४.४६

धुँधली तथा तेजोविहीन कला रात्रि के आगमन की प्रतीक्षा किया करती है। यहाँ मदनवधू व्यसनकृशा–दुःखकृशा रूप से निरूपित है किन्तु उसकी कृशता कामज भी मानी जा सकती है। कुमारसम्भव के प्रायः सम्पूर्ण चतुर्थ सर्ग में करुण विप्रलम्भ का परिपोष हुआ है। अतएव यहाँ वर्णित तनुता भी उसी के अन्तर्गत विद्यमान रति की कामदशा को प्रकारान्तर से अभिव्यञ्जित करती है।

११. लज्जात्याग

१. तत्क्षणं विपरिवर्तितह्रियो-
नेष्यतोः शयनमिद्धरागयोः।
सा बभूव वशवर्तिनी द्वयोः
शूलिनः सुवदना मदस्य च॥[१]

मदिरापान करते ही पार्वती की सारी लज्जा जाती रही, काम का वेग भड़क उठा और वह शङ्कर की गोद में लुढ़क गईं। उन्हें इसी स्थिति में उठाकर शङ्कर शयनकक्ष में ले गए। इस प्रकार वह एक साथ ही मदिरा तथा शङ्कर के वशीभूत हो गईं। प्रस्तुत पद्य पार्वती की लज्जात्याग कामदशा का सुष्ठु निदर्शक है, यद्यपि यह लज्जात्याग आसवपानजनित है।

२. यदा बुधैः सर्वगतस्त्वमुच्यसे
न वेत्सि भावस्थमिमं कथं जनम्।
इति स्वहस्तोल्लिखितश्च मुग्धया
रहस्युपालभ्यत चन्द्रशेखरः॥[२]

एकान्त में अपने हाथों से आलिखित चन्द्रशेखर को हमारी यह भोली-भाली सखी सत्य शङ्कर समझ कर इस प्रकार उपालम्भ दिया करती थीं–'तुमको तो विद्वान् लोग सर्वान्तर्यामी बताते हैं तब फिर मेरे मन के भावों का तुम्हें क्यों पता नहीं चलता।' विरहापनोदन के अनेक उपायों में से चार निम्नाङ्कित हैं–

वियोगावस्थासु प्रियजनसदृक्षानुभवनं
ततश्चित्रं कर्म स्वपनसमये दर्शनमपि।
तदङ्गस्पृष्टानामुपगतवतां स्पर्शनमपि
प्रतीकारः कामव्यथितमनसां कोऽपि कथितः॥[३]

---

१. कुमारसम्भव–८.७९

२. कुमारसम्भव–५.५८

३. कुमारसम्भव–५.५८ के नोट्स में उद्धृत, पृ० ९५

विरहातिशय में कभी पार्वती प्रियतम शङ्कर का चित्र अपने करकमलों से बनाती थीं, फिर मुग्धता के वशीभूत हो उन्हीं चित्रगत चन्द्रशेखर को उपालम्भ देने लगती थीं। यद्यपि सर्वान्तिर्यामी शिव सभी के मनोगत भावों को जानते हैं, फिर भी वे पूछती हैं कि वे पार्वती के रत्याख्य भावातिशय को क्यों नहीं जानते। इस प्रकार यहाँ नायिका के मौग्ध्य के साथ-साथ उनके लज्जात्याग का भी अभिव्यञ्जन हुआ है। टीकाकार मल्लिनाथ भी इस पद्य में लज्जात्याग मदनावस्था की अवस्थिति स्वीकार करते हुए लिखते हैं-

तया स्वहस्तोल्लिखितः स्वहस्तेनोल्लिखितश्चित्रे लिखितः चन्द्रशेखरः रहसि एकान्ते। सखीमात्रसमक्षमित्यर्थः । उपालभ्यत साधिक्षेपमुक्तः च। उक्तसमुच्चयार्थश्चकारः। यद्यपि रहसीत्युक्तं तथापि सखीसमक्षकरणाल्लज्जात्यागो व्यज्यत एव।[1]

३. अलं विवादेन यथा श्रुतस्त्वया
तथाविधस्तावदशेषमस्तु सः।
ममात्र भावैकरसं मनः स्थितं
न कामवृत्तिर्वचनीयमीक्षते॥[2]

(ब्रह्मचारिवेषधारी शिव को उत्तर देती हुई पार्वती कहती हैं) अथवा इस प्रकार के विवाद की आवश्यकता ही क्या है? हर के विषय में जैसा कुछ तुमने सुन रखा है, वह सब बिल्कुल ठीक ही हो, किन्तु मेरा मन तो एकमात्र उनमें ही रमा हुआ है। प्रेम करने वाला कभी निन्दा से नहीं डरता। कामवृत्ति-स्वेच्छाव्यवहारी कभी लोकापवाद से नहीं डरता। पार्वती की यह उक्ति उनके शिव के प्रति रतिभावातिशय तथा लज्जात्याग मदनदशा की स्पष्ट निदर्शिका है। स्वेच्छासञ्चारी व्यक्ति निर्भय होता है, तथ्य को उद्धरण द्वारा पुष्ट करते हुए टीकाकार वल्लभदेव लिखते हैं-

मन अत्र देवे भावैकरसं भावेन भक्त्या अनुरागेण एकरसं एकरूपं मनःस्थितम् अवस्थितम्, अनुरागमयमेव सम्पन्नम्। न त्वया व्यावर्तयितुं शक्यमित्यर्थः। यस्मात् कामवृत्तिः स्वेच्छाव्यवहृतिः न वचनीयं परवाच्यताम् ईक्षते। यदुक्तम्-

'असद्ग्रहस्य का नीतिर्व्यसनस्य क्व यन्त्रणा।
विपरीतार्थबोद्धारः सत्ये केन नियोजिताः॥'[3]

४. कामेकपत्नीव्रतदुःखशीलां
लोलं मनश्चारुतया प्रविष्टाम्।
नितम्बिनीमिच्छसि मुक्तलज्जां
कण्ठे स्वयंग्राहनिषक्तबाहुम्॥[4]

---

१. कुमारसम्भव-५.५८ पर मल्लिनाथ-टीका, पृ० ८५

२. कुमारसम्भव-५.८२

३. कुमारसम्भव-५.८२ पर वल्लभदेव-टीका, पृ० १७१

४. कुमारसम्भव-३.७

हे महेन्द्र! यह बताइये कि वह ऐसी कौन सी दृढ़ पतिव्रता सुन्दरी है, जो अपने सौन्दर्य के द्वारा आपके चञ्चल मन को आकृष्ट कर चुकी है और जिस नितम्बिनी के लिए आप चाहते हैं कि वह समस्त लज्जा त्याग कर अपनी कोमल बाहें स्वयम् आपके गले में डाल दे। प्रस्तुत पद्य में प्रकारान्तर से लज्जात्याग कामदशा उपन्यस्त है।

५. अयुक्तरूपं किमतः परं वद
त्रिनेत्रवक्षःसुलभं तवापि यत्।
स्तनद्वयेऽस्मिन्हरिचन्दनास्पदे
पदं चिताभस्मरजः करिष्यति॥[१]

यदि तुमको महादेव सुगमता से मिल भी जायें तो भी इससे बढ़कर और क्या बुरा होगा कि हरिचन्दन से लिप्त तुम्हारे इन दोनों पयोधारों पर महादेव के शरीर में पुती हुई चिता की भस्म आकर लग जाये। ब्रह्मचारिवेषधारी शिव की पार्वती के प्रति यह उक्ति शिव की लज्जात्याग कामदशा की स्पष्ट व्यञ्जिका है।

१२. व्याधि एवं संज्वर

१. तदा प्रभृत्युन्मदना पितुर्गृहे
ललाटिकाचन्दनधूसरालका।
न जातु बाला लभते स्म निर्वृतिं
तुषारसंघातशिलातलेष्वपि॥[२]

उसी समय से यह हमारी सखी अपने पिता हिमालय के घर में भी इतने उत्कट काम के वश में हो गईं कि इनके सिर की अलकें चन्दन एवं तिलक लगाते लगाते मटमैली हो गईं और यद्यपि यह बर्फ की शिलाओं पर लेटी रहती थीं, फिर भी इन्हें चैन नहीं मिलता था। पार्वती कामातिशय से इतनी पीडित थीं कि चन्दनादि शीतोपचार तथा बर्फ की शिलाओं पर शयन आदि द्वारा भी उन्हें सुखप्राप्ति नहीं होती थी। यह पद्य पार्वती की व्याधि एवं संज्वर कामदशा का स्पष्ट निदर्शक है। मल्लिनाथ भी यहाँ संज्वर की स्थिति स्वीकार करते हैं-

एतेनारत्यपरसंज्ञा विषयविद्वेषावस्था द्वादशावस्थापक्षे संज्वरश्च व्यज्यते।[३]

---

१. कुमारसम्भव-५.६९

२. कुमारसम्भव-५.५५

३. कुमारसम्भव-५.५५ पर मल्लिनाथ-टीका, पृ० ८४

२. **कयासि कामिन्सुरतापराधा-**
त्पादानतः कोपनयाऽवधूतः।
तस्याः करिष्यामि दृढानुतापं
प्रवालशय्याशरणं शरीरम्॥[1]

(कामदेव इन्द्र से कहते हैं) हे कामुक! वह कौन सी कामिनी है, जो किसी अन्य सुन्दरी के साथ आपके रमण-वृत्तान्त को सुनकर इतनी कुपित हुई है कि आपके द्वारा पैरों पर गिरकर मनाने के बाद भी अपना मान नहीं त्याग रही है मैं उसके चित्त में ऐसा तीव्र पश्चात्ताप उत्पन्न कर दूँगा कि उसे नवपल्लवों की शय्या पर ही जाकर लेटना पड़ेगा। यहाँ उपलब्ध वर्णन किसी मदनव्यथिताङ्गी नायिका की व्याधि एवं संज्वर दशा को द्योतित करता है। मदन-संतप्ता नायिका द्वारा कुसुमपल्लवशय्या का संश्रयण उचित ही है जैसा टीकाकार वल्लभदेव लिखते हैं–

सा हि त्वत्प्रार्थनामगणयित्वाऽनुतप्यमाना (मदिषुव्यथिताङ्गी सती) सन्तापशान्तये (मदनेषुव्यथिताङ्गी तत्तापशान्तये) कुसुमपल्लवशय्यामभिलषिष्यति।[2]

१३. जडता एवं मूर्च्छा

१. **उपात्तवर्णे चरिते पिनाकिनः**
सबाष्पकण्ठस्खलितैः पदैरियम्।
अनेकशः किन्नरराजकन्यका
वनान्तसङ्गीतसखीररोदयत्॥[3]

प्रस्तुत पद्य पार्वती की जडता एवं मूर्च्छा कामदशा का अभिव्यञ्जक है। इसी पद्य में पार्वती की प्रलाप कामदशा भी अवलोकनीय है। टीकाकार मल्लिनाथ भी यहाँ इन कामदशाओं की अवस्थिति स्वीकार करते हैं–

अत्र वर्णस्खलनलक्षणकार्योक्त्या पुनः पुनस्तत्कारणीभूतमूर्च्छावस्थाप्रादुर्भावो व्यज्यतेऽन्यथा सखीरोदनानुपपत्तेरिति। द्वादशावस्थापक्षे तु प्रलापावस्था च व्यज्यते। 'प्रलापो गुणकीर्तनम्' इत्यालंकारिकाः।[4]

२. **तीव्राभिषङ्गप्रभवेण वृत्तिं**
मोहेन संस्तम्भयतेन्द्रियाणाम्।

---

१. कुमारसम्भव–३.८

२. कुमारसम्भव–३.८ पर वल्लभदेव-टीका

३. कुमारसम्भव–५.५६

४. कुमारसम्भव–५.५६ पर मल्लिनाथ-टीका

अज्ञातभर्तृव्यसना मुहूर्तं
कृतोपकारेव रतिर्बभूव॥[१]

(शङ्कर की नेत्राग्नि से कामदेव के भस्म हो जाने पर) अत्यन्त असह्य विपत्ति आ पड़ने से रति अचेत हो गई, जिससे उसकी सभी इन्द्रियाँ निश्चेष्ट हो गईं। यह भी उसके लिए भला ही हुआ, क्योंकि इससे उसे कम से कम कुछ ही देर के लिए सही, अपने पति की मृत्यु का ज्ञान तो नहीं हो सका। यहाँ वर्णित मदनभार्या की मूर्च्छा यद्यपि शिवनेत्राग्नि से काम के भस्म किये जाने के भयङ्कर दृश्य से जनित है, तथापि यहाँ प्रकारान्तर से मूर्च्छा कामदशा मानी जा सकती है। यह पद्य दशरूपक एवं साहित्यदर्पण[२] में मोह (**मोहो विचित्तता भीतिर्दुःखावेशानुचिन्तनैः**) के दृष्टान्त-रूप में उपन्यस्त है।

३. **यौवनान्तं वयो यस्मिन्नान्तकः कुसुमायुधात्।**
रतिखेदसमुत्पन्ना निद्रा संज्ञाविपर्ययः॥[३]

इस ओषधिप्रस्थ नगर में आयु के अन्त तक युवावस्था बनी रहती है और कामदेव के अतिरिक्त यहाँ कोई हत्यारा नहीं है। सुरतोत्सव के अनन्तर आने वाली निद्रा के अतिरिक्त यहाँ अन्य किसी प्रकार की चेतनाशून्यता नहीं होती। इस पद्य के अपरार्द्ध में प्रकारान्तर से मूर्च्छा कामदशा अवस्थित है। प्रस्तुत पद्य से मिलते-जुलते भाव वाला मेघदूत का निम्नाङ्कित पद्य द्रष्टव्य है-

आनन्दोत्थं नयनसलिलं यत्र नान्यैर्निमित्तै-
र्नान्यस्तापः कुसुमशरजादिष्टसंयोगसाध्यात्।
नाप्यन्यस्मात्प्रणयकलहाद्विप्रयोगोपपत्ति-
र्वित्तेशानां न च खलु वयो यौवनादन्यदस्ति॥[४]

१४ मरण

कुमारसम्भव का रतिविलाप केवल समग्र संस्कृत साहित्य में ही नहीं प्रत्युत विश्व साहित्य में अप्रतिम है। कुमारसम्भव का अङ्गीरस रसराज शृङ्गार है। विप्रलम्भ शृङ्गार के चतुर्थ भेद करुण विप्रलम्भ का अद्भुत निदर्शन है रतिविलाप। अतएव रतिविलाप में वर्णित मदनवधू रति की दशाएं कामदशाओं के अन्तर्गत परिगणित की जायेंगी। रतिविलाप में मुख्यतः दो कामदशाओं-विलाप एवं मरण का अतिविस्तरेण निबन्धन हुआ है। मरण कामदशा के अभिव्यञ्जन के विषय में विभिन्न आचार्यों के भिन्न-भिन्न मत हैं जिसका विस्तृत विवेचन इस ग्रन्थ के प्रथम स्तबक के द्वितीय पुष्प में कामदशा के शास्त्रीय पक्ष के विवेचन में उपनिबद्ध है। मरण कामदशा का निरूपण प्रायः तीन

१. कुमारसम्भव-३.७३

२. दशरूपक-४.२६; साहित्यदर्पण-३.१५०

३. कुमारसम्भव-६.४४

४. मेघदूत-२.४

प्रकार से किया जाता है– १. मरण की हार्दिक अभिलाषा के रूप में २. मरणासन्न दशा के रूप में एवं ३. प्रत्युज्जीवनरूप मरणदशा के रूप में। इन तीनों ही रूपों में मरण कामदशा का उपनिबन्धन रतिविलाप में हुआ है। रतिविलाप के प्रसिद्ध पद्य 'हृदये वससीति.....' को लक्ष्य कर आचार्य अभिनवगुप्त का मत **'रतिप्रलापेषु च शृङ्गार एव करुणस्य जीवितम्'**[1] अत्यन्त समीचीन है तथा वह सम्पूर्ण रतिविलाप में घटित होता है। इस प्रकार आचार्य अभिनवगुप्त के मतानुसार भी रतिविलाप में करुणविप्रलम्भ का सुष्ठु अभिव्यञ्जन हुआ है। भोजराज, विश्वनाथ महापात्र एवं शिङ्गभूपाल प्रभृति प्रसिद्ध आचार्यों द्वारा प्रदत्त परिभाषाओं और विवेचनों के आधार पर भी रतिविलाप करुणविप्रलम्भ का निदर्शन है।

१. **परलोकनवप्रवासिनः**
प्रतिपत्स्ये पदवीमहं तव।
विधिना जन एष वञ्चित-
स्त्वदधीनं खलु देहिनां सुखम्।।

२. **अहमेत्य पतङ्गवर्त्मना**
पुनरङ्काश्रयणी भवामि ते।
चतुरैः सुरकामिनीजनैः
प्रिय यावन्न विलोभ्यसे दिवि।।

३. **मदनेन विनाकृता रतिः**
क्षणमात्रं किल जीवितेति मे।
वचनीयमिदं व्यवस्थितं
रमण त्वामनुयामि यद्यपि।।[2]

तुम अभी अभी परलोक गए हो और मैं भी अभी उसी मार्ग पर आने वाली हूँ, जिससे तुम गये हो। विधाता ने मुझे उस क्षण मूर्च्छित करके बड़ी वञ्चना की अन्यथा मैं भी तुम्हारे साथ ही चलती, क्योंकि संसार के समस्त प्राणियों का सुख तो तुम्हारे ही हाथ में था। चतुर अप्सराएँ स्वर्ग में तुम्हें मोहित करेंगी। इसके पूर्व ही मैं अग्नि में प्रवेश कर तुम्हारे समीप आकर फिर से तुम्हारे अङ्क में अपना आसन जमाऊँगी। हे प्रियतम! यद्यपि मैं अभी तत्क्षण तुम्हारा अनुगमन कर रही हूँ तथापि यह लोकापवाद तो बन ही गया कि कामदेव के बिना भी रति कुछ क्षणों तक जीवित बची ही रही।

उपर्य्युद्धृत सभी पद्य रति की मरण की हार्दिक अभिलाषा-रूप अन्तिम कामदशा के व्यञ्जक हैं। पतिव्रता मदनवधू रति अपने प्रियतम का परलोक में भी अनुगमन करने के लिए तत्पर है। अपने विरहदु:खातिशय से वह यह भूल जाती है कि कामदेव भी दिव्ययोनि के हैं और रति स्वयं भी दिव्य

१. अभिनवभारती–प्रथम खण्ड, पृ० २९७

२. कुमारसम्भव–४.१०,२०,२१

है तभी तो वह कहती है कि स्वर्ग में अप्सराएँ जब तक तुम्हें विलुब्ध न कर पाएँ, उसके पहले मैं तुम्हारे पास आती हूँ। यह भी सम्भव है कि रति किसी उच्चतर लोक का सङ्केत कर रही हो, किन्तु किसी भी स्थिति में वह मरण के लिए समुत्कण्ठित है जिससे कामदेव के साथ उसका समागम हो। अतएव यहाँ मरण कामदशा उपन्यस्त है।

४. तदिदं क्रियतामनन्तरं
भवता बन्धुजनप्रयोजनम्।
विधुरां ज्वलनातिसर्जना-
न्ननु मां प्रापय पत्युरन्तिकम्॥

५. शशिना सह याति कौमुदी
सह मेघेन तडित्प्रलीयते।
प्रमदाः पतिवर्त्मगा इति
प्रतिपन्नं हि विचेतनैरपि॥

६. अमुनैव कषायितस्तनी
सुभगेन प्रियगात्रभस्मना।
नवपल्लवसंस्तरे यथा
रचयिष्यामि तनुं विभावसौ॥

७. कुसुमास्तरणे सहायतां
बहुशः सौम्य गतस्त्वमावयोः।
कुरु संप्रति तावदाशु मे
प्रणिपाताञ्जलियाचितश्चिताम्॥

८. तदनु ज्वलनं मदर्पितं
त्वरयेर्दक्षिणवातवीजनैः।
विदितं खलु ते यथा स्मरः
क्षणमप्युत्सहते न मां विना॥

९. इति चापि विधाय दीयतां
सलिलस्याञ्जलिरेक एव नौ।
अविभज्य परत्र तं मया
सहितः पास्यति ते स बान्धवः॥[१]

इसलिए हे वसन्त! इसके बाद तुम अपने मित्र का यह कार्य करो कि मुझ पतिविहीना के लिए

१. कुमारसम्भव–४.३२,३३,३४,३५,३६,३७

अग्नि प्रज्वलित करके तुम मुझे पति के समीप तक पहुँचा दो। चाँदनी चन्द्रमा के साथ अस्त हो जाती है और बिजली मेघ के साथ ही विलीन हो जाती है। यह तथ्य तो अचेतन भी समझते हैं कि स्त्रियों को अपने पति के मार्ग का ही अनुगमन करना होता है। अपने प्रियतम की इस उत्तम भस्म से अपने स्तनों को रंग कर मैं नूतनपल्लवों से रचित शय्या के समान धधकती हुई चिता की अग्नि में प्रवेश करूँगी। हे सौम्य! तुम हम दोनों के सुरत-समय में भी पुष्पशय्यादि प्रस्तुत कर सहायता करते थे। मैं हाथ जोड़कर तुमसे प्रार्थना कर रही हूँ कि तुम आज मेरे लिए शीघ्र ही चिता का निर्माण कर दो। जब चिता की अग्नि में मैं कूद पड़ूँ तो तुम उसे दक्षिण की वायु चला कर शीघ्र धधका देना, क्योंकि तुम्हें यह तो ज्ञात ही है कि कामदेव मेरे बिना क्षण भर के लिए भी नहीं रह सकते। यह सब कर देने के बाद तुम हम दोनों को एक जलाञ्जलि दे देना, क्योंकि तुम्हारे मित्र कामदेव परलोक में तुम्हारे दिए इस जल को बिना बाँटे मेरे साथ पीयेंगे।

उपरिनिर्दिष्ट सभी पद्य पतिवर्त्मगा पतिव्रता मदनभार्या रति के मरण की हार्दिक अभिलाषा-रूप मरण कामदशा के स्पष्ट निदर्शक हैं। पतिव्रता की परिभाषा के लिए मल्लिनाथ निम्नाङ्कित स्मृति को उद्धृत करते हैं–

आर्तार्ते मुदिते हृष्टा प्रोषिते मलिना कृशा।
मृते म्रियेत या पत्यौ सा स्त्री ज्ञेया पतिव्रता॥[1]

वैसे तो सम्पूर्ण रतिविलाप अद्भुत है किन्तु 'शशिना सह याति कौमुदी' इस पद्य को उच्च कल्पना एवं काव्यात्मक चारुता के कारण विशिष्ट महत्व प्राप्त है। इस पद्य से मिलता-जुलता भाव रघुवंश में द्रष्टव्य है–

शशिनं पुनरेति शर्वरी दयिता द्वन्द्वचरं पतत्रिणम्।[2]

मदनवधू रति चिता को नूतनपल्लवरचित शय्या–सरस-किसलयशयनीय मान रही है जहाँ बैठकर उन्हें प्रियतम-सान्निध्य शीघ्र सुलभ होगा। इस भाव से विपरीत भाव की कल्पना रघुवंश में उपलब्ध है–

नवपल्लवसंस्तरेऽपि ते
मृदु दूयेत यदङ्गमर्पितम्।
तदिदं विषहिष्यते कथं
वद वामोरु! चिताधिरोहणम्॥[3]

रति कामसखा वसन्त से प्रार्थना करती है कि वह काम और रति उन दोनों के लिए एक ही जलाञ्जलि द्वारा तर्पण करे, क्योंकि उन दोनों को साथ ही पान एवं भोजन सदैव अभीष्ट था जैसा टीकाकार वल्लभदेव स्पष्ट लिखते हैं–

१. कुमारसम्भव–४.३३ पर मल्लिनाथ-टीका में उद्धृत, पृ० ६६
२. रघुवंश–८.५६
३. वही–८.५७

आवयोर्हि सहपानभोजनं सदैवेष्टम्। पृथग्दानेन तु तद्दुर्घटम्।[1]

१०. तदिदं परिरक्ष शोभने
भवितव्यप्रियसङ्गमं वपुः।
रविपीतजला तपात्यये
पुनरोधेन हि युज्यते नदी॥

११. इत्थं रतेः किमपि भूतमदृश्यरूपं
मन्दीचकार मरणव्यवसायबुद्धिम्।
तत्प्रत्ययाच्च कुसुमायुधबन्धुरेना-
माश्वासयत्सुचरिताऽर्थपदैर्वचोभिः॥[2]

हे सुन्दरि! तुमको प्रियसङ्गम अवश्य प्राप्त होगा। अतः तुमको इस शरीर की रक्षा प्रिय-समागम के लिए ही करनी चाहिए। अपने शरीर को त्याग कर भविष्य के प्रियसङ्गमोत्सव से वञ्चित न बनो। जो नदी ग्रीष्म ऋतु में सूर्य की किरणों से शोषित होकर जलहीन हो जाती है, वही नदी पुनः वर्षा ऋतु में जल से भर जाती है। इस प्रकार न जाने किस अदृश्य तत्त्व ने आकर रति के शरीर त्यागने के संकल्प को शिथिल कर दिया और उसी दैववाणी पर विश्वास स्थापन कर कामसखा वसन्त भी युक्तिपूर्ण वचनों द्वारा अपनी बन्धुस्त्री रति को आश्वासन देने लगा। ये दोनों पद्य भी रति की मरण कामदशा के अभिव्यञ्जक हैं। यद्यपि रति मरण की हार्दिक अभिलाषा रखती है, किन्तु आकाशवाणी सुनकर अपने शरीर-त्याग के संकल्प से विरत होती है। यहाँ प्रकारान्तर से कामदेव के प्रत्युज्जीवन का भी सङ्केत है। रति के लिए 'शोभने!' सम्बोधन उसके भावी सौभाग्य-लाभ का द्योतक है।

१२. विधिना कृतमर्धवैशसं
ननु मां कामवधे विमुञ्चता।
अनपायिनि संश्रयद्रुमे
गजभग्ने पतनाय वल्लरी॥[3]

काम का वध करते समय क्रूर दैव ने अर्द्धाङ्गिनी मुझे जीवित छोड़कर वध का केवल अधूरा कार्य किया है, किन्तु विश्वासपूर्वक आश्रय देने वाले वृक्ष के हाथी द्वारा तोड़ दिए जाने पर उस पर आश्रित लता तो अवश्य ही गिर कर नष्ट हो जाती है। तात्पर्य है कि काम के मृत्यु को प्राप्त करने पर कामस्त्री का भी मरण अवश्यंभावी है। यहाँ रति की मरणासन्नदशा-रूप मरण कामदशा उपन्यस्त है। क्रूर दैव का अर्धवैशसम्-वध का अधूरा कार्य रघुवंश में भी द्रष्टव्य है जहाँ क्रूर विधाता इन्दुमती को समाप्त कर देते हैं तथा अज जीवित रहते हैं-

---

१. कुमारसम्भव-४.३७ पर वल्लभदेव-टीका, पृ० १२९-३०

२. वही-४.४४, ४५

३. वही-४.३१

अथवा मम भाग्यविप्लवा-
दशनिः कल्पित एष वेधसा।
यदनेन तरुर्न पातितः
क्षपिता तद्विटपाश्रिता लता।।[१]

१३. इतिं देहविमुक्तये स्थितां
रतिमाकाशभवा सरस्वती।
शफरीं ह्रदशोषविक्लवां
प्रथमां वृष्टिरिवान्वकम्पयत्।।

१४. कुसुमायुधपत्नि दुर्लभ-
स्तव भर्ता न चिराद्भविष्यति।
शृणु येन स कर्मणा गतः
शलभत्वं हरलोचनार्चिषि।।

१५. अथ मदनवधूरुपप्लवान्तं
व्यसनकृशा परिपालयांबभूव।
शशिन इव दिवातनस्य लेखा
किरणपरिक्षयधूसरा प्रदोषम्।।[२]

इस प्रकार जब अपना शरीर त्यागने के लिए रति तैयार हो रही थी तब अकस्मात् आकाशवाणी हुई, जिससे रति को उसी प्रकार शान्ति प्राप्त हुई जिस प्रकार सरोवर के सूखने से विह्वल शफरी को प्रथम वृष्टि से शान्ति मिलती है। हे कामप्रिये! तुम्हारा पति तुम्हारे लिए शीघ्र ही दुर्लभ नहीं रहेगा अर्थात् वह शीघ्र ही तुम्हें प्राप्त होगा। वह किसलिए शिव के नेत्र की अग्नि में शलभ की भाँति जल कर भस्म हुआ है, उसका कारण सुनो। इसके अनन्तर पतिवियोग के दुःख से कृशाङ्गी रति शाप की अवधि के समाप्त होने की उसी प्रकार प्रतीक्षा करने लगी, जिस प्रकार दिन में निकले हुए चन्द्रमा की किरणों के अभाव से धुँधली एवं तेजोविहीन कला रात्रि के आगमन की प्रतीक्षा किया करती है।

उपरिनिर्दिष्ट सभी पद्यों में मरण कामदशा निरूपित है। यहाँ प्रत्युज्जीवन-रूप तृतीय प्रकार की मरण दशा का स्पष्ट सङ्केत है। यहाँ आचार्य विश्वनाथ महापात्र तथा रुद्रट द्वारा प्रदत्त निर्देशों के अनुसार प्रत्युज्जीवन रूप मरणदशा विद्यमान है।

---

१. रघुवंश–८.४७

२. कुमारसम्भव–४.३९, ४०, ४६

यहाँ रतिविलाप से मरणकामदशाबोधक पन्द्रह उद्धरण दिए गए जो करुण विप्रलम्भ के अन्तर्गत विद्यमान रति की कामदशा के अभिव्यञ्जक हैं। यहां मरण कामदशा के तीनों प्रकारों का निरूपण उपलब्ध है।

१६. यौवनान्तं वयो यस्मिन्नान्तकः कुसुमायुधात्।
रतिखेदसमुत्पन्ना निद्रा संज्ञाविपर्ययः॥[१]

इस औषधिप्रस्थ नगर में आयु के अन्त तक युवावस्था बनी रहती है तथा कुसुमायुध कामदेव के अतिरिक्त यहाँ कोई हत्यारा नहीं है। सुरतोत्सव के अनन्तर आने वाली निद्रा के अतिरिक्त यहां अन्य किसी प्रकार की चेतनाशून्यता नहीं होती। इस पद्य के पूर्वार्द्ध में प्रकारान्तर से मरण कामदशा सम्भाव्य है।

इस प्रकार दीपशिखा कालिदास के शृङ्गाररसमण्डित कुमारसम्भव में आचार्यनिर्दिष्ट सभी चतुर्दश कामदशाओं का सुन्दर निबन्धन उपलब्ध है। इन कामदशाओं का निरूपण विप्रलम्भ शृङ्गार के अभिव्यञ्जन में सहायक है।

— o —

१. कुमारसम्भव–६.४४

द्वितीय पल्लव

कुमारसम्भव में रतिभेद

१. आभियोगिकी

१. अलं विवादेन यथा श्रुतस्त्वया
तथाविधस्तावदशेषमस्तु सः।
ममात्र भावैकरसं मनः स्थितं
न कामवृत्तिर्वचनीयमीक्षते।।[१]

(ब्रह्मचारिवेषधारी शिव को उत्तर देती हुई शैलाधिराजतनया पार्वती कहती हैं) अथवा इस प्रकार के विवाद की आवश्यकता ही क्या है? शिव के विषय में जैसा कुछ तुमने सुना है, वह सब बिल्कुल ठीक ही हो, किन्तु मेरा मन तो एकमात्र उन्हीं में अनुरक्त है। प्रेम करने वाला व्यक्ति कभी निन्दा से नहीं डरता। कामवृत्ति-स्वेच्छाव्यवहारी कभी लोकापवाद से नहीं डरता। पार्वती की यह स्पष्ट उक्ति उनके अनुरागातिशय की स्पष्ट निदर्शिका होने से उनकी स्वेन आभियोगिकी रति को व्यञ्जित कर रही है। आभियोगिकी रति में व्यक्ति के भाव में एकपरत्व होता है और यहाँ पार्वती का मन भी एकमात्र शिव में स्थित है। स्वेच्छासञ्चारी व्यक्ति निर्भय होता है, इस तथ्य को उद्धरण द्वारा स्पष्ट करते हुए टीकाकार वल्लभदेव लिखते हैं—

मन अत्र देवे भावैकरसं भावेन भक्त्या अनुरागेण एकरसं एकरूपं मनःस्थितम् अवस्थितम्, अनुरागमयमेव सम्पन्नम्। न त्वया व्यावर्तयितुं शक्यमित्यर्थः। यस्मात् कामवृत्तिः स्वेच्छाव्यवहृतिः न वचनीयं परवाच्यताम् ईक्षते। यदुक्तम्—

---

१. कुमारसम्भव—५.८२

'असद्ग्रहस्य का नीतिर्व्यसनस्य क्व यन्त्रणा ।
विपरीतार्थबोद्धारः सत्ये केन नियोजिताः ॥'[१]

२. अद्य प्रभृत्यवनताङ्गि तवास्मि दासः
क्रीतस्तपोभिरिति वादिनि चन्द्रमौलौ।
अह्नाय सा नियमजं क्लममुत्ससर्ज
क्लेशः फलेन हि पुनर्नवतां विधत्ते॥[२]

हे सुन्दर अङ्गों वाली पार्वती! आज से मैं तुम्हारे तप से क्रीत तुम्हारा दास हूँ, इस प्रकार चन्द्रशेखर शिव का वचन सुनकर पार्वती उसी समय तपस्या के क्लेश से विरत हुईं, क्योंकि कार्यसिद्धि हो जाने पर कष्ट की अनुभूति नहीं होती। यहाँ कालिदास ने शिव-मुख से जिन वचनों को प्रस्तुत किया है, वे अद्भुत हैं। शिव अपने को दास कहते हैं– **'दासृदाने।' 'दासते, आत्मानं ददातीति दासः।'**[३] 'दास' कहकर चन्द्रमौलि शिव पार्वती के प्रति अपने अनुरागातिशय एवं पूर्ण समर्पण भाव को व्यञ्जित करते हैं। इससे बढ़कर क्या अभिनिवेश-एकपरत्व सम्भव है। अतः यहाँ शिव की स्वेन आभियोगिकी रति उपन्यस्त है।

३. इतो गमिष्याम्यथवेति वादिनी
चचाल बाला स्तनभिन्नवल्कला।
स्वरूपमास्थाय च तां कृतस्मितः
समाललम्बे वृषराजकेतनः॥[४]

'अथवा महेश्वर की निन्दा करने वाले इस वाचाल ब्राह्मण के सामने से मैं ही दूर हो जाती हूँ' ऐसा कह कर गमन के वेग से पयोधरों से जिसका वल्कलवस्त्र हट गया था, ऐसी पार्वती जब जाने लगीं, उसी समय महेश्वर ने भी ब्रह्मचारी का वेष त्याग कर, अपना वास्तविक स्वरूप धारण कर मुस्कुराते हुए पार्वती को रोक कर पकड़ लिया। यहाँ पार्वती और शिव दोनों का ही परस्पर गाढ़ अभिनिवेश निरूपित है। अतः यहाँ आभियोगिकी रति सुशोभित है।

४. इयं महेन्द्रप्रभृतीनधिश्रिय-
श्चतुर्दिगीशानवमत्य मानिनी।
अरूपहार्यं मदनस्य निग्रहा-
त्पिनाकपाणिं पतिमाप्तुमिच्छति।[५]

---

१. कुमारसम्भव–५.८२ पर वल्लभदेव-टीका, पृ० १७१
२. कुमारसम्भव–५.८६
३. कुमारसम्भव–५.८६ पर मल्लिनाथ-टीका, पृ० ९४
४. कुमारसम्भव–५.८४
५. कुमारसम्भव–५.५३

यह मानवती पार्वती इन्द्राणी प्रभृतियों से भी बढ़कर अपना सौभाग्य समझती हुई इन्द्र, वरुण, यम एवं कुबेर इन चारों दिगीशों की भी अपेक्षा न करती हुई काम के दग्ध हो जाने पर अपरूपदार्थ पिनाकपाणि शङ्कर को ही पतिरूप में वरण करना चाहती है। पार्वती की सखी के मुख से पार्वती का शिवगत गाढ़ अभिनिवेश सुष्ठुरूपेण व्यञ्जित होने से यहां परेण आभियोगिकी रति विद्यमान है। यहाँ पार्वती के लिए कालिदास ने 'मानिनी' पद का प्रयोग किया है जिसका अर्थ मल्लिनाथ के अनुसार अभिमानवती है तथा वल्लभदेव के अनुसार मनस्विनी एवम् अभिनवरूपधारिणी है। शिव द्वारा नेत्राग्नि से मदन के दग्ध किये जाने पर पार्वती को ज्ञात हो गया कि शिव को सौन्दर्यसम्पत्ति द्वारा प्राप्त नहीं किया जा सकता। अतएव उन्होंने विचार कर कठोर तपश्चर्या द्वारा अपने लक्ष्य को प्राप्त करने का निर्णय किया। यह उनके द्वारा अभिनवरूपधारण था। पार्वती का मानिनीत्व इससे भी सिद्ध होता है कि वे चारों दिग्पालों की अपेक्षा न करते हुए उनसे भी श्रेष्ठ भगवान् शिव को भी जीतने के लिए तत्पर थीं, जैसा कि टीकाकार वल्लभदेव लिखते हैं–

इन्द्रवरुणधनदयमान् अधिलक्ष्मीकान् ककुप्चतुष्टयप्रभूननपेक्ष्य इयं किल मनस्विनी साभिनवरूपधारिणी हरं लिप्सते प्रियतमम्। एवंविधा अपि कथं तेन परित्यक्तेत्याह-स्मरस्य दाहात् रूपसौन्दर्येण हर्तुमशक्यम्। यदि ह्यसौ रूपवश्यः स्यान्न तदेतन्निमित्तं कामं दहेत्। हरजिगीषोन्मुखत्वमस्या मानिनीति पदेनाह।[१]

५. असह्यहुङ्कारनिवर्तितः पुरा
पुरारिमप्राप्तमुखः शिलीमुखः।
इमां हृदि व्यायतपातमक्षिणो-
द्विशीर्णमूर्तेरपि पुष्पधन्वनः।।[२]

(पार्वती की सखी ब्रह्मचारिवेषधारी शङ्कर से निवेदन करती है) पुष्पधन्वा कामदेव का बाण जो पहले शिव पर चलाया गया था, उनके असह्य हुङ्कार के कारण वापस लौटकर शिव के पास तक तो नहीं पहुँच सका, किन्तु उसने कामदेव के शरीर के दग्ध हो जाने के बाद भी मेरी इस प्रियसखी के हृदय पर गम्भीर आघात कर दिया है। सखीमुख से यहाँ पार्वती की कामशरविद्धता उनके शिवविषयक गाढ़ आसङ्ग को व्यञ्जित कर रही है। अतः यहाँ परेण आभियोगिकी रति सन्निविष्ट है।

६. तदा प्रभृत्युन्मदना पितुर्गृहे
ललाटिकाचन्दनधूसरालका।
न जातु बाला लभते स्म निर्वृतिं
तुषारसंघातशिलातलेष्वपि।।[३]

---

१. कुमारसम्भव–५.५३ पर वल्लभदेव-टीका, पृ० १५८

२. कुमारसम्भव–५.५४

३. कुमारसम्भव–५.५५

(पार्वती की सखी ब्रह्मचारीवेषधारी शिव से बताती है) उसी समय से हमारी यह सखी पार्वती अपने पिता नगाधिराज हिमालय के घर में भी इतने उत्कट काम के वश में हो गईं कि इनके सिर की अलकें चन्दन एवं तिलक लगाते-लगाते मटमैली हो गईं और यद्यपि यह बरफ की शिलाओं पर लेटी रहती थीं तथापि इन्हें चैन नहीं मिलता था। पार्वती की सखी के द्वारा यहाँ पार्वती का शिवविषयक गाढ़ अभिनिवेश सूचित है। अतः यहाँ परेण आभियोगिकी रति सुष्ठुरूपेण सन्निविष्ट है। प्रस्तुत पद्य उन्मदना पार्वती की उन्माद, अरति, संज्वर कामदशाओं का व्यञ्जक है।

७. पशुपतिरपि तान्यहानि कृच्छ्रा-
दगमयदद्रिसुतासमागमोत्कः।
कमपरमवशं न विप्रकुर्यु-
र्विभुमपि तं यदमी स्पृशन्ति भावाः॥[१]

(सप्तर्षियों से पार्वती के साथ विवाह की तिथि जानकर) पार्वती से समागम के लिए उत्कण्ठित शिव के वे तीन दिन बड़े कष्ट से बीते। जब सांसारिक भाव जितेन्द्रिय महेश्वर को भी विकल करते हैं तो दूसरों की क्या चर्चा की जाय। पार्वतीपरियणोत्सुक शिव का गाढ़ अभिनिवेश वर्णित होने से यहाँ शिव की आभियोगिकी रति अभिव्यञ्जित है।

८. स्थाने तपो दुश्चरमेतदर्थ-
मपर्णया पेलवयापि तप्तम्।
या दास्यमप्यस्य लभेत नारी
सा स्यात्कृतार्था किमुताङ्कशय्याम्॥[२]

(शिव को वर के रूप में देखकर ओषधिप्रस्थ नगर की कोई सुन्दरी रमणी कहने लगी) अत्यन्त सुकुमार होकर भी पार्वती ने इन्हें प्राप्त करने के लिए जो कठोर तपस्या की, वह उचित ही था, क्योंकि यदि कोई स्त्री इनकी दासी होने का भी अवसर प्राप्त करे तो उसका जीवन कृतार्थ हो जाय और इनकी उत्सङ्गशय्या प्राप्त करने वाली के लिए तो कहना ही क्या है। किसी रमणी का यह वचन पार्वती के शिवविषयक गाढ़ अभिनिवेश का द्योतक होने से यहाँ परेण आभियोगिकी रति उपन्यस्त है।

२. वैषयिकी

(I) शब्दोत्पन्ना वैषयिकी

१. उपात्तवर्णे चरिते पिनाकिनः
सबाष्पकण्ठस्खलितैः पदैरियम्।

---

१. कुमारसम्भव–६.९५

२. कुमारसम्भव–७.६५

अनेकशः किन्नरराजकन्यका
वनान्तसङ्गीतसखीररोदयत्॥[1]

यह हमारी सखी पार्वती जब कभी वाष्पगद्गद कण्ठ से पिनाकधारी शिव के गुणों का गान करने लगती थीं तो वे गीत इतने हृदयद्रावक होते थे कि इनकी वन में रहने वाली सङ्गीत की सखियाँ किन्नरराज-कन्यकाएँ भी अनेक बार रोने लगतीं थीं। नगाधिराजतनया पार्वती जब शिव के प्रति भावानुरक्त हुईं, तब से वह अन्यमनस्क रहने लगीं। विरह के अपनोदनार्थ पार्वती अनेक बार त्रिपुरदहनादि शिवचरित का सखियों के साथ गान किया करती थीं। प्रियतम के चरित-गान से उनकी कामव्यथा और अधिक बढ़ जाती थी। वह मूर्च्छित सी होने लगती थीं। इस कारण उनके अश्रुरुद्ध कण्ठ से स्खलित रूप में गीत के पद निकलते थे। उनकी इस स्थिति को देखकर उनकी समप्राणा सखियाँ किन्नराजकुमारियाँ भी करुणावशात् अनुरोदन करने लगतीं थीं। त्रिपुरवधावदानादि हरचरित जब पदबद्ध गीत के रूप में पार्वती द्वारा सखियों के सहित गाया जाता था तब उनकी शिवविषयक विरहव्यथा और अधिक वृद्धिगत हो जाती थी। इस प्रकार इस पद्य में शब्दोत्पन्ना वैषयिकी रति सुष्ठुरूपेण उपन्यस्त है। इस पद्य की अतिशय सुन्दर व्याख्या टीकाकार वल्लभदेव ने प्रस्तुत की है–

वनान्ते उपवने सङ्गीतसखीः गुणनिकायालीः किन्नरराजकन्यकाः गान्धर्वराजपुत्रीः किन्नरीः एषा विरहार्ता असकृत् अरोदयत्। कैः सबाष्पे कण्ठे स्खलितैः पदैर्वचोभिः। कदा। पिनाकिनः चरिते त्रिपुरवधावदाने उपात्तवर्णे वर्णीकृते गीयमानेऽतश्च प्रियस्यैवं चरिते कीर्त्यमाने द्विगुणतररसाविर्भावादस्रोत्पत्त्या वचसामस्पष्टता। सखीनां च कारुण्यानुरोदनम्। वर्णा गेयशास्त्रप्रसिद्धाः स्थाय्यारोहादयः।[2]

यह पद्य सङ्गीत की दृष्टि से भी महत्त्वपूर्ण है। इसका विस्तृत विवेचन प्रथम पल्लव के विलाप, जडता, एवं मूर्च्छा शीर्षकों में द्रष्टव्य है।

(II) स्पर्शोत्पन्ना वैषयिकी

२. गीतान्तरेषु श्रमवारिलेशैः
किञ्चित्समुच्छ्वासितपत्रलेखम्।
पुष्पासवाघूर्णितनेत्रशोभि
प्रियामुखं किंपुरुषश्चुचुम्ब॥[3]

किन्नर एक गीत समाप्त कर दूसरा गीत गाना आरम्भ करने के मध्य में, गाने के परिश्रम से जायमान प्रस्वेद से कुछ मिट गए, मकरिकादि पत्ररचना वाले और मद्यपान से लाल नेत्र की शोभा

१. कुमारसम्भव–५.५६

२. कुमारसम्भव–५.५६ पर वल्लभदेव-टीका, पृ० १५९

३. कुमारसम्भव–३.३८

से युक्त, स्वप्रिया किन्नरी के मुख का चुम्बन करने लगा। शङ्कर-आश्रम में सहसा वसन्त के प्रादुर्भूत होने पर स्थावर-जङ्गमात्मक सभी मिथुन परस्पर कामभाव को प्रकट करने लगे। आनन्द की स्थिति में लोग गाते बजाते हैं। किन्नर-मिथुन भी गाते हैं। एक किन्नर ने जब एक गीत गाकर पूर्ण किया तब दूसरा गीत गाना आरम्भ करने के मध्य उसने अपने श्रम का अपनोदन किस प्रकार किया–इसका कवि ने उपर्य्युद्धृत पद्य में सुन्दर वर्णन किया है। उस किन्नर ने अपनी प्रिया किन्नरी के मुख का चुम्बन किया जो मुख पुष्पासवपान--विशेषेण माध्वी सुरा के पान से कुछ-कुछ मत्त नेत्रों वाला था तथा पसीने की बूँदों के कारण जिस मुख की मकरिकादि पत्ररचना कुछ मिट गई थी।

यह पद्य स्पर्शोत्पन्ना रति का सुन्दर निदर्शन है। यहाँ ध्यातव्य है कि सङ्गीत द्वारा कामोद्दीपन भी हो रहा है। किन्नर के साथ उसकी प्रिया किन्नरी भी गानरता है–यह हमें **'श्रमवारिलेशैः किञ्चित्समुच्छ्वासितपत्रलेखम्'** पदों से ज्ञात होता है। गायन-कार्य में भी श्रम होता है जिससे किन्नरी के मुख पर श्रमकण आ रहे हैं और उन श्रमकणों के कारण उसके मुख की पत्ररचना कुछ मिट सी गई है। किन्नरी के ऐसे ही मुख का पान उसका प्रिय किन्नर कर रहा है। चुम्बन के अनन्तर वह दूसरा गीत गाएगा। कालिदास की सूक्ष्म दृष्टि के कारण ही ऐसा वर्णन पाठकों को प्राप्त हो सका। किन्नर-मिथुन पूर्ण तन्मयता से गानक्रिया तथा कामक्रिया में लीन है। यदि कोई प्रिय-प्रिया सर्वात्मभावेन परस्पर अनुरक्त एवं समर्पित हैं तो किसी भी कला में चाहे वह साहित्य हो या सङ्गीत या कामकला, अद्भुत सिद्धि प्राप्त हो सकती है–यह तथ्य सहृदयों को विदित है।

यह पद्य गीतश्रान्तिजनित स्वेद के निदर्शन-रूप में रसार्णवसुधाकर में उद्धृत है।[1] सरस्वतीकण्ठाभरण में यह पद्य 'किन्नरेषु रसाभास' के उदाहरण-रूप में उपन्यस्त है।[2] इसी पद्य में रसोत्पन्ना वैषयिकी रति भी सन्निविष्ट है।

३. तस्याः करं शैलगुरूपनीतं
जग्राह ताम्राङ्गुलिमष्टमूर्तिः।
उमातनौ गूढतनोः स्मरस्य
तच्छङ्किनः पूर्वमिव प्ररोहम्॥[2]

४. रोमोद्गमः प्रादुरभूदुमायाः
स्विन्नाङ्गुलिः पुङ्गवकेतुरासीत्।
वृत्तिस्तयोः पाणिसमागमेन
समं विभक्तेव मनोभवस्य॥[3]

पर्वतराज हिमालय के पुरोहित ने लाल लाल अंगुलियों वाले पार्वती के हाथ को आगे बढ़ाया

१. रसार्णवसुधाकर–पृ० १३८
२. कुमारसम्भव–३.३८, नोट्स में द्रष्टव्य, पृ० २८६
३. कुमारसम्भव–७.७६, ७७

जिसे महादेव ने ग्रहण किया। पार्वती का वह हाथ ऐसा लगता था मानों शङ्कर के भय से पार्वती के शरीर में छिपे हुए कामदेव का प्रथम अङ्कुर हो। पाणिग्रहण करते समय पार्वती को रोमाञ्च तथा शङ्कर की अंगुलियों में प्रस्वेद हुआ। उस समय ऐसा प्रतीत हुआ मानों कामदेव ने इन दोनों वर-वधू में अपनी चेष्टा को समान रूप से विभक्त कर दिया। ये दोनों पद्य स्पर्शजा वैषयिकी रति के सुन्दर निदर्शन हैं। वर-वधू शिव एवं पार्वती दोनों स्पर्शज सुख का अनुभव कर रहे हैं। इस पद्य से मिलता-जुलता पद्य रघुवंश में भी उपलब्ध है-

आसीद्वरः कण्टकितप्रकोष्ठः
स्विन्नाङ्गुलिः संववृते कुमारी।
वृत्तिस्तयोः पाणिसमागमेन
समं विभक्तेव मनोभवस्य॥[1]

कुमारसम्भव के पूर्वोद्धृत पद्य तथा रघुवंश के इस पद्य दोनों में वर-वधू में कामदेव की वृत्ति को समविभक्त कहा गया है। अन्तर केवल इतना है कि कुमारसम्भव में शिव स्विन्नाङ्गुलि हैं तथा पार्वती रोमाञ्चयुक्ता हैं, रघुवंश में कुमारी इन्दुमती स्विन्नाङ्गुलि हैं तथा अज रोमाञ्चयुक्त है। दोनों ही पद्यों में सात्त्विक भाव रोमाञ्च, प्रस्वेद प्रभृति वर्णित हैं। कालिदास ने वात्स्यायननिर्दिष्ट कामशास्त्रीय निर्देश का यथावत् पालन रघुवंश में किया है तथा कुमारसम्भव में उस निर्देश को वर-वधू में विपरीत रूप में निर्दिष्ट किया है। इसे दोषावह नहीं मानना चाहिए क्योंकि वर-वधू का प्रथम संस्पर्श दोनों में ही सात्त्विक भावों को उदित करता है जैसा टीकाकार मल्लिनाथ लिखते हैं-

तयोः वधूवरयोः मनोभवस्य वृत्तिः अवस्थितिः समं विभक्तेव समीकृतेवेत्यर्थः। प्राक्सिद्धस्याप्यनुरागसाम्यस्य संप्रति तत्कार्यदर्शनात्पाणिसंस्पर्शकृतत्वमुत्प्रेक्ष्यते। ननु कन्या तु प्रथमसङ्गमे स्विन्नकरचरणा भवति, पुमांस्तु रोमाञ्चितो भवतीति वात्स्यायनेन विपरीतमुक्तमिति चेन्नैष दोषः। एभिरनयोर्भावं परीक्षेतेति वाक्यशेष एभिरिति बहुवचनेन स्वेदरोमाञ्चग्रहणस्य सकलसात्त्विकोपलक्षणत्वावगमेनानियमावधारणात्। अत एव रघुवंशेऽन्यथाभिधात्स्वोक्तिविरोध इत्यपास्तम्। तदेतद्रघुवंशसंजीविन्यां (७.२२) सुव्यक्तमवोचम्। सात्त्विकास्तु 'स्तम्भप्रलयरोमाञ्चाः स्वेदो वैवर्ण्यवेपथू। अश्रुवैस्वर्यमित्यष्टौ सात्त्विकाः परिकीर्तिताः॥' इति।[2]

५. तौ दंपती त्रिः परिणीय वह्नि-
मन्योन्यसंस्पर्शनिमीलिताक्षौ।
स कारयामासा वधूं पुरोधा-
स्तस्मिन्समिद्धार्चिषि लाजमोक्षम्॥[3]

१. रघुवंश-७.२२
२. कुमारसम्भव-७.७७ पर मल्लिनाथ-टीका, पृ० १३५
३. कुमारसम्भव-७.८०

एक दूसरे के सुखद स्पर्श का नेत्र निमीलित कर आनन्द लेते हुए जब पार्वती और शङ्कर उस अग्नि के चारों ओर की तीन बार प्रदक्षिणा पूरी कर चुके, तब पुरोहित ने वधू के हाथ से अग्नि में लाजा (लावा या खील) का हवन करवाया। यहाँ भी पूर्वोक्त पद्यों की भाँति पाणिग्रहण के समय वर-वधू शिव-पार्वती के स्पर्शजनित सुख का वर्णन होने से स्पर्शोत्पन्ना वैषयिकी रति सुष्ठुरूपेण उपन्यस्त है। पुरोहित द्वारा वधू के हाथ से अग्नि में लाजा-होम का विधान वैवाहिक विधि का अङ्ग है, जिसका निर्देश प्राचीन ग्रन्थों में मिलता है। यथा–

इमान् लाजानावपामि समृद्धिकरणान् मम तुभ्यम् (अग्नये) च संवरणं तदाग्निरनुमन्यतामयम्। इत्यभिधायेयं नार्युपब्रूतेऽग्नौ लाजानावपन्ती-दीर्घायुरस्तु मे पतिरेधन्तां ज्ञातयो मम स्वाहा।[१]

पूर्वोद्धृत पद्य से मिलता-जुलता पद्य रघुवंश में भी उपलब्ध है–

नितम्बगुर्वी गुरुणा प्रयुक्ता
वधूर्विधातृप्रतिमेन तेन।
चकार सा मत्तचकोरनेत्रा
लज्जावती लाजविसर्गमग्नौ।।[२]

(III) रूपोत्पन्ना वैषयिकी

६. **तया प्रवृद्धाननचन्द्रकान्त्या**
प्रफुल्लचक्षुःकुमुदः कुमार्या।
प्रसन्नचेतःसलिलः शिवोऽभू-
त्संसृज्यमानः शरदेव लोकः।।[३]

पूर्णिमा के चन्द्रमा के समान मुखवाली कुमारी पार्वती को देखकर महादेव के नेत्ररूपी कुमुद खिल उठे और उनका मन जल के समान उसी प्रकार निर्मल हो उठा जैसे शरदृतु में संसार में कुमुद खिल जाते हैं तथा जल निर्मल हो जाते हैं। प्रस्तुत पद्य शिव की पार्वती-रूपोत्पन्ना वैषयिकी रति का अभिव्यञ्जक है।

७. **तयोः समापत्तिषु कातराणि**
किञ्चिद्व्यवस्थापितसंहृतानि।
ह्रीयन्त्रणां तत्क्षणमन्वभूव-
न्नन्योन्यलोलानि विलोचनानि।।[४]

---

१. हिरण्यकेशी सूत्र–१९.६.२

२. रघुवंश–७.२५

३. कुमारसम्भव–७.७४

४. कुमारसम्भव–७.७५

पार्वती और शङ्कर के चञ्चल नेत्र थोड़ी देर के लिए अपने आप एक दूसरे से मिलकर फिर हट जाते थे और इस प्रकार एक दूसरे को चाहभरी चितवन से देखकर उनके हृदय में बड़ी लज्जा भी हो जाती थी। यहाँ पार्वती एवं शङ्कर दोनों की रूपोत्पन्ना वैषयिकी रति उपन्यस्त है।

८. आर्द्रकेसरसुगन्धि ते मुखं
मत्तरक्तनयनं स्वभावतः।
अत्र लब्धवसतिर्गुणान्तरं
किं विलासिनि मधुः (मदः) करिष्यति॥[1]

(पार्वति! तुम्हें यहाँ बैठी हुई देखकर यह गन्धमादन पर्वत के वन की अधिष्ठात्री देवी लाल सूर्यकान्तमणि के बने हुए पात्र में कल्पवृक्ष का आसव लेकर स्वयम् आकर उपस्थित हुई हैं।) हे विलासिनि! वैसे तो तुम्हारा मुख पहले से ही गीले केसर की सी सुगन्ध से युक्त है और तुम्हारे नेत्र स्वभावतः मद से भरी लालिमा से युक्त हैं। अतः यह आसव पी लिये जाने पर भी तुम्हारी शोभा में और क्या वृद्धि कर सकेगा। शिवमुख निःसृत ये वचन उनकी पार्वती-रूपोत्पन्ना रति के स्पष्ट निदर्शक हैं। आसव-पान से जो गुणवत्ता पार्वती की रूपमाधुरी में आयगी, वह तो वहाँ पहले से ही विद्यमान है। यहाँ नायिका पार्वती में सौभाग्य एवं यौवन से जनित विकार-मद के सहज ही उपस्थित होने के कारण 'मद' नामक स्वभावज योषिदलङ्कार की शोभा भी अवलोकनीय है। पार्वती का मुख पहले से ही आर्द्र केसर की सी सुरभि से व्याप्त है तथा उनके नेत्रों में मदसंयुक्त अरुणिमा पहले से विद्यमान है तारुण्य के कारण एवं महादेव के अखण्ड प्रेम को प्राप्त करने वाले सौभाग्य के कारण। पार्वती के ऐसे ही रूप का पान शिव अपने नेत्रों से कर रहे हैं। इस पद्य में रूपोत्पन्ना के साथ गन्धोत्पन्ना वैषयिकी रति भी विद्यमान है।

९. पार्वती तदुपयोगसम्भवां
विक्रियामपि सतीं मनोहराम्।
अप्रतर्क्यविधियोगकारिता-
माम्रतेव सहकारतां ययौ॥[2]

जिस प्रकार नियति के विचित्र कौशल से आम का वृक्ष वसन्त ऋतु में अधिक कुसुमित होकर सहकार बन जाता है, उसी प्रकार उस आसव को पीकर पार्वती के शरीर में जो परिवर्तन हुए उनके कारण वह और भी मनोरम हो उठीं। यहाँ भी शिव की पार्वतीगत रूपोत्पन्ना वैषयिकी रति सुशोभित है। मदपानजनित विक्रिया भी पार्वती को अधिक मनोहर बना रही है जिस प्रकार वसन्त ऋतु में आम का पेड़ अपनी पहली शोभा को छोड़कर भी अधिक सुगन्धित होने के कारण सहकार बन जाता है। आम्र के वृक्ष में अप्रतर्क्यविधियोग से सहकारता आ जाती है अर्थात् वह सौरभसंयुक्त हो जाता

१. कुमारसम्भव–८.७६
२. कुमारसम्भव–८.७८

है, ऐसा सामान्य अर्थ मल्लिनाथ ने ग्रहण किया है और स्वकीय मत की प्राप्ति में अमरकोष को उद्धृत किया है-

अप्रतर्क्येण दुरूहेण विधियोगेन दैवबलेन कारितां सहकारताम् इव सौरभाढ्यम् अवस्थाविशेषमिव। 'आम्रश्चूतो रसालोऽसौ सहकारोऽतिसौरभः, इत्यमरः। यथा चूतत्वलक्षण-विकृतिः शोभते तथा तस्या अपि मदविकारोऽशोभतेत्यर्थः।[1]

आम्र में आम्रता होगी तथा सहकार में सहकारता। आम्रता कैसे सहकारता को प्राप्त होगी, यह इस पद्य में कुछ अस्पष्ट है जिसका सङ्केत टीकाकार वल्लभदेव ने किया है-

अप्रतर्क्यो दुर्ज्ञेयो या विधियोगो दैवव्यापारस्तेन विनिर्मितां कृताम्। आम्रता हि केनचिद् दैवभावात् सहकारतां सम्पद्यते वयं न विद्मः (जानीमः)। कस्मिन् देशे कविना आम्रसहकारयोः प्रकृतिविकारभावो दृष्टोऽस्माभिर्हि सामान्यविशेषभावस्तयोरुपलब्धः। तथा चोक्तम्-

अपुष्पफलवानाम्रः पुष्पितश्चूत उच्यते।
पुष्पैः फलैस्तु संयुक्तः सहकार उदाहृतः॥[2]

वस्तुतः सहकार आम्र का एक विशिष्ट भेद है जो अतिसौरभसम्पन्न होता है जैसा कि अमरकोष के पूर्वोद्धृत उद्धरण से स्पष्ट है। साधारण आम्रवृक्ष कभी भी सहकार नहीं बन सकता जब तक कि वहाँ कोई विशिष्ट प्रयोग न किये जाएँ। इसी का सङ्केत कालिदास ने **अप्रतर्क्यविधियोगं** पद द्वारा किया है जिसकी व्याख्या टीकाकार नारायण **'मणिमन्त्रौषधकालादियोग'**[3] करते हैं। अभिप्राय यह है कि आसवपान से पार्वती का मुख और अधिक रम्य हो गया। यहाँ शिव की पार्वतीगत रूपोत्पन्ना एवं गन्धोत्पन्ना वैषयिकी रति उपन्यस्त है।

१०. घूर्णमाननयनं स्खलत्कथं
स्वेदबिन्दुमदकारणस्मितम्।
आननेन न तु तावदीश्वर-
श्चक्षुषा चिरमुमामुखं पपौ॥[4]

पार्वती के नेत्र आसव के मद से नाचने लगे। उनकी वाणी लड़खड़ाने लगी। मुख पर स्वेद-कण छा गए और वह रह-रह कर मुस्कुराने लगीं। उनकी यह दशा देखकर शङ्कर बहुत देर तक अपने नेत्रों से पार्वती का मुखपान तो करते रहे, किन्तु उन्होंने मुख से चुम्बन नहीं किया। यहाँ शिव द्वारा नेत्रों से पार्वती-मुख-पान का निरूपण शिव की पार्वतीगत रूपोत्पन्ना रति का सुष्ठु

---

१. कुमारसम्भव-८.७८ पर मल्लिनाथ-टीका, पृ० १६२

२. कुमारसम्भव-८.७८ पर वल्लभदेव-टीका, पृ० ६६-६७

३. कुमारसम्भव-८.७८ के नोट्स में उद्धृत, पृ० ३८१

४. कुमारसम्भव-८.८०

निदर्शक है। तत्तद्गुणविशिष्ट पार्वती-मुख का पान शङ्कर ने पहले अपने नेत्रों से किया, अनन्तर मुखपान (चुम्बन) भी किया यह 'तावत्' पद से सूचित होता है। इस पद्य में शिव की पार्वतीविषयक रसोत्पन्ना वैषयिकी रति भी सुशोभित है।

११. तमेकदृश्यं नयनैः पिबन्त्यो
नार्यो न जग्मुर्विषयान्तराणि।
तथा हि शेषेन्द्रियवृत्तिरासां
सर्वात्मना चक्षुरिव प्रविष्टा॥[1]

परम दर्शनीय उन महादेव को अपने नेत्रों से पीती हुई (निर्निमेष देखती हुई) ओषधिप्रस्थ नगर की रमणियाँ तन्मयता के कारण अन्य विषयों को एकदम भूल गईं थीं। ऐसा प्रतीत होता था मानों उनकी समस्त इन्द्रियाँ, अपनी सम्पूर्ण शक्ति के साथ उनके नयनों में आकर समाविष्ट हो गईं थीं। उनकी अन्य इन्द्रियों ने उस समय कार्य करना ही बन्द कर दिया था जैसा टीकाकार चारित्रवर्द्धन एवं वल्लभदेव लिखते हैं–

(I) तद्गतमनस्कत्वान्न शृण्वन्ति न स्पर्शमनुभवन्ति न जिघ्रन्ति।[2]

(II) तथा हि नान्यं पश्यन्ति न शृण्वन्ति न जिघ्रन्ति न स्पर्शमनुभवन्ति। अतश्चोत्प्रेक्षते। नूनं तासां श्रवणादीनां शेषाणाम् इन्द्रियाणां वृत्तिराकर्णनादिको व्यापारस्तदा सर्वात्मना सामस्त्येन चक्षुः इव प्रविष्टा नेत्रयोरेव कृतप्रवेशत्वात्। तदेवैकं रूपं पश्यन्ति ताः शृण्वन्तीत्यादि सकामत्वादिति भावः। एकश्चासौ दृश्यश्च तं सर्वतो रम्यम्।[3]

दर्शनीय शिव के दर्शनार्थ सुन्दरी रमणियों के कौतुकातिशय का निरूपण होने से यहाँ प्रकारान्तर से उनकी शिवविषयक रूपोत्पन्ना रति अभिव्यञ्जित है जिसका सङ्केत वल्लभदेव ने 'सकामत्वादिति भावः' लिखकर किया है। इस पद्य में कुतूहल स्वभावज योषिदलङ्कार की शोभा भी द्रष्टव्य है।

(IV) रसोत्पन्ना वैषयिकी

१२. हरस्तु किञ्चित्परिलुप्तधैर्य-
श्चन्द्रोदयारम्भ इवाम्बुराशिः।
उमामुखे बिम्बफलाधरोष्ठे
व्यापारयामास विलोचनानि॥[4]

---

१. कुमारसम्भव–७.६४

२. कुमारसम्भव–७.६४ के नोट्स में उद्धृत, पृ० ३५५

३. कुमारसम्भव–७.६४ पर वल्लभदेव-टीका, पृ० २५

४. कुमारसम्भव–३.६७

(कामदेव के अपने पुष्प-धनुष पर 'सम्मोहन' नामक अमोघ बाण चढ़ाने पर) शङ्कर भी चन्द्रोदय होने पर समुद्र की भाँति कुछ अधीर हो गए और वह बिम्बफल के समान अधरोष्ठ वाली पार्वती के मुख को अपने तीनों नेत्रों से देखने लगे। शिव के निर्विकार हृदय में काम का प्रथम उन्मेष दृष्टिगत होने से यहाँ भाव नायकालङ्कार के साथ शिव की पार्वतीगत रसोत्पन्ना रति भी सुष्ठुरूपेण उपन्यस्त है। आचार्य शिङ्गभूपाल यहाँ रसोत्पन्ना वैषयिकी रति मानते हुए लिखते हैं-

अत्र यद्यपि सम्भोगात् प्रागज्ञातस्याधररसस्य रसं प्रति विभावता न संगच्छते, तथापि प्रसिद्धेः सम्भावितस्य रसस्यैव विभावत्वं बिम्बफलाधरोष्ठ इति पदेन व्यज्यते। अथ वा समास्वादितदाक्षायणीबिम्बाधरस्य परमेश्वरस्य तद्रसेनैव जननान्तरसंगतायामपि तस्यां रतिः।[१]

भोजराज सरस्वतीकण्ठाभरण में उक्त पद्य को रति स्थायीभाव के उदाहरण रूप में प्रस्तुत करने के अनन्तर वृत्ति में लिखते हैं-

अत्र बिम्बोष्ठत्वादिभिर्मनोऽनुकूले पार्वतीमुखे विलोचनव्यापारानुमितो महेश्वररस्याभिलाष-विशेषः सात्त्विकादेरनुत्पादात् सुखानुभवस्योत्पत्तिमात्रमनुमापयति।[२]

भोजराज ने ही अपने शृङ्गारप्रकाश में उक्त पद्य को रूपोत्पन्ना वैषयिकी रति के उदाहरण रूप में प्रस्तुत किया है।[३] इसी पद्य को भोजराज शृङ्गारप्रकाश में **'एकस्यापि रसस्य भावरसतदाभासादयो . . . . . . .अवस्था समुपलभ्यन्ते। तत्र भावो यथा'** कहकर रतिभाव के उदाहण रूप में प्रस्तुत करते हैं।[४] साहित्यमीमांसा में भी उक्त पद्य रति स्थायीभाव के उदाहरण रूप में उद्धृत है।[५]

प्रस्तुत पद्य दशरूपक में 'भाव' के उदाहरणरूप में उद्धृत है।[६] साहित्यदर्पण में यह पद्य उद्बुद्धमात्र रति स्थायीभाव के उदाहरण-रूप में उपन्यस्त है।[७] काव्यप्रकाश में यह सन्दिग्ध-प्राधान्यव्यङ्ग्यकाव्य के निदर्शन-रूप में प्रस्तुत है-

अत्र परिचुम्बितुमैच्छदिति किं प्रतीयमानं किं वा विलोचनव्यापारणं वाच्यं प्रधानमिति सन्देहः। विलोचनानीति बहुवचनेन उत्कण्ठातिशयो व्यज्यते।[८]

अनेक काव्यशास्त्रीय एवं नाट्यशास्त्रीय ग्रन्थों में उद्धृत इस पद्य में रति स्थायीभाव, भाव नायकालङ्कार तथा शिव की पार्वतीगत रसोत्पन्ना एवं रूपोत्पन्ना वैषयिकी रति सुष्ठुरूपेण सुशोभित है।

---

१. रसार्णवसुधाकर–द्वितीय विलास, पृ० २१५

२. सरस्वतीकण्ठाभरण (का० हि० वि० वि० संस्करण)–४.१३८, पृ० ४३०

३. शृङ्गारप्रकाश (तृतीय खण्ड) पृ० १७

४. शृङ्गारप्रकाश (द्वितीय खण्ड) पृ० ३८६

५. साहित्यमीमांसा–पृ० ५५

६. दशरूपक–२.३३, पृ० ११९

७. साहित्यदर्पण–उद्बुद्धमात्रः स्थायी च भाव इत्यभिधीयते। ३.३६

८. काव्यप्रकाश–पञ्चम उल्लास, पृ० २०९-१०

१३. स प्रियामुखरसं दिवानिशं
हर्षवृद्धिजननं सिषेविषुः।
दर्शनप्रणयिनामदृश्यता-
माजगाम विजयानिवेदतः॥[१]

आनन्द अथवा तृषा बढ़ाने वाले प्रियतमा पार्वती के अधरों का रस रात-दिन पान करने के इच्छुक शङ्कर की यह दशा हो गई कि यदि कोई उनके दर्शनार्थ आता तो विजया से सूचना पाने पर भी वह दर्शन देने के लिए कक्ष से बाहर न निकलते। पार्वती के अधरपान के सतत अभिलाषुक शिव का यह वर्णन उनकी रसोत्पन्ना वैषयिकी रति का अभिव्यञ्जक है। इस पद्य के द्वितीय चरण के आदि पद 'हर्ष' के स्थान पर 'तर्ष' पाठ भी उपलब्ध है।[२]

१४. पद्मनाभवलयाङ्किताश्मसु
प्राप्तवत्स्वमृतविप्रुषो नवाः।
मन्दरस्य कटकेषु चावस-
त्पार्वतीवदनपद्मषट्पदः॥[३]

पार्वती के कमलसदृश मुख का भ्रमर के समान पान करने वाले महादेव ने सुमेरु पर्वत से चलकर मन्दराचल की उस उपत्यका में निवास किया जहाँ की चट्टानों पर विष्णु के चरणों के चिह्न बने हुए थे और (समुद्र-मन्थन के अवसर पर) अमृत की नूतन बूँदें पड़ी हुईं थीं। इस पद्य का अन्तिम चरण शिव की पार्वतीविषयिणी रसोत्पन्ना वैषयिकी रति का सुष्ठुरूपेण द्योतक है।

१५. घूर्णमाननयनं स्खलत्कथं
स्वेदबिन्दुमदकारणस्मितम्।
आननेन न तु तावदीश्वर-
श्चक्षुषा चिरमुमामुखं पपौ॥[४]

प्रस्तुत पद्य शिव की पार्वतीविषयिणी रसोत्पन्ना वैषयिकी रति का सुन्दर निदर्शन है। यहाँ रूपोत्पन्ना वैषयिकी रति भी उपन्यस्त है। पार्वती के सहज सुन्दर तथा मदजनित सौन्दर्य से भी युक्त मुख का शिव ने चिरकाल तक स्वकीय संतुष्टिपर्यन्त नेत्रों से पान किया। अनन्तर उन्होंने चुम्बन द्वारा भी मुखपान किया। इस पद्य का विस्तृत विवेचन इसी पल्लव के 'रूपोत्पन्ना वैषयिकी' शीर्षक में द्रष्टव्य है।

---

१. कुमारसम्भव–८.९०
२. कुमारसम्भव–(डॉ॰ गौतम पटेल-सम्पादित) ८.९०
३. कुमारसम्भव–८.२३
४. कुमारसम्भव–८.८०

१६. गीतान्तरेषु श्रमवारिलेशैः
किञ्चित्समुच्छ्वासितपत्रलेखम्।
पुष्पासवाघूर्णितनेत्रशोभि
प्रियामुखं किंपुरुषश्चुचुम्ब॥[१]

प्रस्तुत पद्य किन्नर-किन्नरी-गत रसोत्पन्ना वैषयिकी रति का अतिशय सुन्दर निदर्शन है। इसी पद्य में स्पर्शोत्पन्ना वैषयिकी रति भी अवलोकनीय है। इस पद्य का विस्तृत विवेचन इसी पल्लव के 'स्पर्शोत्पन्ना वैषयिकी' शीर्षक में द्रष्टव्य है।

१७. तं यथाऽऽत्मसदृशं वरं वधू-
रन्वरज्यत वरस्तथैव ताम्।
सागरादनपगा हि जाह्नवी
सोऽपि तन्मुखरसैकनिर्वृतिः॥[२]

नववधू पार्वती अपने अनुरूप पति शिव के अनुराग में घुलमिल कर ज्यों ज्यों उनके मन को रखने में ही लीन होती जा रही थीं त्यों त्यों शिव भी उन्हें ही अपना जीवन समझते जा रहे थे। पार्वती महादेव से जैसा प्रेम करती थीं, महादेव भी उनसे वैसा ही प्रेम करते थे जैसे गङ्गा समुद्र में घुलमिल कर वहाँ से लौटने का नाम नहीं लेती और समुद्र भी उन्हीं के मुखरस (मुहाने के जल) का एकमात्र आनन्द लेता है। यहाँ पार्वती एवं शिव की परस्पर रति जाह्नवी तथा सागर की रति के दृष्टान्त से सुन्दररूपेण वर्णित है। यहाँ नायकरूप सागर की नायिकारूपिणी जाह्नवी के प्रति रसोत्पन्ना वैषयिकी रति अतिशय मनोरम रूप में निदर्शित है। यहाँ सागर एवं जाह्नवी की रति समानानुराग के वर्णन के कारण रसाभास में परिगणित नहीं होगी जैसा मल्लिनाथ लिखते हैं-

इत्थं समानानुरागकथनाद्रसाभासत्वं निरस्तम्।
तदुक्तम्-'योषितां बहुसक्तिश्चेद्रसाभासः स उच्यते'॥[३]

यह पद्य नायक शिव एवं नायिका पार्वती की भी रसोत्पन्ना वैषयिकी रति का निदर्शक है। यहाँ जाह्नवी के लिए प्रयुक्त 'तन्मुख' पार्वतीमुख का भी तथा इसी प्रकार यहीं प्रयुक्त 'रस' पद जाह्नवी-जल के साथ पार्वती के अधरमधु का भी व्यञ्जक है। इसी पद्य में स्पर्शोत्पन्ना वैषयिकी रति भी विद्यमान है। इस पद्य के सदृश भाव कालिदास द्वारा अन्यत्र भी उपन्यस्त हैं। यथा-

(i) सागरमुज्झित्वा कुत्र वा महानद्यवतरति।[४]

---

१. कुमारसम्भव-३.३८

२. कुमारसम्भव-८.१६

३. कुमारसम्भव-८.१६ पर मल्लिनाथ-टीका, पृ० १४७

४. अभिज्ञानशाकुन्तल-३, पृ० १००

(ii) शशिनमुपगतेयं कौमुदी मेघमुक्तं
जलनिधिमनुरूपं जह्नुकन्यावतीर्णा।[१]

यहाँ दीपशिखा कालिदास के कुमारसम्भव से रसोत्पन्ना वैषयिकी रति के निदर्शनभूत छः पद्य प्रस्तुत किए गए। इन सभी पद्यों में मुख्यतः नायक द्वारा नायिका के अधरमुख का रसपान वर्णित है। इस सन्दर्भ में प्रयुक्त **'बिम्बफलाधरोष्ठे'**, **'प्रियामुखरसम्'**, **पार्वतीवदनपद्मषट्पदः'**, **'चिरमुमामुखं पपौ'**, **'प्रियामुखं चुचुम्ब'** तथा **'तन्मुखरसैकनिर्वृतिः'** पद विशेष रमणीय हैं। प्रथम उदाहरण को छोड़कर शेष सभी उदाहरणों में रसोत्पन्ना वैषयिकी रति के साथ स्पर्शोत्पन्ना वैषयिकी रति भी सम्भाव्य है।

संस्कृत साहित्य में नायिका के अधरामृत का वर्णन बहुशः उपलब्ध है। सभी मधुर पदार्थों में नायिकाधरामृत को सहृदयों द्वारा पीयूष से भी अधिक मधुर माना जाता है। दो निदर्शन प्रस्तुत हैं–

(i) अधरममृतं कः सन्देहो मधून्यपि नान्यथा
मधुरमधिकं द्राक्षायाश्च प्रसन्नरसं फलम्।
सकृदपि पुनर्मध्यस्थः सन्रसान्तरविज्जनो
वदतु यदिहान्यत्स्वादु स्यात्प्रियादशनच्छदात्॥[२]

(ii) त्वं पीयूष दिवोऽपि भूषणमसि द्राक्षे परिक्षेत को
माधुर्यं तव विश्वतोऽपि विदितं माध्वीक माध्वीकता।
एतत्किं तु मनागरुंतुदमिव ब्रूमो न चेत्कुप्यसि
यः कान्ताधरपल्लवे मधुरिमा नान्यत्र कुत्रापि सः॥[३]

(V) गन्धोत्पन्ना वैषयिकी

१८. चुम्बनादलकचूर्णदूषितं
शङ्करोऽपि नयनं ललाटजम्।
उच्छ्वसत्कमलगन्धये ददौ
पार्वतीवदनगन्धवाहिने॥[४]

चुम्बन लेते समय पार्वती के केशपाश से लगे पुष्पों का पराग जब महादेव के मस्तक में विद्यमान तीसरे नेत्र में पड़ जाता था, उस समय महादेव अपने उस नेत्र को पार्वती के खिले हुए

---

१. रघुवंश–६.८५

२. सुभाषितरत्नभाण्डागार–प्रकरण ६, तरुणीपृथगवयववर्णन, अधर १५३, पृ० २७४

३. सुभाषितरत्नभाण्डागार–प्रकरण ६, तरुणीपृथगवयववर्णन, अधर १५४, पृ० २७४

४. कुमारसम्भव–८.१९

कमल की सुगन्धि वाले मुख के सामने फूँक से शीतलता पाने के लिए रख देते थे। पार्वती की सहज मुख-सुरभि विकसित कमलपुष्प के समान थी। उनके ऐसे ही सुरभित मुख की फूँक से शीतलता की आशा में पार्वती के केशपाश से झड़े हुए पराग से युक्त अपने तृतीय नेत्र को शिव पार्वती के मुख पर रख देते थे। पार्वती का मुख सहज गन्ध से सुवासित था जो शिव की नायिकागत गन्धोत्पन्ना वैषयिकी रति को अभिव्यञ्जित करता है। शिव सम्पूर्णतः पार्वती के प्रेम के वशीभूत थे। हर के तृतीय नेत्र में पार्वती के अलकचूर्ण का गिरना तथा शिव द्वारा शीतलता-प्राप्ति के लिए उसका पार्वती मुख पर रखा जाना पार्वती के उपरिभाव का सङ्केतक है जैसा टीकाकार मल्लिनाथ का भी अभिमत है–

पार्वत्या वदनगन्धवाहिने। फूत्कारमारुतायेत्यर्थः। ददौ। रजोनिःसारणार्थं तदाभिमुख्येन स्थापितवानित्यर्थः। एतेन देव्याः प्रियवशंवदत्वमुक्तम्। अत्र हरचक्षुष्यलकचूर्णकथनाद्देव्या उपरिभावः सूचितः।[१]

संस्कृत साहित्य में नायिका की नैसर्गिक मुखसुरभि प्रायेण वर्णित है। नायिका के मुख-गन्ध की उपमा कमल, पारिजात तथा कभी-कभी बन्धुजीव पुष्प से दी जाती है। कुछ उदाहरण द्रष्टव्य हैं–

(i) आननं मृगशावाक्ष्या वीक्ष्य लोलालकावृतम्।
भ्रमद्भ्रमरसंकीर्णं स्मरामि सरसीरुहम्॥

(ii) यदमरशतैः सिन्धोरन्तः कथञ्चिदुपार्जितं
सकलमपि तद्धात्रा कान्तामुखे विनिवेशितम्।
सुरसुमनसः श्वासामोदे शशी च कपोलयो-
रमृतमधरे तिर्यग्भूते विषं च विलोचने॥

(iii) अधरोऽयमधीराक्ष्या बन्धुजीवप्रभाहरः।
अन्यजीवप्रभां हन्त हरतीति किमद्भुतम्॥

(iv) यन्मञ्जुसिञ्जितमितो रसनामणीनां
यच्छ्वाससौरभबलादलयो वदन्ति।
यद्गीतयः स्खलदलंकृतयश्च लीला
दोलाविलासतरलस्तदयं मुखेन्दुः॥[२]

१९. आर्द्रकेसरसुगन्धि ते मुखं
रक्तमेव नयनं स्वभावतः।

---

१. कुमारसम्भव–८.१९ पर मल्लिनाथ-टीका, पृ॰ १४७

२. सुभाषितरत्नभाण्डागार–प्रकरण ६, तरुणीपृथगवयववर्णन, अधर एवं मुख, १६७, १९४,१४०, १९२, पृ॰ १७३-७५

अत्र लब्धवसतिर्गुणान्तरं
कं विलासिनि मधुः करिष्यति।।[1]

प्रस्तुत पद्य में शिव की नायिकागत गन्धोत्पन्ना वैषयिकी रति सुशोभित है। इसी पद्य में रूपोत्पन्ना वैषयिकी रति भी समाविष्ट है। इस पद्य का विस्तृत विवेचन इसी पल्लव के 'रूपोत्पन्ना वैषयिकी' शीर्षक में द्रष्टव्य है।

२०. **पार्वती तदुपयोगसंभवां**
विक्रियामपि सतीं मनोहराम्।
अप्रतर्क्यविधियोगकारिता-
माम्रतेव सहकारतां ययौ।।[2]

प्रस्तुत पद्य में शिव की नायिकागत गन्धोत्पन्ना रति सुष्ठुरूपेण उपन्यस्त है। इसी पद्य में रूपोत्पन्ना वैषयिकी रति भी विद्यमान है। इस पद्य के विस्तृत विवेचन के लिए इसी पल्लव का 'रूपोत्पन्ना वैषयिकी' शीर्षक द्रष्टव्य है।

२१. **सुगन्धिनिःश्वासविवृद्धतृष्णं**
बिम्बाधरासन्नचरं द्विरेफम्।
प्रतिक्षणं संभ्रमलोलदृष्टि-
र्लीलारविन्देन निवारयन्ती।।[3]

सुगन्धित निःश्वास की तृष्णा से ओठों के पास मँडराने वाले भ्रमर को वह पार्वती घबराहट के कारण चञ्चल नेत्रों द्वारा देखती हुई बार-बार अपने हाथ में लिये हुए लीलाकमल से उड़ाती चल रहीं थीं। यहाँ पार्वती के बिम्बफलतुल्य अधर के पास मँडराते हुए भ्रमररूप नायक की पार्वती के मुख की सुरभिरूपिणी नायिका के प्रति गन्धोत्पन्ना वैषयिकी रति अभिव्यञ्जित है। भ्रमर पार्वती के मुख के पास इसलिए मँडरा रहा है, क्योंकि उनके मुख की सहज नैसर्गिक सुरभि से वह आकृष्ट है। नायिका के मुख को पद्म अथवा अन्य पुष्प समझ कर तथा उसकी मुखसुरभि से आकृष्ट हो भ्रमरों के नायिका-मुख के पास मँडराने का वर्णन संस्कृत साहित्य में बहुशः उपलब्ध है यथा-

(i) **चलापाङ्गां दृष्टिं स्पृशसि बहुशो वेपथुमतीं**
रहस्याख्यायीव स्वनसि मृदु कर्णान्तिकचरः।
करौ व्याधुन्वत्याः पिबसि रतिसर्वस्वमधरं
वयं तत्त्वावेषान्मधुकर हतास्त्वं खलु कृती।।[4]

---

१. कुमारसम्भव-८.७६
२. कुमारसम्भव-८.७८
३. कुमारसम्भव-३.५६
४. अभिज्ञानशाकुन्तल-१.२१

(ii) लावण्यमधुभिः पूर्णमास्यमस्या विकस्वरम्।
लोकलोचनरोलम्बकदम्बैः केर्न पीयते ॥

(iii) कोषः स्फीततरः स्थितानि परितः पत्राणि दुर्गं जलं
मैत्रं मण्डलमुज्ज्वलं चिरमधो नीतास्तथा कण्टकाः।
इत्याकृष्टशिलीमुखेन रचनां कृत्वा तदत्यद्भुतं
यत्पद्मेन जिगीषुणापि न जितं मुग्धे त्वदीयं मुखम् ॥[1]

उपरिविवेचित गन्धोत्पन्ना वैषयिकीरतिमण्डित पद्य में प्रयुक्त 'लीलाकमल' पद के विस्तृत विवेचन के लिए 'संस्कृत साहित्य में लीलाकमल' शीर्षक शोधलेख द्रष्टव्य है।[2]

३. सम्बन्धजा (सांसर्गिकी)

१. स मानसीं मेरुसखः पितॄणां
कन्यां कुलस्य स्थितये स्थितिज्ञः।
मेनां मुनीनामपि माननीया-
मात्मानुरूपां विधिनोपयेमे॥[3]

सुमेरु पर्वत के मित्र, मर्यादा जानने वाले इस हिमालय पर्वत ने, पितरों के मानसिक सङ्कल्प से उत्पन्न मुनिजनों द्वारा भी सम्माननीय तथा अपने योग्य उनकी मेना नामक कन्या के साथ अपने कुल की स्थिति के लिए शास्त्रीय विधि से विवाह किया। प्रस्तुत पद्य सम्बन्धजा रति का उत्कृष्ट उदाहरण है। सुमेरुसखा हिमवान् ने अपने वंश की स्थिति के लिए मेना से शास्त्रोक्त विधि से विवाह किया। मेना पितरों की मानसी कन्या थीं। उनके पास यौगिक सिद्धियाँ थीं, इसीलिए मुनि लोग उन्हें विशेष सम्मान देते थे और वह अपने कुल, रूपादि गुणों के कारण हिमालय के अनुरूप भी थीं। इस प्रकार हिमालय की मेना के प्रति सम्बन्धजा (सांसर्गिकी) रति यहाँ अभिव्यक्त हो रही है। मुनियों द्वारा भी माननीय मेना में यौगिक शक्तियाँ अवश्य थीं, तभी तो उनकी योगसिद्धि तथा रूपादिसम्पत्ति उनकी तनया पार्वती में भी आई जो अपनी कठोर तपश्चर्या द्वारा शिव को पतिरूप में प्राप्त कर सकीं। हिमालय ने भी कुल की स्थिति के लिए आत्मानुरूपा मेना से विवाह किया, कामोपभोग के लिए नहीं—इससे हिमालय का श्रेष्ठ एवं शान्त नायक होना सिद्ध होता है—

स्थितये स्थिरत्वाय न कामार्थमित्यर्थः। अनेनातिसत्त्वोत्तरत्वादस्य शान्तनायकत्वमुक्तम्।[4]

---

१. सुभाषितरत्नभाण्डागार—प्रकरण ६, तरुणीपृथगवयववर्णन, मुख, १६९, २०२, पृ० २७४-७५

२. Erotics in Sanskrit & English Literature-I, Kālidāsa & Shakespeare-'Līlākamala in Sanskrit Literature' (Sushma Kulshreshtha & Ila Ghosh), pp. 207-218.

३. कुमारसम्भव—१.१८

२. **सोऽहं तृष्णातुरैर्वृष्टिं विद्युत्वानिव चातकैः ।**
अरिविप्रकृतैर्देवैः प्रसूतिं प्रति याचितः ॥
अत आहर्तुमिच्छामि पार्वतीमात्मजन्मने ।
उत्पत्तये हविर्भोक्तुर्यजमान इवारणिम् ॥
तामस्मदर्थे युष्माभिर्याचितव्यो हिमालयः ।
विक्रियायै न कल्पन्ते सम्बन्धाः सदनुष्ठिताः ॥
उन्नतेन स्थितिमता धुरमुद्वहता भुवः ।
तेन योजितसम्बन्धं वित्त मामप्यवञ्चितम् ॥[१]

(महेश्वर सप्तर्षियों से कहते हैं) इस समय अपने शत्रुओं से पराजित देवताओं ने मुझसे सन्तान की याचना की है जैसे तृषा से व्याकुल चातक (स्वाति के) मेघों से वृष्टि की याचना करते हैं। देवों की प्रार्थना के कारण जिस प्रकार यजमान अग्नि की उत्पत्ति के लिए अरणि (काष्ठविशेष) की इच्छा करता है उसी प्रकार पुत्रोत्पत्ति के लिए मैं पार्वती के साथ विवाह की इच्छा करता हूँ। इसलिए मेरी ओर से हिमालय से पार्वती के लिए आप लोग प्रार्थना कीजिए, क्योंकि सज्जनों से संघटित विवाहादि सम्बन्धों में कोई बाधा नहीं आती। उन्नत, सुप्रतिष्ठित तथा पृथिवी को धारण करने वाले हिमालय से सम्बन्ध स्थापित हो जाने पर मैं भी अपने आप को धन्य समझूँगा। इस पद्यचतुष्टय में शिव की पार्वती के प्रति सम्बन्धजा रति सुष्ठुरूपेण अभिव्यञ्जित है। शिव पुत्रोत्पत्ति के लिए पार्वती से विवाह की इच्छा रखते हैं। पार्वती नगाधिराजतनया हैं। हिमालय उन्नत हैं, प्रतिष्ठित हैं। अतएव उत्तमकुलजाता उनकी पुत्री पार्वती के साथ विवाह कर वे अपने को कृतकृत्य करना चाहते हैं। यहाँ हिमालय के लिए जो विशेषण प्रयुक्त हैं वे द्व्यर्थक हैं। हिमालय के स्थावर एवं जङ्गम दोनों रूपों को लक्ष्य कर ये विशेषण उपन्यस्त हैं। स्थावर हिमालय उन्नत-गगनस्पर्शी है, पांशु है, स्थितिमान्-स्थिर है, सुप्रतिष्ठित है और पृथ्वी को धारण कर रहा है। जङ्गम हिमालय उन्नत-महाप्रभावसम्पन्न है, प्रसिद्ध है, स्थितिमान्- समर्याद है, मर्यादाभिज्ञ है तथा पृथ्वी के योगक्षेम को धारण करने वाला है। ऐसे गुणविशिष्ट हिमालय के साथ वैवाहिक सम्बन्ध स्थापित करने की शिव की इच्छा उनकी सम्बन्धजा रति को इङ्गित करती है। महेश्वर पुत्रोत्पत्ति के लिए पार्वती के साथ विवाह की इच्छा रखते हैं–इस भाव की अभिव्यक्ति के लिए कालिदास ने जो उपमा दी है, वह अद्‌भुत है। जिस प्रकार संसार के हित के लिए अग्नि की उत्पत्ति के लिए यजमान अरणि की इच्छा करता है, उसी प्रकार शिव की इच्छा भी जगत् के हित के लिए है। इस प्रकार शिव के विवाह का उद्देश्य भी यजमान के उद्देश्य के समान परम पवित्र है जैसा कि मनु का कथन है–

---

१. कुमारसम्भव–६.२७-३०

अग्नौ प्रास्ताहुतिः सम्यगादित्यमुपतिष्ठते ।
आदित्याज्जायते वृष्टिर्वृष्टेरन्नं ततः प्रजाः ॥

३. अणिमादिगुणोपेतमस्पृष्टपुरुषान्तरम् ।
शब्दमीश्वर इत्युच्चैः सार्धचन्द्रं बिभर्ति यः ॥
कलितान्योन्यसामर्थ्यैः पृथिव्यादिभिरात्मभिः ।
येनेदं ध्रियते व्यक्तं धुर्यैर्यानमिवाध्वनि ॥
योगिनो यं विचिन्वन्ति क्षेत्राभ्यन्तरवर्तिनम् ।
अनावृत्तिभयं यस्य पदमाहुर्मनीषिणः ॥
स ते दुहितरं साक्षात्साक्षी विश्वस्य कर्मणाम् ।
वृणुते वरदः शम्भुरस्मत्संक्रामितैः पदैः ॥

४. तमर्थमिव भारत्या सुतया योक्तुमर्हसि ।
अशोच्या हि पितुः कन्या सद्भर्तृप्रतिपादिता ॥

५. यावन्त्येतानि भूतानि स्थावराणि चराणि च ।
मातरं कल्पयन्त्वेनामीशो हि जगतः पिता ॥

६. प्रणम्य शितिकण्ठाय विबुधास्तदनन्तरम् ।
चरणौ रञ्जयन्त्वस्याश्चूडामणिमरीचिभिः ॥

७. उमा वधूर्भवान्दाता याचितार इमे वयम् ।
वरः शम्भुरलं ह्येष त्वत्कुलोद्भूतये विधिः ॥

८. अस्तोतुः स्तूयमानस्य वन्द्यस्यानन्यवन्दिनः ।
सुतासम्बन्धविधिना भव विश्वगुरोर्गुरुः॥

९. एवंवादिनि देवर्षौ पार्श्वे पितुरधोमुखी ।
लीलाकमलपत्राणि गणयामास पार्वती ॥[१]

(अङ्गिरा ऋषि हिमालय से कहते हैं) जो भगवान् शङ्कर अणिमा आदि आठों सिद्धियों से युक्त हैं, मस्तक पर अर्धचन्द्र को धारण करते हैं, उन्हें तो आप जानते ही हैं कि वही एकमात्र संसार के स्वामी हैं जिन्हें छोड़कर दूसरा कोई पुरुष ईश्वर नहीं कहला सकता। वही पृथिवी आदि अपनी आठों मूर्तियों द्वारा इस विश्व को धारण करते हैं। उनकी ये आठों मूर्तियाँ एक दूसरे को परस्पर उसी प्रकार सहारा देती रहती हैं जिस प्रकार अनेक अश्व मिलकर एक रथ को खींचा करते हैं। योगी लोग

---

१. कुमारसम्भव–६.७५–७८, ७९, ८०, ८१, ८२, ८३–८४

अपने भीतर विद्यमान सर्वान्तर्यामी उन्हीं शङ्कर को खोजते हैं और विद्वान् लोग उनके स्थान को जन्म मरण के बन्धनों से मुक्ति देने वाला बताते हैं। उन्हीं समस्त संसार के कर्मों के प्रत्यक्ष साक्षी वरद शङ्कर ने हम लोगों के मुख से संदेश भेजकर आपकी पुत्री पार्वती से विवाह करने की इच्छा की है। जिस प्रकार वाणी का सम्बन्ध अर्थ से होता है, उसी प्रकार आप भी अपनी कन्या पार्वती का सम्बन्ध शिव से कर दें क्योंकि यदि कन्या को योग्य पति मिल जाता है तब पिता को उसके लिए कोई चिन्ता नहीं करनी पड़ती। ये जो संसार के समस्त चर और अचर जीव हैं, वे सभी आपकी कन्या पार्वती को अपनी माता समझेंगे क्योंकि शिव समस्त चराचर जगत् के पिता हैं। फिर तो देवता लोग शिव को प्रणाम करने के अनन्तर अपने शिर पर धारण की गई मणियों की प्रभा से आपकी कन्या के दोनों चरणों को रँगा करेंगे। पार्वती वधू होंगी, आप कन्यादान करेंगे, हम लोग प्रार्थना करने वाले हैं, शम्भु वर हैं। ये सब विषय आपके कुल के सम्मान के लिए पर्याप्त हैं। महादेव की सभी लोग स्तुति करते हैं किन्तु वे किसी की स्तुति नहीं करते। सब लोग उनकी वन्दना करते हैं, वे किसी की भी वन्दना नहीं करते। ऐसे समस्त संसार के पूजनीय से अपनी कन्या का विवाह करके आप उनके भी पूजनीय बन जायेंगे। देवर्षि अङ्गिरा द्वारा ऐसा कहे जाते समय अपने पिता हिमालय के पास नीचे मुख किये हुए पार्वती अपने हाथ में लिए हुए लीलाकमल की पंखुड़ियाँ गिनती रहीं।

उपर्य्युद्धृत पद्य शिव की पार्वतीविषयक तथा पार्वती की शिवविषयक सम्बन्धजा रति के सुन्दर निदर्शन हैं। जिस प्रकार वाणी एवम् अर्थ सदा संपृक्त होते हैं, उसी प्रकार पार्वती एवं शिव के संयोग की प्रार्थना देवर्षि अङ्गिरा हिमालय से कर रहे हैं। सदृश भाव को लक्ष्यकर कालिदास ने रघुवंश के आद्य मङ्गलश्लोक को रचा–

वागर्थाविव सम्पृक्तौ वागर्थप्रतिपत्तये।
जगतः पितरौ वन्दे पार्वतीपरमेश्वरौ॥[१]

विष्णुपुराण में भी पार्वती और शिव वाणी और अर्थ के धारक बतलाये गए हैं–

शब्दजातमशेषं तु धत्ते शर्वस्य वल्लभा।
अर्थरूपं यदखिलं धत्ते मुग्धेन्दुशेखरः॥[२]

योग्य वर को दिये जाने पर कन्या पिता के लिए अशोचनीया बन जाती है, यही भाव अभिज्ञानशाकुन्तल में भी उपन्यस्त है–

वत्से, सुशिष्यपरिदत्ता विद्येवाशोचनीयासि संवृत्ता।[३]

कन्या के लिए योग्य वर में निम्नलिखित गुण अपेक्षित हैं--

१. रघुवंश–१.१

२. रघुवंश–१.१ पर मल्लिनाथ-टीका में उद्धृत

३. अभिज्ञानशाकुन्तल–पृ॰ १३२

कुलं च शीलं च मनोज्ञता (सनाथता) च
विद्या च वित्तं च वपुर्यश (वय) श्च ।
एतान् गुणान् सप्त निरीक्ष्य कन्या
वराय देया पितुरप्यशोच्या ॥
(देया कन्या बुधैः शेषमचिन्तनीयम् ॥)[1]

४. आभिमानिकी

१. यथा श्रुतं वेदविदां वर! त्वया
जनोऽयमुच्चैःपदलङ्घनोत्सुकः।
तपः किलेदं तदवाप्तिसाधनं
मनोरथानामगतिर्न विद्यते॥[2]

(पार्वती ब्रह्मचारिवेषी शिव से कहती हैं) हे वेदज्ञश्रेष्ठ! आपने जो कुछ मेरी सखी से सुना है, वह ठीक ही है। यह तपस्विनी शिवनामरूप उच्च पद को प्राप्त करने की अभिलाषिणी है। मेरी यह तपस्या उसी पद को प्राप्त करने के लिए है, क्योंकि इस जगत् में मनोरथ का अविषय ऐसा कोई पदार्थ नहीं है। मनुष्य के मनोरथों की कोई सीमा नहीं होती। पार्वती की यह दृढ़ उक्ति उनकी शिवविषयक आभिमानिकी रति की स्पष्ट निदर्शिका है। पार्वती के आगे एक ही लक्ष्य है कि उन्हें अपने कठोर तप द्वारा वररूप में शिव को ही प्राप्त करना है। उनकी एकमात्र रुचि शिव में है, अन्यत्र कहीं नहीं।

२. अलं विवादेन यथा श्रुतस्त्वया
तथाविधस्तावदशेषमस्तु सः।
ममात्र भावैकरसं मनःस्थितं
न कामवृत्तिर्वचनीयमीक्षते॥[3]

यहाँ पार्वती की उक्ति में उनकी शिवविषयक रुचि स्पष्ट व्यञ्जित होने के कारण आभिमानिकी रति सुशोभित है। इस पद्य का विवेचन इसी पल्लव के 'आभियोगिकी रति' शीर्षक में द्रष्टव्य है।

---

१. कुमारसम्भव–६.७९ पर नोट्स में उद्धृत, पृ० ३३९

२. कुमारसम्भव–५.६४

३. कुमारसम्भव–५.८२

५. तदीयविशेषयुक्ता

१. तया प्रवृद्धाननचन्द्रकान्त्या
प्रफुल्लचक्षुःकुमुदः कुमार्या।
प्रसन्नचेतःसलिलः शिवोऽभू-
त्संसृज्यमानः शरदेव लोकः।।[1]

पूर्णिमा के चन्द्रमा के समान मनोहर मुख वाली कुमारी पार्वती को देखकर महादेव के नेत्ररूपी कुमुद खिल उठे और उनका मन जल के समान उसी प्रकार निर्मल हो उठा जैसे शरदृतु में संसार में कुमुद खिल जाते हैं तथा जल निर्मल हो जाते हैं। यहाँ शिव की पार्वतीविषयक तदीयविशेषयुक्ता रति सम्भाव्य है। सर्वप्रथम आचार्य रूपगोस्वामी ने तदीयविशेषयुक्ता रति की उद्भावना की है। उन्होंने 'तदीयानां विशेषाः स्युः पदगोष्ठप्रियादयः' कहकर उस रति के ३ उपभेद किए हैं। 'पद' को यदि हम प्रिय अथवा प्रिया के अङ्गविशेष का उपलक्षक मानें तो विवेच्य पद्य में पार्वती के 'मुख' को तदीयविशेष मानकर यहाँ शिव की तदीयविशेषयुक्ता रति की अवस्थिति मानी जा सकती है।

२. देवस्य तस्य स्मरसूदनस्य
हस्तं समालिङ्ग्य सुविभ्रमश्रीः।
सा नन्दिना वेत्रभृतोपदिष्ट-
मार्गा पुरोगेण कलं चचाल।।[2]

अपनी रसमयी चेष्टाओं से युक्त पार्वती शङ्कर के हाथ में हाथ दिये हुए कैलास के उन मार्गों में भ्रमण करती थीं, जहाँ हाथ में बेंत का डण्डा लिए हुए नन्दी उनके आगे-आगे मार्ग बतलाता चलता था। यहाँ भगवान् शङ्कर के अतिशय प्रिय नन्दी द्वारा उपदिष्ट मार्ग पर पार्वती का शिव के हाथ में हाथ देकर चलना उनकी शिवविषयक प्रियोत्पन्ना तदीयविशेषयुक्ता रति का स्पष्ट परिचायक है।

३. दधानया नेत्रसुधैकसत्रं
पुत्रं पवित्रं सुतया तयाद्रेः।
संश्लिष्यमाणः शशिखण्डधारी
विमानवेगेन गृहाञ्जगाम।।[3]

नेत्रों को अमृत के समान सुख देने वाले उस परम पवित्र पुत्र कार्त्तिकेय को गोद में लिए हुए और अपने वक्षःस्थल से संश्लिष्ट पर्वतपुत्री पार्वती को साथ लेकर भगवान् शङ्कर अपने अत्यन्त वेग से चलने वाले विमान पर चढ़ कर अपने निवास स्थान कैलास पर्वत को वापस लौट आए। यहाँ

---

१. कुमारसम्भव–७.७४

२. कुमारसम्भव–९.४७

३. कुमारसम्भव–११.२९

शिव का पुत्र को उत्सङ्ग में लिए हुई पार्वती के साथ गाढ़ आश्लिष्ट मुद्रा में बैठना उनकी पार्वतीविषयक प्रियोत्पन्ना तदीयविशेषयुक्ता रति को सङ्केतित करता है।

४. ततः कुमारः समुदां निदानैः
स बाललीलाचरितैर्विचित्रैः।
गिरीशगौर्योर्हृदयं जहार
मुदे न हृद्या किमु बालकेलिः॥

५. महेश्वरः शैलसुता च हर्षा-
त्सतर्षमेकेन मुखेन गाढम्।
अजातदन्तानि मुखानि सूनो-
र्मनोहराणि क्रमतश्चुचुम्ब॥

६. क्वचित्स्खलद्भिः क्वचिदस्खलद्भिः
क्वचित्प्रकम्पैः क्वचिदप्रकम्पैः।
बालः स लीलाचलनप्रयोगै-
स्तयोर्मुदं वर्धयति स्म पित्रोः॥

७. अहेतुहासच्छुरिताननेन्दु-
र्गृहाङ्गणक्रीडनधूलिधूम्रः।
मुहुर्वदन्किञ्चिदलक्षितार्थं
मुदं तयोरङ्कगतस्ततान॥

८. गृह्णन्विषाणे हरवाहनस्य
स्पृशन्नुमाकेसरिणं सलीलम्।
स भृङ्गिणः सूक्ष्मतरं शिखाग्रं
कर्षन्बभूव प्रमदाय पित्रोः॥

९. इत्थं शिशोः शैशवकेलिवृत्तै-
र्मनोभिरामैर्गिरिजागिरीशौ।
मनोविनोदैकरसप्रसक्तौ
दिवानिशं नाविदतां कदाचित्॥[1]

इस प्रकार उस बालक कार्त्तिकेय ने अपनी आनन्दमयी अनोखी बाललीलाओं से शङ्कर और पार्वती के हृदय को मुग्ध कर लिया क्योंकि बच्चों की लीलायें भला किसके मन को मुग्ध नहीं

---

१. कुमारसम्भव–११.४०, ४१, ४२, ४३, ४४, ४९

कर लेतीं? शङ्कर और पार्वती हर्ष से विह्वल होकर अपने उस प्रिय पुत्र के दाँतों से रहित मनोहर मुखों का बड़ी तृष्णा के साथ बारी बारी से चुम्बन किया करते थे। कभी लड़खड़ाते हुए, कभी सीधे चलते हुए, कभी काँपते हुए तथा कभी सीधे खड़े होकर वह बालक अपनी खिलवाड़ से भरी चालों द्वारा माता-पिता का आनन्द बढ़ाने लगा। शङ्कर एवं पार्वती की गोद में बैठा हुआ वह बालक अनेक प्रकार से उनका आनन्द बढ़ाने लगा। कभी तो उसका मुखचन्द्र बिना किसी कारण के ही हँसी से चमक उठता था, कभी घर के आँगन में खेलते हुए उसका शरीर धूलि से भर जाता था और कभी वह बार-बार तोतली बोली बोल-बोलकर उन्हें रिझाया करता था। कभी वह शङ्कर के वृषभ के सींगों को पकड़ लेता था, कभी पार्वती के सिंह के केसर (अयाल) को पकड़कर सहलाता था और कभी भृङ्गी नामक गण की चोटी के महीन बालों को खींचने लगता था। उसकी यह सब केलि देखकर उसके माता पिता अत्यन्त हर्षित होते थे। इस प्रकार पुत्र कार्त्तिकेय की मनोहर बालक्रीडाओं के आनन्दरस में पार्वती तथा शङ्कर इतने मग्न हो गए कि उन्हें रात और दिन की भी सुधि नहीं रह गई।

कुमार कार्त्तिकेय की रसमयी बालकेलि से मण्डित उपर्य्युद्धृत सभी पद्य पार्वती एवं शिव की उभयनिष्ठ प्रियोत्पन्ना तदीयविशेषयुक्ता रति के व्यञ्जक हैं। कुमार कार्त्तिकेय पार्वती एवं शिव दोनों के ही अतिशय प्रिय हैं। बालकेलिभूषित कुमार के सान्निध्य से पार्वती एवं शिव की प्रीति में भी वृद्धि हो रही है जो उनकी प्रियोत्पन्ना तदीयविशेषयुक्ता रति की व्यञ्जिका है।

६. औपमानिकी

१. अपि त्वदावर्जितवारिसंभृतं
प्रवालमासामनुबन्धि वीरुधाम्।
चिरोज्झितालक्तकपाटलेन ते
तुलां यदारोहति दन्तवाससा॥

२. अपि प्रसन्नं हरिणेषु ते मनः
करस्थदर्भप्रणयापहारिषु ।
य उत्पलाक्षि! प्रचलैर्विलोचनै-
स्तवाक्षिसादृश्यमिव प्रयुञ्जते॥[1]

(ब्रह्मचारिवेषधारी शिव पार्वती से पूछते हैं) और आप जिन लताओं को पानी दे-देकर सींच रही हैं, उनमें आपके इन अधरों से, जो चिरकाल से अलक्तक न लगाये जाने पर भी अरुणाभ ही दिखाई पड़ रहे हैं, समता करने वाली नई कोपलें तो फूट आई हैं न? तुम्हारे हाथ में लिये हुए कुश को प्रेम से छीन लेने वाले इन हरिणों के विषय में तुम्हारा चित्त प्रसन्न तो रहता है न? हे कमलनयने!

---

१. कुमारसम्भव–५.३४, ३५

ये हरिण अपने चञ्चल नेत्रों से तुम्हारे नेत्रों की समानता करते हैं। इन दोनों पद्यों में शिव की पार्वतीविषयक औपमानिकी रति द्रष्टव्य है। पार्वती के रक्त अधरोष्ठ का साम्य नूतन किसलयों में है तथा उनकी दृष्टि का साम्य हरिणों के चञ्चल नेत्रों में है। तत्तत्साम्ययुक्त नूतन किसलयों तथा हरिणों को देखकर शिव पार्वती से जो वचन बोल रहे हैं, वे उनकी औपमानिकी रति के व्यञ्जक हैं।

३. तेषां मध्यगता साध्वी पत्युः पादार्पितेक्षणा ।
साक्षादिव तपःसिद्धिर्बभासे बह्वरुन्धती ॥
तामगौरवभेदेन मुनींश्चापश्यदीश्वरः ।
स्त्रीपुमानित्यनास्थैषा वृत्तं हि महितं सताम् ॥
तद्दर्शनादभूच्छम्भोर्भूयान्दारार्थमादरः ।
क्रियाणां खलु धर्म्याणां सत्पत्न्यो मूलकारणम् ॥[1]

बहुत समय से की गई तपस्या की साक्षात् सिद्धिस्वरूपा, पति के चरणों को देखती हुई, पतिव्रता अरुन्धती उन सप्तर्षियों के बीच और भी अधिक शोभित हो रही थीं। शङ्कर ने उन सप्तर्षियों को तथा उनके बीच में विद्यमान अरुन्धती को बिना किसी भेदभाव के समान दृष्टि से देखा। महान् लोग स्त्री और पुरुष में भेद नहीं करते। वे केवल उनके चरित्र को ही महत्त्व देते हैं। सप्तर्षियों के मध्य अरुन्धती को देखकर शिव का परिणय के प्रति आग्रह और बढ़ गया क्योंकि सभी धार्मिक क्रियाओं में साधु स्वभाव की पत्नियाँ ही मूल कारण होती हैं। तपस्या की साक्षात् सिद्धिस्वरूपा, पति वसिष्ठ के चरणों से दृष्टि लगाये हुई अरुन्धती को देखकर शिव का पार्वती के साथ विवाह के लिए समुत्सुक होना यहाँ प्रकारान्तर से उनकी औपमानिकी रति को अभिव्यञ्जित कर रहा है। अरुन्धती में शिव जो जो गुण देख रहे हैं, वे सब पार्वती के गुणों से साम्य रखते हैं। वे सम्भवतः मन ही मन सोच रहे हैं कि जिस प्रकार वसिष्ठ एवं अरुन्धती परस्पर अनुरूप हैं उसी प्रकार वे और पार्वती दोनों एक दूसरे के अनुरूप सिद्ध होंगे तथा साथ ही पार्वती धार्मिक कृत्यों में भी उनकी सहधर्मचारिणी होंगी। इस प्रकार यहाँ पार्वती से साम्य रखने वाली अरुन्धती को देखकर पार्वती के प्रति जो रति शिव में समुत्पन्न हो रही है, वह औपमानिकी मानी जा सकती है।

७. नैसर्गिकी

१. इयं महेन्द्रप्रभृतीनधिश्रिय-
श्चतुर्दिगीशानवमत्य मानिनी।
अरूपहार्यं मदनस्य निग्रहात्
पिनाकपाणिं पतिमाप्तुमिच्छति।।[2]

---

१. कुमारसम्भव–६.११-१३

२. कुमारसम्भव–५.५३

सरस्वतीकण्ठाभरणालङ्कार में भोजराज ने इस पद्य को नैसर्गिकी रति के उदाहरण-रूप में प्रस्तुत करके लिखा है–

अत्र जन्मान्तरवासनया निसर्गत इयं भवति।[१]

भोजराज ने ही अपने शृङ्गारप्रकाश में भी इसे नैसर्गिकी रति का निदर्शन मानते हुए लिखा है–

रतिः नैसर्गिकी। तत्रालम्बनविभावादुत्पन्नमात्रजाता।[२]

इस पद्य का विस्तृत विवेचन इसी पल्लव के 'आभियोगिकी रति' शीर्षक में द्रष्टव्य है। इसी पद्य में आभियोगिकी रति भी सन्निविष्ट है। इस पद्य में 'अभिलाष' कामदशा भी व्यञ्जित है। प्रथम पल्लव का 'अभिलाष' शीर्षक भी इस प्रसङ्ग में द्रष्टव्य है।

२. **अलं विवादेन यथा श्रुतस्त्वया**
तथाविधस्तावदशेषमस्तु सः।
ममाऽत्र भावैकरसं मनःस्थितं
न कामवृत्तिर्वचनीयमीक्षते।।[३]

प्रस्तुत पद्य नैसर्गिकी रति का उत्कृष्ट निदर्शन है। आचार्य शिङ्गभूपाल रसार्णवसुधाकर में इस पद्य को नैसर्गिकी रति के उदाहरण-रूप में उद्धृत करने के अनन्तर लिखते हैं–

अत्र रूपादिदृष्टकारणनिरपेक्षा पार्वत्याः रतिर्जन्मान्तरवासनारूपा निसर्गादेव भवति।[४]

आचार्य भोजराज ने शृङ्गारप्रकाश में इस पद्य को नैसर्गिकी रति के उदाहरण-रूप में प्रस्तुत कर लिखा है–**रतिः नैसर्गिकी प्रवृद्धा।**[५] इसी पद्य में आभियोगिकी एवं आभिमानिकी रति की शोभा भी दर्शनीय है। अतः इस पद्य का विस्तृत विवेचन इसी पल्लव के 'आभियोगिकी रति' एवम् 'आभिमानिकी रति' शीर्षकों में द्रष्टव्य है। इसी पद्य में पार्वती की लज्जात्याग कामदशा भी सन्निविष्ट है।

३. **तं वीक्ष्य वेपथुमती सरसाङ्गयष्टि-**
र्निक्षेपणाय पदमुद्धृतमुद्वहन्ती।
मार्गाचलव्यतिकराकुलितेव सिन्धुः
शैलाधिराजतनया न ययौ न तस्थौ।।[६]

---

१. सरस्वतीकण्ठाभरणालङ्कार (का० हि० वि० वि० संस्करण) ५.७८, पृ० ४४९
२. शृङ्गारप्रकाश–तृतीय खण्ड, पृ० ९
३. कुमारसम्भव–५.८२
४. रसार्णवसुधाकर–द्वितीय विलास, पृ० २१२
५. शृङ्गारप्रकाश–तृतीय खण्ड, पृ० १०
६. कुमारसम्भव–५.८५

पार्वती महेश्वर को साक्षात् देखकर, प्रियतम-दर्शन-जनित कम्प तथा प्रस्वेद से युक्त होती हुई, आगे रखने के लिए उठाये हुए चरण को उसी प्रकार धारण करती हुई, प्रवाहमार्ग में अकस्मात् पर्वत आ जाने से रुकी हुई नदी के समान न तो आगे जा सकीं और न जाने के प्रयत्न को ही छोड़ सकीं। यहाँ जो चित्र अङ्कित है, वह पार्वती की नैसर्गिकी रति को उपस्थित कर रहा है। साहित्यमीमांसाकार ने इस पद्य को नैसर्गिकी रति के उदाहरण रूप में प्रस्तुत करने के अनन्तर लिखा है-

प्रतिकूलस्वभावानामपि रसस्य निष्पादकत्वेन रस्यता। अत्र आकस्मिकदर्शनादिसमुत्थितावेग-साध्वसादयोऽपि नैसर्गिकीं देव्या रतिं रसस्वरूपेण निष्पादयन्तः स्वयमपि रस्यन्ते।[१]

इसी पद्य में हेला एवं दीप्ति नायिकालङ्कार भी सुशोभित हैं।

४. शैलात्मजाऽपि पितुरुच्छिरसोऽभिलाषं
व्यर्थं समर्थ्य ललितं वपुरात्मनश्च।
सख्योः समक्षमिति चाऽधिकजातलज्जा
शून्या जगाम भवनाऽभिमुखी कथञ्चित्॥[२]

प्रस्तुत पद्य भोजराज प्रणीत शृङ्गारप्रकाश में नैसर्गिकी रति के निदर्शन-रूप में उद्धृत है।[३] शिङ्गभूपाल रसार्णवसुधाकर में दैवपारतन्त्र्यजनित पूर्वराग विप्रलम्भ के उदाहरण-रूप में प्रस्तुत पद्य को उपनिबद्ध कर लिखते हैं-

अत्र जनकाद्यानुकूल्येऽपि दैवपारतन्त्र्येण पार्वत्याः पूर्वानुरागः।[४]

इस पद्य में चिन्ता नामक कामदशा भी विद्यमान है। इस पद्य का विस्तृत विवेचन प्रथम पल्लव के 'चिन्ता' शीर्षक में द्रष्टव्य है।

८. स्वरूपजा

(I) नायकनिष्ठ स्वरूपजा

१. यदैव पूर्वे जनने शरीरं
सा दक्षरोषात्सुदती ससर्ज।
तदा प्रभृत्येव विमुक्तसङ्गः
पतिः पशूनामपरिग्रहोऽभूत्॥[५]

---

१. साहित्यमीमांसा-पृ० ५८
२. कुमारसम्भव-३.७५
३. शृङ्गारप्रकाश-तृतीय खण्ड, पृ० १०
४. रसार्णवसुधाकर-१७६-१७८, पृ० २५५-५६
५. कुमारसम्भव-१.५३

सुन्दर दन्तपंक्ति वाली पार्वती ने अपने पूर्वजन्म में पिता दक्ष पर क्रोध करके जब योगाग्नि में अपना शरीर त्याग दिया था तभी से पशुपति शङ्कर ने विषय-भोगों में आसक्ति छोड़कर दूसरी किसी स्त्री से विवाह नहीं किया। यहाँ नायकनिष्ठ स्वरूपजा रति सन्निविष्ट है।

(II) ललनानिष्ठ स्वरूपजा

२. तमेकदृश्यं नयनैः पिबन्त्यो
नार्यो न जग्मुर्विषयान्तराणि।
तथा हि शेषेन्द्रियवृत्तिरासां
सर्वात्मना चक्षुरिव प्रविष्टा॥[१]

परम दर्शनीय उन महादेव को अपने नेत्रों से पीती हुई (निर्निमेष देखती हुई) रमणियाँ तन्मयता के कारण अन्य विषयों को एकदम भूल गईं थीं। ऐसा प्रतीत होता था मानों उनकी समस्त इन्द्रियाँ अपनी सम्पूर्ण शक्ति के साथ उनके नयनों में आकर समाविष्ट हो गईं थीं। उनकी अन्य इन्द्रियों ने उस समय कार्य करना ही बन्द कर दिया था जैसा टीकाकार चारित्रवर्द्धन लिखते हैं–

तद्गतमनस्कत्वान्न शृण्वन्ति न स्पर्शसुखमनुभवन्ति न जिघ्रन्ति।[२]

दर्शनीय शिव के दर्शनार्थ सुन्दरी रमणियों की जो स्थिति तथा उनका जो कौतुकातिशय यहाँ वर्णित है, वह उनकी ललनानिष्ठ स्वरूपजा रति को व्यञ्जित कर रहा है। इस पद्य में रूपोत्पन्ना वैषयिकी रति भी सम्भाव्य है। इस पद्य से मिलता-जुलता पद्य रघुवंश में भी उपलब्ध है–

ता राघवं दृष्टिभिरापिबन्त्यो
नार्यो न जग्मुर्विषयान्तराणि।
तथा हि शेषेन्द्रियवृत्तिरासां
सर्वात्मना चक्षुरिव प्रविष्टा॥[३]

३. स्थाने तपो दुश्चरमेतदर्थ-
मपर्णया पेलवयापि तप्तम्।
या दास्यमप्यस्य लभेत नारी
सा स्यात् कृतार्था किमुताङ्कशय्याम्॥[४]

(महादेव को देखकर कोई सुन्दरी रमणी कहने लगी) अत्यन्त सुकुमार होकर भी पार्वती ने

---

१. कुमारसम्भव–७.६४

२. कुमारसम्भव–७.६४ के नोट्स में उद्धृत, पृ० १३३

३. रघुवंश–७.१२

४. कुमारसम्भव–७.६५

इन शिव को प्राप्त करने के लिए जो कठोर तपश्चर्या की, वह ठीक ही थी, क्योंकि यदि कोई स्त्री शिव की दासी होने का भी अवसर प्राप्त करे तो उसका जीवन कृतार्थ हो जाय और इनकी उत्सङ्ग-शय्या प्राप्त करने वाली के लिए तो कहना ही क्या है। इस पद्य में ललनानिष्ठ स्वरूपजा रति अवस्थित है।

(III) उभयनिष्ठ स्वरूपजा

४. तं यथात्मसदृशं वरं वधू-
रन्वरज्यत वरस्तथैव ताम्।
सागरादनपगा हि जाह्नवी
सोऽपि तन्मुखरसैकनिर्वृतिः॥[१]

प्रस्तुत पद्य में पार्वती एवं शिव की उभयनिष्ठ रति जाह्नवी एवं सागर की रति के दृष्टान्त से सुष्ठुरूपेण व्यञ्जित है। यहाँ पार्वती एवं शिव तथा जाह्नवी एवं सागर की रति समानानुराग के कारण उभयनिष्ठ स्वरूपजा रति है। इस पद्य का विशद विश्लेषण इसी पल्लव के 'वैषयिकी रति' शीर्षक के अन्तर्गत 'रसोत्पन्ना वैषयिकी' शीर्षक में द्रष्टव्य है।

९. आध्यात्मिकी

१. अनन्यभाजं पतिमाप्नुहीति
सा तथ्यमेवाभिहिता भवेन।
न हीश्वरव्याहृतयः कदाचि-
त्पुष्णन्ति लोके विपरीतमर्थम्॥[२]

शङ्कर ने प्रणाम करने के अनन्तर पार्वती को 'अन्य स्त्री को स्वीकार नहीं करने वाले पति को प्राप्त करो' ऐसा सत्य आशीः दिया। महात्माओं का वचन किसी देश में, किसी काल में या किसी अवस्था में कभी भी मिथ्या नहीं होता। यहाँ शिव का प्रणत पार्वती को अनन्यभाक् पति को प्राप्त करने का शुभाशीः प्रदान करना उनकी पार्वतीविषयक आध्यात्मिकी रति का अभिव्यञ्जक है। उनके श्रीमुख से यह सत्य शुभाशीः उनके स्वात्मप्रामाण्यमात्र से निःसृत हुआ और भविष्य में पार्वती ने अनन्यभाक् उन्हीं को वर-रूप में प्राप्त भी किया। अतः यह पद्य आध्यात्मिकी रति का सुन्दर निदर्शन है। इसी पद्य में शिव की मनःसङ्ग कामदशा भी सुष्ठुरूपेण सन्निविष्ट है। इस पद्य का विवेचन प्रथम पल्लव के 'मनःसङ्ग' शीर्षक में द्रष्टव्य है।

२. अखण्डितं प्रेम लभस्व पत्यु-
रित्युच्यते ताभिरुमा स्म नम्रा।

---

१. कुमारसम्भव–८.१६

२. कुमारसम्भव–३.६३

तया तु तस्यार्धशरीरभाजा
पश्चात्कृताः स्निग्धजनाशिषोऽपि॥[1]

उन सती स्त्रियों ने प्रणाम करती हुई विनत पार्वती को यह आशीर्वाद दिया कि तुम अपने पति का अखण्ड प्रेम प्राप्त करो, किन्तु पार्वती ने तो आगे चलकर अपने पति के आधे शरीर पर ही अधिकार प्राप्त कर लिया और इस प्रकार वह अपने स्नेही आत्मीय जनों के आशीर्वादों को भी पीछे छोड़ गईं। पार्वती को शिव का अखण्ड प्रेम तो मिला ही, वह उनकी शरीरार्धहरा भी बन सकीं। यह शिव के प्रति उनकी आध्यात्मिकी रति का ही सम्भवतः परिणाम था। इस प्रकार यहाँ आध्यात्मिकी रति की अवस्थिति मानी जा सकती है।

१०. साम्प्रयोगिकी

१. **व्याहृता प्रतिवचो न संदधे**
गन्तुमैच्छदवलम्बितांशुका।
सेवते स्म शयनं पराङ्मुखी
सा तथापि रतये पिनाकिनः॥

२. **कैतवेन शयिते कुतूहला-**
त्पार्वती प्रतिमुखं निपातितम्।
चक्षुरुन्मिषति सस्मितं प्रिये
विद्युदाहतमिव न्यमीलयत्॥

३. **नाभिदेशनिहितः सकम्पया**
शङ्करस्य रुरुधे तया करः।
तद्दुकूलमथ चाभवत्स्वयं
दूरमुच्छ्वसितनीविबन्धनम्॥

४. **चुम्बनेष्वधरदानवर्जितं**
सन्नहस्तमदयोपगूहने।
क्लिष्टमन्मथमपि प्रियं प्रभो-
र्दुर्लभप्रतिकृतं वधूरतम्॥[2]

यद्यपि पार्वती शङ्कर के कुछ पूछने पर चुप रह जाती थीं, उनके द्वारा आँचल पकड़ लेने पर हट जाना चाहती थीं और शयन के समय भी मुख फेर कर सोती थीं, तथापि मुग्धा की इन सरस

---

१. कुमारसम्भव–७.२८

२. कुमारसम्भव–८.२, ३, ४, ८

चेष्टाओं के मर्मज्ञ शङ्कर पार्वती की इस प्रतिकूलता से आनन्दित ही होते थे। पार्वती की एकान्त चेष्टाओं को जानने की इच्छा से जब शङ्कर नींद का बहाना बनाकर अपनी आँखें मूँद लेते थे तो पार्वती उनकी ओर मुँह फेर कर एकटक देखने लगतीं थीं, किन्तु ज्यों ही शङ्कर मुस्कुराते हुए अपनी आँखें खोल देते थे त्योंही वह अपनी आँखें सहसा इस प्रकार मूँद लेती थीं मानो बिजली की चकाचौंध से वह अपने आप मुँद गई हों। जब शिव नीवीबन्धन खोलने के लिए अपना हाथ पार्वती की नाभि की ओर बढ़ाते तो अपने काँपते हुए हाथों से पार्वती उसे पकड़ लेतीं किन्तु फिर भी न जाने कैसे इनकी नीवी का बन्धन शिथिल होकर खुलने लगता। जब शङ्कर चुम्बन लेना चाहते तो वह अपना अधर ही नहीं देतीं और जब वे गाढ़ आलिङ्गन करना चाहते तो वह अपने हाथों को बाधक बना देतीं। इस प्रकार सहयोगविहीन तथा कष्टसाध्य भी नववधू पार्वती का सुरत शिव को बहुत प्रिय लग रहा था।

उपर्य्युद्धृत सभी पद्य पार्वती एवं शिव की साम्प्रयोगिकी रति के मनोरम निदर्शन हैं। पार्वती सद्योविवाहिता हैं। अतएव रतिकेलि के प्रति उनके भय, साध्वस तथा लज्जादि भाव स्वाभाविक हैं। शिव उनके रतिगुरु हैं। नवोढा पार्वती की सभी शृङ्गारिक चेष्टाएं उन्हें आनन्दित ही करती हैं। उपरिनिर्दिष्ट पद्यों में से प्रथम पद्य नीली राग का तथा द्वितीय एवं तृतीय पद्य श्यामा राग का अभिव्यञ्जक है। अतः इन पद्यों का विवेचन तृतीय पल्लव के नीली राग तथा श्यामा राग शीर्षकों में भी द्रष्टव्य है।

५. शिष्यतां निधुवनोपदेशिनः
शङ्करस्य रहसि प्रपन्नया।
शिक्षितं युवतिनैपुणं तया
यत्तदेव गुरुदक्षिणीकृतम्॥[१]

पार्वती ने एकान्त में शङ्कर से परिमलकला (निधुवनसंभोगकेलि) की जो शिक्षा ग्रहण की, उसी के अनुसार उन्होंने महादेव के साथ नवोढा के हावभाव से परिपूर्ण रतिकेलि भी की। यही मानों कला सीखने की उन्होंने शङ्कर को गुरुदक्षिणा दी। शङ्कर पार्वती के सुरतविद्यागुरु थे। चतुःषष्टि अङ्गों से परिपूर्ण कामकला के गुरुप्रदत्त उपदेश को विधिवत् ग्रहण कर पुनः उन्हीं सुरतगुरु के प्रति उसे समर्पित कर पार्वती ने गुरुदक्षिणा का नूतन निदर्शन प्रस्तुत किया। प्रस्तुत पद्य शिव एवं पार्वती की साम्प्रयोगिकी रति को अभिव्यञ्जित करता है। यहाँ दोनों का परस्पर गाढ़ अनुरागातिशय तथा सम्प्रयोगनिःसाध्वसत्व भी ध्वनित होता है।

६. क्लिष्टकेशमवलुप्तचन्दनं
व्यत्ययार्पितनखं समत्सरम्।

---

१. कुमारसम्भव–८.१७

तस्य तच्छिदुरमेखलागुणं
पार्वतीरतमभून्न तृप्तये॥

७. **केवलं प्रियतमादयालुना**
ज्योतिषामवनतासु पंक्तिषु।
तेन तत्परिगृहीतवक्षसा
नेत्रमीलनकुतूहलं कृतम्॥

८. **ऊरुमूलनखमार्गराजिभि-**
स्तत्क्षणं हृतविलोचनो हरः।
वाससः प्रशिथिलस्य संयमं
कुर्वतीं प्रियतमामवारयत्॥

९. **स प्रजागरकषायलोचनं**
गाढदन्तपदताडिताधरम्।
आकुलालकमरंस्त रागवा-
न्प्रेक्ष्य भिन्नतिलकं प्रियामुखम्॥[1]

यद्यपि शङ्कर ने पार्वती के साथ विजिगीषापूर्वक ऐसी रतिक्रीडा की कि उनके बाल बिखर गये, शरीर पर लगा हुआ चन्दन पुछ गया, नखक्षत अपने समुचित स्थानों से इधर उधर हो गये, पार्वती की मेखला भी टूट गई, किन्तु इतना होने पर भी उस रतिकेलि शङ्कर को तृप्ति न हुई। जब नक्षत्रों की पंक्तियाँ नीचे की ओर खिसकने लगीं अर्थात् रात्रि बीतने लगी तब केवल अपनी प्रियतमा पार्वती पर कृपा करके न कि पराजित होकर शिव ने, जिनके वक्षःस्थल को पार्वती ने आश्लिष्ट कर रखा था, आँख मूँदने का खिलवाड़ किया अर्थात् नींद ली। गन्धमादन से आती हुई वनान्तमारुत से वस्त्र हट जाने से पार्वती के ऊरुमूल पर लगे हुए नखक्षतों की पंक्तियों को शङ्कर अत्यन्त लुब्ध नेत्रों से देखने लगे और जब पार्वती हटे हुए वस्त्र को ठीक करने लगीं तो उन्होंने ऐसा करने से उन्हें रोका। पार्वती की आँखें रातभर जागते रहने के कारण लाल हो गईं थीं। उनके अधरों पर दन्तक्षत के गाढ चिह्न थे। उनकी केशराशि इधर-उधर बिखर गई थी और ललाटस्थ तिलक भी पुछ गया था। अपनी प्रियतमा की ऐसी मुखश्री देखकर रागातिशय से युक्त भगवान् शङ्कर अत्यन्त प्रसन्न हो गए।

उपर्य्युद्धृत पद्यों में शिव एवं पार्वती की निधुवनकेलि के विविध मनोरम दृश्य अङ्कित हैं। वे दोनों रतिकेलि तथा अनुरागातिशय में आकण्ठ मग्न हैं। उनकी यह क्रीडा उन दोनों की साम्प्रयोगिकी रति को अभिव्यञ्जित करती है। यहाँ प्रथम पद्य शिव-पार्वती के सुरत की परा कोटि का, द्वितीय पद्य

---

१. कुमारसम्भव–८.८३, ८४, ८७, ८८

शिव के कौतुकनिद्राभिनय का, तृतीय पद्य शिव की पुनः रिरंसा का तथा अन्तिम पद्य शिव की लोचननिर्वृति का निदर्शक है।

१०. तेन भङ्गिविषमोत्तरच्छदं
मध्यपिण्डितविसूत्रमेखलम्।
निर्मलेऽपि शयनं निशात्यये
नोज्झितं चरणरागलाञ्छितम्॥

११. समदिवसनिशीथं सङ्गिनस्तत्र शंभोः
शतमगमदृतूनां सार्धमेका (साग्रमेका) निशेव।
न स सुरतसुखेभ्यश्छिन्नतृष्णो बभूव
ज्वलन इव समुद्रान्तर्गतस्तज्जलौघैः॥[१]

प्रातःकाल हो जाने पर भी महादेव ने अपनी वह सुरतशय्या नहीं त्यागी जिसकी ऊपर बिछी चादर में सलवटें पड़ गई थीं, बीच में बिना डोरी वाली टूटी हुई करधनी एक जगह सिमटी हुई पड़ी थी तथा उस पर जहाँ तहाँ पार्वती के चरणों में लगी हुई महावर के रंग लगे हुए थे। इस प्रकार शङ्कर ने दिन-रात पार्वती के साथ सम्भोगकेलि करते हुए पच्चीस वर्ष (अथवा एक सौ वर्ष) के समय को इस प्रकार बिता दिया जैसे अभी एक ही रात बीती हो, किन्तु उनकी सुरतोपभोग की अभिलाषा उसी प्रकार शान्त नहीं हुई जैसे समुद्र के जल में रहने पर भी वडवानल की प्यास शान्त नहीं होती।

यहाँ प्रथम पद्य पार्वती के सकलसुरतोपचारसम्पन्न पुरुषायित (विपरीतसुरत) का व्यञ्जक है तथा द्वितीय पद्य शिव के सुरतकेलि के प्रति अनन्त अभिलाषातिशय का द्योतक है। इस प्रकार यहाँ पार्वती एवं शिव की साम्प्रयोगिकी रति सुस्पष्ट है।

यहाँ साम्प्रयोगिकी रति के एकादश उदाहरण प्रस्तुत किये गए। शृङ्गाररसमण्डित कुमारसम्भव महाकाव्य के निम्नलिखित पद्यों में भी साम्प्रयोगिकी रति की छटा अवलोकनीय है–

८.५, ६, १२, १३, १४, १५, १६, १९, २३, २६, ८०,९०.

रतिभेद अथवा प्रेमविलास से भी भूषित इन पद्यों का विस्तृत विवेचन तृतीय पुष्प के द्वितीय एवं तृतीय पल्लव में यथास्थान सन्निविष्ट है। अतएव वहाँ द्रष्टव्य है। साम्प्रयोगिकी रति को व्यञ्जित करने वाले अन्य पद्य हैं–

८.१, ७, ९, १०, ११, १८, २०, २१, २२, २४, २५, २७, २८, २९, ७९, ८१, ८२; ९.४६, ५०, ५१, ५२.

इस प्रकार कविकुलगुरु दीपशिखा कालिदास के रसराजमण्डित कुमारसम्भव महाकाव्य में आचार्यनिर्दिष्ट सभी दस रतिभेद सुशोभित हैं। इन रतिभेदों के यथास्थान सन्नियोजन ने महाकाव्य में चारुतातिशय का आधान किया है।

१. कुमारसम्भव–८.८९, ९१

तृतीय पल्लव

कुमारसम्भव में प्रेमविलास

१. प्रेमा

१. हरस्तु किञ्चित्परिलुप्तधैर्य-
श्चन्द्रोदयारम्भ इवाम्बुराशिः।
उमामुखे बिम्बफलाधरोष्ठे
व्यापारयामास विलोचनानि।।

२. विवृण्वती शैलसुतापि भाव-
मङ्गैः स्फुरद्बालकदम्बकल्पैः।
साचीकृता चारुतरेण तस्थौ
मुखेन पर्यस्तविलोचनेन।।[१]

उपरिनिर्दिष्ट दोनों पद्य प्रेमाख्य प्रेमविलास या रत्यवस्था के सुन्दर निदर्शन हैं। यहाँ शिव एवं पार्वती में कामभाव प्रकृष्टता से निरूपित है जो उनके प्रेमा का व्यञ्जक है। इन दोनों पद्यों में शिव एवं पार्वती के रतिभावोदय का भी निरूपण हुआ है। यहाँ उद्धृत प्रथम पद्य में शिवगत चक्षुःप्रीति एवम् अभिलाष कामदशाएं तथा रसोत्पन्ना वैषयिकी रति भी उपन्यस्त हैं तथा द्वितीय पद्य में पार्वतीगत चक्षुःप्रीति कामदशा व्यञ्जित है। अतः इन पद्यों का विस्तृत विवेचन तृतीय पुष्प के प्रथम एवं द्वितीय पल्लवों में द्रष्टव्य है।

---

१. कुमारसम्भव–३.६७, ६८

३. **इयेष सा कर्तुमवन्ध्यरूपतां**
समाधिमास्थाय तपोभिरात्मनः।
अवाप्यते वा कथमन्यथा द्वयं
तथाविधं प्रेम पतिश्च तादृशः।।

४. **अद्य प्रभृत्यवनताङ्गि तवास्मि दासः**
क्रीतस्तपोभिरिति वादिनि चन्द्रमौलौ।
अह्नाय सा नियमजं क्लममुत्ससर्ज
क्लेशः फलेन हि पुनर्नवतां विधत्ते।।[1]

उपरिनिर्दिष्ट दोनों पद्य पार्वती एवं शिव के प्रेमा नामक प्रेमविलास के सुन्दर दृष्टान्त हैं। प्रथम पद्य में प्रयुक्त 'तथाविधं प्रेम' शब्दों से प्रेमा प्रेमविलास द्विगुणित शोभा धारण कर रहा है। प्रथम पद्य में पार्वती की मनःसङ्ग कामदशा तथा द्वितीय पद्य में शिव की आभियोगिकी रति भी सुष्ठुरूपेण व्यञ्जित है। अतः उक्त पद्यों का विस्तृत विवेचन तृतीय पुष्प के प्रथम एवं द्वितीय पल्लवों में अवलोकनीय है।

५. **तया प्रवृद्धाननचन्द्रकान्त्या**
प्रफुल्लचक्षुःकुमुदः कुमार्या।
प्रसन्नचेतःसलिलः शिवोऽभू-
त्संसृज्यमानः शरदेव लोकः।।

६. **तयोः समापत्तिषु कातराणि**
किञ्चिद्व्यवस्थापितसंहृतानि।
ह्रीयन्त्रणां तत्क्षणमन्वभूव-
न्न्योन्यलोलानि विलोचनानि।।[2]

उपर्युद्धृत दोनों पद्य शिव एवं पार्वती के प्रकृष्ट कामभाव एवम् उनके निगूढ भावबन्धन के द्योतक हैं। अतः यहाँ प्रेमा रत्यवस्था निरूपित है। दोनों पद्यों में रूपोत्पन्ना वैषयिकी रति भी विद्यमान है। अतः इन दोनों पद्यों का विस्तृत विवेचन तृतीय पुष्प के द्वितीय पल्लव में अवलोकनीय है।

७. **समीयिवांसो रहसि स्मरार्ता**
रिरंसवो यत्र सुराः प्रियाभिः।
एकाकिनोऽपि प्रतिबिम्बभाजो
विभान्ति भूयोभिरिवान्विताः स्वैः।।[3]

---

१. कुमारसम्भव–५.२, ८६
२. कुमारसम्भव–७.७४, ७५
३. कुमारसम्भव–९.४५

कामभाव से व्याकुल देवगण अपनी अपनी प्रेयसियों के साथ एकान्त विहार करने की अभिलाषा से जब इस स्फटिकमय कैलास पर्वत पर आते हैं तो अकेले होने पर भी उस पर पड़ने वाली अपनी अनेकों छायायें देखकर उन्हें ऐसा भ्रम हो जाता है मानों उनके अनेक रूप हो गए हों। यहाँ देवगण की प्रेमा नामक रत्यवस्था द्रष्टव्य है।

८. वनेचराणां वनितासखानां
दरीगृहोत्सङ्गनिषक्तभासः।
भवन्ति यत्रौषधयो रजन्या-
मतैलपूराः सुरतप्रदीपाः॥[१]

इस हिमालय पर्वत पर रात्रि में चमकने वाली औषधियाँ गुहारूपी गृहों में प्रकाशित होती हुई वहाँ के वनेचरमिथुनों के बिना तेल के जलने वाले सुरतोपयुक्त दीपक का काम करती हैं। प्रस्तुत पद्य में वनेचरमिथुनों का परस्पर प्रकृष्ट कामभाव व्यञ्जित होने से यहाँ प्रेमा प्रेमविलास विलसित है।

९. यत्रांशुकाक्षेपविलज्जितानां
यदृच्छया किंपुरुषाङ्गनानाम्।
दरीगृहद्वारविलम्बिबिम्बा-
स्तिरस्करिण्यो जलदा भवन्ति॥[२]

इस हिमालय पर्वत पर सुरतकेलि के आरम्भ में प्रियतमकृत अंशुकवस्त्रापहार से अत्यन्त लज्जित होने वाली किन्नर-सुन्दरियों के लिए संयोगवश गुफाओं के द्वार पर आकर छा जाने वाले मेघ तिरस्करिणी (पर्दे) का कार्य कर देते हैं। प्रस्तुत पद्य किन्नरमिथुनों के पारस्परिक प्रकृष्ट कामभाव एवम् उनके निगूढ़ भावबन्धन का द्योतक है। अतः यहाँ प्रेमा रत्यवस्था सुशोभित है।

२. मान

(I) ईर्ष्यामान

१. मुञ्च कोपमनिमित्तकोपने
सन्ध्यया प्रणमितोऽस्मि नान्यथा (नान्यया)।
किं न वेत्सि सहधर्मचारिणं
चक्रवाकसमवृत्तिमात्मनः॥[३]

---

१. कुमारसम्भव–१.१०
२. कुमारसम्भव–१.१४
३. कुमारसम्भव–८.५१

(महादेव ने अपनी सांयकालीन सन्ध्या को विधिपूर्वक मन्त्रपाठ करते हुए समाप्त किया और तत्पश्चात् असूया से चुपचाप बैठी हुई पार्वती के समीप आकर वह मुस्कुराते हुए कहने लगे) हे अकारण रूठने वाली प्रिये! अपना कोप-मान त्याग दो। मैं तो सन्ध्या को ही प्रणाम कर रहा था (अर्थात् धर्मकार्यरत था)। मैं किसी अन्य कार्य (काम-सम्बद्ध कार्य) में व्यापृत न था (मैं किसी अन्य स्त्री को प्रणाम नहीं कर रहा था)। क्या तुम यह नहीं जानती हो कि मैं उसी प्रकार सदा तुम्हारे साथ रह कर धर्माचरण करता हूँ जिस प्रकार चक्रवाक चक्रवाकी के साथ रहता है?

यह पद्य पार्वती के ईर्ष्यामान का सुन्दर निदर्शन है। शिव के सन्ध्यावन्दन में पार्वती को अन्यस्त्रीवन्दन का भान होता है। अतएव वे ईर्ष्यामान कर बैठती हैं और शिव उनके मानापनोदन का प्रयास करते हैं। शिव अपने को पार्वती का सहधर्मचारी तथा धर्माभिसंधायी सिद्ध करते हैं। इस सम्बन्ध में टीकाकार मल्लिनाथ की व्याख्या द्रष्टव्य है–

सन्ध्यया प्रणमितः अस्मि प्रणामं कारितोऽस्मि। अन्यथा प्रकारान्तरं न। धर्माभिसन्धायिनं मां कामाभिसन्धायिनं मा मन्यस्वेत्यर्थः।[1]

श्रीसीताराम कवि भी अपनी सञ्जीविनी व्याख्या में लिखते हैं–

यतोऽस्म्यहं सन्ध्यया कर्त्र्या प्रणमितो नान्यया। अहं सन्ध्यावशं गतो नान्यावशं गतः।[2]

यहाँ ईर्ष्यामानवती पार्वती के प्रसादनार्थ शिव सम्पूर्णप्रयासरत हैं जैसा वल्लभदेव लिखते हैं–

निर्निमित्तरोषणे! सन्ध्याप्रणतिनिमित्तं रोषं मुञ्च। यस्मात् सन्ध्या अहम् अन्यथा अन्येन वक्ष्यमाणप्रकारेण वन्दनं कारितः। न तु रागेण। मां च कस्मात् आत्मनः चक्रवाकसमवृत्तिं सहधर्मचारिणं पतिं न बुध्यसे। प्रभुरपि रथाङ्गनामवत्तवायं चाटुकारीत्यर्थः।[3]

यह पद्य सरस्वतीकण्ठाभरण में हृदयङ्गमप्रवृत्तिरनुकूल नायक के निदर्शन-रूप में उद्धृत है।[4]

२. निर्मितेषु पितृषु स्वयंभुवा
या तनुः सुतनु पूर्वमुज्झिता।
सेयमस्तमुदयं च सेव्यते
तेन मानिनि ममात्र गौरवम्।।[5]

हे सुगात्रि! जिस समय स्वयंभू ब्रह्मा ने पितरों की सृष्टि की थी, उस समय उन्होंने अपनी जिस मूर्ति का त्याग किया, उनकी वही मूर्ति सूर्योदय तथा सूर्यास्त के समय सन्ध्या नाम

---

१. कुमारसम्भव–१.५१ पर मल्लिनाथ-टीका

२. कुमारसम्भव–१.५१ पर श्री सीतारामकविटीका, पृ० १५६

३. कुमारसम्भव–१.५१ पर वल्लभदेव-टीका

४. सरस्वतीकण्ठाभरण (का० हि० वि० वि० संस्करण)–पञ्चम परिच्छेद, ३६९, पृ० ५०१

५. कुमारसम्भव–८.५२

से पूजी जाती है। इसीलिए हे मानिनि! उस पूजनीया सन्ध्या के लिए मेरे मन में इतना आदर-भाव है।

यहाँ सायंकालीन सन्ध्या के वन्दन में व्यापृत शिव को देखकर, उन्हें मानों अन्यस्त्रीवन्दनरत जानकर रूठी हुई मानिनी प्रिया पार्वती को, शिव अपनी वास्तविक स्थिति समझाते हुए उनके प्रसादन में रत हैं। प्रस्तुत पद्य पार्वती के ईर्ष्यामान का अभिव्यञ्जक है। यहाँ पार्वती के लिए शिवप्रयुक्त 'मानिनि!' सम्बोधन ईर्ष्यामान की महिमा को वृद्धिगत कर रहा है।

ब्रह्मतनुभूता सन्ध्या की वन्दना एवम् उपासना परमावश्यक है जैसा भविष्यपुराण में उल्लिखित है–

पितामहः पितॄन्सृष्ट्वा मूर्तिं तामुत्ससर्ज ह ।
प्रातः सायं समागम्य सन्ध्यारूपेण पूज्यते ॥
एतां सन्ध्यां यतात्मानो ये तु दीर्घामुपासते ।
दीर्घायुषो भविष्यन्ति नीरुजः पाण्डुनन्दन ॥[१]

उपर्य्युद्धृत पद्य में डॉ॰ सत्यव्रत सिंह के अनुसार पार्वती के प्रणयमान की अवस्थिति है।[२]

३. विलोक्य यत्र स्फटिकस्य भित्तौ
सिद्धाङ्गनाः स्वं प्रतिबिम्बमारात्।
भ्रान्त्या परस्या विमुखीभवन्ति
प्रियेषु मानग्रहिला नमत्सु॥[३]

इस कैलास पर्वत पर सिद्धों की रमणियाँ इसकी स्फटिक शिला की बनी हुई दीवारों के समीप पहुँच कर अपने पति के साथ जब अपनी परछाईं देखती हैं तो वे यह समझ कर कि यह परकीया नायिका है, अपने प्रियतमों से रूठ जाती हैं और उनके मनाने पर भी नहीं मानतीं। प्रस्तुत पद्य सिद्धाङ्गनाओं के ईर्ष्यामान का सुन्दर निदर्शन है। अपने ही प्रतिबिम्ब को परकीया नायिका समझ कर सिद्धाङ्गनाओं का अपने पति के प्रति रोष अतिस्वाभाविक है। सिद्धाङ्गनाओं के लिए यहाँ प्रयुक्त 'मानग्रहिलाः' पद उनके ईर्ष्यामान को पुष्ट कर रहा है।

४. कयासि कामिन् सुरतापराधा-
त्पादानतः कोपनयाऽवधूतः।
तस्याः करिष्यामि दृढानुतापं
प्रवालशय्याशरणं शरीरम्॥[४]

---

१. कुमारसम्भव–८.५२ पर मल्लिनाथ-टीका में उद्धृत

२. साहित्यदर्पण (व्याख्याकार–डॉ॰ सत्यव्रत सिंह)–पृ॰ २३९

३. कुमारसम्भव–९.४०

४. कुमारसम्भव–३.८

(वसन्तसखा कामदेव इन्द्र से कहते हैं) हे कामिन्! वह कौन सी कामिनी है, जो किसी अन्य सुन्दरी के साथ आपके रमण-वृत्तान्त को सुनकर इतनी कुपित हुई है कि आपके द्वारा चरणों पर गिरकर मनाने के बाद भी अपना मान नहीं त्याग रही है। मैं उसके चित्त में ऐसा तीव्र पश्चात्ताप उत्पन्न कर दूँगा कि उसे नूतन पल्लवों की शय्या की ही शरण में जाना होगा। यहाँ कामदेव इन्द्र के सम्मुख जिस काल्पनिक स्थिति को उपस्थापित करते हैं वह उस कामिनी के ईर्ष्याजनित मान को व्यञ्जित करती है।

५. कुबेरगुप्तां दिशमुष्णरश्मौ
गन्तुं प्रवृत्ते समयं विलङ्घ्य।
दिग्दक्षिणा गन्धवहं मुखेन
व्यलीकनिःश्वासमिवोत्ससर्ज।।[१]

(अपने साहसी पति द्वारा सदाचार का अतिक्रमण कर पराङ्गना में आसक्ति होने पर चतुर रमणियाँ अपने मुख से कुछ भी न कह कर केवल दुःख से दीर्घ निःश्वास छोड़ती हैं, उसी प्रकार) उष्णरश्मि सूर्य द्वारा दक्षिणायन काल की मर्यादा को त्याग कर कुबेर की उत्तर दिशा में प्रवृत्त होने पर उनके वियोग में दक्षिण दिशा ने अपने मुख से दुःखपूर्वक जो दीर्घ निःश्वास छोड़ा, वही सुगन्धित मलयपवन होकर बहने लगा। यहाँ दक्षिण दिशारूपिणी नायिका का सूर्यरूप नायक के प्रति ईर्ष्यामान सुन्दररूपेण अभिव्यञ्जित है।

यहाँ स्त्रियों के ईर्ष्यामान के पाँच उदाहरण प्रस्तुत किये गए। आचार्य शारदातनय का स्पष्ट निर्देश है कि कविगण केवल स्त्रियों के ही ईर्ष्यामान का वर्णन करते हैं, पुरुषों के ईर्ष्यामान का नहीं, क्योंकि यदि वे पुरुषों के ईर्ष्यामान का वर्णन करेंगे तो वह मान का नहीं अपितु वैर का उत्पादक होगा।[२] इसी नियम के आलोक में कुमारसम्भव में पुरुषों के ईर्ष्यामान का कोई चित्रण नहीं मिलता। केवल निम्नाङ्कित पद्य में पुरुष के ईर्ष्यामान की ईषत् प्रतीति होती है, किन्तु उसे ईर्ष्यामान न मानकर घनमत्सर मान लेना ही उपयुक्त होगा–

आक्रान्तपूर्वा रभसेन सैनिकै-
र्दिगङ्गना व्योम रजोभिदूषिता।
भेरीरवाणां प्रतिशब्दितैर्घनै-
र्जगर्ज गाढं घनमत्सरादिव।।[३]

देवसेना में बजने वाले नगाड़ों की ध्वनि आकाश में गूँजती हुई ऐसी प्रतीत हो रही थी मानों आकाशरूपी नायक धूलि से भरी हुई अपनी दिशारूपिणी रजस्वला स्त्री पर इस प्रकार सैनिकों द्वारा सहसा आक्रमण करते हुए देखकर अत्यन्त मत्सर के साथ घनघोर गर्जन कर रहा हो।

१. कुमारसम्भव–३.२५
१. भावप्रकाशन–४.१४-१५
३. कुमारसम्भव–१४.४९

(II) प्रणयमान

६. निर्विभुज्य दशनच्छदं ततो
वाचि भर्तुरवधीरणापरा।
शैलराजतनया समीपगा-
माललाप विजयामहेतुकम्।।[1]

(शिव कहते हैं हे मृदुभाषिणि पार्वति! तुम मुझे भी कुछ क्षणों के लिए इस समय अनुमति दो कि मैं भी सांयकालीन सन्ध्याविधि कर लूँ। इतनी देर के लिए ये तुम्हारी विनोदकुशल सखियाँ तुम्हारा मनोरञ्जन करती रहेंगी।) तदनन्तर पर्वतराजपुत्री पार्वती ने ओंठ बिचका कर महेश्वर की बात की अवज्ञा सी करती हुई अपने समीप में स्थित अपनी सखी विजया से इधर-उधर की निर्निमित्त बातें करना प्रारम्भ कर दिया। यहाँ पार्वती का अभीष्ट शिव के प्रति अवज्ञाभाव तथा रोषवशात् पति को उत्तर न देना उनके प्रणयमान का सूचक है। बिब्बोक नामक स्वभावज योषिदलङ्कार से मण्डित प्रस्तुत पद्य सरस्वतीकण्ठाभरण[2] में प्रणयमान के उदाहरणरूप में उद्धृत है तथा इसी रूप में साहित्यदर्पण में भी निर्दिष्ट है–

नायिकाया यथा कुमारसम्भवे सन्ध्यावर्णनावसरे।[3]

७. स पावकालोकरुषा विलक्षां
स्मरत्रपास्मेरविनम्रवक्त्राम्।
विनोदयामास गिरीन्द्रपुत्रीं
शृङ्गारगर्भैर्मधुरैर्वचोभिः।।

८. हरो विकीर्णं घनघर्मतोयै-
र्नेत्राञ्जनाङ्कं हृदयप्रियायाः।
द्वितीयकौपीनचलाञ्चलेना-
हरन्मुखेन्दोरकलङ्किनोऽस्याः।।

९. मन्देन स्विन्नाङ्गुलिना करेण
कम्प्रेण तस्या वदनारविन्दात्।
परामृशन्घर्मजलं जहार
हरः सहेलं व्यजनानिलेन।।

---

१. कुमारसम्भव–८.४९

२. कुमारसम्भव–८.४९ के नोट्स में द्रष्टव्य, पृ० ३७३

३. साहित्यदर्पण–३.१९८

१०. रतिश्लथं तत्कबरीकलाप-
मंसावसक्तं विगलत्प्रसूनम्।
स पारिजातोद्भवपुष्पमय्या
स्रजा बबन्धामृतमूर्तिमौलिः॥

११. कपोलपाल्यां मृगनाभिचित्र-
पत्रावलीमिन्दुमुखः सुमुख्याः।
स्मरस्य सिद्धस्य जगद्विमोह-
मन्त्राक्षरश्रेणिमिवोल्लिलेख॥

१२. रथस्य कर्णाविभि तन्मुखस्य
ताटङ्कचक्रद्वितयं न्यधात्सः।
जगज्जिगीषुर्विषमेषुरेष
ध्रुवं यमारोहति पुष्पचापः॥[१]

रतिकेलि के अवसर पर अग्नि द्वारा देख लिए जाने के कारण जिनका सुन्दर स्वरूप कुछ विकृत हो गया था तथा जो कामभावना एवं लज्जा के कारण अपनी झेंप को मुस्कुराहट में छिपाते हुए अधोमुखी होकर बैठी थीं, ऐसी पार्वती को शङ्कर अपनी प्रेमरसपगी शृङ्गारमयी उक्तियों से मनाने लगे। सघन पसीने की बूँदों से पार्वती की आँखों का काजल उनके मुख पर इधर-उधर फैल रहा था। अपनी प्राणवल्लभा के निष्कलङ्क मुखचन्द्र पर फैले हुए काजल के चिह्नों को शिव ने अपने कन्धे पर रखे हुए कौपीन के छोर से पोंछ दिया। पसीने से गीली अंगुलियों वाले अपने हाथों को पंखे की तरह इधर-उधर हिलाकर शिव ने शनैः शनैः पार्वती के मुखकमल के सारे पसीने को सुखा दिया। रतिक्रीडा के समय केशपाश के खुल जाने से पार्वती की सम्पूर्ण केशराशि उनके कन्धों पर बिखर गई थी तथा केशपाश में लगे हुए पुष्प भी गिर गए थे, उस केशपाश को चन्द्रशेखर शिव ने पारिजातपुष्पों की माला द्वारा फिर से बाँध दिया। चन्द्रमा के समान सुन्दर मुख वाले शङ्कर ने सुमुखी पार्वती के कपोलों पर कस्तूरी द्वारा सुन्दर पत्रावली-रचना की जिसे देखकर यह प्रतीत हुआ कि यह पत्रावली नहीं प्रत्युत सिद्ध कामदेव के मोहन मन्त्र के अक्षरों की पंक्तियाँ हों जिनसे वह जगत् को वशीभूत करता है। शङ्कर ने पार्वती के दोनों कानों में सुन्दर कर्णफूल पहना दिए। इससे उनका मुख ऐसा मनोहर दिखाई पड़ने लगा मानों वह कामदेव का ऐसा रथ हो जिस पर बैठकर वह त्रिलोकीविजय के लिए निकला हो और ये दोनों कर्णफूल उस रथ के दो पहियों के समान हों।

रतिकेलि के समय अग्नि द्वारा देख लिए जाने के कारण तथा सुरतजनित आनन्द के भङ्ग हो जाने के कारण पार्वती का रोष अतिस्वाभाविक है। ऐसी ही प्रणयकुपिता पार्वती को मनाने के लिए प्रसादनदक्ष शिव अपनी शृङ्गारमयी रसभरी उक्तियों तथा सुन्दर क्रियाकलापों यथा केशसज्जा,

१. कुमारसम्भव-९.१८, १९, २०, २१, २२, २३

पत्रावलीरचनादि द्वारा उनको मनाने का पूर्ण उद्योग करते हैं। यह प्रसङ्ग पार्वती के प्रणयमान को व्यञ्जित करता है।

१३. तस्याः स कण्ठे पिहितस्तनाग्रां
न्यधत्त मुक्ताफलहारवल्लीम्।
या प्राप मेरुद्वितयस्य मूर्ध्नि
स्थितस्य गाङ्गौघयुगस्य लक्ष्मीम्॥

१४. नखव्रणश्रेणिवरे बबन्ध
नितम्बबिम्बे रशनाकलापम्।
चलस्वतेजोमृगबन्धनाय
मनोभुवः पाशमिव स्मरारिः॥

१५. भालेक्षणाग्नौ स्वयमञ्जनं स
भङ्क्ता दृशोः साधु निवेश्य तस्याः।
नवोत्पलाक्ष्याः पुलकोपगूढे
कण्ठे विनीलेऽङ्गुलिमुज्जघर्ष॥

१६ अलक्तकं पादसरोरुहाग्रे
सरोरुहाक्ष्याः किल संनिवेश्य।
स्वमौलिगङ्गासलिलेन हस्ता-
रुणत्वमक्षालयदिन्दुचूडः॥

१७ भस्मानुलिप्ते वपुषि स्वकीये
सहेलमादर्शतलं विमृज्य।
नेपथ्यलक्ष्म्याः परिभावनार्थ-
मदर्शयज्जीवितवल्लभां सः॥[१]

शङ्कर ने पार्वती के कण्ठ में जो मौक्तिकमाला पहनाई वह उनके दोनों स्तनों के चूचुकों का स्पर्शकर वक्षस्थल पर लटकती हुई ऐसी प्रतीत होती थी मानों दो सुमेरु पर्वतों के दो शिखरों से गङ्गा की दो धाराएं निकलकर नीचे गिर रही हों। शङ्कर ने स्वनखाङ्कित पार्वती के नितम्बों पर करधनी पहना दी। उस समय वह ऐसी प्रतीत होने लगी मानों कामदेव ने अपने चञ्चल चित्त रूपी मृग को बाँधने के लिए जाल फैला रखा हो। शङ्कर ने अपने ललाट पर स्थित तृतीय नेत्र रूपी दीपक से काजल पार कर नूतन नीले कमल के सदृश आँखों वाली पार्वती की दोनों आँखों में सुन्दर ढंग से लगा दिया और फिर अंगुली में लगे हुए काजल को पोंछने के लिए उन्होंने अपनी अंगुली को

१. कुमारसम्भव–९.२४, २५, २६, २७, २८

पुलकावली से व्याप्त अपने नीले कण्ठ में रगड़ दिया। तदनन्तर चन्द्रशेखर शिव ने सरोरुद्राक्षी पार्वती के चरणकमल के अग्रभाग में महावर लगाकर अपने हाथ की लालिमा को अपने मस्तक पर विराजमान गङ्गा के जल से धो डाला। यह सब प्रसाधनविधि सम्पन्न कर लेने के बाद शिव ने हेलापूर्वक अपने भस्म लगे हुए शरीर पर दर्पण को रगड़कर स्वच्छ कर डाला और पुनः अपनी प्राणप्रिया पार्वती को अपनी शृङ्गारसज्जा को दिखाने के लिए उस दर्पण को उनके सम्मुख रख दिया।

उपर्य्युद्धृत सभी पद्य प्रणयरुष्टा पार्वती के प्रसादन में रत शिव के विविध क्रियाकलापों यथा उन्हें माला तथा करधनी पहनाने काजल और महावर लगाने और अन्त में शृङ्गारसज्जा के दर्शनार्थ स्वच्छ दर्पण दिखाने के व्यञ्जक हैं। अतः ये सभी पद्य पार्वती के प्रणयमान के निदर्शक हैं। इस प्रकार प्रसाधनदक्ष शिव स्वप्राणवल्लभा प्रणयमानवती पार्वती के प्रसादन में स्वकीय चातुरी द्वारा सफलता पाते हैं।

१८. भ्रूभेदिभिः सकम्पोष्ठैर्ललिताङ्गुलितर्जनैः।
यत्र कोपैः कृता स्त्रीणामाप्रसादार्थिनः प्रियाः।।[१]

इस ओषधिप्रस्थ नगर में मानिनी रमणियाँ अपनी भृकुटियों को टेढ़ी करके, काँपते हुए होठों से तथा अपनी सुन्दर अंगुलियों द्वारा अपने प्रेमियों को तब तक धमकाती हैं, जब तक वे मनाकर प्रसन्न नहीं कर ली जातीं–इसके अतिरिक्त यहाँ क्रोध का कोई प्रसङ्ग ही नहीं आता। मानवती नायिकाओं के प्रणयमान का यह अतिशय सुन्दर उदाहरण है।

मानदूरीकरण एवं पुंस्कोकिलकूजित

सभी पक्षियों में गान के लिए सर्वाधिक प्रसिद्धि प्राप्त है कोकिल एवं कोकिला को। कहा जाता है कि जिस कोकिल-सङ्गीत की इतनी प्रशस्ति गाई जाती है, वह नर कोकिल द्वारा प्रस्तुत सङ्गीत होता है। मादा कोकिल (कोकिला) भी गाती है, किन्तु नर कोकिल का स्वर तथा सङ्गीत विशेष प्रभावी होता है। इस तथ्य के विशेष सूचन के लिए कालिदास ने कोकिल-सङ्गीत के लिए 'पुंस्कोकिलकूजित' पद का प्रयोग किया है। कोकिल के कण्ठ से सङ्गीत के पञ्चम स्वर की उत्पत्ति मानी गई है।[२] कोकिल वसन्त ऋतु में जब मद-संयुक्त हो कूजन करता है, वही उसका गान है। वसन्त ऋतु में आम्र-वृक्षों में नवीन मञ्जरी आती है जिसका रसपान कोकिल करता है। उस नूतन मञ्जरी के रसपान से उसका कण्ठ कषाय अर्थात् रक्त (मधुर) हो जाता है और फिर वह मधुर स्वर में अपना सङ्गीत प्रारम्भ करता है। उसका मधुर सङ्गीत मानों कामदेव का आज्ञावचन है जिसे सुनकर मानवती रमणियाँ अपना मान छोड़ देती हैं अर्थात् पुंस्कोकिलकूजित सुनकर अपने प्रियों से रूठी हुई रमणियाँ अपना कोप त्यागकर प्रियमिलनार्थ समुत्कण्ठित हो जाती हैं–

१. कुमारसम्भव–६.४५
२. सङ्गीतदर्पण–१७०-१७१, द्रष्टव्य बृहद्देशी पृ० १२-१३

चूताङ्कुरास्वादकषायकण्ठः
पुंस्कोकिलो यन्मधुरं चुकूज।
मनस्विनीमानविघातदक्षं
तदेव जातं वचनं स्मरस्य।।[१]

इस पद्य में प्रयुक्त 'कषाय' का अर्थ है रक्त अर्थात् मधुर। आम्र के अङ्कुरों के आस्वाद से कोकिल का कण्ठ रक्त हो गया है– **'चूताङ्कुराणामास्वादेन कषायकण्ठो रक्तकण्ठः। सुरभावपथे रक्ते कषायः इति केशवः।'**[२] जिन स्त्रियों को अपने सम्मान का पूर्ण ज्ञान हो, वे मानवती होती हैं। प्रिय के अन्य स्त्री में आसक्त होने पर रमणियों का ईर्ष्याकृत कोप 'मान' कहलाता है। कोकिल-कूजन सुनकर वे मानवती रमणियाँ इस प्रकार मान छोड़ देती हैं जैसे उन्हें स्मर की आज्ञा मिली हो कि प्रिय पर कोप छोड़ दो– **'कोकिलकूजितश्रवणानन्तरं स्मराज्ञप्ता इव मानं जहुरित्यर्थः'।**[४]

'चूताङ्कुरास्वादकषायकण्ठः . . . .' इस पद्य के भाव से मिलता-जुलता भाव रघुवंश में भी उपलब्ध है। राजा दशरथ अपनी अन्तःपुर-प्रमदाओं के साथ वसन्तोत्सव मनाने में लगे हुए हैं। वसन्त ऋतु में जब कोकिला का कूजन होता है तो ऐसा प्रतीत होता है मानों वह 'स्मरमत' अर्थात् कामदेव के सिद्धान्त को समझा रही है कि 'मान मत करो, झगड़ा छोड़ो, क्योंकि उपभोगक्षमा युवावस्था एक बार जाने के बाद लौटती नहीं।' कोकिला-सङ्गीत के इस सिद्धान्त को अच्छी तरह हृदयङ्गम कर दशरथ की वधुयें खूब रमण करती थीं–

त्यजत मानमलं बत विग्रहै-
र्न पुनरेति गतं चतुरं वयः।
परभृताभिरितीव निवेदिते
स्मरमते रमते स्म वधूजनः।।[५]

इस पद्य में 'स्मरमते रमते स्म' में यमकच्छटा भी दर्शनीय है। परभृता-सङ्गीत से उन वधूटियों का कामभाव उद्दीप्त हो गया और वे उसे स्मराज्ञा समझकर प्रगल्भभाव से कामकेलियों में लीन हो गईं– **'कोकिलाकूजितोद्दीपितस्मरः स्त्रीजनः कामशासनमयादिवोच्छृङ्खलमखेलदिति भावः।'**[६]

परभृता मानों रमणियों की प्रिय सखी है जिसका मधुर वचन सुनकर कोई रमणी बिना माँगे ही अपना शरीर प्रियतम को समर्पित कर देती है–यह माघ की उक्ति है शिशुपालवध में, जो निश्चित रूप से कालिदास के पूर्वोद्धृत दोनों पद्यों के प्रभाव पर रचित है–

१. कुमारसम्भव–३.३२
२. कुमारसम्भव–३.३२ पर मल्लिनाथ-टीका।
३. साहित्यदर्पण–३.१९८-२००
४. कुमारसम्भव–३.३२ पर मल्लिनाथ-टीका
५. रघुवंश–९.४७
६. रघुवंश–९.४७ पर मल्लिनाथ-टीका

प्रियसखीसदृशं प्रतिबोधिताः
किमपि काम्यगिरा परपुष्टया।
प्रियतमाय वपुर्गुरुमत्सर-
च्छिदुरयाऽदुरयाचितमङ्गनाः॥[1]

माघ ने भी यहाँ यमकच्छटा प्रस्तुत की है 'दुरयाऽदुरया' में। इस प्रकार कविकुलगुरु कालिदास ने मानदूरीकरण के एक सुन्दर साधन के रूप में पुंस्कोकिलकूजित एवं परभृतासङ्गीत को अपनी कृतियों में उपन्यस्त किया है। पुंस्कोकिलकूजित एवं परभृतासङ्गीत का विस्तृत विवेचन 'कालिदास-साहित्य एवं पशु-पक्षि-सङ्गीत' ग्रन्थ में द्रष्टव्य है।[2]

३. प्रणय

१. **प्रियेण दत्ते मणिदर्पणे सा**
संभोगचिह्नं स्ववपुर्विभाव्य।
त्रपावती तत्र घनानुरागं
रोमाञ्चदम्भेन बहिर्बभार॥

२. **नेपथ्यलक्ष्मीं दयितोपक्लृप्तां**
सस्मेरमादर्शतले विलोक्य।
अमंस्त सौभाग्यवतीषु धुर्य-
मात्मानमुद्भूतविलक्षभावा॥[3]

शङ्कर द्वारा अपने हाथ से दिए गए उस दर्पण में अपने शरीर पर अङ्कित नखक्षतादि संभोगचिह्नों को देखकर पार्वती लजा गईं और उस अप्रतिम कामसुख का स्मरण करके रोमाञ्चित हो उठीं। उस समय उनके रोमाञ्च ऐसे प्रतीत हुए मानों शिव के प्रति उनके हृदय का प्रेमातिशय ही रोम-रोम से फूटकर बाहर आ गया हो। अपने प्रियतम शिव के हाथ से सजाये गए शृङ्गार की शोभा को जब उन्होंने उस मणिदर्पण में देखा तो मुस्कुरा उठीं। उनकी लज्जा दूर हो गई और उन्होंने अपने को संसार की समस्त सौभाग्यवती स्त्रियों में अग्रगण्य माना।

रतिकेलि के अवसर पर अग्निदेव द्वारा देख लिए जाने के कारण तथा सम्भोगसुख में बाधा पड़ जाने के कारण पार्वती अत्यधिक रुष्ट हो गईं थीं तथा सलज्ज भी थीं। ऐसी अपनी प्रियतमा पार्वती को शिव ने अनेक उपायों द्वारा मनाने का पूर्ण उद्योग किया[4] और अन्ततः वे सफल हुए।

१. शिशुपालवध–६.८
२. कालिदास-साहित्य एवं पशु-पक्षि-सङ्गीत, पृ० ३६-५१
३. कुमारसम्भव–९.२९, ३०
४. कुमारसम्भव–९.१८-२८

प्रसादनदक्ष तथा प्रसाधनदक्ष भी प्रियतम द्वारा की गई नेपथ्यलक्ष्मी–शृङ्गारसज्जा को शिवदत्त मणिदर्पण में देखकर तथा उसी दर्पण में संभोगचिह्नों को देखकर रोमाञ्चित पार्वती का समस्त कोप दूर हो गया, उनकी लज्जा समाप्त हुई तथा उन्हें एक अतिशय सुखद अनुभूति हुई मानों वे संसार की समस्त सौभाग्यवती रमणियों में शिरोमणिभूता हैं। रोमाञ्चिताङ्गी पार्वती की यह अनुभूति शिव के प्रति उनके प्रणयभाव की द्योतिका है। इस प्रकार यहाँ प्रणय प्रेमविलास विद्यमान है। प्रथम पद्य में प्रयुक्त 'घनानुराग' पद को देखकर यहाँ अनुराग नामक प्रेमविलास की भी सम्भावना की जा सकती है किन्तु क्योंकि यह वर्णन हमें प्रणयकुपिता पार्वती के शिव द्वारा मनाये जाने के अनन्तर मिलता है, इसलिए यहाँ प्रणय रत्यवस्था मानना ही अधिक उपयुक्त होगा।

४. स्नेह

(I) दर्शनज स्नेह

१. तयोः समापत्तिषु कातराणि
किञ्चिद्व्यवस्थापितसंहृतानि।
ह्रीयन्त्रणां तत्क्षणमन्वभूव-
न्नन्योन्यलोलानि विलोचनानि।।[१]

पार्वती और शङ्कर के चञ्चल नेत्र थोड़ी देर के लिए अपने आप एक दूसरे से मिलकर फिर हट जाते थे और इस प्रकार एक दूसरे को चाहभरी चितवन से देखकर उनके हृदय में बड़ी लज्जा भी हो जाती थी। प्रस्तुत पद्य में पार्वती और शिव दोनों का दर्शनज स्नेह सुस्पष्ट है। यहाँ पार्वती एवं शिव की रूपोत्पन्ना वैषयिकी रति भी उपन्यस्त है।

२. विधिप्रयुक्तां परिगृह्य सत्क्रियां
परिश्रमं नाम विनीय च क्षणम्।
उमां स पश्यन्नृजुनैव चक्षुषा
प्रचक्रमे वक्तुमनुज्झितक्रमः।।

३. अपि त्वदावर्जितवारिसम्भृतं
प्रवालमासामनुबन्धि वीरुधाम्।
चिरोज्झितालक्तकपाटलेन ते
तुलां यदारोहति दन्तवाससा।।

---

१. कुमारसम्भव–७.७५

४. अपि प्रसन्नं हरिणेषु ते मनः
करस्थदर्भप्रणयापहारिषु।
य उत्पलाक्षि! प्रचलैर्विलोचनै-
स्तवाक्षिसादृश्यमिव प्रयुञ्जते।।[१]

उपर्य्युद्धृत तीनों पद्य दर्शनज स्नेह के अभिव्यञ्जक हैं। इन पद्यों में नायकगत चक्षुःप्रीति तथा मनःसङ्ग कामदशाएं भी विद्यमान हैं। इन पद्यों के विस्तृत विवेचन के लिए द्रष्टव्य है तृतीय पुष्प के प्रथम पल्लव का 'चक्षुःप्रीति' शीर्षक।

५. हेमतामरसताडितप्रिया
तत्कराम्बुविनिमीलितेक्षणा।
खे व्यगाहत तरंगिणीमुमा
मीनपंक्तिपुनरुक्तमेखला।।[२]

वहाँ आकाशगङ्गा में जलक्रीडा करती हुई पार्वती सुनहले कमलों को तोड़-तोड़ कर प्रियतम शङ्कर के ऊपर परिहासवश फेंकती जाती थीं और शङ्कर भी अपने हाथों से इतना पानी उछालते थे कि पार्वती की आँखें बन्द हो जाती थीं। उस समय उनकी कमर के चारों ओर घूमती हुई मछलियों की लड़ी ऐसी प्रतीत होती थी मानों उन्होंने दूसरी करधनी पहन ली हो। प्रस्तुत पद्य में पार्वती शिव के साथ जलकेलिमग्ना हैं। परिहासवश वे शिव पर सुवर्णकमलप्रहार करती हैं तथा शिव भी अपने हाथों से जोरों से उछाले गए जल से उनकी आँखों को विनिमीलित कर देते हैं। यह सम्पूर्ण दृश्य उन दोनों के दर्शनज स्नेह का उत्तम निदर्शन है। इसी पद्य में उनका स्पर्शज स्नेह भी विद्यमान है वैलक्षण्य के साथ।

(II) स्पर्शज स्नेह

६. तस्याः करं शैलगुरूपनीतं
जग्राह ताम्राङ्गुलिमष्टमूर्तिः।
उमातनौ गूढतनोः स्मरस्य
तच्छङ्किनः पूर्वमिव प्ररोहम्।।

७. रोमोद्गमः प्रादुरभूदुमायाः
स्विन्नाङ्गुलिः पुंगवकेतुरासीत्।
वृत्तिस्तयोः पाणिसमागमेन
समं विभक्तेव मनोभवस्य।।

---

१. कुमारसम्भव–५.३२, ३४, ३५

२. कुमारसम्भव–८.२६

८. तौ दम्पती त्रिः परिणीय वह्नि-
मन्योन्यसंस्पर्शनिमीलिताक्षौ।
स कारयामास वधूं पुरोधा-
स्तस्मिन्समिद्धार्चिषि लाजमोक्षम्॥[१]

उपर्य्युद्धृत तीनों पद्य पार्वती एवं शिव के स्पर्शज स्नेह के सुन्दर निदर्शन हैं। इन पद्यों में स्पर्शोत्पन्ना वैषयिकी रति भी उपन्यस्त है। इन पद्यों का विशद विवेचन द्रष्टव्य है तृतीय पुष्प के द्वितीय पल्लव के स्पर्शोत्पन्ना वैषयिकी रति शीर्षक में।

९. सस्वजे प्रियमुरोनिपीडिता
प्रार्थितं मुखमनेन नाहरत्।
मेखलाप्रणयलोलतां गतं
हस्तमस्य शिथिलं रुरोध सा॥[२]

अब ज्ञातमन्मथरसा वह पार्वती जब शङ्कर उन्हें अपने वक्षःस्थल से लगाना चाहते, तो वह भी उनका गाढ़ आलिङ्गन कर लेतीं, जब वे चुम्बन के लिए अपना मुख बढ़ाते तो वह भी अपना मुख हटाने का प्रयत्न न करतीं और जब वे उनकी करधनी हटाने के लिए उसकी ओर अपना चञ्चल हाथ बढ़ाते तो चाहते हुए भी केवल दिखाने के लिए ही शिथिल हाथों से उसे रोक लेती थीं। शिव के साथ परिणय तथा बाद की रतिकेलियों के अनन्तर पार्वती उनके साथ इतनी घुलमिल गईं कि जिन रतिकेलियों में पहले वह कुछ बाधा डाला करती थीं, अब उन्हीं को सहर्ष स्वीकार करने लगीं। यहाँ पार्वती और शिव दोनों का स्पर्शज स्नेह तथा स्मरातिशय व्यञ्जित है।

१०. मधु द्विरेफः कुसुमैकपात्रे
पपौ प्रियां स्वामनुवर्तमानः।
शृङ्गेण च स्पर्शनिमीलिताक्षीं
मृगीमकण्डूयत कृष्णसारः॥[३]

रसिकजन एक ही चषक में मदिरा को भरकर अपनी प्रिया के पान करने पर अवशिष्ट का पान स्वयं करते हैं, इसी प्रकार भ्रमर कुसुम के एक पात्र में अपनी प्रियतमा भ्रमरी का अनुकरण करता हुआ उसके साथ ही मधुपान करने लगा और स्पर्शसुख से आँखों को बन्द किए खड़ी हुई अपनी प्रियतमा हरिणी को कृष्णसार मृग अपने सींग से खुजलाने लगा। यहाँ तिर्यङ्गत स्पर्शज स्नेहातिशय बहुत सुन्दर ढंग से व्यञ्जित है। भ्रमर और भ्रमरी सहपान द्वारा स्पर्शसुख प्राप्त कर रहे हैं तथा कृष्णसार मृग और मृगी कण्डूयन द्वारा स्पर्शसुख का अनुभव कर रहे हैं। सहपान एवं

१. कुमारसम्भव–७.७६, ७७, ८०
२. कुमारसम्भव–८.१४
३. कुमारसम्भव–३.३६

कण्डूयन उनकी रिरंसा के द्योतक हैं तभी तो भ्रमर भ्रमरी के तथा मृग मृगी के चित्तानुवर्तन में संलग्न है। स्पर्शसुख की प्राप्ति पर नेत्रों का निमीलित हो जाना अति स्वाभाविक है। इसीलिए यहाँ हरिणी के लिए 'स्पर्शनिमीलिताक्षी' पद प्रयुक्त है।

प्रौढ स्नेह

११. शिरसा प्रणिपत्य याचिता-
न्युपगूढानि सवेपथूनि च।
सुरतानि च तानि ते रहः
स्मर! संस्मृत्य न शान्तिरस्ति मे।।

१२. विबुधैरसि यस्य दारुणै-
रसमाप्ते परिकर्मणि स्मृतः।
तमिमं कुरु दक्षिणेतरं
चरणं निर्मितरागमेहि मे।।[1]

हे स्मर! एकान्त में प्रणयकोप से मान करने वाली मेरा अनुनय करने के लिए तुम किस प्रकार मेरे चरणों पर शिर रखकर प्रेम की याचना किया करते थे और मेरे प्रसन्न होने पर जो तुम मेरा आलिङ्गन करते थे, अनन्तर मेरे अनुरक्त होने पर जो तुम विविध प्रकार से मुझसे रमण किया करते थे, उन सबका स्मरण करके मुझे किसी प्रकार भी शान्ति नहीं मिलती। × × × × × × × × × तुम मेरे दाहिने ही चरण में महावर लगा पाये थे कि क्रूर देवताओं ने तुम्हें स्मरण कर लिया। अतएव अब शीघ्र आ जाओ और मेरे बायें चरण में महावर लगाकर इस अधूरे काम को पूरा तो कर डालो। हरकोपानल से कामदेव दग्ध हो चुका है। फिर भी रति उसका स्मरण कर रही है। आचार्य शारदातनय प्रदत्त परिभाषा के अनुसार रति की उपर्युक्त मनोदशा मदन के प्रति उसके प्रौढ स्नेह की द्योतिका है।

१३. हृदये वससीति मत्प्रियं
यदवोचस्तदवैमि कैतवम्।
उपचारपदं न चेदिदं
त्वमनङ्गः कथमक्षता रतिः।।[2]

प्रस्तुत पद्य कामवधू रति के प्रौढ स्नेह का व्यञ्जक है। इसी पद्य में विलाप कामदशा विद्यमान है। इस पद्य के विशद विवेचन के लिए द्रष्टव्य है तृतीय पुष्प के प्रथम पल्लव का 'विलाप' शीर्षक।

---

१. कुमारसम्भव–४.१७, १९

२. कुमारसम्भव–४.९

१४. विधिना कृतमर्धवैशसं
ननु मां कामवधे विमुञ्चता।
अनपायिनि संश्रयद्रुमे
गजभग्ने पतनाय वल्लरी।।

१५. शशिना सह याति कौमुदी
सह मेघेन तडित्प्रलीयते।
प्रमदाः पतिवर्त्मगा इति
प्रतिपन्नं हि विचेतनैरपि।।[१]

पूर्वोद्धृत पद्यों की भाँति ये दोनों पद्य भी अनङ्गभार्या रति के प्रौढ स्नेहातिशय के व्यञ्जक हैं। इनमें से प्रथम पद्य में 'विलाप' तथा 'मरण' एवं द्वितीय पद्य में 'मरण' कामदशा विद्यमान है। तृतीय पुष्प के प्रथम पल्लव में 'विलाप' एवं 'मरण' कामदशा के अन्तर्गत इन पद्यों का विशद विवेचन किया गया है। अतः वहाँ द्रष्टव्य है।

१६. तं देशमारोपितपुष्पचापे
रतिद्वितीये मदने प्रपन्ने।
काष्ठागतस्नेहरसानुविद्धं
द्वन्द्वानि भावं क्रियया विवव्रुः।।[२]

जब अपनी पत्नी रति के साथ कामदेव ने अपना पुष्प-धनुष् चढ़ा लिया और शङ्कर के आश्रम में प्रवेश किया तब स्थावर और जङ्गम सभी प्रकार के मिथुन अपने अत्यधिक स्नेहयुक्त भावों को आलिङ्गनादि क्रियाओं द्वारा प्रकट करने लगे। रतिपति काम के आगमन मात्र से सभी द्वन्द्वों का कामभाव अतिशय वृद्धि को प्राप्त हुआ। प्रस्तुत वर्णन उन मिथुनों के प्रौढ स्नेह का व्यञ्जक है। 'काष्ठागतस्नेहरसानुविद्धम्' पद की सुन्दर व्याख्या वल्लभदेव ने इस प्रकार प्रस्तुत की है–

'काष्ठां परां कोटिं गतः प्राप्तो योऽसौ स्नेहः प्रीतिस्तथा रसश्च रागश्च ताभ्यामनुविद्धं भावितं रतिरागसहितमित्यर्थः।'[३]

वल्लभदेव की व्याख्या के अनुसार प्रस्तुत पद्य में 'राग' प्रेमविलास की भी सम्भावना की जा सकती है।

---

१. कुमारसम्भव–४.३१, ३३
२. कुमारसम्भव–३.३५
३. कुमारसम्भव–३.३५ पर वल्लभदेव-टीका, पृ० ९५

मध्य स्नेह

१७. अयि सम्प्रति देहि दर्शनं
स्मर! पर्युत्सुक एष माधवः।
दयितास्वनवस्थितं नृणां
न खलु प्रेम चलं सुहृज्जने॥[1]

हे कामदेव! तुम्हारा यह प्रिय सखा वसन्त तुम्हारे दर्शन के लिए समुत्कण्ठित है, अतः अब तो दर्शन दो। तुम मेरी उपेक्षा कर सकते हो क्योंकि स्त्रियों के प्रति पुरुषों का प्रेम चञ्चल हो सकता है परन्तु तुम इसकी उपेक्षा नहीं कर सकते क्योंकि यह तुम्हारा सार्वकालिक सुहृद् है। आचार्य शिङ्गभूपाल द्वारा प्रदत्त परिभाषा के अनुसार कामवधू रति[2] की यह उक्ति यहाँ उसके पति के मध्य स्नेह की अभिव्यञ्जिका है। यद्यपि रति के लिए कामदेव का विरह असह्य है किन्तु वह मानती है कि यदि कामदेव उसे दर्शन न भी दें तो भी अपने सखा वसन्त को तो उन्हें दर्शन देना ही चाहिए और वैसी स्थिति में वह कामदेव के दर्शन की अप्राप्ति को भी सह लेगी।

५. राग

(I) नीली राग

१. यदैव पूर्वे जनने शरीरं
सा दक्षरोषात् सुदती ससर्ज।
तदा प्रभृत्येव विमुक्तसङ्गः
पतिः पशूनामपरिग्रहोऽभूत्॥[2]

सुन्दर दन्तपंक्ति वाली पार्वती ने अपने पूर्व जन्म में पिता दक्ष पर क्रोध करके जब से अपने शरीर का योगाग्नि में त्याग किया था, तभी से पशुपति शङ्कर ने भी विषयभोगों में आसक्ति छोड़कर दूसरी स्त्री से विवाह नहीं किया। यहाँ पशुपति शिव का सती के प्रति नीली राग व्यञ्जित है क्योंकि उनके चित्त में स्थित राग सती के साथ समागम के अभाव का निश्चय हो जाने पर भी समाप्त नहीं हो रहा है तथा विषयाभाव से प्रकाशित भी नहीं हो रहा है। आचार्य शिङ्गभूपाल ने रसार्णवसुधाकर में नीली राग के निदर्शन-रूप में इसी पद्य को उद्धृत करते हुए यही भाव उपनिबद्ध किया है–

अत्र पशुपतिचित्तरागः सतीसंगमाभावनिश्चयेनापि नापैति। विषयाभावान्न प्रकाशते च।[3]

१. कुमारसम्भव–४.२८

२. कुमारसम्भव–१.५३

३. रसार्णवसुधाकर–२.१२१ के अनन्तर वृत्ति, पृ० २२४

२. व्याहृता प्रतिवचो न संदधे
गन्तुमैच्छदवलम्बितांशुका।
सेवते स्म शयनं पराङ्मुखी
सा तथापि रतये पिनाकिनः॥[1]

पाणिग्रहण के अनन्तर यद्यपि पार्वती शिव के कुछ पूछने पर चुप रह जाती थीं, उनके द्वारा आँचल पकड़ लेने पर हट जाना चाहती थीं और एक साथ शय्या पर सोते समय दूसरी ओर मुख किये रहती थीं तथापि मुग्धा की इन चेष्टाओं से महादेव को आनन्द ही मिलता था। यहाँ सद्योविवाहिता पार्वती का शिव के प्रति नीली राग ध्वनित होता है क्योंकि यहाँ पार्वती का शिवगत राग न तो अधिक दूर ही है और न अधिक शोभित ही हो रहा है।

(II) श्यामा राग

३. कैतवेन शयिते कुतूहला-
त्पार्वती प्रति मुखं निपातितम्।
चक्षुरुन्मिषति सस्मितं प्रिये
विद्युदाहतमिव न्यमीलयत्॥

४. नाभिदेशनिहितः सकम्पया
शङ्करस्य रुरुधे तया करः।
तद्दुकूलमथ चाभवत्स्वयं
दूरमुच्छ्वसितनीविबन्धनम्॥

५. एवमालि निगृहीतसाध्वसं
शङ्करो रहसि सेव्यतामिति।
सा सखीभिरुपदिष्टमाकुला
नास्मरत्प्रमुखवर्तिनि प्रिये॥

६. अप्यवस्तुनि कथाप्रवृत्तये
प्रश्नतत्परमनङ्गशासनम्।
वीक्षितेन परिगृह्य पार्वती
मूर्धकम्पमयमुत्तरं ददौ॥[2]

पार्वती, सोने का बहाना बनाकर आँख मूँदकर सोये हुए शिव के मुख की ओर अत्यन्त

१. कुमारसम्भव–८.२

२. कुमारसम्भव–८.३, ४, ५, ६

कुतूहल से जब एकटक देखने लगीं तो उनके प्रियतम शङ्कर ने मुस्कुराकर अपनी आँखें खोल दीं जिससे उन्होंने अपनी आँखों को इस प्रकार तुरन्त मूँद लिया जैसे वे बिजली की चमक से मुँद गई हों। जब नीवीबन्ध (साड़ी की गाँठ) खोलने की इच्छा से शङ्कर अपना हाथ पार्वती की नाभि के पास ले जाते थे तो वह काँप उठती थीं और अपने हाथों से उसे रोक लेती थीं किन्तु फिर भी न जाने कैसे इनकी नीवी का बन्धन शिथिल पड़कर अपने आप खुल जाता। 'हे सखि! तुम, जैसा जैसा हम बता रही हैं, वैसा ही व्यवहार (कामक्रीडादि) एकान्त में महादेव के साथ करना, उनसे डरने की आवश्यकता नहीं है'–इस प्रकार से कहकर अपनी सखियों द्वारा बताये जाने पर भी पार्वती उन सब उपायों में से एक का भी स्मरण न कर पातीं क्योंकि अपने प्रियतम शङ्कर को सामने देखकर वह घबड़ा जाती थीं। जब कभी केवल बातचीत करने के लिए महादेव यों ही बिना प्रसङ्ग की कोई बात करने लगते और उनका उत्तर चाहते तो वह मुख से कुछ भी न कह कर टेढ़ी चितवन से उनकी ओर देखकर सिर हिलाते हुए उनके प्रश्नों का उत्तर दे देतीं थीं।

उपर्युद्धृत सभी पद्यों में सद्योविवाहिता मुग्धा पार्वती की प्रियतम शिव के साथ समागम से जनित स्थिति का मनोरम चित्रण हुआ है। इन सभी पद्यों में पार्वती का शृङ्गारिक क्रीडाओं के प्रति भय, साध्वस, कम्प तथा आकुलत्व सुन्दररूप में वर्णित है। पार्वती मुग्धा हैं तथा शृङ्गारकेलि से पूर्ण परिचित भी नहीं अतएव वे भययुक्ता हैं, भीरु हैं। धीरे-धीरे उनका साध्वस कम होता है तथा शिव के प्रति उनका राग कुछ अधिक प्रकाशित होता है। इस प्रकार ये सभी पद्य पार्वती के श्यामा राग के सुष्ठु निदर्शक हैं।

(III) माञ्जिष्ठ राग

७. अखण्डितं प्रेम लभस्व पत्यु-
रित्युच्यते ताभिरुमा स्म नम्रा।
तया तु तस्यार्धशरीरभाजा
पश्चात्कृताः स्निग्धजनाशिषोऽपि॥[१]

उन सौभाग्यवती स्त्रियों ने प्रणाम करती हुई विनता पार्वती को यह आशीर्वाद दिया कि तुम अपने पति का अखण्ड प्रेम प्राप्त करो किन्तु पार्वती ने तो आगे चलकर अपने पति के आधे शरीर पर ही अधिकार प्राप्त कर लिया और इस प्रकार वह अपने स्नेही आत्मीय जनों के शुभाशीर्वादों को भी पीछे छोड़ गईं। पार्वती को शिव का अखण्ड प्रेम तो मिला ही। वह उनकी शरीरार्धहरा भी बनीं। अर्द्धनारीश्वर महेश्वर से अखण्डित प्रेम की समुपलब्धि तथा उनकी शरीरार्धहरा बनना पार्वती के संसार की समस्त स्त्रियों में शिरोमणित्व को ध्वनित करता है। यह शिव तथा पार्वती के माञ्जिष्ठ राग का अभिव्यञ्जक है। इसी पद्य में अनुराग प्रेमविलास भी सम्भाव्य है।

---

१. कुमारसम्भव–७.२८

८. स्थाने तपो दुश्चरमेतदर्थ-
मपर्णया पेलवयापि तप्तम्।
या दास्यमप्यस्य लभेत नारी
सा स्यात्कृतार्था किमुताङ्कशय्याम्।।[1]

(महादेव को देखकर कोई सुन्दरी रमणी कहने लगी) अत्यन्त सुकुमार होकर भी पार्वती ने इन शिव को प्राप्त करने के लिए जो कठोर तपश्चर्या की, वह ठीक ही की क्योंकि यदि कोई स्त्री शिव की दासी होने का भी अवसर प्राप्त करे तो उसका जीवन कृतार्थ हो जाय और इनकी उत्सङ्ग-शय्या प्राप्त करने वाली के लिए तो कहना ही क्या है। जन्म-जन्मान्तर में महेश्वर को ही पतिरूप में प्राप्त करने वाली नगाधिराजतनया पार्वती का शिव के प्रति राग निश्चित ही कभी नष्ट नहीं हुआ, सदा शोभित ही हुआ। हिमालयपुत्री के रूप में पार्वती ने कठोरतपश्चर्या द्वारा महेश्वर को प्रियतम रूप में प्राप्त किया तथा उनकी अङ्कशय्या उन्हें सुलभ हुई। उनका यह अखण्डित प्रेम एवं सौभाग्य उनके माञ्जिष्ठ राग का निदर्शक है। इसी पद्य में अनुराग नामक छठी रत्यवस्था भी विद्यमान है।

९. नीलकण्ठपरिभुक्तयौवनां
तां विलोक्य जननी समाश्वसत्।
भर्तृवल्लभतया हि मानसीं
मातुरस्यति शुचं वधूजनः।।

१०. वासराणि कतिचित्कथञ्चन
स्थाणुना पदमकार्यत प्रिया।
ज्ञातमन्मथरसा शनैः शनैः
सा मुमोच रतिदुःखशीलताम्।।[2]

पार्वती की माता मेना शङ्कर द्वारा उपभुक्त यौवन वाली अपनी कन्या को देखकर आश्वस्त हो गईं क्योंकि कन्या नववधू बनने के अनन्तर पति का प्रेम पाकर ही माता के हृदय में विद्यमान चिन्ता को दूर करती है। कुछ दिनों तक तो शङ्कर ज्यों त्यों करके रतिसुख से अनभिज्ञ पार्वती के साथ शृङ्गारकेलि करते रहे किन्तु धीरे धीरे जब पार्वती को भी रतिरस मिलने लगा तो उन्होंने भी रतिकेलि में अधीर होना छोड़कर उत्साह दिखाना प्रारम्भ किया। यहाँ महेश्वर एवं पार्वती से सम्बद्ध ऐसा राग वर्णित है जो चिरकालस्थायी होने के साथ-साथ पूर्णतया शोभित भी है। पार्वती को शिव का सम्पूर्ण वाल्लभ्य प्राप्त है। वे दोनों निधुवन-केलि में आकण्ठ मग्न हैं। इस प्रकार पूर्वोक्त दोनों पद्य शिव एवं पार्वती के माञ्जिष्ठ राग के अभिव्यञ्जक हैं।

१. कुमारसम्भव–७.६५
२. कुमारसम्भव–८.१२, १३

६. अनुराग

१. भावसूचितमदृष्टविप्रियं
चाटुमत्क्षण (दार्ढ्यभाक्क्षण) वियोगकातरम्।
कैश्चिदेव दिवसैरभूत्तयोः
प्रेम रूढ (गूढ) मितरेतराश्रयम्।।[१]

कुछ ही दिनों में शङ्कर और पार्वती का प्रेम एक दूसरे के प्रति इतना प्रगाढ हो गया कि दोनों को एक दूसरे को देखे बिना क्षणभर के लिए भी चैन नहीं पड़ता और दोनों की चाल-ढाल तथा कटाक्ष-निक्षेपादि चेष्टाओं से ही पता लगने लगा कि अब वे आपस में कितने घुल मिल गए हैं। यहाँ शिव और पार्वती के बीच अन्योन्य की अनुरक्ति से जनित एवं स्वसंवेद्य अनुराग प्रेमविलास विलसित है। प्रेम अथवा प्रेमा रति की प्रथम अवस्था होती है, वही यहाँ अब रूढ हो गई है अर्थात् उसने अनुरागपदाभिलाषा को पूर्णतः प्राप्त कर लिया है। मल्लिनाथ भी यहाँ अनुराग की अवस्थिति स्वीकार करते हैं–

'इतरेतराश्रयम् अन्योन्यविषयं प्रेम। प्रेमपदाभिलष्याङ्कुरावस्था भवतीत्यर्थः। रूढम् अभूत्। क्रमेणानुरागपदाभिलाषं प्राप्तमित्यर्थः। तदेतत्सर्वं स्फुटीकृतं भूपालेन----।'[२]

२. तं यथात्मसदृशं वरं वधू-
रन्वरज्यत वरस्तथैव ताम्।
सागरादनपगा हि जाह्नवी
सोऽपि तन्मुखरसैकनिर्वृतिः।।[३]

प्रस्तुत पद्य महेश्वर एवं पार्वती के अप्रतिम अनुरागातिशय का सूचक है। अतः यहाँ अनुराग नामक प्रेमविलास सुशोभित है। इस पद्य का विस्तृत विवेचन तृतीय पुष्प के द्वितीय पल्लव के 'रसोत्पन्ना वैषयिकी' शीर्षक में द्रष्टव्य है।

३. शिष्यतां निधुवनोपदेशिनः
शङ्करस्य रहसि प्रपन्नया।
शिक्षितं युवतिनैपुणं तया
यत्तदेव गुरुदक्षिणीकृतम्।।[४]

---

१. कुमारसम्भव–८.१५

२. कुमारसम्भव–८.१५ पर मल्लिनाथ-टीका

३. कुमारसम्भव–८.१६

४. कुमारसम्भव–८.१७

पार्वती ने एकान्त में शङ्कर से निधुवन (संभोगकला) की जो शिक्षा ग्रहण की, उसी के अनुसार उन्होंने महादेव के साथ सद्योविवाहिता के हावभाव से परिपूर्ण संभोग भी किया। यही मानों कला सीखने की उन्होंने शङ्कर को गुरुदक्षिणा दी। शङ्कर पार्वती के सुरतविद्यागुरु थे। प्रस्तुत पद्य शिव एवं पार्वती दोनों की सम्प्रयोगनिःसाध्वसता का सूचक है। उन दोनों की कामकला के चौंसठ अङ्गों में पूर्ण दक्षता थी। प्रस्तुत पद्य में निधुवननिपुण शिव एवं पार्वती की अनुराग नामक रत्यवस्था सुन्दररूपेण निरूपित है।

४. अखण्डितं प्रेम लभस्व पत्यु-
रित्युच्यते ताभिरुमा स्म नम्रा।
तया तु तस्यार्धशरीरभाजा
पश्चात्कृताः स्निग्धजनाशिषोऽपि॥

५. स्थाने तपो दुश्चरमेतदर्थ-
मपर्णया पेलवयापि तप्तम्।
या दास्यमप्यस्य लभेत नारी
सा स्यात्कृतार्था किमुताङ्कशय्याम्॥[१]

ये दोनों पद्य पार्वती एवं शिव के पारस्परिक गाढ अनुराग के द्योतक हैं। अतः यहाँ अनुराग नामक रत्यवस्था विद्यमान है। इन दोनों पद्यों में माञ्जिष्ठ राग प्रेमविलास भी सुशोभित है। इन पद्यों का विवेचन इसी पल्लव के 'माञ्जिष्ठ राग' शीर्षक में अवलोकनीय है।

इस प्रकार कविकुलगुरु दीपशिखाकालिदास के रसराजमण्डित कुमारसम्भव महाकाव्य में आचार्यनिर्दिष्ट सभी चतुर्दश कामदशाओं, दस रतिभेदों तथा छह प्रेमविलासों (रत्यवस्थाओं) का सुन्दर निबन्धन हुआ है। चक्षुःप्रीति, मनःसङ्ग, सङ्कल्प, गुणकीर्तन प्रभृति कामदशाओं, आभियोगिकी, औपमानिकी, नैसर्गिकी, आध्यात्मिकी प्रभृति रतिभेदों तथा प्रेमा, मान, प्रणय, स्नेह, राग एवम् अनुराग- इन प्रेमविलासों के सन्निबन्धन ने कुमारसम्भव को अप्रतिम रामणीयक प्रदान किया है जो अर्द्धनारीश्वर शिव-पार्वती के अनुराग की ही भाँति प्रतिक्षण नूतन है।

— o —

१. कुमारसम्भव–७.२८, ६५

चतुर्थ पुष्प

रघुवंश में कामदशा • रतिभेद • प्रेमविलास

प्रथम पल्लव : रघुवंश में कामदशा

द्वितीय पल्लव : रघुवंश में रतिभेद

तृतीय पल्लव : रघुवंश में प्रेमविलास

चतुर्थ पुष्प

रघुवंश में कामदशा • रतिभेद • प्रेमविलास

प्रथम पल्लव

रघुवंश में कामदशा

१. चुक्षुःप्रीति

१. **वसिष्ठधेनोरनुयायिनं तमावर्तमानं वनिता वनान्तात्।**
पपौ निमेषालसपक्ष्मपङ्क्तिरुपोषिताभ्यामिव लोचनाभ्याम्॥[१]

सायंकाल महर्षि वसिष्ठ की धेनु नन्दिनी के पीछे-पीछे वनप्रान्त से आश्रम लौटते समय राजा दिलीप को उनकी पत्नी सुदक्षिणा ने अपलक सतृष्ण नेत्रों से देखा।

सुदक्षिणा बहुत देर से अपने पति की प्रतीक्षा कर रही थीं। उनके दिखते ही वे प्यासी आँखों से निर्निमेष उनकी ओर देखने लगीं और देखते ही उन्होंने तृप्ति या प्रसन्नता का अनुभव किया। मल्लिनाथ कहते हैं- **'यथोपोषितोऽतितृष्णया जलमधिकं पिबति तद्वदतितृष्णयाऽधिकं व्यलोकयत्'** अर्थात् जिस प्रकार उपवास करने वाला व्यक्ति पारण के समय जल प्राप्त होते ही प्यास की अधिकता के कारण अधिक जल ग्रहण करता है उसी प्रकार सुदक्षिणा ने भी बहुत देर से दिलीप के दर्शन से अतृप्त होने के कारण दर्शन होते ही प्यासी आँखों से लगातार उन्हें देखा।

इस प्रसङ्ग में 'पपौ' शब्द विशेषरूप से द्रष्टव्य है। अरुणगिरिनाथ प्रकाशिका टीका में कहते हैं-**'पपाविति दर्शने पानोपचारः'**। वे आगे दिलीप आलम्बन विभाव, निमेष आदि अनुभाव एवम् औत्सुक्य आदि व्यभिचारी भाव के आधार पर प्रवासानन्तर सम्भोग की भी कल्पना करते हैं-**'अत्र विभावादिसम्पत्त्या प्रवासानन्तरः संभोगो दर्शितः'** जबकि चारित्रवर्धन 'पपौ' पद का साधारण अर्थ ही ग्रहण करते हैं- **'सादरमालोकनं पानमुच्यते'**। प्रस्तुत पद्य में महाकवि कालिदास ने

---

१. रघुवंश-(पं॰ गोपाल रघुनाथ नन्दार्गीकर-सम्पादित)-२.९

'वनिता' पद का भी साकूत प्रयोग किया है–**'वनिता जनितात्यन्तानुरागायां च योषित्'** (अमरकोष ३.२४८२)। वह स्त्री जिसके अन्दर पर्याप्त अनुराग उत्पन्न हो चुका है, वनिता कहलाती है। अनुरागयुक्त होने के कारण ही सुदक्षिणा निर्निमेष नेत्रों से दिलीप को देखती हैं। अतः यहाँ चक्षुःप्रीति नामक कामदशा सुस्पष्ट है।

२. **ततः सुनन्दावचनावसाने लज्जां तनूकृत्य नरेन्द्रकन्या।**
दृष्ट्या प्रसादामलया कुमारं प्रत्यग्रहीत्संवरणस्रजेव ॥[1]

सुनन्दा के द्वारा अपनी बात कह लेने पर इन्दुमती ने लज्जा को थोड़ी कम करके प्रसन्नता से निर्मल आँखों से मानो स्वयंवर की माला के समान अज को वर के रूप में स्वीकार कर लिया।

सुनन्दा जब इन्दुमती से अपने अनुरूप वर अज को वरण करने का आदेश देकर विरत हो जाती है तब इन्दुमती मन ही मन प्रसन्न होती है और अपनी प्रसन्नतामयी दृष्टि से ही अज के वरण को सूचित कर देती है। यहाँ इन्दुमती के आश्रय एवं 'प्रसाद' व 'दृष्टि' शब्द का प्रयोग चक्षुःप्रीति दशा को ही उन्मीलित कर रहा है।

३. **तयोरपाङ्गप्रतिसारितानि**
क्रियासमापत्तिनिवर्तितानि।
ह्रीयन्त्रणामानशिरे मनोज्ञा-
मन्योन्यलोलानि विलोचनानि॥[2]

अज और इन्दुमती दोनों अपने नेत्र के कोरों से एक दूसरे को देख रहे थे और नेत्रों के मिल जाने पर संकोचवश उन्हें लौटा लेते थे। इस प्रकार परस्पर सतृष्ण उन दोनों वर-वधुओं के नेत्र मनोहर लाज के कारण संकोचभाव को प्राप्त हुए। प्रस्तुत पद्य में अज एवम् इन्दुमती दोनों की चक्षुःप्रीति का वर्णन किया गया है। वे एक दूसरे को लज्जावश खुलकर नहीं देख पाते फिर भी अचानक आँखें मिल जाने पर तुरन्त ही हटा लेते हैं।

अरुणगिरिनाथ ने 'अन्योन्यलोलानि' का अर्थ 'परस्परदर्शनसतृष्णानि' किया है। वे कहते हैं कि एक दूसरे को देखने की उत्सुकता होने पर भी लज्जाभाव के कारण नेत्र-कोरों से देखना एवं परस्पर दृष्टि मिल जाने पर नज़र को वापस कर लेने से आँखों की सुन्दरता पराकाष्ठा को प्राप्त हो जाती है–**'अन्योन्यदर्शनसमुत्सुकान्यपि लज्जायन्त्रितत्वादपाङ्गभागे सविलासमाभीक्ष्ण्येन संचारितानि, अन्योन्यदर्शनसन्निपाते च निवृत्तव्यापाराणि तयोर्विलोचनानि रामणीयकपराकाष्ठां प्रापुरित्यर्थः।'** हेमाद्रि 'निवर्तितानि' के स्थान पर 'विवर्तितानि' पाठ स्वीकार करते हैं और कहते हैं कि इससे रतिभाव सूचित हो रहा है- **'परस्परस्योपरि दृष्टिपातं रतिप्रकर्षास्पदलिङ्गमाहुः।'**

---

१. रघुवंश–६.८०

२. रघुवंश–७.२३

४. तं प्रीतिविशदैर्नेत्रैरन्वयुः पौरयोषितः।
शरत्प्रसन्नैर्ज्योतिर्भिर्विभावर्य इव ध्रुवम्।।[1]

जिस प्रकार शरद् ऋतु में रात्रियाँ निर्मल नक्षत्रों के द्वारा ध्रुव को देखती हैं, उसी प्रकार नगर की सुन्दरियों ने उस अतिथि को प्रेमभरे नेत्रों से देखा। यहाँ नगर की स्त्रियों की कुश-पुत्र अतिथि के प्रति चक्षुःप्रीति का निरूपण हुआ है।

२. मनःसङ्ग

१. तं प्राप्य सर्वावयवानवद्यं
व्यावर्ततान्योपगमात्कुमारी।
न हि प्रफुल्लं सहकारमेत्य
वृक्षान्तरं कांक्षति षट्पदाली।।

२. तस्मिन्समावेशितचित्तवृत्ति-
मिन्दुप्रभामिन्दुमतीमवेक्ष्य।
प्रचक्रमे वक्तुमनुक्रमज्ञा
सविस्तरं वाक्यमिदं सुनन्दा।।[2]

सम्पूर्ण शरीरावयवों से अभिनन्दनीय उन कुमार अज को पाकर, राजकुमारी इन्दुमती अब अन्य राजाओं के पास जाने से रुक गई क्योंकि लदी हुई मञ्जरियों से युक्त आम्रवृक्ष के समीप पहुँचकर भ्रमर की पंक्ति किसी दूसरे वृक्ष की कामना नहीं करती। बातचीत के पूर्वापर प्रसङ्ग को समझने वाली वाक्पटु सुनन्दा ने चन्द्रमा के समान मोहक कान्तिवाली इन्दुमती को अज में अपना चित्त रमाये हुए देखकर विस्तारपूर्वक इस प्रकार कहना आरम्भ किया।

यहाँ स्वयंवरार्थ प्रत्येक राजा के सामने से जाती हुई राजकुमारी इन्दुमती का सर्वावयवरमणीय कुमार अज के पास पहुँचकर रुक जाना तथा अपने चित्त को पूर्णरूपेण उनमें समावेशित कर देना इन्दुमती के मनःसङ्ग कामदशा का सुष्ठु निदर्शक है। टीकाकार अरुणगिरिनाथ तथा नारायणपण्डित भी यहाँ मनःसङ्ग दशा की स्थिति स्वीकार करते हैं-

प्रकाशिका—समावेशितचित्तवृत्तिमिति झटित्येव मनःसङ्गाख्यद्वितीयदशाधिरूढिः कामस्योक्ता। इति अरुणगिरिनाथः।

पदार्थदीपिका—समावेशिता सम्यगावेशिता चित्तवृत्तिर्मनोव्यापारो यस्याः। अनेन चित्तासङ्गाख्यद्वितीयकामिदशाप्राप्तिस्तदानीमेव जातेत्युक्तम्। इति नारायणपण्डितः।[3]

---

१. रघुवंश—१७.३५

२. रघुवंश—६.६९, ७०

३. रघुवंश—६.६९ पर अरुणगिरिनाथ एवं नारायण पण्डित की टीका, पृ० ३२४

३. अभिलाष

१. तत्र स्वयंवरसमाहृतराजलोकं कन्याललाम कमनीयमजस्य लिप्सोः ।
भावावबोधकलुषा दयितेव रात्रौ निद्रा चिरेण नयनाभिमुखी बभूव ॥[१]

वहाँ उस नवनिर्मित भवन में, जिसके स्वयंवर के लिये राजा लोग एकत्रित हुए थे, उस परम सुन्दरी कन्याओं में श्रेष्ठ इन्दुमती को प्राप्त करने के अभिलाषी अज को, नायक के अभिप्राय को समझने में असमर्थ मुग्धा नवोढा नायिका की भाँति निद्रा अतिशय विलम्ब से नयनाभिमुखी हुई।

प्रस्तुत पद्य में अज के मन में इन्दुमती को प्राप्त करने का भाव स्पष्ट है, उनके मानसिक उद्यम के कारण ही नींद विलम्ब से आती है। अतः यहाँ अभिलाष नामक कामदशा का सुस्पष्ट चित्रण हुआ है।

२. सा यूनि तस्मिन्नभिलाषबन्धं शशाक शालीनतया न वक्तुम् ।
रोमाञ्चलक्ष्येण स गात्रयष्टिं भित्त्वा निराक्रामदरालकेश्याः ॥[२]

वह राजकुमारी इन्दुमती उस युवक अज के विषय में प्रेमाभिलाषा के बन्धन को शालीनता के कारण कह तो न सकी किन्तु घुँघराले बालों वाली इन्दुमती का वह अभिलाष बन्धन रोमाञ्च के रूप में शरीर को फोड़ कर बाहर निकल पड़ा।

इन्दुमती राजकुमार अज को मन ही मन वरण कर लेने पर भी लज्जावश अपनी बात कह नहीं पाती किन्तु उसके हृदय का प्रेम छिपाने पर भी छिपता नहीं और उसके रोंगटे खड़े हो जाते हैं। इस प्रकार रोमाञ्च रूपी सात्त्विक भाव के रूप में उसकी अभिलाषा (प्रेम) प्रकट हो जाती है।

नारायण पण्डित पदार्थदीपिका टीका में 'निराक्रामत्' पद की व्याख्या करते हुए कहते हैं- **वचनेन विनैवानुरागः स्फुटोऽभूदिति भावः।**[३] इस प्रकार यहाँ इन्दुमती की अभिलाष कामदशा का सुन्दर निबन्धन हुआ है। पद्य में 'अभिलाषबन्ध' का प्रयोग चारुता का आधान कर रहा है।

३. अपि तुरगसमीपादुत्पतन्तं मयूरं
न स रुचिरकलापं बाणलक्ष्यीचकार।
सपदि गतमनस्कश्चित्रमाल्यानुकीर्णे
रतिविगलितबन्धे केशपाशे प्रियायाः॥[४]

महाराज दशरथ, घोड़े के पास उड़ते हुए सुन्दर पूछों वाले मयूर पर भी बाण नहीं चलाते थे क्योंकि उन्हें देखकर दशरथ को चित्र-विचित्र मालाओं से गुम्फित और सम्भोग के कारण खुले हुए अपनी प्रिया के केशों का स्मरण हो आता था।

---

१. रघुवंश–५.६४
२. रघुवंश–६.८१
३. रघुवंश–६.८० पर नारायण पण्डित-टीका, पृ० ३३२
४. रघुवंश–९.६७

यहाँ सुन्दर कलापों (पिच्छों) वाला मयूर दशरथ को रतिक्रीडा के समय बन्धनविहीन प्रिया के केश-पाश के समान प्रतीत हो रहा है, जो इस बात का द्योतक है कि उनके मन में प्रिया से मिलने का भाव है। अतः यहाँ अभिलाष कामदशा का संकेत प्राप्त होता है।

४. दिवं मरुत्वानिव भोक्ष्यते भुवं
दिगन्तविश्रान्तरथो हि तत्सुतः।
अतोऽभिलाषे प्रथमं तथाविधे
मनो बबन्धान्यरसान्विलङ्घ्य सा॥[१]

(पृथ्वीपति राजा दिलीप एकान्त में मिट्टी की सुगन्धि से युक्त सुदक्षिणा का मुख सूँघकर उसी प्रकार तृप्ति नहीं पा सके जिस प्रकार ग्रीष्मावसान अर्थात् आषाढ़ के महीने में मेघों की बूँदों से सिञ्चित वनराजियों के बीच में अवस्थित छोटे छोटे तालाबों को सूँघकर हाथी तृप्त नहीं होते।) क्योंकि दिगन्तों तक जिसके रथ की गति रहेगी, ऐसा उनका चक्रवर्ती पुत्र (रघु) जैसे देवराज इन्द्र स्वर्ग का भोग-करते हैं, वैसे ही सम्पूर्ण पृथ्वीमण्डल का भोग करेगा, अतः सुदक्षिणा ने अन्यान्य रसों का तिरस्कार कर धरती की मिट्टी का स्वाद लेने में अपनी अभिलाषा व्यक्त की थी। यहाँ अन्तर्वत्नी सुदक्षिणा के मृद्भक्षण के प्रति अभिलाष का वर्णन किया गया है। आसन्नप्रसवा स्त्रियाँ प्रायः मृद्भक्षण में रुचि लेती हैं। सुदक्षिणा भी मृद्भक्षण करती हैं। दोहदलक्षणभूत मृद्भक्षण की अभिलाषा सुदक्षिणा की अभिलाष नामक कामदशा की अभिव्यञ्जक है। निकट भविष्य में जन्म लेने वाला दिलीप एवं सुदक्षिणा का पुत्र सकल पृथ्वी का स्वामी होगा और उसका उपभोग करेगा मानों इसी भाव से प्रेरित होकर सुदक्षिणा अन्य रसों में रुचि छोड़कर पृथ्वी की मृत्तिका के रस में रुचि लेने लगी। सुदक्षिणा की मृद्भक्षणरूप यह अभिलाषा निकट भविष्य में जन्म लेने वाले पुत्र रघु को लक्ष्य करके होने पर भी, उसके जनक राजा दिलीप के प्रति सुदक्षिणा के अभिलाष को प्रकारान्तर से पुष्ट कर रही है क्योंकि 'आत्मा वै जायते पुत्रः'। यहाँ प्रयुक्त 'अभिलाष' पद पद्य में सौन्दर्य की वृद्धि कर रहा है।

४. चिन्ता

तस्यां रघोः सूनुरुपस्थितायां वृणीत मां नेति समाकुलोऽभूत्।
वामेतरः संशयमस्य बाहुः केयूरबन्धोच्छ्वसितैर्नुनोद ॥[२]

स्वयंवर में, उस इन्दुमती के समीप आ जाने पर रघु के पुत्र अज 'मुझे वरण करेगी कि नहीं' इस प्रकार के संशय से व्याकुल हो गये। किन्तु उसी समय अंगद के पास उनकी दाहिनी भुजा फड़क उठी जिससे उनका संशय तत्काल दूर हो गया।

---

१. रघुवंश-३.४

२. रघुवंश-६.६८

प्रस्तुत पद्य में अज की चिन्ता नामक कामदशा का निरूपण हुआ है। वे इन्दुमती के आगे आकर खड़ी हो जाने पर इस चिन्ता से व्यग्र हो उठते हैं कि पता नहीं इन्दुमती मुझे वरण करेगी या नहीं।

५. अनुस्मृति

१. सैषा स्थली यत्र विचिन्वता त्वां भ्रष्टं मया नूपुरमेकमुर्व्याम्।
अदृश्यत त्वच्चरणारविन्दविश्लेषदुःखादिव बद्धमौनम् ॥[1]

लङ्काविजय के अनन्तर पुष्पक विमान से लौटते हुए भगवान् राम सीता को एक स्थल दिखाते हुए कहते हैं- यह वही स्थली है जहाँ तुमको खोजते हुए मैंने पृथिवी पर गिरा हुआ एक नूपुर देखा था जो तुम्हारे चरण-कमल से अलग होने के दुःख के कारण मानों चुपचाप पड़ा हुआ था।

राम के द्वारा सीता को स्थल-विशेष दिखाया जाना तथा नूपुर में वियोगजन्य दुःख की उत्प्रेक्षा करना, यह सिद्ध करता है कि राम का चित्त सीता में निरन्तर लगा हुआ है। अतः यहाँ रामगत अनुस्मृति कामदशा का सुन्दर चित्रण हुआ है।

२. तव निःश्वसितानुकारिभि-
र्बकुलैरर्धचितां समं मया।
असमाप्य विलासमेखलां
किमिदं किन्नरकण्ठि! सुप्यते॥[2]

(तव निःश्वसितानुवादिभि-
र्बकुलैरर्धचितां समं मया।
असमाप्य विकल्पमेखलां
किमिदं किन्नरकण्ठि! सुप्यते॥)[3]

हे किन्नर के समान मधुरकण्ठवाली इन्दुमति ! सुगन्धि में तुम्हारे निःश्वास की अनुकरण करने वाले इन मौलसिरी के पुष्पों से, मेरे साथ आधी गुथी हुई विलास-मेखला को बिना पूरा किये हुए ही तुम क्यों सो गई हो। इस पद्य की टीका में श्रीमदरुणगिरिनाथ लिखते हैं–

तवेति। निश्वसितानुवादिभिः निश्वाससमानगन्धैरित्यर्थः। समं सह। विकल्पमेखलां कादाचित्कमेखलाम्। किन्नरकण्ठीति। मेखलारचनसमये यत् बकुलकुसुमप्रशस्तिगानं तदनुस्मरणात् सम्बोधनमिति दक्षिणावर्तः।[4]

१. रघुवंश–१३/२३
२. रघुवंश–८.६४
३. रघुवंश (अरुणगिरिनाथ-टीका-सहित)–८.६२
४. रघुवंश (अरुणगिरिनाथ-टीका-सहित)–८.६२ की प्रकाशिका टीका, पृ० ५६

इस पद्य की टीका में अरुणगिरिनाथ, जो टीकाकार दक्षिणावर्तनाथ का मत उद्धृत करते हैं, वह प्रशस्त है। महाराज अज अपनी प्रिय भार्या इन्दुमती, जो वास्तव में हरिणी नामक अप्सरा थीं और शापवशात् धरती पर आकर इन्दुमती बनीं, के साथ कभी कभी सुरभित बकुल पुष्पों से उनके लिए विलास-मेखला की रचना करते थे। उस समय वे बकुल पुष्पों की प्रशंसा में गान भी किया करती थीं। इसीलिए, उस समय का स्मरण करते हुए महाराज अज यहाँ इन्दुमती के लिए 'किन्नरकण्ठि' सम्बोधन का साकूत प्रयोग कर रहे हैं। इन्दुमती वास्तव में सुमधुर कण्ठ की स्वामिनी थीं क्योंकि वह वस्तुतः मानुषी स्त्री न होकर हरिणी नामक देवाङ्गना थीं और देवयोनि की होने के कारण उनके कण्ठ का सुमधुर होना स्वाभाविक था। अतः यहाँ अजगत अनुस्मृति कामदशा सुन्दर रूप से विराजमान है।

यहाँ प्रश्न सम्भाव्य है कि आलम्बन के नष्ट हो जाने पर कामदशा कैसी? रघुवंश के अष्टम सर्ग में जो अजविलाप उपन्यस्त है वस्तुतः उसमें विलाप तथा अन्य अनेक कामदशाएं विद्यमान हैं। यह विषय अति गम्भीर है कि वहाँ करुणरस की अवस्थिति मानी जाय या फिर करुणविप्रलम्भ शृङ्गार की। हमारी सम्मति में यहाँ करुणविप्रलम्भ शृङ्गार की अवस्थिति मानना अधिक उपयुक्त होगा तभी कामदशाओं की अवस्थिति मानी जा सकती है। इन्दुमती दिवङ्गत हो जाती हैं किन्तु महाराज अज भी गङ्गा एवं सरयू के जल के मिश्रण से बने तीर्थ में देहत्याग कर पुनः अपनी प्रिया के साथ समागम-सुख प्राप्त करते हैं।[१] पूर्वाचार्यों ने करुणविप्रलम्भ का जो विवेचन प्रस्तुत किया है उसमें तथा अजविलाप की स्थिति में अन्तर केवल इतना है कि वहाँ आलम्बन के नष्ट हो जाने पर तथा पुनरुज्जीवित होने पर आश्रय के साथ उसका मिलन होता है और यहाँ आश्रयरूप अज अपने नष्ट हुए आलम्बन के साथ स्वकीयदेहत्यागानन्तर स्वर्ग में समागम प्राप्त कर रहे हैं।

हमने करुणविप्रलम्भ शृङ्गार का विशद विवेचन तृतीय पुष्प के प्रथम पल्लव के 'विलाप' शीर्षक में किया है। रतिविलाप को आचार्यों ने करुणविप्रलम्भ के अन्तर्गत स्वीकार किया है। रति में जैसी कामदशाएँ निरूपित हैं लगभग उसी प्रकार की अज में भी दृष्टिगत होती हैं। अजविलाप को भी यदि हम करुणविप्रलम्भ शृङ्गार के अन्तर्गत स्वीकार करें तो वहाँ अज की दशाएँ कामदशाओं के अन्तर्गत परिगणित की जा सकेंगी। फिलहाल यह विषय विद्वानों द्वारा अवधानप्रदान तथा विवेचन की अपेक्षा रखता है। हमारी सम्मति में अजविलाप को करुणविप्रलम्भ शृङ्गार के अन्तर्गत माना जा सकता है। हम अपने मत की पुष्टि में रघुवंश के अष्टम सर्ग के अन्तिम पद्य तथा श्रीमदरुणगिरिनाथ की टीका को प्रस्तुत करते हैं—

तीर्थे तोयव्यतिकरभवे जह्नुकन्यासरय्वो-
र्देहत्यागादमरगणनालेख्यमासाद्य सद्यः।
पूर्वाकाराधिकचतुरया सङ्गतः कान्तयासौ
लीलागारेष्वरमत पुनर्नन्दनाभ्यन्तरेषु॥[२]

१. रघुवंश—८.९५

२. रघुवंश (अरुणगिरिनाथ-टीका-सहित)—८.९३ तथा प्रकाशिका टीका, पृ० ६५

'प्रकाशिका-उपसंहरति। तीर्थ इति। तीर्थविशेषस्त्विष्टसाधनतया निर्दिष्टः, तस्य तथा प्रसिद्धेः। अमरगणनायां लेख्यं न्यस्ताक्षरं, पत्रमित्यर्थः। तस्यासादनन्नाम तत्र न्यस्तत्वम्। तेन पदप्राप्तेः स्थैर्यमुक्तम्। सद्यः अविलम्बितम्। पूर्वाकारा अधिकचतुरा च। पूर्वाकारत्वं सैवेयमिति प्रतीत्यर्थम्। अनेन हरिणीरूपेणैवेन्दुमती जातेति गम्यते। अधिकचतुरत्वं दिव्यानुभावत्वात्। नन्दनाभ्यन्तरेषु नन्दनस्याभ्यन्तरवर्तिषु। अत्राश्रयविच्छेदे रसात्यन्तविच्छेदो माभूदिति कविकुलचक्रवर्तिना मरणस्यानुवाद्यत्वेनोपनिबन्धः कृतः, न तु विश्रान्तिधामतया विधेयत्वेनेत्यवसेयम्।'[१]

हमारी सम्मति में रघुवंश के अष्टम सर्ग का यह अन्तिम पद्य जहाँ आश्रयरूप अज तथा आलम्बनरूप इन्दुमती जो अब अपने वास्तविक स्वरूप अर्थात् हरिणी नामक देवाङ्गना के रूप में हैं, का सुखद सङ्गम निरूपित है, इस तथ्य का स्पष्ट परिचायक माना जा सकता है कि अजविलाप को करुणविप्रलम्भ के अन्तर्गत स्वीकार कर लिया जाय। वस्तुतः यह विषय विद्वानों द्वारा अन्वेषणीय एवं विवेचनीय है। इन्दुमती के कण्ठस्वर की माधुरी के लिए द्रष्टव्य हैं 'कालिदास-साहित्य एवं सङ्गीत-कला' ग्रन्थ के 'किन्नरकण्ठी इन्दुमती' तथा 'किन्नर-किन्नरी-सङ्गीत' शीर्षक।[२]

६. गुणकीर्तन

१. तवाधरस्पर्धिषु विद्रुमेषु पर्यस्तमेतत्सहसोर्मिवेगात्।
ऊर्ध्वाङ्कुरप्रोतमुखं कथंचित्क्लेशादपक्रामति शंखयूथम् ॥[३]

पुष्पक विमान से सीता को समुद्र दिखाते हुए राम कहते हैं- तुम्हारे अधर के समान लाल-लाल मूँगे की चट्टानों से सहसा लहरों के टकरा जाने से इन जीवित शंखों के मुँह छिद गये हैं और इस पीड़ा से ये बेचारे बड़ी कठिनाई से इधर-उधर घूम पा रहे हैं।

यहाँ राम अपनी प्रिया सीता के अधर का गुण वर्णन कर रहे हैं- मूँगें की चट्टानें सीता के अधर के समान लाल हैं। अतः यहाँ गुणकीर्तन नामक कामदशा का निरूपण है।

२. वेलानिलः केतकरेणुभिस्ते संभावयत्याननमायताक्षि!।
मामक्षमं मण्डनकालहानेर्वेत्तीव बिम्बाधरबद्धतृष्णम् ॥[४]

हे विशालाक्षि सीते! समुद्र तट का वायु केतकी के परागों से तुम्हारे मुख को अलंकृत कर रहा है मानों यह जान गया हो कि मैं तुम्हारे बिम्बाफल के समान अधरपान का प्यासा हूँ और शृङ्गार में लगने वाले समय की प्रतीक्षा करने में अक्षम हो गया हूँ।

---

१. रघुवंश (अरुणगिरिनाथ-टीका-सहित)–८.९३ तथा प्रकाशिका टीका, पृ० ६५
२. कालिदास-साहित्य एवं सङ्गीत-कला, पृ० १९९, २०१-२०६
३. रघुवंश–१३.१३
४. रघुवंश–१३.१६

प्रस्तुत पद्य में राम सीता के गुणों का वर्णन कर रहे हैं। सीता विशाल नेत्रों वाली हैं तथा समुद्र-तट का वायु उनके मुख पर केतकी का पराग छिड़क कर उन्हें अलंकृत कर रहा है।

३. गन्धश्च धाराहतपल्लवानां कादम्बमर्धोद्‌गतकेसरं च।
स्निग्धाश्च केकाः शिखिनां बभूवुर्यस्मिन्नसह्यानि विना त्वया मे ॥

४. पूर्वानुभूतं स्मरता च यत्र कम्पोत्तरं भीरु! तवोपगूढम्।
गुहाविसारीण्यतिवाहितानि मया कथञ्चिद्‌घनगर्जितानि ॥

५. आसारसिक्तक्षितिबाष्पयोगान्मामाक्षिणोद्यत्र विभिन्नकोशैः।
विडम्ब्यमाना नवकन्दलैस्ते विवाहधूमारुणलोचनश्रीः ॥[१]

राम सीता से माल्यवान् पर्वत पर वर्षाकाल में बिताये गये समय का स्मरण करते हुए कहते हैं कि पर्वत की चोटी पर वर्षा के कारण पल्लवों से उठी हुई गन्ध, अर्धस्फुटित केसर वाले कदम्ब पुष्प् और मयूरों के मनोहर स्वर तुम्हारे अभाव सें असह्य हो गये थे।

जहाँ बादलों के गर्जन से डरकर काँपती हुई तुमने मेरा गाढालिङ्गन कर लिया था उस पूर्वानुभूत तुम्हारे कम्पनयुक्त आलिंगन का स्मरण करते हुए, मैंने येन केन प्रकारेण बड़े कष्ट से गुहा में गूँजने वाली मेघ की गर्जनाओं को सहन किया था।

वर्षा के कारण गीली भूमि से निकलने वाली वाष्प के संयोग से कंदलियों की कलियाँ खिलकर वैसी ही लाल हो रही थीं जैसे विवाह के समय यज्ञ का धूँआ लगने से तुम्हारी आँखें लाल हो गयी थीं।

उपर्युक्त पद्यों में राम प्रकारान्तर से सीता का गुणगान कर रहे प्रतीत होते हैं। पल्लवगन्ध, कदम्बपुष्पदर्शन एवं मयूरध्वनि का दुःसहत्व गुणकीर्तन की ओर संकेत करता है। इसी प्रकार गुफा में बादलों के गरजने की प्रतिध्वनि के राम के लिये असह्य हो जाने का कारण है सीता का पूर्वानुभूत आलिंगन। यहाँ राम सीता के गाढालिंगन का गुणकीर्तन कर रहे हैं। तीसरे पद्य में राम सीता के लाल-लाल नेत्रों की तुलना कन्दलियों की कलियों से देते हैं। राम कन्दलियों को देखकर तत्सदृश सीता के नेत्रों का स्मरण कर बेचैन हो उठते हैं। इस प्रकार यहाँ नेत्रों का वर्णन होने के कारण गुणकीर्तन नामक कामदशा है।

६. दृष्टापि सा ह्रीविजिता न साक्षा-
द्वाग्भिः सखीनां प्रियमभ्यनन्दत्।
स्थली नवाम्भः पृषताभिवृष्टा
मयूरकेकाभिरिवाभ्रवृन्दम्॥[२]

---

१. रघुवंश–१३.२७, २८, २९

२. रघुवंश–७.६९

अपने पति अज के प्रचण्ड पराक्रम से प्रसन्न होने पर भी लज्जा से पराभूत होने के कारण इन्दुमती ने स्वयं नहीं अपितु अपनी सहेलियों द्वारा अपने प्रियतम अज का उसी प्रकार अभिनन्दन किया जिस प्रकार नूतन मेघों की बूँदों से सींची गई भूमि मयूर की केकाध्वनि द्वारा मेघ-समूह का अभिनन्दन करती है। यहाँ सद्यःविवाहिता इन्दुमती की अपने प्रियतम के अभिनन्दन करने की नूतन विधा उनकी गुणकीर्तन नामक कामदशा को ही पुष्ट कर रही है।

७. उद्वेग

१. तस्य सावरणदृष्टसन्धयः
काम्यवस्तुषु नवेषु सङ्गिनः।
वल्लभाभिरुपसृत्य चक्रिरे
सामिभुक्तविषयाः समागमाः॥[1]

एक विषय से (तृप्त होकर) हटकर नित्य नये नये विषयों में आसक्त उस अग्निवर्ण के गुप्त एवं प्रकट रूप से नतर्कियों के साथ सम्पन्न होने वाले समागमों को उनकी वल्लभाओं ने वहाँ पहुँच कर पूर्ण रूप से तृप्तिदायक नहीं होने दिया अथवा नये नये भोग्यवस्तुओं में आसक्त अग्निवर्ण के निकट जाकर उनकी प्रियाओं ने प्रत्यक्ष तथा परोक्ष साधनों वाले समागमों को आधे भोगे गए विषय वाला कर दिया अर्थात् विषयभोगार्थ अन्यत्र गए हुए अग्निवर्ण से किसी प्रकार मिलकर प्रियाओं ने पुनः आने के लिए बाध्य उन्हें समागमसुख में अर्द्धतुष्ट ही किया।

इस पद्य में प्रकारान्तर से राजा अग्निवर्ण की उद्वेग दशा निरूपित है। वे नित्य नये नये विषयों में आसक्त रहते थे। अपनी वल्लभाओं को छोड़कर नर्तकियों आदि के साथ समागम-सुख-प्राप्ति के लिए यत्नशील रहते थे किन्तु उनकी चतुर वनिताएं दूती आदि के माध्यम से अग्निवर्ण कहाँ हैं तथा किसके साथ लीलारत हैं, आदि ज्ञात कर वहाँ सहसा पहुँच कर उनके समागम-सुख को अर्द्धभुक्त कर दिया करती थीं जिससे उनका सुख तो दूर उन्हें उद्वेग होता था। टीकाकार अरुणगिरिनाथ यहाँ कैशिकी के अङ्गभूत नर्मस्फोट की उपस्थिति मानते हैं। उनके मतानुसार यहाँ अग्निवर्ण का नर्तकी-समागम केवल मुखपान पर्यन्त ही सम्पन्न होकर मध्य में विघ्नित हुआ, ऐसा माना जा सकता है। मध्य में विघ्नित समागम-सुख से एक तो अभिलाष की वृद्धि होगी साथ ही पुनः शीघ्र ही समागम-सुख की अनुपलब्धि से उद्वेग कामदशा भी प्रादुर्भूत होगी-

अथ शृङ्गारपरिपोषाय कैशिक्यङ्गभूतमकाण्ड एव सम्भोगभङ्गलक्षणं नर्मस्फोटमाह। . . . . . . अतिरागित्वाद् भुक्तचरानर्थानुपेक्ष्य नवनवाननुधावत इत्यर्थः। देवीभयेन छन्नं निर्वर्त्यमानं नर्तकीसमागमं नवनवानुरागितामस्य विदित्वा दत्तावधाना देव्यः स्वचारवशेनोपलब्धवत्यः स्वयमुपेत्य विघ्नयामासुरित्यर्थः। मुखपानमात्रावधिरेव नर्तकीसम्भोगः संवृत्त इति भावः। तथा चास्यैव कवेः प्रयोगान्तरम्-

---

१. रघुवंश-१९.१६

मुखमङ्गुलिसंवृताधरोष्ठं प्रतिषेधाक्षरविक्लवाभिरामम्।
मुखमंसविवर्ति पक्ष्मलाक्ष्याः कथमप्युन्नमितं न चुम्बितं नु॥ इति ॥[१]

टीकाकार नारायणपण्डित भी इस पद्य में अग्निवर्ण के नर्तकी-सम्भोग को मुखपानमात्रपर्यवसित मानते हैं। इस पद्य का कुछ भिन्न आशय भी ध्वनित होता है जो इस प्रकार है। अग्निवर्ण अत्यधिक कामुक प्रकृति के होने के कारण नित्य नूतन विषयों में आसक्त रहा करते थे। कभी वे नर्तकियों के साथ तो कभी दासियों के साथ केलिरत होते थे। उनकी अपनी प्रियायें कभी उनके पास पहुँचकर उनके साथ विविध प्रकार की सम्भोगकेलियों में प्रवृत्त होती थीं किन्तु वे सम्भोग के विविध प्रकारों को जानती हुई भी सभी प्रयोगों को नहीं करती थीं क्योंकि उन्हें भय रहता था कि यदि उन्होंने सम्भोग के सभी प्रकार प्रदर्शित कर दिए तो अग्निवर्ण भविष्य में उनमें रुचि नहीं लेंगे इसलिए वे उन्हें सम्भोगकेलि में अर्द्धतुष्ट ही रखती थीं। समागम-सुख में उनके द्वारा प्रदत्त यह अर्द्धतोष प्रकारान्तर से अग्निवर्ण की उद्वेग कामदशा को बढ़ाता होगा, ऐसा हम मान सकते हैं। यहाँ उद्वेग कामदशा की अवस्थिति नाटकलक्षणरत्नकोश में प्रदत्त परिभाषा के अनुसार मानी जा सकती है। उपर्युक्त पद्य का यह आशय टीकाकार हेमाद्रि, चारित्रवर्धन, वल्लभ एवं दक्षिणावर्तनाथ को अभिप्रेत है। इन सभी टीकाकारों के मतों का विशद विश्लेषण 'कालिदास-साहित्य एवं कामकला' के तृतीय खण्ड 'सम्प्रयोग' में प्रस्तुत किया जायगा।

८. विलाप

१. **एतद्गिरेर्माल्यवतः पुरस्तादाविर्भवत्यम्बरलेखि शृङ्गम्।**
नवं पयो यत्र घनैर्मया च त्वद्विप्रयोगाश्रु समं विसृष्टम्॥[२]

राम लंकाविजय के अनन्तर पुष्पक विमान से अयोध्या लौटते समय सीता को माल्यवान् पर्वत दिखाते हुए कहते हैं कि यह जो आगे माल्यवान् पर्वत की चोटी दिखाई दे रही है, वहाँ जब बादलों ने नया जल बरसाना आरम्भ किया, उस समय तुम्हारे वियोग में मैंने भी आँसू बहाया था।

प्रस्तुत श्लोक में राम सीता के संयोग काल का स्मरण करते हुए वियोगावस्था में वर्षा ऋतु में मेघ के साथ-साथ उन्होंने जो आँसू बहाये उसका वर्णन कर रहे हैं जो स्पष्टतः उनकी विलाप कामदशा का द्योतक है।

२. **मदिराक्षि! मदाननार्पितं**
मधु पीत्वा रसवत्कथं नु मे।
अनुपास्यसि बाष्पदूषितं
परलोकोपनतं जलाञ्जलिम्॥[३]

---

१. रघुवंश–१९.१६ पर अरुणगिरिनाथ-टीका, पृ० ४४०

२. रघुवंश–१३.२६

३. रघुवंश–८.६८

हे मत्तनयने! (इन्दुमति!) मेरे द्वारा पहले पी गई स्वादिष्ट मदिरा को पीकर तुम अब मेरे अश्रुओं से दूषित तथा परलोक में प्राप्त तिलयुक्त जलाञ्जलि का पान किस प्रकार कर सकोगी। यहाँ अज की विलाप दशा निरूपित है। यहाँ विलाप कामदशा तभी मानी जा सकती है जब अजविलाप में करुणविप्रलम्भ की अवस्थिति मानी जाय। इन्दुमती के लिए प्रयुक्त 'मदिराक्षि' सम्बोधन की विविध टीकाकारों ने अनेक प्रकार से व्याख्या की है। चारित्रवर्धन के अनुसार इन्दुमती पद्मिनी नायिका थीं अतएव उनके नयन हर्षदायक थे तथा प्रान्तरक्त थे-

मदिरे हर्षदायिनी प्रान्तशोणे वा पद्मिनीजातित्वादक्षिणी नेत्रे यस्यास्तत्सम्बुद्धौ।[१]

टीकाकार हेमाद्रि के अनुसार इन्दुमती मदिरा नामक दृष्टिप्रकार से सम्पन्न थीं–

मदिराभिधमक्षि दृष्टिर्यस्याः सा तत्सम्बोधनं यथा संगीतकलिकायाम्-

स्निग्धार्द्धमुकुला कान्ता लम्भिता मदिरा तथा ।
पञ्चैवात्र प्रतिज्ञाताः शौर्यादित्येन दृष्टयः ॥
सौष्ठवेनापरित्यक्ता स्मेरापांगमनोहरा ।
वेपमानान्तरा दृष्टिर्मदिरा परिकीर्तिता ॥ इति ।[२]

९. उन्माद

१. इमां तटाशोकलतां च तन्वीं स्तनाभिरामस्तबकाभिनम्राम् ।
त्वत्प्राप्तिबुद्ध्या परिरब्धुकामः सौमित्रिणा साश्रुरहं निषिद्धः ॥[३]

राम सीता से कहते हैं कि तुम्हारे वियोग में मेरी ऐसी दशा हो गयी थी कि एक दिन स्तन के समान सुन्दर गुच्छों वाली इस पतली अशोक की लता को आँसुओं से भरा हुआ मैं गले लगाने जा रहा था कि तुम्हीं हो तभी लक्ष्मण ने 'यह सीता नहीं है' कहकर रोक दिया था।

वियोगदुःख के कारण राम का तन्वी अशोकलता को सीता समझ कर आलिङ्गन के लिये आगे बढ़ना, उनकी उन्मादावस्था का सूचक है। एम॰ आर॰ काले भी यहाँ उन्माद कामदशा मानते हैं- This shows उन्माद or mental derangement through love or grief etc.[४]

२. कृतवत्यसि नावधीरणा-
मपराद्धेऽपि यदा चिरं मयि।

---

१. रघुवंश–८.६८ के नोट्स में उद्धृत, पृ॰ ७६३

२. रघुवंश–८.६८ के नोट्स में उद्धृत, पृ॰ ७६३

३. रघुवंश–१३.३२

४. रघुवंश (काले-सम्पादित)–पृ॰ ६५०

कथमेकपदे निरागसं
जनमाभाष्यमिमं न मन्यसे।।[१]

(इन्दुमती के प्रति भाषण करते हुए अज विलाप करते हैं) जब मेरे बहुत बार अपराध करने पर भी तुमने मेरा अपमान (असम्भाषणादि) नहीं किया है, तब एकाएक निरपराध इस व्यक्ति (मुझको) बातचीत करने योग्य क्यों नहीं मानती हो? यदि हम अजविलाप में करुणविप्रलम्भ की अवस्थिति मानें तो यहाँ अज की उन्माद कामदशा अभिव्यञ्जित है। टीकाकार अरुणगिरिनाथ यहाँ अज के असम्बद्ध प्रलाप के कारण करुण के पोषक उन्माद अनुभाव की अवस्थिति मानते हैं-

'अथोन्मादस्यन्दिभिः कैश्चन वाक्यैः करुणं परिपोषयति....... इमे चासम्बद्धप्रलापा उन्मादानुभावत्वाद्गुणीभूताः। एषु चोन्मादस्य व्यभिचारिभूता भावा द्रष्टव्याः।'[२]

३. दयितां यदि तावदन्वगा-
द्विनिवृत्तं किमिदं तया विना।
सहतां हतजीवितं मम
प्रबलामात्मकृतेन वेदनाम्।।[३]

(विलाप करते हुए अज कहते हैं) यह मेरा अधम जीवन यदि पहले प्रिया के पीछे चला गया था तो फिर उसके बिना ही लौट क्यों आया? अब यह अपनी करनी के अनुसार प्रबल विरह-वेदना को सहन करे। यहाँ अज की उन्माद कामदशा अभिव्यञ्जित है। टीकाकार अरुणगिरिनाथ लिखतेहैं–

दयितामुद्दिश्य प्रवृत्तानां पूर्वापरवाक्यानाम्मध्ये निकटस्थान् सुहृदः प्रति यदेतत्स्वजीवित-वृत्तान्तकथनं, तदप्युन्मादमेव परिपोषयति, यतोऽनवस्थितचित्ततालक्षणं चपलत्वमप्युन्मादस्य व्यभिचारीभावः।[४]

अरुणगिरिनाथ की सम्मति में यहाँ करुण रस के अनुभाव-रूप में उन्माद का परिपोष द्रष्टव्य है। यदि अजविलाप में करुणविप्रलम्भ की अवस्थिति मानी जाय तो यहाँ उन्माद कामदशा अवलोकनीय है। अजविलाप में करुण रस माना जाय अथवा करुणविप्रलम्भ शृङ्गार यह विद्वानों द्वारा अन्वेषणीय एवं विवेचनीय है।

१०. तनुता

१. उपययौ तनुतां मधुखण्डिता
हिमकरोदयपाण्डुमुखच्छविः।

---

१. रघुवंश–८.४८

२. रघुवंश (अरुणगिरिनाथप्रणीतटीकासहित)–८.४७ पर अरुणगिरिनाथ-टीका, पृ० ५३

३. रघुवंश–८.५०

४. रघुवंश(अरुणगिरिनाथटीकासहित)–८.४९ पर अरुणगिरिनाथ-प्रणीत प्रकाशिका टीका, पृ० ५३

सदृशमिष्टसमागमनिर्वृतिं
वनितयानितया रजनीवधूः।[1]

वसन्त ऋतु द्वारा खण्डित (ह्रास को प्राप्त हुई), चन्द्रमा के उदय से पीतवर्ण के मुख की शोभा वाली रात्रिरूपिणी वधू प्रियतम के समागम का सुख न प्राप्त करने वाली खण्डिता नायिका के समान उत्तरोत्तर कृश होती चली गई। वसन्त ऋतु में रात्रि छोटी होने लगती है। यहाँ रजनीरूपिणी वधू तथा खण्डिता नायिका की कृशता का वर्णन होने से तनुता कामदशा अवलोकनीय है। प्रस्तुत पद्य में 'तनुता' पद का प्रयोग तनुताकामदशामण्डित इस पद्य में चारुता का आधान कर रहा है।

२. **स्नानार्द्रमुक्तेष्वनुधूपवासं**
विन्यस्तसायंतनमल्लिकेषु।
कामो वसन्तात्ययमन्दवीर्यः
केशेषु लेभे बलमङ्गनानाम्।।[2]

वसन्त ऋतु के बीत जाने के कारण शिथिल शक्ति कामदेव ने स्नान के कारण आर्द्र, खुले हुए तथा धूप के वास से सुगन्धित, कामिनियों के उन केशपाशों में शक्तिलाभ किया जो सायंकाल में गुँथे हुए मल्लिका के पुष्पों से सजाये गये थे।

वसन्त ऋतु में मदन-माहात्म्य अपने चरमोत्कर्ष पर रहता है। वसन्त ऋतु के बीत जाने पर काम क्षीण शक्ति हो जाता है। तब रमणियों के मल्लिकापुष्पसज्जित केशकलापों को देखकर वह पुनः शक्ति धारण करता है। यहाँ स्वयं काम की तनुता वर्णित होने से तनुता कामदशा अभिव्यञ्जित है। रमणियों के सुरभित केशकलाप विलासियों में स्मरोद्रेक करते हैं जैसा टीकाकार चारित्रवर्धन का अभिमत है- **संस्कृतकेशपाशदर्शनाद्विलासिनः समुल्लसितस्मरा बभूवुरित्यर्थः।**[3]

३. **यत्स भग्नसहकारमासवं**
रक्तपाटलसमागमं पपौ।
तेन तस्य मधुनिर्गमात्कृश-
श्चित्तयोनिरभवत्पुनर्नवः।।[4]

राजा अग्निवर्ण ने जो आम्रमञ्जरी से सुवासित तथा पाटलपुष्प से युक्त मदिरा का पान किया उसके कारण, वसन्त के बीतने से कृश अतएव विषयभोग में असमर्थ हुए उनके मन की कामवासना पुनः नई हो गई। वसन्त ऋतु के बीत जाने से राजा अग्निवर्ण कृश हो गए। अतः यहाँ

---

१. रघुवंश–९.३८

२. रघुवंश–१६.५०

३. रघुवंश–१६.५० के नोट्स में उद्धृत, पृ० ९३७

४. रघुवंश–१९.४६

तनुता कामदशा सुस्पष्ट है। आम्रमञ्जरीसुवासित तथा पाटलमिश्रित मधुपान द्वारा कृश अग्निवर्ण के मन में नूतन काम की सृष्टि हुई।

विलासी नागरक अलग अलग ऋतुओं में मनोविनोदार्थ तथा स्मरोद्दीपनार्थ अलग अलग प्रकार की मदिराओं का पान कर आनन्दलाभ करते हैं। वसन्त ऋतु में आम्रमञ्जरी-सहित मदिरा का पान किया जाता है तथा वसन्त ऋतु के बीत जाने पर आम्र तथा पाटल के पुष्पों से मिश्रित मदिरा का सेवन रसिकजन करते हैं जैसा टीकाकार नारायणपण्डित लिखते हैं–

वसन्ते हि चूतकुसुमसहितमेव मद्यं कामिनीजनेन पीयते। निंदाघे तु पाटलकुसुमचूतकुसुमाभ्यां सहितमिति निदाघस्य विशेषः। तदुक्तं कुशसर्गे- ''मनोज्ञगन्धं सहकारभङ्गं पुराणशीधुं नवपाटलञ्च'' इति।[1]

यहाँ रघुवंश से तनुता कामदशा के तीन निदर्शन प्रस्तुत किये गये। तीनों में वसन्त ऋतु के बीत जाने से रात्रिरूपिणी वधू, खण्डिता नायिका, स्वयं कामदेव तथा अग्निवर्ण की कृशता का वर्णन होने से तनुता कामदशा सुष्ठुरूपेण अभिव्यञ्जित है।

११. लज्जात्याग

१. उपहितं शिशिरापगमश्रिया
मुकुलजालमशोभत किंशुके।
प्रणयिनीव नखक्षतमण्डनं
प्रमदया मदयापितलज्जया।।[2]

नायिकारूपिणी वसन्तश्री के द्वारा नायकरूप पलाश के वृक्ष में उत्पन्न कलियों के समूह, मदिरा के प्रभाव से लज्जाविहीन प्रमदा के द्वारा अपने प्रियतम के अङ्गों पर किये गए नखक्षतरूपी आभूषण के समान शोभा देने लगे। यह पद्य लज्जात्याग कामदशा का अतिसुन्दर दृष्टान्त प्रस्तुत करता है। वसन्त ऋतु में पलाशवृक्ष लाल कलिकाओं से भर उठता है। वे कलिकाओं के समूह मदिरापान से कामोद्रेकवती तथा विगतलज्जा नायिका के द्वारा अपने नायक के अङ्गों पर किये गए नखक्षतचिह्नों के समान शोभित होते हैं। यहाँ वसन्तलक्ष्मी की उपमा मदयापितलज्जा प्रमदा से, किंशुक की प्रणयी से तथा मुकुलजाल की नखक्षतमण्डन से देकर दीपशिखा कालिदास ने अपना उपमा-पाटव दर्शाया है। यहाँ प्रस्तुत वर्णन से पुरुषायित ध्वनित है जैसा टीकाकार हेमाद्रि लिखते हैं- **'अनेन पुरुषायितमुक्तम्।'**

संस्कृत साहित्य में प्रायः नायक द्वारा नायिका के अङ्गों पर किए गए नखक्षतों का वर्णन मिलता है किन्तु यहाँ नायिका द्वारा नायक के अङ्गों पर किए गए नखक्षत वर्णित हैं जो पुरुषायित को ही पुष्ट करते हैं। 'प्रमदया मदयापितलज्जया' में यमकच्छटा भी श्रुतिसुखद है। इस पद्य से मिलता

---

१. रघुवंश–१९.४६ पर नारायणपण्डित-टीका, पृ० ४६१

२. रघुवंश–९.२७ (अन्य संस्करणों में ९.३१)

जुलता पद्य कुमारसम्भव में अवलोकनीय है किन्तु वहाँ पलाश का कलिका समूह वसन्तरूप पुरुष के साथ मिली हुई वनस्थलीरूपिणी रमणी के शरीर पर सद्यःप्रदत्त नखक्षत के समान शोभित हो रहा है-

बालेन्दुवक्राण्यविकासभावा-
द्बभुः पलाशान्यतिलोहितानि।
सद्यो वसन्तेन समागतानां
नखक्षतानीव वनस्थलीनाम्॥[1]

२. **क्लृप्तपुष्पशयनाँल्लतागृहा-**
नेत्य दूतिकृतमार्गदर्शनः।
अन्वभूत्परिजनाङ्गनारतं
सोऽवरोधभयवेपथूत्तरम्॥[2]

दूतियों द्वारा मार्ग बतलाए जाने पर वह राजा अग्निवर्ण पुष्पनिर्मित शय्या वाले लतागृहों में जाकर, अन्तःपुर की स्त्रियों के भय से काँपती हुई दासियों के साथ भी सम्भोग-सुख का अनुभव करता था। कामुक अग्निवर्ण नित्य नूतन विषयों का लोभी होने के कारण दासीजनों के साथ भी सम्भोगरत होता था। यहाँ अग्निवर्ण की लज्जात्याग कामदशा सुस्पष्ट है। टीकाकार अरुणगिरिनाथ एवं नारायणपण्डित 'परिजनाङ्गना' पद का भिन्न अर्थ ग्रहण करते हैं तथा 'रतम्' के 'भयवेपथूत्तरम्' होने से यहाँ सम्भोगप्रकर्ष स्वीकार करते हैं।[3] अरुणगिरिनाथ लिखते हैं-

'परिजनाङ्गनाः परिजनपदे देवीभिः स्थापिताः। उन्नतकुलप्रसूताः समरादिलब्धाः कन्यकाः। यथा वासवदत्तया सागरिका। तासां रतम्। अवरोधेभ्यो देवीभ्यो भयेन वेपथूत्तरम्। अनेन भयशबलत्वेन सम्भोगप्रकर्षो गम्यते'।[4]

३. **मित्रकृत्यमपदिश्य पार्श्वतः**
प्रस्थितं तमनवस्थितं प्रियाः।
विद्म हे शठ पलायनच्छला-
न्यञ्जसेति रुरुधुः कचग्रहैः॥

---

१. कुमारसम्भव-३.२९

२. रघुवंश-१९.२३

३. रघुवंश-१९.२३ पर प्रकाशिका एवं पदार्थदीपिका टीका, द्रष्टव्य, पृ० ४४५-४४६

४. रघुवंश-१९.२३ पर अरुणगिरिनाथ-टीका, पृ० ४४५-४६

४. संगमाय निशि गूढचारिणं
चारदूतिकथितं पुरोगताः।
वञ्चयिष्यसि कुतस्तमोवृतः
कामुकेति चकृषुस्तमङ्गनाः॥[१]

किसी मित्र के कार्य का बहाना बनाकर अपने पास से दूसरे स्थान को प्रस्थित एवं वहाँ रुकने में असमर्थ उस अग्निवर्ण को उसकी रमणियाँ सिर के बालों को पकड़कर रोक लेती थीं और कहती थीं- हे शठ! यहाँ से तुम्हारे भागने के बहाने को हम अच्छी तरह जानती हैं ×××× किसी दूसरी प्रेयसी से मिलने के लिए रात में गुप्त रूप से जाते हुए अग्निवर्ण को, दूतियों द्वारा सूचना पाकर आगे पहुँची हुई स्त्रियाँ यह कहकर अपने शयनगृह में खींच ले जाती थीं कि हे कामुक! अन्धकार में छिपकर तुम हमें कैसे ठगोगे।

यहाँ राजा अग्निवर्ण की लज्जात्याग नामक कामदशा स्वतः स्पष्ट है। वे नित्य नूतन विषयों तथा अङ्गनाओं के लोभी हैं, अतिशय कामुक तथा शठ प्रकृति के हैं। अग्निवर्ण सदृश कामान्ध लोगों के लिए ही तो कहा गया है- **'कामान्धानां न भयं न लज्जा।'**

उपर्युक्त पद्यद्वय में वर्णित तथ्य अग्निवर्ण के लज्जात्याग के सुष्ठु निदर्शक हैं।

१२. व्याधि

१. लौल्यमेत्य गृहिणीपरिग्रहा-
न्नर्तकीष्वसुलभासु तद्वपुः।
वर्तते स्म स कथंचिदालिख-
न्नङ्गुलीक्षरणसन्नवर्तिकः॥[२]

अपनी रानियों के समागम के कारण दुर्लभ नर्तकियों अथवा वेश्याओं के प्रति वह राजा अग्निवर्ण चञ्चलता (उत्सुकता) से भर जाते थे। अंगुलियों में पसीना आने के कारण चित्र बनाने की शलाका उसके हाथों से छूट जाती थी और वह बड़ी कठिनाई से उन नर्तकियों का चित्र बना पाते थे। अग्निवर्ण अतिशय कामुक प्रकृति के राजा थे। वे नित्य नूतन विषयों तथा रमणियों के साथ सम्भोगकेलि के अभिलाषुक थे। उन्हें असुलभ नर्तकियों का समागम प्रिय था किन्तु यदि उन्हें नर्तकियाँ मिल भी जायें तो उनकी अपनी रानियाँ वहाँ आकर अनके समागम-सुख को विघ्नित करती थीं। तब वे मनोविनोदार्थ उन नर्तकियों के चित्र बनाने का प्रयास करते थे किन्तु उन नर्तकियों से सम्बद्ध विविध क्रीडाओं को स्मरण कर मन्मथोद्रेक के कारण तथा सात्त्विकभावोदय के कारण भी उनकी अंगुलियों में पसीना आ जाता था जिससे उनकी चित्रालेखन की वर्तिका नीचे गिर जाती

१. रघुवंश–१९.३१, ३३
२. रघुवंश–१९.१९

थी। फिर वे बड़ी कठिनाई से किसी प्रकार उन नर्तकियों का चित्र बनाते हुए यथाकथंचिद् समय व्यतीत करते थे। यहाँ राजा अग्निवर्ण की जो मनोदशा चित्रित है, वह उनकी व्याधि कामदशा की स्पष्ट व्यञ्जिका है। अपनी अन्तःपुरप्रमदाओं की तुलना में नर्तकियों का समागम उन्हें अधिक प्रिय है और वह समागम भी उन्हें दुर्लभ हो रहा है। यही अग्निवर्ण की व्याधि का कारण है। वस्तुतः यहाँ एक कारण नहीं प्रत्युत कारणपरम्परा विद्यमान है यथा अरुणगिरिनाथ लिखते हैं-

अङ्गुल्याः क्षरणं स्वेदः तेन सन्ना पतिता वर्तिका तूलिका यस्य। अयन्तु लेखनस्य कृच्छ्रसाध्यत्वे हेतुः। राज्ञीभिरवष्टब्धत्वान्नर्तकीनां दुर्लभत्वम्, ततो राज्ञो लौल्यम्, तेन तद्वपुर्लेखनम्, तेन कालयापनमिति कारणपरम्परा।[१]

इस प्रसङ्ग में टीकाकार नारायणपण्डित ने भी ऐसी ही व्याख्या प्रस्तुत की है।[२]

कामसंतप्त व्यक्ति के लिए कालयापन अतिशय कठिन होता है। यहाँ पद्य में प्रयुक्त 'कथञ्चिद्' पद की टीकाकारों द्वारा प्रदत्त व्याख्या द्रष्टव्य है-

'तत्तत्स्मरणमात्रप्रोद्भूतमन्मथत्वात्सात्त्विकोदयाच्च कथंचिदित्युक्तिः' इति चारित्रवर्धनः।

'तत्तत्स्मरणमात्रजातकामत्वात्सात्त्विकभावोदयाच्च लेखनासम्भवात्कथंचिदित्युक्तिः' इति हेमाद्रिः।[३]

२. स तथेति विनेतुरुदारमतेः
प्रतिगृह्य वचो विससर्ज मुनिम्।
तदलब्धपदं हृदि शोकघने
प्रतियातमिवान्तिकमस्य गुरोः॥[४]

राजा अज ने श्रेष्ठ बुद्धि वाले उपदेष्टा ऋषि वसिष्ठ के वचन को 'ऐसा ही करूँगा' इस प्रकार कहकर ग्रहण किया और उनके शिष्य मुनि वामदेव को बिदा दे दी। किन्तु इन्दुमती के विरह-दुःख से भरे हुए अज के हृदय में स्थान न पाकर वह उपदेश उनके गुरु वसिष्ठ के पास ही लौट गया क्या? इन्दुमती-विरह-व्यथित राजा अज शब्दमात्र से तो गुरुवचन को स्वीकार कर लेते हैं किन्तु उनके हृदय में उस गुरूपदेश को धारण करने का सामर्थ्य कहाँ? यहाँ निरूपित अज-दशा उनकी व्याधि दशा की ही प्रकारान्तर से व्यञ्जिका है।

१३. जडता एवं मूर्च्छा

१. स तथेति विनेतुरुदारमतेः
प्रतिगृह्य वचो विससर्ज मुनिम्।

१. रघुवंश–१९.१९ पर अरुणगिरिनाथ टीका, पृ० ४४२

२. रघुवंश–१९.१९ पर नारायणपण्डित-टीका, पृ० ४४३

३. रघुवंश–१९.१९ पर नोट्स में उद्धृत, पृ० ९७३

४. रघुवंश–८.९१

तदलब्धपदं हृदि शोकघने
प्रतियातमिवान्तिकमस्य गुरोः॥[१]

इन्दुमती विरह-व्यक्ति राजा अज का हृदय गाढ शोक से आपूरित है जिसके कारण शब्दतः तो वे गुरु वसिष्ठ का उपदेश ग्रहण कर लेते हैं किन्तु शोकसान्द्र उनके हृदय में वह उपदेश स्थान ग्रहण नहीं कर पाता। वस्तुतः राजा अज की यहाँ हृदयशून्यता अवस्था चित्रित है जो उनकी जडता कामदशा को पुष्ट कर रही है। इसी पद्य में व्याधि दशा भी प्रकारान्तर से मानी जा सकती है।

२. **वपुषा करणोज्झितेन सा**
निपतन्ती पतिमप्यपातयत्।
ननु तैलनिषेकबिन्दुना
सह दीपार्चिरुपैति मेदिनीम्॥[२]

चेतनाशून्य शरीर से गिरती हुई इन्दुमती ने पति अज को भी गिरा दिया। इन्दुमती के संज्ञाशून्य शरीर के गिरते ही उसे मृत जानकर अज भी मूर्च्छित हो पछाड़ खाकर गिर पड़े। तैलबिन्दु के टपकने के साथ ही दीपक की लौ भी निश्चय ही पृथ्वी को प्राप्त करती है। यहाँ निरूपित अज-दशा प्रकारान्तर से अज की मूर्च्छा कामदशा को व्यञ्जित कर रही है। इन्दुमती के प्रति गाढ राग उनकी मूर्च्छा का कारण है।

३. **सा लुप्तसंज्ञा न विवेद दुःखं**
प्रत्यागतासुः समतप्यतान्तः।
तस्याः सुमित्रात्मजयत्नलब्धो
मोहादभूत्कष्टतरः प्रबोधः॥[३]

सीता को मूर्च्छित हो जाने के कारण दुःख का अनुभव नहीं हुआ किन्तु जब उन्हें प्राण वापस मिले अर्थात् होश आया तब उनका अन्तःकरण तक जल उठा। सुमित्रानन्दन लक्ष्मण के शीतल जल सिञ्चन, व्यजनादि अनेक प्रयत्नों से प्राप्त सीता प्रबोध (होश में आना) मूर्च्छा से अधिक कष्टकारक हुआ। निरपराधा सीता का राम द्वारा परित्याग उनकी मूर्च्छा का कारण है। पतिव्रता सीता सर्वतोभावेन श्रीराम के प्रति समर्पित हैं और उनके प्रति गाढ़ अनुराग रखती हैं। उनके द्वारा परित्यक्त होने पर भी वह उनकी निन्दा नहीं करती, अपनी आत्मा की ही निन्दा करती हैं (रघुवंश -१४.५७, ६२)। यहाँ निरूपित स्थिति प्रकारान्तर से सीता की मूर्च्छा कामदशा को ही ध्वनित करती है।

---

१. रघुवंश–८.९१

२. रघुवंश–८.३८

३. रघुवंश–१४.५६

१४. मरण

१. स्रगियं यदि जीवितापहा
हृदये किं निहिता न हन्ति माम्।
विषमप्यमृतं क्वचिद्भवे-
दमृतं वा विषमीश्वरेच्छया।।[1]

(विलाप करते हुए अज कहते हैं) यदि यह माला प्राणों का हरण करने वाली है तो हृदय पर रखी हुई यह मेरे प्राणों का हरण क्यों नहीं कर रही है? ईश्वर की इच्छा से कहीं विष भी अमृत हो जाता है और कहीं अमृत भी विष हो जाता है। मरणोत्सुक अज इन्दुमती के प्राणों का अपहरण करने वाली माला को अपने वक्षःस्थल पर रख रहे हैं किन्तु फिर भी उनका प्राणान्त नहीं हो रहा है। यहाँ अज के मरण की हार्दिक अभिलाषा रूप मरण कामदशा अभिव्यञ्जित है। टीकाकार अरुणगिरिनाथ के अनुसार प्रस्तुत पद्य में निर्वेद, मरण, वितर्क तथा मति का क्रमशः उदय निरूपित है। यहाँ मरण से अभिप्राय मरणोद्यम से है।[2]

२. प्रमदामनु संस्थितः शुचा
नृपतिः सन्निति वाच्यदर्शनात्।
न चकार शरीरमग्निसा-
त्सह देव्या न तु जीविताशया।।[3]

राजा अज परम विद्वान् होकर भी अत्यन्त शोक से प्रिया के पीछे मर गये- इस लोकनिन्दा के भय से ही उन्होंने अपने शरीर को रानी इन्दुमती के शरीर के साथ नहीं जलाया, स्वयं जीवित रहने की इच्छा से नहीं। इन्दुमती के प्रति गाढ़ अनुराग वाले अज इन्दुमती के विरह को सहने में असमर्थ होने से प्राणत्याग कर देते किन्तु लोकापवाद के भय से तथा नृपति के कर्त्तव्यों के पालन के प्रति निष्ठावान् होने से उन्होंने वैसा नहीं किया। यहाँ भी पूर्वोक्त पद्य की भाँति मरण की हार्दिक अभिलाषा रूप मरण कामदशा निरूपित है। इस पद्य की अतिसुन्दर व्याख्या टीकाकार अरुणगिरिनाथ ने प्रस्तुत की है–

कथं तथाविधप्रेमा तान्नानुमृतवानित्याह-प्रमदामिति। अनुसंस्थितः अनुमृतः। वाच्यदर्शनात् अपवादपर्यालोचनया। अयं भावः- अनुमरणलक्षण आत्मत्याग एव पापीयान्। ततोऽपि शुचा, धैर्यावसादप्रथनात्। तत्रापि प्रमदानिमित्तिकः, रागान्धताख्यापनात्। विशेषतो नृपतेः, यतस्तदपाये लोकयात्रोच्छेदः, यतश्च प्रजासुखपरतन्त्रेण तेन भवितव्यम्, न तु स्वसुखदुःखाधीनेनेति।[4]

---

१. रघुवंश–८.४६
२. रघुवंश–८.४६ पर अरुणगिरिनाथ-टीका, द्रष्टव्य, पृ० ५२
३. रघुवंश–८.७२
४. रघुवंश–८.७० पर अरुणगिरिनाथ-टीका, पृ० ५८

३. अथ रामशिरश्छेददर्शनोद्भ्रान्तचेतनाम्।
सीतां मायेति शंसन्ती त्रिजटा समजीवयत्॥[1]

विद्युज्जिह्व नामक राक्षस से मायानिर्मित श्रीरामचन्द्र के कटे हुए शिर को देखकर मूर्च्छित सीता को त्रिजटा ने- यह माया है- यह कहकर जीवन धारण करवाया। मायानिर्मित भी श्रीराम के कटे हुए शिर को देखकर उनकी अनुव्रता भार्या सीता का मूर्च्छित हो जाना तथा त्रिजटा द्वारा वस्तुस्थिति बतलाकर उन्हें मरणव्यवसाय से निवर्तित करना प्रकारान्तर से सीता की मरण दशा का द्योतक है।

४. तेन दूतिविदितं निषेदुषा
पृष्ठतः सुरतवाररात्रिषु।
शुश्रुवे प्रियजनस्य कातरं
विप्रलम्भपरिशङ्किनो वचः॥[2]

सुरतकेलि के लिए निर्धारित दिवस पर रात्रि के समय दूतियों की जानकारी में पीछे छिपकर बैठे हुए उन अग्निवर्ण ने विप्रलम्भ (विरह अथवा वञ्चना) की आशङ्का करने वाली अपनी प्रिया की कातर वाणी (हे दूति! प्रियतम अग्निवर्ण को शीघ्र बुला लाओ, उनके बिना मैं जीवित न रह सकूँगी, आदि) को सुना। यहाँ प्रकारान्तर से अग्निवर्ण-प्रिया की मरणासन्न दशा रूप मरण कामदशा ध्वनित होती है। अपने प्रियतम के प्रति गाढरूप से अनुरक्त नायिका, उससे विरह की आशङ्का कर किस प्रकार विलपित करती है, यहाँ द्रष्टव्य है। निम्नोद्धृत पद्य में वर्णित दशा विवेच्य पद्य में निरूपित है–

आयासितानामशरीरबाणै-
र्नितम्बिनीनां परिदेवितानि।
आत्मार्थमाकर्णयतां हि यूनां
समागमो नाम सुखान्तरायः॥[3]

५. किं वा तवात्यन्तवियोगमोघे
कुर्यामुपेक्षां हतजीवितेऽस्मिन्।
स्याद्रक्षणीयं यदि मे न तेज-
स्त्वदीयमन्तर्गतमन्तरायः॥[4]

अथवा यदि मुझ में स्थित तुम्हारा तेज (गर्भ) जिसकी सब प्रकार से रक्षा करना मेरा धर्म है, बाधक न होता तो तुम्हारे अत्यन्त वियोग समागमप्रत्याशा से विरहित विरह से निरर्थक बने इस अभागे

१. रघुवंश–१२.७४
२. रघुवंश–१९.१८
३. रघुवंश–१९.१० की पदार्थदीपिका-टीका में उद्धृत, पृ० ४४२
४. रघुवंश–१४.६५

जीवन की मैं उपेक्षा कर देती अर्थात् मर जाती। अपने प्रिय पति श्रीराम द्वारा निरपराध होने पर भी परित्यक्ता सीता का यह वचन उनकी मरण की हार्दिक अभिलाषा रूप मरण दशा को सूचित करता है। क्योंकि वह अन्तर्वत्नी हैं तथा विवेकिनी हैं इसलिए प्राण नहीं त्यागतीं।

इस प्रकार कविकुलगुरु कालिदास के जगत्प्रसिद्ध महाकाव्य रघुवंश में आचार्यनिर्दिष्ट सभी कामदशाएं यथावसर शोभन रूप से निरूपित हैं। इन सब कामदशाओं के निबन्धन से हमें तत्तत् पात्र की विभिन्न परिस्थितियों में विद्यमान मनोदशा का सुष्ठु ज्ञान प्राप्त होता है। महाकवि कालिदास मानवमन की सूक्ष्मातिसूक्ष्म सूक्ष्मता एवं जटिलता से परिचित हैं जिसके रंगबिरंगे चित्र हमें सम्पूर्ण रघुवंश में यत्र तत्र परिलक्षित होते हैं।

— o —

द्वितीय पल्लव

रघुवंश में रतिभेद

१. आभियोगिकी

१. **तस्मिन्विधानातिशये विधातुः कन्यामये नेत्रशतैकलक्ष्ये।**
निपेतुरन्तःकरणैर्नरेन्द्रा देहैः स्थिताः केवलमासनेषु ॥[१]

स्वयंवर सभा में इन्दुमती के प्रवेश का वर्णन करते हुए महाकवि कालिदास कहते हैं कि सैकड़ों आँखों के एक मात्र लक्ष्य, उस विधाता की सुन्दर कन्यास्वरूप कृति पर राजागण अन्तःकरणों से टूट पड़े, सिंहासनों पर तो वे केवल शरीर से स्थित थे।

स्वयंवर में उपस्थित राजाओं के मन का इन्दुमती पर बलात् चला जाना इस तथ्य का द्योतक है कि राजाओं के मन में रति का स्फुरण हो रहा है। राजाओं का मन स्वयं अपने आप चला गया, वे परवश हो गये थे। इसीलिये नारायण पण्डित 'निपेतुः' का अर्थ 'परवशतया प्रापुः' करते हैं। चूँकि राजाओं की इस स्थिति का वर्णन स्वयं महाकवि कालिदास कर रहे हैं अतः यह 'परेण आभियोगिकी रति' का उदाहरण है।

२. **तस्यां रघोः सूनुरुपस्थितायां वृणीत मां नेति समाकुलोऽभूत्।**
वामेतरः संशयमस्य बाहुः केयूरबन्धोच्छ्वसितैर्नुनोद ॥[२]

स्वयंवर में, उस इन्दुमती के समीप आ जाने पर रघु के पुत्र अज 'मुझे वरण करेगी कि नहीं' इस प्रकार के संशय से व्याकुल हो गये। किन्तु उसी समय अंगद के पास उनकी दाहिनी भुजा फड़क उठी जिससे उनका संशय तत्काल दूर हो गया।

---

१. रघुवंश—६.११

२. रघुवंश—६.६८

प्रस्तुत पद्य में अज की इन्दुमती से संलग्नता सुस्पष्ट है। उनके मन:स्थित भाव की अभिव्यक्ति इस प्रकार होती है कि 'इन्दुमती मुझे वरण करेगी अथवा नहीं' जो उनके रतिभाव को संकेतित करता है। चारित्रवर्धन कहते हैं कि दाहिनी भुजा का फड़कना प्रियालिङ्गन का सूचक है। अत: अज निश्चिन्त हो जाते हैं कि मैं इन्दुमती को प्राप्त करूँगा- **'पुंसो हि दक्षिणभुजस्फुरणं कान्तालिंगनं कथयति। अत एवेन्दुमतीं लप्स्येऽहमित्यस्य चित्रवृत्तिरभूदिति तात्पर्यम्।'** चूँकि यहाँ स्वयं अज अपने मनोभाव को अभिव्यक्त कर रहे हैं अत: यहाँ 'स्वेन आभियोगिकी' रति है।

३. **प्रभावस्तम्भितच्छायमाश्रितः स वनस्पतिम्।**
कदाचिदङ्के सीतायाः शिश्ये किंचिदिव श्रमात्॥[१]

एक बार राम वन में कुछ थके होने के कारण ऐसे वृक्ष के नीचे सीता की गोद में सिर रखकर लेटे थे, जिस वृक्ष की छाया उन्होंने अपने प्रभाव से बाँध रखी थी।

यहाँ सीता की गोद में राम का सिर रखकर लेटना उनके किञ्चिद् रतिभाव का द्योतक है। अत: आभियोगिकी रति का संकेत यहाँ प्राप्त होता है।

४. **रावणावरजा तत्र राघवं मदनातुरा।**
अभिपेदे निदाघार्ता व्यालीव मलयद्रुमम्॥
सा सीतासन्निधावेव तं वव्रे कथितान्वया।
अत्यारूढो हि नारीणामकालज्ञो मनोभवः॥[२]

वहाँ (पञ्चवटी में) जैसे धूप से पीड़ित सर्पिणी चन्दनवृक्ष के पास चली जाती है, उसी प्रकार काम से पीड़ित रावण की छोटी बहन शूर्पणखा श्रीराम के पास पहुँच गयी। वह शूर्पणखा सीता की सन्निधि में ही अपने कुल का वर्णन करती हुई राम को वरण करने लगी क्योंकि अत्यधिक कामासक्त स्त्रियाँ काल का विचार नहीं करतीं।

प्रस्तुत पद्यद्वय में शूर्पणखा की कामपीड़िता अवस्था का चित्रण किया गया है। वह इतनी कामासक्त है कि अपने को राम के अनुरूप बताने के लिये अपने कुल का परिचय देना प्रारम्भ कर देती है और सीता की उपस्थिति की चिन्ता किये बिना राम का पति के रूप में वरण करने के लिये तत्पर हो जाती है। पदार्थदीपिका टीका के रचयिता श्री नारायण पण्डित के अनुसार स्त्रियों के द्वारा स्वयं अभियोग-व्यापार अनुचित है। वात्स्यायन का कहना है कि स्वयं अभियोग में लिप्त स्त्री सौभाग्यविहीन हो जाती है- **'अनुचितो हि स्त्रीणां स्वयमभियोगः, स्वयमभियोगिनी स्त्री सद्यः सौभाग्यं जहाति'**।

५. **स पौरकार्याणि समीक्ष्य काले रेमे विदेहाधिपतेर्दुहित्रा।**
उपस्थितश्चारु वपुस्तदीयं कृत्वोपभोगोत्सुकयेव लक्ष्म्या॥

---

१. रघुवंश–१२.२१

२. रघुवंश–१२.३२-३३

६. तयोर्यथाप्रार्थितमिन्द्रियार्थानासेदुषोः सद्मसु चित्रवत्सु।
प्राप्तानि दुःखान्यपि दण्डकेषु संचिन्त्यमानानि सुखान्यभूवन्॥

७. तामङ्कमारोप्य कृशाङ्गयष्टिं वर्णान्तराक्रान्तपयोधराग्राम्।
विलज्जमानां रहसि प्रतीतः पप्रच्छ रामां रमणोऽभिलाषम्॥[१]

वे रामचन्द्र पुरवासियों के समस्त कार्यों को देखने के बाद सीता के साथ रमण करते थे तब ऐसा लगता था मानों उपभोग के लिये उत्सुक राजलक्ष्मी ही सीता का सुन्दर शरीर बनाकर उपस्थित हो गयी हों। वे दोनों वनवास के समय के चित्रों से युक्त राजभवनों में इच्छानुरूप इन्द्रियों के विषयों (रूप-रसादि) को प्राप्त करते हुए चित्रों को देखकर दण्डक वन में भोगे गये दुःखों का स्मरण करके भी सुख का अनुभव करते थे। सीता को गर्भवती जानकर राम के कृश अंगों वाली तथा श्याम वर्ण से युक्त स्तनों के अग्रभाग वाली लजीली सीता को एकान्त में गोद में बिठाकर उनसे मनोरथ पूछा।

यहाँ प्रथम पद्य में राम के रमण की चर्चा की गयी है तथा द्वितीय पद्य में राम एवं सीता के राजमहल में इच्छानुसार विलास का कथन है। तृतीय पद्य में राम का एकान्त में सीता को गोद में बिठाना आदि राम की सीता से संलग्नता का द्योतक है जो रामनिष्ठा रति को संकेतित कर रहा है। फलस्वरूप उपर्युक्त पद्य आभियोगिकी रति के उदाहरण हैं।

२. वैषयिकी

(I) शब्दोत्पन्ना

१. तीरस्थलीबर्हिभिरुत्कलापैः प्रस्निग्धकेकैरभिनन्द्यमानम्।
श्रोत्रेषु सम्मूर्च्छति रक्तमासां गीतानुगं वारिमृदङ्गवाद्यम्॥[२]

तट पर निवास करने वाले, पूँछ ऊपर उठाकर नाचने वाले मयूरों के द्वारा स्निग्ध केका ध्वनियों से अभिनन्दन किया जाता हुआ, अनुरागमय, गीत का अनुसरण करने वाला इन सुन्दरियों के जल-रूपी मृदंग के बजने का शब्द कानों में व्याप्त हो रहा है।

नौकारूढ़ राजा कुश निकटवर्तिनी चामरवाहिनी किराती से सरयू नदी में स्नान करती हुई सुन्दरियों का वर्णन कर रहे हैं। सुन्दरियाँ गाती हुईं, मृदङ्ग बजाने के समान थपकी दे-देकर जल ठोक रही हैं। महाराज कुश सुन्दरियों के गायन एवं वादन से आकृष्ट हो रहे हैं, जो शब्दोत्पन्ना वैषयिकी रति का द्योतक है।

---

१. रघुवंश–१४.२४, २५, २७

२. रघुवंश–१६.६४

२. अरुणरागनिषेधिभिरंशुकैः
श्रवणलब्धपदैश्च यवाङ्कुरैः।
परभृताविरुतैश्च विलासिनः
स्मरबलैरबलैकरसाः कृताः।।[१]

अरुण की अरुणिमा को भी तिरस्कृत करने वाले कौसुम्भादिरागरञ्जित वस्त्र, कर्णाभूषण बने हुए यवाङ्कुर तथा कोकिलाओं के सुमधुर कूजित-इन कामदेव के सेनारूपी साधनों ने विलासी पुरुषों को रमणियों में एकमात्र आसक्त बना दिया। यहाँ विलासिजनों की रमणियों के प्रति रक्ति उनकी शब्दोत्पन्ना रति की परिचायक है। वसन्त ऋतु में रमणियाँ रक्तांशुक धारण करती हैं यथा नारायणपण्डित लिखते हैं-

वसन्ते हि स्त्रियो रक्तं वासो वसते। यथा कुमारसम्भवे ''वासो वसाना तरुणार्करागम्'' इति।[२]

विवेच्य पद्य में वसन्त ऋतु के आलम्बन का उपबृंहण तथा उद्दीपनसम्पादन वर्णित है। 'स्मरबलैरबलैकरसाः' में यमकच्छटा अवलोकनीय है।

(II) स्पर्शोत्पन्ना

३. आसीद्वरः कण्टकितप्रकोष्ठः स्विन्नाङ्गुलिः संववृते कुमारी।
तस्मिन् द्वये तत्क्षणमात्मवृत्तिः समं विभक्तेव मनोभवेन।।[३]

अज और इन्दुमती के पाणिग्रहण के समय दोनों की दशाओं का वर्णन करते हुए महाकवि कालिदास कहते हैं-वर अज की कलाई रोमाञ्चयुक्त हो रही थी और वधू इन्दुमती की अङ्गुलियाँ पसीने से गीली हो गयी थीं। उन दोनों युगल में उस समय मानों कामदेव ने अपनी वृत्ति (सात्त्विकभावस्वरूप वाली कामवृत्ति) समान रूप से बाँट दी हो।

यहाँ अज और इन्दुमती के परस्पर स्पर्श का चित्रण है। प्रथम स्पर्श के फलस्वरूप दोनों में कामवृत्ति-सात्त्विक भाव (रोमाञ्च एवं स्वेद) की उत्पत्ति स्वाभाविक है अर्थात् दोनों ने ही प्रेम के प्रभाव का अनुभव किया। हेमाद्रि का स्पष्ट कथन है- **'सात्त्विकाविर्भावादनुराग उक्तः।'** इस प्रकार यहाँ नायकगत एवं नायिकागत स्पर्शोपन्ना वैषयिकी रति है।

४. स प्राप हृदयन्यस्तमणिस्पर्शनिमीलितः।
अपयोधरसंसर्गो प्रियालिङ्गननिर्वृतिम्।।[४]

---

१. रघुवंश-९.४३

२. रघुवंश-९.४१ पर नारायण पण्डित-टीका, पृ० ८५

३. रघुवंश-७.२२

४. रघुवंश-१२.६५

राम ने मणि को अपने हृदय पर रख कर आँख बन्द किये हुए मानों स्तनों के स्पर्श को छोड़कर प्रिया सीता के सम्पूर्ण आलिङ्गन का आनन्द प्राप्त किया।

लङ्का से लौटने के बाद हनूमान् ने राम को जब सीता से मिलने के पहचान स्वरूप चूडामणि दिया तो राम ने ऐसा अनुभव किया जैसे सीता का हृदय स्वयं आ गया हो- **हृदयं स्वयमायातं वैदेह्या इव मूर्तिमत्** ।[1] राम उस मणि को अपने वक्षःस्थल से लगाकर मग्न हो जाते हैं और ऐसा प्रसन्न होते हैं जैसे स्तन के स्पर्श को छोड़कर सीता ही उनके हृदय से आ लगी हों। इस प्रकार यहाँ स्पर्श के कारण राम में रति उत्पन्न होने से स्पर्शोत्पन्ना वैषयिकी रति है। प्रकाशिकाटीकाकार अरुण गिरिनाथ ने यहाँ सांसर्गिकी रति मानी है– **सांसर्गिकी रतिर्वर्णिता विप्रलम्भाङ्गम्**।[2]

५. अत्रानुगोदं मृगयानिवृत्त-
स्तरङ्गवातेन विनीतखेदः।
रहस्त्वदुत्सङ्गनिषण्णमूर्धा
स्मरामि वानीरगृहेषु सुप्तः॥[3]

श्रीराम सीता से कहते हैं– मुझे वह दृश्य स्मरण आ रहा है जब यहाँ गोदावरी नदी के समीप मृगया-विहार से लौटकर, इसकी लहरों का स्पर्श करके आने वाली शीतल वायु से अपनी थकान मिटाकर मैं एकान्त में तुम्हारी गोद में शिर रखकर वेतस के कुञ्जों में सो जाया करता था। यहाँ श्रीराम द्वारा सीता के उत्सङ्ग-स्पर्श जनित सुख का वर्णन होने से नायकगत स्पर्शोत्पन्ना वैषयिकी रति विद्यमान है।

(III) रूपोत्पन्ना

६. ता राघवं दृष्टिभिरापिबन्त्यो नार्यो न जग्मुर्विषयान्तराणि।
तथा हि शेषेन्द्रियवृत्तिरासां सर्वात्मना चक्षुरिव प्रविष्टा॥[4]

स्वयंवर के पश्चात् अपनी पत्नी इन्दुमती के साथ जाते हुए रघुपुत्र अज को नयनों से पान करती हुई नगर की स्त्रियाँ अन्य विषयों पर नहीं गयीं क्योंकि इनकी शेष इन्द्रियों की शक्ति मानों नेत्र में ही प्रविष्ट हो गयी।

नगर के बीच राजपथ पर इन्दुमती के साथ जाते हुए अज के रूप का नगर-स्त्रियाँ निर्निमेष दृष्टि से पान कर रही थीं। वे एकटक देखने में इतनी तल्लीन थीं कि उनकी श्रवण, घ्राण, रसना, त्वचा इन्द्रियाँ अपने-अपने विषयों को ग्रहण करने में असमर्थ हो गयीं। फलस्वरूप उनकी शक्ति भी चक्षुरिन्द्रिय में ही प्रविष्ट हो गयी जिससे नेत्रों ने खूब छक कर अपने विषय 'रूप' का पान

१. रघुवंश–१२.६४
२. रघुवंश–१२.६५ पर अरुणगिरिनाथ-टीका, पृ० २०८
३. रघुवंश–१३.३५
४. रघुवंश–७.१२

किया। चारित्रवर्धन स्पष्ट रूप से कहते हैं-'**सम्भाषणादि विमुच्य तद्दर्शनैकरसा अभूवन्निति भावः।**' इस प्रकार यहाँ नारियों की रूपविषय से सम्बद्ध रति का वर्णन होने के कारण रूपोत्पन्ना वैषयिकी रति है। प्रस्तुत पद्य सरस्वतीकण्ठाभरणालङ्कार में रूपोत्पन्ना वैषयिकी रति के निदर्शनरूप में उद्धृत है।[१]

७. तत्र सेकहृतलोचनाञ्जनै-
धौतरागपरिपाटलाधरैः।
अङ्गनास्तमधिकं व्यलोभय-
न्नर्पितप्रकृतिकान्तिभिर्मुखैः॥[२]

उन दीर्घिकाओं में विलासिनी रमणियाँ, जल से जिनके आँखों के काजल धुल जाते थे और रंग के धुल जाने से जिंनके अधर रक्तवर्ण के हो जाते थे, अपनी स्वाभाविक छवि से सुशोभित मुखों से अग्निवर्ण को और भी मोहित कर लेती थीं। यहाँ अग्निवर्णगत रूपोत्पन्ना वैषयिकी रति सुस्पष्ट है।

(III) रसोत्पन्ना

८. ततः प्रियोपात्तरसेऽधरोष्ठे निवेश्य दध्मौ जलजं कुमारः।
तेन स्वहस्तार्जितमेकवीरः पिबन्यशो मूर्तमिवाबभासे॥[३]

शत्रु सेना के निद्रावस्था को प्राप्त हो जाने पर कुमार अज ने अपनी प्रिया इन्दुमती के द्वारा आस्वादित रस वाले अधरोष्ठ पर शंख को रखकर बजाया। जिससे वह अद्वितीय वीर अपने हाथों से अर्जित साक्षात् यश को मानों पीता हुआ-सा सुशोभित हुआ।

विवाह के अनन्तर जब इन्दुमती को साथ लेकर अज अपने राज्य में आ रहे थे तब अनेक अभिमानी राजाओं ने उनका मार्ग रोक लिया था। दोनों में भयंकर युद्ध हुआ। बाणों से घिर जाने पर अज ने प्रियंवद नामक गन्धर्व से प्राप्त अस्त्र का राजाओं के ऊपर प्रयोग किया, जिससे निद्रा आ जाती है। गान्धर्व अस्त्र छोड़ने पर राजाओं की सेना निद्रा के वशीभूत हो गयी। इसे अपनी विजय मानकर अपने वीर सैनिकों को लौटाने की दृष्टि से अज ने शंखनाद किया।

प्रस्तुत पद्य में अज के अधरोष्ठ का विशेषण है प्रियोपात्तरस। मल्लिनाथ इसकी व्याख्या करते हुए लिखते हैं-'**प्रियया इन्दुमत्या उपात्तरस आस्वादितमाधुर्ये। अतिश्लाघ्य इति भावः।**' किन्तु हेमाद्रि का कथन है कि अप्रगल्भा नवोढा के द्वारा अधरपान सम्भव नहीं है। अतः यहाँ अभूत अधरपान भी भूतत्वेन विवक्षित है। चारित्रवर्धन इसे उचित ठहराते हुए कहते हैं कि चिरकाल से कांक्षित कान्त के सम्मोहन में डूब जाने से लज्जा दूर हो जाने के कारण तथा स्वयंवर से प्रौढि प्राप्त हो जाने के कारण एवं काक, कामन्दक आदि कामशास्त्र में प्रवीण होने के कारण स्वयं

१. सरस्वतीकण्ठाभरणालङ्कार (का० हि० वि० वि० संस्करण)-५.८७, पृ० ४५१

२. रघुवंश-१९.१०

३. रघुवंश-७.६३

नवपरिणीता द्वारा भी अधरपान सम्भव है– **'ननु नूतनपरिणीतायाः कथं स्वयमधरपानं संभवेत्। उच्यते। चिरकालाभिकांक्षितकान्तनवसंमोहनरसनिमग्नतया विगतलज्जत्वात्स्वयंवरेण प्राप्तप्रौढि-त्वाच्च काककामन्दकप्रमुखकन्दर्पशास्त्रप्रावीण्याच्च नवपरिणीताया अपि युक्तम्।'** इस प्रकार यहाँ अधररस का पान निरूपित होने के कारण रसोत्पन्ना वैषयिकी रति है।

(V) गन्धोत्पन्ना

१. तदाननं मृत्सुरभि क्षितीश्वरो रहस्युपाघ्राय न तृप्तिमाययौ।
करीव सिक्थं पृषतः पयोमुचां शुचिव्यपाये वनराजिपल्वलम् ॥[१]

राजा दिलीप एकान्त में, गर्भवती होने के कारण स्वाभाविक रूप से मिट्टी खाने के कारण, सुगन्धित रानी सुदक्षिणा के मुख को सूँघ-सूँघ कर उसी प्रकार अतृप्त रह जाते थे जैसे ग्रीष्म ऋतु की समाप्ति पर वनों के छोटे-छोटे तालाबों की मिट्टी मेघों के जलबिन्दुओं से सोंधी हो जाती है और उसकी सोंध से सुगन्धित अल्प जल को सूँघ-सूँघ कर (पी-पीकर) जंगली हाथी तृप्त नहीं होते।

प्रस्तुत पद्य में महाराज दिलीप के द्वारा रानी सुदक्षिणा के मिट्टी से सुरभित मुख के चुम्बन का वर्णन किया गया है। नायिका के मुख से निकलने वाली सुगन्धि के सूँघने (चूमने) का उल्लेख होने के कारण यह पद्य गन्धोत्पन्ना वैषयिकी रति का उदाहरण है।

१०. मनोज्ञगन्धं सहकारभङ्गं
पुराणशीधुं नवपाटलं च।
संबध्नता कामिजनेषु दोषाः
सर्वे निदाघावधिना प्रमृष्टाः॥[२]

सुरुचिपूर्ण सुगन्धि से युक्त आम्रमञ्जरियों, पके गन्ने के रस से निर्मित सुवासित पुराणशीधु (पुरानी मदिरा) तथा सुरभित पाटलपुष्पों को एकत्रित कर ग्रीष्म ऋतु ने विलासियों के प्रति अपने सभी दोषों (तापादि) को दूर कर दिया अर्थात् सुगन्धित आम्रमञ्जरी, पुराणमद्य तथा पाटलपुष्पों से कामोत्तेजन होने से कामिजनों को ग्रीष्म ऋतु में किसी अभाव की प्रतीति नहीं हुई। यहाँ तीनों कामोत्तेजक पदार्थ-आम्रमञ्जरी, मदिरा तथा पाटलपुष्प सुगन्धित हैं जिनकी मनोज्ञ सुगन्ध कामिजनों में रति का सञ्चार कर रही है। अतः प्रस्तुत पद्य गन्धोत्पन्ना वैषयिकी रति का सुन्दर निदर्शन है।

३. सम्बन्धा (सांसर्गिकी)

१. तस्य दाक्षिण्यरूढेन नाम्ना मगधवंशजा।
पत्नी सुदक्षिणेत्यासीदध्वरस्येव दक्षिणा ॥

---

१. रघुवंश–३.३

२. रघुवंश–१६.५२

कलत्रवन्तमात्मानमवरोधे महत्यपि।
तया मेने मनस्विन्या लक्ष्म्या च वसुधाधिपः ॥[१]

उस महाराज दिलीप की मगध राजवंश में उत्पन्न उदारता के लिये प्रसिद्ध, यज्ञ की पत्नी दक्षिणा के समान, सुदक्षिणा नाम की पत्नी महारानी थीं।

महाराज दिलीप के अन्तःपुर में बहुत-सी रानियों के होने पर भी राजलक्ष्मीस्वरूपा सुदक्षिणा के ही कारण वे अपने को पत्नीवाला समझते थे।

उपर्युक्त पद्य में सुदक्षिणा के 'मगधवंशजा' बताकर उनकी कुलीनता की ओर संकेत किया गया है। टीकाकार मल्लिनाथ कहते हैं- **'एतेनाभिजात्यमुक्तम्'**। यज्ञपत्नी से उपमित होने कारण वह अप्सरातुल्य हैं। मल्लिनाथ श्रुति का प्रमाण देते हैं–**यज्ञो गन्धर्वस्तस्य दक्षिणा अप्सरसः।** अरुणगिरिनाथ का कथन है–**अत्र विशिष्टोपमानबलादन्योन्यानुरूपताद्यसंख्यं व्यङ्ग्यजातमुन्नेयम्।**

सुदक्षिणा को मनस्विनी भी कहा गया है और साथ ही राजलक्ष्मी स्वरूपा भी। उन्हें महाराज्ञी का पद प्राप्त था। 'मनस्विनी' पद उनके उत्कृष्ट मन का द्योतक है–**'प्रशस्तं मनः यस्याः सा'**। इस प्रकार उपर्युक्त पद्यद्वय में सुदक्षिणा के कुल आदि की महत्ता का वर्णन होने के कारण दिलीप के मन में सुदक्षिणा के प्रति सम्बन्धजा रति की सम्भावना की जा सकती है।

२. **कुलेन कान्त्या वयसा नवेन गुणैश्च तैस्तैर्विनयप्रधानैः।**
त्वमात्मनस्तुल्यममुं वृणीष्व रत्नं समागच्छतु काञ्चनेन ॥[२]

स्वयंवर में सुनन्दा इन्दुमती से कहती है-कुल से, रूप से, युवावस्था से और विनय आदि प्रमुख गुणों से अपने तुल्य इस अज को तुम वरण करो, जिससे रत्न और काञ्चन सदृश तुम दोनों अनुरूपों का मेल हो जाय।

प्रस्तुत पद्य में अज के कुल एवं रूप आदि का चित्रण किया गया है। प्रशस्त कुल आदि के कारण इन्दुमती का वरण के लिये तैयार होना सम्बन्धजा रति का सूचक है।

३. **प्रतिकृतिरचनाभ्यो दूतिसंदर्शिताभ्यः**
समधिकतररूपाः शुद्धसन्तानकामैः।
अधिविविदुरमात्यैराहृतास्तस्य यूनः
प्रथमपरिगृहीते श्रीभुवौ राजकन्याः॥[३]

दूतियों के द्वारा दिखायी गयी चित्रलिखित कन्याओं से भी अधिक रूपवती एवं राजा को

१. रघुवंश–१.३१-३२
२. रघुवंश–६.७९
३. रघुवंश–१८.५३

सन्तान होने की इच्छा से मन्त्रियों के द्वारा लायी गयी राजकुमारियों ने उस युवक सुदर्शन की प्रथम-परिगृहीत राज्यलक्ष्मी और पृथिवी को सौत बनाया।

दूतियाँ भिन्न-भिन्न राजधानियों में जाकर वहाँ से सुन्दरी राजकुमारियों का चित्र ले आती हैं और मन्त्रिगण चित्रों से भी अधिक सुन्दर राजकुमारियों से सुदर्शन का विवाह करा देते हैं। यहाँ राजकुमारियों के कुल एवं रूप के कारण सुदर्शन में उत्पन्न हुई रति की कल्पना की जा सकती है जिसके फलस्वरूप उसने विवाह-प्रस्ताव स्वीकार किया। यह रति सम्बन्धजा ही है।

४. स प्राप हृदयन्यस्तमणिस्पर्शनिमीलितः ।
अपयोधरसंसर्गां प्रियालिङ्गननिर्वृतिम् ।।[१]

(कृतकृत्य उन हनूमान् ने स्वयम् आये हुए सीता के हृदय के समान, सीता द्वारा दिये गए प्रत्यभिज्ञान चूडामणि को श्रीराम को दिखलाया।) हृदय पर रखे हुए चूडामणि के स्पर्श से निमीलितनेत्र श्रीराम ने पयोधरस्पर्श से रहित प्रिया सीता के आलिङ्गन के सुख को पाया। प्रियाप्रदत्त चूडामणि श्रीराम द्वारा अपने हृदय पर रखी जाने पर उन्हें प्रियालिङ्गन का सा सुख प्रदान कर रही है। यह विलक्षण प्रियालिङ्गन है जहाँ प्रिया के पयोधरों का संसर्ग विद्यमान नहीं है। प्रस्तुत पद्य में टीकाकार अरुणगिरिनाथ सांसर्गिकी रति की अवस्थिति मानते हैं -**सांसर्गिकी रतिर्वर्णिता विप्रलम्भाङ्गम्।**[२] यहाँ स्पर्शोत्पन्ना वैषयिकी रति भी सुशोभित है जिसका विवेचन यथास्थान किया जा चुका है।

४. आभिमानिकी

सैषा स्थली यत्र विचिन्वता त्वां भ्रष्टं मया नूपुरमेकमुर्व्याम् ।
अदृश्यत त्वच्चरणारविन्दविश्लेषदुःखादिव बद्धमौनम् ।।[३]

लङ्का-विजय के अनन्तर विमान से लौटते हुए राम सीता को एक स्थल दिखाते हुए कहते हैं- यह वही स्थली है जहाँ तुमको खोजते हुए मैंने पृथ्वी पर गिरा हुआ एक नूपुर देखा था जो तुम्हारे चरण-कमल से अलग होने के दुःख के कारण मानों चुपचाप पड़ा हुआ था।

मार्ग में अनेक वस्तुओं के विद्यमान होने पर भी राम की नूपुर में विशेष अभिरुचि दृष्टिगत हो रही है और वे आसक्ति के कारण उसमें भी दुःख उत्प्रेक्षित कर लेते हैं। प्रिया के नूपुर को पाकर प्रियाविषयक रति उत्पन्न होना स्वाभाविक है, अतः यहाँ राम की आभिमानिकी रति का चित्रण हुआ है।

---

१. रघुवंश–१२.६५

२. रघुवंश–१२.६५ पर अरुणगिरिनाथ–टीका, पृ० २०८

३. रघुवंश–१३.२३

५. तदीयविशेषयुक्ता

१. तया स्रजा मङ्गलपुष्पमय्या विशालवक्षःस्थललम्बया सः।
अमंस्त कण्ठार्पितबाहुपाशां विदर्भराजावरजां वरेण्यः॥[१]

वरण करने योग्य उस अज ने इन्दुमती के द्वारा डाली गयी, विशाल वक्षःस्थल पर लटकने वाली उस फूलों की मंगल-माला से ऐसा सुख अनुभव किया मानों विदर्भराज भोज की अनुजा इन्दुमती ने ही अपना बाहुपाश उनके गले में डाल दिया हो।

यहाँ प्रिया की वस्तु माला अज को प्रियासदृश ही प्रतीत हो रही है। प्रिया की माला से रति उत्पन्न होने के कारण प्रस्तुत पद्य तदीयविशेषयुक्ता रति का उदाहरण है।

२. प्रत्यभिज्ञानरत्नं च रामायादर्शयत्कृती।
हृदयं स्वयमायातं वैदेह्या इव मूर्तिमत्॥
स प्राप हृदयन्यस्तमणिस्पर्शनिमीलितः।
अपयोधरसंसर्गां प्रियालिङ्गननिर्वृतिम्॥[२]

कृतकृत्य उन हनूमान् ने स्वयम् आये हुए सीता के हृदय के समान, सीता द्वारा दिये गए प्रत्यभिज्ञान चूडामणि को श्रीराम को दिया। हृदय पर रखे हुए उस चूडामणि के स्पर्श-सुख से निमीलितनयन श्रीराम ने पयोधरस्पर्श-से रहित प्रिया सीता के आश्लेष-सुख को प्राप्त किया। यहाँ प्रियाप्रदत्त प्रत्यभिज्ञान चूडामणि के दर्शन एवं स्पर्शन से श्रीराम में रति उत्पन्न हो रही है जो तदीयविशेषयुक्ता रति का सुन्दर निदर्शन है। तदीयविशेषयुक्ता रति के भी अन्तर्गत यह प्रियपदोत्पन्ना की भाँति प्रियाप्रत्यभिज्ञानरत्नोत्पन्ना रति को व्यञ्जित करती है। प्रत्यभिज्ञानरूप सीताचूडामणि को अपने हृदय पर रखकर श्रीराम प्रिया सीता के आश्लेष-सुख का पूर्ण आनन्द प्राप्त करते हैं।

३. सैषा स्थली यत्र विचिन्वता त्वां
भ्रष्टं मया नूपुरमेकमुर्व्याम्।
अदृश्यत त्वच्चरणारविन्द-
विश्लेषदुःखादिव बद्धमौनम्॥[३]

(श्रीराम सीता से कहते हैं) यह वही वनस्थली है, जहाँ तुम्हें ढूँढ़ते हुए मैंने तुम्हारे द्वारा फेंके गये और तुम्हारे चरणकमल से अलग होने के दुःख से मानों चुपचाप पृथ्वी पर पड़े हुए एक नूपुर को पाया था। प्रियाविरह में प्रिया के नूपुर को देखकर श्रीराम को जो निर्वृति मिली वह उनकी

---

१. रघुवंश–६.८४

२. रघुवंश–१२.६४-६५

३. रघुवंश–१३.२३

तदीयविशेषयुक्ता रति की परिचायक है। तदीयविशेषयुक्ता के भी अन्तर्गत यह प्रियपदोत्पन्ना की भाँति प्रियानूपुरोत्पन्ना रति का सुन्दर दृष्टान्त है। इस पद्य का एक अन्य भी वैलक्षण्य है। टीकाकार चारित्रवर्धन एवं दिनकर के अनुसार महाकवि कालिदास ने इस पद्य में अपने इष्टदैवतमन्त्र का भी न्यास किया है-

'अस्मिन् श्लोके कालिदासकविरिष्टदैवतमन्त्रं न्यक्षिपदिति सम्प्रदायः। स च नूपुरपर्यायवाचित्वाद्धंसः' इति ज्ञेयः इति चारित्रवर्धनः।

'इह पद्ये कविरिष्टदैवतमन्त्रं चिक्षेपेति सम्प्रदायः' इति दिनकरः।[1]

४. एषा त्वया पेशलमध्ययापि
घटाम्बुसंवर्धितबालचूता।
आह्लादयत्युन्मुखकृष्णसारा
दृष्टा चिरात्पञ्चवटी मनो मे॥[2]

श्रीराम सीता से कहते हैं-

बहुत दिनों के बाद दिखाई पड़ने वाली यह पञ्चवटी, जिसमें क्षीणकटिवाली होकर भी तुमने घड़ों में जल भर-भर कर आम के पौधों को सींचा है और जिसके कृष्णसार मृग हम लोगों की ओर उन्मुख होकर देख रहे हैं, मेरे मन को आनन्दित कर रही है। यहाँ बहुत दिनों बाद पञ्चवटी को देखकर श्रीराम का आनन्दित होना उनमें तदीयविशेषयुक्ता रति को पुष्ट करता है। तदीयविशेषयुक्ता के भी अन्तर्गत यहाँ प्रियगोष्ठोत्पन्ना की भाँति प्रियपञ्चवट्युत्पन्ना रति की कल्पना की जा सकती है।

६. औपमानिकी

१. अपि तुरगसमीपादुत्पतन्तं मयूरं
न स रुचिरकलापं बाणलक्ष्यीचकार।
सपदि गतमनस्कश्चित्रमाल्यानुकीर्णे
रतिविगलितबन्धे केशपाशे प्रियायाः।[3]

महाराज दशरथ, घोड़े के पास उड़ते हुए सुन्दर पूँछों वाले मयूर पर भी बाण नहीं चलाते थे क्योंकि उन्हें देखकर दशरथ को चित्र-विचित्र मालाओं से गुम्फित और सम्भोग के कारण खुले हुए अपनी प्रिया के केशों का स्मरण हो आता था।

यहाँ सुन्दर पूँछों वाले मयूरों को देखकर दशरथ को रूपसाम्य के कारण अपनी प्रिया के केशपाशों का स्मरण हो उठता है। अतः यहाँ औपमानिकी रति है। शिंगभूपाल का कथन है कि

१. रघुवंश–१३.२३ के नोट्स में उद्धृत, पृ० ८७५
२. रघुवंश–१३.३४
३. रघुवंश–९.६७

आखेट में संलग्न होने पर भी प्रिया के केश-कलाप के सामन मयूर-कलाप के दर्शन से दशरथ की प्रियाविषयिणी रति उत्पन्न हो रही है। यह रति उपमा के कारण समुद्भूत है, अतः यह औपमानिकी रति का उदाहरण है–**'अत्र मृगयान्तरितापि दशरथस्य प्रियाविषया रतिस्तदीयकेशःकलापसदृशकेकिकलापदर्शनेनोत्पद्यते।'**[१]

२. लक्ष्यीकृतस्य हरिणस्य हरिप्रभावः
प्रेक्ष्य स्थितां सहचरीं व्यवधाय देहम्।
आकर्णकृष्टमपि कामितया स धन्वी
बाणं कृपामृदुमनाः प्रतिसंजहार॥[२]

विष्णु अथवा इन्द्र के समान पराक्रमशाली धनुर्धर दशरथ ने निशाना बनाये गये हरिण के शरीर को व्यवहित करके (मेरे पति को पहले बाण न लगकर मुझे ही लगे, इस भावना से राजा दशरथ तथा प्रिय मृग के मध्य में) खड़ी हुई हरिणी को देखकर अपने कान तक खींचे गए बाण को भी, अपने स्त्रीजन के प्रति अतीव प्रेमी स्वभाव का होने के कारण दयार्द्रचित्त होकर, उतार लिया। यहाँ राजा दशरथ मृगयार्थ निकले हुए हैं तथा हरिण पर प्रहार करने के लिए सन्नद्ध हैं, किन्तु उसकी प्रिया सहचरी को रक्षार्थ सामने देखकर उन्हें भी अपनी प्रिया का स्मरण हो आता है और वे अपने बाण को लौटा लेते हैं। हरिणप्रिया का व्यवहार यहाँ दशरथप्रिया के लिए उपमानसदृश है। अतएव यहाँ औपमानिकी रति ध्वनित है।

३. तस्यापरेष्वपि मृगेषु शरान्मुमुक्षोः
कर्णान्तमेत्य बिभिदे निविडोऽपि मुष्टिः।
त्रासातिमात्रचटुलैः स्मरयत्सु नेत्रैः
प्रौढप्रियानयनविभ्रमचेष्टितानि॥[३]

भय के कारण हरिणों के अत्यन्त चञ्चल सुन्दर नेत्रों को देखकर अपनी प्रौढ प्रियाओं के नेत्रों की विलासपूर्ण चेष्टाओं को स्मरण करते हुए राजा दशरथ की दृढ़ मुष्टि अन्य मृगों पर बाण चलाने की इच्छा होते हुए भी कान के समीप तक पहुँच कर ढीली पड़ गई अतएव दूसरे मृगों पर भी राजा दशरथ बाण नहीं छोड़ सके। दशरथ मृगयाविहार के लिए निकले हुए हैं। मृग उनके समक्ष हैं, किन्तु उनपर वे बाण चलाने में असमर्थ हैं क्योंकि हरिणों के भय से चञ्चल सुन्दर नेत्र उन्हें अपनी प्रियाओं के नेत्रविलास का स्मरण करा देते हैं। हरिणनेत्रों को देखकर यहाँ राजा दशरथ में स्वप्रियाविषयक रति का प्रादुर्भाव हो रहा है। अतएव यह पद्य औपमानिकी रति का रमणीय निदर्शन है। यहाँ स्मरण अलङ्कार की शोभा भी अवलोकनीय है।

---

१. रसार्णवसुधाकर–पृ० २१३

२. रघुवंश–९.५७

३. रघुवंश–९.५८

४. आसारसिक्तक्षितिबाष्पयोगा-
न्मामक्षिणोद्यत्र विभिन्नकोशैः।
विडम्ब्यमाना नवकन्दलैस्ते
विवाहधूमारुणलोचनश्रीः॥[१]

इसी मन्दराचल पर धारापूर्वक वर्षा होने से भीगी हुई पृथिवी से निकलती हुई भाप के द्वारा, खिली हुई कलियों वाले कन्दली के पुष्पों ने, जो विवाह के समय यज्ञाग्नि के धूम से लाल तुम्हारी आँखों की शोभा का अनुकरण कर रहे थे, मुझे शोक से भर दिया था। लाल कलिकाओं वाले कन्दली पुष्प पृथ्वी से उठती हुई बाष्प से संयुक्त होकर, श्रीराम को विवाहकालिक यज्ञीय धूम से रक्तवर्ण प्रिया सीता की आँखों का स्मरण करा रहे थे। यहाँ भी औपमानिकी रति की छटा द्रष्टव्य है। प्रस्तुत पद्य से मिलता जुलता पद्य विक्रमोर्वशीय में भी उपलब्ध है-

आरक्तराजिभिरियं कुसुमैर्नवकन्दली सलिलगर्भैः ।
कोपादन्तर्बाष्पे स्मरयति मां लोचने तस्याः ॥[२]

५. इमां तटाशोकलतां च तन्वीं
स्तनाभिरामस्तबकाभिनम्राम्।
त्वत्प्राप्तिबुद्ध्या परिरब्धुकामः
सौमित्रिणा साश्रुरहं निषिद्धः॥[३]

(श्रीराम सीता से कहते हैं- इसी पम्पा सरोवर के) तट पर विद्यमान पतली अशोकलता को, जो स्तनों के समान सुन्दर पुष्पगुच्छों से झुकी हुई थी, मैंने यह समझकर कि तुम मिल गई हो, जब आलिङ्गन करना चाहा तो लक्ष्मण ने आँखो में आँसू भरकर मुझे रोक दिया था। यहाँ तन्वी अशोकलता में श्रीराम को जो सीता की भ्रान्ति हो रही है, वह उनकी औपमानिकी रति को ही प्रकारान्तर से परिपुष्ट कर रही है। श्रीराम की उपरिवर्णित दशा विरहातिशय के कारण है।

७. नैसर्गिकी

१. रतिस्मरौ नूनमिमावभूतां राज्ञां सहस्रेषु तथा हि बाला ।
गतेयमात्मप्रतिरूपमेव मनो हि जन्मान्तरसङ्गतिज्ञम् ॥[४]

निश्चित रूप से रति और कामदेव ही अज और इन्दुमती के रूप में दम्पती बने हैं। इसीलिये

---

१. रघुवंश–१३.२९

२. विक्रमोर्वशीय–४.५

३. रघुवंश–१३.३२

४. रघुवंश–७.१५

यह सुन्दरी इन्दुमती हजारों राजाओं के बीच अपने ही अनुरूप वर को प्राप्त हुई। सत्य है, मन तो पिछले जन्म के सम्बन्ध को पहचान ही लेता है।

यहाँ पूर्व जन्म के संस्कार के कारण अज और इन्दुमती स्वाभाविक रूप से पुनः दम्पती बन गये। अतः उनकी रति नैसर्गिकी ही कही जायगी। यहाँ आध्यात्मिकी रति की भी उद्भावना की जा सकती है, क्योंकि इन्दुमती अपनी आत्मा को ही प्रमाण मानकर अज का वरण करती है।

२. मनसापि न विप्रियं मया
कृतपूर्वं तव किं जहासि माम्।
ननु शब्दपतिः क्षितेरहं
त्वयि मे भावनिबन्धना रतिः॥[1]

मैंने तो मन से भी तुम्हारा अप्रिय पहले कभी नहीं किया तब फिर मुझे इस प्रकार क्यों छोड़ रही हो। मैं निश्चय ही नाममात्र से पृथ्वी का पति हूँ, मेरा स्वाभाविक प्रेम तो वस्तुतः तुम्हीं में केन्द्रित है। अतः ये अज मेरी सपत्नीरूप पृथ्वी के पति हैं, यह मानकर तुम्हें मेरा त्याग करना उचित नहीं है। अज के इन्दुमती के प्रति कहे गए ये वचन उनकी नैसर्गिकी रति को अभिव्यञ्जित करते हैं। 'भावनिबन्धना रतिः' पद नैसर्गिकी रति को ही सङ्केतित कर रहे हैं।

३. ता नराधिपसुता नृपात्मजै-
स्ते च ताभिरगमन्कृतार्थताम्।
सोऽभवद्वरवधूसमागमः
प्रत्ययप्रकृतियोगसन्निभः॥[2]

वे जनकराजकुमारियाँ उन दशरथराजकुमारों से तथा वे राजपुत्र उन राजपुत्रियों से कृतार्थ हो गये। वधू और वरों का यह समागम प्रकृति तथा प्रत्यय के पारस्परिक मिलन के समान सिद्ध हुआ। जनक की कन्यकाओं-सीता, उर्मिला, माण्डवी एवं श्रुतकीर्ति ने क्रमशः श्रीराम, लक्ष्मण, भरत एवं शत्रुघ्न को पति रूप में प्राप्त किया। इस प्रकार जन्मान्तर के संस्कारानुरूप उन राजकुमारियों एवं राजकुमारों के समागम द्वारा उनके कुल, शील, वय एवं रूप सफल हो गए। उन वधू-वरों का यह समागम उनकी नैसर्गिकी रति को ही प्रकारान्तर से पुष्ट कर रहा है।

८. स्वरूपजा

मुखार्पणेषु प्रकृतिप्रगल्भाः स्वयं तरङ्गाधरदानदक्षः।
अनन्यसामान्यकलत्रवृत्तिः पिबत्यसौ पाययते च सिन्धूः॥[3]

---

१. रघुवंश–८.५२

२. रघुवंश–११.५६

३. रघुवंश–१३.९

विमान पर आरूढ भगवान् राम समुद्र को देखकर सीता से एकान्त में कहते हैं- यह समुद्र नदीरूपी स्त्रियों से असाधारण प्रेम व्यवहार करता है क्योंकि यह चुम्बन के लिये मुख अर्पित करने में स्वभावत: प्रगल्भ नदियों को स्वयं तरङ्गरूपी स्वकीय अधर-दान करने में कुशल है। यह समुद्र नदियों का अधरपान करता है और उन्हें स्वयं भी अपना अधरपान कराता है।

प्राय: लोग केवल स्त्रियों का अधरपान करते हैं, अपना अधरपान उन्हें नहीं कराते किन्तु समुद्र तो इन सामान्य लोगों से भिन्न है। इस प्रकार यहाँ मानवारोपण का आश्रय लेकर समुद्र-नायक एवं नदी-नायिका दोनों के रतिभाव का चित्रण है, जो किसी के द्वारा उत्पन्न नहीं अपितु स्वत:सिद्ध है। दोनों के ही रतिभाव का निरूपण होने के कारण यह पद्य उभयनिष्ठ स्वरूपजा रति का सुन्दर निदर्शन है।

९. आध्यात्मिकी

१. रतिस्मरौ नूनमिमावभूतां राज्ञां सहस्रेषु तथा हि बाला।
गतेयमात्मप्रतिरूपमेव मनो हि जन्मान्तरसङ्गतिज्ञम् ॥[1]

निश्चित रूप से रति और कामदेव ही इन्दुमती और अज के रूप में दम्पती बने हैं। इसीलिये यह सुन्दरी इन्दुमती हज़ारों राजाओं के बीच अपने ही अनुरूप वर को प्राप्त हुई। सच है, मन तो पिछले जन्म के सम्बन्ध को पहचान ही लेता है।

जब अज अपनी पत्नी इन्दुमती के साथ नगर के बीच से होते हुए राजपथ पर जा रहे थे तो उन्हें देखने के लिये नगर की स्त्रियाँ अपनी-अपनी खिड़कियों पर जमा हो गयीं। उन्हीं में से कुछ स्त्रियाँ आपस में उपर्युक्त बातें कह रही थीं। इन्दुमती यदि पूर्व जन्म में रति रही है तो जो उसने कामदेव तुल्य अज का वरण कर लिया उसमें उसकी आत्मा ही प्रमाण है। अज को देखकर वह अपने अन्दर किसी ऐसे भाव की अनुभूति करती है जो उसे द्रवित कर देते हैं और वह अज का वरण कर लेती है। इस प्रकार इन्दुमती के मन में उत्पन्न भाव के ही रति का उद्‌बोधक होने के कारण यहाँ आध्यात्मिकी रति है। कालिदास अन्यत्र भी इस तरह की बात कहते हैं कि जन्म-जन्मान्तरों के संस्कार आत्मा में विद्यमान रहते हैं- **'तच्चेतसा स्मरति नूनमबोधपूर्वं, भावस्थिराणि जननान्तरसौहृदानि'**।[2]

२. साहं तपः सूर्यनिविष्टदृष्टिरूर्ध्वं प्रसूतेश्चरितुं यतिष्ये।
भूयो यथा मे जननान्तरेऽपि त्वमेव भर्ता न च विप्रयोगः॥[3]

वह मैं सीता प्रसव के पश्चात् सूर्य में दृष्टि लगाकर तपस्या का प्रयास करूँगी ताकि अगले जन्म में भी तुम्हीं मेरे पति हो और इस प्रकार का वियोग न हो।

---

१. रघुवंश-७.१५
२. अभिज्ञानशाकुन्तल-५.२
३. रघुवंश-१४.६६

गंगापार पहुँचाने के पश्चात् जब लक्ष्मण ने सीता से निष्कासन की बात बतायी तो सीता ने अनेकशः सन्देश राम के पास भेजा। उपर्युक्त सन्देश में, जन्मान्तर में भी राम को ही पतिरूप में पाने की इच्छा सीता की आध्यात्मिकी रति की ओर संकेत करती है। सूर्य-तपस्या से अगले जन्म में राम भी मिलेंगे और वियोग भी न होगा। इसमें सीता का आत्म-प्रामाण्य ही झलक रहा है। अरुण-गिरिनाथ प्रकाशिका टीका में कहते हैं कि 'त्वमेव' पद से सीता के अनुरागातिशय की सूचना मिलती है-**'त्वमेवेति स्वानुरागस्थैर्यं द्योतयति।'**

३. कल्याणबुद्धेरथ वा तवायं
न कामचारो मयि शङ्कनीयः।
ममैव जन्मान्तरपातकानां
विपाकविस्फूर्जथुरप्रसह्यः।।[1]

'अथवा तुम कल्याण बुद्धि वाले हो, अतः अपने प्रति तुम्हारे इस मनमाने व्यवहार में मुझे किसी प्रकार की आशङ्का नहीं करनी चाहिए। यह तो मेरे दूसरे जन्मों में किए गए दुष्कृतों का असह्य परिणाम रूप वज्रनिर्घोष है।' निरपराधिनी होने पर भी श्रीराम द्वारा परित्यक्ता सीता लक्ष्मण द्वारा श्रीराम के प्रति जो अनेक संदेश भेजती हैं, उसका एक अंश यहाँ वर्णित है। निष्कारण त्यक्ता होने पर भी वे राम पर कोई दोषारोपण नहीं करतीं। इसमें उनका आत्मप्रामाण्य ही प्रतिबिम्बित हो रहा है जो उनकी श्रीराम के प्रति आध्यात्मिकी रति को व्यञ्जित करता है।

४. बभूव रामः सहसा सबाष्प-
स्तुषारवर्षीव सहस्यचन्द्रः।
कौलीनभीतेन गृहान्निरस्ता
न तेन वैदेहसुता मनस्तः।।[2]

लक्ष्मण द्वारा सीता का सन्देश सुनकर तुषार बरसाने वाले पौष मास के चन्द्रमा के समान श्रीराम आँसू बरसाने लगे क्योंकि लोकनिन्दा से डरे हुए श्रीराम ने सीता को अपने भवन से निष्कासित किया था, मन से निष्कासित नहीं किया था।

सीता की विशुद्धता के विषय में वे पूर्णतः आश्वस्त थे। श्रीराम की उपरिनिर्दिष्ट दशा उनकी सीता के प्रति आध्यात्मिकी रति को पूर्णतः पुष्ट करती है। श्रीराम का स्वात्मप्रामाण्य ही सीता की विशुद्धता के विषय में उनकी आश्वस्ति का कारण है। उनके नेत्रों से अनवरत विलगित अश्रुधारा का स्रोत प्रिया सीता के प्रति उनकी आध्यात्मिकी रति ही है।

---

१. रघुवंश-१४.६२

२. रघुवंश-१४.८४

१०. साम्प्रयोगिकी

१. आससाद मिथिलां स वेष्टयन्पीडितोपवनपादपां बलैः।
प्रीतिरोधमसहिष्ट सा पुरी स्त्रीव कान्तपरिभोगमायतम् ॥[१]

स्वयंवर की सूचना पाकर दशरथ के अपनी सेना के साथ मिथिला पहुँचने का वर्णन करते हुए कालिदास कहते हैं–महाराज दशरथ सैनिकों द्वारा मर्दित उपवन के वृक्षों वाली मिथिला को घेरते हुए पहुँचे। उस नगरी ने जिस प्रकार स्त्री अपने प्रियतम के कठोर सम्भोग को सहन करती है, उसी प्रकार प्रेम से सैनिकों के अवरोध को सहा।

महाराज दशरथ जिस ठाट-बाट से मिथिला पहुँचते हैं; कविवर कालिदास उसे प्रेम की चढ़ाई के रूप में चित्रित करते हैं। यहाँ सीधे स्त्री एवं कान्त के परिभोग की बात नहीं कही गयी है, उपमान के रूप में सामान्यतः चित्रण किया गया है। हेमाद्रि 'प्रीतिरोधम्' की व्याख्या करते हुए कहते हैं–**'प्रीत्या रोधः आलिंगनादि यत्र तं'**। चारित्रवर्धन 'परिभोग' शब्द से द्योत्य अर्थ स्पष्ट करते हुए कहते हैं–**'गाढाश्लेषनखक्षतादिप्रचुरम्'**। वल्लभ भी इसी से मिलता-जुलता अर्थ लिखते हैं–**'दशनाधरपीडननखक्षतादिकम्'**। इस प्रकार उपमान के रूप में चित्रित कान्त एवं स्त्री के सम्प्रयोग-व्यापार का संकेत होने के कारण इस पद्य को साम्प्रयोगिकी रति के उदाहरण के रूप में स्वीकार किया जा सकता है।

२. तं रागबन्धिष्ववितृप्तमेव भोगेषु सौभाग्यविशेषभोग्यम्।
विलासिनीनामरतिक्षमापि जरा वृथा मत्सरिणी जहार ॥[२]

राजा पारियात्र अभी भोगों से तृप्त नहीं हुए थे और सुन्दरियों का भोग कर ही रहे थे कि रतिक्रिया में असमर्थ होती हुई भी व्यर्थ में ही विलासिनियों से ईर्ष्या करने वाली वृद्धावस्था ने आकर उन्हें घेर लिया।

प्रस्तुत पद्य में राजा को 'भोगेषु अवितृप्तम्' कहा गया है और उनके भोग भी ऐसे थे जो रागबन्धी-रागप्रवर्तक थे। पूर्व पद्य में महाकवि कालिदास ने कहा है कि पारियात्र ने अपने पुत्र शिल को युवराज बनाने के पश्चात् ही सुख भोगना प्रारम्भ किया। अतः भोगों से अतृप्त रहना स्वाभाविक था। भोगों में अतृप्ति का होना, इस बात का द्योतक है कि वे सर्वथा भोगों में लिप्त हो गये थे और काम कभी उपभोग से शान्त नहीं होता–**'न जातु कामः कामानामुपभोगेन शाम्यति'**। पारियात्र का भोग अभी शान्त नहीं हुआ था। अतः यह स्पष्ट है कि वे सम्प्रयोग-व्यापार में लिप्त थे। इस प्रकार यहाँ साम्प्रयोगिकी रति का संकेतमात्र प्राप्त होता है।

३. सदयं बुभुजे महाभुजः
सहसोद्वेगमियं व्रजेदिति।

१. रघुवंश–११.५२
२. रघुवंश–१८.१९

अचिरोपनतां स मेदिनीं
नवपाणिग्रहणां वधूमिव ॥[१]

यह सोचकर कि कहीं वह बलात् उपभोग से उद्विग्न न हो जाय–महाबाहु अज ने सद्यःप्राप्त पृथिवी का नवोढा वधू के समान सदय होकर उपभोग किया। नव परिणीता का उपभोग बड़ी सावधानता तथा सौम्यता से करना चाहिए जैसा रतिरहस्य में निर्दिष्ट है–**'सौम्यैरालिङ्गनैर्वाक्यैश्चुम्बनैश्चापि सान्त्वयेत्।'** नववधू से उपमित सद्यःप्राप्त पृथ्वी का सदय सम्प्रयोग वर्णित होने से यहाँ साम्प्रयोगिकी रति दृष्टिगत होती है। प्रस्तुत पद्य समासोक्ति अलङ्कार से मण्डित है। यहाँ कामशास्त्र एवम् अर्थशास्त्र के समन्वय का नयनाभिराम दृश्य कवि कालिदास ने प्रस्तुत किया है–**'अत्र कामशास्त्रसिद्धकन्याविस्रम्भणसाम्येनार्थशास्त्रसिद्धो लब्धप्रशमनविधिरुक्तः।'**[२]

४. **यौवनोन्नतविलासिनीस्तन-**
क्षोभलोलकमलाश्च दीर्घिकाः।
गूढमोहनगृहास्तदम्बुभिः
स व्यगाहत विगाढमन्मथः॥[३]

अतीव कामुक प्रकृति वाले राजा अग्निवर्ण ने यौवन से उन्नत विलासिनी रमणियों के पयोधरों के आघात से चञ्चल कमलों वाली और अपने ही जल के भीतर छिपे हुए विलासगृहों से युक्त बावलियों को विलोडित किया अर्थात् रमणियों के साथ जलक्रीड़ा की। यहाँ अतिशय कामुक राजा अग्निवर्ण की दीर्घिका के भीतर निर्मित गुप्त सुरतगृहों में विलासिनी रमणियों के साथ जल में सम्पन्न निधुवनकेलि वर्णित है जो उन रमणियों के प्रति अग्निवर्ण की साम्प्रयोगिकी रति को ध्वनित कर रही है।

यहाँ रघुवंश से साम्प्रयोगिकी रति के चार उदाहरण प्रस्तुत किये गए। सम्पूर्ण रघुवंश में साम्प्रयोगिकी रति के अन्य अनेक उदाहरण उपलब्ध हैं जिनका विशद विश्लेषण 'कालिदास-साहित्य एवं कामकला' के 'सम्प्रयोग' खण्ड में प्रस्तुत किया जायगा।

कालजयी दीपशिखा कालिदास के विश्वप्रसिद्ध महाकाव्य रघुवंश में दसों प्रकार के आचार्यनिर्दिष्ट रतिभेद प्राप्त होते हैं। इनके यथावसर सन्निबन्धन से महाकाव्य में अपूर्व रमणीयता दृष्टिगत होती है।

— 0 —

---

१. रघुवंश–८.७

२. रघुवंश–८.७ पर प्रकाशिका एवं पदार्थदीपिका टीका, पृ० ३५

३. रघुवंश–१९.९

तृतीय पल्लव

रघुवंश में प्रेमविलास

१. प्रेमा

१. वागर्थाविव सम्पृक्तौ वागर्थप्रतिपत्तये।
जगतः पितरौ वन्दे पार्वतीपरमेश्वरौ॥[1]

वाणी और अर्थ पर अधिकार करने के लिये वाणी और अर्थ के समान परस्पर मिले हुए जगत् के माता-पिता शङ्कर और पार्वती की मैं (कालिदास) वन्दना करता हूँ।

शब्द और अर्थ अलग-अलग होते हुए भी इतने सम्पृक्त हैं कि वे एक ही हैं, उसी प्रकार पार्वती और शङ्कर भी कहने को तो दो हैं पर यथार्थतः हैं एक ही। यहाँ पार्वती और शङ्कर की सम्पृक्ति अर्थात् नित्य सम्बद्धता, उन दोनों में परस्पर प्रेमा रत्यवस्था को द्योतित करती है।

२. रथाङ्गनाम्नोरिव भावबन्धनं बभूव यत्प्रेम परस्पराश्रयम्।
विभक्तमप्येकसुतेन तत्तयोः परस्परस्योपरि पर्यचीयत॥[2]

दिलीप और सुदक्षिणा में चकवा और चकवी के समान जो परस्पर प्रगाढ स्नेह था, वह स्नेह एक मात्र पुत्र रघु के द्वारा बँट जाने पर भी कम नहीं हुआ, अपितु परस्पर बढ़ता चला गया।

राजा दिलीप एवं रानी सुदक्षिणा में चकवे और चकवी के समान गाढ प्रेम था। रघु के उत्पन्न हो जाने पर वह प्रेम यद्यपि रघु पर जा बँटा था पर उन दोनों के प्रेम में कोई कमी नहीं आयी, उलटे वह बढ़ता ही गया। इस प्रकार यहाँ दिलीप एवं सुदक्षिणा में प्रकृष्टता से प्रविष्ट होने वाले प्रेम का

१. रघुवंश—१.१
२. रघुवंश—३.२४

वर्णन है। मल्लिनाथ ने 'भावबन्धनं प्रेम' का अर्थ 'हृदयाकर्षकं प्रेम' किया है। पदार्थदीपिका टीका के रचयिता श्री नारायण पण्डित के अनुसार चकवा-चकवी से उपमित होने के कारण दोनों में स्थायी प्रेम की व्यञ्जना हो रही है- **'रथाङ्गनाम्नोश्चक्रवाकमिथुनस्य। अनेन प्रेम्णः स्थिरत्वमुक्तम्।'**[१] अतः यहाँ दोनों की प्रेमा रत्यवस्था का चित्रण हुआ है। शिंगभूपालप्रणीत रसार्णवसुधाकर में यह पद्य प्रेमा रत्यवस्था के उदाहरण-रूप में प्रस्तुत है।

३. ततः सुनन्दावचनावसाने
लज्जां तनूकृत्य नरेन्द्रकन्या।
दृष्ट्या प्रसादामलया कुमारं
प्रत्यग्रहीत्संवरणस्रजेव॥[२]

इस प्रकार सुनन्दा के कथन के अनन्तर राजकुमारी इन्दुमती ने अपनी लज्जा को सङ्कुचित करके स्वयंवर की माला के समान अपनी प्रसन्नतापूर्ण निर्मल दृष्टि से कुमार अज को स्वीकार कर लिया। यहाँ राजकुमारी इन्दुमती की प्रेमा रत्यवस्था सुस्पष्ट है।

२. मान

(I) ईर्ष्यामान

१. त्यजत मानमलं बत विग्रहैर्न पुनरेति गतं चतुरं वयः।
परभृताभिरितीव निवेदिते स्मरमते रमते स्म वधूजनः॥[३]

वसन्त ऋतु में कोयल मानों कामदेव का यह आदेश सुना रही हो कि अरी स्त्रियों! रूठना छोड़ दो, लड़ाई-झगड़ा बन्द कर दो, क्योंकि बीती हुई उपभोग करने योग्य युवावस्था लौटकर नहीं आती। यह सुन-सुनकर रमणियाँ मान भंग कर पुनः पति के साथ रमण करने लगीं।

प्रस्तुत पद्य में रमणियों के ईर्ष्यामान का सुस्पष्ट चित्रण है।

२. स्वप्नकीर्तितविपक्षमङ्गनाः प्रत्यभैत्सुरवदन्त्य एव तम्।
प्रच्छदान्तगलिताश्रुबिन्दुभिः क्रोधभिन्नवलयैर्विवर्तनैः॥[४]

अग्निवर्ण जब कभी स्वप्न में सपत्नी स्त्रियों का नाम लेता था तो उससे बिना बोले ही स्त्रियाँ बिस्तर के एक कोने में आँसू गिराती थीं तथा क्रोध से कंगन तोड़ देती थीं और उसकी ओर पीठ करके लेटी हुई उसका तिरस्कार करती थीं।

---

१. रघुवंश-३.२४ पर पदार्थदीपिका-टीका

२. रघुवंश-६.८०

३. रघुवंश-९.४७

४. रघुवंश-१९.२२

यहाँ राजा अग्निवर्ण के गोत्रस्खलन के फलस्वरूप स्त्रियों के ईर्ष्यामान का बहुत ही सुन्दर निरूपण हुआ है। स्त्रियाँ शब्दशः कोई उपालम्भ नहीं देतीं, अपने कृत्यों से ही मान प्रकट करती हैं।

चारित्रवर्धन का कहना है कि प्रत्यक्ष सपत्नियों का नामग्रहण करने की अपेक्षा स्वप्न में सपत्नियों का नामग्रहण अधिक कष्टकारक होता है– **'प्रत्यक्षादपि स्वप्ने सपत्नीनामभिधानग्रहणमङ्गना-नामतिपीडाकारित्वात्कङ्कणभङ्गरुदितैर्भर्त्सनमित्यर्थः।'**[1] निकटस्थ सुन्दरियाँ यह सोचकर कि स्वप्न में भी उन्हीं सुन्दरियों का नाम ले रहे हैं अतः उनमें इनकी अधिक आसक्ति है, अतिशय क्रोध के कारण बात-चीत बन्द कर देती हैं और रोने लगती हैं। इस पद्य में मध्या नायिका का चित्रण हुआ है– **'मध्या साश्रुः कृतागसम्।'**

३. नाम वल्लभजनस्य ते मया प्राप्य भाग्यमपि तस्य कांक्ष्यते।
लोलुपं ननु मनो ममेति तं गोत्रविस्खलितमूचुरङ्गनाः॥[2]

'मुझे तुम्हारे प्रियजन का नाम सुनकर, उनके सौभाग्य को भी पाने की इच्छा होती है। मेरा मन भी तो लोलुप ही है।' इस प्रकार के वाक्य अग्निवर्ण द्वारा गोत्र-स्खलन होने पर सुन्दरियाँ कहा करती थीं।

अग्निवर्ण द्वारा स्वप्न में किसी अन्य प्रेयसी का नाम उच्चरित हो जाने पर सुन्दरियों द्वारा उपर्युक्त प्रकार का उपालम्भ देना, सुन्दरियों के ईर्ष्यामान का द्योतक है।

४. अङ्गुलीकिसलयाग्रतर्जनं
भ्रूविभङ्गकुटिलं च वीक्षितम्।
मेखलाभिरसकृच्च बन्धनं
वञ्चयन्प्रणयिनीरवाप सः॥[3]

अग्निवर्ण की प्रेयसियाँ, अन्यत्र जाकर विषय-भोग करने से वञ्चित करने वाले अग्निवर्ण को अपने अङ्गुलीरूपी नवपल्लवों के अग्रभाग से तर्जित करती थीं, भ्रूभङ्ग करके तिरछी नज़र से देखती थीं तथा अपनी मेखलाओं से अनेक बार बाँध देती थीं। प्रस्तुत पद्य में अग्निवर्ण की अन्तःपुर-प्रमदाओं का ईर्ष्यामान सुन्दर रूप से चित्रित है। अग्निवर्ण अतिशय कामुक प्रकृति के होने से अनेक बार अपनी अङ्गनाओं को छोड़कर सम्भोगार्थ अन्यत्र जाते थे और इस प्रकार अपनी अन्तःपुरिकाओं को वञ्चित करते थे। ईर्ष्यामानवती वे रमणियाँ जब अवसर पातीं तो कोई उन्हें अङ्गुली से तर्जित करती, कोई उन्हें भ्रूभङ्गसहित तिरछी नज़र से देखती तथा काञ्ची से उन्हें बाँधती थी। इस प्रकार अतिशय मधुर शैली में वे अपने ईर्ष्यामान को प्रकट करती थीं।

---

१. रघुवंश–१९.२२ के नोट्स में उद्धृत, पृ० ९७३
२. रघुवंश–१९.२४
३. रघुवंश–१९.१७

(II) प्रणयमान

५. दक्षिणेन पवनेन सम्भृतं प्रेक्ष्य चूतकुसुमं सपल्लवम् ।
अन्वनैषुरवधूतविग्रहास्तं दुरुत्सहवियोगमङ्गनाः ॥[१]

स्त्रियाँ मलय पर्वत से आये हुए दक्षिण पवन से विकसित पल्लव युक्त आम के बौरों को देखकर रूठना छोड़कर, उनके विरह में व्याकुल होकर स्वयम् उन्हें मनाने लगतीं।

प्रस्तुत पद्य में प्रणयकलह से ग्रस्त सुन्दरियों का चित्रण है किन्तु नयी बौरों को देखते ही उनका मानभङ्ग हो जाता है और वे स्वयम् अग्निवर्ण को मनाने लग जाती हैं। यहाँ प्रणयमान की सुन्दर अभिव्यञ्जना हुई है।

६. विग्रहाच्च शयने पराङ्मुखीर्नानुनेतुमबलाः स तत्वरे ।
आचकाङ्क्ष घनशब्दविक्लवास्ता विहृत्य विशतीर्भुजान्तरम् ॥[२]

वर्षा ऋतु में पलंग पर लेटी हुई स्त्रियाँ जब रूठकर पीठ फेर लेती थीं तब अग्निवर्ण उन्हें मनाने की तत्परता नहीं दिखाते थे, वरन् वह चाहते थे कि किसी तरह बादल गरजें और वे स्वयं डर से उनसे आलिङ्गित हो जाँय।

यह पद्य प्रणयमान का उदाहरण है। मानवती नायिकायें प्रणयकोप के कारण मुँह फेर कर सो जाती हैं। किसी सपत्नी आदि की चर्चा न होने के कारण यहाँ ईर्ष्यामान का अभाव है।

७. प्रेमगर्वितविपक्षमत्सरा-
दायताच्च मदनान्महीक्षितम्।
निन्युरुत्सवविधिच्छलेन तं
देव्य उज्झितरुषः कृतार्थताम्॥[३]

अपने विषय में राजा अग्निवर्ण के अधिक प्रेम के कारण गर्व का अनुभव करने वाली सपत्नियों के प्रति ईर्ष्या से भरी हुई तथा कामभाव से अत्यधिक प्रभावित रानियाँ अपना प्रणयकोप त्यागकर उत्सव मनाने के बहाने अग्निवर्ण को बुलाकर कृतकृत्य होती थीं। यहाँ अग्निवर्ण की रानियों का ईर्ष्यामान तथा प्रणयमान दोनों ही सुष्ठु रूप से चित्रित हैं। वे रानियाँ अच्छी तरह जानती थीं कि नर्तक्यादि रमणियों में उनके प्रिय आसक्त हैं अतएव वे रमणियाँ प्रेमगर्वित हैं। उन बाह्यरमणियों के प्रति इन रानियों का ईर्ष्याभाव स्वाभाविक है। राजा इनके पास सम्भोगादि के लिए नहीं आते, इसलिए इनका कामभाव भी बढ़ा हुआ है। बढ़े हुए कामभाव को सहन करने में असमर्थ ये रानियाँ स्वयम् अपना प्रणयकोप त्याग देती हैं तथा राजा को मदनोत्सवादि के व्याज से अपने

१. रघुवंश–१९.४३
२. रघुवंश–१९.३८
३. रघुवंश–१९.२०

पास बुलाकर सम्भोगकेलि आदि द्वारा अपना मनोरथ सफल करती हैं। यहाँ एक ही निदर्शन में ईर्ष्यामान तथा प्रणयमान का चित्रण कवि की महती चातुरी का द्योतक है।

३. प्रणय

१. प्रेमगर्वितविपक्षमत्सरादायताच्च मदनान्महीक्षितम्।
निन्युरुत्सवविधिच्छलेन तं देव्य उज्झितरुषः कृतार्थताम्॥[१]

प्रिय के अनुराग के कारण गर्वित हुई सपत्नियों के प्रति ईर्ष्याभाव के कारण कामातिरेक से रानियाँ प्रणयकोप छोड़कर राजा अग्निवर्ण को किसी उत्सव का बहाना करके अपने पास बुलाकर उनके साथ अपना मदन-मनोरथ पूर्ण करती थीं।

यदि अग्निवर्ण किसी रमणी से प्रेम करने लगते तो उनकी रानियाँ जल उठतीं और किसी उत्सव के बहाने राजा को बुलाकर अपना मनोरथ पूर्ण करतीं। इस प्रकार ईर्ष्या मान के बाद रानियों में प्रेम उपज रहा है जो प्रणय रत्यवस्था का सूचक है।

२. मित्रकृत्यमपदिश्य पार्श्वतः प्रस्थितं तमनवस्थितं प्रियाः।
विद्म हे शठ! पलायनच्छलान्यञ्जसेति रुरुधुः कचग्रहैः॥[२]

राजा अग्निवर्ण कभी-कभी जब किसी रानी के पास बैठे-बैठे ऊब जाते और किसी अन्य रानी के पास जाना चाहते तो वह यह कहकर उठने लगते-'मुझे एक आवश्यक कार्य से मित्र के पास जाना है' तो रानी ताड़ लेती और 'हे शठ! तुम्हारे जाने का वास्तविक कारण जानती हूँ' कह कर उनके केश पकड़ कर उन्हें रोक लेती।

राजा अग्निवर्ण के किसी अन्य प्रियतमा के पास जाने की बात समझ कर रानियों को ईर्ष्या होती है। अग्निवर्ण के प्रति उत्कट प्रेम होने के कारण वे उसे रोकती हैं। रानियों का रोक लेना अग्निवर्ण के प्रति उनके प्रणय का द्योतक है।

४. स्नेह

(I) दर्शनज स्नेह

१. स स्वयं चरणरागमादधे
योषितां न च तथा समाहितः।
लोभ्यमाननयनः श्लथांशुकै-
र्मेखलागुणपदैर्नितम्बिभिः॥[३]

---

१. रघुवंश-१९/२०

२. रघुवंश-१९/३१

३. रघुवंश-१९.२६

अग्निवर्ण ने अपनी रमणियों के चरणों में स्वयं महावर लगाया, किन्तु शिथिल वस्त्र वाले उनके नितम्बों पर उनकी दृष्टि चली गई जिससे वे पादरञ्जन-रूप कार्य में वैसे सावधान नहीं रह सके। अर्थात् स्त्रियों के चरणों को स्वयं रँगते हुये वे अग्निवर्ण उनके निर्वस्त्र जघनों को देखने में आसक्त होकर उत्तम प्रकार से उनके चरण नहीं रंग सके। काव्यलिङ्गमालामण्डित प्रस्तुत पद्य में अग्निवर्ण का अपनी स्त्रियों के प्रति दर्शनज स्नेह स्फुट है। यहीं स्पर्शज स्नेह भी विद्यमान है।

(II) स्पर्शज स्नेह

२. स प्राप हृदयन्यस्तमणिस्पर्शनिमीलितः ।
अपयोधरसंसर्गां प्रियालिङ्गननिर्वृतिम् ।।[१]

कृतकृत्य हनूमान् ने स्वयम् आये हुए सीता के हृदय के समान सीताप्रदत्त प्रत्यभिज्ञान-चूडामणि को राम के लिये दिया।

हृदय पर रखे हुए चूडामणि के स्पर्शजनित आनन्दातिरेक से श्रीराम ने पयोधरों के स्पर्श से रहित प्रिया सीता के आलिङ्गन के सुख को पाया। प्रियतमाप्रदत्त प्रत्यभिज्ञान-चूडामणि का स्पर्श श्रीराम को सीतास्पर्शसुख प्रदान कर रहा है जो उनके स्पर्शज स्नेह का परिचायक है। प्रस्तुत पद्य में टीकाकार अरुणगिरिनाथ सांसर्गिकी रति की अवस्थिति स्वीकार करते हैं।[२]

३. अनुभवन्नवदोलमृतूत्सवं
पटुरपि प्रियकण्ठजिघृक्षया।
अनयदासनरज्जुपरिग्रहे
भुजलतां जलतामबलाजनः।।[३]

नये झूले पर चढ़कर वसन्तोत्सव का आनन्द मनाती हुई रमणी ने, झूलने में प्रवीण होते हुए भी, साथ में झूलते हुए प्रियतम के कण्ठालिङ्गन की इच्छा से, बैठने वाले आसन में बँधी डोरियों को पकड़ने में अपनी भुजा रूपी लताओं को शिथिल कर दिया। दोला से वास्तव में नहीं गिरती हुई भी रमणी ने मानों गिरती हुई सी होकर झूले की रस्सी की पकड़ को ढीलाकर प्रियतम के कण्ठ का आलिङ्गन कर लिया। यमकच्छटामण्डित प्रस्तुत पद्य रमणी के स्पर्शज स्नेह को अभिव्यञ्जित कर रहा है।

४. ताः स्वमङ्कमधिरोप्य दोलया
प्रेङ्खयन्परिजनापविद्धया।

---

१. रघुवंश-१२.६५

२. रघुवंश-१९.६५ पर अरुणगिरिनाथ-टीका, पृ० २०८

३. रघुवंश-९.४६

मुक्तरज्जु निबिडं भयच्छला-
त्कण्ठबन्धनमवाप बाहुभिः॥[1]

उन अङ्गनाओं को अपनी गोद में बिठाकर, दास-दासियों से हिलाये जाते हुए झूले पर रस्सी छोड़कर बैठे हुए उन अग्निवर्ण ने गिरने के भय के व्याज से उन रमणियों की भुजाओं से गाढ़ कण्ठालिङ्गन को प्राप्त किया। प्रस्तुत दृश्य अतिशय कामुक अग्निवर्ण के अपनी रमणियों के कण्ठाश्लेषजन्य स्पर्शज स्नेह को ध्वनित करता है।

प्रौढ स्नेह

५. **प्रतियोजयितव्यवल्लकी-**
समवस्थामथ सत्त्वविप्लवात्।
स निनाय नितान्तवत्सलः
परिगृह्योचितमङ्कमङ्गनाम्॥[2]

चेतना के नष्ट हो जाने से टूटे हुए तार वाली अतएव तार चढ़ाये जाने योग्य वीणा के समान स्थित अपनी प्रियतमा इन्दुमती को अतिशय प्रेमवान् राजा अज ने उठाकर अपनी गोद में ले लिया। प्रस्तुत वर्णन आचार्य शारदातनय-प्रदत्त परिभाषा[3] के परिप्रेक्ष्य में नितान्तवत्सल अज के इन्दुमती के प्रति प्रौढ स्नेह का व्यञ्जक है।

५. राग

(I) कुसुम्भ राग

१. **निद्रावशेन भवता ह्यनवेक्ष्यमाणा**
पर्युत्सुकत्वमबला निशि खण्डितेव।
लक्ष्मीर्विनोदयति येन दिगन्तलम्बी
सोऽपि त्वदाननरुचिं विजहाति चन्द्रः॥[4]

चारण प्रातःकाल महाराज अज को जगाते हुए स्तुति कर रहे हैं—निद्रारूपी दूसरी स्त्री के वशीभूत तुम्हें जानकर चाहते हुए भी रात्रि में खण्डिता नायिका के समान उपेक्षा करती हुई सौन्दर्यलक्ष्मी तुम्हारे ही मुख के समान सुन्दर चन्द्रमा के पास चली गयी थी, किन्तु इस समय चन्द्रमा

---

१. रघुवंश—१९.४४
२. रघुवंश—८.४१
३. भावप्रकाशन—४.२१
४. रघुवंश—५.६७

भी दिगन्त का आश्रय लेते हुए अर्थात् पश्चिम दिशा में अस्त होते हुए तुम्हारे मुख की कान्ति का परित्याग कर रहा है। अतएव उठो और उसे पुनः अपना लो।

प्रस्तुत पद्य में मुखश्री का राग वर्णित है। वह सौन्दर्य-लक्ष्मी अज के मुख को छोड़ने पर भी तत्सदृश चन्द्र का ही आश्रय ग्रहण करती है। अतः यहाँ कुसुम्भ राग सुस्पष्ट है।

(II) माञ्जिष्ठ राग

२. उपहितं शिशिरापगमश्रिया मुकुलजालमशोभत किंशुके।
प्रणयिनीव नखक्षतमण्डनं प्रमदया मदयापितलज्जया॥[१]

शिशिर ऋतु की समाप्ति अर्थात् वसन्तलक्ष्मी द्वारा पलाश वृक्ष में खिली हुई कलियाँ ऐसी सुशोभित हो रही थीं जैसे कामावेश में लज्जारहित कामिनी द्वारा प्रणयी के अवयवों पर किया गया नखक्षतरूपी आभूषण।

यद्यपि प्रस्तुत श्लोक में प्रकृति पर मानवारोपण किया गया है, किन्तु यहाँ उपमान के रूप में प्रस्तुत कामातुरा प्रमदा के द्वारा प्रेमी के अंगों पर नखक्षत करना उसके माञ्जिष्ठ राग की ओर संकेत करता है।

३. समदुःखसुखः सखीजनः
प्रतिपच्चन्द्रनिभोऽयमात्मजः।
अहमेकरसस्तथापि ते
व्यवसायः प्रतिपत्तिनिष्ठुरः॥[२]

(इन्दुमती के दिवङ्गता हो जाने पर अज विलाप करते हुए कहते हैं) तुम्हारी ये सखियाँ सुख-दुःख में समान सुख-दुःख का अनुभव करने वाली हैं। तुम्हारा यह बालक दशरथ द्वितीया के चन्द्रमा के समान सुन्दर है और मैं तुम्हारे प्रेम में पहले के ही समान एकरस हूँ, किन्तु इतना सब होने पर भी तुम्हारा ऐसा व्यवहार (हमें छोड़कर स्वर्ग चले जाना) निश्चय ही बड़ा क्रूर प्रतीत हो रहा है। यहाँ प्रयुक्त 'एकरसः' की व्याख्या मल्लिनाथ 'अभिन्नरागः' पद द्वारा करते हैं जो महाराज अज के प्रियतमा इन्दुमती के प्रति माञ्जिष्ठ राग को ध्वनित करता है।

६. अनुराग

१. साहं तपः सूर्यनिविष्टदृष्टि-
रूर्ध्वं प्रसूतेश्चरितुं यतिष्ये।

---

१. रघुवंश–९.३१

२. रघुवंश–८.६५

भूयो यथा मे जननान्तरेऽपि
त्वमेव भर्ता न च विप्रयोगः॥[१]

वह मैं (सीता) सन्तानोत्पत्ति के अनन्तर सूर्य में दृष्टि लगाकर ऐसा तप करने की चेष्टा करूँगी जिससे फिर जन्मान्तर में भी तुम्हीं (श्रीराम) मेरे स्वामी बनो और तुमसे मेरा वियोग न हो। लक्ष्मण द्वारा श्रीराम के प्रति भेजे जाने वाले सन्देश के ये वचन सीता की अनुराग नामक रत्यवस्था को द्योतित करते हैं। यहाँ प्रयुक्त 'त्वमेव' पद की व्याख्या में प्रकाशिकाटीकाकार अरुणगिरिनाथ लिखते हैं– **'त्वमेवेति स्वानुरागस्थैर्यं द्योतयति।'**[२]

२. **सीतां हित्वा दशमुखरिपुर्नोपयेमे यदन्यां**
तस्या एव प्रतिकृतिसखो यत्क्रतूनाजहार।
वृत्तान्तेन श्रवणविषयप्रापिणा तेन भर्तुः
सा दुर्वारं कथमपि परित्यागदुःखं विषेहे॥[३]

रावणशत्रु श्रीरामचन्द्र ने सीता को त्यागकर दूसरी स्त्री से विवाह नहीं किया और उनको प्रतिमूर्ति (स्वर्णनिर्मित सीता की मूर्ति) के साथ ही यज्ञों को सम्पादित किया। अपने स्वामी के इस वृत्तान्त को सुनकर सीता ने अपने त्याग के असहनीय दुःख को भी किसी प्रकार सहन कर लिया। सीतापरित्याग के अनन्तर श्रीराम का किसी दूसरी स्त्री से विवाह न करना तथा सीता की स्वर्णमयी प्रतिमा स्थापित करके अनेक यज्ञों को सम्पादित करना उनके सीताविषयक अनुरागातिशय का व्यञ्जक है। अतः यहाँ अनुराग प्रेमविलास विलसित है। पूर्वपद्य सीता के श्रीराम के प्रति अनुरागातिशय का तथा यह पद्य श्रीराम के सीता के प्रति अनुरागातिशय का सुन्दर निदर्शन है।

३. **प्रियानुरागस्य मनःसमुन्नते-**
र्भुजार्जितानां च दिगन्तसम्पदाम्।
यथाक्रमं पुंसवनादिकाः क्रिया
धृतेश्च धीरः सदृशीर्व्यधत्त सः॥[४]

बुद्धिमान् राजा दिलीप ने, जैसा उनका अपनी रानी सुदक्षिणा में प्रगाढ़ अनुराग था, जैसी ऊँची उनके मन की उदारता थी, अपने बाहुबल द्वारा दिग्दिगन्त से उपार्जित जैसी उनकी अक्षय सम्पदा थी और मुझे पुत्र उत्पन्न होगा–इस विश्वास से उन्हें जितना संतोष था, उन सबके अनुरूप क्रमानुसार उन्होंने भावी सन्तति के पुंसवनादि संस्कारों का अनुष्ठान सम्पन्न किया। तुल्ययोगितालङ्कारमण्डित

---

१. रघुवंश–१४.६६
२. रघुवंश (प्रकाशिकाटीका सहित)–१४.६६, पृ० २८०
३. रघुवंश–१४.८७
४. रघुवंश–३.१०

प्रस्तुत पद्य महाराज दिलीप की रानी सुदक्षिणा में अनुराग नामक रत्यवस्था को ध्वनित करता है। महाराज दिलीप ने अनेक कारणों से पुंसवन, सीमन्तोन्नयन प्रभृति संस्कारों को अतिशय गरिमामण्डित एवं समृद्ध शैली में सम्पन्न किया, किन्तु प्रथम कारण उनका अपनी प्रियतमा सुदक्षिणा के प्रति गाढ़ अनुराग ही था जिसका निर्देश पद्य के आरम्भ में ही 'प्रियानुरागस्य' पद में द्रष्टव्य है।

४. ललितविभ्रमबन्धविचक्षणं
सुरभिगन्धपराजितकेसरम्।
पतिषु निर्विविशुर्मधुमङ्गनाः
स्मरसखं रसखण्डनवर्जितम्।।[१]

मधुर विलास-क्रीडा को चरितार्थ करने में दक्ष, अपनी सुगन्ध से बकुल के पुष्पों को पराजित करने वाले, कामसखा अतएव स्मरोद्दीपक मद्य का रमणियों ने अपने प्रियतमों के प्रति अखण्ड प्रेम की भावना से पान किया अर्थात् परस्पर प्रेमयुक्त होकर स्त्रियों ने अपने पतियों के साथ मद्यपान किया। यहाँ अपने प्रियतमों के साथ प्रियाओं का परस्परानुरागपूर्वक मद्यपान करना उनके अपने प्रियतमों के प्रति अनुराग प्रेमविलास को सूचित करता है। मल्लिनाथ लिखते हैं– **'पतिषु विषये रसखण्डनवर्जितमनुरागभङ्गरहितं यथा तथा निर्विविशुः। परस्परानुरागपूर्वकं पतिभिः सह पपुरित्यर्थः।'**[२] टीकाकार चारित्रवर्द्धन यहाँ रमणियों द्वारा अपने प्रियतमों के मुखमधुपान की कल्पना प्रस्तुत करते हुए उनके रसखण्डवर्जित मदिरापानजनित आनन्द तथा उस पान से उन रमणियों में ललितविभ्रमों की उत्पत्ति का साभिप्राय उल्लेख करते हैं–

'स्त्रियो मधु मद्यं रसखण्डनवर्जितं रसस्य खण्डनं भङ्गस्तद्रहितं यथा स्यात्तथा पतिषु रमणेषु निर्विविशुः। प्रियमुखस्थं पपुः। अतएव रसखण्डनविवर्जित्वम्। कीदृशं ललितैर्मनोहरैर्विभ्रमबन्धैर्विलासबन्धैः स्मितकटाक्षादिभिर्विचक्षणम्। उक्तं च माघे 'हावहारि हसितं वचनानाम्' इति।'[३]

चारित्रवर्द्धन-टीका में उद्धृत प्रथमपादयुक्त सम्पूर्ण पद्य इस प्रकार है–

हावहारि हसितं वचनानां
कौशलं दृशि विकारविशेषाः।
चक्रिरे भृशमृजोरपि वध्वाः
कामिनेव तरुणेन मदेन।।[४]

---

१. रघुवंश–९.३६

२. रघुवंश–९.३६ पर मल्लिनाथ-टीका, पृ० २७३

३. रघुवंश–९.३६ के नोट्स में उद्धृत, पृ० ७८३

४. शिशुपालवध–१०.१३

५. समदुःखसुखः सखीजनः
प्रतिपच्चन्द्रनिभोऽयमात्मजः।
अहमेकरसस्तथापि ते
व्यवसायः प्रतिपत्तिनिष्ठुरः।।[१]

इन्दुमती के प्रति 'एकरस' महाराज अज के माञ्जिष्ठ राग के व्यञ्जक इस पद्य में उनकी अनुराग रत्यवस्था भी सम्भाव्य है।

६. तेनाष्टौ परिगमिताः समाः कथंचि-
द्बालत्वादवितथसूनृतेन सूनोः।
सादृश्यप्रतिकृतिदर्शनैः प्रियायाः
स्वप्नेषु क्षणिकसमागमोत्सवैश्च।।[२]

सत्य तथा प्रिय वक्ता अज ने अपने पुत्र दशरथ के अबोध बालक होने के कारण अपनी प्रियतमा इन्दुमती के सादृश्य-दर्शन द्वारा, उनके चित्र अथवा उनकी मूर्ति के दर्शन द्वारा और स्वप्न में उनके क्षणिक समागम का सुख उठाते हुए किसी प्रकार आठ वर्ष का समय व्यतीत किया। इन्दुमती के विरह में विरहापनोदन के उपायों का सहारा लेकर अज ने जैसे तैसे आठ वर्ष का समय व्यतीत किया। प्रस्तुत वर्णन अज के इन्दुमती के प्रति गाढ़ अनुराग का द्योतक है। अतः यहाँ अनुराग रत्यवस्था मानी जा सकती है। प्रेमव्यथित जन किस प्रकार समय व्यतीत करते हैं, इसका उल्लेख करते हुए मल्लिनाथ लिखते हैं–

उक्तं च गुणपताकायाम्–

वियोगे योगे वा प्रियजनसदृक्षानुभवनं
ततश्चित्रं कर्म स्वपनसमये दर्शनमपि।
तदङ्गस्पृष्टानामुपगतवतां स्पर्शनमपि
प्रतीकारः कामव्यथितमनसां कोऽपि कथितः।।[३]

विरह में प्रतिकृति-दर्शन तथा प्रिय अथवा प्रिया के साथ स्वप्न में समागमोत्सव की कल्पना कालिदास को अतिशय प्रिय है यथा–

(I) तस्मिन् काले जलद यदि सा लब्धनिद्रासुखा स्या-
दन्वास्यैनां स्तनितविमुखो याममात्रं सहस्व।
मा भूदस्याः प्रणयिनि मयि स्वप्नलब्धे कथञ्चित्
सद्यः कण्ठच्युतभुजलताग्रन्थि गाढोपगूढम्।।[४]

---

१. रघुवंश–८.६५
२. रघुवंश–८.९२
३. रघुवंश–८.९२ पर मल्लिनाथ-टीका, पृ० २५५-२५६
४. मेघदूत–२.३४

(II) हृदयमिषुभिः कामस्यान्तः सशल्यमिदं सदा
कथमुपलभे निद्रां स्वप्ने समागमकारिणीम्।
न च सुवदनामालेख्येऽपि प्रियामसमाप्य तां
मम नयनयोरुद्बाष्पत्वं सखे न भविष्यति॥[१]

(III) प्रजागरात् खिलीभूतस्तस्याः स्वप्ने समागमः।
बाष्पस्तु न ददात्येनां द्रष्टुं चित्रगतामपि॥[२]

७. लक्ष्यीकृतस्य हरिणस्य हरिप्रभावः
प्रेक्ष्य स्थितां सहचरीं व्यवधाय देहम्।
आकर्णकृष्टमपि कामितया स धन्वी
बाणं कृपामृदुमनाः प्रतिसंजहार॥[३]

विष्णु अथवा इन्द्र के समान पराक्रमशाली धनुर्धर दशरथ ने निशाना बनाये गये हरिण के शरीर को व्यवहित करके (मेरे पति को पहले बाण न लगकर मुझे ही लगे, इस भावना से राजा दशरथ तथा प्रिय मृग के मध्य में) खड़ी हुई हरिणी को देखकर अपने कान तक खींचे गये बाण को भी, अपने स्त्रीजन के प्रति अतिशय अनुरक्त स्वभाव का होने के कारण, दयार्द्रचित्त होकर उतार लिया। यहाँ राजा दशरथ मृगयार्थ निकले हुए हैं तथा हरिण पर प्रहार करने के लिए सन्नद्ध हैं, किन्तु उसकी प्रिया सहचरी को रक्षार्थ सामने देखकर उन्हें भी अपनी प्रिया का स्मरण हो आता है और वे अपने बाण को लौटा लेते हैं। प्रस्तुत मार्मिक दृश्य महाराज दशरथ की अपनी प्रिया के प्रति गाढ़ अनुरक्ति का द्योतक है। अतएव यहाँ अनुराग प्रेमविलास विलसित है। हरिणी का स्वकीय सहचर हरिण के प्रति अनुरागातिशय मानवों के लिए भी अनुकरणीय है।

इस प्रकार आचार्य शारदातनय, शिङ्गभूपाल एवं रूपगोस्वामी द्वारा निर्दिष्ट छहों प्रेमविलास-प्रेमा, मान, प्रणय, स्नेह, राग एवम् अनुराग रघुवंश में सुष्ठुरूपेण उपन्यस्त हैं।

निष्कर्षतः कहा जा सकता है कि लघुत्रयी में परिगणित रघुवंश में चौदहों कामदशाएं, दसों रतिभेद तथा छहों प्रेमविलास (रत्यवस्थाएं) समुपलब्ध हैं। रघुवंश का कथानक कुछ इस प्रकार का है जिसमें दीपशिखा कालिदास सभी कामदशाओं, रतिभेदों तथा प्रेमविलासों को अपने काव्यकलानैपुण्य से समाविष्ट कर सके। इन सबके मनोरम उपन्यास ने रघुवंश को अप्रतिम लोकप्रियत्व प्रदान किया है।

---

१. विक्रमोर्वशीय–२.१०

२. अभिज्ञानशाकुन्तल–६.२२

३. रघुवंश–९.५७

पञ्चम पुष्प

मालविकाग्निमित्र में कामदशा • रतिभेद • प्रेमविलास

प्रथम पल्लव : मालविकाग्निमित्र में कामदशा

द्वितीय पल्लव : मालविकाग्निमित्र में रतिभेद

तृतीय पल्लव : मालविकाग्निमित्र में प्रेमविलास

पञ्चम पुष्प

मालविकाग्निमित्र में कामदशा • रतिभेद • प्रेमविलास

प्रथम पल्लव

मालविकाग्निमित्र में कामदशा

चक्षुःप्रीति

१. कौमुदिका–सखि ईदृशेन व्यापारेणासंनिहितापि दृष्टा किल सा भर्त्रा।

बकुलावलिका–आम्। देव्याः पार्श्वगतः स जनश्चित्रे दृष्टः।

कौमुदिका–कथमिव।

बकुलावलिका–शृणु। चित्रशालां गता देवी प्रत्यग्रवर्णरागां चित्रलेखामाचार्यस्यावलोकयन्ती तिष्ठति। तस्मिन्नन्तरे भर्तोपस्थितः।

कौमुदिका–ततस्ततः।

बकुलावलिका– ततश्चोपचारानन्तरमेकासनोपविष्टेन भर्त्रा चित्रगताया देव्याः परिजनमध्यगतामासन्नतरां तां प्रेक्ष्य देवी पृष्टा।

कौमुदिका–किमिव।

बकुलावलिका–अपूर्वेयं दारिका आसन्ना च देव्या आलिखिता किं नामधेयेति।

कौमुदिका–आकृतिविशेषेष्वादरः पदं करोति। ततस्ततः।

बकुलावलिका– ततोऽवधीरितवचनो भर्ता शङ्कितो देवीं पुनः पुनरप्यनुबन्द्धुं प्रवृत्तः। ततो यावद्देवी न कथयति तावत्कुमार्या वसुलक्ष्म्या ख्यातम्। आवुत्त एषा मालविकेति।

कौमुदिका–(सस्मितम्।) सदृशं खलु बालभावस्य। अतः परं कथय।

बकुलावलिका–किमन्यत्। सांप्रतं मालविका सविशेषं भर्तुर्दर्शनपथाद्रक्ष्यते।[१]

कौमुदिका–इस प्रकार कार्य में व्यस्त होने के कारण समक्ष उपस्थित न होने वाली वह मालविका स्वामी द्वारा देख ली गई।

बकुलावलिका–हाँ। चित्र में देवी के समीप बैठी हुई उसे महाराज ने देख लिया।

कौमुदिका–कैसे?

बकुलावलिका–सुनो। चित्रशाला में गई हुई देवी आचार्य के गीले चित्रों को देखती हुई खड़ी थीं। उसी बीच स्वामी उपस्थित हो गए।

कौमुदिका–तब, तब।

बकुलावलिका–तब अभिवादन-व्यवहार के पश्चात् एक आसन पर बैठे हुए स्वामी ने चित्र में बनी हुई देवी की दासियों के मध्य स्थित, समीप खड़ी हुई उसे देख कर देवी से पूछा।

कौमुदिका–क्या?

बकुलावलिका–देवी के समीप स्थित यह सुन्दर दासी कौन है?

कौमुदिका–विशेष आकृतियाँ आदर की पात्र हो जाती हैं। तब।

बकुलावलिका–तब अनुत्तरित वचनों से स्वामी को शङ्का हो गई, उन्होंने बार-बार पूछना प्रारम्भ किया। तब जब तक देवी नहीं बोलीं तब तक कुमारी वसुलक्ष्मी ने कहा। स्वामी! यह मालविका है।

कौमुदिका–(मुस्कुराते हुए) यह तो बालस्वभाव के अनुकूल है। इससे आगे कहो।

बकुलावलिका–अन्य कुछ नहीं। अब मालविका को विशेष रूप से स्वामी की दृष्टि से दूर रखा जाता है।

सौन्दर्य ऐसा अप्रतिम कि महारानी भी उसके समक्ष तुच्छ, आभिजात्य ऐसा उच्चस्तरीय कि दासियों के मध्य रह कर भी दासी नहीं, रानी प्रतीत हो तभी तो महाराज अग्निमित्र चित्र में मालविका को देखकर ही मुग्ध हो गए, इतने अधिक कि मालविका को उनसे छिपा कर रखा गया–यही चक्षुःप्रीति कामदशा है।

२. मालविका – (उपगानं कृत्वा चतुष्पदवस्तु गायति)

दुल्लहो पिओ मे तस्सिं भव हिअअ णिरासं
अम्हो अपङ्गओ मे परिप्फुरइ किं वि वामओ।

१. मालविकाग्निमित्र (एम० आर० काले-सम्पादित)-पृ० ८, १०

एसो सो चरदिट्ठो कहँ उण उवणइदव्वो
णाह मं पराहीणं तुइ परिगणअ सतिण्हम् ॥
(दुर्लभः प्रियस्तस्मिन्भव हृदय निराश-
महो अपाङ्गको मे प्रस्फुरति किमपि वामः।
एष स चिरदृष्टः कथमुपनेतव्यो
नाथ मां पराधीनां त्वयि गणय सतृष्णाम्॥)[1]

मालविका–(आलाप देकर चतुष्पद गीत गाती है।)

हे हृदय! प्रियतम दुर्लभ है अतः तुम मिलन की आशा छोड़ दो। किन्तु आश्चर्य! मेरी बाईं आँख क्यों फड़क रही है। जिस प्रियतम को बहुत पहले देखा था, क्या उन्हें प्राप्त कर सकूँगी। स्वामिन्! मैं तो स्वयं पराधीन हूँ किन्तु तुम्हारे प्रति मेरा चित्त अनुरक्त है।

प्रियतम को उपस्थित देख मालविका से स्वयं पर नियन्त्रण न हो सका और उसने चतुष्पद गीत को साधन बना अन्तस्तल के गोपित भाव को ध्वन्यात्मक शैली में नायक के समक्ष प्रस्तुत कर दिया। प्रियतम को देख प्रेम सन्देश भी दे दिया और रहस्य भी अनुद्घाटित ही रहा–यही चक्षुःप्रीति कामदशा है।

३. बकुलावलिका–नन्वेष चित्रगतो भर्ता।

मालविका–सखि तदा संमुखस्थिता भर्तू रूपदर्शनेन न तथा वितृष्णास्मि यथाद्य। मया विभावितश्चित्रगतदर्शनो भर्ता।[2]

बकुलावलिका–यह चित्र में तो महाराज विद्यमान ही हैं।

मालविका–सखि! उस समय घबड़ाहट के कारण महाराज के सौन्दर्य को अच्छी तरह नहीं देख सकी थी। आज इस चित्र में भली-भाँति निहार कर भी दर्शन की प्यास मिटती ही नहीं।

राजा की रूपसमृद्धि का साक्षात् दर्शन पाना मालविका का सौभाग्य था, किन्तु लज्जा व संकोच के कारण वह सौभाग्य पूर्णफलित न हो सका। आज एकान्त में प्रियतम का चित्र देख कर ही उसने नयनों की प्रीति का आस्वादन प्राप्त किया। अतः यहाँ चक्षुःप्रीति कामदशा विद्यमान है।

अभिलाष

१. विदूषकः–आज्ञप्तोऽस्मि तत्रभवता राज्ञा। गौतम! चिन्तय तावदुपायं यथा मे

---

१. मालविकाग्निमित्र–२.४, कालिदास-ग्रन्थावली, पृ० २७५

२. मालविकाग्निमित्र–पृ० १३४

यदृच्छादृष्टप्रतिकृतिर्मालविका प्रत्यक्षदर्शना भवतीति। मयापि तत्तथा कृतम्। यावदस्मै निवेदयामि (इति परिक्रामति।)

राजा–(विदूषकं दृष्ट्वा।) - - - - - -

वयस्य कच्चिदुपेयोपायदर्शने व्यापृतं ते प्रज्ञाचक्षुः।[1]

विदूषक–मुझे महाराज ने आज्ञा दी है कि गौतम! कोई ऐसा उपाय सोचो कि जिस मालविका को संयोगवश मैंने चित्र में देख लिया है उसे प्रत्यक्ष भी देख सकूँ। इस कार्य के लिए मैंने जो उपाय खोजा है उसकी सूचना महाराज को दे दूँ। (घूमता है)

राजा–(विदूषक को देखकर)-------

मालविका-मिलन-विषयक कार्य में आपकी बुद्धि ने कोई उपाय ढूँढा?

राजा अग्निमित्र धीरोदात्त प्रकृति के नायक हैं, गम्भीरता उनका स्वाभाविक गुण है। वे मालविका के अपार रूप को देख मोहित तो हो जाते हैं, किन्तु मिलन के लिए आतुर न होकर योजनाबद्ध रूप से कार्य करना चाहते हैं। विदूषक का इस कार्य में नियोजन तथा राजा की उपायान्वेषण-विषयक अभिलाषा, अभिलाष कामदशा को सूचित करती है।

२. (ततः प्रतिशति पर्युत्सुका मालविका।)

मालविका–अविज्ञातहृदयं भर्तारमभिलषन्त्यात्मनोऽपि तावल्लज्जे। कुतो विभवः स्निग्धस्य सखीजनस्येमं वृत्तान्तमाख्यातुम्। न जानेऽप्रतीकारगुरुकां वेदनां कियन्तं कालं मदनो मां नेष्यतीति।[2]

(चिन्तिता मालविका प्रवेश करती है)

मालविका–महाराज के हृदय का मुझे बिल्कुल ज्ञान नहीं है। ऐसी दशा में उन्हें प्राप्त करने की अभिलाषा करती हुई मैं स्वयं लज्जा का अनुभव कर रही हूँ। इतनी शक्ति भी मुझमें नहीं है कि अपनी सखियों से यह वृत्तान्त कह सकूँ। नहीं जानती, प्रेम की ऐसी वेदना से कामदेव कब तक मुझे सताएगा, जिसके प्रतीकार की कोई औषधि भी नहीं है।

मालविका का मन प्रेम रस में भींगा है, प्रियतम के मन में प्रेमाङ्कुर पनपा है अथवा नहीं, यह उस मुग्धा को ज्ञान नहीं। अन्तस्तल में गोपित प्रेम-रहस्य उद्‌घाटित हो अथवा अनुद्‌घाटित, प्रतीकार के अभाव में कष्ट देगा ही। अन्तरतम की यह प्रेमभावना प्रियविषयक अभिलाषा से अभिलाष कामदशा को कह रही है।

३. मालविका–हृदय निरवलम्बादतिभूमिलङ्घिनो मनोरथाद्विरम। किं मामायासयसि।[3]

---

१. मालविकाग्निमित्र–पृ० २०

२. मालविकाग्निमित्र–पृ० ७४

३. मालविकाग्निमित्र–पृ० ८२

मालविका–हृदय! तुम ऐसी मनोकामना त्याग दो जिस पर न अपना वश हो, न अपनी पहुँच। क्यों तुम मुझे व्यर्थ में सताते हो।

प्रेम का कठोर आघात और निपट एकाकी नायिका। कैसे शान्त करे वह इस दाहक ज्वाला को? क्यों इस मन ने आकाश-पुष्प की अभिलाषा की? क्यों असम्भव को सम्भव करने की अभिलाषा की? मालविका की यही अभिलाषा तो अभिलाष कामदशा है।

चिन्ता

१. राजा–वयस्य

अव्याजसुन्दरीं तां विज्ञानेन ललितेन योजयता।
परिकल्पितो विधात्रा बाणः कामस्य विषदिग्धः॥

किं बहुना। चिन्तयितव्योऽस्मि।[1]

राजा–मित्र! स्वभाव से सुन्दर उस मालविका को विधाता ने ललित कलाओं का ज्ञान देकर मानों काम के बाण को विष में बुझा दिया। अधिक क्या कहूँ। तुम्हारे लिए चिन्ता का विषय हो गया हूँ।

मालविका के सौन्दर्य ने विषाक्त बाण के समान, राजा के हृदय को क्षत-विक्षत कर दिया। वे प्रत्येक दशा में उसे पाने को आतुर हो उठे। आतुरता इतनी कि वही चिन्ता हो गई। कोई उपाय, कोई मार्ग, कोई योजना तो हो कि प्रिया सुलभ हो जाए। कवि द्वारा प्रयुक्त चिन्ता शब्द ने राजा की चिन्ता कामदशा को कह दिया।

२. विदूषकः–अलं भवतो धीरतामुज्झित्वा परिदेवितेन। दृष्टा खलु मया तत्रभवत्या मालविकायाः प्रियसखी बकुलावलिका। श्राविता च मया यद्भवता संदिष्टम्।

राजा–ततः किमुक्तवती।

विदूषकः–विज्ञापय भर्तारम्। अनुगृहीतास्म्यनेन नियोगेन।[2]

विदूषक–अधीर हो कर विलाप न करें। मालविका की प्रिय सखी बकुलावलिका मुझे दिखी थी। मैंने उससे आपका सन्देश भी कह दिया।

राजा–तो उसने क्या कहा?

विदूषक–उसने कहा–स्वामी से कह देना कि यह काम मुझ पर सौंप कर स्वामी ने बड़ी कृपा की है।

---

१. मालविकाग्निमित्र–२.१३

२. मालविकाग्निमित्र–पृ० ६८

प्रिया-मिलन की अभिलाषा को किस योजना से सिद्ध किया जाए। अनुभवी जनों का कहना है कि दूती प्रेषण से यह कार्य सरल हो जाता है। वह अपने वाक्चातुर्य का प्रयोग कर नायिका को नायक से मिलन के लिए उत्सुक बना मिलनेच्छा को सिद्ध कर देती है। बकुलावलिका का दूती-कार्य में नियोजन राजा की चिन्ता कामदशा का एक अंग है।

गुणकीर्तन

१. राजा–(जनान्तिकम्।) वयस्य।

चित्रगतायामस्यां कान्तिविसंवादशङ्कि मे हृदयम्।
संप्रति शिथिलसमाधिं मन्ये येनेयमालिखिता॥

२. (आत्मगतम्।) अहो सर्वस्थानानवद्यता रूपस्य। तथा हि।

दीर्घाक्षं शरदिन्दुकान्ति वदनं बाहू नतावंसयोः
संक्षिप्तं निबिडोन्नतस्तनमुरः पार्श्वे प्रमृष्टे इव।
मध्यः पाणिमितो नितम्बि जघनं पादावरालाङ्गुली
छन्दो नर्तयितुर्यथैव मनसः श्लिष्टं तथास्या वपुः॥

३. (आत्मगतम्।) अहो सर्वास्ववस्थासु चारुता शोभां पुष्यति। तथा हि।

वामं संधिस्तिमितवलयं न्यस्य हस्तं नितम्बे
कृत्वा श्यामाविटपसदृशं स्रस्तमुक्तं द्वितीयम्।
पादाङ्गुष्ठालुलितकुसुमे कुट्टिमे पातिताक्षं
नृत्तादस्याः स्थिततमतितरां कान्तमृज्वायतार्धम्॥[१]

राजा–(एक ओर मुख करके) मित्र! चित्र में इसके सौन्दर्य को देख कर मेरा मन शङ्कित था कि यह वास्तव में इतनी अधिक सुन्दरी न होगी, किन्तु इस समय इसे देख कर मैं यह स्वीकार करता हूँ कि चित्रकार ने इसका चित्र तन्मयता से नहीं बनाया।

राजा–(मन में) इसके समग्र अङ्गों की पवित्रता कितनी प्रशंसनीय है। क्योंकि–

नेत्रों की दीर्घता से समन्वित, शरद् ऋतु के चन्द्रमा की कान्ति के सदृश कान्ति वाला मुख, कन्धों से कुछ झुकी हुई भुजाएँ, उन्नत एवं कठोर स्तनों से जकड़ा वक्षस्थल, परिमार्जित पार्श्वभाग, मुट्ठी भर का कटि-प्रदेश, विशाल जङ्घाएँ तथा संश्लेषित अङ्गुलियों वाले चरण–सब ऐसे प्रतीत होते हैं मानों नर्तक की सुरुचि को दृष्टिगत कर इसका शरीर गढ़ा गया हो।

(मन में) सभी दशाओं में इसकी रमणीयता शोभा को पुष्ट करती है। क्योंकि–

---

१. मालविकाग्निमित्र–२.२, ३, ६

इसने अपना बायाँ हाथ अपने नितम्ब पर रख लिया है, अतः हाथ का कङ्कण मणिबन्ध पर रुक कर शान्त हो गया है। श्यामा लता की शाखा के सदृश दाहिना हाथ शिथिल होकर नीचे लटका हुआ है। आँखें नीची करके पैर के अँगूठे से धरती पर बिखरे फूलों को हटा रही है। इस प्रकार खड़ी होने से इसके शरीर का ऊपरी आधा भाग सरल भाव से स्थित है। नृत्य के समय की अपेक्षा यह इस समय अधिक सुन्दर प्रतीत हो रही है।

अलोकसामान्य रूप की स्वामिनी मालविका के चित्रण में कलाकार ने न्याय नहीं किया, सम्भवतः दासी होने के कारण, किन्तु रूप तो स्वयं अपनी कथा कहता है, वही हुआ भी। नृत्यरूप मधुर व्यायाम से साँचे में ढला शरीर अधिक उत्तम हो गया, देहयष्टि मनोरम हो गई। हावभाव, कटाक्ष, लज्जा आदि स्त्री-सुलभ व्यापारों से यह सौन्दर्य शतगुणित हो उठा। अभिव्यक्ति के अभाव में राजा मन ही मन मालविका के इस सौन्दर्य का पान विचारों के माध्यम से करते रहे। मन ही मन वे उसके गुणों का कीर्तन कर रहे हैं। अतः यहाँ गुणकीर्तन कामदशा सुस्पष्ट है।

विलाप

१. राजा–(आत्मानं विलोक्य)

शरीरं क्षामं स्यादसति दयितालिङ्गनसुखे
भवेत्सास्रं चक्षुः क्षणमपि न सा दृश्यत इति।
तया सारङ्गाक्ष्या त्वमसि न कदाचिद्विरहितं
प्रसक्ते निर्वाणे हृदय परितापं वहसि किम्॥

विदूषकः–अलं भवतो धीरतामुज्झित्वा परिदेवितेन।[१]

राजा–(अपनी ओर देख कर)

प्रियतमा के आलिङ्गन सुख के अभाव में मेरे शरीर का दुर्बल होना उचित ही है। उसे क्षण भर के लिए न देख सकने के कारण नेत्रों का अश्रुपूर्ण होना भी उचित ही है। किन्तु मेरे हृदय! तुम तो कभी भी उस मृगनयनी प्रिया से वियुक्त नहीं होते, सुखदायिनी प्रिया तो सदैव साथ ही रहती है, फिर तुम क्यों सन्तप्त होते हो?

विदूषक–आप धैर्य त्याग कर विलाप न करें।

प्रिय और प्रिया के मध्य की दूरी प्रेम को घटाती नहीं, बढ़ाती है। यही वह अवधि है जब प्रेमी तल्लीनतापूर्वक प्रिया-विषयक चिन्तन करता है। स्मरण की दशा में उसके नेत्रों से अश्रु स्वयं प्रवाहित होने लगते हैं। अश्रुओं का प्रवाह ही हृदय को सन्ताप से बचा सकता है, संताप को न्यून कर सकता है। मित्र के सान्त्वना वाक्य इसी अश्रुविगलित सन्ताप के साक्षी हैं। यही विलाप कामदशा है।

---

१. मालविकाग्निमित्र–३.१

प्रिया मालविका के वियोग में अग्निमित्र का दुर्बल होते जाना स्वाभाविक है। शब्दोपात्त यह दुर्बलता तनुता कामदशा को अभिव्यक्त कर रही है।

हृदय का निरन्तर प्रिया मालविका के दर्शन-मिलन-आलिङ्गन आदि के लिए अधीर रहना और अग्निमित्र का हृदय को अपनी उत्कण्ठा शान्त करने को कहना उद्वेग कामदशा को संकेतित कर रहा है।

२. राजा–प्रिये पश्य वामतां स्नेहस्य।

औत्सुक्यहेतुं विवृणोषि न त्वं तत्त्वावबोधैकरसो न तर्कः।
तथापि रम्भोरु करोमि लक्ष्यमात्मानमेषां परिदेवितानाम्॥[१]

राजा–प्रियतमे! प्रेम की विपरीत चाल तो देखो।

हे कदली स्तम्भ के सदृश जंघाओं वाली! तुमने उत्कण्ठा के कारण को नहीं बताया है, न ही अनुमान से मुझे तत्त्व का ज्ञान हो पाया है, फिर भी मैं तुम्हारे विलापों का लक्ष्य स्वयं को ही मानता हूँ।

प्रिय अग्निमित्र का स्मरण मालविका के हृदय को व्याकुल कर रहा है। मालविका की अश्रुधारा उसकी व्यथा कथा को कह रही है। प्रियतम अग्निमित्र से उसने अभी तक अपने प्रेम को उद्घाटित नहीं किया है तथापि प्रियतम तक उसका भाव-सन्देश पहुँच चुका है। अश्रुओं ने इस कार्य को पूर्ण कर दिया है, तभी तो अग्निमित्र मालविका की विलाप कामदशा का वर्णन कर रहे हैं।

तनुता

मालविका–अलीकं मन्त्रयसे। एतदेव मयि नास्ति।

बकुलावलिका–सत्यं त्वयि नास्ति। भर्तुः कृशेषु ईषत्परिपाण्डुरेषु दृश्यते अङ्गेषु।[२]

मालविका–तुम झूठ कहती हो। ऐसा गुण मुझमें नहीं है।

बकुलावलिका–सत्य ही तुममें नहीं है। वह तो महाराज के दुर्बल तथा वियोग से पीले अङ्गों में है।

राजा अग्निमित्र मालविका पर मुग्ध हैं, मिलन के अभाव में वियोग सन्तप्त उनका शरीर कृश तथा पाण्डु हो रहा है। सखि बकुलावलिका से मालविका का यह वार्तालाप राजा की तनुता कामदशा को अभिव्यक्त कर रहा है।

नाटक मालविकाग्निमित्र कालिदास की प्रतिभाचातुरी का प्रथम सोपान है। प्रथम नाट्यरचना होने के कारण इसमें नाट्यवस्तुओं को विन्यास में कवि की नाट्यकलाकुशलता की अपरिपक्वता दृष्टिगोचर होती है। नाटक राजमहल की सीमा में प्रवर्तित गुप्त षड्यंत्र की भूमिका पर आधारित है तथापि भीरु राजा अग्निमित्र एवं लज्जाशीला मालविका में प्रेम की उद्दाम ऊष्मा का नितान्त अभाव है। इन्हीं सब कारणों से यहाँ प्रणयतप्तता को सिद्ध करने वाली सभी कामदशाओं का सुन्दर सन्निवेश नहीं हो सका है।

१. मालविकाग्निमित्र–३.१०

२. मालविकाग्निमित्र–पृ० ९४

—0—

द्वितीय पल्लव

मालविकाग्निमित्र में रतिभेद

आभियोगिकी

१. राजा–(जनान्तिकम्।) वयस्य।

नेपथ्यपरिगतायाश्चक्षुर्दर्शनसमुत्सुकं तस्याः ।
संहर्तुमधीरतया व्यवसितमिव मे तिरस्करिणीम् ॥[1]

राजा–(हथेली की ओट में) मित्र!

इस पर्दे के पीछे जो मेरी प्रियतमा छिपी है, उसे देखने को लालायित मेरी आँखें अधीरता के कारण मानों पर्दे को फाड़ डालने को उत्सुक हो रही हैं।

राजा अग्निमित्र मालविका पर आसक्त हो मित्र विदूषक से अपने मन के भाव को अभिव्यक्त कर रहे हैं। अतः स्वेन आभियोगिकी रति प्रस्तुत पद्य में उपन्यस्त है।

२. मालविका–(उपगानं कृत्वा चतुष्पदवस्तु गायति।)

दुल्लहो पिओ मे तस्सिं भव हिअअ णिरासं
अम्हो अपङ्गओ मे परिप्फुरइ किं वि वामओ।
एसो सो चरदिट्ठो कहँ उण उवणइदव्वो
णाह मं पराहीणं तुइ परिगणअ सतिण्हम्॥[2]

---

१. मालविकाग्निमित्र–२.१

२. मालविकाग्निमित्र–२.४, कालिदास-ग्रन्थावली, पृ० २७५

(दुर्लभः प्रियस्तस्मिन्भव हृदय निराश-
महो अपाङ्को मे प्रस्फुरति किमपि वामः।
एष स चिरदृष्टः कथमुपनेतव्यो
नाथ मां पराधीनां त्वयि गणय सतृष्णाम्॥)

मालविका–(आलाप लेकर चतुष्पद गीत गाती है।)

हे हृदय! प्रियतम दुर्लभ है, अतः तुम मिलन की आशा छोड़ दो। किन्तु आश्चर्य! मेरी बाईं आँख क्यों फड़क रही है। जिस प्रियतम को बहुत पहले देखा था क्या उन्हें प्राप्त कर सकूँगी। स्वामिन्! मैं तो स्वयं पराधीन हूँ किन्तु तुम्हारे प्रति मेरा चित्त अनुरक्त है।

मालविका सामने उपस्थित प्रियतम के प्रति चतुष्पद गीत को साधन बना अन्तस्तल के गोपित भाव को ध्वन्यात्मक शैली में अभिव्यक्त कर देती है। अतः प्रस्तुत पद्य स्वेन आभियोगिकी रति का सुन्दर उद्धरण है।

३. (ततः प्रविशति पर्युत्सुका मालविका।)

मालविका–अविज्ञातहृदयं भर्तारमभिलषन्त्यात्मनोऽपि तावल्लज्जे। कुतो विभवः स्निग्धस्य सखीजनस्येमं वृत्तान्तमाख्यातुम्। न जानेऽप्रतीकारगुरुकां वेदनां कियन्तं कालं मदनो मां नेष्यतीति।[1]

(चिन्तिता मालविका प्रवेश करती है।)

मालविका–महाराज के हृदय का मुझे बिल्कुल ज्ञान नहीं है। ऐसी दशा में उन्हें प्राप्त करने की अभिलाषा करती हुई मैं स्वयं लज्जा का अनुभव कर रही हूँ। इतनी शक्ति भी मुझमें नहीं है कि अपनी सखियों से यह वृत्तान्त कह सकूँ। नहीं जानती, प्रेम की ऐसी वेदना से कामदेव कब तक मुझे सताएगा, जिसके प्रतीकार की कोई ओषधि भी नहीं है।

नायिका मालविका का प्रेमरस में भीगा मन कामदेव की सहायता से उसे व्यथित कर रहा है। व्यथा का यह भाव स्वयं नायिका अभिव्यक्त कर रही है। अतः यहाँ स्वेन आभियोगिकी रति वर्तमान है।

४. बकुलावलिका–ततश्चोपचारानन्तरमेकासनोपविष्टेन भर्त्रा चित्रगताया देव्याः परिजनमध्यगतामासन्नतरां तां प्रेक्ष्य देवी पृष्टा।

कौमुदिका–किमिव।

बकुलावलिका–अपूर्वेयं दारिका आसन्ना च देव्या आलिखिता किंनामधेयेति।

---

१. मालविकाग्निमित्र–पृ० ७४

कौमुदिका–आकृतिविशेषेष्वादरः पदं करोति। ततस्ततः।

बकुलावलिका–ततोऽवधीरितवचनो भर्ता शङ्कितो देवीं पुनः पुनरप्यनुबन्द्धुं प्रवृत्तः। ततो यावद्देवी न कथयति तावत्कुमार्या वसुलक्ष्म्याख्यातम्। आवुत्त एषा मालविकेति।

कौमुदिका .... अतः परं कथय।

बकुलावलिका-किमन्यत्। सांप्रतं मालविका सविशेषं भतुर्दर्शनपथाद्रक्ष्यते।[1]

बकुलावलिका–तब अभिवादनादि औपचारिकता के पश्चात् महारानी के साथ एक ही आसन पर बैठ कर महाराज ने चित्र में चित्रित महारानी की दासियों के मध्य समीप ही खड़ी हुई कन्या को देख कर महारानी से पूछा।

कौमुदिका–क्या पूछा?

बकुलावलिका–देवी के साथ चित्रित यह कन्या अत्यन्त सुन्दर है, इसका क्या नाम है?

कौमुदिका–सुन्दर आकृति वालों के प्रति हृदय आकृष्ट हो ही जाता है। तब फिर।

बकुलावलिका–तब देवी से प्रत्युत्तर न पाकर शङ्कित हुए महाराज ने पुनः आग्रहपूर्वक पूछा। तब जब तक देवी नहीं बोली तब तक कुमारी वसुलक्ष्मी ने कहा–स्वामिन्! यह मालविका है।

कौमुदिका .... इससे आगे कहो।

बकुलावलिका-अन्य कुछ नहीं। अब मालविका को विशेष रूप से स्वामी की दृष्टि से दूर रखा जाता है।

बकुलावलिका और कौमुदिका के परस्पर वार्तालाप से नायक अग्निमित्र की नायिका मालविका के प्रति आसक्ति सूचित हो रही है। अतः यहाँ परेण आभियोगिकी रति की स्थिति है।

वैषयिकी

१. राजा–(आत्मगतम्) आत्तसारचक्षुषा मे स्वविषयः। यदनेन

स्मयमानमायताक्ष्याः किंचिदभिव्यक्तदशनशोभिमुखम्।
असमग्रलक्ष्यकेसरमुच्छ्वसदिव पङ्कजं दृष्टम्॥[2]

राजा–(मन में) मेरे नेत्रों को इच्छित वस्तु देखने को प्राप्त हो गई। क्योंकि आज इस विस्तृत नेत्रों वाली के, कुछ-कुछ दिखाई पड़ने वाले दाँतों की चमक से शोभित सुन्दर मुख को देख लिया जो उस विकसित कमल के समान मुस्कुराहट से युक्त था जिसमें केसर पूर्णरूप से दिखाई न पड़ रहे हों।

१. मालविकाग्निमित्र–पृ० ९, १०

२. मालविकाग्निमित्र–२.१०

नायिका मालविका की स्मित हास्य[१] से युक्त मुखाकृति, धवल दन्त पंक्ति और मुख की प्रफुल्लता नायक के मन को तृप्ति प्रदान कर रही है और रूपोत्पन्ना वैषयिकी रति को भी सूचित कर रही है।

२. (ततः प्रविशति पर्युत्सुको राजा ....)

राजा–(आत्मगतम्।)

तामाश्रित्य श्रुतिपथगतामास्थया बद्धमूलः
संप्राप्तायां नयनविषयं रूढरागप्रवालः।
हस्तस्पर्शे मुकुलित इव व्यक्तरोमोद्गमत्वा-
त्कुर्यात्क्लान्तं मनसिजतरुर्मां रसज्ञं फलस्य।।[२]

(तब उत्कण्ठित राजा प्रवेश करते हैं।)

राजा–(मन में) उस मालविका से सम्बद्ध चर्चाओं से बँधी हुई आशा ही जिसकी जड़ है, प्रियतमा को देखने से उद्भूत हुआ प्रेम ही जिसके पत्ते हैं, प्रिया के हाथ के स्पर्श से उत्पन्न रोमाञ्च ही जिसके फूल हैं वह प्रेम का वृक्ष ही मुझे उसका स्वामी बना कर उसके फल के रसास्वादन का अवसर दे।

मालविका-सम्बन्धी वार्तालाप, मालविका-रूपदर्शन एवं मालविका का करस्पर्श अग्निमित्र के मन को रतियुक्त कर रहा है। अतः यहाँ शब्दोत्पन्ना, रूपोत्पन्ना तथा स्पर्शोत्पन्ना वैषयिकी रति है।

आभिमानिकी

१. राजा–सखे कथमनातुरो भविष्यामि।

सर्वान्तःपुरवनिताव्यापारप्रतिनिवृत्तहृदयस्य।
सा वामलोचना मे स्नेहस्यैकायनीभूता।।[३]

राजा–मित्र! कैसे शान्त हो सकूँगा?

अन्तःपुर की सभी रमणियों के लीला-विलासों से मेरा मन भर गया है। वह सुलोचना मालविका ही मेरे स्नेह की एकमात्र पात्र हो गई है।

अनेक रानियों के हर्म्य में विद्यमान होने पर भी राजा अग्निमित्र केवल मालविका के प्रति ही आसक्त तथा व्यग्र रह कर आभिमानिकी रति को अभिव्यक्त कर रहे हैं।

२. राजा–अहो मदनस्य वैषम्यम्।

मन्ये प्रियाहृतमनास्तस्याः प्रणिपातलङ्घनं सेवाम्।
एवं हि प्रणयवती सा शक्यमुपेक्षितुं कुपिता।।[४]

राजा–अरे! काम की विपरीत गति।

---

१. साहित्यदर्पण–ईषद्विकासिनयनं स्मितं स्यात् स्पन्दिताधरम्। ३.२१८

२. मालविकाग्निमित्र–४.१

३. मालविकाग्निमित्र–२.१४

४. मालविकाग्निमित्र–३.२३

प्रियतमा मालविका ने मेरे मन को हर लिया है। अतः मेरे मनाने पर भी रानी इरावती का रुष्ट हो करके चले जाना अच्छा ही हुआ। इस प्रकार कुपिता उस प्रेमिका इरावती की कुछ समय तक उपेक्षा करके रहा ही जा सकता है।

रानी इरावती मेरे प्रति प्रेम से भरी है तथापि मेरा मन तो मालविका में रमा है। राजा के द्वारा मालविका की तुलना में इरावती की यह उपेक्षा आभिमानिकी रति का सङ्केत दे रही है।

तदीयविशेषयुक्ता

राजा (विहस्य।)–

किसलयमृदोर्विलासिनि कठिने निहितस्य पादपस्कन्धे।
चरणस्य न ते बाधा संप्रति वामस्य वामोरु॥

(मालविका लज्जां नाटयति।)

– –

मालविका–बकुलावलिके एहि। अनुष्ठितमात्मनो नियोगं देव्यै निवेदयावः।

– –

राजा– भद्रे यास्यसि। मम तावदुत्पन्नावसरमर्थित्वं श्रूयताम्।

– –

धृतिपुष्पमयमपि जनो बध्नाति न तादृशं चिरात्प्रभृति।
स्पर्शामृतेन पूरय दोहदमस्याप्यनन्यरुचेः॥[१]

राजा–(हँस कर)

हे विलासिनि! हे वामोरु! नूतन-पल्लव-सदृश नितान्त कोमल तुम्हारा यह वामचरण कठोर अशोक पर प्रहार करने से इस समय कष्ट तो नहीं पा रहा है।

(मालविका लजाने का अभिनय करती है।)

मालविका–बकुलावलिके आओ। देवी को सूचित कर दें कि आदेश पालन हो गया।

राजा–कल्याणि! तुम जाओ। किन्तु अवसर के अनुकूल मेरी एक प्रार्थना सुन लो।

यह तुम्हारा प्रेमी जन भी इस अशोक वृक्ष के समान दीर्घकाल से धैर्यरूपी पुष्प से रहित है। अतः अनन्यासक्त इसके मनोरथ को भी तुम अपने चरणस्पर्श-रूपी अमृत से पूर्ण कर दो।

दोहद-क्रिया के लिये अलङ्कृत मालविका का चरण दोहद-कार्य तो सम्पन्न कर चुका, किन्तु उससे राजा के मन में उन सुसज्जित चरणों के प्रति जो रतिभाव जागृत हुआ, वह तदीयविशेषयुक्ता प्रियपदोत्पन्ना रति को सूचित कर रहा है।

स्वरूपजा

१. राजा–सखे! पर्याप्तमेतावता कामिनाम्।

---

१. मालविकाग्निमित्र–३.१८, १९

अनातुरोत्कण्ठितयोः प्रसिध्यता समागमेनापि रतिर्न मां प्रति।
परस्परप्राप्तिनिराशयोर्वरं शरीरनाशोऽपि समानुरागयोः॥[१]

राजा—कामिजनों के लिए इतना ही पर्याप्त है।

जहाँ एक ओर मिलन की असीम उत्कण्ठा हो और दूसरी ओर मिलने की आतुरता ही न हो, ऐसे प्रेमी-प्रेमिका का समागम मेरे विचार में महत्त्वहीन है। इसके विपरीत दोनों ओर से मिलन-हेतु समानानुराग होने से अत्यधिक अधीरता होने के कारण प्राणों का त्याग भी अच्छा ही है।

प्रमदवन में दोहद-क्रिया के लिए आई हुई मालविका के मुख से उच्चरित स्वनाम सुन कर धन्य राजा अपने हृदय में विद्यमान प्रेम की ज्वाला को अभिव्यक्त करते हैं। नायक-नायिका दोनों के मन प्रेमानुभूति से रंगे होने के कारण यहाँ उभयनिष्ठ स्वरूपजा रति वर्तमान है।

साम्प्रयोगिकी

राजा—तदनुगृह्यतां चिरानुरक्तोऽयं जनः। (इति संश्लेषमभिनयति।)
(मालविका नाट्येन परिहरति।)
(आत्मगतम्।) रमणीयः खलु नवाङ्गनानां मदनविषये व्यापारः। तथा हि।
हस्तं कम्पवती रुणद्धि रशनाव्यापारलोलाङ्गुलिं
हस्तौ स्वौ नयति स्तनावरणतामालिङ्ग्यमाना बलात्।
पातुं पक्ष्मलचक्षुरुन्नमयतः साचीकरोत्याननं
व्याजेनाप्यभिलाषपूरणसुखं निर्वर्तयत्येव मे॥[२]

राजा—इस चिरप्रणयी जन पर दया करो। (ऐसा कह कर आलिङ्गन का अभिनय करता है।)
(मालविका बचने का अभिनय करती है।)

(मन में) नवयौवनाओं में कामवासना का उद्रेक वास्तव में मनोहर होता है क्योंकि यह—

मालविका अपने हाथ कँपाती है, करधनी खोलने के लिए चंचल अंगुलियों को रोकती है। बलपूर्वक आलिङ्गन किए जाने पर दोनों हाथों से वक्षःस्थल को ढक लेती है। सघन पलकों से युक्त नेत्रों से सुन्दर मुख को मेरे द्वारा चुम्बन के लिए ऊपर उठाने पर घुमा लेती है। इस प्रकार मानों अपने निषेध के बहाने यह मेरी अभिलाषा-पूर्ति का सुख मुझे प्रदान कर रही है।

पुरुष के प्रथम स्पर्श से मालविका लज्जा और सङ्कोच की राशि बन जाती है। प्रथम मिलन की सुखद अनुभूति और प्रेमक्रीडाओं में बाधक मालविका का मुग्धात्व साम्प्रयोगिकी रति की सृष्टि कर रहा है।

नाटक के सम्पूर्ण कलेवर में यद्यपि सभी दसों रतिभेदों का निरूपण नहीं हो पाया है, किन्तु यह भी ध्यातव्य है कि समाविष्ट रतिभेद सुन्दर रूप से गुम्फित हैं।

---

१. मालविकाग्निमित्र—३.१५

२. मालविकाग्निमित्र—४.१५

तृतीय पल्लव

मालविकाग्निमित्र में प्रेमविलास

१. प्रेमा

१. राजा–(आत्मगतम्।) अहो सर्वास्ववस्थासु चारुता शोभां पुष्यति। तथा हि।

वामं संधिस्तिमितवलयं न्यस्य हस्तं नितम्बे
कृत्वा श्यामाविटपसदृशं स्रस्तमुक्तं द्वितीयम्।
पादाङ्गुष्ठालुलितकुसुमे कुट्टिमे पातिताक्षं
नृत्तादस्याः स्थितमतितरां कान्तमृज्वायतार्धम्॥[१]

राजा–(मन में) अरे! सभी दशाओं में इसकी रमणीयता शोभा को पुष्ट करती है, क्योंकि–

इसने अपना बायाँ हाथ अपने नितम्ब पर रख लिया है, अतः हाथ का कङ्कण मणिबन्ध पर रुक कर शान्त हो गया है। श्यामा लता की शाखा के सदृश दाहिना हाथ शिथिल हो कर नीचे लटका हुआ है। आँखें नीची करके पैर के अँगूठे से धरती पर बिखरे फूलों को हटा रही है। इस प्रकार खड़ी होने से इसके शरीर का ऊपरी आधा भाग सरल भाव से स्थित है। नृत्य के समय की अपेक्षा यह इस समय अधिक सुन्दर प्रतीत हो रही है।

अनुपम रूपवती मालविका के प्रति आकृष्ट राजा के ये उद्‌गार उनके मनोगत प्रेम-भाव को प्रकट कर रहे हैं। अतः यहाँ प्रेमा नामक प्रेमविलास है।

(ततः प्रविशति कामयमानावस्थो राजा ....)

२. राजा–(आत्मानं विलोक्य।)

---

१. मालविकाग्निमित्र–२.६

शरीरं क्षामं स्यादसति दयितालिङ्गनसुखे
भवेत्सास्रं चक्षुः क्षणमपि न सा दृश्यत इति।
तया सारङ्गाक्ष्या त्वमसि न कदाचिद्विरहितं
प्रसक्ते निर्वाणे हृदय परितापं वहसि किम्॥[१]

(तब कामपीडित अवस्था में राजा प्रवेश करते हैं।)

राजा–(अपनी ओर देख कर)

प्रियतमा के आलिङ्गन-सुख के अभाव में मेरे शरीर का दुर्बल होना उचित ही है। उसे क्षण भर के लिए न देख सकने के कारण नेत्रों का अश्रुपूर्ण होना भी उचित ही है। किन्तु मेरे हृदय! तुम तो कभी भी उस मृगनयनी प्रिया से वियुक्त नहीं होते, सुखदायिनी प्रिया तो सदैव साथ ही रहती है, फिर तुम क्यों सन्तप्त होते हो?

राजा अग्निमित्र प्रिया मालविका के प्रेम में इतने अधिक आत्मविभोर हैं कि वे मन और इन्द्रियों को पृथक्-पृथक् गिन रहे हैं। उनका यह प्रेमभावबन्धन प्रेमा रत्यवस्था को प्रकट कर रहा है।

३. राजा–(विलोक्य सहर्षम्।) वयस्य पश्याम्येनाम्।

विपुलं नितम्बबिम्बे मध्ये क्षामं समुन्नतं कुचयोः।
अत्यायतं नयनयोर्मम जीवितमेतदायाति॥[२]

राजा–(देख कर सहर्ष।) मित्र! मैं इसे देख रहा हूँ।

स्थूल नितम्बों, कृश कटि, उन्नत पयोधरों तथा अतिविशाल नेत्रों से युक्त-यह तो मेरा जीवन तत्त्व ही आ रहा है।

नायक अग्निमित्र का नायिका मालविका के प्रति ऐसा भाव कि यह मुझसे भिन्न नहीं, मैं ही हूँ, प्रेमा रत्यवस्था को सूचित कर रहा है।

४. मालविका–प्रिया खल्वहं तव।

बकुलावलिका–न केवलं मम।

मालविका–कस्य वान्यस्य।

बकुलावलिका–गुणेष्वभिनिवेशिनो भर्तुरपि।

मालविका–अलीकं मन्त्रयसे। एतदेव मयि नास्ति।

बकुलावलिका–सत्यं त्वयि नास्ति। भर्तुः कृशेषु ईषत्परिपाण्डुरेषु दृश्यते अङ्गेषु।

- -

१. मालविकाग्निमित्र–३.१

२. मालविकाग्निमित्र–३.७

अनुरागोऽनुरागेण परीक्षितव्य इति सुजनवचनं प्रमाणीकुरु।

मालविका–किमात्मनश्छन्देन मन्त्रयसे।

बकुलावलिका–नहि नहि। भर्तुः खल्वेतानि प्रणयमृदुकान्यक्षराणि बिम्बान्तरितानि।[1]

मालविका–मैं तुम्हारी प्रिय सखी हूँ।

बकुलावलिका–केवल मेरी प्रिय नहीं हो।

मालविका–तब और किसकी प्रिय हूँ।

बकुलावलिका–गुणों पर मुग्ध महाराज की भी।

मालविका–तुम झूठ कहती हो। ऐसा गुण मुझमें नहीं है।

बकुलावलिका–सत्य ही तुममें नहीं है। वह तो महाराज के दुर्बल तथा वियोग से पीले अङ्गों में है।

श्रेष्ठ जनों के इस वचन को प्रमाण मानो कि दूसरों के प्रेम की परीक्षा अपने प्रेम से की जाती है।

मालविका–क्यों अपने मन से गढ़ कर कह रही हो।

बकुलावलिका–नहीं नहीं। यह प्रणयकोमलकथा स्वयं महाराज ने मुझसे कही है।

नायक अग्निमित्र और नायिका मालविका के पारस्परिक प्रेम की, एक दूसरे पर अनुरक्त होने की चर्चा चला कर दूती बकुलावलिका दोनों के हृद्गत प्रेमभाव को अभिव्यक्त कर प्रेमा नामक भाव को अभिव्यक्त कर रही है।

२. मान

१. विदूषकः– शृणोतु भवान्। परिव्राजिकया मे कथितम्। ह्यः किल तत्र-भवतीरावती रुजाक्रान्तचरणां देवीं सुखं प्रष्टुमागता।

राजा–ततस्ततः।

विदूषकः–ततः सा देव्या पृष्टा। किं न्ववलोकितो वल्लभजन इति। तयोक्तम्। मन्दो व उपचारो यत्परिजने सङ्क्रान्तं वल्लभत्वं न ज्ञायते।

राजा–निर्भेदादृतेऽपि मालविकायामयमुपन्यासः शङ्कयति।

विदूषकः–ततस्तयानुबध्यमानया भवतोऽविनयमन्तरेण परिगृहीतार्था कृता देवी।

---

१. मालविकाग्निमित्र–पृ० ९४

राजा–अहो दीर्घरोषता तत्रभवत्याः।[१]

विदूषक–आप सुनिए। मुझसे परिव्राजिका कह रही थीं कि कल पैर में चोट लग जाने पर महारानी धारिणी से कुशल-क्षेम पूछने इरावती वहाँ गईं थीं।

राजा–तब फिर।

विदूषक–तब उनसे महारानी ने पूछा-कहो प्रियतम के इधर दर्शन हुए हैं? इरावती ने कहा-क्या आप नहीं जानती कि आजकल उनका प्रेमव्यवहार हमारे ऊपर से हट कर दासियों में सङ्क्रान्त हो गया है?

राजा–यद्यपि स्पष्ट नहीं कहा गया है तथापि ज्ञात होता है कि मालविका को लक्ष्य करके यह कहा गया है।

विदूषक–तब उनके बहुत आग्रह करने पर इरावती ने महारानी से आपका सारा (मालविकाविषयक) वृत्तान्त कह दिया।

राजा–अरे! इरावती अत्यधिक रुष्ट प्रतीत होती हैं।

राजा अग्निमित्र की मालविका के प्रति आसक्ति रानी इरावती के अहंभाव को आहत कर रही है। रानी इरावती की महारानी धारिणी से महाराजा की शिकायत करना उनके ईर्ष्यामान को स्पष्ट कर रहा है।

२. मालविका–सखि कैषा पार्श्वपरिवृत्तवदनेन भर्त्रा स्निग्धया दृष्ट्या निध्यायते।

बकुलावलिका–नन्वियं पार्श्वगतेरावती।

मालविका–सखि अदक्षिण इव भर्ता मे प्रतिभाति यः सर्वदेवीजनमुज्झित्वैकस्या मुखे बद्धलक्ष्यः।

बकुलावलिका .... सखि, भर्तुर्वल्लभैषा।

मालविका–ततः किमिदानीमात्मानमायासयिष्यामि। (इति सासूयं परावर्तते।)[२]

मालविका–सखि! यह कौन हैं जिनकी ओर मुख फेर कर महाराज स्निग्ध दृष्टि से निहार रहे हैं?

बकुलावलिका–महाराज के समीप यह इरावती है।

मालविका–सखि! स्वामी मुझे अदक्षिण नायक से (सब रानियों पर समान प्रेम न रखने वाले) लग रहे हैं जो सब रानियों को छोड़ कर एक को ही देख रहे हैं।

बकुलावलिका .... सखि! यही तो महाराज की प्रिया हैं।

१. मालविकाग्निमित्र–पृ० ११४, ११६

२. मालविकाग्निमित्र - पृ० १३६

मालविका-तो अपने को क्यों कष्ट दूँ। (ईर्ष्या भाव से मुँह घुमा लेती है।)

स्त्री प्रिय पर एकाधिकार की इच्छा रखती है। राजा को इरावती पर आसक्त चित्रित देख मालविका को अपना एकाधिकार खण्डित होता सा लगता है और वह ईर्ष्यामान से भर उठती है।

३. विदूषकः-अनुनयसज्ज इदानीं भव।

मालविका........... (पुनः स्थानान्तराभिमुखी भवितुमिच्छति।)

बकुलावलिका-(मालविकां रुद्ध्वा।) न खलु कुपितेदानीं त्वम्।

मालविका-यदि चिरं कुपितामेव मां मन्यस एष प्रत्यानीयते कोपः।

राजा- (उपेत्य।)

कुप्यसि कुवलयनयने चित्रार्पितचेष्टया किमेतन्मे।
ननु तव साक्षादयमहमनन्यसाधारणो दासः ॥[१]

विदूषक-अब अनुनय के लिए प्रस्तुत हो जाइए।

मालविका .... (पुनः दूसरी दिशा में मुख घुमाना चाहती है।)

बकुलावलिका-(मालविका को रोक कर) तुम रूठ तो नहीं गईं।

मालविका-यदि तुम समझती हो कि मैं बहुत अधिक रूठती हूँ तो मैं रूठ ही जाती हूँ।

राजा-(समीप जाकर)

हे कमलनयने! चित्र में बने हुए मेरे भाव को देख कर ही तुम मुझसे क्यों कुपित हो रही हो। तुम्हारा यह अनन्य दास तो तुम्हारे सामने ही है।

प्रिया मालविका रुष्ट हो, अग्निमित्र को यह कदापि सहन नहीं। अतएव उनकी उसे मनाने की चेष्टा उसके प्रणयमान को बता रही है।

४. राजा- अपराधिनि मयि दण्डं संहरसि किमुद्यतं कुटिलकेशि।
वर्धयसि विलसितं त्वं दासजनायात्र कुप्यसि च ॥[२]
नूनमिदमनुज्ञातम्। (इति पादयोः पतति।)

राजा-अरे घुँघराले बालों वाली! मुझ अपराधी को दण्ड देने से क्यों रुक गईं। इस समय जो तुम मुझ सेवक पर क्रोध कर रही हो, उससे तुम्हारी शोभा और बढ़ गई है।

तुमने मेरी विनय स्वीकार कर ली। (इरावती के चरणों में गिरते हैं।)

---

१. मालविकाग्निमित्र-४.१०

२. मालविकाग्निमित्र-३.२२

मालविका के प्रेम में आकण्ठ मज्जित पति पर कुपित इरावती का मानभङ्ग करने को आकुल अग्निमित्र की यह विनय-याचना तथा पत्नी के चरणों में प्रणिपात प्रणयमान की सूचना दे रहा है।

५. राजा- अस्थाने कोपं इत्यनुपपन्नं त्वयि। तथा हि।

कदा मुखं वरतनु कारणादृते
तवागतं क्षणमपि कोपपात्रताम्।
अपर्वणि ग्रहकलुषेन्दुमण्डला
विभावरी कथय कथं भविष्यति॥[1]

राजा-अकारण रूठना भी तुम्हें शोभा नहीं देता। क्योंकि-

सुन्दर देहवाली! बिना कारण तुमने क्षण भर को भी कभी क्रोध का प्रकाशन किया है। पूर्णिमा के बिना ही चन्द्रमा ग्रहण से कलुषित हो, कहो, ऐसी रात कैसे हो सकती है?

राजा द्वारा रानी इरावती की मान-मनुहार कर किसी प्रकार उसके क्रोध को शान्त करने का यह समग्र उपाय इरावती-प्रणयमान को निर्धारित कर रहा है।

३. प्रणय

मालविका- (आत्मगतम्।) कथं चित्रगतो भर्ता मयासूयितः।
(इति सव्रीडवदनाऽञ्जलिं करोति।)
(राजा मदनकातर्यं रूपयति।)

- - - - - - - - - - - - - - - - - - - -

राजा- श्रूयताम्।

पथि नयनयोः स्थित्वा स्थित्वा तिरोभवति क्षणा-
त्सरति सहसा बाह्वोर्मध्यं गतापि सखी तव।
मनसिजरुजा क्लिष्टस्यैवं समागममायया
कथमिव सखे विश्रब्धं स्यादिमां प्रति मे मनः॥

बकुलावलिका-सखि बहुशः किल भर्ता विप्रलब्धः। इदानीं तावदात्मा विश्वसनीयः क्रियताम्।

मालविका-सखि मम पुनर्मन्दभाग्यायाः स्वप्नसमागमोऽपि भर्तुर्दुर्लभ आसीत्।

बकुलावलिका-भर्ता कथयत्वस्या उत्तरम्।

राजा- उत्तरेण किमात्मैव पञ्चबाणाग्निसाक्षिकम्।
तव सख्यै मया दत्तो न सेव्यः सेविता रहः॥[2]

---

१. मालविकाग्निमित्र-४.१६

२. मालविकाग्निमित्र-४.११, ४.१२

मालविका- (मन में) तो क्या मैं सचमुच चित्र में बने हुए स्वामी से रूठी हुई थी। (लजाती हुई हाथ जोड़ती है।)

(महाराजा कामाकुलता का अभिनय करते हैं।)

- -

राजा- सुनो मित्र! तुम्हारी सखी मालविका आँखों में रह-रह कर क्षण भर में ओझल हो जाती है। बाहों के मध्य रह कर भी अचानक सरक जाती है। इस प्रकार मिलन की माया में फँसे हुए मुझ कामपीड़ित प्रेमी के मन को इसके प्रति कैसे विश्वास हो?

बकुलावलिका-सखि! तुमने महाराज को बहुत बार धोखा दिया। अब तो स्वयं को उनका विश्वासपात्र बनाओ।

मालविका-सखि! मुझ अभागिनी को तो स्वप्न में भी महाराज का मिलन दुर्लभ था।

बकुलावलिका-स्वामिन्! इसका उत्तर दीजिए।

राजा-उत्तर से क्या, मैंने कामाग्नि को साक्षी कर तुम्हारी सखी के लिए एकान्त में सेव्य नहीं सेवक के रूप में स्वयं को ही सौंप दिया।

मान के बाद प्रणय की स्थिति सोने में सुहागा सा प्रभाव दिखाती है। मालविका के ईर्ष्यामान को समाप्त कर नायक अग्निमित्र उसके प्रति प्रणयशील हैं, मालविका भी प्रणयभाव से ओत-प्रोत है। इस प्रकार दोनों ओर से प्रणय रत्यवस्था की स्थिति बन रही है।

प्रेम के कुछ गोपित कुछ अभिव्यक्त भाव के कारण प्रस्तुत स्थल में नीली राग रत्यवस्था भी उपलब्ध है।

४. स्नेह

१. बकुलावलिका- एष उपारूढराग उपभोगक्षमः पुरतस्ते वर्तते।
मालविका- (सहर्षम्।) किं भर्ता।

- -

विदूषकः-अपि श्रुतं भवता।
राजा-सखे पर्याप्तमेतावता कामिनाम्।

अनातुरोत्कण्ठितयोः प्रसिध्यता समागमेनापि रतिर्न मां प्रति।
परस्परप्राप्तिनिराशयोर्वरं शरीरनाशोऽपि समानुरागयोः॥[1]

बकुलावलिका-राग (लालिमा अथवा प्रेम) पूरित उपभोग योग्य यह तेरे सामने है।

मालविका- (सहर्ष) क्या स्वामी!

१. मालविकाग्निमित्र-३.१५

विदूषक- सुना आपने।

राजा- कामिजनों के लिए इतना ही पर्याप्त है।

जहाँ एक ओर मिलन की असीम उत्कण्ठा हो और दूसरी ओर मिलने की आतुरता ही न हो, ऐसे प्रेमी-प्रेमिका का समागम मेरे विचार में महत्त्वहीन है। इसके विपरीत दोनों ओर से मिलनहेतु समानानुराग होने से अत्यधिक अधीरता होने के कारण निराशा से प्राणों के त्याग को भी मैं श्रेष्ठ समझता हूँ।

एकाङ्गी प्रेम निरर्थक है। अमर प्रेम तो वह है जो उभयपक्षीय हो। मालविका एवं अग्निमित्र का प्रेम ऐसा ही प्रगाढ़ प्रेम है जो प्रौढ स्नेह का साक्षात् उदाहरण है।

२. राजा-अहो मदनस्य वैषम्यम्।

मन्ये प्रियाहृतमनास्तस्याः प्रणिपातलङ्घनं सेवाम्।
एवं हि प्रणयवती सा शक्यमुपेक्षितुं कुपिता ।।[१]

राजा-अरे काम की विपरीत गति।

प्रियतमा मालविका ने मेरे मन को हर लिया है। अतः मेरे मनाने पर भी इरावती का रुष्ट हो कर चले जाना अच्छा ही हुआ। इस प्रकार कुपिता उस प्रेमिका इरावती की कुछ समय तक उपेक्षा करके रहा ही जा सकता है।

मालविका के प्रति मन से सम्मोहित राजा, रानी इरावती के क्रुद्ध हो जाने पर भी जो उसकी ओर ध्यान नहीं देते, चिन्ता नहीं करते, वह उनके मन्दस्नेह भाव को सूचित कर रहा है। प्रस्तुत पद्य रसार्णवसुधाकर में मन्द स्नेह के निदर्शनरूप में उद्धृत है।[२]

३. राजा-(आत्मगतम्।)

तामाश्रित्य श्रुतिपथगतामास्थया बद्धमूलः
संप्राप्तायां नयनविषयं रूढरागप्रवालः।
हस्तस्पर्शे मुकुलित इव व्यक्तरोमोद्गमत्वा-
त्कुर्यात्क्लान्तं मनसिजतरुर्मां रसज्ञं फलस्य।।[३]

राजा-(मन में) उस मालविका से सम्बद्ध चर्चाओं से बँधी हुई आशा ही जिसकी जड़ है, प्रियतमा को देखने से उद्भूत हुआ प्रेम ही जिसके पत्ते हैं, प्रिया के हाथ के स्पर्श से उत्पन्न रोमाञ्च

१. मालविकाग्निमित्र-३.२३

२. रसार्णवसुधाकर-द्वितीय विलास, पृ० २१२

३. मालविकाग्निमित्र-४.१

ही जिसके फूल हैं, वह प्रेम का वृक्ष ही मुझे उसका स्वामी बनाकर उसके फल के रसास्वादन का अवसर दे।

प्रिया के दर्शन, स्पर्श आदि से विकसित अग्निमित्र के मन का प्रेमवृक्ष शीघ्रतापूर्वक मिलन फल की प्राप्ति करा दर्शनज एवं स्पर्शज स्नेह का स्पष्ट उदाहरण बना है।

४. मालविका–सखि तदा संमुखस्थिता भर्तू रूपदर्शनेन न तथा वितृष्णास्मि यथाद्य। मया विभावितश्चित्रगतदर्शनो भर्ता।[१]

मालविका–सखि! उस समय घबड़ाहट के कारण महाराज के सौन्दर्य को अच्छी तरह नहीं देख सकी थी। आज इस चित्र में भली-भाँति निहार कर भी दर्शन की प्यास मिटती ही नहीं।

प्रियतम का पुनः पुनः दर्शन मन को तृप्ति देता है, प्रियतम की रूपसमृद्धि प्रियादर्शन के लिए मन को उद्वेलित करती ही रहती है। दर्शन की यह आकुलता दर्शनज स्नेह प्रेमविलास को अभिव्यक्त कर रही है।

५. राजा–(आत्मगतम्।) रमणीयः खलु नवाङ्गनानां मदनविषये व्यापारः। तथा हि।

हस्तं कम्पवती रुणद्धि रशनाव्यापारलोलाङ्गुलिं
हस्तौ स्वौ नयति स्तनावरणतामालिङ्ग्यमाना बलात्।
पातुं पक्ष्मलचक्षुरुन्नमयतः साचीकरोत्याननं
व्याजेनाप्यभिलाषपूरणसुखं निर्वर्तयत्येव मे।।[२]

राजा-(मन में) नवयौवनाओं में कामवासना का उद्रेक वास्तव में मनोहर होता है। क्योंकि यह-

मालविका अपने हाथ कँपाती है, करधनी खोलने के लिए चञ्चल अँगुलियों को रोकती है। बलपूर्वक आलिङ्गन किए जाने पर दोनों हाथों से वक्षःस्थल को ढक लेती है। सघन पलकों से युक्त सुन्दर मुख को मेरे द्वारा चुम्बन के लिए ऊपर उठाने पर घुमा लेती है। इस प्रकार मानों अपने निषेध के बहाने यह मेरी अभिलाषा-पूर्ति का सुख मुझे प्रदान कर रही है।

प्रिया से प्रथम मिलन और प्रथम मिलन में प्रिया का लाज-सङ्कोच राजा को स्पर्शसुखोन्मत्त कर रहा है, अतः यहाँ स्पर्शज स्नेह प्रेमविलास स्वयम् अभिव्यक्त है।

५. राग

१. (मालविका ससाध्वसं तिष्ठति।)
राजा-विसृज सुन्दरि संगमसाध्वसं
तव चिरात्प्रभृति प्रणयोन्मुखे।

---

१. मालविकाग्निमित्र–पृ० १३४

२. मालविकाग्निमित्र–४.१५

परिगृहाण गते सहकारतां
त्वमतिमुक्तलताचरितं मयि॥[१]

मालविका-देव्या भयेनात्मनः प्रियं कर्तुं न पारयामि।

राजा-अयि, न भेतव्यम्।

(मालविका भयभीता सी खड़ी रहती है।)

राजा- हे सुन्दरि! तुम समागम के भय को त्याग दो। मैं बहुत दिनों से तुम्हारे लिए व्याकुल था। आम्रवृक्ष पर लिपटी माधवी लता के समान तुम भी मु लिपट जाओ।

मालविका- महारानी के भय से अपना मनोरथ पूर्ण कर सकती हूँ।

राजा- अरे! डरना नहीं चाहिए।

मालविका द्वारा प्रदर्शित भय और अग्निमित्र द्वारा भय-त्याग तथा आलिङ्गनादि चेष्टाओं के लिए प्रेरित करना श्यामा राग की सृष्टि कर रहे हैं।

६. अनुराग

१. राजा- (सहर्षम्।) सखे! पश्य।

मामियमभ्युत्तिष्ठति देवी विनयादुपस्थिता प्रियया।
विस्मृतहस्तकमलया नरेन्द्रलक्ष्म्या वसुमतीव॥

_ _

विदूषकः- भो वयस्य! विवाहनेपथ्येन सविशेषं खलु शोभते अत्रभवती मालविका।

राजा-पश्याम्येनाम्। येषा

अनतिलम्बिदुकूलनिवासिनी बहुभिराभरणैः प्रतिभाति मे।
उडुगणैरुदयोन्मुखचन्द्रिका गतहिमैरिव चैत्रविभावरी॥[२]

राजा- (सहर्ष) मित्र! देखो-

हमारे अभिवादन के निमित्त उठी हुई महारानी धारिणी के पीछे विनयपूर्वक कमल रूपी हाथ फैलाए प्रिया मालविका ऐसी प्रतीत हो रही है मानो राजलक्ष्मी पृथ्वी का अनुगमन कर रही हो।

विदूषक-हे मित्र! यह मालविका विवाहवेश में अत्यन्त शोभित हो रही हैं।

राजा-मैं इसे देख रहा हूँ। जो यह-

छोटा रेशमी वस्त्र पहने हुए, अनेक आभूषणों से सुसज्जित मालविका मुझे ऐसी प्रतीत हो रही

---

१. मालविकाग्निमित्र-४.१३

२. मालविकाग्निमित्र-५.६, ५.७

है जैसे हिमकणों के नष्ट हो जाने पर उज्ज्वल नक्षत्रों तथा उदित होते हुए चन्द्रमा की ज्योत्स्ना से अलङ्कृत चैत्रमास की रात्रि हो।

विलक्षण तथा प्रतिक्षण नूतनता का प्रतिपादन करने वाली मालविका की रूपराशि अग्निमित्र के हृदय में जिस अपूर्व भाव का संचार कर रही है, उससे उनकी अनुराग रत्यवस्था स्पष्ट हो रही है।

मालविकाग्निमित्र नाटक में कवि कालिदास ने सभी प्रेमविलासों (रत्यवस्थाओं) का समावेश किया है। मालविका के प्रेमपाश में आबद्ध राजा अग्निमित्र से कुपित इरावती का प्रसंग नाटक में स्थान-स्थान पर उपस्थित होने के कारण ईर्ष्यामान रत्यवस्था का प्रसंग अधिक है। कहीं-कहीं तो यह मान, प्रहार आदि कलह-चेष्टाओं के कारण क्रोध की भी सीमा पार कर गया है। महाराज द्वारा इरावती के प्रति उपेक्षा भाव रखने से प्रणय का प्रसंग अधिक उपस्थित नहीं हो पाया है। अन्तिम दृश्य में सब कुछ सामान्य हो कर नाटक सुखान्त हो जाता है।

षष्ठ पुष्प

विक्रमोर्वशीय में कामदशा • रतिभेद • प्रेमविलास

प्रथम पल्लव : विक्रमोर्वशीय में कामदशा

द्वितीय पल्लव : विक्रमोर्वशीय में रतिभेद

तृतीय पल्लव : विक्रमोर्वशीय में प्रेमविलास

षष्ठ पुष्प

विक्रमोर्वशीय में कामदशा • रतिभेद • प्रेमविलास

प्रथम पल्लव

विक्रमोर्वशीय में कामदशा

१. चक्षुःप्रीति

१. **चित्रलेखा-सखि विश्रब्धा भव। पराभूताः खलु त्रिदशपरिपन्थिनो हताशाः।**

उर्वशी- (चक्षुषी उन्मील्य।) किं प्रभावदर्शिना महेन्द्रेण।

चित्रलेखा- न महेन्द्रेण। महेन्द्रसदृशानुभावेनानेन राजर्षिणा पुरूरवसा।

उर्वशी- (राजानमवलोक्य आत्मगतम्।) उपकृतं खलु दानवैः।[१]

चित्रलेखा- सखि! विश्वस्त हो जाओ। देवताओं के शत्रु, नीच दानव भगा दिए गए।

उर्वशी-(आँखें खोल कर) क्या प्रभावदर्शी महेन्द्र के द्वारा?

चित्रलेखा- महेन्द्र के द्वारा नहीं। महेन्द्र के समान प्रभावी राजा पुरूरवा के द्वारा।

उर्वशी-(राजा को देख कर, मन में) दानवों ने वस्तुतः मेरा उपकार ही किया।

दानवराज 'केशी' से उर्वशी को बचा कर लाने वाले राजा पुरूरवा की चर्चा सुन उर्वशी स्वयं को तटस्थ नहीं रख पाती है और राजा की ओर देख उनके बाह्य सौन्दर्य से तथा केशी को पराजित करने की चर्चा सुन उनके आन्तरिक गुणों—शौर्य, पौरुष, पराक्रम आदि से प्रभावित हो अपने इस मिलन को धन्य मानती है। उर्वशी का यह अवलोकन चक्षुःप्रीति नामक कामदशा है। विक्रमोर्वशीय के टीकाकार श्री रङ्गनाथ ने कहा है-**उपकृतं-'येन मयायं नयनानन्दजननो नृपो दृष्ट इति शेषः। अत्रोर्वश्या अभिलाषो गम्यते। सा च तस्याः प्रथमावस्थेति ज्ञेयम्**'।

---

१. विक्रमोर्वशीय (एम॰ आर॰ काले-सम्पादित) –पृ॰ ६४

२. उर्वशी- (अपवार्य।) अभिजातं खल्वस्य वचनम्। अथवा चन्द्रादमृतमिति किमत्राश्चर्यम्। (प्रकाशम्।) अत एवैनं प्रेक्षितुं त्वरते मे हृदयम्।

राजा - - - - - - - - - - -

चित्रलेखा - सखि पश्य।

उर्वशी-(राजानं सस्पृहं पश्यन्ती।) समदुःखः पिबतीव मां नयनाभ्याम्।

चित्रलेखा- (साकूतम्।) अयि कः।

उर्वशी-ननु सखीजनः।[१]

उर्वशी-(एक ओर मुख कर) इनके वचन तो वास्तव में अमृत ही हैं। अथवा चन्द्रमा से अमृत झरता ही है, इसमें क्या आश्चर्य। (प्रकट में) इसीलिए इनको देखने के लिए मेरा हृदय शीघ्रता कर रहा है।

राजा ---------

चित्रलेखा-सखि, देखो।

उर्वशी- (राजा की ओर अभिलाषापूर्वक देखती है) दुःख में सहानुभूति रखने वाले (महाराज) के द्वारा मुझको नयनों से मानो पीया जा रहा है।

उर्वशी- निश्चय ही सखियाँ।

उर्वशी के हृदय में राजा पुरूरवा के प्रति प्रेम का अंकुर जन्म ले रहा है। उसे उनके वचन अमृत सदृश मधुर प्रतीत हो रहे हैं, उन्हें साभिलाष दृष्टि से देखना अच्छा लग रहा है। यह गोपित प्रेमभाव पूर्ण दृष्टि चक्षुःप्रीति नामक कामदशा है।

३. राजा- (प्रकृतिस्थामुर्वशीं निर्वर्ण्य। आत्मगतम्) स्थाने खलु नारायणमृषिं विलोभयन्त्यस्तदूरुसंभवामिमां दृष्ट्वा व्रीडिताः सर्वा अप्सरस इति। अथवा नेयं तपस्विनः सृष्टिर्भवितुमर्हति।

अस्याः सर्गविधौ प्रजापतिरभूच्चन्द्रो नु कान्तिप्रदः
शृङ्गारैकरसः स्वयं नु मदनो मासो नु पुष्पाकरः।
वेदाभ्यासजडः कथं नु विषयव्यावृत्तकौतूहलो
निर्मातुं प्रभवेन्मनोहरमिदं रूपं पुराणो मुनिः॥[२]

राजा-(होश में आई उर्वशी को देखकर, मन में) यह उचित ही था कि नारायण ऋषि को प्रलोभित करने में लगी सभी अप्सराएँ उनकी जंघा से उत्पन्न होने वाली इस उर्वशी को देखकर लज्जित हो ही गईं। अथवा यह तपस्वी की रचना नहीं हो सकती।

१. विक्रमोर्वशीय-पृ० ६८, ७०

२. विक्रमोर्वशीय-१.८

इस उर्वशी की रचना में कान्ति प्रदान करने वाला चन्द्रमा ब्रह्मा बना होगा? अथवा शृङ्गार के एकमात्र रसिक कामदेव अथवा पुष्पों से भरा वसन्तमास? वेदों का अभ्यास करने से जड और विषयों में नष्ट हुए कौतूहल वाले वे वृद्ध ऋषि इस आकर्षक रूप के निर्माता कैसे हो सकते हैं?

अनुपम रूप की स्वामिनी उर्वशी तथा नीरस मनोवृत्ति वाले नारायण ऋषि–राजा को जन्य–जनक के इस सम्बन्ध पर विश्वास नहीं होता। वे उर्वशी को देख कर उसे संसार के सुन्दरतम, कोमलतम उपमानों की निर्मिति मानते हैं। स्वर्ग की अप्सराओं में सर्वश्रेष्ठ उर्वशी की ओर उनका स्नेहपूर्वक दृष्टिपात चक्षुःप्रीति नाम कामदशा को स्पष्ट कर रहा है। टीकाकार रङ्गनाथ के अनुसार– **'उर्वशीं निर्वर्ण्यात्मगतम्-इत्यादिना राज्ञोऽभिलाषो गम्यते। स च तस्य प्रथमावस्था'**।

४. राजा- (उर्वशीमवलोकयन्) महति विषादे वर्तते। पश्यतु भवती।

यदृच्छया त्वं सकृदप्यवन्ध्ययोः
पथि स्थिता सुन्दरि यस्य नेत्रयोः।
त्वया विना सोऽपि समुत्सुको भवे-
त्सखीजनस्ते किमुतार्द्रसौहृदः॥[१]

राजा- (उर्वशी को देखते हुए) आपकी सखियाँ अत्यन्त उदास हैं। आप देखिए।

हे सुन्दरि! तुम अचानक एक बार भी जिसके नेत्रों के मार्ग में उनको सफल बनाने हेतु स्थित हो गईं, वह भी तुम्हारे बिना उत्कण्ठित हो जायगा, फिर उन सखियों की तो बात ही क्या, जिनका हृदय तुम्हारे प्रति मित्रता से परिपूर्ण है।

राजा उर्वशी को देख कर सखियों के बहाने से अपने मन के भाव को उर्वशी के सामने प्रस्तुत कर रहे हैं। अतः यहाँ चक्षुःप्रीति कामदशा स्पष्ट है।

२. मनःसङ्ग

१. उर्वशी- (जनान्तिकम्।) सखि चित्रलेखे उपकारिणमपि राजर्षिं न शक्नोम्यामन्त्रयितुम्। तत्त्वं मे मुखं भव।

चित्रलेखा- (राजानमुपेत्य।) महाराज! उर्वशी विज्ञापयति महाराजेनाभ्यनुज्ञातेच्छामि प्रिय-सखीमिव महाराजस्य कीर्तिं सुरलोकं नेतुमिति।

राजा-गम्यतां पुनर्दर्शनाय।

(सर्वाः सगन्धर्वा आकाशोत्पतनं रूपयन्ति।)

उर्वशी- (उत्पतनभङ्गं रूपयित्वा।) अहो लताविटप एकावली वैजयन्तिका मे लग्ना। (सव्याजं परिवृत्य। राजानं पश्यन्ती।) चित्रलेखे मोचय तावदेनाम्।

चित्रलेखा-(सस्मितम्।) दृढं खलु लग्ना। दुर्मोचनीयेव मम प्रतिभाति। भवतु यतिष्ये तावत्।

- -

१. विक्रमोर्वशीय–१.९

उर्वशी- (स्मितं कृत्वा।) सखि स्मर तावदेतदात्मनो वचनम्।

(चित्रलेखा मोचनं नाटयति।)[१]

उर्वशी- (हथेली की ओट में) सखि चित्रलेखे! उपकारी राजर्षि से विदा लेने में मैं समर्थ नहीं हूँ। तुम ही मेरा माध्यम बन जाओ।

चित्रलेखा- (राजा के पास जाकर) महाराज! उर्वशी निवेदन कर रही हैं कि महाराज की अनुज्ञा से प्रिय सखी के समान महाराज की कीर्ति को सुरलोक तक ले जाना चाहती हूँ।

राजा-जाइए, पुनः मिलेंगे।

(सभी अप्सराएँ गन्धर्वों के साथ आकाश में उड़ने का अभिनय करती हैं।)

उर्वशी- (उड़ने में बाधा का अभिनय करके) अरे! लता की शाखा में मेरी एक लड़ की माला उलझ गई है। (बहाने से घूम कर, राजा को देखती हुई) चित्रलेखे! जरा इसे छुड़ा तो दे।

चित्रलेखा- (मुस्कुराते हुए) कस कर फँस गई है। मुझे तो छूटना कठिन सा लग रहा है। अच्छा, प्रयास करूँगी।

उर्वशी- (मुस्कुरा कर) सखि! अपने इन वचनों को याद रखना।

(चित्रलेखा छुड़ाने का अभिनय करती है।)

राजा पुरूरवा के प्रति हृदय में प्रीति की लहर का अनुभव करने वाली उर्वशी प्रेमजन्य संकोच के कारण राजा से वार्तालाप नहीं करती है और चित्रलेखा को अपनी दूती बना अपना सन्देश भेजती है। किन्तु उसका मन राजा में ही लगा है अतः उलझी माला को सुलझाने के बहाने से वह राजा की छवि को पुनः आँखों में, हृदय में समेट लेना चाहती है। चित्रलेखा की सार्थक उक्ति उसकी इस क्रिया को और अधिक स्पष्ट करती है। उर्वशी की यह आसक्ति मनःसङ्ग कामदशा को सूचित कर रही है। टीकाकार रङ्गनाथ का कथन है- **'अत्र सव्याजविलम्बेनात्मनोऽनुरागमाविष्कुर्वत्योर्वश्या 'चित्तासङ्गः' नाम द्वितीयावस्था सूचिता'।**

२. राजा-(उर्वशीमार्गोन्मुखः।) अहो नु खलु दुर्लभाभिनिवेशी मदनः।

एषा मनो मे प्रसभं शरीरात्पितुः पदं मध्यममुत्पतन्ती।
सुराङ्गना कर्षति खण्डिताग्रात्सूत्रं मृणालादिव राजहंसी ॥[२]

राजा- (उर्वशी के मार्ग की ओर देखकर) ओह! कामदेव दुर्लभ वस्तु की अभिलाषा करता है।

पिता के मध्यम स्थान अर्थात् अन्तरिक्ष को उड़ कर जाती हुई यह देवाङ्गना मेरे मन को शरीर से उसी प्रकार बलात् खींच रही है जैसे कोई राजहंसिनी टूटे हुए अग्रभाग वाले कमलनाल से तन्तु को खींच लेती है।

१. विक्रमोर्वशीय–पृ० ७६, ७८

२. विक्रमोर्वशीय–१.१८

पार्थिव वस्तु सुलभ है, सरलता से हस्तगत हो जाती है किन्तु आकाशीय वस्तु तो राजा के लिए भी दुर्लभ है। स्वर्ग की अप्सरा उर्वशी को पाना अत्यन्त दुर्लभ है, फिर भी राजा का मन उसी में लग गया है, ऊपर उठती हुई उर्वशी अपने साथ राजा के मन को भी खींचे लिए जा रही है। इस स्थिति को मन:सङ्ग कामदशा कहा गया है। टीकाकार रंगनाथ ने लिखा है- **'अत्र खण्डिताग्रादित्यनेन राज्ञो मनसो मदनशरविद्धत्वं सूचितम्। तेन च 'चित्तासङ्ग' नाम द्वितीयावस्थापि सूचिता।**

३. (ततः प्रविशतो भरतशिष्यौ।)

\- -

द्वितीयः- आम्। तस्मिन्नुर्वश्या वचनं प्रमादस्खलितमासीत्।

प्रथमः- कथमिव।

द्वितीयः- लक्ष्मीभूमिकायां वर्तमानोर्वशी वारुणीभूमिकायां वर्तमानया मेनकया पृष्टा। सखि समागता एते त्रैलोक्यसुपुरुषाः सकेशवाश्च लोकपालाः। कतमस्मिंस्ते भावाभिनिवेश इति।

प्रथमः- ततस्ततः।

द्वितीयः-ततस्तया पुरुषोत्तम इति भणितव्ये पुरूरवसीति निर्गता वाणी।

प्रथमः-भवितव्यतानुविधायीनीन्द्रियाणि।[1]

(भरत के दो शिष्यों का प्रवेश)

द्वितीय- हाँ, उसमें उर्वशी के वचन में प्रमादवश कुछ अशुद्धि हो गई।

प्रथम- कैसे?

द्वितीय- लक्ष्मी की भूमिका कर रही उर्वशी से वारुणी की भूमिका कर रही मेनका ने पूछा- सखि! ये त्रिलोक के श्रेष्ठ पुरुष, भगवान् विष्णु तथा लोकपाल आए हैं। इनमें से किसे तुम चाहती हो?

प्रथम- तब?

द्वितीय- तब उसे कहना चाहिए था-पुरुषोत्तम, उसके मुख से निकल गया-पुरूरवा।

प्रथम- इन्द्रियाँ होनहार का ही अनुसरण करती हैं।

स्वर्ग में प्रस्तुत नाटक में उर्वशी ने लक्ष्मी की भूमिका अभिनीत की तब उचित था कि वह प्रेमपात्र के रूप में भगवान् विष्णु का नाम लेती, किन्तु उसका मन तो लगा था पुरूरवा में और असावधानतावश वही नाम मुख से निकल गया। उर्वशी की यह त्रुटि उसकी मन:सङ्ग कामदशा को द्योतित करती है।

---

१. विक्रमोर्वशीय–पृ० १३६, १३८

४. विदूषकः-(सवितर्कम्।) किं वा प्रियवयस्येन तत्रभवत्याः प्रतिकूलमाचरितम्।

निपुणिका- आर्य यन्निमित्तं भर्तोत्कण्ठितस्तस्याः स्त्रिया नामधेयेन भर्त्रा देव्यालपिता।

विदूषकः- (स्वगतम्।) कथं स्वयमेव तत्रभवता रहस्यभेदः कृतः। किमिदानीमहं जिह्वायन्त्रणेन दुःखमनुभवामि। (प्रकाशम्।) किमामन्त्रिता तत्रभवत्युर्वशीति। तस्या अप्सरसो दर्शनेनोन्मादितस्तत्रभवान्न केवलं तत्रभवतीं मामपि विनोदविमुखो दृढं पीडयति।[1]

विदूषक- (विचार करके) क्या प्रिय मित्र ने महारानी के विपरीत आचरण किया है।

निपुणिका- आर्य! जिसके कारण स्वामी व्याकुल हैं, उस स्त्री के नाम से महाराज ने देवी को सम्बोधित किया है।

विदूषक- (मन में) क्या स्वयं ही सम्मान्य मित्र ने रहस्य खोल दिया। फिर मैं क्यों जिह्वा-नियन्त्रण का कष्ट भोगूँ। (प्रकट में) क्या महाराज ने 'उर्वशी' नाम से देवी को पुकारा था? उस अप्सरा के दर्शन से उन्मत्त महाराज केवल उन्हें ही नहीं, मुझे भी मनोरञ्जन से विमुख कर अत्यन्त पीडित कर रहे हैं।

राजा पुरूरवा उर्वशी में अत्यधिक आसक्त हैं। वे उसी के चिन्तन में प्रतिक्षण मग्न रहते हैं। महारानी से वार्तालाप के मध्य उनसे प्रमादवश महारानी के नाम के स्थान पर उर्वशी का नाम निकल गया। उर्वशी को पाने की, चाहने की लालसा में वे सामान्य व्यवहार से भी उदासीन हैं। सांसारिक विषयों से पराङ्मुखता और उर्वशी में चित्त-संलग्नता की यह स्थिति मनःसङ्ग कामदशा की सूचिका है।

महारानी से वार्तालाप में गोत्रस्खलन विदूषक के शब्दों में 'उन्मादित' महाराज की उन्माद कामदशा का बोध करा रहा है।

३. अभिलाष

१. राजा-(स्वगतम्।)

प्रियमाचरितं लते त्वया मे गमनेऽस्याः क्षणविघ्नमाचरन्त्या।
यदियं पुनरप्यपाङ्गनेत्रा परिवृत्तार्धमुखी मयाऽद्य दृष्टा॥[2]

राजा- (मन में)

अरी लता! तुमने इसके जाने में क्षण भर को विघ्न उपस्थित करके मेरा प्रिय कार्य कर दिया क्योंकि मैंने कटाक्षयुक्त नेत्रों वाली तथा घुमाए हुए आधे मुख वाली इस उर्वशी को फिर से देख लिया।

१. विक्रमोर्वशीय–पृ० ८६

२. विक्रमोर्वशीय–१.१६

राजा के हृदय में उर्वशी के प्रति प्रेम उत्पन्न हो चुका है। उनकी इच्छा है कि वे उर्वशी को देखते ही रहें, उसकी रूप-माधुरी का पान करते ही रहें। लता ने उर्वशी की माला उलझा कर राजा को एक अवसर और दे दिया और राजा की अभिलाषा अथवा संकल्प पूरा हो गया। इस कामदशा को अभिलाष नाम दिया गया है।

४. चिन्ता

१. राजा-(निःश्वस्य)

मम कुसुमितास्वपि सखे नोपवनलतासु नम्रविटपासु।
चक्षुर्बध्नाति धृतिं तद्रूपालोकदुर्ललितम् ॥

तदुपायश्चिन्त्यतां यथा सफलप्रार्थनो भवेयम्।

विदूषकः- (विहस्य।) भो अहल्याकामुकस्य महेन्द्रस्य वैद्य उर्वशीपर्युत्सुकस्य भवतोऽहमपि द्वावत्रोन्मत्तौ।

राजा-मा मैवम्। अतिस्नेहः खलु कार्यदर्शी।

विदूषकः- एष चिन्तयामि। मा पुनस्त्वं परिदेवितेन मम समाधिं भिन्द्धि।

(इति चिन्तां नाटयति।)

राजा-(निमित्तं सूचयित्वा। आत्मगतम्)

न सुलभा सकलेन्दुमुखी च सा किमपि चेदमनङ्गविचेष्टितम्।
अभिमुखीष्विव काङ्क्षितसिद्धिषु व्रजति निर्वृतिमेकपदे मनः ॥

(जाताशस्तिष्ठति।)[1]

राजा-(निःश्वास लेकर)

मित्र! उसके रूप के दर्शन से चञ्चल मेरे नेत्र पुष्पों से लदी शाखाओं से झुकी उपवन की लताओं में भी नहीं रमते हैं।

तो उपाय सोचो जिससे प्रार्थना सफल हो जाए।

विदूषक-(हँस कर) अहो! अहल्या के कामुक महेन्द्र के सहायक अश्विनी कुमार और उर्वशी के लिए व्याकुल आपका सहायक मैं, दोनों ही उन्मत्त हैं।

राजा-नहीं, ऐसा नहीं। अतिस्नेह कार्य बना ही देता है।

विदूषक यह सोचता हूँ। किन्तु आप विलाप करके मेरी समाधि मत भङ्ग करें।

(इस प्रकार चिन्ता प्रदर्शित करता है।)

---

१. विक्रमोर्वशीय–२.८, २.९

राजा-(शकुन विचार कर, मन में) (आशावान् सा दिखता है)

पूर्ण चन्द्रमा के सदृश मुख वाली वह उर्वशी यद्यपि अत्यन्त दुर्लभ है तथापि कामदेव की ये शुभ लक्षण रूप चेष्टाएँ अवश्य सार्थक हैं। मेरा मन भी सहसा ऐसा शान्त हो रहा है मानों अभिलषित वस्तु की प्राप्ति होने ही वाली हो।

देवाङ्गना उर्वशी की प्राप्ति असाध्य है, उस पर देवी इरावती के कोप से भी मुक्ति पानी है, तब प्रिया कैसे मिलेगी। प्रियादर्शन के अतिरिक्त अन्यत्र शान्ति भी नहीं है। सम्भवतः मित्र विदूषक ही कोई मार्ग निकाल दे। शुभ लक्षण प्रियमिलन के सूचक कहे जाते हैं। मेरे अंगों में होने वाले शुभ लक्षण ही मिलन का मार्ग प्रशस्त कर दें और मेरा प्रेम सफल हो जाए। राजा की इस विचार-प्रणाली में चिन्ता रूप कामदशा निहित है।

२. उर्वशी- हा धिक्, हा धिक्। मामेवमवगच्छति। असमर्थास्म्यग्रतो भूत्वाऽस्य प्रतिवचनस्य। प्रभावनिर्मितेन भूर्जपत्रेण संपादितोत्तरा भवितुमिच्छामि।

चित्रलेखा- अनुमतं मम।

(उर्वशी ससंभ्रमं गृहीत्वा यथोक्तं करोति।)

विदूषकः - - - - - - - - - - - - -

राजा-(विभाव्य।) भूर्जपत्रगतोऽयमक्षरविन्यासः।

विदूषकः - न खल्वदृष्टया तत्रभवत्योर्वश्या भवतः परिदेवितं श्रुत्वा समानानुरागसूचकान्यक्षराणि विसृष्टानि स्युः।[१]

राजा- नास्त्यगतिर्मनोरथानाम्। (गृहीत्वानुवाच्य सहर्षम्।) सखे प्रसन्नस्ते तर्कः।[१]

उर्वशी-हाय, धिक्कार है। महाराज मुझे ऐसी समझ रहे हैं। सामने उपस्थित हो कर इनके वचनों का उत्तर देने में मैं असमर्थ हूँ। प्रभाव से रचित भूर्जपत्र पर उत्तर देने की इच्छा करती हूँ।

चित्रलेखा-मैं सहमत हूँ।

(उर्वशी शीघ्रता पूर्वक भूर्जपत्र लेकर कथनानुसार करती है।)

विदूषक - - - - - - - - - - - - - - -

राजा- (देख कर) यह भूर्जपत्र पर लिखी हुई अक्षर पंक्ति है।

विदूषक- ऐसा तो नहीं कि अदृष्ट उर्वशी ने आपके विलाप को सुनकर समान अनुराग के सूचक अक्षर भेजे होंगे।

राजा-मनोरथों के लिए कुछ भी अगम्य नहीं है। (लेकर और पढ़कर, प्रसन्नता से) मित्र! तुम्हारा अनुमान सही था।

---

१. विक्रमोर्वशीय-पृ० ११२

राजा पुरूरवा उर्वशी से मिलने के लिए व्याकुल हैं। वे उर्वशी को कठोरहृदया कहते हैं। प्रच्छन्न वेश में समीप स्थित उर्वशी अपने अनुराग की सूचना देने वाला प्रेमपत्र लिख कर राजा को प्रेषित करती है। भाव-संप्रेषण की यह विधा उसकी चिन्ता नामक कामदशा को व्यञ्जित करती है।

३. उर्वशी- हला यावदुपगमनकातरं हृदयं पर्यवस्थापयामि तावत्त्वमस्यात्मानं दर्शयित्वा यन्मम क्षमं तद्भण।

चित्रलेखा-(तथेति तिरस्करिणीमपनीय राजानमुपेत्य।) जयतु जयतु महाराजः।

राजा - - - - - - - - - - - - - - - -

चित्रलेखा- उर्वशी महाराजं शिरसा प्रणम्य विज्ञापयति-

राजा-किमाज्ञापयति।

चित्रलेखा- मम सुरारिसंभवे दुर्जाते महाराज एव शरणमासीत्। साहं तव दर्शनसमुत्थेन मदनेन बलवद्बाध्यमाना भूयोऽपि महाराजेनानुकम्पनीयेति।[1]

उर्वशी-सखि! जब तक समीप जाने से भीत हृदय को व्यवस्थित करूँ तब तक तुम इन्हें स्वयं को दिखाकर जो मेरी ओर से उचित हो, कहो।

चित्रलेखा- (अच्छा कह कर, तिरस्करिणी हटा कर, राजा के समीप जा कर) महाराज की जय हो।

राजा - - - - - - - - - - - - - - - -

चित्रलेखा- उर्वशी महाराज को शिर से प्रणाम कर निवेदन करती हैं-

राजा- क्या आज्ञा देती हैं?

चित्रलेखा- दानवों के द्वारा उत्पन्न विपत्ति में महाराज ही मेरे रक्षक बने थे। वह मैं उनके दर्शनों के पश्चात् कामदेव द्वारा अत्यधिक सताई जाती हुई पुनः महाराज की आश्रिता हो गई हूँ।

राजा पुरूरवा की प्रेमाकुल दशा उर्वशी से देखी नहीं जाती है, वह सखी चित्रलेखा को दूती बना, राजा के समक्ष उपस्थित हो कर, उर्वशी की दयनीय दशा का चित्र प्रस्तुत करने वाला सन्देश भेजती है। दूती चित्रलेखा इस कार्य को भली प्रकार सम्पादित करती है। दूती-सम्प्रेषण के माध्यम से अपनी मनोव्यथा राजा तक पहुँचाना चिन्ता कामदशा के अन्तर्गत है।

५. अनुस्मृति एवं निद्राच्छेद

१. (ततः प्रविशत्युत्कण्ठितो राजा---)

राजा- आ दर्शनात्प्रविष्टा सा मे सुरलोकसुन्दरी हृदयम्।
बाणेन मकरकेतोः कृतमार्गमवन्ध्यपातेन ॥[2]

१. विक्रमोर्वशीय–पृ० ११६

२. विक्रमोर्वशीय–पृ० २.२

(अनमने से राजा प्रवेश करते हैं)

राजा- वह देवाङ्गना जब से मेरे दृष्टिपथ में आई है, तभी से कामदेव के सफल शरप्रहार से मार्ग बना दिए गए मेरे हृदय में प्रविष्ट हो गई है।

उर्वशी प्रेम का सूत्र हाथ में थमा आकाश में उड़ गई। अब तो उसकी अभिलाषा मेरे हृदय में स्थान बना मुझे व्यग्रमानस कर रही है। उसकी स्मृतियों का पुनः पुनः स्मरण करने से प्रस्तुत पद्य पुरूरवा की अनुस्मृति कामदशा को स्पष्ट कर रहा है। टीकाकार रङ्गनाथ का भी मत है- **'अत्र शृङ्गारालम्बनस्य राज्ञः स्मृत्याद्यवस्थाः'**।

२. राजा- (निःश्वस्य)

मम कुसुमितास्वपि सखे नोपवनलतासु नम्रविटपासु ।
चक्षुर्बध्नाति धृतिं तद्रूपालोकदुर्ललितम् ॥[१]

राजा- (निःश्वास लेकर)

मित्र! उसके रूप-दर्शन से चञ्चल मेरे नेत्र पुष्पों से लदी, शाखाओं से झुकी उपवन की लताओं में भी नहीं रमते हैं।

प्रिया उर्वशी के अभाव में राजा को विरह-व्यथा निरन्तर पीडित कर रही है। उसका स्वाभाविक सौन्दर्य नेत्रों के समक्ष बार-बार आकर मन को उद्वेलित कर रहा है। इस विरहाकुल दशा में राजा को पुष्पित-पल्लवित राजकीय उद्यान-प्रमदवन में विहार भी रुचिकर नहीं लग रहा है। अतः यहाँ अनुस्मृति कामदशा है।

३. विदूषकः- स्वप्नसमागमकारिणीं निद्रां सेवतां भवान्। अथ वा तत्रभवत्या उर्वश्याः प्रतिकृतिमालिख्यावलोकयंस्तिष्ठ।

राजा-उभयमप्यनुपपन्नम्।

हृदयमिषुभिः कामस्यान्तः सशल्यमिदं सदा
कथमुपलभे निद्रां स्वप्ने समागमकारिणीम्।
न च सुवदनामालेख्येऽपि प्रियामसमाप्य तां
मम नयनयोरुद्बाष्पत्वं सखे न भविष्यति।।[२]

विदूषक-आप स्वप्न में मिलन कराने वाली निद्रा को प्राप्त करें अथवा उर्वशी की प्रतिच्छवि अङ्कित कर उसे देखा करें।

राजा- दोनों ही व्यर्थ हैं।

---

१. विक्रमोर्वशीय-२.८

२. विक्रमोर्वशीय-२.१०

मेरा यह हृदय काम के बाणों से सदा अन्तरतम से बिंधा रहता है। अतः स्वप्न में मिलन कराने वाली निद्रा मैं कैसे प्राप्त कर सकता हूँ और हे मित्र! उस सुमुखी प्रिया को चित्र में समाप्त न करके अर्थात् चित्रकारी के मध्य में ही मेरी आँखों में क्या आँसू नहीं भर आएँगे?

राजा पुरूरवा का हृदय काम से विद्ध है। प्रिया उर्वशी के वियोग में उन्हें निद्रा आने का तो प्रश्न ही नहीं उठता है। जब निद्रा ही नहीं आएगी तो स्वप्न में प्रिया का चित्र बना कर भी चित्त को नहीं बहलाया जा सकता है, क्योंकि प्रिया की आकृति उभरते ही नेत्रों से आँसू बहने लगेंगे और चित्र में रंग इत्यादि भरने का कार्य अधूरा रह जाएगा। दोनों ही उपाय व्यर्थ प्रतीत होने से , किसी में मन न लगने से यहाँ अनुस्मृति रूप कामदशा की स्थिति है।

उर्वशी से मिलने के पश्चात् राजा का यह नित्य प्रति का अनुभव है कि वे पूरी रात्रि सो नहीं पाते हैं। उर्वशी की स्मृति में नींद नहीं आती। रात जागते हुए ही कट जाती है। इसीलिए विदूषक से वह स्पष्ट कह देते हैं कि स्वप्न में मिलन नहीं होगा, क्योंकि मुझे नींद ही नहीं आती है। प्रथम दो पंक्तियों में, राजा की उन्निद्रा का वर्णन होने निद्राच्छेद कामदशा समाहित है।

उर्वशी की स्मृति को चित्र बना कर भी शान्त नहीं किया जा सकता है, क्योंकि पुरूरवा ने जब भी ऐसा प्रयास किया, चित्र पूरा होने के पहले ही आँखों से अश्रु बह चले। अन्तिम दो पंक्तियों में, वे उर्वशी का स्मरण कर, चित्रकारी के मध्य में ही अश्रुप्रवाह की चर्चा कर रहे हैं। अतः विलाप कामदशा की स्थिति है।

६. गुणकीर्तन

राजा- माणवक प्रत्यवयवमशक्यवर्णनां तामवेहि। समासतः श्रूयताम्।

विदूषकः- अवहितोऽस्मि।

राजा -आभरणस्याभरणं प्रसाधनविधेः प्रसाधनविशेषः ।
उपमानस्यापि सखे प्रत्युपमानं वपुस्तस्याः ।।[१]

राजा - माणवक! अंग-प्रत्यंग के वर्णन से तुम उसे परे समझ लो। संक्षेप में सुनो।

विदूषक - सावधान हूँ।

राजा - हे मित्र! उसका शरीर आभूषणों का आभूषण, प्रसाधनविधि का विशेष प्रसाधन तथा उपमानों का उपमान है।

अलङ्कार, मण्डन-सामग्री एवं चन्द्रमा से तुलना आदि मानक नायिका की शोभा बढ़ाते हैं। उर्वशी के रूप-सौन्दर्य के वर्णन में वे सब भी हीन हैं। ऐसे अनुपम रूप-लावण्य को समझा पाना

१. विक्रमोर्वशीय-२.३

तुल्य पदार्थों के अभाव में असम्भव है। गुणकीर्तन में अक्षमता की यह स्थिति नायक की गुणकीर्तन कामदशा को द्योतित कर रही है।

७. उद्वेग

१. विदूषकः- भवानिदानीं प्रसीदतु। अत्र लिखितं श्रोतुमिच्छामि।

राजा-श्रूयताम् (वाचयति)

सामिअ संभाविआ जह अहं तुए अमुणिआ।
तह अणुरत्तस्स जइ णाम तुह उवरि॥
णं मे लुलिअपारिजाअसअणिज्जयम्मि होन्ति।
णन्दणवणवादावि अच्चुण्हआ सरीरए॥[१]
(स्वामिन्संभाविता यथाहं त्वयाऽज्ञाता।
तथानुरक्तस्य यदि नाम तवोपरि॥
ननु मम लुलितपारिजातशयनीये भवन्ति।
नन्दनवनवाता अप्यत्युष्णकाः शरीरके॥[२])

विदूषक - अब आप प्रसन्न हों। इसमें लिखे को सुनना चाहता हूँ।

राजा- सुनो (पढ़ता है)

हे स्वामिन्! प्रेमपरिपूर्ण हृदय वाले आपके प्रति मेरी जिस उदासीनता की सम्भावना आप करते हैं यदि वस्तुतः वह सत्य होती तो कोमल पारिजात पल्लवों की शय्या पर पड़े मेरे इस शरीर को नन्दन वन की वायु भी क्यों दाहक प्रतीत होती?

भूर्जपत्र पर उर्वशी के सुकोमल कर से लिखे गए प्रेमवाक्य नायिका की सम्पूर्ण व्यथा-कथा कह गए। वियोग की इस स्थिति में उसे कुछ अच्छा नहीं लगता है। यहाँ तक की नन्दन वन से आने वाली शीतल वायु के झोंके भी शरीर को जलाते हैं, विदग्ध करते हैं। ऐसी विपरीत स्थिति में उद्वेग कामदशा समाविष्ट है।

२. उर्वशी- सखि! मदनः खलु त्वामाज्ञापयति-शीघ्रं नय मां तस्य सुभगस्य वसतिम्।[३]

उर्वशी- सखि! कामदेव तुम्हें आदेश देता है- तुम शीघ्र मुझको उस सुभग के निवासस्थान को ले चलो।

---

१. विक्रमोर्वशीय-पृ० ११४

२. विक्रमोर्वशीय--२.१२, १३

३. विक्रमोर्वशीय-पृ० १५०

प्रिय-मिलन में काल का व्यवधान असह्य होता है। वस्त्र, अलङ्करण आदि से सुसज्जित होने के पश्चात् विलम्ब कष्टकर होता है। उर्वशी परिधान आदि धारण करने के अनन्तर कामाकुल हो मिलन को व्यग्र है और उसी क्षण प्रियतम का सामीप्य प्राप्त करने को उत्सुक है। उर्वशी की यह मिलनोत्कण्ठा उसकी उद्वेग कामदशा को व्यक्त कर रही है।

३. विदूषकः- नन्वेतेऽमृतगर्भाः सेव्यन्तां चन्द्रपादाः।

राजा- वयस्य एवमादिभिरनुपक्रम्योऽयमातङ्कः । पश्य ।

कुसुमशयनं न प्रत्यग्रं न चन्द्रमरीचयो
न च मलयजं सर्वाङ्गीणं न वा मणियष्टयः ।
मनसिजरुजं सा वा दिव्या ममालमपोहितुं-

उर्वशी - - - - - - - -

राजा- रहसि लघयेदारब्धा वा तदाश्रयिणी कथा।।[१]

विदूषक- निश्चय, इन अमृतपूरित चन्द्रमा की किरणों का सेवन किया जाए।

राजा-मित्र! इस प्रकार यह रोग ठीक होने वाला नहीं है। देखो।

न ताजे फूलों की शय्या, न चन्द्रमा की किरणें, न सम्पूर्ण शरीर में लगाया गया चन्दन का लेप, न मणियों की लड़ियाँ मेरे मानसिक रोग को दूर करने में समर्थ हैं। केवल वही दिव्य स्त्री अथवा उस उर्वशी की एकान्त में प्रारम्भ की गई चर्चा ही दुःख को कम कर सकती है।

प्रेम की स्थिति में विप्रलम्भ की अवस्था में सुगन्धित पुष्प, चन्द्रमा की शीतल किरणें, शान्तिदायी चन्दन और शीतल मणियों के हार भी नायक को अच्छे नहीं लगते हैं। अरुचि अथवा विषयनिवृत्ति की यह स्थिति उद्वेग कामदशा को अभिव्यक्त करती है।

४. राजा-अपि नामोर्वशी-

उर्वशी - - - - - - - -

राजा- गूढा नूपुरशब्दमात्रमपि मे कान्ता श्रुतौ पायये-
त्पश्चादेत्य शनैः कराम्बुजवृते कुर्वीत वा लोचने।
हर्म्येऽस्मिन्नवतीर्य साध्वसवशान्मन्दायमाना बला-
दानीयेत पदात्पदं चतुरया सख्या ममोपान्तिकम्।।[२]

राजा यदि उर्वशी

उर्वशी - - - - - - - - - - - - - - - - -

---

१. विक्रमोर्वशीय–३.१०

२. विक्रमोर्वशीय–३.१५

राजा- प्रिया छिपी रह कर ही घुँघुरुओं की ध्वनि मेरे कानों में पहुँचा देती अथवा पीछे से आकर कमलकरों से आँखों को ढक लेती अथवा इस महल पर उतर कर भयवश धीरे-धीरे चलती हुई चतुर सखी के द्वारा बलपूर्वक पग-पग मेरे समीप लाई जाती।

सुसज्जिता प्रिया के आगमन की कल्पना कितनी सुखदायी है, उसके आने की आहट, आकर प्रेम-क्रीडाओं से चित्त का रञ्जन-सब कुछ मन को मिलन के लिए उत्सुक बनाता है, संगम के लिए अधीर करता है। अधीरता की यह स्थिति राजा की उद्वेग कामदशा को कहती है।

८. विलाप

१. राजा- इदमसुलभवस्तुप्रार्थनादुर्निवारं
प्रथममपि मनो मे पञ्चबाणः क्षिणोति।
किमुत मलयवातोन्मूलितापाण्डुपत्रै-
रुपवनसहकारैर्दर्शितेष्वङ्कुरेषु॥

विदूषकः- अलं परिदेवितेन। अचिरेण तवेष्टसंपादयिताऽनङ्ग एव सुखदो भविष्यति।[१]

राजा-दुष्प्राप्य वस्तु की अभिलाषा से न हटने वाले मेरे इस मन को कामदेव ने पहले ही क्षीण कर रखा है। फिर मलयपवन के द्वारा झाड़े गऐ पीले पत्तों वाले उपवन के आम्रवृक्षों में कोपलें निकल आई हैं।

विदूषक-विलाप व्यर्थ है। शीघ्र ही आपके अभीष्ट का सम्पादन करके कामदेव ही सुखदायक होगा।

प्रिया उर्वशी के अभाव में राजा का मन सूख चला है, संसार से विरक्ति सी हो चली है। प्रिया मिलन की आशा ही जीवन का एक सहारा है-ऐसे विलाप की स्थिति में मित्र ही सान्त्वना दे सकता है। इसी स्थिति को काव्यशास्त्रियों ने विलाप कामदशा कहा है।

२. राजा- (विचिन्त्य।) क्व नु खलु रम्भोरुर्गता स्यात्।
तिष्ठेत्कोपवशात्प्रभावपिहिता दीर्घं न सा कुप्यति
स्वर्गायोत्पतिता भवेन्मयि पुनर्भावार्द्रमस्या मनः।
तां हर्तुं विबुधद्विषोऽपि न च मे शक्ताः पुरोवर्तिनीं
सा चात्यन्तमदर्शनं नयनयोर्यातेति कोऽयं विधिः॥[२]

राजा- (सोच कर के) केले के वृक्ष के समान जंघाओं वाली वह कहाँ गई होगी?

क्रोध के कारण, प्रभाव की शक्ति से कहीं छिपी हो, यह नहीं हो सकता, क्योंकि वह देर

१. विक्रमोर्वशीय-२.६

२. विक्रमोर्वशीय-४.२

तक क्रुद्ध नहीं हो सकती है। स्वर्ग के लिए उड़ गई हो, यह नहीं हो सकता, क्योंकि उसका हृदय मुझमें प्रेमासक्त है। मेरे सामने होने पर, देवताओं से शत्रुता रखने वाले राक्षस भी उसका अपहरण नहीं कर सकते हैं। वह नयनों से अत्यन्त अगोचर हो गई है, यह कैसा भाग्य है?

उर्वशी अप्सरा होने के कारण अन्तर्धानविद्या में कुशल है। वह देवाङ्गना होने के कारण देवलोक भी जा सकती है। उस कोमलाङ्गी का राक्षस पुनः अपहरण कर सकते हैं, किन्तु मुझ प्रेमी के होते हुए ये समग्र संभावनाएँ व्यर्थ हैं। तब वह गई कहाँ, यही आश्चर्य है। राजा के इस प्रकार अनर्गल बोलने से यहाँ प्रलाप कामदशा है।

९. उन्माद

१. **(ततः प्रविशत्युन्मत्तवेषो राजा।)**

राजा- आः दुरात्मन् रक्षस्तिष्ठ तिष्ठ। क्व मे प्रियतमामादाय गच्छसि। हन्त शैलशिखराद्गगनमुत्पत्य बाणैर्मामभिवर्षति।

(विभाव्य।)

नवजलधरः सन्नद्धोऽयं न दृप्तनिशाचरः
सुरधनुरिदं दूराकृष्टं न नाम शरासनम्॥
अयमपि पटुर्धारासारो न बाणपरम्परा
कनकनिकषस्निग्धा विद्युत्प्रिया न ममोर्वशी॥[१]

(तब उन्मत्त वेश वाले राजा प्रवेश करते हैं।)

राजा-अरे दुष्ट राक्षस! ठहर, ठहर। मेरी प्रिया को लेकर कहाँ जा रहा है। अरे! पहाड़ की चोटी से आकाश में उड़ कर बाणों से मेरे ऊपर वर्षा कर रहा है।

(ध्यान से देख कर)

यह नवीन मेघ है, गर्वीला राक्षस नहीं है। यह इन्द्रधनुष है, दूर तक खिंचा हुआ धनुष नहीं है। यह भी पानी की तीव्र वर्षा है, बाणों की पंक्ति नहीं है। यह कसौटी पर बनी स्वर्णरेखा के सदृश चमकीली बिजली है, मेरी प्रिया उर्वशी नहीं है।

प्रिया अचानक लुप्त हो गई, एक बार पहले भी ऐसा हुआ था, तब दैत्य उसे हर ले गया था और मैं मुक्त करा लाया था। इस बार तो मेरे सारे अनुमान व्यर्थ सिद्ध हो रहे हैं। ऐसी दशा में प्रिय का उन्मत्त हो जाना स्वाभाविक है, यही उन्माद कामदशा है। रङ्गनाथ का मत-**उन्मत्तवेष उन्मत्तस्य इव वेषो यस्य। अत्र नायकस्य उन्मादः नाम सप्तम्यवस्था वर्ण्यते।**

२. राजा- **हंस प्रयच्छ मे कान्तां गतिरस्यास्त्वया हृता।**
विभावितैकदेशेन देयं यदभियुज्यते॥[२]

---

१. विक्रमोर्वशीय-४.१

२. विक्रमोर्वशीय-४.१७

राजा- हे हंस! मेरी प्रिया लौटा दो, तुमने इसकी गति चुरा ली है। चोरित वस्तु के एक भाग के दिखाई पड़ जाने से सम्पूर्ण अपहृत का देना उचित है।

हंसगामिनी स्त्री आकर्षक मानी गई है। परन्तु क्या यह सम्भव है कि निर्बुद्धि पक्षी हंस प्रिया की चाल चुरा सके, प्रिया को लौटा सके–राजा की इस प्रकार की बुद्धि उनकी उन्मत्तता को सूचित करती है। अतः यहाँ उन्माद कामदशा है।

३. राजा-(विषादं रूपयित्वा।) श्रान्तोऽस्मि। अस्यास्तावद्गिरिनद्यास्तीरे स्थितस्तरङ्गवातमासे-विष्ये। इमां नवाम्बुकलुषामपि स्रोतोवहां पश्यतो मे रमते मनः।

तरङ्गभ्रूभङ्गा क्षुभितविहगश्रेणिरशना
विकर्षन्ती फेनं वसनमिव संरम्भशिथिलम्।
यथाऽऽविद्धं याति स्खलितमभिसंधाय बहुशो
नदीभावेनेयं ध्रुवमसहना सा परिणता।[१]

राजा-(दुःख का अभिनय करके) थक गया हूँ। तो इस पहाड़ी नदी के किनारे बैठ कर लहरों की वायु का सेवन करूँगा। इस नए जल से मलिन नदी को देखते हुए मेरे मन को अच्छा लग रहा है।

लहरों के उत्थान-रूप भृकुटियों वाली, कोलाहल-युक्त पक्षियों की पंक्ति-रूप मेखला वाली, क्रोध से शिथिल वस्त्र-सदृश फेन को समेटती हुई, स्खलनपूर्वक चलती हुई, अनेक बार अपराध को मन में धारण कर असहनशीला मेरी प्रिया उर्वशी नदी के रूप में परिणत हो गई है।

वियोगाभितप्त राजा पुरूरवा को सृष्टि के प्रत्येक तत्त्व में प्रिया दीख पड़ती है। वे रूपगर्विता उर्वशी के भ्रूसंचालन, वस्त्रसंकोचन एवम् उसकी मदमाती चाल में नदी की झलक पाकर उर्वशी को ही नदी रूप में परिणत मान लेते हैं। अचेतन तत्त्व में चेतन की यह कल्पना राजा की उन्माद कामदशा को सूचित करती है।

१०. तनुता

राजा- एवमेतत्। बलवान्पुनर्मम मनसोऽभितापः।

विदूषकः-यथा परिहीयमाणैरङ्गैरधिकं शोभसे तथादूरे प्रियासमागमं ते प्रेक्षे।[२]

राजा-ऐसा ही है। फिर भी मेरा मानसिक सन्ताप अत्यधिक है।

विदूषक- आप दुर्बल अंगों से जिस प्रकार अत्यन्त सुन्दर लग रहे हैं, उसी प्रकार आपका प्रियामिलन भी समीप ही ज्ञात होता है।

---

१. विक्रमोर्वशीय–४.२८

२. विक्रमोर्वशीय–पृ० १४८

प्रियामिलन की कामना में भोजन से अरुचि, दिवस-रात्रि-जागरण आदि के कारण शरीर का क्षीण होते जाना स्वाभाविक है। विदूषक भी राजा के शरीर की यथातथ्य दुर्बलता का वर्णन कर रहा है। अतः यहाँ तनुता कामदशा शब्दोपात्त है।

११. लज्जात्याग

(ततः प्रविशत्याकाशयानेनोर्वशी चित्रलेखा च।)

चित्रलेखा-हला, क्वानिर्दिष्टकारणं गम्यते।

उर्वशी- सखि तदा हेमकूटशिखरे लताविटपेन क्षणविघ्निताकाशगमनां मामुपहस्य किमिदानीं पृच्छसि।

चित्रलेखा- किं तस्य राजर्षेः पुरूरवसः सकाशं प्रस्थितासि।

उर्वशी-अयं ममापहस्तितलज्जो व्यवसायः।

चित्रलेखा- कः पुनः सख्या पुरतः प्रेषितः।

उर्वशी-हृदयम्।

चित्रलेखा-स्वयमेव साधु संप्रधार्यतां तावत्।

उर्वशी-मदनः खलु मां नियोजयति। किमत्र संप्रधार्यते।

चित्रलेखा- अतः परं नास्ति ममोत्तरम्।

उर्वशी- तेन ह्यादेशय मार्गं येन गच्छन्त्या अन्तरायो न भवेत्।[१]

(तब आकाशमार्ग से उर्वशी और चित्रलेखा प्रवेश करती हैं)

चित्रलेखा- सखि! कारण बताए बिना कहाँ जा रही हो?

उर्वशी- सखि! उस समय हेमकूट पर्वत के शिखर पर लतागुल्म में माला उलझ जाने से आकाश-गमन में क्षण भर का विघ्न हो जाने से तुमने मेरा उपहास किया था, अब क्यों पूछती हो?

चित्रलेखा- क्या उस राजर्षि पुरूरवा के पास जा रही हो?

उर्वशी- यही मेरा निर्लज्ज उद्योग है।

चित्रलेखा- सखि ने पहले (दूती रूप में) किसे भेजा है?

उर्वशी- हृदय को।

चित्रलेखा- तो भी स्वयं ही भली-भाँति सोच लो।

---

१. विक्रमोर्वशीय–पृ० १०२, १०४

उर्वशी- काम मुझे प्रेरित कर रहा है। इसमें क्या सोचा जाए।

चित्रलेखा- इसके अतिक्ति मुझे कुछ नहीं कहना है।

उर्वशी- तो ऐसा मार्ग बताओ जिससे चलने पर विघ्न न हों।

सम्पूर्ण वार्तालाप उर्वशी की कामातुरता, फलतः निर्लज्जता को सूचित कर रहा है। किसी भी दशा में, किसी की चिन्ता किए बिना वह प्रियतम के पास अविलम्ब पहुँचने को उत्कण्ठित है। यहाँ लज्जात्याग कामदशा शब्दोपात्त है। श्री रङ्गनाथ ने इस विषय में कहा है- **अपहस्तितलज्जोऽपहस्तिता-ऽगणिता लज्जा त्रपा यस्मिन्। साहसमात्रमित्यर्थः। अत्र संकल्पत्रपानाशाद्यवस्थाः सूचिताः।**

विक्रमोर्वशीय में कवि ने प्राचीन भरतीय इतिवृत्त को, वैदिक प्रेमाख्यान को नाट्यशैली के रूप में प्रस्तुत किया है। शास्त्रीय शैली में इसे त्रोटक कहा गया है। कथावस्तु के गुम्फन में कवि ने नायक अग्निमित्र के प्रणय एवं प्रणयोन्माद को प्रधान प्रतिपाद्य माना है, साथ ही गृहस्थ जीवन की पूर्ण पराकाष्ठा वंशवृद्धि को नाटक का लक्ष्य चित्रित किया है। अपने इस उद्देश्य की अप्रमाद रक्षा में अवहित रह कर जिन कामदशाओं की विवेचना रूपक की सुन्दरता का आधार हो सकती थी, उन सबका समावेश कवि ने इस त्रोटक में किया। विक्रमोर्वशीय में एकादश कामदशाओं का सुन्दर निबन्धन प्राप्त होता है। विशेष रूप से प्रणयोन्माद कामदशा के निरूपण में कवि ने नायक के विवेक को सुरक्षित रखा है।

— 0 —

द्वितीय पल्लव

विक्रमोर्वशीय में रतिभेद

१. आभियोगिकी

१. राजा – (उर्वशीमार्गोन्मुखः।) अहो नु खलु दुर्लभाभिनिवेशी मदनः।

एषा मनो मे प्रसभं शरीरात्पितुः पदं मध्यममुत्पतन्ती।

सुराङ्गना कर्षति खण्डिताग्रात्सूत्रं मृणालादिव राजहंसी ॥[१]

राजा– (उर्वशी के मार्ग की ओर देखते हुए) ओह! वास्तव में यह कामदेव दुर्लभ वस्तुओं के प्रति अभिलाषा उत्पन्न करता है।

भगवान विष्णु के मध्यम पद अर्थात आकाश मार्ग में उड़ती हुई यह देवाङ्गना उर्वशी मेरे मन को शरीर से बलात् उसी प्रकार खींच रही है जैसे राजहंसी टूटे हुए कमलनाल के अग्रभाग से तन्तु खींचे लिए जा रही हो।

स्वर्ग को प्रस्थान करती उर्वशी के प्रति आसक्त राजा अपने हृदय में प्रीति की आकुलता का अनुभव कर रहे हैं। स्वयं राजा द्वारा अभिव्यक्त प्रेम भाव स्वेन आभियोगिकी रति को प्रकट कर रहा है।

२. चित्रलेखा– किं तस्य राजर्षेः पुरूरवसः सकाशं प्रस्थितासि।

उर्वशी– अयं ममापहस्तितलज्जो व्यवसायः।

चित्रलेखा– कः पुनः सख्या पुरतः प्रेषितः।

---

१. विक्रमोर्वशीय–१.१८

उर्वशी– हृदयम् ।

चित्रलेखा– स्वयमेव साधु संप्रधार्यतां तावत्।

उर्वशी– मदनः खलु मां नियोजयति। किमत्र संप्रधार्यते।[१]

चित्रलेखा– क्या उस राजर्षि पुरूरवा के पास जा रही हो?

उर्वशी– यही मेरा निर्लज्ज उद्योग है ।

चित्रलेखा– सखी ने पहले (दूती रूप में) किसे भेजा है।

उर्वशी– हृदय को ।

चित्रलेखा– तो भी स्वयं ही भलीभाँति सोच लो।

उर्वशी– काम मुझे प्रेरित कर रहा है। इसमें क्या सोचा जाए।

यहाँ सखी चित्रलेखा से राजा पुरूरवा के प्रति आसक्ति पूर्ण मनोभावों का सुस्पष्ट वर्णन उर्वशी की स्वेन आभियोगिकी रत्यवस्था को सूचित कर रहा है। उर्वशी के नैसर्गिक भाव की दृढता के कारण यहाँ नैसर्गिकी रति भी है।

३. राजा– श्रूयताम् (वाचयति।)

सामिअ संभाविआ जह अहं तुए अमुणिआ ।
तह अणुरत्तस्स जइ णाम तुह उवरि ।।
णं मे लुलिअपारिजाअसअणिज्जयम्मि होन्ति ।
णन्दणवणवादावि अच्चुण्हआ सरीरए ।।[२]
(स्वामिन्संभाविता यथाहं त्वयाऽज्ञाता ।
तथानुरक्तस्य यदि नाम तवोपरि ।।
ननु मम लुलितपारिजातशयनीये भवन्ति ।
नन्दनवनवाता अप्यत्युष्णकाः शरीरके ।।[३] **)**

राजा–सुनो (पढ़ते हैं।)

हे स्वामिन्! प्रेमपरिपूर्ण हृदय वाले आपके प्रति मेरी जिस उदासीनता की सम्भावना आप करते हैं, यदि वस्तुतः वह सत्य होती तो कोमल पारिजात पत्तों की शय्या पर पड़े मेरे इस शरीर को नन्दन वन की वायु भी क्यों दाहक प्रतीत होती?

---

१. विक्रमोर्वशीय–पृ० १०४

२. विक्रमोर्वशीय–पृ० ११४

३. विक्रमोर्वशीय–२.१२, १३

प्रेमपत्र के माध्यम से अपने प्रेम को प्रियतम से निवेदित कर उर्वशी प्रस्तुत पद्य में स्वेन आभियोगिकी रति की संसृष्टि कर रही हैं।

४. विदूषकः– मा भवानङ्गानि मुञ्चतु। दृढं खलु त्वयि बद्धभावोर्वशी। न सेतोगतमनुरागं शिथिलयति।[1]

विदूषक– आप हताश न हों। उर्वशी आपके प्रति इतनी दृढ अनुरक्त है कि वह इस विषय में अनुराग को शिथिल नहीं होने देंगी।

विदूषक के मुख से उर्वशी के प्रेम की दृढ़ता के सूचक वाक्यों का महाराजा से कथन परेण आभियोगिकी का उत्तम उदाहरण है।

२. वैषयिकी

१. राजा–(चक्रोद्घातं रूपयित्वा। आत्मगतम्।) हन्त दत्तफलो मे विषमावतारः।

यदयं रथसंक्षोभादंसेनांसो रथोपमश्रोण्याः।
स्पृष्टः सरोमविक्रियमङ्कुरितं मनसिजेनेव ॥[2]

राजा–(रथचक्र के आघात का अभिनय करके मन में) मेरा इस ऊँची-नीची भूमि पर उतरना सफल हो गया।

यह रथ के उतरने के आघात से चक्राकार नितम्बों वाली के कन्धे से मेरे कन्धे का स्पर्श होने पर जो रोमाञ्च होता है, वह ऐसा प्रतीत होता है मानो प्रेमाङ्कुर निकल आए हों।

रूप-सौन्दर्य की खान उर्वशी को देखते ही राजा का मन तो ढल जाता है। रथ के हिलने-डुलने से उर्वशी के शरीर से उसके शरीर का स्पर्श हो जाता है जिससे उसे रोमाञ्च हो आता है, मानो काम के अङ्कुर ही उद्भिन्न हो गए हैं।[3] यह स्पर्शक्रिया यहाँ स्पर्शोत्पन्ना वैषयिकी रति की सूचिका है। प्रस्तुत पद्य रसार्णवसुधाकर में स्पर्शोत्पन्ना वैषयिकी रति के उदाहरण-रूप में उपन्यस्त है।[4]

(पृष्ठतो गत्वा राज्ञो नयने संवृणोति।)

राजा–(स्पर्शं रूपयित्वा।) सखे नारायणोरुसंभवा सेयं वरोरूः।

विदूषकः–कथं भवानवगच्छति।

---

१. विक्रमोर्वशीय–पृ० १२२

२. विक्रमोर्वशीय–१.११

३. वात्स्यायन ने रोमाञ्च को पुरुष के कामभाव का सूचक माना है–

'कन्या तु प्रथमसमागमे स्विन्नाङ्गुली स्विन्नमुखी च भवति। पुरुषस्तु रोमाञ्चितो भवति। एभिरनयोर्भावं परीक्षेत'।

४. रसार्णवसुधाकर–पृ० २१४

राजा–किमत्राज्ञेयम्।

अङ्गमनङ्गक्लिष्टं सुखयेदन्या न मे करस्पर्शात्।
नोच्छ्वसिति तपनकिरणैश्चन्द्रस्यैवांशुभिः कुमुदम्॥[१]

(राजा के पीछे जाकर आँखें बन्द कर लेती है।)

राजा–(स्पर्शसुख का अभिनय करके) मित्र! यह वही नारायण ऋषि की जङ्घाओं से उत्पन्न सुन्दरी है।

विदूषक–आप कैसे जानते हैं?

राजा–इसमें जानना क्या–

दूसरी कोई स्त्री नहीं है जो हाथ के स्पर्श से कामपीडित मेरे शरीर को छू कर सुखी कर दे। चन्द्रमा की किरणों से खिलने वाला कुमुद पुष्प सूर्य की किरणों से नहीं खिलता है।

प्रियतमा उर्वशी के स्पर्श की सुखानुभूति राजा पुरूरवा को तृप्ति प्रदान कर रही है। उस शान्त एवं स्निग्ध स्पर्श-सुख से अभिभूत राजा अपने कथन से स्पर्शोत्पन्ना वैषयिकी रति को सूचित कर रहे हैं।

३. **(ततः प्रविशति तत्स्थान एवोर्वशी।)**

राजा–(निमीलिताक्ष एव स्पर्शं रूपयित्वा।) अये उर्वशीगात्रसंपर्कादिव निर्वृतं मे शरीरम्। तथापि न पुनरस्ति विश्वासः। कुतः।

समर्थये यत्प्रथमं प्रियां प्रति
क्षणेन तन्मे परिवर्ततेऽन्यथा।
अतो विनिद्रे सहसा विलोचने
करोमि न स्पर्शविभावितप्रियः॥[२]

(तब उसी स्थान पर उर्वशी प्रवेश करती है।)

राजा–(आँखें बन्द किए हुए ही स्पर्शसुख का अभिनय करके) अरे! उर्वशी के शरीर का स्पर्श मानों मेरे शरीर को सुखी कर रहा है। फिर भी विश्वास नहीं हो रहा है। क्योंकि–

जिस वस्तु को पहले मैं अपनी प्यारी समझता हूँ, वही क्षण भर में मेरे लिए बदल जाती है। अतः प्रिया के स्पर्शसुख का अनुभव करता हुआ मैं अपनी आँखें सहसा खोलूँगा ही नहीं।

प्रिया के लिए व्याकुल पुरूरवा प्रिया को चिरकालिक वियोग के पश्चात् प्राप्त कर स्पर्श-सुख

---

१. विक्रमोर्वशीय–३.१६

२. विक्रमोर्वशीय–४.३९

में इतने अधिक तल्लीन हैं कि वे उस स्पर्शसुख से वञ्चित नहीं होना चाहते। पुरूरवा की यह स्थिति उनकी स्पर्शोत्पन्ना रति को द्योतित कर रही है।

४. राजा–(उर्वशीमवलोकयन्) महति विषादे वर्तते। पश्यतु भवती।

यदृच्छया त्वं सकृदप्यवन्ध्ययोः
पथि स्थिता सुन्दरि यस्य नेत्रयोः।
त्वया विना सोऽपि समुत्सुको भवे-
त्सखीजनस्ते किमुतार्द्रसौहृदः॥[1]

राजा–(उर्वशी को देखते हुए) आपकी सखियाँ अत्यन्त उदास हैं। आप देखिए।

हे सुन्दरि! तुम अचानक एक बार भी जिसके नेत्रों के मार्ग में उनको सफल बनाने हेतु स्थित हो गईं, वह भी तुम्हारे बिना उत्कण्ठित हो जायगा, फिर उन सखियों की तो बात ही क्या, जिनका हृदय तुम्हारे प्रति मित्रता से परिपूर्ण है।

अनिन्द्य सुन्दरी उर्वशी के रूप से आकृष्ट राजा उनकी प्रशंसा में जो वाक्य कहते हैं, उससे रूपोत्पन्ना वैषयिकी रति अभिव्यक्त होती है।

५. उर्वशी- - - एतत्तावत्प्रसीदतु महाराजो यन्मया कोपवशंगतयैतदवस्थान्तरं प्रापितो महाराजः।

राजा–कल्याणि न तावदहं प्रसादयितव्यः। त्वद्दर्शनादेव प्रसन्नबाह्यान्तःकरणोऽन्तरात्मा।[2]

उर्वशी– पहले महाराज मेरे ऊपर प्रसन्न होइये जो मेरे क्रोध के कारण आप इस कष्टदायी अवस्था को प्राप्त हुए।

राजा–कल्याणि! मुझसे क्षमा माँगने की आवश्यकता नहीं है। तुम्हारे दर्शन से ही मेरी बाह्य इन्द्रियाँ तथा अन्तरात्मा प्रसन्न हो गई हैं।

अत्यधिक प्रयास के पश्चात् उर्वशी प्राप्त हुई है। चिरकालिक वियोग के बाद वह उपलब्ध हुई हैं। ऐसी स्थिति में उन्हें देख बाहर-भीतर से प्रसन्न राजा रूपोत्पन्ना वैषयिकी रति को सूचित कर रहे हैं।

३. सम्बन्धजा

चित्रलेखा–उर्वशी महाराजं शिरसा प्रणम्य विज्ञापयति।

राजा–किमाज्ञापयति।

---

१. विक्रमोर्वशीय–१.९

२. विक्रमोर्वशीय–पृ० २१२, २१४

चित्रलेखा-मम सुरारिसंभवे दुर्जाते महाराज एव शरणमासीत्। साहं तव दर्शनसमुत्थेन मदनेन बलवद्बाध्यमाना भूयोऽपि महाराजेनानुकम्पनीयेति।[१]

चित्रलेखा–उर्वशी महाराज को सिर झुका कर प्रणाम करके निवेदित करती हैं।

राजा–क्या आज्ञा देती हैं?

चित्रलेखा–उस राक्षस द्वारा उत्पन्न किए सङ्कट में महाराज ही मेरे रक्षक थे। वही मैं उनके दर्शनों से उत्पन्न काम के द्वारा अत्यधिक सताई जाती हुई पुनः महाराज के द्वारा ही रक्षणीय हो गई हूँ।

महाराज पुरूरवा इतने साहसी हैं कि उन्होंने राक्षस से उर्वशी को मुक्त करा दिया, उसी शौर्य-स्मरण के सम्बन्ध से उर्वशी आज अपने कामकष्ट में पुनः उनका स्मरण कर रही हैं। सब प्रकार से समर्थ वे राजा पहले के समान अब भी उर्वशी की मुक्ति का उपाय खोज ही लेंगे। पूर्व घटना से शौर्य आदि गौरव का अनुभव करने के कारण यहाँ उर्वशी की राजा के प्रति सम्बन्धजा रति है।

४. आभिमानिकी

विदूषकः–भवति किं वा स्वर्गे स्मर्तव्यम्। - - - -।

राजा–भद्रे-

अनिर्देश्यसुखः स्वर्गः कस्तं विस्मारयिष्यति।
अनन्यनारीसामान्यो दासस्त्वस्याः पुरूरवाः॥[२]

विदूषक–श्रीमती जी! स्वर्ग में स्मरण योग्य है ही क्या। - - -।

राजा–कल्याणि! स्वर्ग तो अनिर्वचनीय सुखसम्पन्न है। उसे कौन भूलने को बाध्य कर सकेगा, फिर भी अन्य नारी में आसक्ति समाप्त कर देने वाला पुरूरवा तो इनका ही दास है।

धरती पर स्वर्गकन्या उर्वशी को रख कर मैं इस बात का प्रयास करूँगा कि उर्वशी को अपनी अन्य रानियों की तुलना में श्रेष्ठ मानूँ, केवल उसे ही अपना सारा स्नेह दूँ। अन्तःपुर में अन्य रानियों के होते हुए भी उर्वशी के प्रति ऐसा सङ्कल्प राजा की आभिमानिकी रति की सूचना दे रहा है।

५. तदीयविशेषयुक्ता

राजा–इयं तावद्वृद्धिर्मम। पश्य।

सामन्तमौलिमणिरञ्जितशासनाङ्क-
मेकातपत्रमवनेर्न तथा प्रभुत्वम्।

---

१. विक्रमोर्वशीय–पृ० ११६

२. विक्रमोर्वशीय–३.१८

अस्याः सखे चरणयोरहमद्य कान्त-
माज्ञाकरत्वमधिगम्य यथा कृतार्थः॥[१]

राजा–यह तो मेरा अभ्युदय है। देखो–

हे मित्र! सामन्तराजगणों के मस्तक के मुकुट की मणि से अलंकृत है आज्ञापत्र चिह्न जिसका, ऐसा एकच्छत्र पृथ्वी का स्वामित्व भी मुझे उस प्रकार का नहीं प्रतीत होता है जैसा आज इनके चरणद्वय के रुचिकर आज्ञापालन-रूप अवसर को प्राप्त करके कृतकृत्य हो रहा हूँ।

पृथ्वी का एकाधिपत्य भी राजा पुरूरवा के लिए उतना सुखदायी नहीं जितना उर्वशी के चरणों में प्रीति। राजा की यह स्वीकारोक्ति प्रियपदोत्पन्ना तदीयविशेषयुक्ता रति को सूचित कर रही है।

६. औपमानिकी

१. यदि हंस गता न ते नतभ्रूः
सरसो रोऽसि दर्शनं प्रिया मे।
मदखेलपदं कथं नु तस्याः
सकलं चोर गतं त्वया गृहीतम्।[२]

२. हंस प्रयच्छ मे कान्तां गतिरस्यास्त्वया हृता।
विभावितैकदेशेन देयं यदभियुज्यते॥[३]

राजा पुरूरवा हंस को देख कहते हैं–हे हंस! यदि तुमने नम्र भौहों वाली सुन्दरी उर्वशी को इस सरोवर के तट पर नहीं देखा था तो हे चोर! तुमने उसकी मदमाती इठलाती सुन्दर गति कहाँ से प्राप्त की। इसलिए हे हंस! तुम मेरी उस प्रियतमा को मुझे वापस लौटा दो जिसकी गति को तुमने चुरा लिया है, क्योंकि यदि चोर के पास चोरी का थोड़ा सा भी माल मिल जाता है तो उसे पूरा का पूरा माल देना पड़ता है।

हंसगति में प्रिया उर्वशी की गति का पूर्ण साम्य उपलब्ध है। हंस को देखकर राजा को ऐसा लगता है कि उसकी प्रिया उर्वशी से ही हंस ने यह सुन्दर गति प्राप्त की है। अतएव उपर्य्युद्धृत दोनों पद्य औपमानिकी रति के सुन्दर निदर्शन हैं। विक्रमोर्वशीय के सम्पूर्ण चतुर्थ अङ्क में औपमानिकी रति के अनेक उदाहरण उपलब्ध हैं।

७. नैसर्गिकी

चित्रलेखा–किं तस्य राजर्षेः पुरूरवसः सकाशं प्रस्थितासि।

---

१. विक्रमोर्वशीय–३.१९

२. विक्रमोर्वशीय–४.१६

३. विक्रमोर्वशीय–४.१७

उर्वशी–अयं ममापहस्तितलज्जो व्यवसायः।

चित्रलेखा–कः पुनः सख्या पुरतः प्रेषितः।

उर्वशी–हृदयम्।

चित्रलेखा–स्वयमेव साधु संप्रधार्यतां तावत्।

उर्वशी–मदनः खलु मां नियोजयति। किमत्र संप्रधार्यते।[1]

सखी चित्रलेखा एवम् उर्वशी का उक्त वार्तालाप उर्वशी की नैसर्गिकी रति का अभिव्यञ्जक है।

८. स्वरूपजा

राजा–भद्रमुखि।

पर्युत्सुकां कथयसि प्रियदर्शनां ता-
मार्तं न पश्यसि पुरूरवसं तदर्थे।
साधारणोऽयमुभयोः प्रणयः स्मरस्य
तप्तेन तप्तमयसा घटनाय योग्यम् ॥[2]

राजा-अयि सुवदने! उस प्रियदर्शना को तुम उत्कण्ठित कह रही हो, किन्तु उससे मिलन के लिए व्याकुल पुरूरवा को तुम नहीं देख रही हो। कामदेवकृत यह प्रेम तो उभयनिष्ठ है। अतः एक तप्त लौहखण्ड का दूसरे तप्त लौहखण्ड से जोड़ देना ही उचित है।

उर्वशी पुरूरवा-मिलन के लिए उत्सुक है, पुरूरवा उर्वशी-मिलन के लिए व्यग्र हैं। दोनों के मनों में समाहित यह प्रीति दोनों ओर सामान्य होने के कारण यह उभयनिष्ठ स्वरूपजा रति है।

९. आध्यात्मिकी

राजा–अये किं नु खलु कुसुमरहितामपि लतामिमां पश्यतो मे रतिरुपलब्धा। अथ वा स्थाने मनोरमा ममेयम्। इयं हि।

तन्वी मेघजलार्द्रपल्लवतया धौताधरेवाश्रुभिः
शून्येवाभरणैः स्वकालविरहाद्विश्रान्तपुष्पोद्गमा।
चिन्तामौनमिवास्थिता मधुलिहां शब्दैर्विना लक्ष्यते
चण्डी माामवधूय पादपतितं जातानुतापेव सा ॥

यावदस्याः प्रियानुकारिण्याः परिष्वङ्गप्रणयी भवामि। (इति लतामालिङ्गति।)[3]

---

१. विक्रमोर्वशीय–पृ० १०४

२. विक्रमोर्वशीय–२.१६

३. विक्रमोर्वशीय–४.३८

राजा–अरे! इस पुष्परहित लता को देख कर मेरे मन में अनुराग उत्पन्न हो गया है अथवा ठीक ही है कि मुझे यह अच्छी लग रही है। क्योंकि–

कृश शरीर वाली, मेघों के जल से गीले पत्ते होने के कारण मानो आँसुओं से धुले अधर वाली, फूल खिलने की ऋतु समाप्त हो जाने के कारण पुष्परहित लता सी अलङ्कारों से रहित, भौरों की गुञ्जार के बिना चिन्ता से मानों मौन धारण किए हुए दिखाई पड़ती है। प्रतीत होता है अत्यन्त कुपिता वही प्रिया उर्वशी चरणपतन आदि की उपेक्षा करके (अब लता-रूप में) पश्चात्ताप कर रही है।

तो प्रिया का अनुकरण करने वाली इस लता का आलिङ्गन कर लूँ।

(लता का आलिङ्गन करता है।)

लता का स्वरूप उर्वशी से साम्य के कारण हृदय को यह विश्वास दिला रहा है कि यह लता नहीं, उर्वशी है। आत्मा के इस प्रामाण्य के कारण यह आध्यात्मिकी रति है।

भोजराज ने भी यहाँ आध्यात्मिकी अनुबन्धिनी रति[१] स्वीकार की है।

१०. साम्प्रयोगिकी

उर्वशी–हला देव्या दत्तो महाराजः। अतोऽस्याः प्रणयवतीव शरीरसंपर्कं गतास्मि। मा खलु मां पुरोभागिनीं समर्थयस्व।

राजा–(उर्वशीमवलोक्य।)

देव्या दत्त इति यदि व्यापारं व्रजसि मे शरीरेऽस्मिन्।
प्रथमं कस्यानुमते चोरितमेतत्त्वया हृदयम्॥[१]

उर्वशी–सखि! देवी ने मुझे महाराज को दे दिया है। इसलिए मैं विवाहिता के समान शरीर सम्पर्क (आलिङ्गनादि) को प्राप्त कर रही हूँ। मुझे कलङ्किनी मत समझना।

राजा–(उर्वशी को देखकर)

महारानी ने दिया है, इसलिए यदि मेरे इस शरीर में आलिङ्गनादि प्रेमव्यापार करती हो तो बताओ किसकी अनुमति से तुमने पहले मेरा यह हृदय चुराया था।

नायिका उर्वशी की रतिक्रीडाओं से नायक के हृदय में उत्पन्न कामभाव की व्यञ्जना साम्प्रयोगिकी रति को अभिव्यक्त कर रही है।

प्रस्तुत त्रोटक दिव्य अप्सरा उर्वशी एवं पार्थिव राजा पुरूरवा के मिलन की मोहक कथा की प्रस्तुति है। इस वातावरण में सम्पूर्ण दस रतिभेदों का प्रयोग नाटकीयता के स्तर को ऊँचा उठा देता है। नाटकीय तत्त्वों का सन्निवेश और रति भावों का मर्यादित रूप, दोनों मिल कर त्रोटक को सुन्दरतम रूप प्रदान करते हैं।

—०—

१. विक्रमोर्वशीय–३.१७

तृतीय पल्लव

विक्रमोर्वशीय में प्रेमविलास

१. प्रेमा

१. राजा-(उर्वशीमार्गोन्मुखः।) अहो खलु दुर्लभाभिनिवेशी मदनः।

एषा मनो मे प्रसभं शरीरात्पितुः पदं मध्यममुत्पतन्ती।
सुराङ्गना कर्षति खण्डिताग्रात्सूत्रं मृणालादिव राजहंसी॥[1]

राजा-(उर्वशी के मार्ग की ओर देख कर) ओह! कामदेव दुर्लभ वस्तु की अभिलाषा करता है।

पिता के मध्यम स्थान अर्थात् अन्तरिक्ष को उड़ कर जाती हुई यह देवाङ्गना मेरे मन को शरीर से उसी प्रकार बलात् खींच रही है जैसे कोई राजहंसिनी टूटे हुए अग्रभाग वाले कमलनाल से तन्तु को खींच लेती है।

राजा पुरूरवा उर्वशी के प्रेम-भावों के बन्धन में ऐसे बँधे हैं कि वही उन्हें सर्वाधिक प्रिय प्रतीत हो रही है, मन से अच्छी लग रही है। अतः यहाँ प्रेमा नामक प्रेमविलास स्पष्ट है।

२. उर्वशी-(विलोक्य।) सखि! इदानीं प्रथमदर्शनात्सविशेषं प्रियदर्शनो महाराजः प्रतिभाति।[2]

उर्वशी- (देखकर) सखि! इस समय महाराज पहले की अपेक्षा अधिक सुन्दर प्रतीत हो रहे हैं।

उर्वशी का राजा के प्रति यह प्रगाढ़ प्रेम है कि वे उसे अधिक ही अच्छे लग रहे हैं। (उसका यह नित्य वर्द्धित प्रेम प्रेमा का सूचक है।

---

१. विक्रमोर्वशीय–१.१८

२. विक्रमोर्वशीय–पृ० १०८

२. मान

१. देवी-(उपेत्य) आर्यपुत्र! अलमावेगेन। एतत्तद्भूर्जपत्रम्।

राजा- (ससंभ्रमम्।) अये देवी। स्वागतं देव्यै।

देवि नेदं मया मृग्यते। स खलु परसमन्वेषणार्थमारम्भोऽयम्।

देवी- नास्ति भवतोऽपराधः। अहमेवात्रापराद्धा या प्रतिकूलदर्शना भूत्वाऽग्रतस्ते तिष्ठामि। इतोऽहं गमिष्यामि। (इति कोपं नाटयित्वा प्रस्थिता।)[1]

देवी- (समीप जाकर) आर्यपुत्र! उद्विग्न न हों। यही है वह भोजपत्र।

राजा- (घबड़ा कर) अरे! यह महारानी हैं। महारानी का स्वागत है।

देवि! मैं इसे नहीं खोज रहा था। यह तो कोई दूसरी ही चीज़ खोजी जा रही है।

देवी- आपका अपराध नहीं है। मैं ही अपराधिनी हूँ कि जो आपकी देखने की इच्छा न होने पर भी आपके सामने खड़ी हूँ। यहाँ से चली जाती हूँ। (क्रोध का अभिनय कर चल देती है।)

उर्वशी के प्रेमपत्र से राजा पुरूरवा के परस्त्रीसक्त होने की गन्ध पाकर महारानी ईर्ष्याभाव से भर जाती हैं और महाराज से ईर्ष्यामान को प्रदर्शित कर मान प्रेमविलास को सार्थक करती हैं।

२. चित्रलेखा- तत्र खलु मन्दाकिन्याः पुलिनेषु सिकतापर्वतकेलीभिः क्रीडन्ती विद्याधरदारिकोदयवती नाम तेन राजर्षिणा चिरं निध्यातेति कुपितोर्वशी।[2]

चित्रलेखा- वहाँ मन्दाकिनी के तट पर बालू के पहाड़ बनाने के खेल खेलती हुई विद्याधर कुमारी उदयवती को उन राजा ने देर तक देखा जिससे उर्वशी क्रुद्ध हो गई।

प्रियतम पुरूरवा किसी अन्य स्त्री की ओर आकृष्ट हों, उर्वशी को यह सह्य नहीं, अतः उसने रुष्ट हो कर ईर्ष्यामान को प्रकट किया।

३. राजा- अपराधी नामाहं प्रसीद रम्भोरु! विरम संरम्भात्।
सेव्यो जनश्च कुपितः कथं नु दासो निरपराधः ॥
(इति पादयोः पतति।)[3]

राजा- मैं वास्तव में अपराधी हूँ। हे रम्भोरु! प्रसन्न हो जाओ, क्रोध मत करो। जिनके स्वामी क्रुद्ध हों वे सेवक किस प्रकार निरपराध हो सकते हैं।

(चरणों में गिरता है।)

---

१. विक्रमोर्वशीय–पृ० १२८, १३०

२. विक्रमोर्वशीय–पृ०१८०

३. विक्रमोर्वशीय–२.२१

पति का यह प्रथम कर्त्तव्य है कि वह पत्नी के प्रति एकपत्नीत्व की निष्ठा का पालन करे। उर्वशी के प्रति आकृष्ट महाराज से कुपित महारानी का प्रसादन इसी कारण आवश्यक है। उनके मान को भङ्ग करने का प्रयास कर के महाराज प्रणय मान का परिचय दे रहे हैं।

३. प्रणय

१. (ततः प्रविशति यथानिर्दिष्टो राजा---।)

कञ्चुकी- (उपगम्य।) जयतु जयतु देवः। देव! देवी विज्ञापयति-मणिहर्म्यपृष्ठे सुदर्शनश्चन्द्रः। तत्र संनिहितेन देवेन प्रतिपालयितुमिच्छामि यावद्रोहिणीसंयोग इति।

राजा-आर्य लातव्य विज्ञाप्यतां देवी यस्ते छन्द इति।

कञ्चुकी-यदाज्ञापयति देवः। (इति निष्क्रान्तः।)

राजा-वयस्य किं परमार्थत एव देव्या व्रतनिमित्तोऽयमारम्भः स्यात्।

विदूषकः- भोः तर्कयामि जातपश्चात्तापा तत्रभवती व्रतापदेशेन भवतः प्रणिपातलङ्घनं प्रमार्ष्टुकामेति।

राजा- उपपन्नं भवानाह। तथा हि।

अवधूतप्रणिपाताः पश्चात्संतप्यमानमनसोऽपि ।
निभृतैर्व्यपत्रपन्ते दयितानुनयैर्मनस्विन्यः ॥[1]

(तब यथानिर्दिष्ट परिवार के साथ राजा प्रवेश करते हैं।)

कञ्चुकी- (समीप जाकर) महाराज की जय हो। महाराज! महारानी निवेदित करती हैं कि मणिभवन की छत से चन्द्रदेव सुन्दर दिखाई पड़ते हैं। वहाँ महाराज के साथ, जब तक चन्द्ररोहिणी संयोग रहे, समय व्यतीत करना चाहती हूँ।

राजा-आर्य लातव्य! महारानी से कह दो कि जैसी उनकी इच्छा।

कञ्चुकी- जैसी महाराज की आज्ञा। (निकल जाता है।)

राजा- मित्र! क्या परमार्थ के लिए ही देवी ने व्रत का समग्र आयोजन किया होगा।

विदूषक- मैं तो समझता हूँ कि पश्चात्ताप का अनुभव करके पूज्या महारानी व्रत के बहाने से आपके अनुनय के उल्लङ्घन रूप अपने अपराध को मिटा देना चाहती हैं।

राजा- आप ठीक कह रहे हैं क्योंकि-

१. विक्रमोर्वशीय–पृ० १४२, ३.५

मनस्विनी स्त्रियाँ प्रथम तो स्वामी द्वारा किए गए प्रणिपात का तिरस्कार करती हैं, किन्तु बाद में चुपचाप एकान्त में आकुल मन से प्रियजनकृत अनुनयविनयादि का स्मरण कर लज्जित होती हैं।

मान के पश्चात् प्रणय विशेष सुखदायी होता है। यह रानी औशीनरी का प्रणय ही है जो वे महाराज के साथ व्रत के बहाने किञ्चित् काल यापन की इच्छा करती हैं। अतः प्रस्तुत पद्य प्रणय प्रेमविलास का सुन्दर निदर्शन है।

२. देवी- (राज्ञः पूजामभिनीय प्राञ्जलिः प्रणिपत्य।) एषाहं देवतामिथुनं रोहिणीमृगलाञ्छनं साक्षीकृत्य आर्यपुत्रमनुप्रसादयामि। अद्यप्रभृति यां स्त्रियमार्यपुत्रः प्रार्थयते या चार्यपुत्रस्य समागमप्रणयिनी तया सह मया प्रीतिबन्धेन वर्तितव्यमिति।

विदूषकः- भवति किं तादृशः प्रियस्तत्रभवान्।

देवी-मूढ अहं खल्वात्मनः सुखावसानेनार्यपुत्रं निर्वृतशरीरं कर्तुमिच्छामि। एतावता चिन्तय तावत्प्रियो न वेति।

राजा- दातुं वा प्रभवसि मामन्यस्यै हर्तुमेव वा दासम् ।
नाहं पुनस्तथा त्वं यथा हि मां शङ्कसे भीरु ।।[1]

देवी- (राजा की पूजा का अभिनय तथा हाथ जोड़ कर प्रणाम करके) यह मैं देवयुगल रोहिणी और चन्द्रमा को साक्षी करके आर्यपुत्र को प्रसन्न करती हूँ। आज से आर्यपुत्र जिस स्त्री को चाहते हैं अथवा जो आर्य पुत्र से मिलन की अभिलाषा रखती हो, उसके साथ मेरा प्रीतिपूर्ण व्यवहार होगा।

विदूषक- देवि! क्या महाराज आपको इतने प्रिय हैं?

देवी- मूर्ख! मैं तो अपने सुख का त्याग करके महाराज को सुखी करना चाहती हूँ, इसी से सोच लो कि प्रिय हैं अथवा नहीं।

राजा- देवि! तुम चाहो तो मुझे किसी अन्य को दे दो अथवा अपना ही दास बना लो। हे भीरु! तुम मेरे सम्बन्ध में जैसी आशङ्का कर रही हो, मैं वैसा नहीं हूँ।

पति की प्रसन्नता में पत्नी की प्रसन्नता है और पत्नी की प्रसन्नता में पति की। अनुनय-विनय के माध्यम से पारस्परिक प्रणय प्रकाशन की यह विधा प्रणय रत्यवस्था की द्योतिका है।

४. स्नेह

१. राजा (चक्रोद्घातं रूपयित्वा। आत्मगतम्।) हन्त दत्तफलो मे विषमावतारः।
यदयं रथसंक्षोभादंसेनांसो रथोपमश्रोण्याः ।
स्पृष्टः सरोमविक्रियमङ्कुरितं मनसिजेनेव ।।[2]

१. विक्रमोर्वशीय–पृ० १६२, ३.१४

२. विक्रमोर्वशीय–१.११

राजा- (रथचक्र के आघात का अभिनय करके, मन में) मेरा इस ऊँची-नीची भूमि पर उतरना सफल हो गया।

यह रथ के उतरने के आघात से चक्राकार नितम्बों वाली के कन्धे से मेरे कन्धे का स्पर्श होने पर जो रोमाञ्च होता है, वह ऐसा प्रतीत होता है मानों प्रेमाङ्कुर निकल आए हों।

रूपवती उर्वशी के शरीर के स्पर्श से राजा पुरूरवा को जो सुखानुभूति हो रही है, वह स्पर्शज स्नेह को सूचित कर रही है। रसार्णवसुधाकर के रचयिता शिङ्गभूपाल ने प्रस्तुत पद्य को स्पर्शोत्पन्ना वैषयिकी रति के उदाहरण-रूप में उपन्यस्त किया है।[1]

२. उर्वशी-हला इमं तावदस्य मनोरथं संपादयिष्यामि।

(पृष्ठतो गत्वा राज्ञो नयने संवृणोति)

राजा-(स्पर्शं रूपयित्वा।) सखे नारायणोरुसंभवा सेयं वरोरूः।

विदूषकः- कथं भवानवगच्छति।

राजा- किमत्राज्ञेयम्।

अङ्गमनङ्गक्लिष्टं सुखयेदन्या न मे करस्पर्शात्।
नोच्छ्वसिति तपनकिरणैश्चन्द्रस्यैवांशुभिः कुमुदम्॥[2]

उर्वशी- सखि! मैं तो इनकी इच्छा को पूर्ण करूँगी।

(राजा के पीछे जाकर आँखें बन्द कर देती हैं।)

राजा- (स्पर्श-सुख का अभिनय करके) मित्र! यह वही नारायण ऋषि की जङ्घाओं से उत्पन्न सुन्दरी है।

विदूषक-आप कैसे जानते हैं?

राजा-इसमें जानना क्या-

दूसरी कोई स्त्री नहीं है जो हाथ के स्पर्श से कामपीड़ित मेरे शरीर को छू कर सुखी कर दे। चन्द्रमा की किरणों से खिलने वाला कुमुद पुष्प सूर्य की किरणों से नहीं खिलता है।

प्रिया का स्पर्श-सुख साक्षात् अनुभूत हो रहा हो तो अनिर्वचनीय सुख तो मिलेगा ही। यही स्पर्श सुख प्रस्तुत पद्य में स्पर्शज स्नेह प्रेमविलास की सूचना दे रहा है।

३. विदूषकः- (दृष्ट्वा।) भो न जानामि स्वस्तिवाचनं मे ददातीति अथ वा भवतो व्रतव्यपदेशेन मुक्तरोषा प्रणिपातलङ्घनं प्रमार्ष्टुकामेति अद्य ममाक्ष्णोः शुभदर्शना देवी।

राजा- (सस्मितम्।) उभयमपि घटते। तथापि भवता यत्पश्चादभिहितं तन्मां प्रति भाति। यदत्रभवती

---

१. रसार्णवसुधाकर-पृ० २१४

२. विक्रमोर्वशीय-पृ० १६६, ३.१६

सितांशुका मङ्गलमात्रभूषणा
पवित्रदूर्वाङ्कुरलाञ्छितालका।
व्रतोपदेशोज्झितगर्ववृत्तिना
मयि प्रसन्ना वपुषेव लक्ष्यते ॥[1]

विदूषक- (देखकर) अरे! नहीं जानता हूँ कि मुझे स्वस्तिवाचन का उपहार दे रही हैं अथवा आपके व्रत के बहाने से मान त्याग कर, आपके द्वारा की गई अनुनय-विनय को अस्वीकार करने वाले दोष का परिमार्जन करने की इच्छा कर रही हैं। आज तो महारानी मेरी आँखों को अच्छी लग रही हैं।

राजा- (मुस्कुरा कर) दोनों बातें हो सकती हैं, फिर आपने जो बात बाद में कही मुझे वही ठीक लगती है। सम्मान्या यह देवी-

उज्ज्वल रेशमी वस्त्र धारण किए हुए, केवल माङ्गलिक आभूषणों से अलङ्कृत, पवित्र दूर्वा के अङ्कुरों से शोभित केशपाश वाली, व्रत के बहाने अभिमान का परित्याग किए हुए, आकृति से मुझे प्रसन्न प्रतीत हो रही हैं।

सौम्य सरल वेशभूषा और सौभाग्यचिह्नों से अलङ्कृत शान्त स्वभाव महारानी निश्चित रूप से सुशोभित हो रहीं हैं, तभी तो उनकी साज-सज्जा से सन्तुष्ट महाराज को वे भली लग रही हैं, उनके मन में दर्शनज स्नेह को उत्पन्न कर रहीं हैं।

४. राजा-भद्रमुखि।

पर्युत्सुकां कथयसि प्रियदर्शनां ता-
मार्तं न पश्यसि पुरूरवसं तदर्थे।
साधारणोऽयमुभयोः प्रणयः स्मरस्य
तप्तेन तप्तमयसा घटनाय योग्यम् ॥[2]

राजा- सुवदने! उस प्रियदर्शना को तुम उत्कण्ठित कह रही हो, किन्तु उससे मिलन के लिए व्याकुल पुरूरवा को तुम नहीं देख रही हो। कामदेवकृत यह प्रेम तो उभयनिष्ठ है। अतः एक तप्त लौहखण्ड का दूसरे तप्त लौहखण्ड से जोड़ देना ही उचित है।

प्रेम की सफलता उभयनिष्ठ होने में ही है, उसी से प्रेम में गहराई आती है। उर्वशी तथा पुरूरवा का प्रेम दोनों ओर से समान है। दोनों के एक दूसरे के प्रेम में काम-क्लेशित होने के कारण प्रस्तुत पद्य में प्रौढ स्नेह उपन्यस्त है।

---

१. विक्रमोर्वशीय–पृ० १५८, ३.१२

२. विक्रमोर्वशीय–२.१६

५. राजा- मा मैवम्। उर्वशीगतमनसोऽपि मे स एव देव्यां बहुमानः। किं तु प्रणिपातलङ्घनादहमस्यां धैर्यमवलम्बिष्ये।[१]

राजा- नहीं, ऐसा नहीं है। उर्वशी में हृदय में अनुरक्त होने पर भी महारानी के प्रति मेरा आदरभाव पूर्ववत् है। किन्तु मेरे अनुनय-विनय की इनके द्वारा अवज्ञा होने के कारण मैं भी इनके साथ धैर्यपूर्ण व्यवहार करूँगा।

महाराज के मन में महारानी के लिए सम्मानपूर्ण स्नेह है तथापि उर्वशी में मन लग जाने के कारण वे उनके प्रति उदासीन रहने का निश्चय करते हैं जो उनके मन्द स्नेह को सूचित करता है।

५. राग

१. उर्वशी- हला यावदुपगमनकातरं हृदयं पर्यवस्थापयामि तावत्त्वमस्यात्मानं दर्शयित्वा यन्मम क्षमं तद्भण।[२]

उर्वशी- सखि! जब तक समीप जाने से भीत हृदय को व्यवस्थित करूँ तब तक तुम इन्हें स्वयं को दिखा कर जो मेरी ओर से उचित हो, कहो।

स्त्री, चाहे वह देवलोक की ही क्यों न हो, प्रथम मिलन में प्रियतम से सकुचाती ही हैं। उर्वशी में भी प्रियतम पुरूरवा से सङ्कोच का यह भाव श्यामा राग के भीरुता युक्त भाव को अभिव्यक्त कर रहा है।

२. विदूषकः- मा भवानङ्गानि मुञ्चतु। दृढं खलु त्वयि बद्धभावोर्वशी। न सेतोगतमनुरागं शिथिलयति।

राजा- ममाप्येतदाशंसि मनः। तया खलु प्रस्थाने

अनीशया शरीरस्य हृदयं स्ववशं मयि।
स्तनकम्पक्रियालक्ष्यैर्न्यस्तं निःश्वसितैरिव ॥[३]

विदूषक- आप हताश न हों। उर्वशी आपके प्रति इतना दृढ़ अनुरक्त हैं कि वह इस विषय में अनुराग को शिथिल नहीं होने देंगी।

राजा- मेरा मन भी यही कहता है क्योंकि प्रस्थान के समय वह शरीर पर अपना अधिकार न होने के कारण, अपने अधीन रखे गए हृदय को कम्पित स्तनद्वय से प्रकटित दीर्घ निःश्वासों से मानो मुझे समर्पित कर गईं।

उर्वशी के मन का भाव मन में ही गोपित है, उसने उसे अभिव्यक्त नहीं किया है। तथापि बाह्य

---

१. विक्रमोर्वशीय–पृ० १३२

२. विक्रमोर्वशीय–पृ० ११६

३. विक्रमोर्वशीय–पृ० १२२

रूप से अप्रकटित, किन्तु शारीरिक स्पन्दन से प्रकटित प्रेम इतना दृढ़ था कि प्रियतम पुरूरवा तक संप्रेषित हो ही गया। यह स्थिति नीली राग को कहती है।

३. उर्वशी- (बाष्पं विसृज्य।) जयतु जयतु महाराजः।

राजा- त्वद्वियोगोद्भवे तन्वि मया तमसि मज्जता।

दिष्ट्या प्रत्युपलब्धासि चेतनेव गतासुना॥[१]

उर्वशी- (आँसू बहाकर) महाराज की जय हो, जय हो।

राजा- हे कृश शरीर वाली! तुम्हारे वियोग से उत्पन्न अज्ञान रूपी अंधकार में डूबते हुए मेरे द्वारा सौभाग्य से तुम उसी प्रकार मिल गई जैसे मृत व्यक्ति चेतना प्राप्त कर लेता है।

परिस्थितियों का प्रहार नायक पुरूरवा तथा नायिका उर्वशी पर ऐसा कठोर था कि गृहस्थ धर्म का सुचारु संचालन स्वप्न हो गया। उर्वशी लुप्त और पुरूरवा उन्मत्त तथापि ईश्वरकृपा से उर्वशी पुनः मिल गईं, पुरूरवा की मानसिक उत्तप्तता समाप्त हो गई और सब कुछ सामान्य हो गया। ऐसा स्थाई राग मञ्जिष्ठा राग ही हो सकता है।

६. अनुराग

१. राजा- इयं तावद्वृद्धिर्मम। पश्य।

सामन्तमौलिमणिरञ्जितशासनाङ्क-
मेकातपत्रमवनेर्न तथा प्रभुत्वम्।
अस्याः सखे चरणयोरहमद्य कान्त-
माज्ञाकरत्वमधिगम्य यथा कृतार्थः॥[२]

राजा- यह तो मेरा अभ्युदय है, देखो-

हे मित्र! सामन्तराजगणों के मस्तक के मुकुट की मणि से अलङ्कृत है आज्ञापत्र चिह्न जिसका, ऐसा एकच्छत्र पृथ्वी का स्वामित्व भी मुझे उस प्रकार का नहीं प्रतीत होता है जैसा आज इनके चरणद्वय के रुचिकर आज्ञापालन-रूप अवसर को प्राप्त करके कृतकृत्य हो रहा हूँ।

जिस सुख की विगत जीवन में कभी अनुभूति नहीं हुई थी आज उर्वशी-रूप दुर्लभ रत्न की प्राप्ति से वह नित्य विलक्षण सुख प्राप्त हो गया है। विलक्षणता की यह स्थिति अनुराग की सूचिका है।

२. राजा- (उर्वशीं हस्तेनावलम्ब्य।) अहो विरुद्धार्थसंपादयितेप्सितलाभो नाम।

---

१. विक्रमोर्वशीय-४.४०

२. विक्रमोर्वशीय-३.१९

पादास्त एव शशिनः सुखयन्ति गात्रं
बाणास्त एव मदनस्य ममानुकूलाः ।
संरम्भरूक्षमिव सुन्दरि यद्यदासी-
त्त्वत्संगमेन मम तत्तदिवानुनीतम् ॥[१]

राजा- (उर्वशी को हाथ से पकड़ कर) अरे! अभिलषित वस्तु की प्राप्ति स्थितियों को परिवर्तित करती है-

चन्द्रमा की वे ही किरणें आज मेरे शरीर को सुख दे रही हैं। कामदेव के वे ही बाण मुझे अनुकूल प्रतीत हो रहे हैं। हे सौन्दर्यशालिनि! वियोग-व्याकुलता में जो जो रूखा सा लगता था, तुम्हारे समागम से वह सब मानों अनुकूल हो गया है।

प्रिया-वियोग में जो तथ्य पीडादायी थे, प्रिया-मिलन के पश्चात् वे ही समग्र तथ्य अभिनव-सुखप्रदाता हो गए हैं। यह अभिनवानुभूति अनुराग रत्यवस्था को प्रकट कर रही है।

सम्पूर्ण विक्रमोर्वशीय त्रोटक का प्रेमविलास की दृष्टि से सर्वेक्षण करने पर यह ज्ञात होता है कि कवि ने सौन्दर्य की अतिशयता तथा प्रेम की मादकता का समावेश करके भी नाटक के पात्रों को मर्यादा की सीमा का अतिक्रमण नहीं करने दिया है। उर्वशी नायिका रूप में मुग्धा हैं, प्रिया रूप में मुखरा हैं तथापि प्रिय के अनुनय-विनय के उल्लङ्घन आदि परिणामों की चिन्ता का अभाव उनके बालसुलभ मन को प्रकट करता है। पुरूरवा आदि से अन्त तक साहसी हैं यद्यपि प्रेम कथा के सम्वर्द्धन के लिए कवि ने उनके चरित्र में स्त्री-आकर्षण की सम्भावना की है। इस पृष्ठभूमि में नाट्यकला एवं कामकला का परिपाक स्वतः स्वाभाविक था। समग्र प्रेमविलासों के सम्पोषण, सम्वर्द्धन में कवि को पूर्ण सफलता मिली है।

— o —

---

१. विक्रमोर्वशीय-३.२०

सप्तम पुष्प

अभिज्ञानशाकुन्तल में कामदशा • रतिभेद • प्रेमविलास

सप्तम पुष्प

अभिज्ञानशाकुन्तल में कामदशा • रतिभेद • प्रेमविलास

प्रथम पल्लव

अभिज्ञानशाकुन्तल में कामदशा

१. चक्षुःप्रीति

१. राजा- कथमियं सा कण्वदुहिता। असाधुदर्शी खलु तत्रभवान् काश्यपो य इमामाश्रमधर्मे नियुङ्क्ते।

इदं किलाव्याजमनोहरं वपुस्तपःक्षमं साधयितुं य इच्छति ।
ध्रुवं स नीलोत्पलपत्रधारया शमीलतां छेत्तुमृषिर्व्यवस्यति ।।[१]

राजा- क्या यह वही कण्व की पुत्री है? पूजनीय काश्यप ऋषि ने यह अनुचित किया है कि इसको आश्रम के कार्यो में नियुक्त किया है।

जो ऋषि स्वभाव से सुन्दर (शकुन्तला के) इस शरीर को, खेद है कि तपस्या के योग्य बनाने की इच्छा करते हैं, वे ऋषि, अवश्य ही नीलकमल के पत्ते की धार से शमी-लता को काटने का यत्न करते हैं।

तरुणी शकुन्तला के अङ्गों में स्वाभाविक सौन्दर्य समाहित है। यही कारण है कि राजा दुष्यन्त शकुन्तला को देख सौन्दर्य की अतिशयता से अभिभूत हो उसे कमल के पत्र के समान सुकुमार कहते हैं। राजा के हृदय में उसके प्रति यह सहानुभूतिपूर्ण आकर्षण उनकी चक्षुःप्रीति कामदशा को संकेतित कर रहा है।

---

१. अभिज्ञानशाकुन्तल (एम० आर० काले० सम्पादित)–१/१७

२. शकुन्तला- (आत्मगतम्।) किं नु खल्विमं प्रेक्ष्य तपोवनविरोधिनो विकारस्य गमनीयास्मि संवृत्ता।[१]

शकुन्तला- (मन में) क्या कारण है कि इन (पुरुष) को देखकर तपोवन के विरोधी विकार को प्राप्त हो गई हूँ।

आश्रम का वातावरण शान्त एवं पवित्र होता है। ऐसे परिवेश में शकुन्तला दुष्यन्त को देख कर उनके प्रति मन में आकर्षण का अनुभव कर रही है। अतः यह चक्षुःप्रीति कामदशा है।

३. राजा- (निःश्वस्य।)

साक्षात्प्रियामुपगतामपहाय पूर्वं
चित्रार्पितां पुनरिमां बहु मन्यमानः।
स्रोतोवहां पथि निकामजलामतीत्य
जातः सखे प्रणयवान्मृगतृष्णिकायाम्॥[२]

राजा-(साँस भर कर)

मित्र! पहले साक्षात् समीप आई हुई प्रिया का परित्याग कर के, अब इस चित्रलिखित शकुन्तला को बहुत सम्मान देता हुआ, ऐसा हूँ जैसे मार्ग में अगाध जल वाली नदी को छोड़ कर मैं मृगतृष्णा से प्रेम करने लगा हूँ।

राजा शकुन्तला के चित्र को देख उससे आदर एवं प्रीति का भाव दिखा रहे हैं। अतः यहाँ चक्षुःप्रीति कामदशा है।

प्रिया के चित्र को देखकर राजा की भावविह्वलता विलाप कामदशा का भी संकेत कर रही है।

२. मनःसङ्ग

१. राजा- (ग्रहीतुमिच्छन्निगृह्यात्मानम्। आत्मगतम्।) अहो चेष्टाप्रतिरूपिका कामिजनमनोवृत्तिः। अहं हि

अनुयास्यन्मुनितनयां सहसा विनयेन वारितप्रसरः।
स्थानादनुच्चलन्नपि गत्वेव पुनः प्रतिनिवृत्तः॥[३]

राजा- (शकुन्तला को पकड़ने की इच्छा करके, स्वयं को रोक कर, मन में) अरे! कामियों की चित्तवृत्ति उनकी चेष्टाओं के अनुकूल ही होती है। क्योंकि मैं–

१. अभिज्ञानशाकुन्तल–पृ० ३६
२. अभिज्ञानशाकुन्तल–६.१६
३. अभिज्ञानशाकुन्तल–१.२६

मुनि-कन्या के पीछे जाते हुए सहसा शिष्टाचारवश रोक दिया गया। अपने स्थान से न हिलने पर भी मानों जा कर के पुनः लौट आया हूँ।

राजा दुष्यन्त के हृदय में शकुन्तला के प्रति प्रेमाङ्कुरण हो चुका है। इसी कारण वे मन से शकुन्तला का अनुसरण कर रहे हैं। उनकी यह स्थिति मनःसङ्ग कामदशा है।

२. राजा -------- न खलु शक्नोमि शकुन्तलाव्यापारादात्मानं निवर्तयितुम्। मम हि

गच्छति पुरः शरीरं धावति पश्चादसंस्तुतं चेतः।
चीनांशुकमिव केतोः प्रतिवातं नीयमानस्य ॥[1]

राजा-------- मैं शकुन्तला की ओर प्रवृत्ति से अपने को रोक नहीं सकता हूँ। क्योंकि मेरा-

शरीर आगे की ओर जा रहा है और मन, वायु के प्रतिकूल ले जाए जाते हुए ध्वजा के चीनी रेशमी वस्त्र के समान, अपरिचित सा, पीछे की ओर दौड़ रहा है।

शकुन्तला के प्रति आसक्त राजा अपने ऊपर संयम नहीं रख पा रहे हैं। उनका मन शकुन्तला के साथ ही जा रहा है। मन की यह स्थिति उनकी मनःसङ्ग कामदशा को सूचित कर रही है।

३. (ततः प्रविशति कामयमानावस्थो राजा।)

जाने तपसो वीर्यं सा बाला परवतीति मे विदितम्।
अलमस्मि ततो हृदयं तथापि नेदं निवर्तयितुम् ॥[2]

(तब कामपीडित राजा प्रवेश करते हैं)

राजा- (चिन्ता के साथ गहरी साँस लेकर) तपस्या की शक्ति को जानता हूँ, वह बाला पराधीन है, यह भी मुझे ज्ञात है। फिर भी इस हृदय को वहाँ से लौटाने में समर्थ नहीं हूँ।

परिस्थितियाँ प्रेम की अनुमति नहीं दे रही हैं, तथापि दुष्यन्त का मन शकुन्तला में बँध कर परवश हो चुका है। आविद्ध मन की यह दशा मनःसङ्ग कामदशा है।

४. राजा- (शकुन्तलां विलोक्य। आत्मगतम्।) किं नु खलु वयमस्यामेवमियमप्यस्मान्प्रति स्यात्। अथवा लब्धावकाशा मे प्रार्थना। कुतः-

वाचं न मिश्रयति यद्यपि मद्वचोभिः
कर्णं ददात्यभिमुखं मयि भाषमाणे।
कामं न तिष्ठति मदाननसंमुखीना
भूयिष्ठमन्यविषया न तु दृष्टिरस्याः ॥[3]

---

१. अभिज्ञानशाकुन्तल–१.३१

२. अभिज्ञानशाकुन्तल–३.२

३. अभिज्ञानशाकुन्तल–१.२८

राजा- (शकुन्तला को देख कर, मन में) क्या यह हम पर वैसी ही अनुरक्त है जैसे हम इस पर अनुरक्त हैं। अथवा मेरी अभिलाषा को अवसर प्राप्त हो गया है। क्योंकि-

यद्यपि शकुन्तला मेरी वाणी से वाणी नहीं मिलाती है, किन्तु मेरे बोलते समय मेरी ओर कान लगाए रहती है, भले ही मेरे मुख के सम्मुख मुख करके नहीं ठहरती है, किन्तु इसकी दृष्टि अन्य विषय की ओर भी अधिक नहीं है।

शकुन्तला की मनोरम आङ्गिक चेष्टाओं को देखकर प्रियतम के लिए उसके मन की गति का अनुमान लगाना सहज हो जाता है। मन के निरन्तर दुष्यन्त में समर्पित होने से प्रस्तुत पद्य शकुन्तला की मनःसङ्ग कामदशा को अभिव्यक्त कर रहा है।

३. अभिलाष

१. राजा-अपि नाम कुलपतेरियमसवर्णक्षेत्रसंभवा स्यात्। अथवा कृतं सन्देहेन-

असंशयं क्षत्त्रपरिग्रहक्षमा यदार्यमस्यामभिलाषि मे मनः ।
सतां हि संदेहपदेषु वस्तुषु प्रमाणमन्तःकरणप्रवृत्तयः ॥

तथापि तत्त्वत एनामुपलप्स्ये।[१]

राजा-क्या यह सम्भव है कि यह शकुन्तला महर्षि कण्व की असवर्ण अर्थात् ब्राह्मणेतर पत्नी से उत्पन्न पुत्री हो। अथवा सन्देह करना व्यर्थ है।

अवश्य ही यह क्षत्रिय द्वारा पत्नी-रूप में ग्रहण करने योग्य है, क्योंकि मेरा श्रेष्ठ मन इसका अभिलाषी है। सन्देहास्पद विषयों में सज्जनों के अन्तःकरण की प्रवृत्तियाँ ही प्रमाण अर्थात् उचित-अनुचित का निर्णय करने वाली होती हैं। तथापि लोक-व्यवहार की रक्षा के लिए मैं इसकी वास्तविकता ज्ञात करूँगा।

'अभिलाषः स्पृहा तत्र कान्ते सर्वाङ्गसुन्दरे'[२] सर्वाधिक सुन्दर प्रियतम को देखने अथवा सुनने से तद्विषयक अभिलाषा उत्पन्न होती है। श्रेष्ठकुलोत्पन्न, संस्कारसम्पन्न राजा की शकुन्तला को पत्नी रूप में प्राप्त करने की भावना अभिलाष कामदशा को जन्म दे रही है। दशरूपककार धनञ्जय ने इस श्लोक को अभिलाष के उदाहरण रूप में प्रस्तुत किया है।

२. राजा-

कामं प्रिया न सुलभा मनस्तु तद्भावदर्शनाश्वासि ।
अकृतार्थेऽपि मनसिजे रतिमुभयप्रार्थना कुरुते ॥[३]

---

१. अभिज्ञानशाकुन्तल-१.२०

२. दशरूपक-४.५३

३. अभिज्ञानशाकुन्तल-२.१

भले ही प्रिया सुलभ न हो, किन्तु मेरा मन उसके प्रेमपूर्ण भावों को देख कर सन्तुष्ट है। कामभाव के सफल न होने पर भी दोनों ओर की मिलनोत्कण्ठा अनुराग को उत्पन्न करती है।

प्रिय को मेरा हृदय समर्पित है, प्रिया से ऐसा संकेत पाकर प्रेमी दुष्यन्त का मन भी निश्चिन्त है। दोनों ओर की परस्पर प्रेमसूचक दृष्टि पारस्परिक प्रीतिविषयक अभिलाषा को पुष्ट करती है। अतः प्रस्तुत पद्य में नायक-नायिका दोनों की ओर से अभिलाष कामदशा उपन्यस्त है।

४. चिन्ता

१. विदूषकः- (निःश्वस्य।)------- ह्यः किलास्मास्ववहीनेषु तत्र भवतो मृगानुसारेणाश्रमपदं प्रविष्टस्य तापसकन्यका शकुन्तला ममाधन्यतया दर्शिता।---- अद्यापि तस्य तामेव चिन्तयतोऽक्ष्णोः प्रभातमासीत्।[1]

विदूषक- (साँस भर कर)----- कल हम लोगों के पीछे छूट जाने पर पूज्य महाराज ने मृग का पीछा करते हुए आश्रम में प्रविष्ट होकर मेरे दुर्भाग्य से तपस्विकन्या शकुन्तला को देख लिया।---- आज भी उनकी उसके विषय में सोचते हुए ही आँखों में सुबह हो गई।

विदूषक के प्रलाप से ज्ञात होता है कि राजा शकुन्तला के विषय में अत्यधिक चिन्तित हैं। अतः चिन्ता कामदशा से त्रस्त हैं। चिन्तित राजा को प्रिया प्राप्ति विषयक आशंकाओं के कारण कथमपि निद्रा नहीं आ रही है, अतः यहाँ निद्राच्छेद कामदशा भी है।

२. राजा- सखे! तपस्विभिः कैश्चित्परिज्ञातोऽस्मि। चिन्तय तावत्केनापदेशेन पुनराश्रमपदं गच्छामः।[2]

राजा- मित्र! तपस्वियों में से कुछ ने मुझे पहचान लिया है। तो सोचो, किस बहाने से फिर आश्रम में जाऊँ।

कुछ तपस्वियों द्वारा पहचाने जाने के कारण आश्रम में चुपचाप प्रवेश करना कठिन है। अतः प्रिया मिलन कैसे हो–इस विषय में मित्र से चिन्ता प्रकट करना चिन्ता कामदशा है।

५. अनुस्मृति

१. राजा-(स्मितं कृत्वा।) एवमात्माभिप्रायसंभावितेष्टजनचित्तवृत्तिः प्रार्थयिता विडम्ब्यते।

स्निग्धं वीक्षितमन्यतोऽपि नयने यत्प्रेरयन्त्या तया
यातं यच्च नितम्बयोर्गुरुतया मन्दं विलासादिव ।
मा गा इत्युपरुद्धया यदपि सा सासूयमुक्ता सखी
सर्वं तत्किल मत्परायणमहो कामी स्वतां पश्यति ॥[3]

---

१. अभिज्ञानशाकुन्तल–पृ॰ ५४

२. अभिज्ञानशाकुन्तल–पृ॰ ७६

३. अभिज्ञानशाकुन्तल–२.२

राजा-(मुस्कुरा कर) इस प्रकार अपने भावों के अनुसार अपने प्रिय व्यक्ति के मनोभावों की कल्पना कर लेने वाला प्रेमी पुरुष उपहास का पात्र होता है।

दूसरी ओर भी दृष्टिपात करते हुए उसने जो मेरी ओर स्नेहपूर्वक देखा, नितम्बों की गुरुता के कारण जो धीरे-धीरे चली, मत जाओ-इस प्रकार रोके जाने पर उसने सखी को जो ईर्ष्यापूर्वक कहा, वह सब मुझे लक्ष्य करके था। अरे, कामी व्यक्ति सर्वत्र अपने अनुसार ही कल्पना करता है।

नायक के सान्निध्य में सम्पादित नायिका के प्रेमाभिसूचक हाव-भाव एवम् उसकी सौन्दर्यपूर्ण मनोरम आङ्गिक चेष्टाएँ राजा को पुनः स्मृत हो रही हैं। अतः यहाँ अनुस्मृति कामदशा है।

शृङ्गाररस में महत्त्वपूर्ण स्निग्धा दृष्टि[१] से नायिका द्वारा नायक को देखने के कारण यहाँ चक्षुःप्रीति कामदशा भी सन्निविष्ट है।

२. राजा-(स्वगतम्) अयं चैवमाह। ममापि काश्यपसुतामनुस्मृत्य मृगयाविक्लवं चेतः। कुतः।

न नमयितुमधिज्यमस्मि शक्तो
धनुरिदमाहितसायकं मृगेषु।
सहवसतिमुपेत्य यैः प्रियायाः
कृत इव मुग्धविलोकितोपदेशः॥[२]

राजा- (मन में) यह विदूषक इस प्रकार कह रहा है। मेरा भी मन काश्यप पुत्री शकुन्तला का स्मरण करके मृगया से विरक्त हो रहा है। क्योंकि-

प्रत्यञ्चा चढ़े हुए और बाण रखे हुए इस धनुष को मैं उन मृगों पर चलाने में समर्थ नहीं हूँ, जिन्होंने मेरी प्रिया शकुन्तला के साथ रह कर उसे मनोहर दृष्टिपात का उपदेश दिया है।

प्रिया-स्मरण से आकुल चित्त दुष्यन्त मृगया व्यसन में भी मनोरञ्जन नहीं पा रहे हैं। राजा द्वारा प्रयुक्त 'अनुस्मृत्य' शब्द अनुस्मृति कामदशा को अधिक स्पष्ट कर रहा है।

अभिज्ञानशाकुन्तल के टीकाकार श्री राघवभट्ट ने उपर्युक्त दोनों उदाहरणों के विषय में कहा है-**'एवमात्माभिप्राय'- 'इत्यादिनैतदन्तेनानुस्मृतिस्तृतीयावस्था सूचिता।'**

३. राजा-निसर्गादेवाप्रगल्भस्तपस्विकन्याजनः। तथापि तु

अभिमुखे मयि संहृतमीक्षितं हसितमन्यनिमित्तकृतोदयम्।
विनयवारितवृत्तिरतस्तया न विवृतो मदनो न च संवृतः॥[३]

---

१. स्निग्धादृष्टि का लक्षण-विकाशि स्निग्धमधुरा चतुरे बिभ्रती भ्रुवौ। कटाक्षिणी साभिलाषा दृष्टिः स्निग्धाभिधीयते।

२. अभिज्ञानशाकुन्तल-२.३

३. अभिज्ञानशाकुन्तल-२.११

४. मिथः प्रस्थाने पुनः शालीनतयापि काममाविष्कृतो भावस्तत्रभवत्या तथा हि।

दर्भाङ्कुरेण चरणः क्षत इत्यकाण्डे
तन्वी स्थिता कतिचिदेव पदानि गत्वा।
आसीद्विवृत्तवदना च विमोचयन्ती
शाखासु वल्कलमसक्तमपि द्रुमाणाम्।।[1]

राजा- तापस बालाएँ स्वभाव से ही भोली होती हैं। क्योंकि हे मित्र! मेरे सामने देखने पर वह शकुन्तला दृष्टि हटा लेती थीं, अन्य कारण के बहाने से हँसती थीं। अतः उन्होंने विनम्रता अर्थात् शील और सङ्कोच के कारण नियन्त्रित की गई प्रवृत्ति वाले अपने कामभाव को न तो प्रदर्शित किया और न ही छिपाया।

सखियों के साथ लौटते हुए शकुन्तला ने पुनः शालीनतापूर्वक ही भली-भाँति अपना प्रेमभाव मेरे प्रति प्रकट किया था क्यों कि-

तन्वङ्गी शकुन्तला कुछ ही पग चल कर सहसा दर्भाङ्कुर से चरण घायल हो गया है, यह कह कर रुक गई और वृक्षों की शाखाओं में न उलझे हुए भी वल्कल-वस्त्र को छुड़ाती हुई खुले हुए मुख वाली हो गई।

अनिन्द्य रूपसी, किन्तु स्वभाव से अप्रगल्भ शकुन्तला के लीला-विलासों के स्मरण से राजा दुष्यन्त प्रिया-रस-चर्वणा कर रहे हैं। सर्वदा प्रिय के हाव-भावों, चर्चा-विचारों में लिप्त रहने की यह स्थिति उनकी अनुस्मृति कामदशा को सूचित कर रही है।

६. गुणकीर्तन

१. राजा- **सम्यगियमाह।**
इदमुपहितसूक्ष्मग्रन्थिना स्कन्धदेशे
स्तनयुगपरिणाहाच्छादिना वल्कलेन।
वपुरभिनवमस्याः पुष्यति स्वां न शोभां
कुसुममिव पिनद्धं पाण्डुपत्रोदरेण।।[2]

२. काममननुरूपमस्या वपुषो वल्कलं न पुनरलङ्कारश्रियं न पुष्यति। कुतः।

सरसिजमनुविद्धं शैवलेनापि रम्यं
मलिनमपि हिमांशोर्लक्ष्म लक्ष्मीं तनोति।
इयमधिकमनोज्ञा वल्कलेनापि तन्वी
किमिव हि मधुराणां मण्डनं नाकृतीनाम्।।[3]

---

१. अभिज्ञानशाकुन्तल-२.१२
२. 'अत्रेदमधिकं पठ्यते कैश्चित्' अभिज्ञानशाकुन्तल-पृ० २६
३. अभिज्ञानशाकुन्तल-१.१८

राजा- प्रियंवदा शकुन्तला के यौवन-विस्तार के विषय में सत्य ही कह रही है।

कन्धे पर लगाई हुई छोटी गाँठ वाले, पयोधरों के विस्तार को ढके हुए वल्कल वस्त्र से इनकी यह सौन्दर्यपूरित काया पीले पत्तों के मध्य भाग से ढके हुए पुष्प के समान अपनी शोभा को पुष्ट नहीं कर रही है।

भले ही यह वल्कल इनके शरीर के अनुरूप नहीं है तथापि यह इनके लिए अलङ्कार-सदृश सुशोभित हो रहा है, क्योंकि-

सेवार से भी घिरा हुआ कमल मनोहर होता है। काला भी कलङ्क चन्द्रमा की शोभा को बढ़ाता है। वल्कल-वस्त्रों से भी यह कृशाङ्गी अधिक मनोहर प्रतीत होती है, क्योंकि सुन्दर आकृतियों के लिए क्या वस्तु अलङ्करण नहीं होती है?

सर्वमलङ्कारो भवति सुरूपाणाम्।

सुन्दर व्यक्ति अपरिचित हो तो भी सुन्दर प्रतीत होता है और यदि वह मन को भा जाए तब तो हर रूप में अच्छा लगेगा। प्रियता के योग्य पात्र प्रतीत होने से शकुन्तला के रूप की मन ही मन प्रशंसा करते हुए राजा दुष्यन्त गुणकीर्तन कामदशा को प्राप्त हुए हैं।

३. राजा- उपपद्यते।

मानुषीषु कथं वा स्यादस्य रूपस्य संभवः।
न प्रभातरलं ज्योतिरुदेति वसुधातलात्॥[१]

राजा-(शकुन्तला का परिचय पाकर) ठीक है।

मानव-लोक की स्त्रियों में इस रूप की उत्पत्ति कैसे हो सकती है? कान्ति से उद्दीपित ज्योति पृथ्वीतल से उत्पन्न नहीं होती है।

शकुन्तला में रूप, यौवन, मृदुता, लावण्य, अभिरूपता–सब कुछ विद्यमान हैं उसका रूप लौकिकता को पार कर अलौकिकता को स्पर्श कर रहा है। राजा के मुख से प्रिया के रूप का यह गुणगान उनकी गुणर्कीतन कामदशा को कह रहा है।

४. राजा- वयस्य किं बहुना।

चित्रे निवेश्य परिकल्पितसत्त्वयोगा
रूपोच्चयेन मनसा विधिना कृता नु।
स्त्रीरत्नसृष्टिरपरा प्रतिभाति सा मे
धातुर्विभुत्वमनुचिन्त्य वपुश्च तस्याः॥[२]

---

१. अभिज्ञानशाकुन्तल–१.२३

२. अभिज्ञानशाकुन्तल–२.९

५. राजा-इदं च मे मनसि वर्तते।

अनाघ्रातं पुष्पं किसलयमलूनं कररुहै-
रनाविद्धं रत्नं मधु नवमनास्वादितरसम्।
अखण्डं पुण्यानां फलमिव च तद्रूपमनघं
न जाने भोक्तारं कमिह समुपस्थास्यति विधिः॥[१]

राजा- मित्र माधव्य! उसके रूप के विषय में अधिक क्या कहूँ। तुम यह समझो कि ब्रह्मा की सर्वशक्तिमत्ता अथवा रचना-कौशल पर विचार करके मुझे वह विश्व के रचयिता ब्रह्मा के द्वारा चित्र बना कर, प्राणों के सञ्चार की कल्पना करके, केवल मात्र मन से अर्थात् बिना स्पर्श किए मानों रूप की राशि के सञ्चय से बनाई गई अपूर्व स्त्रीरत्न की रचना सी प्रतीत होती है।

मेरा तो विचार है कि उसका निष्कलुष सौन्दर्य न सूँघे गए पुष्प, नखों से न काटे गए कोमल पत्ते, न बिंधे हुए रत्न, न चखे गए रस वाले नवीन मधु और पुण्यों के अखण्ड फल के सदृश है। नहीं जानता कि विधाता इस संसार में किसको उस रूप के उपभोग का अधिकारी बनाएँगे।

अलोकसामान्य रूप की स्वामिनी हैं शकुन्तला। तीनों लोकों से सर्वसुन्दर उपादान ग्रहण कर, चित्रफलक पर चित्र बना कर उसमें प्राणतत्त्व का समावेश करके सर्वथा दोषरहित, सर्वगुण-मण्डित रूपराशि शकुन्तला दुष्यन्त की श्लाघ्या एवम् आराध्या है। अतः यहाँ गुणकीर्तन कामदशा है। टीकाकार राघवभट्ट के अनुसार-**एताभ्यां पद्याभ्यां गुणकीर्तनं नाम चतुर्थ्यवस्थोक्ता।**

६. राजा- **यद्यत्साधु न चित्रे स्यात्क्रियते तत्तदन्यथा।**
तथापि तस्या लावण्यं रेखया किञ्चिदन्वितम्॥[२]

राजा- चित्र में जो-जो शरीराङ्ग असुन्दर होता है, चित्र-निर्माणपद्धति के अनुसार चित्रकार द्वारा वह सम्मार्जन इत्यादि करके सुन्दर कर दिया जाता है तथापि उस शकुन्तला का सौन्दर्य तो चित्ररेखाओं द्वारा कुछ ही अभिव्यक्त हो पाया है।

अक्षत एवम् अपार रूप-सम्पदा की स्वामिनी शकुन्तला का चित्र संशोधन, सम्मार्जन के पश्चात् भी उनके पूर्ण सौन्दर्य को अभिव्यक्त नहीं कर पा रहा है। सौन्दर्याभिव्यक्ति के विषय में राजा की यह असमर्थता उनकी गुणकीतन कामदशा को सिद्ध कर रही है। कलिंगराय सूर्य के सूक्तिरत्नहार में इसे 'नायिका-प्रशंसा'[३] कहा गया है।

---

१. अभिज्ञानशाकुन्तल–२.१०

२. अभिज्ञानशाकुन्तल–६.१४

३. सूक्तिरत्नहार–पृ० २४४

७. उद्वेग

१. राजा- (सचिन्तं निःश्वस्य।) - - - - -

तव कुसुमशरत्वं शीतरश्मित्वमिन्दो-
र्द्वयमिदमयथार्थं दृश्यते मद्विधेषु।
विसृजति हिमगर्भैरग्निमिन्दुर्मयूखै-
स्त्वमपि कुसुमबाणान्वज्रसारीकरोषि॥[१]

राजा- (चिन्तापूर्ण साँस भर कर) -----

तुम्हारा पुष्पबाण होना और चन्द्रमा का शीतरश्मि होना–ये दोनों बातें मुझ जैसे लोगों के लिए असत्य दिखाई पड़ती हैं। चन्द्रमा हिम से भरी किरणों से अग्नि बरसाता है, तुम भी पुष्पबाणों को वज्र के सदृश कठोर कर लेते हो।

कामदेव के पुष्प-सदृश सुकुमार बाणों का अत्यधिक कठोर होना और चन्द्रमा का अग्नि बरसाना–राजा के मुख से निकली ये दोनों ही बातें अरुचिप्रदर्शन के माध्यम से उद्वेग कामदशा को सूचित कर रही हैं।

श्लोक के उत्तरार्ध में कामदेव एवं चन्द्रमा के कार्यों में क्रमविपर्यय (कामदेव का वर्णन प्रथम, चन्द्रमा का द्वितीय उचित था) राजा की उन्माद कामदशा का सङ्केत कर रहा है।

२. सख्यौ- (उपवीज्य। सस्नेहम्।) हला शकुन्तले! अपि सुखयति ते नलिनीपत्रवातः।

शकुन्तला- किं वीजयतो मां सख्यौ।[२]

दोनों सखियाँ-(पंखा झल कर, स्नेहपूर्वक) सखि शकुन्तले! क्या तुझे कमलिनी के पत्तों की हवा सुख दे रही है?

शकुन्तला-क्या मेरी सखियाँ मेरे ऊपर पंखा झल रही हैं?

तापाधिक्य के कारण पंखे की हवा की अननुभूति शकुन्तला की विषयनिवृत्ति रूप उद्वेग, कामदशा को अभिव्यक्त कर रही है। राघवभट्ट का इस विषय में कथन है-**अनेन तापाधिक्यं तेनान्यविषयसंवेद्यत्वं च ध्वनितम्। विषयनिवृत्तिश्चावस्थोक्ता।**

८. विलाप

१. शकुन्तला- सखि, यतः प्रभृति, मम दर्शनपथमागतः स तपोवनरक्षिता राजर्षिः– (इत्यर्धोक्ते लज्जां नाटयति।)

---

१. अभिज्ञानशाकुन्तल–३.३

२. अभिज्ञानशाकुन्तल–पृ० ९२

उभे- कथयतु प्रियसखी।

शकुन्तला-तत आरभ्य तद्गतेनाभिलाषेणैतदवस्थास्मि संवृत्ता।[१]

शकुन्तला- सखि! तपोवन के रक्षक वे राजर्षि जब से मेरी दृष्टि में आए हैं-(इस प्रकार आधी बात कह कर लज्जा का अभिनय करती है)

दोनों-कहो, प्रियसखी।

शकुन्तला- तभी से उनकी प्राप्ति की अभिलाषा के कारण मेरी यह दशा हो गई।

राजा के प्रति समग्र मन से आकृष्ट शकुन्तला सखियों से अपने हृदय के रहस्य को, प्रेम के रुदन को कहती है। उसकी यह दयनीय दशा विलाप कामदशा की सूचिका है। श्रीनिवासाचार्य ने कहा है-**तपोवनरक्षितेत्यनेन विलापो नाम षष्ठी स्मरदशा सूचिता।**

२. शकुन्तला-(आत्मगतम्।) हृदय, प्रथममेव सुखोपनते मनोरथे कातरभावं न मुञ्चसि। सानुशयविघटितस्य कथं ते साम्प्रतं सन्तापः।[२]

शकुन्तला-(मन में) हे हृदय! पहले ही अनायास प्राप्त हुए मनोरथ के होने पर तूने अपने सङ्कोच को नहीं छोड़ा। अब पश्चात्ताप-पूर्वक वियुक्त हुए तुझे दुःख कैसा है?

प्रथम मिलन में लज्जा स्वाभाविक है। दुष्यन्त के सहसा एकान्त में मिल जाने पर लज्जाभाव से पूरित शकुन्तला दुष्यन्त से तृप्त न हो सकी। अतृप्त शकुन्तला का पश्चात्ताप विलाप कामदशा का सूचक है।

३. राजा- (पूर्वस्थानमुपेत्य। सनिःश्वासम्।) अहो विघ्नवत्यः प्रार्थितार्थसिद्धयः। मया हि।

मुहुरङ्गुलिसंवृताधरोष्ठं प्रतिषेधाक्षरविक्लवाभिरामम्।
मुखमंसविवर्ति पक्ष्मलाक्ष्याः कथमप्युन्नमितं न चुम्बितं तु ॥[३]

राजा- (मिलन-स्थान पर जाकर, साँस भर कर) ओह, अभिलषित प्रयोजनों की प्राप्ति विघ्नों से युक्त होती है। क्योंकि मेरे द्वारा-

प्रशस्त बरौनियों से युक्त नेत्रों वाली शकुन्तला के अँगुलियों से ढके हुए अधरोष्ठ वाले, निषेधाक्षरों के अस्फुट उच्चारण से मनोहर, कन्धे की ओर मुड़े हुए मुख को किसी प्रकार उठाया तो, पर चुम्बन न कर सका।

संभोग शृङ्गार में तृप्ति असम्भव है। मिलन के पश्चात् प्रिया शकुन्तला के लौट जाने पर अतृप्त

---

१. अभिज्ञानशाकुन्तल- पृ० ९८

२. अभिज्ञानशाकुन्तल-पृ० ११६

३. अभिज्ञानशाकुन्तल- ३.२३

दुष्यन्त अपनी अतृप्ति का वर्णन कर रहे हैं। अतः यहाँ विलाप कामदशा उपन्यस्त है। श्रीवल्लभदेव ने सुभाषितावलि में इसे कहा भी है- **विरहिणां प्रलापः।**[१]

४. राजा- (ध्यानमन्दं परिक्रम्य)

प्रथमं सारङ्गाक्ष्या प्रियया प्रतिबोध्यमानमपि सुप्तम् ।
अनुशयदुःखायेदं हतहृदयं संप्रति विबुद्धम् ।।[२]

राजा- (ध्यान में मग्न घूम कर के)

पहले मृगनयनी प्रिया द्वारा जगाया जाने पर भी सोता रहने वाला अब यह दुष्ट हृदय पश्चात्तापजन्य दुःख के लिए जागा है।

प्रिया स्वयं मेरे पास आई, तब मैंने उसका मूल्य नहीं समझा। अब दुःखी होने से क्या लाभ? प्रिया-तिरस्कार-विषयक यह वचन राजा की पश्चात्तापजन्य विलाप कामदशा का द्योतक है।

५. राजा ------- सा हि-

इतः प्रत्यादेशात्स्वजनमनुगन्तुं व्यवसिता
स्थिता तिष्ठेत्युच्चैर्वदति गुरुशिष्ये गुरुसमे।
पुनर्दृष्टिं बाष्पप्रसरकलुषामर्पितवती
मयि क्रूरे यत्तत्सविषमिव शल्यं दहति माम्।।[३]

६. राजा-वयस्य।

स्वप्नो नु माया नु मतिभ्रमो नु क्लिष्टं नु तावत्फलमेव पुण्यम् ।
असंनिवृत्त्यै तदतीतमेते मनोरथा नाम तटप्रपाताः ।।[४]

राजा ------ क्योंकि वह-

यहाँ मेरे द्वारा परित्यक्त होकर अपने घरवालों के पीछे जाने के लिए उद्यत हुई, परन्तु पिता समान पिता के शिष्य के ऊँचे स्वर में यह कहने पर कि-'ठहर' रुक गई। फिर अश्रुओं के प्रवाह से मलिन दृष्टि मुझ क्रूर पर डाली जो विष से बुझे बाण के समान मुझे जला रही है।

राजा-मित्र! वह शकुन्तला का मिलन क्या स्वप्न था? क्या माया थी? क्या मेरी बुद्धि का भ्रम था? क्या उतने ही फलवाला मेरा अत्यल्प पुण्य था? वह कभी न लौटने के लिए चला गया, ये मनोरथ नदी के तट-प्रपात के समान हैं।

---

१. सुभाषितावलि- १२७३

२. अभिज्ञानशाकुन्तल–६.७

३. अभिज्ञानशाकुन्तल–६.९

४. अभिज्ञानशाकुन्तल–६.१०

प्रिया-मिलन का अनायास प्राप्त अवसर मेरी असावधानी अथवा प्रमाद के कारण सर्वदा के लिए चला गया। अब केवल स्मरण मात्र ही शेष है। शकुन्तला के तिरस्कार अथवा परित्याग से उत्पन्न रिक्तता की पूर्ति जीवन में संभव नहीं–राजा की यह दुःख विगलित विचारधारा विलाप कामदशा को बता रही है।

९. उन्माद

१. शकुन्तला (वाचयति।)

तुज्झ ण आणे हिअअं मम उण कामो दिवावि रत्तिम्मि ।
णिग्घिण तवइ बलीअं तुइ वुत्तमणोरहाइं अङ्गाइं ।।[१]
(तव न जाने हृदयं मम पुनः कामो दिवाऽपि रात्रावपि ।
निर्घृण तपति बलीयस्त्वयि वृत्तमनोरथाया अङ्गानि ।।)

शकुन्तला-(प्रेमपत्र पढ़ती है)

हे निर्दय! मैं तुम्हारे हृदय के विषय में नहीं जानती किन्तु कामदेव तुम्हारे प्रति अभिलाषा से पूर्ण मेरे अङ्गों को दिन में भी, रात्रि में भी अत्यधिक तपा रहा है।

अकृतार्थरति के कारण नायिका के द्वारा नायक को दिया गया यह उपालम्भ नायिका की उन्माद कामदशा को सूचित करता है। निर्घृण विशेषण पद के साथ विशेष्य पद का प्रयोग न करना भी नायिका की उन्मादावस्था को सिद्ध करता है।

कन्यासुलभ मौग्ध्य-भाव का परित्याग करके लज्जारहित हो कर आलिङ्गन, चुम्बन इत्यादि कामक्रीडाओं के लिए नायक को आमन्त्रित करने से लज्जात्याग नामक मदनदशा भी स्पष्ट है। श्रीनिवासाचार्य ने लिखा है-**तेन त्वस्याः कन्याभावसुलभमप्रागल्भ्यं सूच्यते। किंचानेन लज्जात्यागो नाम मदनदशावस्थान्तरं च ध्वन्यते।**

२. राजा- (ध्यात्वा।) सखे त्रायस्व माम्।

विदूषकः- भोः किमेतत्। अनुपपन्नं खल्वीदृशं त्वयि। कदापि सत्पुरुषाः शोकवास्तव्या न भवन्ति। ननु प्रवातेऽपि निष्कम्पा गिरयः।[२]

राजा-(सोच कर) मित्र! मुझे बचाओ।

विदूषक- अरे! यह क्या? आपके लिए ऐसा व्यवहार अशोभनीय है। सज्जन पुरुष कभी भी शोक के पात्र नहीं होते हैं। आँधी में भी पहाड़ अविचलित ही रहते हैं।

---

१. अभिज्ञानशाकुन्तल– ३.१४

२. अभिज्ञानशाकुन्तल–पृ० २१८

उन्माद की अवस्था में राजा प्रलाप करने लगते हैं। तब विदूषक उन्हें विवेकपूर्वक धीरतापूर्ण व्यवहार करने को कहता है। प्रस्तुत पद्य में दुष्यन्त की उन्माद कामदशा उपन्यस्त है।

३. राजा- (अङ्गुलीयकं विलोक्य।) अये, इदं तावदसुलभस्थानभ्रंशि शोचनीयम्।

तव सुचरितमङ्गुलीय नूनं प्रतनु ममेव विभाव्यते फलेन ।
अरुणनखमनोहरासु तस्याश्च्युतमसि लब्धपदं यदङ्गुलीषु ॥

- -

राजा- उपालप्स्ये तावदिदमङ्गुलीयकम्।

विदूषकः- (आत्मगतम्।) गृहीतोऽनेन पन्था उन्मत्तानाम्।

राजा- कथं नु तं बन्धुरकोमलाङ्गुलिं करे विहायासि निमग्नमम्भसि।

अथ वा।

अचेतनं नाम गुणं न लक्षयेन्मयैव कस्मादवधीरिता प्रिया।।[१]

राजा- (अँगूठी को देख कर) ओह! दुर्लभ स्थान से गिर जाने वाली यह अंगूठी शोक के योग्य है।

अँगूठी! फल से प्रतीत होता है कि मेरे समान तेरा पुण्य भी अवश्य अत्यल्प है जो तू उस शकुन्तला की लाल नाखूनों से मनोहर अँगुलियों में स्थान पाकर भी गिर पड़ी है।

राजा- तो मैं इस अँगूठी को ही उलाहना देता हूँ।

विदूषक-(मन में) इन्होंने तो अब पागलों का रास्ता अपनाया है।

राजा- सुन्दर और कोमल अङ्गुलियों वाले उस हाथ को छोड़ कर तुम कैसे जल में गिर गई? अथवा

निर्जीव वस्तु गुणों को कैसे देख सकती है? (चेतन) मैंने प्रिया का तिरस्कार कैसे किया?

अचेतन अँगूठी से वार्तालाप रूप चेतनवत् आचरण राजा की उन्मादावस्था का द्योतक है। विदूषक द्वारा राजा के लिए प्रयुक्त 'उन्मत्त' शब्द इसे प्रमाणित भी कर रहा है। टीकाकार राघवभट्ट ने राजा के अँगूठी को उलाहना देने के विषय में कहा है-**अनेनोन्मादः**।

४. राजा- एवं भो न मे शासने तिष्ठसि! श्रूयतां तर्हि सम्प्रति।

अक्लिष्टबालतरुपल्लवलोभनीयं
पीतं मया सदयमेव रतोत्सवेषु।
बिम्बाधरं स्पृशसि चेद्भ्रमर प्रियाया-
स्त्वां कारयामि कमलोदरबन्धनस्थम्।।[२]

---

१. अभिज्ञानशाकुन्तल–६.११, १३

२. अभिज्ञानशाकुन्तल–६.२०

५. विदूषकः -------- (प्रहस्य। आत्मगतम्।) एष तावदुन्मत्तः।---

(प्रकाशम्।) भोः चित्रं खल्वेतत्।

राजा-कथं चित्रम्। -

राजा- वयस्य किमिदमनुष्ठितं पौरोभाग्यम्।

दर्शनसुखमनुभवतः साक्षादिव तन्मयेन हृदयेन।
स्मृतिकारिणा त्वया मे पुनरपि चित्रीकृता कान्ता ॥[१]

(इति बाष्पं विहरति।)[२]

राजा! अच्छा, अरे! तू मेरी आज्ञा नहीं मानता है। तो अब सुन ले।

भ्रमर! न मुर्झाए हुए, नवीन किसलय के समान आकर्षक, मेरे द्वारा रति-क्रीडा में कोमलतापूर्वक पीए गए प्रिया के बिम्बाफल के समान अधर का यदि तू स्पर्श करता है तो मैं तुझको कमल के मध्यभाग रूपी कारागार में बन्द करा दूँगा।

विदूषक----- (हँस कर, मन में) ये तो पागल हो गए हैं।----

(प्रकट में) अरे मित्र! यह तो चित्र है।

राजा-क्या यह चित्र है?

राजा-मित्र ! तुमने यह क्या उद्दण्डता कर दी है?

तन्मय हृदय में मानों साक्षात् शकुन्तला के दर्शन-सुख का अनुभव करने वाले मुझे स्मरण करा देने वाले तुमने प्रिया को पुनः चित्रगत बना दिया है। (इस प्रकार आँसू बहाते हैं)।

भ्रमर को दण्ड का भय दिखाना तथा कमल रूपी कारागार के स्वामी सूर्य के इच्छानुसार आदेश-पालन करवा लेना विषयक उक्तियाँ राजा की विवेकशून्यता रूप उन्मादावस्था को स्पष्ट करती हैं। राघवभट्ट ने भी अपनी टीका में इस ओर सङ्केत किया है- **उन्मत्तावस्था-वर्णनादनौचित्यं न।** प्रिया को प्रिया समझना, चित्र को चित्र समझना, पुनः चित्र को प्रिया समझना, चित्र को चित्र समझना-पूर्वापरविरोधी, भ्रमोत्पादक सम्भावनाओं से राजा की उन्मादावस्था सूचित होती है। विदूषक राजा की इस उन्माद दशा से भलीभाँति अवगत है। राघवभट्ट के अनुसार भी **पूर्वं चित्रस्य चित्रत्वेन ज्ञानम् , पुनस्तस्योन्मादावस्थायां सत्यत्वेन ज्ञानम्, पुनरपि चित्रत्वेन ज्ञानमिति पूर्वापरविरोधः** यहाँ दुष्यन्त की उन्माद कामदशा अभिव्यञ्जित है। कवि द्वारा वर्णित अश्रुप्रवाह की भङ्गिमा से यहाँ राजा की पश्चात्तापजन्य विलाप कामदशा भी सङ्केतित है।

---

१. अभिज्ञानशाकुन्तल-६.२१

२. अभिज्ञानशाकुन्तल-पृ० २३६

१०. तनुता

१. प्रियंवदा- सखि शकुन्तले----। किमात्मन आतङ्कमुपेक्षसे। अनुदिवसं खलु परिहीयसे अङ्गैः। केवलं लावण्यमयी छाया त्वां न मुञ्चति।

राजा-अवितथमाह प्रियंवदा। तथाहि।

क्षामक्षामकपोलमाननमुरः काठिन्यमुक्तस्तनं
मध्यः क्लान्ततरः प्रकामविनतावंसौ छविः पाण्डुरा।
शोच्या च प्रियदर्शना च मदनक्लिष्टेयमालक्ष्यते
पत्राणामिव शोषणेन मरुता स्पृष्टा लता माधवी।।[१]

प्रियंवदा- सखि शकुन्तले! तू अपने रोग की उपेक्षा क्यों कर रही है? प्रतिदिन अङ्गों से क्षीण हो रही है, केवल सौन्दर्य की आभा तुझे नहीं छोड़ रही है।

राजा- प्रियंवदा ने सत्य कहा है। क्योंकि-

इस शकुन्तला का मुखमण्डल अतिकृश कपोलों वाला हो गया है, वक्षःस्थल पर स्तनों ने कठोरता का परित्याग कर दिया है, दोनों कन्धे अत्यधिक झुक गए हैं, देह की कान्ति पीली पड़ गई है। कामज्वरसंतप्ता यह शकुन्तला पत्तों को सुखाने वाली वायु के द्वारा छूई गई माधवी लता के समान शोक के योग्य, तथापि प्रियदर्शिनी है।

प्रस्तुत अंश में शकुन्तला की निरन्तर क्षीणता को प्राप्त काया एवं मुख की पीताभा का वर्णन है। अतः पाण्डुता एवं तनुता कामदशा वर्णित है। श्रीनिवासाचार्य का इस विषय में मत समान है- **परिहीयस इत्यनेन तनुताख्यां पञ्चमीं मदनावस्थामनुभवसीति भावः।** राघवभट्ट के अनुसार- **मध्यः क्लान्ततर इत्यनेन कार्श्यं नामावस्थान्तरमुक्तम्। छविः पाण्डुरेति। अनेन पाण्डुत्वं नामावस्थान्तरमुक्तम्।**

प्रेम रोग से आतङ्कित एवं कामज्वर की अधिकता से मुर्झाई हुई शकुन्तला का वर्णन व्याधि कामदशा का सङ्केत कर रहा है।

२. प्रियंवदा- ननु स राजर्षिरस्यां स्निग्धदृष्ट्या सूचिताभिलाष एतान्दिवसान्प्रजागर-कृशो लक्ष्यते।

राजा- सत्यमित्थंभूत एवास्मि। तथा हि।

इदमशिशिरैरन्तस्तापाद्विवर्णमणीकृतं
निशि निशि भुजन्यस्तापाङ्गप्रसारिभिरश्रुभिः।
अनभिलुलितज्याघाताङ्कं मुहुर्मणिबन्धना-
त्कनकवलयं स्रस्तं स्रस्तं मया प्रतिसार्यते।।[२]

१. अभिज्ञानशाकुन्तल–३.८

२. अभिज्ञानशाकुन्तल–३.११

प्रियंवदा- क्योंकि उस राजर्षि ने इसके प्रति प्रेमपूर्ण दृष्टि से अपनी अभिलाषा सूचित की है, इन दिनों अधिक जागरण के कारण वे दुर्बल दिखाई पड़ते हैं।

राजा- वास्तव में मैं ऐसा ही हो गया हूँ। क्योंकि-

प्रत्येक रात्रि में भुजा पर रखे गए नेत्रान्त से बहने वाले, आन्तरिक कामसन्ताप से उष्ण अश्रुओं से जिसकी मणियाँ विकृत अर्थात् आभाहीन हो गई हैं ऐसे, कलाई से बार-बार सरके हुए इस स्वर्णकंगन को मेरे द्वारा प्रत्यञ्चा के आघात के चिह्नों को बिना रगड़े बार-बार ठीक किया जाता है।

चिन्ता एवं जागरण से राजा इतने दुर्बल हो गए हैं कि कलाई का कंगन ढीला होकर कोहनी की ओर सरक जाता है। अतः पद्य में तनुता एवं जागर कामदशा स्पष्ट हैं। राजा की बाएँ हाथ की हथेली पर मुख रख कर रात भर बैठे रहने की चिन्ता-मुद्रा चिन्ता कामदशा का सङ्केत दे रही है।

प्रियंवदा के एक वाक्य में शृङ्गारयुक्त दृष्टियों में प्रमुख, राजा की स्निग्धदृष्टि का वर्णन है। अतः यहाँ चक्षुः प्रीति कामदशा भी है। 'अभिलाष' शब्द प्रयोग से अभिलाष कामदशा है। अनेक कामदशाओं का एक वाक्य एवम् एक श्लोक में सन्निवेश कवि की कवित्व-प्रतिभा को समुज्ज्वल करता है।

११. लज्जात्याग

शकुन्तला- सखि यतः प्रभृति मम दर्शनपथमागतः स तपोवनरक्षिता राजर्षिः (इत्यर्धोक्ते लज्जां नाटयति।)

उभे-कथयतु प्रियसखी।

शकुन्तला-तत आरभ्य तद्गतेनाभिलाषेणैतदवस्थास्मि संवृत्ता।

शकुन्तला- तद्यदि वामनुमतं तथा वर्तेथां यथा तस्य राजर्षेरनुकम्पनीया भवामि।[1]

शकुन्तला-सखि! तपोवन के रक्षक वे राजर्षि जब से मेरी दृष्टि में आए हैं- (आधी बात कह कर लज्जा का अनुभव करती है)

दोनों- कहो प्रियसखी।

शकुन्तला-तभी से उनकी प्राप्ति की अभिलाषा के कारण मेरी यह दशा हो गई ।

शकुन्तला- तो यदि तुम दोनों की अनुमति हो तो वैसा प्रयत्न करो जिससे उन राजर्षि की कृपापात्र बन जाऊँ।

आश्रमोचित कन्यासुलभ लज्जाशीलत्व का त्याग करके सखियों के समक्ष अपने गोपित प्रेमरहस्य को सार्वजनिक कर देना साहस का कार्य है। भोली शकुन्तला से इस साहस की अपेक्षा

---

१. अभिज्ञानशाकुन्तल–पृ० ९८, १००

नहीं थी तथापि सखियों के आग्रह पर उसकी यह स्वानुराग विषयक अभिव्यक्ति लज्जात्याग कामदशा की अभिव्यञ्जिका है।

'अभिलाष' शब्द प्रियमिलन-विषयक भाव को व्यक्त करता हुआ अभिलाष कामदशा का द्योतक है। अभिलाषकथन से ही लज्जात्याग कामदशा पुष्ट हो रही है, स्वयं राघवभट्ट इसे स्वीकार करते हैं- **एतयोरग्रेऽभिलाषकथनादेव त्रपानाश उक्तः।**

१२. व्याधि

१. राजा- बलवदस्वस्थशरीरा शकुन्तला दृश्यते। (सवितर्कम्।) तत्किमयमातपदोषः स्यादुत यथा मे मनसि वर्तते (साभिलाषं निर्वर्ण्य।) अथवा कृतं संदेहेन।

स्तनन्यस्तोशीरं प्रशिथिलमृणालैकवलयं
प्रियायाः साबाधं किमपि कमनीयं वपुरिदम्।
समस्तापः कामं मनसिजनिदाघप्रसरयो-
र्न तु ग्रीष्मस्यैवं सुभगमपराद्धं युवतिषु॥[1]

राजा- शकुन्तला अत्यधिक अस्वस्थ शरीर वाली दिखाई दे रही हैं। (विचार करके) तो क्या यह अस्वस्थता लू के कारण है अथवा जैसे मेरे मन में कामसन्ताप है। (इच्छापूर्वक देखकर) अथवा सन्देह करना व्यर्थ है।

प्रिया निश्चित रूप से अस्वस्थ हैं, उनकी यह अस्वस्थता कामसन्ताप की अधिकता से है तभी तो उनके मुख की आभा वर्द्धित हो गई है। प्रस्तुत पद्य व्याधि अथवा कामज्वर नामक कामदशा का सुन्दर उद्धरण है।

टीकाकार श्रीनिवासाचार्य का मत है-**मदनदोष इत्यनेन नायकविषयगाढानुरागस्तेन च विप्रलंभजनितज्वराख्यमदनदशावस्थान्तरं सूच्यते।**

निरन्तर शिथिल मृणाल-कंगन शकुन्तला के शरीर की कृशता कामदशा को बता रहा है। श्रीनिवासाचार्य के अनुसार- **'यद्वा प्रतिक्षणं शरीरकार्श्यवशान्मृणालानि गलन्तीति व्यज्यते तेन च कार्श्यं नाम मदनावस्थान्तरमुक्तम्।'**

२. प्रियंवदा-(जनान्तिकम्।) अनसूये तस्य राजर्षेः प्रथमदर्शनारभ्य पर्युत्सुकेव शकुन्तला। किं नु खल्वस्यास्तन्निमित्तोऽयमातङ्को भवेत्।

अनसूया-सखि ममापीदृश्याशङ्का हृदयस्य। भवतु प्रक्ष्यामि तावदेनाम्। (प्रकाशम्।) सखि प्रष्टव्यासि किमपि। बलवान्खलु ते संतापः।

शकुन्तला-(पूर्वार्धेन शयनादुत्थाय।) हला किं वक्तुकामासि।

---

१. अभिज्ञानशाकुन्तल- ३.७

अनसूया- हला शकुन्तले अनभ्यन्तरे खल्वावां मदनगतस्य वृत्तान्तस्य। किं तु यादृशीतिहास-निबन्धेषु कामयमानानामवस्था श्रूयते तादृशीं तव पश्यामि। कथय किंनिमित्तं ते संतापः। विकारं खलु परमार्थतोऽज्ञात्वाऽनारम्भः प्रतीकारस्य।[1]

प्रियंवदा- (हथेली की ओट में) अनसूये! उन राजर्षि के प्रथम दर्शन से ही शकुन्तला उत्कण्ठित है। क्या इसकी यह अस्वस्थता उन (राजर्षि) के कारण है।

अनसूया-सखि! मेरे हृदय में भी ऐसी आशङ्का है। अच्छा, इसी से पूछती हूँ। (प्रकट में) सखि! तुमसे कुछ पूछना चाहती हूँ। तुम्हारा सन्ताप वास्तव में प्रगाढ़ है।

शकुन्तला-सखि! क्या पूछना चाहती हो।

अनसूया-सखि शकुन्तले! हम दोनों वस्तुतः कामसम्बन्धी परिचर्चा से अनभिज्ञ हैं, किन्तु ऐतिहासिक कथाओं में कामार्त व्यक्तियों की जैसी दशा सुनी जाती है, वैसी तुम्हारी देखती हूँ। बताओ, तुम्हारे संताप का क्या कारण है? वस्तुतः रोग को ठीक-ठीक जाने बिना चिकित्सा असम्भव है।

दोनों सखियों का सम्पूर्ण वार्तालाप राजा दुष्यन्त द्वारा शकुन्तला के आलिङ्गन आदि क्रियाओं के अभाव में कामज्वर के माध्यम से व्याधि कामदशा को कहता है। सखियों द्वारा प्रयुक्त आतङ्क, संताप, विकार आदि पर्यायवाची शब्द व्याधि कामदशा को ही पुष्ट करते हैं।

प्रियंवदा की उक्ति में प्रयुक्त 'पर्युत्सुका' पद का पाठान्तर रूप 'आपन्ना' वियोग-परम्परा के माध्यम से अनुस्मृति, गुणकथन, उद्वेग आदि अवस्थाओं को द्योतित करता है। टीकाकार श्रीनिवासाचार्य ने कहा है- **आपन्नेत्यनेन वस्तुसौन्दर्यबलाद्रूढमूलानुरागतया विरहपरंपराजनितस्मृतिर्गुणगणोद्वेगाद्य-वस्थाः द्योत्यन्ते।**

२. राजा- **पृष्टा जनेन समदुःखसुखेन बाला**
नेयं न वक्ष्यति मनोगतमाधिहेतुम्।
दृष्टो विवृत्य बहुशोऽप्यनया सतृष्ण-
मत्रान्तरे श्रवणकातरतां गतोऽस्मि॥[2]

राजा- दुःख सुख में समान जनों द्वारा पूछे जाने पर यह बाला अपनी मानसिक व्यथा के कारण को नहीं कहेगी, ऐसा नहीं है। इसके द्वारा बहुत बार पीछे की ओर मुड़ कर तृष्णा के साथ देखे जाने पर भी मैं इस समय इनका उत्तर सुनने के लिए अधीर हो गया हूँ।

साभिलाष नेत्रों से प्रेम की आकुलता का प्रदर्शन करती, मन ही मन विरह का दुःख झेलती, प्रिय-मिलन के लिए अत्यधिक उत्कण्ठित नायिका की दयनीय दशा तथा राजा द्वारा कथित 'आधि' शब्द नायिका की व्याधि नामक कामदशा को निर्देशित कर रहा है।

१. अभिज्ञानशाकुन्तल–पृ० ९४

२. अभिज्ञानशाकुन्तल–३.९

४. राजा-(सहर्षम्।) श्रुतं श्रोतव्यम्।

स्मर एव तापहेतुर्निर्वापयिता स एव मे जातः।
दिवस इवाभ्रश्यामस्तपात्यये जीवलोकस्य ।।[१]

राजा- (हर्षपूर्वक) सुनने योग्य सुन लिया।

ग्रीष्मऋतु की समाप्ति पर जीवलोक के लिए मेघों से श्यामल दिवस के समान कामदेव ही मेरे सन्ताप का कारण थे, वे ही अब शन्तिकारक हो गए हैं।

नायक द्वारा नायिका को लक्ष्य कर जिस सन्ताप का उल्लेख किया गया है, वह नायक की व्याधि कामदशा के सङ्केत के लिए पर्याप्त है।

५. विदूषकः- (अपवार्य) लङ्घित एष भूयोऽपि शकुन्तलाव्याधिना। न जाने कथं चिकित्सितव्यो भविष्यतीति।[२]

विदूषक- शकुन्तला रूपी व्याधि ने फिर इन पर आक्रमण किया है। न जाने कैसे इनका उपचार होगा?

शकुन्तला के ध्यान में निरन्तर मग्न रहना, तद्विषयक चिन्तत एवं वार्तालाप सदा करते रहना, मिलन के लिए अधीर रहना आदि दुष्यन्त की क्रियाओं को देखकर विदूषक को यह समझते देर नहीं लगी कि राजा दुष्यन्त व्याधि कामदशा से अत्यन्त पीड़ित हैं तथा इनके रोग का निदान कठिन है।

१३. जडता

१. अयमहं भोः।

अनसूया-(कर्णं दत्वा।) सखि, अतिथीनामिव निवेदितम्।

प्रियंवदा-ननूटजसंनिहिता शकुन्तला।

अनसूया- अद्य पुनर्हृदयेनासंनिहिता।

(नेपथ्ये।)

आः अतिथिपरिभाविनि-

विचिन्तयन्ती यमनन्यमानसा
तपोधनं वेत्सि न मामुपस्थितम्।

---

१. अभिज्ञानशाकुन्तल–३.१०

२. अभिज्ञानशाकुन्तल–पृ०२१२

स्मरिष्यति त्वां न स बोधितोऽपि स-
न्कथां प्रमत्तः प्रथमं कृतामिव॥[1]

प्रियंवदा- हा धिक् हा धिक्। अप्रियमेव संवृत्तम्। कस्मिन्नपि पूजार्हेऽपराद्धा शून्यहृदया शकुन्तला।

\- -

प्रियंवदा- (विलोक्य।)अनसूये पश्य तावत्। वामहस्तोपहितवदनाऽऽलिखितेव प्रियसखी। भर्तृगतया चिन्तयात्मानमपि नैषा विभावयति। किं पुनरागन्तुकम्।[2]

यह मैं हूँ। यहाँ कौन है?

अनसूया- (कान लगा कर) सखि! अतिथि की सी आवाज है।

प्रियंवदा- कुटी में शकुन्तला तो है।

अनसूया- किन्तु आज हृदय से वहाँ नहीं है।

(नेपथ्य में)

ओह, ओ अतिथि का तिरस्कार करने वाली।

अनन्य हृदय से जिसका चिन्तन करती हुई तू उपस्थित हुए मुझ तपस्वी को नहीं जान रही है, वह प्रमत्त व्यक्ति के द्वारा पहले कही गई कथा के समान स्मरण दिलाए जाने पर भी तेरा स्मरण नहीं करेगा।

प्रियंवदा- हाय! हाय! अनर्थ हो गया। किसी पूजनीय व्यक्ति के प्रति शून्यहृदया शकुन्तला से अपराध हो गया।

\- -

प्रियंवदा-(देख कर) अनसूये! देखो तो। बाएँ हाथ पर मुख रखे हुए हमारी प्रियसखी चित्रित सी बैठी है। पति के ध्यान में लीन होने के कारण उसे अपना भी ध्यान नहीं है तो आगन्तुक का कहाँ हो?

प्रिय के ध्यान में मग्न शकुन्तला प्रिय के एकात्मभाव के चिन्तन में चित्त को पूर्ण रूप से केन्द्रित किए थी। महर्षि दुर्वासा कब आए और क्यों उसे शाप देकर चले गए, उसे आभास भी नहीं हुआ। सखियाँ उसकी इस हृदयशून्यता को समझ रही थीं, देख रहीं थी। वे जानती थीं कि पति के स्मरण में तल्लीन शकुन्तला कुटिया पर हो कर भी मानों नहीं है, उसे अपना भी ज्ञान नहीं है, तब वह आगन्तुक के प्रश्न का उत्तर कैसे दे सकती है। प्रस्तुत पद्य एवम् उद्धरण में जडता नामक कामदशा सुन्दरतापूर्वक उपन्यस्त है, साथ ही चिन्ता कामदशा भी लक्षित हो रही है।

१. अभिज्ञानशाकुन्तल–४.१

२. अभिज्ञानशाकुन्तल–पृ० १२६

१४. मरण

१. शकुन्तला- (आत्मगतम्।) बलवान्खलु मेऽभिनिवेशः। इदानीमपि सहसैतयोर्न शक्नोमि निवेदयितुम्।[१]

शकुन्तला- मेरी- (राजा के प्रति) आसक्ति वस्तुतः प्रमाद है। तथापि अब भी इन दोनों से सहसा कहने में असमर्थ हो रही हूँ।

अन्तरङ्गिणी सखियों से हृदय में बसे प्रियतम का नाम बताने का साहस शकुन्तला नहीं कर पा रही है, यद्यपि उसकी आकुलता इतनी अधिक है कि वह मरण समान दशा को प्राप्त हो रही है। टीकाकार श्रीनिवासाचार्य ने कहा है-**बलवान् मरणाख्यं मदनावस्थान्तरं गतः।**

२. शकुन्तला-तद्यदि वामनुमतं तथा वर्तेथां यथा तस्य राजर्षेरनुकम्पनीया भवामि। अन्यथावश्यं सिञ्चत मे तिलोदकम्।

राजा- संशयच्छेदि वचनम्।

प्रियंवदा- (जनान्तिकम्।) अनसूये दूरगतमन्मथाऽक्षमेयं कालहरणस्य। यस्मिन्बद्धभावैषा स ललामभूतः पौरवाणाम्। तद्युक्तमस्या अभिलाषोऽभिनन्दितुम्।[२]

शकुन्तला- तो यदि तुम लोगों की अनुमति हो तो वैसा प्रयास करो जिससे उस राजा की कृपापात्र हो जाऊँ। नहीं तो मेरे लिए तिलाञ्जलि तैयार करो।

राजा- इसका कथन सन्देह को दूर करता है।

प्रियंवदा- (हथेली की ओट में) अनसूये! इसका कामविकार बहुत अधिक बढ़ गया है, अब यह देर नहीं सहन कर सकती है। जिस पुरुष पर इसका अनुराग हुआ है, वह पुरुवंशियों में श्रेष्ठ है। तो इसकी अभिलाषा का अनुमोदन करना उचित है।

शकुन्तला ने साहस करके अपनी प्रेमकथा तो निवेदित कर दी, आकुलता की पराकाष्ठा को प्राप्त अपनी दशा भी स्पष्ट शब्दों में वर्णित कर दी। सखियों ने भी स्वीकार किया कि विलम्ब से अनर्थ हो सकता है। अतः सत्पात्र पर आसक्ति होने से इसकी जीवन रक्षा का उपाय किया जाना अनुचित नहीं है। उपर्युक्त वार्तालाप मरणासन्नदशा-रूप मरण कामदशा को स्पष्टरूपेण कह रहा है। श्रीनिवासाचार्य ने शकुन्तला एवं प्रियंवदा के कथोपकथन के विषय में स्वमन्तव्य दिया है- **उदकं सिंचतम्। तेनात्मन आसन्नमरणसमानदशा सूच्यते। कालहरणस्याक्षमा विलम्बे सति चरमा मरणावस्थैव भविष्यतीति।**

महाकवि कालिदास ने निम्नलिखित दो श्लोकों में राजा दुष्यन्त की वियोगावस्था के वर्णन में अधिकांश कामदशाओं को उपन्यस्त किया है। अतः कामदशा की दृष्टि से इन दोनों श्लोकों का पृथग् विवेचन आवश्यक है-

१. अभिज्ञानशाकुन्तल-पृ० ९४

२. अभिज्ञानशाकुन्तल-पृ० १००

१. कञ्चुकी- रम्यं द्वेष्टि यथा पुरा प्रकृतिभिर्न प्रत्यहं सेव्यते
शय्याप्रान्तविवर्तनैर्विगमयत्युन्निद्र एव क्षपाः।
दाक्षिण्येन ददाति वाचमुचितामन्तःपुरेभ्यो यदा
गोत्रेषु स्खलितस्तदा भवति च व्रीडाविलक्षश्चिरम्।।[१]

कञ्चुकी- राजा सभी सुन्दर वस्तुओं से घृणा करते हैं। पहले के समान मन्त्रियों आदि की सेवा नहीं करते हैं। शय्या के किनारों पर करवटें बदलते हुए जागते रह कर ही रात्रि व्यतीत कर देते हैं। जब अन्तःपुर की रानियों से शिष्टाचार के कारण उचित वार्तालाप करते हैं तब नामोच्चारण में त्रुटि के कारण देर तक लज्जा से विस्मित रहते हैं।

प्रथम विषयनिवृत्ति के कारण उद्वेग कामदशा, द्वितीय पूर्ववत् राज्यकार्य में मन न लगने के कारण अनुस्मृति, तृतीय प्रियाविषयक विचारों में लीन रह कर रात्रि-जागरण के कारण चिन्ता, चतुर्थ जागते रहने से निद्राच्छेद कामदशा, पंचम अन्तःपुर की स्त्रियों में रुचि समाप्त हो जाने से उद्वेग कामदशा, अन्तिम पंक्ति में गोत्रस्खलन पूर्वक अर्थात् अन्य किसी रानी को शकुन्तला सम्बोधित कर देने से षष्ठ चित्तासङ्ग कामदशा का समावेश है। अधिकांश कामदशाओं का एकत्र समान-सन्निवेश श्लोक को विलक्षणता प्रदान कर रहा है।

२. कञ्चुकी- (राजानमवलोक्य।) अहो सर्वास्ववस्थासु रमणीयत्वमाकृतिविशेषाणाम्। एवमुत्सुकोऽपि प्रियदर्शनो देवः। तथा हि।

प्रत्यादिष्टविशेषमण्डनविधिर्वामप्रकोष्ठार्पितं
बिभ्रत्काञ्चनमेकमेव वलयं श्वासोपरक्ताधरः।
चिन्ताजागरणप्रतान्तनयनस्तेजोगुणादात्मनः
संस्कारोल्लिखितो महामणिरिव क्षीणोऽपि नालक्ष्यते।।[२]

कञ्चुकी- (राजा को देख कर) अहो, आकृतिविशेष जनों में सभी अवस्थाओं में सुन्दरता विद्यमान रहती है। इस प्रकार विरह से व्यथित महाराज भी सुदर्शन हैं। क्योंकि-

उन्होंने विशेष प्रकार के अलङ्कार धारण करना बन्द कर दिया है। बाईं कलाई में पड़े हुए एक ही स्वर्ण-कंगन को धारण करते हैं। अधर (विरहजन्य उष्ण) श्वास से लाल हो रहा है। चिन्ता के कारण जागते रहने से दोनों नेत्र म्लान हो गए हैं। कसौटी पर घिसे गए बहुमूल्य रत्न के समान कृश होने पर भी अपनी तेजस्विता के कारण (कृश अथवा शोकविह्वल) दिखाई नहीं पड़ते हैं।

कञ्चुकी के द्वारा प्रयुक्त शब्द-'सर्वास्ववस्थासु' काव्यशास्त्रियों द्वारा वर्णित दश कामदशाओं का द्योतक है। तदनन्तर श्लोक में सर्वप्रथम राजा की अलङ्करण से अरुचि होने के कारण उद्वेग

---

१. अभिज्ञानशाकुन्तल-६.५

२. अभिज्ञानशाकुन्तल-६.६

कामदशा, द्वितीय पुरुषोचित दाईं भुजा में कंगन धारण करने के स्थान पर चित्तसंभ्रमवश बाईं कलाई में कंगन धारण के कारण उन्माद कामदशा, तृतीय वियोगतप्त दीर्घ श्वासों के कारण अनुस्मृति कामदशा, चतुर्थ चिन्ता-व्यापृत रहने के कारण चिन्ता कामदशा, पञ्चम निद्रा न आने के कारण निद्राच्छेद कामदशा तथा षष्ठ क्षीण शब्द प्रयोग से दुर्बलता द्योतित होने कारण तनुता कामदशा का उल्लेख है। प्रस्तुत श्लोक अधिकांश कामदशाओं को स्वयं में समाहित किए हुए कवि की रचनाकारयित्री प्रतिभा का सुन्दर निदर्शन सिद्ध हो रहा है।

टीकाकार राघवभट्ट, श्रीनिवासाचार्य, पण्डित नवकिशोरकर शास्त्री आदि ने अपनी संस्कृत-टीकाओं में दोनों श्लोकों में उपर्युक्त लगभग सभी कामदशाओं का सङ्केत किया है।

शाकुन्तल नाटक कालिदास की दीर्घ सांसारिक अनुभूतियों एवं लोकव्यवहार की प्रवीणता का परिपाक है। शाकुन्तल का चित्रपट्ट अत्यन्त विशाल एवं मनोरम है। इसके समृद्ध कलेवर में राजा दुष्यन्त एवं शकुन्तला के जीवन के सरल एवं कठोर, सभी मोड़ों को कवि ने एक साथ मिश्रित कर इस रूप में प्रस्तुत किया है कि नाट्यवस्तुओं के समावेश का पूरा-पूरा अवसर मिल सके। यही कारण है कि काव्यशास्त्रियों द्वारा अल्पान्तर से वर्णित समग्र कामदशाओं का उन्होंने भली-भाँति सन्निवेश किया है। कतिपय स्थलों पर तो अनेक कामदशाओं की एकत्र प्रस्तुति कवि की काव्य प्रतिभा के विलास को पूर्ण स्पष्ट कर रही है। चक्षुःप्रीति से मरण पर्यन्त क्रम से विकास को प्राप्त कामदशाएँ नायक एवं नायिका की मनःस्थिति को कुशलतापूर्वक नाट्यायित कर ग्रन्थ के गौरव को और अधिक वृद्धिगत कर रही हैं, ऐसा हमारा विश्वास है।

— 0 —

द्वितीय पल्लव

अभिज्ञानशाकुन्तल में रतिभेद

१. आभियोगिकी

१. राजा------- मम हि

गच्छति पुरः शरीरं धावति पश्चादसंस्तुतं चेतः ।
चीनांशुकमिव केतोः प्रतिवातं नीयमानस्य ॥[१]

राजा ------- क्योंकि मेरा-

शरीर आगे की ओर जा रहा है और मन, वायु के प्रतिकूल ले जाए जाते हुए ध्वजा के चीनी रेशमी वस्त्र के समान, अपरिचित सा, पीछे की ओर दौड़ रहा है।

राजा दुष्यन्त शकुन्तला के प्रति आसक्ति से स्वयं को रोक नहीं पा रहे हैं। उनके द्वारा अभिव्यक्त ये प्रेमभाव स्वेन आभियोगिकी रति को सूचित कर रहे हैं। .

२. शकुन्तला- सखि, यतः प्रभृति मम दर्शनपथमागतः स तपोवनरक्षिता राजर्षिः- (इत्यर्धोक्ते लज्जां नाटयति।)

उभे-कथयतु प्रियसखी।

शकुन्तला- तत आरभ्य तद्गतेनाभिलाषेणैतदवस्थास्मि संवृत्ता।[२]

शकुन्तला-सखि! तपोवन के रक्षक वे राजर्षि जबसे मेरी दृष्टि में आए हैं- (इस प्रकार आधी बात कह कर लज्जा का अभिनय करती है।)

१. अभिज्ञानशाकुन्तल–१.३१
२. अभिज्ञानशाकुन्तल–पृ० ९८

दोनों-कहो, प्रियसखी।

शकुन्तला-तभी से उनकी प्राप्ति की अभिलाषा के कारण मेरी यह दशा हो गई।

प्रथम दर्शन से ही राजा के प्रति आकृष्ट शकुन्तला सखियों से अपने अनुराग की चर्चा करती है। इस कारण प्रस्तुत अंश में स्वेन आभियोगिकी रति है।

३. शकुन्तला- (वाचयति।)

तुज्झ ण आणे हिअअं मम उण कामो दिवावि रत्तिम्मि ।
णिग्घिण तवइ बलीअं तुइ वुत्तमणोरहाइं अङ्गाइं ॥[1]
(तव न जाने हृदयं मम पुनः कामो दिवाऽपि रात्रावपि ।
निर्घृण तपति बलीयस्त्वयि वृत्तमनोरथाया अङ्गानि ॥)

शकुन्तला- (पढ़ती है।)

हे निर्दय! मैं तुम्हारे हृदय के विषय में नहीं जानती किन्तु कामदेव तुम्हारे प्रति अभिलाषा से पूर्ण मेरे अङ्गों को दिन में भी, रात्रि में भी अत्यधिक तपा रहा है।

रात्रिन्दिवं काम-सन्ताप से सन्तप्त नायिका शकुन्तला प्रेम-तपन की सूचना को सार्वजनिक कर रही है। अतः यहाँ स्वेन आभियोगिकी रति की स्थिति है।

४. राजा- (सहसोपसृत्य।)

तपति तनुगात्रि मदनस्त्वामनिशं मां पुनर्दहत्येव ।
ग्लपयति यथा शशाङ्कं न तथा हि कुमुद्वतीं दिवसः ॥[2]

राजा- (अचानक समीप जाकर)

हे कृशाङ्गि ! कामदेव तुझको तो रात दिन तपाता है, किन्तु मुझको तो जलाता है। दिन चन्द्रमा को जितना मलिन बना देता है उतना कमलिनी को नहीं।

महाराजा दुष्यन्त अपने हृदय में गोपित प्रेम को शकुन्तला के सम्मुख निवेदित कर रहे हैं। अतः यहाँ स्वेन आभियोगिकी रति है।

५. राजा ----- तथापि तु

अभिमुखे मयि संहृतमीक्षितं हसितमन्यनिमित्तकृतोदयम् ।
विनयवारितवृत्तिरतस्तया न विवृतो मदनो न च संवृतः ॥[3]

राजा ------- क्योंकि हे मित्र! मेरे सामने देखने पर मेरी प्रिया दृष्टि हटा लेती थी, अन्य कारण के बहाने से हँसती थी। अतः उन्होंने विनम्रता अर्थात् शील और सङ्कोच के कारण नियन्त्रित की गई प्रवृत्ति वाले अपने कामभाव को न तो प्रदर्शित किया और न ही छिपाया ही।

१. अभिज्ञानशाकुन्तल- ३.१४
२. अभिज्ञानशाकुन्तल-३.१५
३. अभिज्ञानशाकुन्तल-२.११

स्वभाव से अप्रगल्भ शकुन्तला ने काममिश्रित दृष्टि एवं स्मितहास्य से अपने अनुराग को स्पष्ट किया है। राजा द्वारा इस प्रेमरहस्य के बोधन और वर्णन से यहाँ परेण आभियोगिकी रति अभिव्यक्त है।

६. प्रियंवदा- (जनान्तिकम्।) अनसूये, दूरगतमन्मथाऽक्षमेयं कालहरणस्य। यस्मिन् बद्धभावैषा स ललामभूतः पौरवाणाम्।

ननु सा राजर्षिरस्यां स्निग्धदृष्ट्या सूचिताभिलाष एतान्दिवसान् प्रजागरकृशो लक्ष्यते।[1]

प्रियंवदा-(हथेली की ओट में) अनसूये! इसका कामविकार बहुत अधिक बढ़ गया है, अब यह देर नहीं सहन कर सकती है। जिस पुरुष पर इसका अनुराग हुआ है वह पुरुवंशियों में श्रेष्ठ है।

अनसूये! वह राजर्षि जो इनके प्रति स्नेहपूर्ण दृष्टि से अपनी अभिलाषा सूचित कर चुके हैं, इन दिनों रात्रिजागरण के कारण कृश दिखाई पड़ते हैं।

शकुन्तला की सखियाँ अपने वार्तालाप में शकुन्तला की दुष्यन्त-विषयक आसक्ति को तथा दुष्यन्त के शकुन्तला विषयक स्नेह को अभिव्यक्त कर रही हैं। अतः यहाँ परेण आभियोगिकी रति है।

२. वैषयिकी

१. राजा- (सहर्षम्।) श्रुतं श्रोतव्यम्।

स्मर एव तापहेतुर्निर्वापयिता स एव मे जातः ।
दिवस इवाभ्रश्यामस्तपात्यये जीवलोकस्य ।।[2]

राजा- (हर्षपूर्वक) सुनने योग्य सुन लिया।

ग्रीष्म ऋतु की समाप्ति पर जीवलोक के लिए मेघों से श्यामल दिवस के समान कामदेव ही मेरे सन्ताप का कारण थे, वे ही अब शान्तिकारक हो गए हैं।

शकुन्तला द्वारा सखियों के सम्मुख दुष्यन्त-विषयक स्वकीय आसक्ति के वर्णन को सुनकर आड़ में छिपे दुष्यन्त प्रेम-विह्वल हो उठते हैं। शकुन्तला के मुख से निकले शब्दों से आह्लादित दुष्यन्त शब्दोत्पन्ना वैषयिकी रति की स्थिति को प्राप्त हुए हैं।

२. शकुन्तला- (आत्मगतम्।) किं नु खल्विमं प्रेक्ष्य तपोवनविरोधिनो विकारस्य गमनीयास्मि संवृत्ता। -

प्रियंवदा- (जनान्तिकम्।) अनसूये तस्य राजर्षेः प्रथमदर्शनादारभ्य पर्युत्सुकेव शकुन्तला।

- -

१. अभिज्ञानशाकुन्तल–पृ० १००, पृ० १०२

२. अभिज्ञानशाकुन्तल–३.१०

शकुन्तला- सखि यतः प्रभृति मम दर्शनपथमागतः स तपोवनरक्षिता राजर्षिः - (इत्यर्धोक्ते लज्जां नाटयति।)

- -

तत आरभ्य तद्गतेनाभिलाषेणैतदवस्थास्मि संवृत्ता।[1]

शकुन्तला- (मन में) क्या करण है कि इन (पुरुष) को देख कर तपोवन के विरोधी विकार को प्राप्त हो गई हूँ।

प्रियंवदा- (हथेली की ओट में) अनसूये! उस राजर्षि के प्रथम दर्शन के समय से लेकर शकुन्तला उद्विग्न सी रहती है।

शकुन्तला- सखि! तपोवन के रक्षक उन राजर्षि को जबसे मैंने देखा है। (आधा वाक्य कह कर लज्जा का अभिनय करती है।)

तबसे ही तद्विषयक आकांक्षा के कारण मेरी यह स्थिति हो गई है।

दुष्यन्त के प्रथम दर्शन से ही शकुन्तला उन पर मुग्ध हो गई थी, सम्पर्क में आ कर यह आसक्ति प्रगाढ़ प्रेम में परिवर्तित हो गई। शकुन्तला रूपोत्पन्ना के साथ-साथ शब्दोत्पन्ना वैषयिकी रति में आलिप्त है।

३. राजा–

अपरिक्षतकोमलस्य यावत्कुसुमस्येव नवस्य षट्पदेन।
अधरस्य पिपासता मया ते सदयं सुन्दरि गृह्यते रसोऽस्य ॥[2]

राजा-हे सुन्दरि! अक्षत और कोमल नवीन पुष्प के सदृश तुम्हारे इस अधर का रस भ्रमर के सदृश पिपासु मेरे द्वारा जब तक दयाभाव से नहीं ग्रहण किया जाता है, तब तक मैं तुम्हें नहीं छोड़ूँगा।

शकुन्तला के रतिसर्वस्व अधर-रस का पान करने को लालायित दुष्यन्त रसोत्पन्ना वैषयिकी रत्यवस्था को सूचित कर रहे हैं।

३. सम्बन्धजा

राजा- माधव्य, अनवाप्तचक्षुःफलोऽसि। येन त्वया दर्शनीयं न दृष्टम्।

- - - - - - - - - - - -

अहं तु तामाश्रमललामभूतां शकुन्तलामधिकृत्य ब्रवीमि।

- - - - - - - - - - - -

सखे, न परिहार्ये वस्तुनि पौरवाणां मनः प्रवर्तते।

१. अभिज्ञानशाकुन्तल–पृ० ३६, ९४, ९८

२. अभिज्ञानशाकुन्तल–३.२२

सुरयुवतिसंभवं किल मुनेरपत्यं तदुज्झिताधिगतम्।
अर्कस्योपरि शिथिलं च्युतमिव नवमालिकाकुसुमम्॥[१]

राजा-माधव्य! तुम्हारी आँखें सफल नहीं हुई हैं जो तुमने देखने योग्य वस्तु नहीं देखी।

मैं तो आश्रम की अलङ्कारस्वरूपा उस शकुन्तला के विषय में कह रहा हूँ।

मित्र! पुरुवंशियों का मन त्याज्य वस्तुओं की ओर नहीं जाता है।

शिथिल होने से आक के ऊपर गिरे हुए नवमल्लिका के फूल के समान वह मुनि की सन्तान (शकुन्तला) वास्तव में (मेनका नामक) अप्सरा की पुत्री है और (उसके द्वारा) छोड़े जाने पर (ऋषि को) प्राप्त हुई है।

महान् पुरुवंश की परम्परा के रक्षक राजर्षि दुष्यन्त शकुन्तला के रूप तथा कुल दोनों से आश्वस्त हो प्रेमोन्मुख होते हैं। अतः यहाँ सम्बन्धजा रति दृष्टिगोचर होती है।

राजा को प्रिया शकुन्तला श्रेष्ठ एवं सुन्दरतम प्रतीत होने से अभिमान को उत्पन्न कर रही है। अतः यहाँ आभिमानिकी रति भी है।

४. आभिमानिकी

१. राजा-भद्रे किं बहुना।

परिग्रहबहुत्वेऽपि द्वे प्रतिष्ठे कुलस्य मे।
समुद्ररसना चोर्वी सखी च युवयोरियम्॥[२]

राजा-भद्रे! अधिक क्या कहूँ।

बहुत पत्नियों के रहते हुए भी मेरे वंश की दो ही प्रतिष्ठाएँ हैं- समुद्ररूपी मेखला वाली पृथ्वी और आप दोनों की यह सखी।

राजा का अन्तःपुर स्त्री-रत्नों से भरा है ऐसा संकेत विदूषक ने प्रारम्भ में ही किया था, तथापि राजा स्वयं स्वीकार भी कर रहे हैं कि मेरी समस्त रानियों में यह शकुन्तला ही प्रधान महिषी पद पर प्रतिष्ठित होगी। राजा के ये विचार उनकी आभिमानिकी रति को उद्बुद्ध कर रहे हैं।

५. तदीयविशेषयुक्ता

राजा- (शकुन्तलायाः पादयोः प्रणिपत्य।)

सुतनु हृदयात्प्रत्यादेशव्यलीकमपैतु ते
किमपि मनसः संमोहो मे तदा बलवानभूत्।

---

१. अभिज्ञानशाकुन्तल-पृ० ६८, २.८

२. अभिज्ञानशाकुन्तल-३.१८

प्रबलतमसामेवंप्राया: शुभेषु हि वृत्तय:
स्रजमपि शिरस्यन्ध: क्षिप्तां धुनोत्यहिशङ्कया ॥[१]

राजा-(शकुन्तला के चरणों में गिर कर)

हे शोभनाङ्गि! तुम्हारे हृदय से मेरे द्वारा किए गए तिरस्कार की पीड़ा दूर हो। उस समय मेरे मन में कोई प्रबल भ्रम था। तमोगुणप्रधान व्यक्तियों की कल्याणकारी वस्तुओं के विषय में प्राय: इसी प्रकार की प्रवृत्तियाँ हो जाती हैं। अन्धा व्यक्ति सिर पर डाली गई फूलों की माला को भी सर्प की आशंका से फेंक देता है।

राजा दुष्यन्त से अज्ञान में जो त्रुटिपूर्ण आचरण हो गया, उसका परिणाम कष्टसाध्य रहा। पश्चात्तापस्वरूप शकुन्तला के चरणों में गिर कर अनुनय-विनय कर उनके प्रसादन का उपाय करना प्रियपदोत्पन्ना तदीयविशेषयुक्ता रति का उपलक्षक है।

६. औपमानिकी

राजा------ ममापि काश्यपसुतामनुस्मृत्य मृगयाविक्लवं चेत:। कुत:।

न नमयितुमधिज्यमस्मि शक्तो
धनुरिदमाहितसायकं मृगेषु।
सहवसतिमुपेत्य यै: प्रियाया:
कृत इव मुग्धविलोकितोपदेश:॥[२]

राजा ------- मेरा भी हृदय काश्यपपुत्री शकुन्तला का स्मरण करके मृगया से विरक्त हो रहा है। क्योंकि-

प्रत्यञ्चा चढ़े हुए और बाण रखे हुए इस धनुष को मैं मृगों पर चलाने में समर्थ नहीं हूँ, जिन्होंने मेरी प्रिया शकुन्तला के साथ रह कर उसे मनोहर अवलोकन का उपदेश दिया है।

मृगया-व्यसनी राजा मृगों पर बाण प्रहार कैसे करें, मृगों के साथ रहने वाली प्रिया ने मृगों के नेत्रों से ही तो कटाक्ष-शिक्षण लिया है। समानता का यह प्रसंग औपमानिकी रति के संदर्भ को सिद्ध कर रहा है। भोजराज ने शृङ्गारप्रकाश में इसे औपमानिकी संपृक्था रति[३] कहा है।

७. नैसर्गिकी

राजा------

रम्याणि वीक्ष्य मधुरांश्च निशम्य शब्दा-
न्पर्युत्सुको भवति यत्सुखितोऽपि जन्तु:।

---

१. अभिज्ञानशाकुन्तल–७.२४

१. अभिज्ञानशाकुन्तल–२.३

तच्चेतसा स्मरति नूनमबोधपूर्वं
भावस्थिराणि जननान्तरसौहृदानि॥[1]

राजा -------

सुन्दर वस्तुओं को देख कर अथवा मीठे शब्दों को सुन कर जब सुखी व्यक्ति भी उत्कण्ठित हो जाता है, तब वह निश्चय ही संस्कार के रूप में दृढ़ता से वर्तमान विगत जन्मों के प्रेमव्यवहारों को, भली-भाँति जाने बिना ही मन से स्मरण करता है।

राजा दुष्यन्त द्वारा उच्चरित प्रस्तुत पद्य उनके शकुन्तलाविषयक जननान्तरसौहृद का परिचायक है। महर्षि दुर्वासा के शाप के कारण दुष्यन्त शकुन्तला-प्रेम को विस्मृत कर चुके हैं। किन्तु उनके अन्तर्मन में वह पर्यवस्थित ही है। दुर्वासा-शाप से पहले का जीवन दुष्यन्त के लिए जननान्तरसदृश है। मारीचाश्रम में जब दुष्यन्त का शकुन्तला से मिलन होता है मानों वह उनका अपर जन्म है। इस प्रकार प्रस्तुत पद्य प्रकारान्तर से दुष्यन्त की शकुन्तलाविषयिकी नैसर्गिकी रति का सुन्दर निदर्शन है।

८. स्वरूपजा

राजा- कामं प्रिया न सुलभा मनस्तु तद्भावदर्शनाश्वासि।
अकृतार्थेऽपि मनसिजे रतिमुभयप्रार्थना कुरुते॥[2]

राजा-भले ही प्रिया सुलभ न हो, किन्तु मेरा मन उनके प्रेमपूर्ण भावों को देख कर सन्तुष्ट है। कामभाव के सफल न होने पर भी दोनों ओर की मिलनोत्कण्ठा अनुराग को उत्पन्न करती है।

दुष्यन्त का मन शकुन्तला के प्रति प्रेम पूरित है। शकुन्तला की ओर से भी ऐसा ही प्रेम संकेत पाकर राजा उभयनिष्ठ स्वरूपजा रति के विषय में आश्वस्त हैं।

९. आध्यात्मिकी

१. राजा --------

रम्याणि वीक्ष्य मधुरांश्च निशम्य शब्दा-
न्पर्युत्सुको भवति यत्सुखितोऽपि जन्तुः।
तच्चेतसा स्मरति नूनमबोधपूर्वं
भावस्थिराणि जननान्तरसौहृदानि॥[3]

---

१. अभिज्ञानशाकुन्तल-५.२

२. अभिज्ञानशाकुन्तल-२.१

३. अभिज्ञानशाकुन्तल-५.२

रानी हंसपदिका के हृदय की व्यथा विस्मरण की दारुण चित्तवृत्ति वाले राजा को झकझोर देती है। उनका अपना हृदय ही उन्हें जीवन में घटी किसी विगत घटना के स्मरण को प्रेरित सा करता है। अतः यहाँ आध्यात्मिकी रत्यवस्था द्योतित है। भोजराज ने शृङ्गारप्रकाश में इसमें आध्यात्मिकी अनुवर्तिनी रति स्वीकार की है।[१]

२. राजा-

कामं प्रत्यादिष्टां स्मरामि न परिग्रहं मुनेस्तनयाम्।
बलवत्तु दूयमानं प्रत्याययतीव मां हृदयम्॥[२]

राजा-

यद्यपि तिरस्कार की गई मुनि-पुत्री के विवाह-प्रसंग को स्मरण नहीं कर पा रहा हूँ, किन्तु बहुत अधिक कसकता हुआ हृदय मुझे विवाह का विश्वास सा दिला रहा है।

शाप से विमोहितचित्त राजा विवाह सदृश महत्त्वपूर्ण घटना को भूल गए, किन्तु सत् तो चिरस्थायी है, अभाव से परे है। अतः वह सत्य घटना कील के रूप में मन को कसकाती रहती है। यह स्थिति आध्यात्मिकी रति की सूचिका है।

प्रस्तुत पद्य सरस्वतीकण्ठाभरणालङ्कार तथा रसार्णवसुधाकर में आध्यात्मिकी रति के निदर्शन-रूप में उपन्यस्त है।[३]

१०. साम्प्रयोगिकी

शकुन्तला- मुञ्च तावन्माम्। भूयोऽपि सखीजनमनुमानयिष्ये।

राजा-भवतु। मोक्ष्यामि।

शकुन्तला-कदा।

राजा-

अपरिक्षतकोमलस्य यावत्कुसुमस्येव नवस्य षद्पदेन।
अधरस्य पिपासता मया ते सदयं सुन्दरि गृह्यते रसोऽस्य॥

(इति मुखमस्याः समुन्नमयितुमिच्छति। शकुन्तला परिहरति नाट्येन।)

- -

१. शृङ्गारप्रकाश- तृतीय खण्ड, पृ० १४

२. अभिज्ञानशाकुन्तल–५.३१

३. सरस्वतीकण्ठाभरण (का. हि. वि. वि. संस्करण) -५.८१, पृ० ४५०; रसार्णवसुधाकर–द्वितीय विलास, पृ० २१३.

राजा-

मुहुरङ्गुलिसंवृताधरोष्ठं प्रतिषेधाक्षरविक्लवाभिरामम्।
मुखमंसविवर्ति पक्ष्मलाक्ष्याः कथमप्युन्नमितं न चुम्बितं तु ॥[१]

शकुन्तला- अभी मुझे छोड़िए। अपनी सखियों की अनुमति फिर लूँगी।

राजा- अच्छा, छोड़ दूँगा।

शकुन्तला-कब।

राजा- हे सुन्दरि! अक्षत और कोमल नवीन पुष्प के सदृश तुम्हारे इस अधर का रस भ्रमर के सदृश पिपासु मेरे द्वारा जब तक दयाभाव से ग्रहण नहीं किया जाता है। (तब तक मैं तुम्हें नहीं छोड़ूँगा।)

(उसका मुख ऊपर उठाना चाहते हैं, शकुन्तला उन्हें रोकने का अभिनय करती है।)

राजा-प्रशस्त बरौनियों से युक्त नेत्रों वाली शकुन्तला के बार-बार ढके हुए अधरोष्ठ वाले, निषेधाक्षरों के अस्फुट उच्चारण से मनोहर, कन्धे की ओर मुड़े हुए मुख को किसी प्रकार उठाया तो पर चुम्बन न कर सका।

प्रियतम के साथ प्रथम प्रेम-विहार में नायिका की संकोचजन्य सहमति तथा सलज्ज कामक्रीडाएँ साम्प्रयोगिकी रति के साक्षात् उदाहरण हैं।

इस प्रकार कविकुलगुरु कालिदास के विश्वप्रसिद्ध नाटक अभिज्ञानशाकुन्तल में आभियोगिकी, वैषयिकी, सम्बन्धजा प्रभृति दसों रतिभेदों का अति मनोरम सन्निबन्धन कवि की महती चातुरी का द्योतक है। इन सब रतिभेदों के यथावसर उपन्यास ने नाटक को विलक्षणता प्रदान की है।

— o —

१. अभिज्ञानशाकुन्तल—३.२२, ३.२३

तृतीय पल्लव

अभिज्ञानशाकुन्तल में प्रेमविलास

१. प्रेमा

१. राजा- (आत्मगतम्) न दुरवापेयं खलु प्रार्थना।

भव हृदय साभिलाषं सम्प्रति सन्देहनिर्णयो जातः।
आशङ्कसे यदग्निं तदिदं स्पर्शक्षमं रत्नम्॥[१]

राजा-(मन में) अब मेरी मनोकामना दुर्लभ नहीं है।

हे हृदय! तू शकुन्तला विषयक अभिलाषा से युक्त हो जा, अब सन्देह का निराकरण हो गया है। तू जिसे अग्नि समझ रहा था वह स्पर्श योग्य रत्न है।

शकुन्तला के रूप-कुल-शील से सन्तुष्ट राजा शकुन्तला के प्रति आर्द्रता तथा ममत्व से पूर्ण हैं। अतः यहाँ प्रेमा नामक प्रेमविलास है।

२. (शकुन्तला राजानमवलोकयन्ती सव्याजं विलम्ब्य सह सखीभ्यां निष्क्रान्ता।)
राजा--------- न खलु शक्नोमि शकुन्तलाव्यापारादात्मानं निवर्तयितुम्। मम हि

गच्छति पुरः शरीरं धावति पश्चादसंस्तुतं चेतः।
चीनांशुकमिव केतोः प्रतिवातं नीयमानस्य॥[२]

(शकुन्तला राजा को देखती हुई बहाने से देर कर के सखियों के साथ निकल जाती है।)

---

१. अभिज्ञानशाकुन्तल-१.२५

२. अभिज्ञानशाकुन्तल-१.३१

राजा------- मैं शकुन्तला की ओर प्रवृत्ति से अपने को रोक नहीं सकता हूँ। क्योंकि मेरा शरीर आगे की ओर जा रहा है और मन, वायु के प्रतिकूल ले जाए जाते हुए ध्वजा के चीनी रेशमी वस्त्र के समान, अपरिचित सा पीछे की ओर दौड़ रहा है।

प्रिय दुष्यन्त और प्रिया शकुन्तला एक दूसरे पर अनुरक्त हैं, शकुन्तला राजा से विमुख नहीं होना चाहती और दुष्यन्त शकुन्तला का अनुकरण करने को लालायित हैं। एक दूसरे के प्रेम में प्रीतिरज्जु से बँधे नायक-नायिका प्रेमा रत्यवस्था को सिद्ध कर रहे हैं।

३. राजा-

कामं प्रिया न सुलभा मनस्तु तद्भावदर्शनाश्वासि।
अकृतार्थेऽपि मनसिजे रतिमुभयप्रार्थना कुरुते ॥[१]

राजा- भले ही प्रिया सुलभ न हो, किन्तु मेरा मन उसके प्रेमपूर्णभावों को देखकर सन्तुष्ट है। कामभाव के सफल न होने पर भी दोनों ओर की मिलनोत्कण्ठा अनुराग को उत्पन्न करती है।

शकुन्तला मेरी प्रिया है और मैं उसका प्रिय, हमारा प्रेम एकाङ्गी नहीं, उभयपक्षी है। अतः सार्थक है। दुष्यन्त की यह मनः स्थिति प्रेमा रत्यवस्था की सूचिका है।

४. **(ततः प्रविशति कामयमानावस्थो राजा।)**

राजा- (सचिन्तं निःश्वस्य।)

जाने तपसो वीर्यं सा बाला परवतीति मे विदितम्।
अलमस्मि ततो हृदयं तथापि नेदं निवर्तयितुम् ॥[२]

(तब कामपीडित राजा प्रवेश करते हैं।)

राजा- (चिन्ता के साथ गहरी साँस लेकर)

मैं तपस्या की शक्ति को जानता हूँ, वह बाला पराधीन है, यह भी मुझे ज्ञात है। फिर भी इस हृदय को वहाँ से लौटाने में समर्थ नहीं हूँ।

दुष्यन्त का प्रेम-सूत्र इतना दृढ़ है कि आसानी से टूट नहीं सकता। प्रिया शकुन्तला के प्रति प्रेम का यह भाव-बन्धन प्रेमा रत्यवस्था है।

२. मान

१. विदूषक---------- जाने तत्रभवती हंसपदिका वर्णपरिचयं करोतीति।

---

१. अभिज्ञानशाकुन्तल-२.१

२. अभिज्ञानशाकुन्तल-३.२

राजा- तूष्णीं भव। यावदाकर्णयामि।

(आकाशे गीयते)

अहिणवमहुलोलुवो तुमं तह परिचुम्बिअ चूअमञ्जरिं ।
कमलवसइमेत्तणिव्वुदो महुअर विम्हरिओ सि णं कहं ॥
(अभिनवमधुलोलुपस्त्वं तथा परिचुम्ब्य चूतमञ्जरीम् ।
कमलवसतिमात्रनिर्वृतो मधुकर विस्मृतोऽस्येनां कथम् ॥)

- -

राजा-(स्मितं कृत्वा।) सकृत्कृतप्रणयोऽयं जनः। तदस्या देवीं वसुमतीमन्तरेण महदुपालम्भनं गतोऽस्मि।[१]

विदूषक-------- प्रतीत होता है कि महारानी हंसपदिका संगीत का अभ्यास कर रही हैं।

राजा- चुप रहो, तो सुनता हूँ।

(नेपथ्य में गीत)

हे भ्रमर! नवीन मधु के लोभी तुम आम की मञ्जरी का उस प्रकार से स्वाद चख कर के कमल में निवास मात्र से सन्तुष्ट हुए, उस आम्रमञ्जरी को क्यों भूल गए हो?

राजा- (मुस्कुरा कर) इस व्यक्ति से मैंने केवल एक बार प्रेम किया था। तो इसने महारानी वसुमती को लक्ष्य कर मुझे बहुत बड़ा ताना दिया है।

सपत्नी के प्रति हंसपदिका का ईर्ष्याभाव गीत में अभिव्यक्त है, राजा की उक्ति से यह ईर्ष्या-भाव और स्पष्ट हो जाता है। हंसपदिका का गीत और राजा की प्रतिक्रिया हंसपदिका के ईर्ष्यामान को सूचित कर रही है।

२. शकुन्तला- (प्रियंवदामवलोक्य।) हला किमन्तःपुरविरहपर्युत्सुकस्य राजर्षेरुपरोधेन।

राजा-सुन्दरि।

इदमनन्यपरायणमन्यथा हृदयसंनिहिते हृदयं मम ।
यदि समर्थयसे मदिरेक्षणे मदनबाणहतोऽस्मि हतः पुनः ॥[२]

शकुन्तला-(प्रियंवदा को देखकर) सखि! अन्तःपुर की नारियों के वियोग से व्याकुल राजर्षि को रोकने से क्या लाभ?

राजा-सुन्दरि!

हे मादक नेत्रों वाली तथा मेरे हृदय में उपस्थित रहने वाली! इस अनन्यनिष्ठ मेरे हृदय को यदि आप विपरीत समझती हैं तो काम के बाणों से मारा गया मैं पुनः मारा जाऊँगा।

१. अभिज्ञानशाकुन्तल-५.१, पृ० १६०

२. अभिज्ञानशाकुन्तल-३.१७

प्रिय की प्रतीक्षा में व्याकुल शकुन्तला प्रिय के प्रति मान का अभिनय करती है। राजा उनके मान को प्रणयपूर्वक स्वीकार करते हैं तथा उन्हें अनुकूल करने की चेष्टा करते हैं। यह प्रणयमान की स्थिति है।

३. प्रणय

१. प्रियंवदा-तेन हीयमावयोः प्रियसखी त्वामुद्दिश्येदमवस्थान्तरं भगवता मदनेनारोपिता। तदर्हस्यभ्युपपत्या जीवितमस्या अवलम्बितुम्।

राजा-भद्रे, साधारणोऽयं प्रणयः। सर्वथाऽनुगृहीतोऽस्मि।[1]

प्रियंवदा-तो भगवान् कामदेव ने आपके कारण ही हम दोनों की इस प्रिय सखी की यह दयनीय दशा कर दी है। तब आप ही अनुग्रह करके उसके प्राणों की रक्षा करें।

राजा-भद्रे! यह प्रणयप्रार्थना दोनों ओर से समान है। मैं सर्वथा अनुगृहीत हूँ।

प्रस्तुत स्थल पर राजा के द्वारा स्वप्रणयनिवेदन करने के कारण प्रणय की स्थिति है यद्यपि यहाँ प्रणय शब्द का अर्थ याञ्चा अथवा प्रार्थना के अधिक निकट है। कवि द्वारा 'प्रणय' शब्द का प्रयोग होने से यहाँ प्रणय रत्यवस्था और अधिक रमणीय बन गई है।

२. राजा- (निःश्वस्य।)

साक्षात्प्रियामुपगतामपहाय पूर्वं
चित्रार्पितां पुनरिमां बहु मन्यमानः।
स्रोतोवहां पथि निकामजलामतीत्य
जातः सखे प्रणयवान्मृगतृष्णिकायाम्॥[2]

राजा- (साँस भर कर)

मित्र! पहले साक्षात् समीप आई हुई प्रिया का परित्याग कर के अब इस चित्रलिखित शकुन्तला को बहुत सम्मान देता हुआ ऐसा हूँ जैसे मार्ग में अगाध जल वाली नदी को छोड़ कर मैं मृग-तृष्णा से प्रेम करने लगा हूँ।

राजा शकुन्तला के चित्र में डूब कर उससे ही वास्तविक शकुन्तला की भाँति प्रणय कर रहे हैं। राजा द्वारा इस प्रणयस्वीकारोक्ति के कारण यहाँ प्रणय प्रेमविलास है।

३. राजा-प्रिये! क्रौर्यमपि मे त्वयि प्रयुक्तमनुकूलपरिणामं संवृत्तं यदहमिदानीं त्वया प्रत्यभिज्ञातमात्मानं पश्यामि।

---

१. अभिज्ञानशाकुन्तल–पृ० १०८

२. अभिज्ञानशाकुन्तल–६.१६

शकुन्तला-(आत्मगतम्।) हृदय समाश्वसिहि समाश्वसिहि। परित्यक्तमत्सरेणानुकम्पितास्मि दैवेन। आर्यपुत्रः खल्वेषः।

राजा-प्रिये।

स्मृतिभिन्नमोहतमसो दिष्ट्या प्रमुखे स्थितासि मे सुमुखि।
उपरागान्ते शशिनः समुपगता रोहिणी योगम्॥

शकुन्तला-जयतु जयत्वार्यपुत्रः (इत्यर्धोक्ते बाष्पकण्ठी विरमति।)

\- -

राजा-(शकुन्तलायाः पादयोः प्रणिपत्य।)

\- -

शकुन्तला-उत्तिष्ठत्वार्यपुत्रः। नूनं मे सुचरितप्रतिबन्धकं पुराकृतं तेषु दिवसेषु परिणामाभिमुखमासीद्येन सानुक्रोशोऽप्यार्यपुत्रो मयि विरसः संवृत्तः।[१]

राजा- प्रिये! तुम्हारे प्रति की गई मेरी क्रूरता भी अनुकूल परिणाम वाली सिद्ध हुई है जो मैं इस समय तुम्हारे द्वारा स्वयं को पहचाना हुआ देख रहा हूँ।

शकुन्तला- हृदय!धीरज रख, धीरज रख। भाग्य ने अपना द्वेष भाव छोड़ कर अब मेरे ऊपर अनुग्रह किया है। ये सचमुच आर्यपुत्र हैं।

राजा- प्रिये! हे सुन्दर मुख वाली! भाग्य से (पूर्व वृत्तान्त के) स्मरण हो आने से जिसका अज्ञानरूपी अन्धकार दूर कर दिया गया है, ऐसे मेरे सम्मुख तुम उपस्थित हो, जैसे ग्रहण के पश्चात् रोहिणी (चन्द्रपत्नी) चन्द्रमा से मिल जाती है।

शकुन्तला-आर्यपुत्र की जय हो, जय हो (यह आधी बात कह कर गला भर आने से रुक जाती है।)

राजा-(शकुन्तला के पैरों पर गिर कर)

शकुन्तला- आर्यपुत्र! उठिए। निश्चय ही शुभफल में विघ्न उपस्थित करने वाला मेरा कोई पूर्वजन्म में किया हुआ कर्मफल उन दिनों उदित हो गया था, जिससे कि दयालु होते हुए भी आप मेरे प्रति विरक्त हो गए थे।

युद्धविजय करके स्वर्ग से लौट रहे दुष्यन्त से मारीच ऋषि के आश्रम में शकुन्तला का सम्मिलन होने पर दोनों प्रणयी परस्पर प्रेम-विह्वल हो उठते हैं। मान-परित्याग के पश्चात् पश्चात्ताप की यह स्थिति प्रणय को प्रकृष्ट करती हुई प्रणय प्रेमविलास को सूचित करती है।

४. स्नेह

१. शकुन्तला-जयतु जयत्वार्यपुत्रः। (इत्यर्धोक्ते बाष्पकण्ठी विरमति।)

---

१. अभिज्ञानशाकुन्तल-पृ० २७८ ७.२२, पृ० २८०

राजा-सुन्दरि।

बाष्पेण प्रतिषिद्धेऽपि जयशब्दे जितं मया।
यत्ते दृष्टमसंस्कारपाटलोष्ठपुटं मुखम् ॥[१]

शकुन्तला- आर्यपुत्र की जय हो, जय हो (यह आधी बात कह कर गला भर आने से रुक जाती है।)

राजा- सुन्दरि! अश्रुओं के कारण 'जय' शब्द के उच्चारण के अवरुद्ध हो जाने पर भी मेरी विजय हो गई है जो सज्जा न होने पर भी पाटल अर्थात् स्वाभाविक लालिमा से युक्त होठों वाले मुख को मैंने देख लिया।

दीर्घकालिक विरह स्नेह की ऊष्मा को प्रवर्द्धित करता है। दुष्यन्त और शकुन्तला मारीच ऋषि के आश्रम में परस्पर दर्शनज स्नेह से द्रवीभूत हो स्नेहविभोर हो जाते हैं। यहाँ दर्शनज स्नेह प्रत्यक्ष है।

२. राजा- अपरिक्षतकोमलस्य यावत्कुसुमस्येव नवस्य षट्पदेन।
अधरस्य पिपासता मया ते सदयं सुन्दरि गृह्यते रसोऽस्य ॥

(इति मुखमस्याः समुन्नमयितुमिच्छति। शकुन्तला परिहरति नाट्येन।)[२]

राजा- हे सुन्दरि! अक्षत और कोमल नवीन पुष्प के सदृश तुम्हारे इस अधर का रस भ्रमर के सदृश पिपासु मेरे द्वारा जब तक दयाभाव से नहीं ग्रहण किया जाता है, तब तक मैं तुम्हें नहीं छोड़ूँगा।

(उनका मुख ऊपर उठाना चाहते हैं, शकुन्तला रोकने का अभिनय करती है)

शकुन्तला के रतिसर्वस्व अधर-रस का पान करने को लालायित दुष्यन्त स्पर्श-स्नेह को आतुर हैं और नायिका उस स्नेह से द्रवीभूत हो रही हैं। अतः प्रस्तुत पद्य में स्पर्शज स्नेह है।

३. राजा-(------ सनिःश्वासम्।) अहो विघ्नवत्यः प्रार्थितार्थसिद्धयः।

मया हि,

मुहुरङ्गुलिसंवृताधरोष्ठं प्रतिषेधाक्षरविक्लवाभिरामम्।
मुखमंसविवर्ति पक्ष्मलाक्ष्याः कथमप्युन्नमितं न चुम्बितं तु ॥[३]

राजा- (------ दीर्घ निःश्वास लेकर) ओह, अभिलषित प्रयोजनों की प्राप्ति विघ्नों से युक्त होती है। क्योंकि मेरे द्वारा-

प्रशस्त बरौनियों से युक्त नेत्रों वाली शकुन्तला के बार-बार अंगुलियों से ढके हुए अधरोष्ठ

---

१. अभिज्ञानशाकुन्तल-७.२३

२. अभिज्ञानशाकुन्तल-३.२२

३. अभिज्ञानशाकुन्तल-३.२३

वाले, निषेधाक्षरों के अस्पष्ट उच्चारण से मनोहर, कन्धे की ओर मुड़े हुए मुख को मैंने किसी प्रकार उठाया तो, पर चुम्बन न कर सका।

प्रिया के साथ केलिप्रसङ्ग में प्रिया की चित्ताकर्षक आङ्गिक चेष्टाओं से दुष्यन्त का प्रेम उद्दीपित हो उठा है। प्रेमोद्दीपन की यह स्थिति नायक में द्रवता के माध्यम से स्पर्शज स्नेह को अभिव्यक्त कर रही है।

४. प्रियंवदा- अनसूये! दूरगतमन्मथाऽक्षमेयं कालहरणस्य। यस्मिन् बद्धभावैषा स ललामभूतः पौरवाणाम्। तद्युक्तमस्या अभिलाषोऽभिनन्दितुम्।[१]

प्रियंवदा- अनसूये! इसका कामविकार बहुत अधिक बढ़ गया है, अब यह देर नहीं सहन कर सकती है। जिस पुरुष पर इसका अनुराग हुआ है वह पुरुवंशियों में सर्वश्रेष्ठ है। तो इसकी अभिलाषा का अनुमोदन करना उचित है।

श्रेष्ठ पुरुवंश के वंशज राजा दुष्यन्त पर आसक्त शकुन्तला का स्नेह स्थिर कोटि का है, यह तथ्य प्रियंवदा के कथन से स्पष्ट है। अतः यहाँ प्रौढ स्नेह की अवस्थिति है।

५. प्रियंवदा- तावदेनां लज्जावनतमुखीं परिष्वज्य तातकाश्यपेनैवमभिनन्दितम्। दिष्ट्या धूमाकुलितदृष्टेरपि यजमानस्य पावक एवाहुतिः पतिता। वत्से सुशिष्यपरिदत्ता विद्येवाशोचनीयासि संवृत्ता।[२]

प्रियंवदा-तो लज्जा से नीचे मुख किए हुए शकुन्तला को गले लगा कर पिता काश्यप ने इस प्रकार उसका समर्थन किया। सौभाग्य से धुएँ से व्याकुल दृष्टि होने पर भी अग्नि में ही आहुति गिरी है। बेटी! योग्य शिष्य को दी गई विद्या के समान दुःख से परे हो गई हो।

पुत्री श्रेष्ठ पुरुष को पति रूप में प्राप्त करे, पिता काश्यप की यह इच्छा श्रेष्ठ पुरुवंशी राजा दुष्यंत को जामातृ रूप में प्राप्तकर पूर्ण हो गई है। उत्तम पात्र में शकुन्तला का अनुराग होने से यहाँ स्थिर स्नेह है।

५. राग

१. राजा- (शकुन्तलां विलोक्य। आत्मगतम्।) किं नु खलु यथा वयमस्यामेवमियमप्यस्मान्प्रति स्यात्। अथ वा लब्धावकाशा मे प्रार्थना। कुतः।

वाचं न मिश्रयति यद्यपि मद्वचोभिः
कर्णं ददात्यभिमुखं मयि भाषमाणे।

---

१. अभिज्ञानशाकुन्तल–पृ० १००

२. अभिज्ञानशाकुन्तल–पृ०१३२

कामं न तिष्ठति मदाननसंमुखीना
भूयिष्ठमन्यविषया न तु दृष्टिरस्याः॥[१]

राजा- (शकुन्तला को देख कर, मन में) क्या यह हम पर वैसी ही अनुरक्त हैं जैसे हम इन पर अनुरक्त हैं। अथवा मेरी अभिलाषा को अवसर प्राप्त हो गया है। क्योंकि-

यद्यपि शकुन्तला मेरी वाणी से वाणी नहीं मिलाती हैं, किन्तु मेरे बोलते समय मेरी ओर कान लगाए रहती हैं, भले ही मेरे मुख के सम्मुख करके नहीं ठहरती हैं, किन्तु इनकी दृष्टि अन्य विषय की ओर भी अधिक नहीं है।

प्रगल्भा शकुन्तला प्रिय पुरुष-सामीप्य से रोमाञ्चित, कण्टकित हैं, किन्तु प्रेम की इस ऊष्मा को वह संकोचवश अभिव्यक्त भी नहीं कर पा रही हैं। उनकी यह मानसिक स्थिति नीली राग का प्रत्यक्ष उदाहरण है।

२. राजा-निसर्गादेवाप्रगल्भस्तपस्विकन्याजनः। तथापि तु

अभिमुखे मयि संहृतमीक्षितं हसितमन्यनिमित्तकृतोदयम् ।
विनयवारितवृत्तिरतस्तया न विवृतो मदनो न च संवृतः ॥[२]

राजा- तपस्विबालाएँ स्वभाव से ही भोली होती हैं। क्योंकि- हे मित्र विदूषक! मेरे सामने देखने पर मेरी प्रिया शकुन्तला दृष्टि हटा लेती थीं, अन्य कारण के बहाने से हँसती थीं। अतः उन्होंने विनम्रता अर्थात् शील और सङ्कोच के कारण नियन्त्रित की गई प्रवृत्ति वाले अपने कामभाव को न तो प्रदर्शित किया और न ही छिपाया।

मुग्धा शकुन्तला ने कामभाव के गोपन का प्रयास तो किया, किन्तु उनके स्मितहास्य ने उनके कामभाव को गोपित नहीं रहने दिया। न अधिक छिपा और न अधिक स्पष्ट यह प्रेम नीली राग को प्रत्यक्ष कर रहा है।

३. राजा- मिथः प्रस्थाने पुनः शालीनतयापि काममाविष्कृतो भावस्तत्रभवत्या। तथा हि।

दर्भाङ्कुरेण चरणः क्षत इत्यकाण्डे
तन्वी स्थिता कतिचिदेव पदानि गत्वा।
आसीद्विवृत्तवदना च विमोचयन्ती
शाखासु वल्कलमसक्तमपि द्रुमाणाम्॥[३]

राजा- सखियों के साथ लौटते हुए शकुन्तला ने पुनः शालीनतापूर्वक ही भलीभाँति अपना प्रेमभाव मेरे प्रति प्रकट किया था। क्योंकि-

१. अभिज्ञानशाकुन्तल-१.२८
२. अभिज्ञानशाकुन्तल-२.११
३. अभिज्ञानशाकुन्तल-२.१२

तन्वङ्गी शकुन्तला कुछ ही पग चल कर सहसा दर्भाङ्कुर से चरण घायल हो गया है, यह कह कर रुक गईं और वृक्षों की शाखाओं में न उलझे हुए भी अपने वल्कल-वस्त्र को छुड़ाती हुई मेरी ओर मुख करके रुक गई थीं।

प्रिय की उपस्थिति में शकुन्तला का बहाने से विलम्ब करके निकलने और राजा की ओर दृष्टि भर कर देख लेने से प्रिय के प्रति उनका प्रेम भाव कुछ और अधिक स्पष्ट हो गया। प्रेम की अधिक स्पष्टता ने उनके श्यामा राग को स्पष्ट किया है।

४. प्रियंवदा- तेन ह्यात्मन उपन्यासपूर्वं चिन्तय तावत्किमपि ललितपदबन्धनम्।

शकुन्तला- हला चिन्तयाम्यहम्। अवधीरणाभीरुकं पुनर्वेपते मे हृदयम्।[१]

प्रियंवदा- तो अपनी दशा के वर्णन से युक्त एक सुन्दर पद्य सोचो।

शकुन्तला- सखि! मैं सोचती हूँ, किन्तु अस्वीकार के भय से मेरा हृदय काँपता है।

शकुन्तला का दुष्यन्त के प्रति प्रेम प्रकाशित तो है, किन्तु भीरुता के भाव से युक्त होने के कारण वह श्यामा राग की स्थिति में है।

५. अनसूया- यद्यपि नाम विषयपराङ्मुखस्य जनस्यैतन्न विदितं तथापि तेन राज्ञा शकुन्तलायामनार्यमाचरितम्।[२]

अनसूया- यद्यपि विषयों से उदासीन हमें इस विषय में कुछ पता नहीं है तथापि यह जानती हूँ कि उस राजा ने शकुन्तला के साथ अच्छा आचरण नहीं किया है।

दुष्यन्त की शकुन्तला के प्रति आसक्ति वस्तुतः तीव्र थी, किन्तु हस्तिनापुर पहुँचते ही समग्र प्रेम विस्मृति के गर्भ में समा गया। अतः कुसुम्भ राग प्रत्यक्ष है।

६. शकुन्तला- (वाचयति।)

तुज्झ ण आणे हिअअं मम उण कामो दिवावि रत्तिम्मि।
णिग्घिण तवइ बलीअं तुइ वुत्तमणोरहाइं अङ्गाइं॥
(तव न जाने हृदयं मम पुनः कामो दिवाऽपि रात्रावपि।
निर्घृण तपति बलीयस्त्वयि वृत्तमनोरथाया अङ्गानि॥[३])

७. राजा- (सहसोपसृत्य।)

तपति तनुगात्रि मदनस्त्वामनिशं मां पुनर्दहत्येव।
ग्लपयति यथा शशाङ्कं न तथा हि कुमुद्वतीं दिवसः॥[४]

---

१. अभिज्ञानशाकुन्तल–पृ० १०२

२. अभिज्ञानशाकुन्तल–पृ० १२८

३. अभिज्ञानशाकुन्तल–३.१४

४. अभिज्ञानशाकुन्तल–३.१५

शकुन्तला- (पढ़ती है।)

हे निर्दय! मैं तुम्हारे प्रेम के विषय में नहीं जानती, किन्तु कामदेव तुम्हारे प्रति अभिलाषा से पूर्ण मेरे अङ्गों को दिन में भी और रात्रि में भी अत्यधिक तपा रहा है।

राजा- (अचानक समीप जाकर)

हे कृशाङ्गि! कामदेव तुमको तो रात दिन तपाता है, किन्तु मुझको तो जलाता है। दिन चन्द्रमा को जितना मलिन बना देता है उतना कमलिनी को नहीं।

प्रिय तथा प्रिया दोनों के हृदय एक दूसरे के प्रति प्रेम से अत्यधिक परिपूर्ण हैं, ऐसा प्रेम जो अपनी शोभा से संसार के श्रेष्ठ उपमानों से उपमेय है। अतः यहाँ स्फुटित शकुन्तला एवं दुष्यन्त का माञ्जिष्ठ राग दृष्टिगोचर होता है।

८. राजा- भद्रे किं बहुना।

परिग्रहबहुत्वेऽपि द्वे प्रतिष्ठे कुलस्य मे।
समुद्ररसना चोर्वी सखी च युवयोरियम्॥[१]

राजा- हे कल्याणि! अधिक क्या कहूँ। बहुत सी पत्नियों के रहते हुए भी मेरे कुल की दो ही प्रतिष्ठाएँ हैं- समुद्र रूपी मेखला से युक्त पृथ्वी और आप लोगों की यह प्रिय सखी शकुन्तला।

दुष्यन्त का शकुन्तला के प्रति ऐसा अगाध प्रेम जो आसमुद्र पृथ्वी के शासन के समान स्थायी है, श्रेष्ठ पुरुवंश के प्रतिष्ठास्वरूप है। राजा का यह कथन उनके माञ्जिष्ठ राग को सूचित कर रहा है।

६. अनुराग

राजा- स्थाने खलु विस्मृतनिमेषेण चक्षुषा प्रियामवलोकयामि। यतः-

उन्नमितैकभ्रूलतमाननमस्याः पदानि रचयन्त्याः।
कण्टकितेन प्रथयति मय्यनुरागं कपोलेन॥

- - - - - - - - - - - - - - - -

प्रियंवदा- द्वयोरपि युवयोरन्योन्यानुरागः प्रत्यक्षः।[२]

राजा- यह उचित अवसर है कि अपलक दृष्टि से अपनी प्रिया को देखूँ। क्योंकि-

पदों को रचती हुई इनकी उठाई हुई एक भ्रूलता से युक्त मुख, रोमाञ्चित कपोल द्वारा मेरे प्रति अनुराग को प्रकट कर रहा है।

- -

प्रियंवदा- आप दोनों का परस्पर एक दूसरे के प्रति अनुराग प्रत्यक्ष है।

१. अभिज्ञानशाकुन्तल–३.१८

२. अभिज्ञानशाकुन्तल–३.१३, पृ० १०८

प्रिय की स्मृतियों में निमज्जित शकुन्तला के गाढानुराग के लक्षण बाह्याभिव्यक्त हो कर रोमाञ्चित कपोल से अनुराग के आधिक्य को स्पष्ट करने लगे हैं। दुष्यन्त के साथ सखियाँ भी, इस अनुराग-प्रेमकथा से परिचित हैं। अनुराग की यह ऊष्मा तथा 'अनुराग' शब्द का प्रयोग अनुराग-रूप छठी रत्यवस्था को द्योतित कर रहा है। टीकाकार श्री राघवभट्ट ने इस श्लोक में अनुराग रत्यवस्था का समावेश माना है।

महाकवि कालिदास ने महाभारत के आदिपर्व से जिस शकुन्तलोपाख्यान को ग्रहण किया था, महाभारत की उस निर्जीव एवं निष्प्राण कथा में उन्होंने चमत्कारी समावेश कर उसे आद्योपान्त सरस संवेद्य कर दिया है। इसी क्रम में छह रत्यवस्थाओं का उपयोग है। प्रत्येक रत्यवस्था नाटक की रमणीयता को प्रवर्द्धित करती है। रत्यवस्थाएँ इतने सुनियोजित रूप में समाविष्ट हैं कि उनसे नाटक में नाटकीयता निरन्तर रससिद्ध होती रहती है।

इस प्रकार दीपशिखा कालिदास के विश्वविश्रुत नाटक अभिज्ञानशाकुन्तल में चक्षुःप्रीति, मनःसङ्ग, अभिलाषादि आचार्यनिर्दिष्ट चौदहों कामदशाओं, आभियोगिकी, वैषयिकी, साम्प्रयोगिकी प्रभृति दसों रतिभेदों तथा प्रेमा, मान, प्रणयादि छहों प्रेमविलासों का अद्‌भुत सन्नियोजन समुपलब्ध है जो कालिदास की सर्वातिशायिनी प्रतिभा का परिचायक है।

— o —

संस्कृत-ग्रन्थोद्धृत-कामदशारतिभेदप्रेमविलास-
बोधक-पद्यानुक्रमणिका

संस्कृत-ग्रन्थोद्धृत-कामदशारतिभेदप्रेमविलास-बोधक-पद्यानुक्रमणिका

१. अद्वैतं सुखदुःखयोरनुगतं सर्वास्ववस्थासु यद्। (उत्तररामचरित-१/३९)
—माञ्जिष्ठ राग प्रेमविलास।

२. अपि जनकसुतायास्तच्च तच्चानुरूपम्। (उत्तररामचरित-६/२६)
—औपमानिकी रति।

३. अमृतमय गगनशेखर रजनीमुखतिलक चन्द्र हे स्पर्श। (गाथासप्तशती-१/१६)
—सांसार्गिकी रति।

४. आतङ्कान्न घटितसङ्गमास्य बाला। (नाटकलक्षणरत्नकोष-पृ॰ २३६)
—व्याधि कामदशा।

५. आलम्ब्याङ्गणवाटिकापरिसरे चूतद्रुमे मञ्जरीम्। (अमरुकशतक-७८)
—प्रौढ स्नेह प्रेमविलास।

६. इयं व्यक्तिर्गोपी न भवति पुरः किन्तु कुतुकी।
(उज्ज्वलनीलमणि-स्थायिभावप्रकरण-३२) —कृष्णनिष्ठ स्वरूपजा रति।

७. उत्पत्तिर्देवयजनाद् ब्रह्मवादी नृपः पिता। (महावीरचरित-१/२१)
—सम्बन्धजा रति।

८. उन्नमय्य सकचग्रहमास्यम् (विज्जिकाप्रणीतम्)
(सरस्वतीकण्ठाभरण-५/८३ तथा रसार्णवसुधाकर-पृ॰ २१६)
—साम्प्रयोगिकी रति।

९. एकस्मिञ्शयने पराङ्मुखतया वीतोत्तरं ताम्यतोः। (अमरुकशतक-२३)
—प्रणय प्रेमविलास।

१०. **कथाप्रसङ्गेषु मिथः सखीमुखात्।** (नैषधीयचरित-१/३५)

–मनःसङ्ग कामदशा।

११. **करकमलवितीर्णैरम्बुनीवारशष्पैः।** (उत्तररामचरित–३/२५)

–आध्यात्मिकी रति।

१२. **कस्य नो कुरुते तन्वि पिपासाकुलितं मनः।** (सरस्वतीकण्ठाभरण-५/८८)

–रसोत्पन्ना वैषयिकी रति।

१३. **किं देव्याः कृतदीर्घरोषमुषितस्निग्धस्मितं तन्मुखम्।** (रत्नावली-३/१९)

–मध्यम स्नेह प्रेमविलास।

१४. **कृताकृष्टिक्रीडं किमपि तव रूपं मम सखी।**
(उज्ज्वलनीलमणि-स्थायिभावप्रकरण-१२) –रूपोत्पन्ना वैषयिकी रति।

१५. **गाढालिङ्गनवामनीकृतकुचप्रोद्भूतरोमोद्गमा।** (अमरुकशतक-४०)

–स्पर्शज स्नेह प्रेमविलास।

१६. **गुरुभिरपि निषिद्धा तामहं यावदक्ष्णोः।** (उज्ज्वलनीलमणि-स्थायिभावप्रकरण-२३)

–प्रियजनोत्पन्ना तदीयविशेषयुक्ता रति।

१७. **जगति जयिनस्ते ते भावा नवेन्दुकलादयः ।** (मालतीमाधव-१/३७)

–आभिमानिकी रति।

१८. **जयति मधुसहायः सर्वसंसारवल्ली।** (नलचम्पू-१/२)

–कामस्तुति।

१९. **जिहीते यः कक्षां क्वचिदलमदृष्टाश्रुतचरः।**
(उज्ज्वलनीलमणि-स्थायिभावप्रकरण-३४) –ललनानिष्ठ स्वरूपजा रति।

२०. **तदिहानवधौ निमज्जमतो मम।** (नैषधीयचरित-२/६०)

–चिन्ता कामदशा।

२१. **तन्मे मनः क्षिपति यत् सरसप्रहार।** (मालतीमाधव-४/८)

–स्वेन आभियोगिकी रति।

२२. **त्वदीयमापीय गतावलम्बा।** (उज्ज्वलनीलमणि-स्थायिभावप्रकरण-७)

–परेण आभियोगिकी रति।

२३. **दीर्घा वन्दनमालिका विरचिता दृष्ट्यैव नेन्दीवरैः।** (अमरुकशतक-४५)

–दर्शनज स्नेह प्रेमविलास।

२४. **नवकुवलयस्निग्धैरङ्गैर्ददन्नयनोत्सवम्।** (उत्तररामचरित–३/२२)

–प्रेमा प्रेमविलास।

२५. **नादः कदम्बविटपान्तरतो विसर्पन्।** (उज्ज्वलनीलमणि-स्थायिभावप्रकरण-९)
–शब्दोत्पन्ना वैषयिकी रति।

२६. **नेत्रे खञ्जनगञ्जने सरसिजप्रत्यर्थि पाणिद्वयम्।** (साहित्यदर्पण-पृ० १५९)
–गुणकीर्तन कामदशा।

२७. **परिपाण्डुदुर्बलकपोलसुन्दरम्।** (उत्तररामचरित–३/४)
–तनुता कामदशा।

२८. **पुरा कुञ्जे मञ्जुन्यवतमसयुक्तेऽपि चकिता।**
(उज्ज्वलनीलमणि-स्थायिभावप्रकरण-१२५) –श्यामा राग प्रेमविलास।

२९. **प्रपन्नः पन्थानं हरिरसकृदस्मन्नयनयोः।** (उज्ज्वलनीलमणि-स्थायिभावप्रकरण-१३८)
–अनुराग प्रेमविलास।

३०. **प्रयच्छतोच्चैः कुसुमानि मानिनी।** (किरातार्जुनीय-८/१४)
–ईर्ष्यामान प्रेमविलास।

३१. **प्रविशति यथा गेहेऽकस्माद्बहिश्च विचेष्टते।** (शृङ्गारतिलक-२/१०)
–अभिलाष कामदशा।

३२. **प्रसन्नविशदाशया विविधमुद्रया निर्मितम्।**
(उज्ज्वलनीलमणि-स्थायिभावप्रकरण-१२३)। –नीली राग प्रेमविलास।

३३. **प्रासादे सा दिशि दिशि च सा पृष्ठतः सा पुरः सा।** (अमरुकशतक-१०२)
–उन्माद कामदशा।

३४. **प्रियं प्रियां च त्रिजगज्जयिश्रियौ।** (नैषधीयचरित-१/३८)
–चक्षुःप्रीति कामदशा।

३५. **बध्नन्नङ्गेषु रोमाञ्चं कुर्वन् मनसि निर्वृतिम्।** (सरस्वतीकण्ठाभरण-५/८६)
–स्पर्शोत्पन्ना वैषयिकी रति।

३६. **बहुवल्लभस्य या भवति वल्लभा कथमपि पञ्च दिवसानि।** (गाथासप्तशती-१/७२)
कुसुम्भ राग प्रेमविलास।

३७. **बालक! त्वत्तोऽधिकं निजकमेव वल्लभं मम जीवितम्।** (गाथासप्तशती-३/१५)
–प्रणयमान प्रेमविलास।

३८. **मदयति हृदयं सखि व्रजोऽयम्।** (उज्ज्वलनीलमणि-स्थायिभावप्रकरण-२१)
–गोष्ठोत्पन्ना तदीयविशेषयुक्ता रति।

३९. **यः कौमारहरः स एव हि वरस्ता एव चैत्रक्षपाः।** (शीलाभट्टारिकाविरचितम्)
(रसार्णवसुधाकर-पृ० २२२ पर उद्धृत) –मन्द स्नेह प्रेमविलास।

४०. **रन्धनकर्मनिपुणिके मा क्रुध्यस्व रक्तपाटलसुगन्धम्।** (गाथासप्तशती- १/१४)
–गन्धोत्पन्ना वैषयिकी रति।

४१. **रोलम्बाः परिपूरयन्तु हरितो झङ्कारकोलाहलैः।** (साहित्यदर्पण–पृ० २३६)
–मरण कामदशा।

४२. **वनवाससुखात्पराङ्मुखः।** (सौन्दरनन्द-८/१३)
–लज्जात्याग कामदशा।

४३. **शयनमशनं यानं स्थानं सखीवचनश्रुतिम्।** (नाटकलक्षणरत्नकोश-पृ० २३४)
–अनुस्मृति कामदशा।

४४. **शेफालिकां विदलितामवलोक्य तन्वी।** (साहित्यदर्पण-पृ० २३६)
–मरण कामदशा।

४५. **सखि मे नियतिहतायास्तद्दर्शनमस्तु वा मा वा।** (रसार्णवसुधाकर-पृ० २१४)
–शब्दोत्पन्ना वैषयिकी रति।

४६. **स तर्जतु बताग्रजस्त्यजतु मां सुहृन्मण्डलः।**
(उज्ज्वलनीलमणि-स्थायिभावप्रकरण-२८) –नैसर्गिकी रति।

४७. **सहचरि हरिरेष ब्रह्मवेषं प्रपन्नः।** (उज्ज्वलनीलमणि-स्थायिभावप्रकरण-३५)
–उभयनिष्ठ स्वरूपजा रति।

४८. **सा बाला वयमप्रगल्भमनसः सा स्त्री वयं कातराः।** (अमरुकशतक-३४)
–विलाप कामदशा।

४९. **सुधावेश्म द्वेष्टि स्फुटितकमलां द्वेष्टि नलिनीम्।** (नाटकलक्षणरत्नकोश–पृ० २३५)
–उद्वेग कामदशा।

५०. **स्फुरति सखि रथाङ्गाम्भोजदम्भोलिभाजाम्।**
(उज्ज्वलनीलमणि-स्थायिभावप्रकरण-२०) –प्रियपदोत्पन्ना तदीयविशेषयुक्ता रति।

५१. **हा हा देवि! स्फुटति हृदयं ध्वंसते देहबन्धः।** (उत्तररामचरित-३/३८)
–जडता कामदशा।

— o —

कालिदास–ग्रन्थोद्धृत–कामदशारतिभेदप्रेमविलास-
बोधक–पद्यानुक्रमणिका

कालिदास–ग्रन्थोद्धृत–कामदशारतिभेदप्रेमविलास–बोधक–पद्यानुक्रमणिका

ऋतुसंहारतः	१	–	१७	पर्यन्तम्
मेघदूततः	१८	–	५७	पर्यन्तम्
कुमारसम्भवतः	५८	–	२४१	पर्यन्तम्
रघुवंशतः	२४२	–	३३८	पर्यन्तम्
मालविकाग्निमित्रतः	३३९	–	३६३	पर्यन्तम्
विक्रमोर्वशीयतः	३६४	–	३९७	पर्यन्तम्
अभिज्ञानशाकुन्तलतः	३९८	–	४४६	पर्यन्तम्

ऋतुसंहारतः

१. असितनयनलक्ष्मीं लक्षयित्वोत्पलेषु। ३/२८

–विलाप कामदशा।

२. आमूलतो विद्रुमरागताम्रम्। ६/१६

–उद्वेग कामदशा।

३. उच्छ्वासयन्त्यः श्लथबन्धनानि। ६/८

–परेण आभियोगिकी रति।

४. **कालागुरुप्रचुरचन्दनचर्चिताङ्ग्यः। २/२१**

—अनुराग प्रेमविलास।

५. **किं किंशुकैः शुकमुखच्छविभिर्न भिन्नम्। ६/२०**

—उद्वेग कामदशा।

६. **कृतापराधान्बहुशोऽभितर्जितान्। ५/६**

—अभिलाष (संकल्प) कामदशा एवं प्रणय प्रेमविलास।

७. **तनूनि पाण्डूनि मदालसानि। ६/९**

—तनुता कामदशा।

८. **दन्तच्छदैः सव्रणदन्तचिह्नैः। ४/१२**

—साम्प्रयोगिकी रति।

९. **नितम्बबिम्बैः सदुकूलमेखलैः। १/१४**

—स्पर्शोत्पन्ना वैषयिकी रति।

१०. **नेत्रे निमीलयति रोदिति याति शोकम्। ६/२६**

—उद्वेग एवं विलाप कामदशा।

११. **पयोधराश्चन्दनपङ्कचर्चिताः। १/१६**

—रूपोत्पन्ना वैषयिकी रति।

१२. **पुष्पासवामोदसुगन्धिवक्त्रः। ४/११**

—साम्प्रयोगिकी रति।

१३. **मत्तद्विरेफपरिचुम्बितचारुपुष्पा। ६/१७**

—अभिलाष कामदशा।

१४. **मार्गं समीक्ष्यातिनिरस्तनीरम्। प्रक्षिप्त। ४**

—अभिलाष कामदशा।

१५. **रुचिरकनककान्तीन्मुञ्चतः पुष्पराशीन्। प्रक्षिप्त। ७**

—तनुता एवं मूर्च्छा कामदशा।

१६. **विलोचनेन्दीवरवारिबिन्दुभिः। २/१२**

—उद्वेग कामदशा।

१७. **हंसैर्जिता सुललिता गतिरङ्गनानाम्। ३/१७**

—गुणकीर्तन कामदशा।

मेघदूततः

१८. अक्षय्यान्तर्भवननिधयः प्रत्यहं रक्तकण्ठैः। २/१०

—सांसर्गिकी रति।

१९. अम्भोबिन्दुग्रहणचतुरांश्चातकान् वीक्षमाणाः। १/२२

—स्पर्शोत्पन्ना वैषयिकी रति।

२०. आद्ये बद्धा विरहदिवसे या शिखा दाम हित्वा। २/३२

—उद्वेग एवम् उन्माद कामदशा।

२१. आधिक्षामां विरहशयने संनिषण्णैकपार्श्वाम्। २/२९

—निद्राच्छेद एवं तनुता कामदशा

२२. आलोके ते निपतति पुरा सा बलिव्याकुला वा। २/२५

—मनःसङ्ग कामदशा।

२३. उत्सङ्गे वा मलिनवसने सौम्य! निक्षिप्य वीणाम्। २/२६

—मनःसङ्ग, गुणकीर्तन एवं मूर्च्छा कामदशा।

२४. एतस्मान्मां कुशलिनमभिज्ञानदानाद् विदित्वा। २/५२

—स्नेह प्रेमविलास।

२५. कश्चित्कान्ताविरहगुरुणा स्वाधिकारात्प्रमत्तः। १/१

—उन्माद कामदशा।

२६. गम्भीरायाः पयसि सरितश्चेतसीव प्रसन्ने। १/४३

—चक्षुःप्रीति कामदशा।

२७. तन्वी श्यामा शिखरिदशना पक्वबिम्बाधरोष्ठी। २/२२

—गुणकीर्तन कामदशा।

२८. तस्मिन्काले नयनसलिलं योषितां खण्डितानाम्। १/४२

—ईर्ष्यामान प्रेमविलास।

२९. तस्मिन्नद्रौ कतिचिदबलाविप्रयुक्तः स कामी। १/२

—तनुता कामदशा।

३०. तस्य स्थित्वा कथमपि पुरः कौतुकाधानहेतोः। १/३

—विलाप कामदशा।

३१. तस्याः किञ्चित्करधृतमिव प्राप्तवानीरशाखम्। १/४४

—साम्प्रयोगिकी रति।

३२. तस्योत्सङ्गे प्रणयिन इव स्त्रस्तगङ्गादुकूलाम्। १/६६

—साम्प्रयोगिकी रति।

३३. तां चावश्यं दिवसगणनातत्परामेकपत्नीम्। १/९

—मनःसङ्ग कामदशा।

३४. तां जानीथाः परिमितकथां जीवितं मे द्वितीयम्। २/२३

—व्याधि कामदशा।

३५. तामुत्तीर्य व्रज परिचितभ्रूलताविभ्रमाणाम्। १/५०

—चक्षुःप्रीति कामदशा।

३६. तेषां दिक्षु प्रथितविदिशालक्षणां राजधानीम्। १/२५

—साम्प्रयोगिकी रति।

३७. त्वय्यायत्तं कृषिफलमिति भ्रूविकारानभिज्ञैः। १/१६

—चक्षुःप्रीति कामदशा।

३८. त्वामालिख्य प्रणयकुपितां धातुरागैः शिलायाम्। २/४५

—विलाप कामदशा।

३९. नन्वात्मानं बहु विगणयन्नात्मनैवावलम्बे। २/४९

—चिन्ता कामदशा।

४०. निःश्वासेनाधरकिसलयक्लेशिना विक्षिपन्तीम्। २/३१

—अभिलाष एवं लज्जाात्याग कामदशा।

४१. नीवीबन्धोच्छ्वसितशिथिलं यत्र बिम्बाधराणाम्। २/७

—साम्प्रयोगिकी रति।

४२. नूनं तस्याः प्रबलरुदितोच्छूननेत्रं प्रियायाः। २/२४

—विलाप कामदशा।

४३. पादन्यासैः क्वणितरशनास्तत्र लीलावधूतैः। १/३८

—चक्षुःप्रीति कामदशा।

४४. पादानिन्दोरमृतशिशिराञ्जालमार्गप्रविष्टान्। २/३०

—उद्वेग कामदशा।

४५. प्रत्यासन्ने नभसि दयिताजीवितालम्बनार्थी। १/४

—चिन्ता कामदशा।

४६. भित्त्वा सद्यः किसलयपुटान् देवदारुद्रुमाणाम्। २/४७

—सांसर्गिकी रति।

४७. भूयश्चाह त्वमपि शयने कण्ठलग्ना पुरा मे। २/५१
—ईर्ष्यामान प्रेमविलास।

४८. यस्यां यक्षाः सितमणिमयान्येत्य हर्म्यस्थलानि। २/५
—सांसर्गिकी रति।

४९. वीचिक्षोभस्तनितविहगश्रेणिकाञ्चीगुणायाः। १/२९
—अभिलाष (संकल्प) कामदशा एवं कुसुम्भ राग प्रेमविलास।

५०. वेणीभूतप्रतनुसलिला तामतीतस्य सिन्धुः। १/३०
—तनुता कामदशा।

५१. शब्दाख्येयं यदपि किल ते यः सखीनां पुरस्ताद्। २/४३
—स्पर्शोत्पन्ना वैषयिकी रति।

५२. शापान्तो मे भुजगशयनादुत्थिते शार्ङ्गपाणौ। २/५०
—अभिलाष कामदशा।

५३. शेषान्मासान् विरहदिवसस्थापितस्यावधेर्वा। २/२७
—मनःसङ्ग कामदशा।

५४. श्यामास्वङ्गं चकितहरिणीप्रेक्षणे दृष्टिपातम्। २/४४
—गुणकीर्तन कामदशा एवम् आभिमानिकी रति।

५५. संभोगं वा हृदयनिहितारम्भमास्वादयन्ती। २/२७
—अभिलाष (संकल्प) कामदशा।

५६. सव्यापारामहनि न तथा पीडयेद्विप्रयोगः। २/२८
—निद्राच्छेद (जागर) कामदशा।

५७. सा सन्यस्ताभरणमबला पेशलं धारयन्ती। २/३३
—अनुस्मृति, उद्वेग, व्याधि एवं मूर्च्छा कामदशा।

कुमारसम्भवतः

५८. अकिञ्चनः सन् प्रभवः स सम्पदाम्। ५/७७
—गुणकीर्तन कामदशा।

५९. अखण्डितं प्रेम लभस्व पत्युः। ७/२८
—आध्यात्मिकी रति, माञ्जिष्ठ राग एवम् अनुराग प्रेमविलास।

६०. **अणिमादिगुणोपेतमस्पृष्टपुरुषान्तरम्। ६/७५-७८**

—सम्बन्धजा रति।

६१. **अत आहर्तुमिच्छामि पार्वतीमात्मजन्मने। ६/२८**

—सम्बन्धजा रति।

६२. **अतोऽत्रकिञ्चिद्भवतीं बहुक्षमाम्। ५/४०**

—चक्षु:प्रीति, मन:सङ्ग एवम् अभिलाष कामदशा।

६३. **अथ मदनवधूरुपप्लवान्तम्। ४/४६**

—तनुता एवं मरण कामदशा

६४. **अथ विश्वात्मने गौरी सन्दिदेश मिथः सखीम्। ६/१**

—चिन्ता कामदशा।

६५. **अथ सा पुनरेव विह्वला। ४/४**

—विलाप कामदशा

६६. **अथानुरूपाभिनिवेशतोषिणा। ५/७**

— अभिलाष कामदशा

६७. **अथोपनिन्ये गिरिशाय गौरी। ३/६५**

—अभिलाष कामदशा।

६८. **अद्य प्रभृत्यवनताङ्गि तवास्मि दासः। ५/८६**

—स्वेन अभियोगिकी रति एवं प्रेमा प्रेमविलास।

६९. **अनन्यभाजं पतिमाप्नुहीति। ३/६३**

—मन:सङ्ग कामदशा एवम् आध्यात्मिकी रति।

७०. **अनेन धर्मः सविशेषमद्य मे। ५/३८**

—चक्षु:प्रीति, मन:सङ्ग एवम् अभिलाष कामदशा।

७१. **अपि क्रियार्थं सुलभं समित्कुशम्। ५/३३**

—गुणकीर्तन कामदशा।

७२. **अपि त्वदावर्जितवारिसम्भृतम्। ५/३४**

—चक्षु:प्रीति, मन:सङ्ग कामदशा, औपमानिकी रति एवं दर्शनज स्नेह प्रेमविलास।

७३. **अपि प्रसन्नं हरिणेषु ते मनः। ५/३५**

—चक्षु:प्रीति तथा मन:सङ्ग कामदशा, औपमानिकी रति एवं दर्शनज स्नेह प्रेमविलास।

७४. **अप्यवस्तुनि कथाप्रवृत्तये। ८/६**

—श्यामा राग प्रेमविलास।

७५. **अमुना ननु पार्श्ववर्तिना। ४/२९**

–विलाप कामदशा।

७६. **अमुनैव कषायितस्तनी। ४/३४**

मरण कामदशा।

७७. **अयि सम्प्रति देहि दर्शनम्। ४/२८**

–विलाप कामदशा एवं मध्य स्नेह प्रेमविलास।

७८. **अयुक्तरूपं किमतः परं वद। ५/६९**

–लज्जात्याग कामदशा।

७९. **अलं विवादेन यथा श्रुतस्त्वया। ५/५८**
–लज्जात्याग कामदशा, स्वेन आभियोगिकी, आभिमानिकी एवं नैसर्गिकी रति।

८०. **अलक्तकं पादसरोरुहाग्रे। ९/२७**

–प्रणयमान प्रेमविलास।

८१. **अलिपंक्तिरनेकशस्त्वया। ४/१५**

–विलाप कामदशा।

८२. **अवैमि सौभाग्यमदेन वञ्चितम्। ५/४९**

–गुणकीर्तन कामदशा।

८३. **असम्पदस्तस्य वृषेण गच्छतः। ५/८०**

–गुणकीर्तन कामदशा।

८४. **असंमतः कस्तव मुक्तिमार्गम्। ३/५**

–चक्षुःप्रीति एवं मनःसङ्ग कामदशा।

८५. **असह्यहुङ्कारनिवर्तितः पुरा। ५/५४**
–मनःसङ्ग तथा तनुता कामदशा एवं परेण आभियोगिकी रति।

८६. **अस्तोतुः स्तूयमानस्य वन्द्यस्यानन्यवन्दिनः। ६/८३-८४**

–सम्बन्धजा रति।

८७. **अहमेत्य पतङ्गवर्त्मना। ४/२०**

–मरण कामदशा।

८८. **अहेतुहासच्छुरिताननेन्दुः। ११/४३**

–तदीयविशेषयुक्ता रति।

८९. **अहो स्थिरः कोऽपि तवेप्सितो युवा। ५/४७**

–गुणकीर्तन कामदशा

९०. आक्रान्तपूर्वा रभसेन सैनिकैः। १४/४९

—ईर्ष्यामान (घनमत्सर)-ईषत् प्रतीति।

९१. आर्द्रकेसरसुगन्धि ते मुखम्। ८/७६

—रूपोत्पन्ना एवं गन्धोत्पन्ना वैषयिकी रति।

९२. इति चापि विधाय दीयताम्। ४/३७

—मरण कामदशा।

९३. इति चैनमुवाच दुःखिता १४/२७

—विलाप कामदशा

९४. इति देहविमुक्तये स्थिताम्। ४/३९

—मरण कामदशा

९५. इति ध्रुवेच्छामनुशासती सुताम्। ५/५

—अभिलाष कामदशा

९६. इतो गमिष्याम्यथवेति वादिनी। ५/८४

—आभियोगिकी रति।

९७. इत्थं रतेः किमपि भूतमदृश्यरूपम्। ४/४५

—मरण कामदशा।

९८. इत्थं शिशोः शैशवकेलिवृत्तैः। ११/४९

—तदीयविशेषयुक्ता रति।

९९. इयं महेन्द्रप्रभृतीनधिश्रियः। ५/५३

—अभिलाष कामदशा, परेण अभियोगिकी एवं नैसर्गिकी रति।

१००. इयेष सा कर्तुमवन्ध्यरूपताम्। ५/२

—मनःसङ्ग कामदशा एवं प्रेमा प्रेमविलास।

१०१. उन्नतेन स्थितिमता धुरमुद्वहता भुवः। ६/३०

—सम्बन्धजा रति।

१०२. उपमानमभूद्विलासिनाम्। ४/५

—विलाप कामदशा।

१०३. उपात्तवर्णे चरिते पिनाकिनः। ५/५६

—विलाप, जडता एवं मूर्च्छा कामदशा तथा शब्दोत्पन्ना वैषयिकी रति।

१०४. उमापि नीलालकमध्यशोभि। ३/६२

—मनःसङ्ग कामदशा।

१०५. **उमा वधूर्भवान्दाता याचितार इमे वयम्। ६/८२**

—सम्बन्धजा रति।

१०६. **उवाच चैनं परमार्थतो हरम्। ५/७५**

—गुणकीर्तन कामदशा।

१०७. **ऊरुमूलनखमार्गराजिभिः। ८/८७**

—साम्प्रयोगिकी रति।

१०८. **ऋजुतां नयतः स्मरामि ते। ४/२३**

—चक्षुःप्रीति कामदशा।

१०९. **एवंवादिनि देवर्षौ पार्श्वे पितुरधोमुखी। ६/८४**

—सम्बन्धजा रति।

११०. **एवमालि! निगृहीतसाध्वसम्। ८/५**

—श्यामा राग प्रेमविलास।

१११. **कदाचिदासन्नसखीमुखेन सा। ५/६**

—अभिलाष कामदशा।

११२. **कपोलपाल्यां मृगनाभिचित्र। ९/२२**

—प्रणयमान प्रेमविलास।

११३. **कयासि कामिन्सुरतापराधात्। ३/३८**

—व्याधि एवं संज्वर कामदशा एवम् ईर्ष्यामान प्रेमविलास।

११४. **कामेकपलीव्रतदुःखशीलाम्। ३/७**

—लज्जात्याग कामदशा।

११५. **किमित्यपास्याभरणानि यौवने। ५/४४**

—गुणकीर्तन कामदशा।

११६. **कियच्चिरं श्राम्यसि गौरि! विद्यते। ५/५०**

—चक्षुःप्रीति, मनःसङ्ग एवम् अभिलाष कामदशा।

११७. **कुबेरगुप्तां दिशमुष्णरश्मौ। ३/२५**

—ईर्ष्यामान प्रेमविलास।

११८. **कुसुमायुधपत्नि दुर्लभः। ४/४०**

—मरण कामदशा।

११९. **कुसुमास्तरणे सहायताम्। ४/३५**

—मरण कामदशा।

१२०. कृतावानसि विप्रियं न मे। ४/७

–विलाप कामदशा।

१२१. केवलं प्रियतमादयालुना। ८/८४

–साम्प्रयोगिकी रति।

१२२. कैतवेन शयिते कुतूहलात्। ८/३

–साम्प्रयोगिकी रति एवं श्यामा राग प्रेमविलास।

१२३. क्लिष्टकेशमवप्लुतचन्दनम्। ८/८३

–साम्प्रयोगिकी रति।

१२४. क्वचित्स्खलद्भिः क्वचिदस्खलद्भिः। ११/४२

–तदीयविशेषयुक्ता रति।

१२५. क्व नु मां त्वदधीनजीविताम्। ४/६

–विलाप कामदशा।

१२६. गत एव न ते निवर्तते। ४/३०

–विलाप कामदशा।

१२७. गीतान्तरेषु श्रमवारिलेशैः। ३/३८

–स्पर्शोत्पन्ना एवं रसोत्पन्ना वैषयिकी रति।

१२८. गृह्णन्विषाणे हरवाहनस्य। ११/४४

–तदीयविशेषयुक्ता रति।

१२९. घूर्णमाननयनं स्खलत्कथम्। ८/४०

–रूपोत्पन्ना एवं रसोत्पन्ना वैषयिकी रति।

१३०. चुम्बनादलकचूर्णदूषितम्। ८/१९

–गन्धोत्पन्ना वैषयिकी रति।

१३१. चुम्बनेष्वधरदानवर्जितम्। ८/८

–साम्प्रयोगिकी रति।

१३२. चूताङ्कुरास्वादकषायकण्ठः। ३/३२

–मानदूरीकरण।

१३३. तं यथाऽऽत्मसदृशं वरं वधूः। ८/१६

–स्पर्शोत्पन्ना एवं रसोत्पन्ना वैषयिकी, उभयनिष्ठ स्वरूपजा रति एवम् अनुराग प्रेमविलास।

१३४. तं वीक्ष्य वेपथुमती सरसाङ्गयष्टिः। ५/८५

–नैसर्गिकी रति।

१३५. ततः कुमारः समुदां निदानैः। ११/४०

—तदीयविशेषयुक्ता रति।

१३६. तत्क्षणं विपरिवर्तितह्रियोः। ८/७९

—लज्जात्याग कामदशा।

१३७. तथा समक्षं दहता मनोभवम्। ५/१

—मनःसङ्ग कामदशा।

१३८. तदङ्गसंसर्गमवाप्य कल्पते। ५/७९

—गुणकीर्तन कामदशा।

१३९. तदनु ज्वलनं मदर्पितम्। ४/३६

—मरण कामदशा।

१४०. तदा प्रभृत्युन्मदना पितुर्गृहे। ५/५५

—उन्माद, अरति, व्याधि एवं संज्वर कामदशा तथा परेण आभियोगिकी रति।

१४१. तदिदं क्रियतामनन्तरम्। ४/३२

—मरण कामदशा।

१४२. तदिदं परिरक्ष शोभने। १४/४४

—मरण कामदशा।

१४३. तद्दर्शनादभूच्छंभोर्भूयान्दारार्थमादरः। ६/१३

—मनःसङ्ग कामदशा एवम् औपमानिकी रति।

१४४. तं देशमारोपितपुष्पचापे। ३/३५

—प्रौढ स्नेह एवं राग प्रेमविलास।

१४५. तमर्थमिव भारत्या सुतया योक्तुमर्हसि। ६/७९

—सम्बन्धजा रति।

१४६. तमवेक्ष्य रुरोद सा भृशम्। ४/२६

—विलाप कामदशा।

१४७. तमेकदृश्यं नयनैः पिबन्त्यः। ७/६४

—रूपोत्पन्ना वैषयिकी एवं ललनानिष्ठ स्वरूपजा रति।

१४८. तया प्रवृद्धाननचन्द्रकान्त्या। ७/७४

—रूपोत्पन्ना वैषयिकी तथा तदीयविशेषयुक्ता रति एवं प्रेमा प्रेमविलास।

१४९. तया व्याहृतसंदेशा सा बभौ निभृता प्रिये। ६/२

—चिन्ता कामदशा।

१५०. **तयोः समापत्तिषु कातराणि। ७/७५**

—रूपोत्पन्ना वैषयिकी रति, प्रेमा एवं दर्शनज स्नेह प्रेमविलास।

१५१. **तस्याः करं शैलगुरूपनीतम्। ७/७६**

—स्पर्शोत्पन्ना वैषयिकी रति एवं स्पर्शज स्नेह प्रेमविलास।

१५२. **तस्याः स कण्ठे पिहितस्तनाग्राम्। ९/२४**

—प्रणयमान प्रेमविलास।

१५३. **तामस्मदर्थे युष्माभिर्याचितव्यो हिमालयः। ६/२९**

—सम्बन्धजा रति।

१५४. **तीव्राभिषङ्गप्रभवेण वृत्तिम्। ३/७३**

—मूर्च्छा कामदशा।

१५५. **तेन भङ्गिविषमोत्तरच्छदम्। ८/८९**

—साम्प्रयोगिकी रति।

१५६. **तेषां मध्यगता साध्वी पत्युः पादार्पितेक्षणा। ६/११-१३**

—औपमानिकी रति।

१५७. **तौ दंपती त्रिः परिणीय वह्निम्। ७/८०**

—स्पर्शोत्पन्ना वैषयिकी रति एवं स्पर्शज स्नेह प्रेमविलास।

१५८. **त्रिभागशेषासु निशासु च क्षणम्। ५/५७**

—अनुस्मृति, निद्राच्छेद, प्रलाप एवम् उन्माद कामदशा।

१५९. **दधानया नेत्रसुधैकसत्रम्। ११/२९**

—तदीयविशेषयुक्ता रति।

१६०. **दिवं यदि प्रार्थयसे वृथा श्रमः। ५/४५**

—गुणकीर्तन कामदशा।

१६१. **देवस्य तस्य स्मरसूदनस्य। ९/४७**

—तदीयविशेषयुक्ता रति।

१६२. **द्रुमेषु सख्या कृतजन्मसु स्वयम्। ५/६०**

—उद्वेग कामदशा।

१६३. **धर्मेणापि पदं शर्वे कारिते पार्वतीं प्रति। ६/१४**

—मनःसङ्ग कामदशा।

१६४. **नखव्रणश्रेणिवरे बबन्ध। ९/२५**

—प्रणयमान प्रेमविलास।

१६५. न वेद्मि स प्रार्थितदुर्लभः कदा। ५/६

—तनुता कामदशा।

१६६. नाभिदेशनिहितः सकम्पया। ८/४

—साम्प्रयोगिकी रति एवं श्यामा राग प्रेमविलास।

१६७. निर्मितेषु पितृषु स्वयंभुवा। ८/५२

—ईर्ष्यामान प्रेमविलास।

१६८. निर्विभुज्य दशनच्छदं ततः। ८/४९

—प्रणयमान प्रेमविलास।

१६९. निवेदितं निःश्वसितेन सोष्मणा। ५/४६

—अनुस्मृति एवम् उद्वेग कामदशा।

१७०. निशम्य चैनां तपसे कृतोद्यमाम्। ५/३

—मनःसङ्ग कमदशा।

१७१. नीलकण्ठपरिभुक्तयौवनाम्। ८/१२

—माञ्जिष्ठ राग प्रेमविलास।

१७२. नेपथ्यलक्ष्मीं दयितोपक्लृप्ताम्। ९/३०

—प्रणय प्रेमविलास।

१७३. न्यस्ताक्षरा धातुरसेन यत्र। १/७

—चिन्ता कामदशा।

१७४. पद्मनाभवलयाङ्कित्ताश्मसु। ८/२३

—रसोत्पन्ना वैषयिकी रति।

१७५. परलोकनवप्रवासिनः। ४/१०

—मरण कामदशा।

१७६. पशुपतिरपि तान्यहानि कृच्छ्रात्। ६/९५

—उद्वेग कामदशा एवम् आभियोगिकी रति।

१७७. पार्वती तदुपयोगसम्भवाम्। ८/७८

—रूपोत्पन्ना एवं गन्धोत्पन्ना वैषयिकी रति।

१७८. प्रणम्य शितिकण्ठाय विबुधास्तदनन्तरम्। ६/८१

—सम्बन्धजा रति।

१७९. प्रतिग्रहीतुं प्रणयिप्रियत्वात्। ३/६६

—अभिलाष कामदशा।

१८०. **प्रतिपद्य मनोहरं वपुः। ४/१६**

—विलाप कामदशा।

१८१. **प्रत्यर्थिभूतामपि तां समाधेः। १/५९**

—चक्षुःप्रीति एवं मनःसङ्ग कामदशा।

१८२. **प्रयुक्तसत्कारविशेषमात्मना। ५/३९**

—चक्षुःप्रीति, मनःसङ्ग एवम् अभिलाष कामदशा।

१८३. **प्रियेण दत्ते मणिदर्पणे सा। ९/२९**

—प्रणय प्रेमविलास।

१८४. **भस्मानुलिप्ते वपुषि स्वकीये। ९/२८**

—प्रणयमान प्रेमविलास।

१८५. **भालेक्षणाग्नौ स्वयमञ्जनं सः। ९/२६**

—प्रणयमान प्रेमविलास।

१८६. **भावसूचितमदृष्टविप्रियम्। ८/१५**

—अनुराग प्रेमविलास।

१८७. **भ्रूभेदिभिः सकम्पोष्ठैर्ललिताङ्गुलितर्जनैः। ६/४५**

—प्रणयमान प्रेमविलास।

१८८. **मदनेन विनाकृता रतिः। ४/२१**

—मरण कामदशा।

१८९. **मधु द्विरेफः कुसुमैकपात्रे। ३/३६**

—स्पर्शज स्नेह प्रेमविलास।

१९०. **मन्देन स्विन्नाङ्गुलिना करेण। ९/२०**

—प्रणयमान प्रेमविलास।

१९१. **महारणक्षोणिपशूपहारी। १२/५२**

—अनुस्मृति कामदशा।

१९२. **महेश्वरः शैलसुता च हर्षात्। ११/४१**

—तदीयविशेषयुक्ता रति।

१९३. **मुञ्च कोपमनिमित्तकोपने!।८/५१**

—ईर्ष्यामान प्रेमविलास।

१९४. **मुनिव्रतैस्त्वामतिमात्रकर्शिताम्। ५/४८**

—गुणकीर्तन एवं तनुता कामदशा।

१९५. **यत्रांशुकाक्षेप विलज्जितानाम्। १/१४**

—प्रेमा प्रेमविलास।

१९६. **यथा श्रुतं वेदविदां वर! त्वया। ५/६४**

—अभिलाष कामदशा एवम् आभिमानिकी रति।

१९७. **यदा बुधैः सर्वगतस्त्वमुच्यसे। ५/५८**

—उन्माद एवं लज्जात्याग कामदशा।

१९८. **यदुच्यते पार्वति पापवृत्तये। ५/३६**

—गुणकीर्तन कामदशा।

१९९. **यदैव पूर्वे जनने शरीरम्। १/५३**

—नायकनिष्ठ स्वरूपजा रति एवं नीली राग प्रेमविलास।

२००. **यावन्त्येतानि भूतानि स्थावराणि चराणि च। ६/८०**

—सम्बन्धजा रति।

२०१. **यौवनान्तं वयो यस्मिन्नान्तक कुसुमायुधात्। ६/४४**

—मूर्च्छा एवं मरण कामदशा।

२०२. **रचितं रतिपण्डित त्वया। ४/१८**

—विलाप कामदशा।

२०३. **रजनीतिमिरावगुण्ठिते। ४/११**

—विलाप कामदशा।

२०४. **रतिश्लथं तत्कबरीकलापम्। ९/२१**

—प्रणयमान प्रेमविलास।

२०५. **रथस्य कर्णावभि तन्मुखस्य। ९/२३**

—प्रणयमान प्रेमविलास।

२०६. **रोमोद्गमः प्रादुरभूदुमायाः। ७/७७**

—स्पर्शोत्पन्ना वैषयिकी रति एवं स्पर्शज स्नेह प्रेमविलास।

२०७. **वनेचराणां वनितासखानाम्। १/१०**

—प्रेमा प्रेमविलास।

२०८. **वासराणि कतिचित्कथञ्चन। ८/१३**

—माञ्जिष्ठ राग प्रेमविलास।

२०९. **विकीर्णसप्तर्षिबलिप्रहासिभिः। ५/३७**

—गुणकीर्तन कामदशा।

२१०. विधिना कृतमर्धवैशसम्। ४/३१

–विलाप तथा मरण कामदशा एवं प्रौढ स्नेह प्रेमविलास।

२११. विधिप्रयुक्तां परिगृह्य सत्क्रियाम्। ५/३२

–चक्षु:प्रीति तथा मन:सङ्ग कामदशा एवं दर्शनज स्नेह प्रेमविलास।

२१२. विपत्प्रतीकारपरेण मङ्गलम्। ५/७६

–गुणकीर्तन कामदशा।

२१३. विबुधैरसि यस्य दारुणै:। ४/१९

–प्रौढ स्नेह प्रेमविलास।

२१४. विभूषणोद्भासि पिनद्धभोगि वा। ५/७८

–गुणकीर्तन कामदशा।

२१५. विमुच्य सा हारमहार्यनिश्चया। ५/८

–अभिलाष कामदशा।

२१६. विलोक्य यत्र स्फटिकस्य भित्तौ। ९/४०

–ईर्ष्यामान प्रेमविलास।

२१७. विवक्षता दोषमपि च्युतात्मना। ५/८१

–गुणकीर्तन कामदशा।

२१८. विवृण्वती शैलसुतापि भावम्। ३/६८

–चक्षु:प्रीति कामदशा एवं प्रेमा प्रेमविलास।

२१९. वीज्यते स हि संसुप्त: श्वाससाधारणानिलै:। २/४२

–अनुस्मृति कामदशा।

२२०. व्याहृता प्रतिवचो न सन्दधे। ८/२

–साम्प्रयोगिकी रति एवं नीली राग प्रेमविलास।

२२१. शशिना सह याति कौमुदी। ४/३३

–मरण कामदशा एवं प्रौढ स्नेह प्रेमविलास।

२२२. शिरसा प्रणिपत्य याचितानि। ४/१७

–प्रौढ स्नेह प्रेमविलास।

२२३. शिष्यतां निधुवनोपदेशिन:। ८/१७

–साम्प्रयोगिकी रति एवम् अनुराग प्रेमविलास।

२२४. शैलात्मजापि पितुरुच्छिरसोऽभिलाषम्। ३/७५

–चिन्ता कामदशा एवं नैसर्गिकी रति।

२२५. स तथेति प्रतिज्ञाय विसृज्य कथमप्युमाम्। ६/३

–चिन्ता कामदशा।

२२६. सपदि मुकुलिताक्षीं रुद्रसंरम्भभीत्या। ३/७६

–चिन्ता कामदशा।

२२७. स पावकालोकरुषा विलक्षाम्। ९/१८

–प्रणयमान प्रेमविलास।

२२८. स प्रजागरकषायलोचनम्। ८/८८

–साम्प्रयोगिकी रति।

२२९. स प्रियामुखरसं दिवानिशम्। ८/९०

–रसोत्पन्ना वैषयिकी रति।

२३०. समदिवसनिशीथं सङ्गिनस्तत्र शंभोः। ८/९१

–साम्प्रयोगिकी रति।

२३१. स मानसीं मेरुसखः पितृणाम्। १/१८

–सम्बन्धजा (सांसर्गिकी) रति।

२३२. समीयिवांसो रहसि स्मरार्ता। ९/ ४५

–प्रेमा प्रेमविलास।

२३३. सस्वजे प्रियमुरोनिपीडिता। ८/१४

–स्पर्शज स्नेह प्रेमविलास।

२३४. सुगन्धिनिःश्वासविवृद्धतृष्णम्। ३/५६

–गन्धोत्पन्ना वैषयिकी रति।

२३५. सोऽहं तृष्णातुरैर्वृष्टिं विद्युत्वानिव चातकैः। ६/२७-३०

–सम्बन्धजा रति।

२३६. स्थाने तपो दुश्चरमेतदर्थम्। ७/६५

–परेण आभियोगिकी, ललनानिष्ठ स्वरूपजा रति, माञ्जिष्ठ राग एवम् अनुराग प्रेमविलास।

२३७. स्मरसि स्मर मेखलागुणैः। ४/८

–विलाप कामदशा।

२३८. हरस्तु किञ्चित्परिलुप्तधैर्यः। ३/६७

–चक्षुःप्रीति, अभिलाष कामदशा, रूपोत्पन्ना एवं रसोत्पन्ना वैषयिकी रति एवं प्रेमा प्रेमविलास।

२३९. हरो विकीर्णं घनघर्मतोयैः। ९/१९

—प्रणयमान प्रेमविलास।

२४०. हृदये वससीति मत्प्रियम्। ४/९

—विलाप कामदशा एवं प्रौढ स्नेह प्रेमविलास।

२४१. हेमतामरसताडितप्रिया। ८/२६

—दर्शनज एवं स्पर्शज स्नेह प्रेमविलास।

रघुवंशतः

२४२. अङ्गुलीकिसलयाग्रतर्जनम्। १९/१७

—ईर्ष्यामान प्रेमविलास।

२४३. अत्रानुगोदं मृगयानिवृत्तः। १३/३५

—स्पर्शोत्पन्ना वैषयिकी रति।

२४४. अथ रामशिरच्छेददर्शनोद्भ्रान्तचेतनाम्। १२/७४

—मरण कामदशा।

२४५. अनुभवन्नवदोलमृतूत्सवम्। १९/४६

—स्पर्शज स्नेह प्रेमविलास।

२४६. अपि तुरगसमीपादुत्पतन्तं मयूरम्। ९/६७

—अभिलाष कामदशा एवम् औपमानिकी रति।

२४७. अरुणरागनिषेधिभिरंशुकैः। ९/४३

—शब्दोत्पन्ना वैषयिकी रति।

२४८. आससाद मिथिलां स वेष्टयन्। ११/५२

—साम्प्रयोगिकी रति।

२४९. आसारसिक्तक्षितिवाष्पयोगात्। १३/२९

—गुणकीर्तन कामदशा एवम् औपमानिकी रति।

२५०. आसीद्वरः कण्टकितप्रकोष्ठः। ७/२२

—स्पर्शोत्पन्ना वैषयिकी रति।

२५१. इमां तटाशोकलतां च तन्वीम्। १३/३२

—उन्माद कामदशा एवम् औपमानिकी रति।

२५२. उपययौ तनुतां मधुखण्डिता। ९/३८

—तनुता कामदशा।

२६८. तदाननं मृत्सुरभि क्षितीश्वरः। ३/३

—गन्धोत्पन्ना वैषयिकी रति।

२६९. तं प्राप्य सर्वावयवानवद्यम्। ६/६९

—मनःसङ्ग कामदशा।

२७०. तं प्रीतिविशदैर्नेत्रैः। १७/३५

—चक्षुःप्रीति कामदशा।

२७१. तया स्रजा मङ्गलपुष्पमय्या। ६/८४

—तदीयविशेषयुक्ता रति।

२७२. तयोरपाङ्गप्रतिसारितानि। ७/२३

—चक्षुःप्रीति कामदशा।

२७३. तयोर्यथाप्रार्थितमिन्द्रियार्थान्। १४/२५

—आभियोगिकी रति।

२७४. तव निःश्वसितानुकारिभिः। ८/६४

—अनुस्मृति कामदशा।

२७५. तवाधरस्पर्धिषु विद्रुमेषु। १३/१३

—गुणकीर्तन कामदशा।

२७६. तस्मिन्समावेशितचित्तवृत्तिम्। ६/७०

—मनःसङ्ग कामदशा।

२७७. तस्मिन्विधानातिशये विधातुः। ६/११

—परेण आभियोगिकी रति।

२७८. तस्य दाक्षिण्यरूढेन नाम्ना मगधवंशजा। १/३१-३२

—सम्बन्धजा रति।

२७९. तस्य सावरणदृष्टसन्धयः। १९/१६

—उद्वेग कामदशा।

२८०. तस्यां रघोः सूनुरुपस्थितायाम्। ६/६८

—चिन्ता कामदशा एवं स्वेन आभियोगिकी रति।

२८१. तस्यापरेष्वपि मृगेषु शरान्मुमुक्षोः। ९/५८

—औपमानिकी रति।

२८२. ता नराधिपसुता नृपात्मजैः। ११/५६

—नैसर्गिकी रति।

२८३. तामङ्कमारोप्य कृशाङ्गयष्टिम्। १४/२७

—आभियोगिकी रति।

२८४. ता राघवं दृष्टिभिरापिबन्त्यो। ७/१२

—रूपोत्पन्ना वैषयिकी रति।

२८५. ताः स्वमङ्कमधिरोप्य दोलया। १९/४४

—स्पर्शज स्नेह प्रेमविलास।

२८६. तीरस्थलीबर्हिभिरुत्कलापैः। १६/६४

—शब्दोत्पन्ना वैषयिकी रति।

२८७. तेन दूतिविदितं निषेदुषा। १९/१८

—मरण कामदशा।

२८८. तेनाष्टौ परिगमिताः समाः कथञ्चिद्। ८/९२

—अनुराग प्रेमविलास।

२८९. त्यजत मानमलं बत विग्रहैः। ९/४७

—ईर्ष्यामान प्रेमविलास।

२९०. दक्षिणेन पवनेन सम्भृतम्। १९/४३

—प्रणयमान प्रेमविलास।

२९१. दयितां यदि तावदन्वगात्। ८/५०

—उन्माद कामदशा।

२९२. दिवं मरुत्वानिव भोक्ष्यते भुवम्। ३/४

—अभिलाष कामदशा।

२९३. नाम वल्लभजनस्य ते मया। १९/२४

—ईर्ष्यामान प्रेमविलास।

२९४. निद्रावशेन भवता ह्यनवेक्ष्यमाणा। ५/६७

—कुसुम्भ राग प्रेमविलास।

२९५. पूर्वानुभूतं स्मरता च यत्र। १३/२८

—गुणकीर्तन कामदशा।

२९६. प्रतिकृतिरचनाभ्यो दूतिसंदर्शिताभ्यः। १८/५३

—सम्बन्धजा रति।

२९७. प्रतियोजयितव्यवल्लकी। ८/४१

—प्रौढ स्नेह प्रेमविलास।

२९८. **प्रत्यभिज्ञानरत्नं च रामायादर्शयत्कृती। १२/६४-६५**

—तदीयविशेषयुक्ता रति।

२९९. **प्रभावस्तम्भितच्छायमाश्रितः स वनस्पतिम्। १२/२१**

—आभियोगिकी रति।

३००. **प्रमदामनु संस्थितः शुचा। ८/७२**

—मरण कामदशा।

३०१. **प्रियानुरागस्य मनःसमुन्नतेः। ३/१०**

—अनुराग प्रेमविलास।

३०२. **प्रेमगर्वितविपक्षमत्सरात्। १९/२०**

—ईर्ष्यामान, प्रणयमान एवं प्रणय प्रेमविलास।

३०३. **बभूव रामः सहसा सबाष्पः। १४/८४**

—आध्यात्मिकी रति।

३०४. **मदिराक्षि! मदाननार्पितम्। ८/६८**

—विलाप कामदशा।

३०५. **मनसापि न विप्रियं मया। ८/५२**

—नैसर्गिकी रति।

३०६. **मनोज्ञगन्धं सहकारमङ्गम्। १६/५२**

—गन्धोत्पन्ना वैषयिकी रति।

३०७. **मित्रकृत्यमपदिश्य पार्श्वतः। १९/३१**

—लज्जात्याग कामदशा एवं प्रणय प्रेमविलास।

३०८. **मुखार्पणेषु प्रकृतिप्रगल्भाः। १३/१९**

—स्वरूपजा रति।

३०९. **यत्स भग्नसहकारमासवम्। १९/४६**

—तनुता कामदशा।

३१०. **यौवनोन्नतविलासिनीस्तन। १९/९**

—साम्प्रयोगिकी रति।

३११. **रतिस्मरौ नूनमिमावभूताम्। ७/१५**

—नैसर्गिकी एवम् आध्यात्मिकी रति।

३१२. **रथाङ्गनाम्नोरिव भावबन्धनम्। ३/२४**

—प्रेमा प्रेमविलास।

३२८. **स स्वयं चरणरागमादधे। १९/२६**

–दर्शनज एवं स्पर्शज स्नेह प्रेमविलास।

३२९. **सा यूनि तस्मिन्नभिलाषबन्धम्। ६/८१**

–अभिलाष कामदशा।

३३०. **सा लुप्तसंज्ञा न विवेद दुःखम्। १४/५६**

–मूर्च्छा कामदशा।

३३१. **सा सीतासन्निधावेव तं वव्रे कथितान्वया। १२/३२-३३**

–आभियोगिकी रति।

३३२. **साहं तपः सूर्यनिविष्टदृष्टिः। १४/६६**

–आध्यात्मिकी रति एवम् अनुराग प्रेमविलास।

३३३. **सीतां हित्वा दशमुखरिपुर्नोपयेमे यदन्याम्। १४/८७**

–अनुराग प्रेमविलास।

३३४. **सैषा स्थली यत्र विचिन्वता त्वाम्। १३/२३**

–अनुस्मृति कामदशा, आभिमानिकी तथा तदीयविशेषयुक्ता रति एवम् इष्टदैवतमन्त्र।

३३५. **स्नानार्द्रमुक्तेष्वनुधूपवासम्। १६/५०**

–तनुता कामदशा।

३३६. **स्रगियं यदि जीवितापहा। ८/४६**

–मरण कामदशा।

३३७. **स्वप्नकीर्तितविपक्षमङ्गनाः। १९/२२**

–ईर्ष्यामान प्रेमविलास।

३३८. **ह्रष्टापि सा ह्रीविजिता न साक्षात्। ७/६९**

–गुणकीर्तन कामदशा।

मालविकाग्निमित्रतः

३३९. **अनतिलम्बिदुकूलनिवासिनी। ५/७**

–अनुराग प्रेमविलास।

३४०. **अनातुरोत्कण्ठितयोः प्रसिध्यता। ३/१५**

–उभयनिष्ठ स्वरूपजा रति एवं प्रौढ स्नेह प्रेमविलास।

३४१. **अपराधिनि मयि दण्डं संहरसि किमुद्यतं कुटिलकेशि। ३/२२**

–प्रणयमान प्रेमविलास।

३४२. अव्याजसुन्दरीं तां विज्ञानेन ललितेन योजयता। २/१३
—चिन्ता कामदशा।

३४३. उत्तरेण किमात्मैव पञ्चबाणाग्निसाक्षिकम्। ८/१२
—प्रणय एवं नीली राग प्रेमविलास।

३४४. औत्सुक्यहेतुं विवृणोषि न त्वम्। ३/१०
—विलाप कामदशा।

३४५. कदा मुखं वरतनु कारणादृते। ४/१६
—प्रणयमान प्रेमविलास।

३४६. किसलयमृदोर्विलासिनि कठिने निहितस्य पादपस्कन्धे। ३/१८
—प्रियपदोत्पन्ना तदीयविशेषयुक्ता रति।

३४७. कुप्यसि कुवलयनयने चित्रार्पितचेष्टया किमेतन्मे। ४/१०
—प्रणयमान प्रेमविलास।

३४८. चित्रगतायामस्यां कान्तिविसंवादशङ्कि मे हृदयम्। २/२
—गुणकीर्तन कामदशा।

३४९. तामाश्रित्य श्रुतिपथगतामास्थया बद्धमूलः। ४/१
—शब्दोत्पन्ना, स्पर्शोत्पन्ना एवं रूपोत्पन्ना वैषयिकी रति तथा दर्शनज स्नेह प्रेमविलास।

३५०. दीर्घाक्षं शरदिन्दुकान्तिवदनं बाहू नतावंसयोः। २/३
—गुणकीर्तन कामदशा।

३५१. दुल्लहो पिआ तस्मिं भव हिअअ णिरासं। २/३
(दुर्लभः प्रियस्तस्मिन्भव हृदय निराशम्। २/३)
—चक्षुःप्रीति कामदशा एवं स्वेन आभियोगिकी रति।

३५२. धृतिपुष्पमयमपि जनो बध्नाति न तादृशं चिरात्प्रभृति। ३/१९
—प्रियपदोत्पन्ना तदीयविशेषयुक्ता रति।

३५३. नेपथ्यपरिगतायाश्चक्षुर्दर्शनसमुत्सुकं तस्याः। २/१
—स्वेन आभियोगिकी रति।

३५४. पथि नयनयोः स्थित्वा स्थित्वा तिरोभवति क्षणात्। ४/११
—प्रणय एवं नीली राग प्रेमविलास।

३५५. मन्ये प्रियाहृतमनास्तस्याः प्रणिपातलङ्घनं सेवाम्। ३/२३
—आभिमानिकी रति एवं मन्द स्नेह प्रेमविलास।

३५६. **मामियमभ्युत्तिष्ठति देवी विनयादुपस्थिता प्रियया। ५/६**

—अनुराग प्रेमविलास।

३५७. **वामं सन्धिस्तिमितवलयं न्यस्य हस्तं नितम्बे। २/६**

—गुणकीर्तन कामदशा एवं प्रेमा प्रेमविलास।

३५८. **विपुलं नितम्बबिम्बे मध्ये क्षामं समुन्नतं कुचयोः। ३/७**

—प्रेमा प्रेमविलास।

३५९. **विसृज सुन्दरि सङ्गमसाध्वसम्। ४/३**

—श्यामा राग प्रेमविलास।

३६०. **शरीरं क्षामं स्यादसति दयितालिङ्गनसुखे। ३/१**

—उद्वेग, विलाप एवं तनुता कामदशा तथा प्रेमा प्रेमविलास।

३६१. **सर्वान्तःपुरवनिताव्यापारप्रतिनिवृत्तहृदयस्य। २/१४**

—आभिमानिकी रति।

३६२. **स्मयमानमायताक्ष्याः किञ्चिद्। २/१०**

—रूपोत्पन्ना वैषयिकी रति।

३६३. **हस्तं कम्पवती रुणद्धि रशनाव्यापारलोलाङ्गुलिम्। ४/१५**

—साम्प्रयोगिकी रति एवं स्पर्शज स्नेह प्रेमविलास।

विक्रमोर्वशीयतः

३६४. **अङ्गमनङ्गक्लिष्टं सुखयेदन्या न मे करस्पर्शात्। ३/१६**

—स्पर्शोत्पन्ना वैषयिकी रति एवं स्पर्शज स्नेह प्रेमविलास।

३६५. **अनिर्देश्यसुखः स्वर्गः कस्तं विस्मारयिष्यति। ३/१८**

—आभिमानिकी रति।

३६६. **अनीशया शरीरस्य हृदयं स्ववशं मयि। २/१८**

—नीली राग प्रेमविलास।

३६७. **अपराधी नामाहं प्रसीद रम्भोरु! विरम संरम्भात्। २/२१**

—प्रणयमान प्रेमविलास।

३६८. **अवधूतप्रणिपाताः पश्चात्संतप्यमानमनसोऽपि। ३/५**

—प्रणय प्रेमविलास।

३६९. **अस्याः सर्गविधौ प्रजापतिरभूच्चन्द्रो नु कान्तिप्रदः। १/८**

—चक्षुःप्रीति एवम् अभिलाष कामदशा।

३७०. आ दर्शनात्प्रविष्टा सा मे सुरलोकसुन्दरी हृदयम्। २/२

—अनुस्मृति कामदशा।

३७१. आभरणस्याभरणं प्रसाधनविधेः प्रसाधनविशेषः। २/३

—गुणकीर्तन कामदशा।

३७२. इदमसुलभवस्तुप्रार्थनादुर्निवारम्। २/६

—विलाप कामदशा।

३७३. एषा मनो मे प्रसभं शरीरात्। १/१८

—मनःसङ्ग कामदशा, स्वेन आभियोगिकी रति एवं प्रेमा प्रेमविलास।

३७४. कुसुमशयनं न प्रत्यग्रं न चन्द्रमरीचयः। ३/१०

—उद्वेग कामदशा।

३७५. गूढा नूपुरशब्दमात्रमपि मे कान्ता श्रुतौ पाययेत्। ३/१५

—उद्वेग कामदशा।

३७६. तन्वी मेघजलार्द्रपल्लवतया धौताधरेवाश्रुभिः। ४/३८

—आध्यात्मिकी रति।

३७७. तरङ्गभ्रूभङ्गा क्षुभितविहगश्रेणिरशना। ४/२८

—उन्माद कामदशा।

३७८. तिष्ठेत्कोपवशात्प्रभावपिहिता दीर्घं न सा कुप्यति। ४/२

—प्रलाप कामदशा।

३७९. त्वद्वियोगोद्भवे तन्वि मया तमसि मज्जता। ४/४०

—माञ्जिष्ठ राग प्रेमविलास।

३८०. दातुं वा प्रभवसि मामन्यस्यै हर्तुमेव वा दासम्। ३/१४

—प्रणय प्रेमविलास।

३८१. देव्या दत्त इति यदि व्यापारं व्रजसि मे शरीरेऽस्मिन्। ३/१७

—साम्प्रयोगिकी रति।

३८२. ननु मम लुलितपारिजातशयनीये भवन्ति। २/१३

—उद्वेग कामदशा एवं स्वेन आभियोगिकी रति।

३८३. नवजलधरः सन्नद्धोऽयं न दृप्तनिशाचरः। ४/१

—उन्माद कामदशा।

३८४. न सुलभा सकलेन्दुमुखी च सा। २/९

—चिन्ता कामदशा।

३८५. **पर्युत्सुकां कथयसि प्रियदर्शनां ताम्। २/१६**

–उभयनिष्ठ स्वरूपजा रति एवं प्रौढ स्नेह प्रेमविलास।

३८६. **पादास्त एव शशिनः सुखयन्ति गात्रम्। ३/२०**

–अनुराग प्रेमविलास।

३८७. **प्रियमाचरितं लते! त्वया मे। १/१६**

–अभिलाष कामदशा।

३८८. **मम कुसुमितास्वपि सखे नोपवनलतासु नम्रविटपासु। २/८**

–चिन्ता एवम् अनुस्मृति कामदशा।

३८९. **यदयं रथसंक्षोभादंसेनांसो रथोपमश्रोण्याः। १/१३**

–स्पर्शोत्पन्ना वैषयिकी रति एवं स्पर्शज स्नेह प्रेमविलास।

३९०. **यदि हंस! गता न ते नतभ्रूः। ४/१६**

–औपमानिकी रति।

३९१. **यदृच्छया त्वं सकृदप्यवन्ध्ययोः। १/९**

–चक्षुःप्रीति कामदशा एवं रूपोत्पन्ना वैषयिकी रति।

३९२. **समर्थये यत्प्रथमं प्रियां प्रति। ४/३९**

–स्पर्शोत्पन्ना वैषयिकी रति।

३९३. **सामन्तमौलिमणिरञ्जितशासनाङ्क। ३/१९**

–प्रियपदोत्पन्ना तदीयविशेषयुक्ता रति एवम् अनुराग प्रेमविलास।

३९४. **सितांशुका मङ्गलमात्रभूषणा। ३/१२**

–दर्शनज स्नेह प्रेमविलास।

३९५. **सामिअ संभाविआ जह अहं तुए अमुणिआ। २/१२**
(स्वामिन्सम्भाविता यथाहं त्वयाऽज्ञाता। २/१२)

–उद्वेग कामदशा एवं स्वेन आभियोगिकी रति।

३९६. **हंस प्रयच्छ मे कान्तां गतिरस्यास्त्वया हृता। ४/१७**

–उन्माद कामदशा एवम् औपमानिकी रति।

३९७. **हृदयमिषुभिः कामस्यान्तः सशल्यमिदं सदा। २/१०**

–अनुस्मृति, निद्राच्छेद एवं विलाप कामदशा।

अभिज्ञानशाकुन्तलतः

३९८. **अक्लिष्टबालतरुपल्लवलोभनीयम्। ६/२०**

–उन्माद कामदशा।

३९९. अनाघ्रातं पुष्पं किसलयमलूनं कररुहैः। २/१०

—गुणकीर्तन कामदशा।

४००. अनुयास्यन् मुनितनयां सहसा विनयेन वारितप्रसरः । १/२६

मनःसङ्ग कामदशा।

४०१. अपरिक्षतकोमलस्य यावत्। ३/२२

—रसोत्पन्ना वैषयिकी एवं साम्प्रयोगिकी रति तथा स्पर्शज स्नेह प्रेमविलास।

४०२. अहिणवमहुलोलुवो तुमं तह परिचुम्बिअ चूअमञ्जरिं। ५/१
(अभिनवमधुलोलुपस्त्वं तथा परिचुम्ब्य चूतमञ्जरीम्। ५/१)

—ईर्ष्यामान प्रेमविलास।

४०३. अभिमुखे मयि संहृतमीक्षितम्। २/११

—अनुस्मृति कामदशा, परेण आभियोगिकी रति एवं नीली राग प्रेमविलास।

४०४. असंशयं क्षत्रपरिग्रहक्षमा। १/२०

—अभिलाष कामदशा।

४०५. इतः प्रत्यादेशात्स्वजनमनुगन्तुं व्यवसिता। ६/९

—विलाप कामदशा।

४०६. इदं किलाव्याजमनोहरं वपुः। १/१७

—चक्षुःप्रीति कामदशा।

४०७. इदमनन्यपरायणमन्यथा। ३/१७

—प्रणयमान प्रेमविलास।

४०८. इदमशिशिरैरन्तस्तापाद्विवर्णमणीकृतम्। ३/११

—चिन्ता, जागर एवं तनुता कामदशा, स्वेन आभियोगिकी रति तथा माञ्जिष्ठ राग प्रेमविलास।

४०९. इदमुपहितसूक्ष्मग्रन्थिना स्कन्धदेशे। पृ॰ २६

—गुणकीर्तन कामदशा।

४१०. उन्नमितैकभ्रूलतमाननमस्याः पदानि रचयन्त्याः। ३/१३

—अनुराग प्रेमविलास।

४११. कथं नु तं बन्धुरकोमलाङ्गुलिम्। ६/१३

—उन्माद कामदशा।

४१२. कामं प्रत्यादिष्टां स्मरामि न परिग्रहं मुनेस्तनयाम्। ५/३१

—आध्यात्मिकी रति।

४१३. **कामं प्रिया न सुलभा मनस्तु तद्भावदर्शनाश्वासि। २/१**

–अभिलाष कामदशा, उभयनिष्ठ स्वरूपजा रति एवं प्रेमा प्रेमविलास।

४१४. **क्षामक्षामकपोलमाननमुरः काठिन्यमुक्तस्तनम्। ३/८**

–पाण्डुता, तनुता एवं व्याधि कामदशा।

४१५. **गच्छति पुरः शरीरं धावति पश्चादसंस्तुतं चेतः। १/३१**

–मनःसङ्ग कामदशा, स्वेन आभियोगिकी रति एवं प्रेमा प्रेमविलास।

४१६. **चित्रे निवेश्य परिकल्पितसत्त्वयोगा। २/९**

–गुणकीर्तन कामदशा।

४१७. **जाने तपसो वीर्यं सा बाला परवतीति मे विदितम्। ३/२**

–मनःसङ्ग कामदशा एवं प्रेमा प्रेमविलास।

४१८. **तपति तनुगात्रि! मदनस्त्वामनिशं मां पुनर्दहत्येव। ३/१५**

–स्वेन आभियोगिकी रति एवं माञ्जिष्ठ राग प्रेमविलास।

४१९. **तव कुसुमशरत्वं शीतरश्मित्वमिन्दोः। ३/३**

–उद्वेग एवम् उन्माद कामदशा।

४२०. **तुज्झ ण आणे हिअअं मम उण कामो दिवावि रत्तिम्मि। ३/१४**
(तव न जाने हृदयं मम पुनः कामो दिवाऽपि रात्रावपि। ३/१४)

–उन्माद एवं लज्जात्याग कामदशा, स्वेन आभियोगिकी रति तथा माञ्जिष्ठ राग प्रेमविलास।

४२१. **तव सुचरितमङ्गुलीय नूनम्। ६/११**

–उन्माद कामदशा।

४२२. **दर्भाङ्कुरेण चरणः क्षत इत्यकाण्डे। २/१२**

–अनुस्मृति कामदशा एवं श्यामा राग प्रेमविलास।

४२३. **दर्शनसुखमनुभवतः साक्षादिव तन्मयेन हृदयेन। ६/२१**

–उन्माद कामदशा।

४२४. **न नमयितुमधिज्यमस्मि शक्तः। २/३**

–अनुस्मृति कामदशा एवम् औपमानिकी रति।

४२५. **परिग्रहबहुत्वेऽपि द्वे प्रतिष्ठे कुलस्य मे। ३/१८**

–आभिमानिकी रति एवं माञ्जिष्ठ राग प्रेमविलास।

४२६. **पृष्टा जनेन समदुःखसुखेन बाला। ३/९**

–व्याधि कामदशा।

४२७. **प्रत्यादिष्टविशेषमण्डनविधिर्वामप्रकोष्ठार्पितम्। ६/६**
–चिन्ता, अनुस्मृति, निद्राच्छेद, उद्वेग, उन्माद एवं तनुता कामदशा।

४२८. **प्रथमं सारङ्गाक्ष्या प्रियया प्रतिबोध्यमानमपि सुप्तम्। ६/७**
–विलाप कामदशा।

४२९. **बाष्पेण प्रतिषिद्धेऽपि जयशब्दे जितं मया। ७/२३**
–दर्शनज स्नेह प्रेमविलास।

४३०. **भव हृदय साभिलाषं सम्प्रति सन्देहनिर्णयो जातः। १/२५**
–प्रेमा प्रेमविलास।

४३१. **मानुषीषु कथं वा स्यादस्य रूपस्य सम्भवः। १/२३**
–गुणकीर्तन कामदशा।

४३२. **मुहुरङ्गुलिसंवृताधरोष्ठम्। ३/२३**
–विलाप कामदशा, साम्प्रयोगिकी रति एवं स्पर्शज स्नेह प्रेमविलास।

४३३. **यद्यत्साधु न चित्रे स्यात्क्रियते तत्तदन्यथा। ६/१४**
–गुणकीर्तन कामदशा।

४३४ **रम्यं द्वेष्टि यथा पुरा प्रकृतिभिर्न प्रत्यहं सेव्यते। ६/५**
–मनःसङ्ग, चिन्ता, अनुस्मृति, निद्राच्छेद एवम् उद्वेग कामदशा।

४३५. **रम्याणि वीक्ष्य मधुरांश्च निशम्य शब्दान्। ५/२**
–नैसर्गिकी एवम् आध्यात्मिकी रति।

४३६. **वाचं न मिश्रयति यद्यपि मद्वचोभिः। १/२८**
–मनःसङ्ग कामदशा एवं नीली राग प्रेमविलास।

४३७. **विचिन्तयन्ती यमनन्यमानसा। ४/१**
–चिन्ता एवं जडता कामदशा।

४३८. **सरसिजमनुविद्धं शैवलेनापि रम्यम्। १/१८**
–गुणकीर्तन कामदशा।

४३९. **साक्षात्प्रियामुपगतामपहाय पूर्वम्। ६/१६**
–चक्षुःप्रीति एवं विलाप कामदशा तथा प्रणय प्रेमविलास।

४४०. **सुतनु हृदयात्प्रत्यादेशव्यलीकमपैतु ते। ७/२४**
–प्रियपदोत्पन्ना तदीयविशेषयुक्ता रति।

४४१. **सुरयुवतिसम्भवं किल मुनेरपत्यं तदुज्झिताधिगतम्। २/१८**
–सम्बन्धजा एवम् आभिमानिकी रति।

४४२. स्तनन्यस्तोशीरं प्रशिथिलमृणालैकवलयम्। ३/७

—तनुता एवं व्याधि कामदशा।

४४३. स्निग्धं वीक्षितमन्यतोऽपि नयने यत्प्रेरयन्त्या तया। २/२

—चक्षु:प्रीति एवम् अनुस्मृति कामदशा।

४४४. स्मर एव तापहेतुर्निर्वापयिता स एव मे जातः। ३/१०

—व्याधि कामदशा एवं शब्दोत्पन्ना वैषयिकी रति।

४४५. स्मृतिभिन्नमोहतमसो दिष्ट्या प्रमुखे स्थितासि मे सुमुखि!। ७/२२

—प्रणय प्रेमविलास।

४४६. स्वप्नो नु माया नु मतिभ्रमो नु। ६/१०

—विलाप कामदशा।

— o —

कालिदास-रूपकोद्धृत-कामदशारतिभेदप्रेमविलास-बोधक-गद्यानुक्रमणिका

कालिदास-रूपकोद्धृत-कामदशारतिभेदप्रेमविलास-बोधक-गद्यानुक्रमणिका

मालविकाग्निमित्रतः

१. अलं भवतो धीरतां - - - - नियोगेन। पृ० ६८

—चिन्ता कामदशा।

२. अलीकं मन्त्रयसे - - - - दृश्यते अङ्गेषु। पृ० ९४

—तनुता कामदशा।

३. अविज्ञातहृदयं - - - - मदनो मां नेष्यतीति। पृ० ७४

—अभिलाष कामदशा एवं स्वेन आभियोगिकी रति।

४. आज्ञप्तोऽस्मि तत्रभवता - - - - ते प्रज्ञाचक्षुः। पृ० २०

—अभिलाष कामदशा।

५. ततश्चोपचारानन्तरं - - - - दर्शनपथाद्रक्ष्यते। पृ० ८, १०

—परेण आभियोगिकी रति।

६. नन्वेष चित्रगतो भर्ता - - - - चित्रगतदर्शनो भर्ता। पृ० १३४

—चक्षुःप्रीति कामदशा।

७. प्रिया खल्वहं - - - - बिम्बान्तरितानि। पृ० ९४

—प्रेमा प्रेमविलास।

८. शृणोतु भवान् - - - - दीर्घरोषता तत्रभवत्याः। पृ० ११४, ११६

—ईर्ष्यामान प्रेमविलास।

९. सखि, ईदृशेन व्यापारेण - - - - **भर्तुर्दर्शनपथाद्रक्ष्यते। पृ० ८, १०**

—चक्षु:प्रीति कामदशा।

१०. सखि, कैषा - - - - **आयासयिष्यामि। पृ० १३६**

—ईर्ष्यामान प्रेमविलास।

११. हृदय निरवलम्बाद् - - - - **किं मामायासयसि। पृ० ८२**

—अभिलाष कामदशा।

विक्रमोर्वशीयत:

१२. अभिजातं खल्वस्य - - - - **ननु सखीजनः। पृ० ६८, ७०**

—चक्षु:प्रीति कामदशा।

१३. आम्। तस्मिन्नुर्वश्या - - - - **इन्द्रियाणि। पृ० १३६, १३८**

—मन:सङ्ग कामदशा।

१४. आर्यपुत्र! अलमावेगेन - - - - **गमिष्यामि। पृ० १२८, १३०**

—ईर्ष्यामान प्रेमविलास।

१५. उर्वशी महाराजं - - - - **अनुकम्पनीयेति। पृ० ११६**

—सम्बन्धजा रति।

१६. एतत्तावत्प्रसीदतु - - - - **अन्तरात्मा। पृ० २१२, २१४**

—रूपोत्पन्ना वैषयिकी रति।

१७. एवमेतत् - - - - **ते प्रेक्षे। पृ० १४८**

—तनुता कामदशा।

१८. एषाहं देवतामिथुनं - - - - **शङ्कसे भीरु॥ पृ० १६२, ३/१४**

—प्रणय प्रेमविलास।

१९. किं तस्य- - - - **किमत्र संप्रधार्यते। पृ० १०४**

—स्वेन आभियोगिकी एवं नैसर्गिकी रति।

२०. किं वा प्रियवयस्येन - - - - **दृढं पीडयति। पृ० ८६**

—मन:सङ्ग एवम् उन्माद कामदशा।

२१. जयतु जयतु - - - - **मनस्विन्य:। पृ० १४२, ३/५**

—प्रणय प्रेमविलास।

२२. तत्र खलु - - - - **कुपितोर्वशी। पृ० १८०**

—ईर्ष्यामान प्रेमविलास।

२३. भो, न जानामि - - - - वपुषेव लक्ष्यते। पृ॰ १५८, ३/१२

—दर्शनज स्नेह प्रेमविलास।

२४. मा भवानङ्गानि - - - - शिथिलयति। पृ॰ १२२

—परेण आभियोगिकी रति।

२५. मा मैवम् - - - - धैर्यमवलम्बिष्ये। पृ॰ १३२

—मन्द स्नेह प्रेमविलास।

२६. सखि! इदानीं - - - - प्रतिभाति। पृ॰ १०८

—प्रेमा प्रेमविलास।

२७. सखि चित्रलेखे! - - - - आत्मनो वचनम्। पृ॰ ७६, ७८

—मनःसङ्ग कामदशा।

२८. सखि, मदनः - - - - सुभगस्य वसतिम्। पृ॰ १५०

—उद्वेग कामदशा।

२९. सखि, विश्रब्धा भव- - - - खलु दानवैः। पृ॰ ६४

—चक्षुःप्रीति कामदशा।

३०. हला, इमं - - - - कुमुदम्॥ पृ॰ १६६, ३/१६

—स्पर्शज स्नेह प्रेमविलास।

३१. हला, क्वानिर्दिष्टकारणं - - - - न भवेत्। पृ॰ १०२, १०४

—संकल्प एवं लज्जात्याग कामदशा।

३२. हला, यावदुपगमनकातरं - - - - क्षमं तद्भण। पृ॰ ११६

—श्यामा राग प्रेमविलास।

३३. हला, यावदुपगमनकातरं - - - - अनुकम्पनीयेति। पृ॰११६

—चिन्ता कामदशा।

३४. हा धिक्, हा धिक्, - - - - विसृष्टानि स्युः। पृ॰ ११२

—चिन्ता कामदशा।

अभिज्ञानशाकुन्तलतः

३५. अनसूये! - - - - अभिनन्दितुम्। पृ॰ १००

—प्रौढ स्नेह प्रेमविलास।

३६. अनसूये! - - - - प्रजागरकृशो दृश्यते। पृ॰ १००, १०२

—परेण आभियोगिकी रति।

३७. **अनसूये! तस्य - - - अनारम्भः प्रतीकारस्य। पृ० ९४**

–अनुस्मृति, गुणकथन, उद्वेग एवं व्याधि कामदशा।

३९. **अयमहं भोः, - - - - किं पुनरागन्तुकम्। पृ० १२२-१२६**

–चिन्ता एवं जडता कामदशा।

३९. **(इति बाष्पं विहरति) - - - पृ० २३६**

–विलाप कामदशा।

४०. **किं नु खल्विमं - - - - संवृत्ता। पृ० ३६**

–चक्षुःप्रीति कामदशा।

४१. **किं नु खल्विमं - - - - एतदवस्थास्मि संवृत्ता। पृ० ३६, ९४, ९८**

–रसोत्पन्ना वैषयिकी रति।

४२. **तद्यदि वामनुमतम् - - - - अभिनन्दितुम्। पृ० १००**

–मरण कामदशा।

४३. **तेन हीयमावयोः - - - - अनुगृहीतोऽस्मि। पृ० १०८**

–प्रणय प्रेमविलास।

४४. **तेन ह्यात्मन - - - - मे हृदयम्। पृ० १०२**

–श्यामा राग प्रेमविलास।

४५. **ननु स राजर्षिः - - - - लक्ष्यते। पृ० १०२**

–चक्षुःप्रीति, अभिलाष, जागर एवं तनुता कामदशा।

४६. **प्रिये! क्रौर्यमपि मे - - - - विरसः संवृत्तः। पृ० २७८, ७/२२, पृ० २८०**

– प्रणय प्रेमविलास।

४७. **बलवान्खलु - - - - निवेदयितुम्। पृ० ९४**

–मरण कामदशा।

४८. **माधव्य! - - - - नवमालिकाकुसुमम्। पृ० ६८, २/८**

–सम्बन्धजा एवम् आभिमानिकी रति।

४९. **यद्यपि नाम - - - - आचरितम्। पृ० १२८**

–कुसुम्भ राग प्रेमविलास।

५०. **लङ्घित एष - - - - भविष्यतीति। पृ० २१२**

–व्याधि कामदशा।

५१. **शकुन्तलायाः पादयोः प्रणिपत्य - - - - अहिशङ्कया। पृ० २८०, ७/२४**

–प्रियपदोत्पन्ना तदीयविशेषयुक्ता रति।

— o —

कालिदास-ग्रन्थोद्धृत-कामदशारतिभेद-
प्रेमविलासानुक्रमणिका

कालिदास-ग्रन्थोद्धृत-कामदशारतिभेद-प्रेमविलासानुक्रमणिका

कामदशा :

१. चक्षुःप्रीति : मेघ० १/१६, ३८,४३,५०, कुमार० १/५९, ३/५, ६७, ६८; ४/२३; ५/३२, ३४, ३५, ३८, ३९, ४०, ५०, रघु० २/९; ६/८०; ७/२३, १७/३५; मालविका० २/४; पृ० ८, १०, १३४; विक्रम० १/८, ९; पृ० ६४, ६८, ७०; अभिज्ञान० १/१७; २/२; ६/१६; पृ० ३६.

२. मनःसङ्ग : मेघ० १/९; २/२५, २६, २७; कुमार० १/५८, ५९; ३/५, ६०, ६२, ६३, ६७, ६८, ७५, ७६; ५/१, २, ३, ३२, ३४, ३५, ३८, ३९, ४०, ५०, ५४; ६/१३, १४; रघु० ६/६९, ७०; विक्रम० १/१८; पृ० ७६, ७८, ८६, १३६, १३८; अभिज्ञान० १/२६, २८, ३१; ३/२; ६/५.

३. अभिलाष (संकल्प) : ऋतु० ५/६; ६/१७; प्रक्षिप्त/४; मेघ० १/२९; २/२७, ३१, ५०; कुमार० ३/६५, ६६; ५/५, ६, ७, ८, ३८, ३९, ४०, ५०, ५३, ६४; ६/२७-२९, ७८-७९, ८४; रघु० ३/४; ५/६४; ६/८१; ९/६७; मालविका० पृ० २०, ७४, ८२; विक्रम० १/८, १६; पृ० ९८, १००, १०२, १०४, अभिज्ञान० १/२०; २/१.

४. चिन्ता : मेघ० १/४; २/४९; कुमार० १/७; ३/७५, ७६; ७!१, २,

		३; रघु॰ ६/६८; मालविका॰ २/१३; पृ॰ ६८; विक्रम॰ २/८, ९; पृ॰ ११२, ११६; अभिज्ञान॰ ३/११; ४/१; ६/५,६; पृ॰ ५४, ७६, १२२- १२६.
५.	अनुस्मृति :	मेघ॰ २/३३; कुमार॰ २/४२; ५/४६, ५७; १२/५२; रघुवंश॰ ८/६४, १३/२३; विक्रम॰ २/२, ८, १०; अभिज्ञान॰ २/२, ३, ११, १२; ६/५, ६; पृ॰ ९४.
	निद्राच्छेद :	मेघ॰ २/२८, २९; कुमार॰ ५/५७; विक्रम॰ २/१०; अभिज्ञान॰ ३/११, ६/५, ६, पृ॰ ५४.
६.	गुणकीर्तन :	ऋतु॰ ३/१७; मेघ॰ २/२२, २६, ४४; कुमार॰ ५/३३, ३६, ३७, ४४, ४५, ४७, ४८, ४९, ७५, ७६, ७७, ७८, ७९, ८०, ८१; रघु॰ ७/६९; १३/१३, १६, २७, २८, २९; मालविका॰ २/२, ३, ६; विक्रम॰२/३; अभिज्ञान॰ १/१८, २३; २/९, १०; ६/१४, पृ॰ २६, ९४.
७.	उद्वेग :	ऋतु॰ २/१२; ६/१६, २०, २६; मेघ॰ २/३०, ३२, ३३; कुमार॰ ५/४६, ६०; ६/९५; रघु॰ १९/१६; मालविका॰ ३/१; विक्रम॰ २/१२, १३; ३/१०, १५; पृ॰ १५०; अभिज्ञान॰ ३/३; ६/५, ६; पृ॰ ९२, ९४
८.	विलाप :	ऋतु॰ ३/२४; ६/२६; मेघ॰ १/३; २/४४, ४५, कुमार॰ ४/४, ५, ६, ७, ८, ९, ११, १५, १६, १८, २६, २७, २८, २९, ३०, ३१; ५/५६, ५७; रघु॰ ८/६८; १३/२६; मालविका॰ ३/१, १०; विक्रम॰ २/६ १०; ४/२; अभिज्ञान॰ ३/२३; ६/७, ९, १०, १६; पृ॰ ९८, ११६, २३६.
९.	उन्माद :	मेघ॰ १/१; २/३२; कुमार॰ ५/५५, ५७, ५८ अभिज्ञान॰ ३/३, १४, ६/६, ११, १३, २०, २१; पृ॰ २१८.
१०.	तनुता :	ऋतु॰ ६/९; प्रक्षिप्त ७; मेघ॰ १/२, ३०; २/२९; कुमार॰ ४/४६; ५/४८, ५४, ६१; रघु॰ ९/३८; १६/५०; १९/४६; मालविका॰ ३/१; पृ॰ ९४ ; विक्रम॰ पृ॰ १४८; अभिज्ञान॰ ३/७, ८, ११, ६/६.
११.	लज्जात्याग :	मेघ॰ २/३१; कुमार॰ ३/७; ५/५८, ६९; ८/७९ रघु॰ ९/२७; १९/२३, ३१, ३३. विक्रम॰ पृ॰ १०२, १०४; अभिज्ञान॰ ३/१४; पृ॰ ९८, १००.

१२. व्याधि (संज्वर) : मेघ० २/२३, ३३; कुमार० ३/३८; ५/५५; रघु० ८/९१; १९/१९; अभिज्ञान० ३/७, ८, ९, १०; पृ० ९४, २१२.

१३. जडता : कुमार० ५/५६; रघु० ८/९१; अभिज्ञान० ४/१; पृ० १२२-१२६.

मूर्च्छा : ऋतु० प्रक्षिप्त/७; मेघ० २/२६, ३३; कुमार० ३/७३; ५/५६; ६/४४; रघु० ८/३८; १४/५६.

१४. मरण : कुमार० ४/१०, २०, २१, ३१, ३२, ३३, ३४, ३५, ३६, ३७, ३९, ४०, ४४, ४५, ४६,; ६/४४; रघु० ८/४६, ७२; १२/७४; १४/६५; १९/१८; अभिज्ञान० पृ० ९४, १००.

रतिभेद :

१. आभियोगिकी : कुमार० ५/८४; ६/९५; रघु० १२/२१, ३२-३३; १४/२४, २५, २७.

स्वेन आभियोगिकी : कुमार० ५/५८, ८६; रघु० ६/६८. मालविका० २/१, ४; पृ० ७४, विक्रम० १/१८; २/१२, १३; पृ० १०४; अभिज्ञान० १/३१; ३/११, १४, १५; पृ० ९८.

परेण आभियोगिकी : ऋतु० ६/८, कुमार० ५/५३, ५४, ५५; ७/६५; रघु० ६/११; मालविका० पृ० ८, १०, विक्रम० पृ० १२२; अभिज्ञान० २/११; पृ० १००, १०२.

२. वैषयिकी :

(१) शब्दोत्पन्ना वैषयिकी : कुमार० ५!५६; रघु० ९/४३; १६/६४; मालविका० ४/१; अभिज्ञान० ३/१०.

(२) स्पर्शोत्पन्ना वैषयिकी : ऋतु० १/४; मेघ० १/२२; २/४३; कुमार० ३/३८, ७/७६, ७७, ८०; ८/१६; रघु० ७/२२. १२/६५; १३/३५ मालविका० ४/१; विक्रम० १/१३; ३/१६; ४/३९.

(३) रूपोत्पन्ना वैषयिकी : ऋतु० १/६; कुमार० ३/६७; ७/६४, ७४, ७५; ८/४०, ७६, ७८; रघु० ७/१२; १९/१०; मालविका० २/१०; ४/१; विक्रम० १/९; पृ० २१२, २१४.

(४) रसोत्पन्ना वैषयिकी : कुमार० ३/३८, ६७; ८/१६, २३, ४०, ९०; रघु० ७/६३; अभिज्ञान० ३/२२.

(५) गन्धोत्पन्ना वैषयिकी : कुमार० ३/५६; ८/१९, ७६, ७८; रघु० ३/३; १६/५२.

३.	सम्बन्धजा (सांसर्गिकी) :	मेघ० २/५, १०, ४७; कुमार० १/१८; ६/२७-३०; ७५-७८, ७९, ८०, ८१, ८२, ८३-८४; रघु० १/३१-३२; ६/७९; १२/६५; १८/५३; विक्रम० पृ० ११६; अभिज्ञान० २/८; पृ० ६८.
४.	आभिमानिकी :	मेघ० २/४४; कुमार० ५/५८, ६४; रघु० १३/२३; मालविका० २/१४; ३/२३. विक्रम० ३/१८; अभिज्ञान० २/८; ३/१८; पृ० ६८.
५.	तदीयविशेषयुक्ता :	कुमार० ७/७४; ९/४७; ११/२९, ४०, ४१, ४२, ४३, ४४, ४९; रघु० ६/८४; १२/६४-६५; १३/२३, ३४
	प्रियपदोत्पन्ना	
	तदीयविशेषयुक्ता :	मालविका० ३/१८, १९; विक्रम० ३/१९; अभिज्ञान० ७/२४; पृ० २८०.
६.	औपमानिकी :	कुमार० ५/३४, ३५; ६/११-१३. रघु० ९/५७, ५८, ६७; १३/२९, ३२; विक्रम० ४/१६, १७; अभिज्ञान० २/३.
७.	नैसर्गिकी :	कुमार० ३/७५; ५/५३, ५८, ८५; रघु० ७/१५; ८/५२; ११/५६; विक्रम० पृ० १०४; अभिज्ञान० ५/२.
८.	स्वरूपजा :	रघु० १३/९
	(१) नायकनिष्ठ स्वरूपजाः	कुमार० १/५३.
	(२) ललनानिष्ठ स्वरूपजाः	कुमार० ७/६४, ६५.
	(३) उभयनिष्ठ स्वरूपजाः	कुमार० ८/१६; मालविका० ३/१५; विक्रम० २/१६; अभिज्ञान० २/१.
९.	आध्यात्मिकी :	कुमार० ३/६३; ७/२८; रघु० ७/१५; १४/६२, ६६, ८४; विक्रम० ४/३८; अभिज्ञान० ५/२, ३१.
१०.	साम्प्रयोगिकी :	ऋतु० ४/११, १२; मेघ० १/२५, ४४, ६६; २/७; कुमार० ८/१, २, ३, ४, ५, ६, ७, ८, ९, १०, ११, १२, १३, १४, १५, १६, १७, १८, १९, २०, २१, २२, २३, २४, २५, २६, २७, २८, २९, ७९, ८०, ८१, ८२, ८३, ८४, ८७, ८८, ८९, ९०, ९१; ९/४६, ५०, ५१, ५२, रघु० ८/७; ११/५२; १८/१९; १९/९; मालविका० ४/ १५; विक्रम० ३/१७; अभिज्ञान० ३/२२, २३.
	इष्टदैवतमन्त्र-	रघु० १३/२३.

प्रेमविलास :

१. **प्रेमा :** कुमार॰ १/१०, १४; ३/६७, ६८; ५/२, ८६; ७/७४, ७५; ९/४५ ; रघु॰ १/१; ३/२४; ६/८०; मालविका॰ २/६; ३/१, ७; पृ॰ ९४; विक्रम॰ १/१८; पृ॰ १०८; अभिज्ञान॰ १/२५, ३१, २/१; ३/२.

२. **मान :**

(१) ईर्ष्यामान : मेघ॰ १/४२; २/५१; कुमार॰ ३/२५, ३८; ८/५१, ५२, ९/४०; १४/४९; रघु॰ ९/४७; १९/१७, २०, २२, २४; मालविका॰ पृ॰ ११४, ११६, १३६; विक्रम॰ १२८, १३०, १८०; अभिज्ञान॰ ५/१.

(२) प्रणयमान : कुमार॰ ६/४५; ८/४९; ९/१८, १९, २०, २१, २२, २३, २४, २५, २६, २७, २८; रघु० १९/२०, ३८, ४३; मालविका॰ ३/२२; ४/१०, १६; विक्रम॰ २/२१. अभिज्ञान॰ ३/१७.

मानदूरीकरण : कुमार॰ ३/३२.

३. **प्रणय :** ऋतु॰ ५/६; कुमार॰ ९/२९, ३०; रघु॰ १९/२०, ३१; मालविका॰ ४/११ १२. विक्रम॰ ३/५, १४; पृ॰ १४२; अभिज्ञान॰ ६/१६; ७/२२; पृ॰ १०८.

४. **स्नेह :** मेघ॰ २/५२.

(१) दर्शनज स्नेह : कुमार॰ ५/३२, ३४, ३५; ७/७५; ८/२६; रघु॰ १९/२६. मालविका॰ ४/१; विक्रम॰ ३/१२; पृ॰ १५८; अभिज्ञान ७/२३.

(२)स्पर्शज स्नेह : कुमार॰ ३/३६; ७/७६, ७७, ८०; ८/१४, २६; रघु॰ १२/६५; १९/२६, ४४, ४६; मालविका॰ ४/१५; विक्रम॰ १/१३; ३/१६; पृ॰ १६६; अभिज्ञान॰ ३/२२, २३.

(३)प्रौढ स्नेह : कुमार॰ ३/३५; ४/९, १७, १९, ३१, ३३; रघु॰ ८/४१; मालविका॰ ३/१५; विक्रम॰ २/१६; अभिज्ञान॰ पृ॰ १००.

(४) मध्य स्नेह : कुमार॰ ४/२८.

(५) मन्द स्नेह : मालविका॰ ३/२३; विक्रम॰ पृ॰ १३२.

५.	**राग :**	कुमार० ३/३५.
	(१) नीली राग :	कुमार० १/५३; ८/२, मालविका० ४/११, १२; विक्रम० २/१८; अभिज्ञान० १/२८; २/११.
	(२) श्यामा राग :	कुमार० ८/३, ४, ५, ६; मालविका० ४/१३; विक्रम० पृ० ११६; अभिज्ञान० २/१२.
	(३) कुसुम्भ राग :	मेघ० १/२९; रघु० ५/६७; अभिज्ञान० पृ० १२८.
	(४) माञ्जिष्ठ राग :	कुमार० ७/२८; ६५; ८/१२, १३; रघु० ८/६५; ९/२७; विक्रम० ४/४०; अभिज्ञान० ३/११, १४, १५, १८.
६.	**अनुराग :**	ऋतु० २/२१; कुमार० ७/२८, ६५; ८/१५, १६, १७; रघु० ३/१०; ८/६५, ९२; ९/३६, ५७; १४/६६, ८७; मालविका० २/६; ५/७; विक्रम० ३/१९, २०; अभिज्ञान० ३/१३; पृ० १०८

— o —

सन्दर्भग्रन्थानुक्रमणिका

सन्दर्भग्रन्थानुक्रमणिका

*चिह्नाङ्कित कालिदास-प्रणीत तथा अन्य ग्रन्थ वे हैं जिनमें से संस्करणविशेष के उल्लेख के बिना उद्धरण प्रस्तुत किए गये हैं। सौकर्य की दृष्टि से समस्त ग्रन्थों को तीन भागों में विभक्त किया जा रहा है- संस्कृत-ग्रन्थ, हिन्दी-ग्रन्थ तथा अंग्रेजी-ग्रन्थ।

संस्कृत-ग्रन्थ

१. **अनङ्गरङ्गः (कल्याणमल्ल-प्रणीतः)** चौखम्बा संस्कृत संस्थान, वाराणसी, १९८७ ई०।

*२. **अभिज्ञानशाकुन्तलम् (कालिदास-प्रणीतम्)**- सम्पादक- एम्० आर० काले, मोतीलाल बनारसीदास, १९८७ ई०।

३. **अभिज्ञानशाकुन्तलम् (कालिदास-प्रणीतम्)**-श्रीनिवासाचार्य-प्रणीत 'शाकुन्तल-व्याख्या' तथा राघवभट्ट-प्रणीत 'अर्थद्योतनिका' टीकाद्वयसहित, लक्ष्मी वेङ्कटेश्वर प्रैस प्रकाशन, मुम्बई, १९७३ ई०।

४. **अभिज्ञानशाकुन्तलम् (कालिदास-प्रणीतम्)**-कविकुलगुरु म० म० पं० श्री नारायण शास्त्री खिस्ते-प्रणीत 'लक्ष्मी' टीका-सहित, मास्टर खेलाड़ी लाल एण्ड सन्स, संस्कृत बुक डिपो, कचौड़ी गली, वाराणसी, १९५७ ई०।

५. **अभिज्ञानशाकुन्तलम् (कालिदास-प्रणीतम्)**-श्रीनवकिशोरकरशास्त्रि-प्रणीत 'किशोरकेलि' व्याख्या-सहित, अनुवादक-श्री रामतेज पाण्डेय, सम्पादक-पं० कान्तानाथ शास्त्री तैलङ्ग, तृतीय संस्करण, चौखम्बा संस्कृत सीरीज ऑफिस, बनारस, १९५३ ई०।

६. **अभिज्ञानशाकुन्तलम् (कालिदास-प्रणीतम्)**- कालिदास-ग्रन्थावली में संगृहीत, सम्पादक-डॉ० रेवाप्रसाद द्विवेदी, काशी हिन्दू विश्वविद्यालय, वाराणसी, १९७६ ई०।

७. **अभिज्ञानशाकुन्तलम् (कालिदास-प्रणीतम्)**-श्री रामप्रताप त्रिपाठी-सम्पादित 'कालिदास के नाटक' में सङ्कलित, किताब महल प्राइवेट लिमिटेड, इलाहाबाद।

८. **अभिज्ञानशाकुन्तलम् (कालिदास-प्रणीतम्)**-सम्पादक-एस॰ के॰ बेल्वल्कर, साहित्य अकादमी, नई दिल्ली, १९६५ ई॰।

९. **अभिज्ञानशाकुन्तलम् (कालिदास-प्रणीतम्)**-'आशुबोधिनी' संस्कृत-टीका-सहित, प्रणेता-डॉ॰ सुरेन्द्र देव शास्त्री, रामनारायण बेनीप्रसाद, इलाहाबाद, १९७६ ई॰।

१०. **अभिज्ञानशाकुन्तलम् (कालिदास-प्रणीतम्)**-बाबूरामत्रिपाठी-रचित व्याख्या-सहित, रतन प्रकाशन मन्दिर, आगरा, १९६२ ई॰।

११. **अभिज्ञानशाकुन्तलम् (कालिदास-प्रणीतम्)**-सम्पादक-वासुदेव कृष्ण चतुर्वेदी, महालक्ष्मी प्रकाशन, आगरा, १९८५-८६ ई॰।

१२. **अभिज्ञानशाकुन्तलम् (कालिदास-प्रणीतम्)**-सम्पादक-गणेश काशीनाथ काले, लक्ष्मी वेङ्कटेश्वर मुद्रणालय, कल्याण, मुम्बई, संवत् १९७३।

१३. **अभिज्ञानशाकुन्तलम् (कालिदास-प्रणीतम्)**-सम्पादक-डॉ॰ कपिल देव द्विवेदी, राम नारायण लाल विजय कुमार, इलाहाबाद, १९८५ ई॰।

१४. **अमरकोषः (अमरसिंह-प्रणीतः)**-संक्षिप्त- माहेश्वरी -टीका-सहित, दशम संस्करण, निर्णय सागर प्रकाशन, बम्बई, १९६९ ई॰।

१५. **अमरुशतकम् (अमरु-प्रणीतम्)**-अर्जुनवर्मदेव-प्रणीत 'रसिकसञ्जीवनी' व्याख्यासहित, तृतीय संस्करण, निर्णय सागर प्रेस, बम्बई, १९५४ ई॰।

१६. **अविमारकम् (भास-प्रणीतम्)**-'प्रकाश' व्याख्योपेत, चौखम्बा विद्याभवन, वाराणसी।

१७. **ईशाद्यष्टोत्तरशतोपनिषद्**- निर्णय सागर प्रेस, बम्बई।

१८. **उज्ज्वलनीलमणिः (रूपगोस्वामि-प्रणीतः)**- चौखम्बा संस्कृत प्रतिष्ठान, दिल्ली, १९८५ ई॰।

१९. **उत्तररामचरितम् (भवभूति-प्रणीतम्)**-व्याख्याकार-आनन्द स्वरूप, मोतीलाल बनारसीदास, दिल्ली, १९७७ ई॰।

२०. **उत्तररामचरितम् (भवभूति-प्रणीतम्)**-रामनारायणलाल बेनीमाधव, इलाहाबाद, १९७३ ई॰।

२१. **ऋग्वेदः (भाषा-भाष्य-सहित दो भाग)**-दयानन्द संस्थान, नई दिल्ली, सम्वत् २०३१।

*२२. **ऋतुसंहारम् (कालिदास-प्रणीतम्)**-सम्पादक-एम्॰ आर॰ काले, मोतीलाल बनारसीदास, दिल्ली, १९८६ ई॰।

२३. **ऋतुसंहारम् (कालिदास-प्रणीतम्)**-अनुवादक-डॉ॰ प्रभुदयालु अग्निहोत्री, सूचना तथा प्रकाशन संचालनालय, मध्य प्रदेश, १९६४ ई॰।

२४. **ऋतुसंहारम् (कालिदास-प्रणीतम्)**-डॉ० रेवाप्रसाद द्विवेदि-सम्पादित, साहित्य अकादमी, नई दिल्ली, १९९० ई०।

२५. **ऋतुसंहारम् (कालिदास-प्रणीतम्)**-कालिदास-ग्रन्थावली में संगृहीत, सम्पादक-डॉ० रेवाप्रसाद द्विवेदी, काशी हिन्दू विश्वविद्यालय, वाराणसी, १९७६ ई०।

२६. **ऋतुसंहारम् (कालिदास-प्रणीतम्)**-सम्पादक-केदार नाथ शर्मा, चौखम्बा विद्याभवन, वाराणसी, १९८६ ई०।

२७. **ऋतुसंहार-सङ्गीत-सुरभिः**-डॉ० सुषमा कुलश्रेष्ठ एवं डॉ० जगदीशसहाय कुलश्रेष्ठ-सम्पादित, ईस्टर्न बुक लिंकर्स, दिल्ली, १९९२ ई०।

२८. **कादम्बरी (बाणभट्ट-प्रणीता)**-टीकाकार-पाण्डेय रामतेज शास्त्री, पण्डित-पुस्तकालय, काशी, १९६४ ई०।

२९. **कामसूत्रम् (वात्स्यायन-प्रणीतम्)**-सम्पादक-देवदत्त शास्त्री, चौखम्बा संस्कृत सीरीज़ ऑफ़िस, वाराणसी, १९६४ ई०।

*३०. **कामसूत्रम् (वात्स्यायन-प्रणीतम्)**-'जयमङ्गला' व्याख्यासहित, चौखम्बा संस्कृत संस्थान, वाराणसी, १९८२ ई०।

३१. **कालिदास-काव्यानि (कालिदास-प्रणीतानि) (कालिदास के काव्य)**- अनुवादक एवं सम्पादक-श्री रामप्रताप त्रिपाठी, किताब महल प्राइवेट लिमिटेड, इलाहाबाद, १९६६ ई०।

३२. **कालिदास-ग्रन्थावली (मूलग्रन्थप्रणेता कालिदासः)**-सम्पादक-डॉ० रेवाप्रसाद द्विवेदी, काशी हिन्दू विश्वविद्यालय, वाराणसी, १९७६ ई०।

३३. **कालिदास-ग्रन्थावली (मूलग्रन्थप्रणेता कालिदासः)**-प्रधान सम्पादक-पं० सीताराम चतुर्वेदी, अखिल भारतीय विक्रम परिषद्, काशी, २००७ विक्रम संवत्।

३४. **कालिदास-ग्रन्थावली (मूलग्रन्थप्रणेता कालिदासः)**-सम्पादक-पं० सीताराम चतुर्वेदी, चौखम्बा सुरभारती प्रकाशन, वाराणसी १९८० ई०।

३५. **कालिदास-नाटकानि (कालिदास-प्रणीतानि) (कालिदास के नाटक)**- श्री रामप्रताप त्रिपाठी-सम्पादित, किताब महल प्राइवेट लिमिटेड, इलाहाबाद।

३६. **कालिदास-साहित्य एवं पशु-पक्षि-सङ्गीत (सुषमा कुलश्रेष्ठ)**- ईस्टर्न बुक लिंकर्स, दिल्ली, १९९० ई०।

३७. **काव्यप्रकाशः (मम्मट-प्रणीतः)**-व्याख्याकार-आचार्य विश्वेश्वरसिद्धान्तशिरोमणि, ज्ञानमण्डल लिमिटेड, वाराणसी, २०१७ विक्रम संवत्।

३८. **काव्यादर्शः (दण्डि-प्रणीतः)**-'प्रभा' टीका-सहित, गवर्नमेण्ट ओरियण्टल सीरीज-४, पूना, १९३८ ई०।

३९. **काव्यानुशासनम् (हेमचन्द्र-प्रणीतम्)।**

४०. **काव्यालङ्कारः (भामह- प्रणीतः)**-बिहार राष्ट्रभाषा परिषद्, पटना, १९६२ ई०।

४१. **काव्यालङ्कारः (रुद्रट-प्रणीतः)**-नमिसाधु की टिप्पणी सहित, काव्यमाला-२, निर्णय सागर प्रेस, बम्बई, १९२८ ई०।

४२. **काव्यालङ्कारसूत्रम् (वामन-प्रणीतम्)**-चौखम्बा संस्कृत संस्थान, वाराणसी, २०३३ विक्रम संवत्।

४३. **काव्यालङ्कारसूत्रवृत्तिः (वामन-प्रणीता)**-हिन्दी अनुसन्धान परिषद् ग्रन्थमाला-१, दिल्ली विश्वविद्यालय, दिल्ली, १९५४ ई०।

४४. **किरातार्जुनीयम् (भारवि-प्रणीतम्)**-लोकभारती प्रकाशन, इलाहाबाद, १९७१ ई०।

*४५. **कुमारसम्भवम् (कालिदास-प्रणीतम्)**- प्रथम सर्ग से अष्टम सर्ग-पर्यन्त, मल्लिनाथ-प्रणीत 'सञ्जीवनी'-सहित, सम्पादक-एम्० आर० काले, मोतीलाल बनारसीदास, दिल्ली, १९६७ ई०।

*४६. **कुमारसम्भवम् (कालिदास-प्रणीतम्)**-प्रथम सर्ग से अष्टम सर्ग-पर्यन्त मल्लिनाथ-कृत 'सञ्जीवनी'-सहित तथा अष्टम सर्ग से सप्तदश सर्ग-पर्यन्त पं० सीताराम-कृत 'सञ्जीवनी' सहित, सम्पादक-वासुदेव लक्ष्मण शास्त्री पणसीकर, नाग पब्लिशर्स, दिल्ली, १९६५ ई०। 'कालिदास-साहित्य एवं कामकला-२, ग्रन्थ में कुमारसम्भव के नवम से सप्तदश सर्ग तक के पद्य इस पुस्तक से उद्धृत हैं।

४७. **कुमारसम्भवम् (कालिदास-प्रणीतम्)**-श्री आनन्ददेवायनि वल्लभदेव-प्रणीत 'पञ्जिका' टीका-सहित, सम्पादक डॉ० गौतम वाडीलाल पटेल, अहमदाबाद, गुजरात, १९८६ ई०।

४८. **कुमारसम्भवम् (कालिदास-प्रणीतम्)**-सम्पादक-डॉ० सूर्यकान्त, प्रस्तावना-लेखक-डॉ० एस्० राधाकृष्णन्, साहित्य अकादमी, नई दिल्ली, १९८२ ई०।

४९. **कुमारसम्भवम् (कालिदास-प्रणीतम्)**- 'प्रकाश' हिन्दी-व्याख्योपेत, व्याख्याकार- पं० प्रद्युम्न पाण्डेय, चौखम्बा विद्याभवन, वाराणसी, १९६३ ई०।

५०. **गाथासप्तशती (हालसातवाहन-प्रणीता)**-डॉ० जगन्नाथ पाठक-विरचित 'प्रकाश' व्याख्या-सहित, चौखम्बा संस्कृत सीरीज ऑफिस, वाराणसी, १९६९ ई०।

५१. **छान्दोग्योपनिषद्**-वाणी विलास संस्कृत पुस्तकालय, काशी, १९४२ ई०।

५२. **तैत्तिरीयोपनिषद् (ईशादि नौ उपनिषद्)**- गीताप्रेस, गोरखपुर, सम्वत् २०४३।

*५३. **दशरूपकम् (धनञ्जय-प्रणीतम्)**-धनिककृत 'अवलोक' सहित, चौखम्बा विद्याभवन, वाराणसी, १९६७ ई०।

५४. **दशरूपकम् (धनञ्जय-प्रणीतम्)** -सम्पादक-डॉ० भोलाशङ्कर व्यास, चौखम्बा विद्याभवन, वाराणसी, १९५५ ई०।

५५. **ध्वन्यालोकः (आनन्दवर्धन-प्रणीतः)**-'लोचन' एवं 'बालप्रिया'-सहित, चौखम्बा संस्कृत सीरीज़ वाराणसी, १९४० ई०।

५६. **ध्वन्यालोकः (आनन्दवर्धन-प्रणीतः)**-व्याख्याकार-आचार्य विश्वेश्वर, गौतम बुक डिपो, दिल्ली, १९५२ ई०।

५७. **नञ्जराजयशोभूषणम् (नरसिंहकवि-अभिनवकालिदास-प्रणीतम्)**- ओरियण्टल इन्स्टीट्यूट, बड़ौदा, १९३० ई०।

५८. **नलचम्पूः (त्रिविक्रमभट्ट-प्रणीतः)** -चौखम्बा संस्कृत सीरीज ऑफिस, बनारस सिटी, १९३२ ई०।

५९. **नागरसर्वस्वम् (महामतिपद्मश्रीविरचितम्)**-जगज्ज्योतिर्मल्ल-प्रणीत व्याख्यासहित, सम्पादक-प्रो० बाबूलाल शुक्ल शास्त्री, ईस्टर्न बुक लिंकर्स, दिल्ली, १९९४ ई०।

६०. **नागानन्दः (हर्षदेव-प्रणीतः)**-चौखम्बा संस्कृत सीरीज़ ऑफिस, बनारस सिटी, १९३१ ई०।

६१. **नाटकलक्षणरत्नकोशः (सागरनन्दि-प्रणीतः)**-'प्रभा' हिन्दी-व्याख्योपेत, चौखम्बा संस्कृत सीरीज़, वाराणसी, १९७२ ई०।

*६२. **नाट्यदर्पणः (रामचन्द्र-गुणचन्द्र-प्रणीतः)**-परिमल पब्लिकेशन्स, दिल्ली, १९८६ ई०।

६३. **नाट्यदर्पणः (रामचन्द्र-गुणचन्द्र-प्रणीतः)**- भाष्यकार-आचार्य विश्वेश्वर सिद्धान्तशिरोमणि, प्रधान सम्पादक-डॉ० नगेन्द्र, सम्पादक- डॉ० दशरथ ओझा, डॉ० सत्यदेव चौधरी, हिन्दी माध्यम कार्यान्वय निदेशालय, दिल्ली विश्वविद्यालय, दिल्ली, १९९० ई०।

६४. **नाट्यशास्त्रम् (भरतमुनि-प्रणीतम्)** - 'प्रदीप' हिन्दी-व्याख्या-सहित, प्रथम, द्वितीय, तृतीय एवं चतुर्थ भाग, सम्पादक प्रो० बाबूलाल शुक्ल शास्त्री, चौखम्बा संस्कृत सीरीज़ ऑफिस, वाराणसी, १९७२, १९७८, १९८३, एवं १९८५ ई०।

६५. **नाट्यशास्त्रम् (भरतमुनि-प्रणीतम्)**-प्रथम भाग, अध्याय I-XXVII पर्यन्त, सम्पादक-डॉ० मनमोहन घोष, मनीषा ग्रन्थमाला प्राइवेट लिमिटेड, कलकत्ता-१२, १९६७ ई०।

६६. **नाट्यशास्त्रम् (भरतमुनि- प्रणीतम्)**- अभिनवगुप्तप्रणीताभिनवभारतीसहित प्रथम, द्वितीय एवं तृतीय भाग, सम्पादक-पं० मधुसूदन शास्त्री, काशी हिन्दू विश्वविद्यालय, वाराणसी, १९७१, १९७५ एवं १९८१ ई०।

६७. **नाट्यशास्त्रम् (भरतमुनि-प्रणीतम्)**-अभिनवगुप्तप्रणीताभिनवभारती सहित, प्रथम भाग, व्याख्याकार एवं सम्पादक-डॉ॰ पारसनाथ द्विवेदी, सम्पूर्णनन्द संस्कृत विश्वविद्यालय, वाराणसी, १९९२ ई॰।

६८. **नाट्यशास्त्रम् (भरतमुनि-प्रणीतम्)** -अभिनवभारती-सहित, चार खण्डों में, सम्पादक-एम॰ रामकृष्ण कवि एवं जे॰ एस॰ पाण्डे, ओरियण्टल इंस्टीट्यूट, बड़ौदा, १९६४ ई॰।

*६९. **नाट्यशास्त्रम् (भरतमुनि-प्रणीतम्)**-अभिनवभारती-सहित, परिमल पब्लिकेशन्स, दिल्ली, १९८८ ई॰।

७०. **नाट्य-सर्वस्व-दीपिका (आदिभरत-प्रणीता)**-हिन्दी तथा आङ्ग्ल भाषानुवाद-सहित, सम्पादक-डॉ॰ रुद्रदेव त्रिपाठी, प्राच्य निकेतन, बृजमोहन बिड़ला शोध-केन्द्र, उज्जयिनी, १९८९ ई॰।

७१. **नारदी शिक्षा**-'शोभाकर' व्याख्या-सहित, सम्पादक-दीक्षित, मैसूर, १९४६ ई॰।

७२. **नीतिशतकम् (भर्तृहरि-प्रणीतम्)** -चौखम्बा सुरभारती-प्रकाशन, वाराणसी, १९८२ ई॰।

७३. **नैषधीयचरितम् (श्रीहर्ष-प्रणीतम्)**-श्रीमन्नारायण-विरचित 'नैषधीय-प्रकाश' व्याख्या-सहित, सम्पादक-नारायण राम आचार्य, नवम संस्करण, निर्णय सागर प्रैस, मुम्बई, १९५२ ई॰।

७४. **नैषधीयचरितम् (नैषधमहाकाव्यम्) (श्रीहर्ष-प्रणीतम्)**-मल्लिनाथ-प्रणीत 'जीवातु' व्याख्यायुत, भाषाटीकाकार-पं॰ श्री हरगोविन्द शास्त्री, चौखम्बा संस्कृत सीरीज ऑफिस, वाराणसी, १९५४ ई॰।

७५. **पार्वतीपरिणयः**।

७६. **पौरुरवसमनसिजसूत्रम् (कामकुञ्जलता)**-'मञ्जरी' व्याख्यासहित, सम्पादक- पण्डितराज ढुण्ढिराजशास्त्री, चौखम्बा संस्कृत सीरीज आफिस, वाराणसी, १९६७ ई॰।

७७. **प्रतापरुद्रीयः (विद्यानाथ-प्रणीतः)**-कृष्णदास अकादमी, वाराणसी, १९८१ ई॰।

७८. **प्रतिमानाटकम् (भास-प्रणीतम्)**-टीकाकार एवं व्याख्याकार-श्रीरामचन्द्र मिश्र, प्रस्तावना लेखक-डॉ॰ सत्यव्रत सिंह, चौखम्बा संस्कृत सीरीज ऑफिस, वाराणसी, १९५८ ई॰।

७९. **बृहदारण्यकोपनिषद् (एकादशोपनिषद्)**-विजयकृष्ण लखनपाल, ४।२४, आसफअली रोड, नई दिल्ली, १९७९ ई॰।

८०. **भरतकोषः (प्रो॰ रामकृष्णकवि-सम्पादितः)** तिरुपति संस्करण।

८१. **भरतभाष्यम् (नान्यदेव-प्रणीतम्)**-भाण्डारकर प्राच्य ग्रन्थ संगह में संगृहीत, हस्तलिखित।

८२. **भावप्रकाशनम् (शारदातनय-प्रणीतम्)**-चौखम्बा विद्याभवन, वाराणसी।

८३. **मनुस्मृतिः (मनुप्रणीता)**-मेधातिथिरचित 'मनुभाष्य'-सहित, परिमल पब्लिकेशन्स, दिल्ली, १९९२ ई०।

८४. **महानाटकम्।**

८५. **महावीरचरितम् (भवभूति-प्रणीतम्)**-व्याख्याकार-श्री रामचन्द्र मिश्र, चौखम्बा सुरभारती प्रकाशन, वाराणसी, २०५० विक्रम संवत्।

८६. **मालतीमाधवम् (भवभूति-प्रणीतम्)**-सम्पादक-एम्० आर० काले, मोतीलाल बनारसीदास, दिल्ली, १९६७ ई०।

८७. **मालविकाग्निमित्रम् (कालिदास-प्रणीतम्)** (कालिदास-ग्रन्थावली, रामप्रताप त्रिपाठी शास्त्री-सम्पादित में सङ्कलित)-किताब महल प्राइवेट लिमिटेड, इलाहाबाद।

८८. **मालविकाग्निमित्रम् (कालिदास-प्रणीतम्)**-काटयवेम-प्रणीत 'कुमारगिरिराजीय' टीका-सहित, सम्पादक-डॉ० पी० एस० साने, डॉ० जी० एच० गोडबोले तथा श्री एच्० एस० उरसेकर, बुकसेलर्स पब्लिशिंग कम्पनी, बम्बई, १९५९ ई०।

८९. **मालविकाग्निमित्रम् (कालिदास-प्रणीतम्)**-श्री अप्पाशास्त्री राशिवडेकर रचित 'बालबोधिनी' व्याख्या-सहित, लक्ष्मी वेङ्कटेश्वर प्रैस, कल्याण, मुम्बई, १८२४ शकाब्द, १९५९ विक्रम संवत्।

९०. **मालविकाग्निमित्रम् (कालिदास-प्रणीतम्)**-सम्पादक-के० ए० सुब्रमणिया अय्यर, प्रस्तावना-लेखक-डॉ० एस्० राधाकृष्णन्, साहित्य अकादमी, नई दिल्ली, १९७८ ई०।

९१. **मालविकाग्निमित्रम् (कालिदास-प्रणीतम्)**-सम्पादक-सी० आर० देवधर, मोतीलाल बनारसीदास, दिल्ली, १९८० ई०।

९२. **मालविकाग्निमित्रम् (कालिदास-प्रणीतम्)**-टीकाकार-रामचन्द्र शुक्ल, रामनारायणलाल बेनीमाधव, इलाहाबाद, १९८१ ई०।

९३. **मालविकाग्निमित्रम् (कालिदास-प्रणीतम्)**-सम्पादक-रमाशङ्कर पाण्डेय, चौखम्बा सुरभारती प्रकाशन, वाराणसी, १९८७ ई०।

९४. **मृच्छकटिकम् (शूद्रक-प्रणीतम्)**-टीकाकार एवं व्याख्याकार-डॉ० रमाशङ्कर त्रिपाठी, मोतीलाल बनारसीदास, दिल्ली, १९६९ ई०।

*९५. **मेघदूतम् (कालिदास- प्रणीतम्)**-सम्पादक-एम्० आर० काले, मोतीलाल बनारसीदास, दिल्ली, १९८७ ई०।

९६. **मेघदूतम् (कालिदास-प्रणीतम्)**-'सञ्जीवनी' टीका-सहित, सम्पादक-एम्० आर० काले, बुकसेलर्स पब्लिशिंग कम्पनी, षष्ठ संस्करण, बम्बई।

९७. **मेघदूतम् (कालिदास-प्रणीतम्) (The Meghadūta of Kālidāsa)** -सम्पादक-गोपाल रघुनाथ नन्दार्गीकर, भारतीय बुक कॉर्पोरेशन, दिल्ली, १९७९ ई०।

९८. **मेघदूतम् (कालिदास-प्रणीतम्)**-केवल उत्तरमेघ, श्रीवल्लभदेव-प्रणीत 'पञ्चिका' तथा श्रीभरतमल्लिक-प्रणीत 'सुबोधा'-समन्वित, व्याख्याकार-डॉ० लाल रमायदुपाल सिंह, लोकभारती प्रकाशन, इलाहाबाद १९६५ ई०।

९९. **मेघदूतम् (कालिदास-प्रणीतम्)**-वल्लभदेव-प्रणीत 'विवृति'-सहित, सम्पादक-आर० आर० देशपाण्डे तथा टी० के० टोपे, कॉन्टिनेण्टल बुक हाउस; बम्बई, १९४७ ई०।

१००. **मेघदूतम् (कालिदास-प्रणीतम्)**-सम्पादक-सुशील कुमार डे, प्रस्तावना-लेखक-डॉ० एस्० राधाकृष्णन्, साहित्य अकादमी, नई दिल्ली तृतीय संस्करण १९८२ ई०।

१०१. **मेघदूतम् (कालिदास-प्रणीतम्)**-पण्डितनरहरि-प्रणीत 'ब्रह्मप्रकाशिका'- टीका-सहित, उड़ीसा साहित्य अकादमी, भुवनेश्वर, १९६५ ई०।

१०२. **मेघदूतम् (कालिदास-प्रणीतम्)** 'कात्यायनी' टीका-विभूषित, टीकाकार आचार्य श्री चरणतीर्थ महाराज, चौखम्बा संस्कृत संस्थान, वाराणसी, १९६७ ई०।

१०३. **मेघदूतम् (कालिदास-प्रणीतम्)**-'सञ्जीवनी' 'चारित्रवर्द्धिनी' 'भावबोधिनी' 'सौदामिनी'-व्याख्याचतुष्टयोपेत, सम्पादक-पं० ब्रह्मशङ्कर शास्त्री, चौखम्बा संस्कृत सीरीज ऑफिस, वाराणसी, १९६२ ई०।

१०४. **मेघदूतम् (कालिदास-प्रणीतम्)** 'जगद्धरीय रसदीपिनी'-व्याख्योपेत, सम्पादक-पं० हृषीकेश झा, कामेश्वर सिंह दरभङ्गा संस्कृत विश्वविद्यालय, दरभङ्गा, १९८२ ई०।

१०५. **मेघदूतम् (कालिदास-प्रणीतम्)**-सम्पादक-डॉ० जयशङ्कर त्रिपाठी, देवभाषा प्रकाशन, इलाहाबाद, २०२७ विक्रम संवत्।

१०६. **मेघदूतम् (कालिदास-प्रणीतम्)**-सम्पादक-ब्रह्मशङ्कर शास्त्री, चौखम्बा संस्कृत संस्थान, वाराणसी, १९८७ ई०।

१०७. **मेघदूतम् (कालिदास-प्रणीतम्)**-सम्पादक-बाबू राम त्रिपाठी, महालक्ष्मी प्रकाशन, आगरा।

१०८. **मेघदूतम् (कालिदास-प्रणीतम्)**- सम्पादक- दयाशङ्कर शास्त्री, भारतीय प्रकाशन, कानपुर।

१०९. **मेघदूत-सङ्गीत-पल्लवी**-डॉ० जगदीश सहाय कुलश्रेष्ठ एवं डॉ० सुषमा कुलश्रेष्ठ-सम्पादित, ईस्टर्न बुक लिंकर्स, दिल्ली, १९९० ई०।

११०. **याज्ञवल्क्यस्मृतिः (याज्ञवल्क्य-प्रणीता)**-विज्ञानेश्वर-प्रणीत मिताक्षरा-सहित, सम्पादक-डॉ० उमेश चन्द्र पाण्डे, काशी संस्कृत सीरीज सं० १७८, वाराणसी, १९६७ ई०।

*१११. **रघुवंश (कालिदास-प्रणीतम्) (The Raghuvaṁśa of Kālidāsa)**-सम्पादक-गोपाल रघुनाथ नन्दार्गीकर, मोतीलाल बनारसीदास, दिल्ली,१९८२ ई०।

११२. **रघुवंशम् (कालिदास- प्रणीतम्)** -श्रीमल्लिनाथकृतसञ्जीवनीटीकायुत, सम्पादक-श्री हरगोविन्द मिश्र, चौखम्बा संस्कृत सीरीज ऑफिस, वाराणसी, १९६१ ई०।

११३. **रत्नावली (हर्षदेव-प्रणीता)**-व्याख्याकार-श्रीरामचन्द्रमिश्र, चौखम्बा संस्कृत सीरीज ऑफिस, वाराणसी, १९६६ ई०।

११४. **रसकल्पद्रुमः (श्रीजगन्नाथमिश्र-प्रणीतः)** -पण्डित वानाम्बर आचार्य शर्मा-सम्पादित, ओड़िशा साहित्य एकाडेमी, भुवनेश्वर, १९६५ ई०।

११५. **रसमञ्जरी (भानुदत्त-प्रणीता)**-श्री विश्वेश्वरकृत 'समञ्जसा' व्याख्या सहित, श्री जनार्दन पाण्डेय-कृत 'सुखावबोधा' व्याख्या-सहित, सम्पादक-जनार्दन पाण्डेय, सम्पूर्णानन्द संस्कृत विश्वविद्यालय, वराणसी, १९९१ ई०।

११६. **रसमञ्जरी (भानुदत्तमिश्र-प्रणीता)**- 'सुरभि' 'सुषमा' संस्कृत-हिन्दी-व्याख्योपेता, संस्कृत व्याख्याकार-पं० बदरीनाथ झा, हिन्दी व्याख्याकार-पं० जगन्नाथ पाठक, सम्पादक-पं० गोपालशास्त्री नेने, श्रीहरिकृष्णनिबन्धभवन, वाराणसी,१९७८ ई०।

११७. **रसार्णवसुधाकरः (सिंहभूपाल-प्रणीतः)**-सम्पादक-टी० वेङ्कटाचार्य, अड्यार लाइब्रेरी एण्ड रिसर्च सैन्टर, अड्यार, मद्रास, १९७९ ई०।

११८. **रसिकजीवनम् (पण्डितरामानन्दपति त्रिपाठि-प्रणीतम्)**-मुख्य सम्पादक- डॉ० भगीरथप्रसाद त्रिपाठी, सम्पादक- प्रो० करुणापति त्रिपाठी, सम्पूर्णानन्द संस्कृत विश्वविद्यालय, वाराणसी, १९७८ ई०।

११९. **रामायणम् (वाल्मीकि-प्रणीतम्)**- गीता प्रेस संस्करण, गोरखपुर।

१२०. **वक्रोक्तिजीवितम् (कुन्तक-प्रणीतम्)**-व्याख्याकार-श्री राधेश्याम मिश्र, चौखम्बा संस्कृत सीरीज, वाराणसी, १९६७ ई०।

*१२१. **विक्रमोर्वशीयम् (कालिदास-प्रणीतम्)**-श्री मोरेश्वर रामचन्द्र काले-प्रणीत 'अर्थप्रकाशिका' टीकासहित, सम्पादक-श्री एम्० आर० काले, मोतीलाल बनारसीदास, दिल्ली, १९६७ ई०।

१२२. **विक्रमोर्वशीयम् (कालिदास-प्रणीतम्)**-सम्पादक- एच० डी० वेलङ्कर, प्रस्तावना-लेखक- डॉ० एस्० राधाकृष्णन्, साहित्य अकादमी, नई दिल्ली, १९८१ ई०।

१२३. **विक्रमोर्वशीयम् (कालिदास-प्रणीतम्)** -सम्पादक-सी० आर० देवधर, मोतीलाल बनारसीदास, दिल्ली, १९८२ ई०।

१२४. **विक्रमोर्वशीयम् (कालिदास प्रणीतम्)**- 'सुधाकर' व्याख्या-विभूषित, व्याख्याकार- पं० परमेश्वरी दीन पाण्डेय, चौखम्बा सुरभारती प्रकाशन, वाराणसी, १९९१ ई०।

१२५. **विक्रमोर्वशीयम् (कालिदास-प्रणीतम्)**-सम्पादक-विन्ध्येश्वरी प्रसाद मिश्र, कृष्णदास अकादमी, वाराणसी, १९८४ ई०।

१२६. **विष्णुधर्मोत्तरपुराणम्** -श्रीवेङ्कटेश्वर प्रेस संस्करण।

१२७. **शिवतत्त्वरत्नाकरः (केळदि बसवभूपाल-प्रणीतम्)**-द्वितीय सम्पुट, प्रधान सम्पादक-डॉ० जि० मरुळसिद्धैया, सम्पादक- आर० रामशास्त्री, प्राच्य विद्या संशोधनालय, मैसूर, १९६९ ई०।

१२८. **शिवतत्त्वरत्नाकरः (केळदि बसवभूपाल-प्रणीतम्)**-प्रथमद्वितीयतृतीय सम्पुट, प्राच्य विद्यासंशोधनालय, मैसूर विश्वविद्यालय, १९६५, १९६९, १९८५ ई०।

*१२९. **शिशुपालवधम् (माघ-प्रणीतम्)**-मल्लिनाथकृत 'सर्वङ्कषा'-सहित, चौखम्बा विद्याभवन, बनारस, १९५५ ई०।

१३०. **शिशुपालवधम् (माघ-प्रणीतम्)**-वल्लभदेवकृत 'सन्देहविषौषधि' संस्कृत-व्याख्या-सहित, सम्पादक-रामचन्द्र काक एवं हाराभट्ट शास्त्री, भारतीय बुक कॉर्पोरेशन, दिल्ली, १९९० ई०।

१३१. **श्रीमदलङ्कारकौस्तुभः (श्रीकविकर्णपूरगोस्वामि-प्रणीतः)**-सम्पादक-श्री हरिदास शास्त्री, श्री गदाधर गौरहरि प्रेस, मथुरा (उत्तर प्रदेश), १९८९ ई०।

१३२. **श्रीमद्भगवद्गीता**-गीता प्रेस, गोखपुर।

१३३. **श्रीमद्भागवतमहापुराणम् (व्यास-प्रणीतम्)**-गीता प्रेस, गोरखपुर, २००२ विक्रम संवत्।

१३४. **श्रीसुभाषितरत्नभाण्डागारम् (काशीनाथ पाण्डुरङ्ग परब-संगृहीतम्)**- सम्पादक-वासुदेव लक्ष्मण पणशीकर, ईस्टर्न बुक लिंकर्स, दिल्ली, १९९१ ई०।

*१३५. **सरस्वतीकण्ठाभरणम् (श्रीभोजदेव-प्रणीतम्)** चौखम्बा ओरियण्टालिया, वाराणसी, १९८७ ई०।

१३६. **सरस्वतीकण्ठाभरणालङ्कारः (सरस्वतीकण्ठाभरणम्) (श्रीभोजदेव-प्रणीतः)** रत्नेश्वर-जगद्धरविरचितटीकाद्वयसहित, सम्पादक-विश्वनाथ भट्टाचार्य, काशी हिन्दू विश्वविद्यालय शोधप्रकाशन, १९५९ ई०।

*१३७. **साहित्यदर्पणः (सा० द०) (विश्वनाथ-प्रणीतः)**-'तर्कवागीश' टीका सहित, संख्यकसूरिवर्त्मस्थ सिद्धालय मन्त्रालय, कलकत्ता, १३४१ बङ्गाब्द।

१३८. **साहित्यदर्पणः (विश्वनाथ -प्रणीतः)**-'विमला' हिन्दी व्याख्या-विभूषित, व्याख्याकर-श्री शालग्राम शास्त्री, मोतीलाल बनारसीदास, दिल्ली, १९७० ई०।

१३९ **साहित्यदर्पणः (विश्वनाथ-प्रणीतः)**-व्याख्याकार-डॉ० सत्यव्रत सिंह, चौखम्बा विद्याभवन, वाराणसी, १९९४ ई०।

१४०. **सौन्दरनन्दम् (अश्वघोष-प्रणीतम्)**-व्याख्याकार-आचार्य जगदीशचन्द्र मिश्र, चौखम्बा सुरभारती प्रकाशन, वारणसी, १९९१ ई०।

१४१. **हनुमन्नाटकम् (दामोदरमिश्र-प्रणीतम्)**-खेमराज श्रीकृष्णदास, श्री वेङ्कटेश्वर प्रेस, मुम्बई १९६९ सम्वत्।

हिन्दी-ग्रन्थ

१४२. **अभिनव नाट्यशास्त्र (मूल लेखक-भरतमुनि)**-लेखक-पं॰ सीताराम चतुर्वेदी, किताब महल, इलाहाबाद, १९८५ ई॰।

१४३. **अभिनवभारती (हिन्दी अभिनवभारती) (अभिनवगुप्त-प्रणीत)**-प्रधान सम्पादक-डॉ॰ नगेन्द्र, सम्पादक तथा भाष्यकार- आचार्य विश्वेश्वर, हिन्दी विभाग, दिल्ली विश्वविद्यालय, दिल्ली, १९७३ ई॰।

१४४. **कवि और काव्यशास्त्र (डॉ॰ सुरेश चन्द्र पाण्डेय)**-राका प्रकाशन, इलाहाबाद, १९८१ ई॰।

१४५. **कामसूत्रपरिशीलन (वाचस्पति गैरोला)**-संवर्तिका प्रकाशन, इलाहाबाद, १९६७ ई॰।

१४६. **कालिदास की कृतियों पर मल्लिनाथ की टीकाओं का विमर्श (प्रभुनाथ द्विवेदी)**-शक्ति प्रकाशन, वाराणसी, १९८६ ई॰।

१४७. **कालिदास की बिम्ब-योजना (अमलेश गुप्ता)**-राजस्थान हिन्दी ग्रन्थ अकादमी, जयपुर, १९८४ ई॰।

१४८. **कालिदास के काव्य (कालिदास-प्रणीत)**-अनुवादक एवं सम्पादक-श्री रामप्रतापत्रिपाठी, किताबमहल प्राइवेट लिमिटेड, इलाहाबाद, १९६६ ई॰।

१४९. **कालिदास के नाटक (कालिदास-प्रणीत)**- श्री रामप्रतापत्रिपाठी-सम्पादित, किताब महल प्राइवेट लिमिटेड, इलाहाबाद।

१५०. **कालिदासं नमामि (डॉ॰ भगवत शरण उपाध्याय)**-रणजीत प्रिण्टर्स एण्ड पब्लिशर्स, दिल्ली, १९६६ ई॰।

१५१. **कालिदास-साहित्य एवं सङ्गीत-कला (डॉ॰ सुषमा कुलश्रेष्ठ)**-ईस्टर्न बुक लिंकर्स, दिल्ली, १९८८ ई॰।

१५२. **नाट्यशास्त्र २८वाँ अध्याय-स्वराध्याय (संस्कृतभाष्य व हिन्दी टीका-सहित) (आचार्य बृहस्पति)**-बृहस्पति पब्लिकेशन्स, नई दिल्ली, १९८६ ई॰।

१५३. **बृहद्देशी (मतङ्गमुनि-प्रणीत)**-सम्पादक- के॰ एम्॰ शास्त्री, त्रिवेन्द्रम् संस्कृत सीरीज-९४, त्रिवेन्द्रम्, १९२८ ई॰।

१५४. **बृहत्त्रयी : एक तुलनात्मक अध्ययन (डॉ॰ सुषमा कुलश्रेष्ठ)**-ईस्टर्न बुक लिंकर्स, दिल्ली, १९८३ ई॰।

१५५. **भारतीय दर्शनों में काम तत्त्व (डॉ० लक्ष्मीश्वर प्रसाद सिंह)**-किशोर विद्या निकेतन, भदैनी, वाराणसी, १९८६ ई०।

१५६. **भावप्रकाशन- एक समालोचनात्मक अध्ययन**-लेखक एवं सम्पादक-डॉ० रामरङ्ग शर्मा, सम्पूर्णानन्द संस्कृत विश्वविद्यालय, वाराणसी, १९८४ ई०।

१५७. **मेघदूत एक पुरानी कहानी (हजारी प्रसाद द्विवेदी)**।

१५८. **राष्ट्रकवि कालिदास (सीताराम सहगल)**-मुन्शीराम मनोहरलाल, ओरियण्टल पुस्तक-विक्रेता तथा प्रकाशक, दिल्ली।

१५९. **सङ्गीतदर्पण (दामोदरपण्डित-प्रणीत)**-सम्पादक-पं० विश्वम्भरनाथ भट्ट, सङ्गीत कार्यालय, हाथरस, १९५० ई०।

१६०. **संस्कृत-सङ्गीत-वैजयन्ती**, श्रीमती कमलेश कुमारी कुलश्रेष्ठ स्मृत्यभिनन्दनग्रन्थ (डॉ० सुषमा कुलश्रेष्ठ एवं डा० सत्यपाल नारङ्ग-सम्पादित)- ईस्टर्न बुक लिंकर्स, दिल्ली, १९९२ ई०।

१६१. **सौन्दर्य का तात्पर्य (रामकीर्ति शुक्ल)**-उत्तर प्रदेश हिन्दी संस्थान, लखनऊ, १९८२ ई०।

१६२. **हिन्दी दशरूपक (धनञ्जय-प्रणीत)**-व्याख्याकार-डॉ० गोविन्द त्रिगुणायत, साहित्य निकेतन, कानपुर।

१६३. **हिन्दी नाट्यदर्पण (मूल लेखक-रामचन्द्र-गुणचन्द्र)**-भाष्यकार-आचार्य विश्वेश्वर सिद्धान्तशिरोमणि, प्रधान सम्पादक-डॉ० नगेन्द्र, सम्पादक-डॉ० दशरथ ओझा, डॉ० सत्यदेव चौधरी हिन्दी माध्यम कार्यान्वय निदेशालय, दिल्ली विश्वविद्यालय, दिल्ली, १९९० ई०।

१६४. **हिन्दी नाट्यशास्त्र (मूलग्रन्थ-प्रणेता-भरतमुनि)**-'प्रदीप' हिन्दी व्याख्या सहित, प्रथम, द्वितीय, तृतीय एवं चतुर्थ भाग, सम्पादक-प्रो० बाबू लाल शुक्ल शास्त्री, चौखम्बा संस्कृत सीरीज आफिस, वाराणसी, १९७२, १९७८, १९८३ एवं १९८५ ई०।

अंग्रेज़ी-ग्रन्थ

165. Agrawala, P. K. — *The Unknown Kāmaśūtras*, Book Asia, Varanasi, 1983.

166. Belvalkar, S. K.— *The Abhijñānaśākuntala of Kālidāsa*, Sahitya Akademi, New Delhi, 1965.

167. Bhattacharya, Gopika Mohan— *Meghadūta Ṭikā of Kṛṣṇapati*.

168. Das Gupta, S. N.—*A History of Sanskrit Literature,* Classical Period, Vol. 1, Second Edition, University of Calcutta, 1992.

169. De, Sushil Kumar— *The Meghadūta of Kālidāsa,* General Introduction by Dr. S.Radhakrishnan, Sahitya Akademi, New Delhi, 1982.

170. Devadhar, C.R— *Ṛtusaṁhāra of Kālidāsa*, Motilal Banarsidass, Delhi.

171. Dwivedi, Rewa Prasad—*The Ṛtusaṁhāra of Kālidāsa*, Sahitya Akademi, New Delhi, 1990.

172. Ghosh, Abinash Chandra— *Ratiśāstram Or The Hindu System of Sexual Science*, Nag Publishers, Delhi, 1977.

173. Ghosh, Manmohan— *The Nāṭyaśāṣtra*, Translated and Edited, Vol. I, Chapters I—XXVII, Manisha Granthamala Private Limited, Calcutta—22, 1967.

174. Iyer, K. A. Subramania—*The Mālavikāgnimitra of Kālidāsa,* General Introduction by Dr. S. Radhakrishnan, Sahitya Akademi, New Delhi, 1978.

175. Jones, Sir William & Wilson, H. H.— *Ṛtusaṁhāra Or An Account of Seasons*, Bharatiya Publishing House, Delhi, 1979.

*176. Kale, M.R— *Kālidāsa's Kumārasambhava*, Motilal Banarsidass, Delhi, 1967.

177. Kale, M.R— *Pratimānāṭaka of Bhāsa*, Motilal Banarsidass, Delhi.

*178. Kale, M.R— *The Abhijñānaśākuntala of Kālidāsa,* Motilal Banarsidass, Varanasi 1987.

*179. Kale, M.R—*The Mālavikāgnimitra of Kālidāsa*, Motilal Banarsidass, Delhi, 1987.

180. Kale, M.R—*The Meghadūta of Kālidāsa,* Bookseller's Publishing Co., Sixth Edition, Bombay.

*181. Kale, M.R— *The Ṛtusaṁhāra of Kālidāsa*, Motilal Banarsidass, Delhi 1986.

*182. Kale, M.R— *The Vikramorvaśiya of Kālidāsa*, Motilal Banarsidass, Delhi 1991.

183. Krishnamachariar, M.—*History of Classical Literature,* Motilal Banarsidass, Delhi, 1970.

184. Krishnamoorthy, K —*Kālidāsa,* First Indian Reprint, Motilal Banarsidass, Delhi, 1982.

185. Kulshreshtha, Sushma— *Erotics in Sanskrit & English Literature—I: Kālidāsa & Shakespeare,* Eastern Book Linkers Delhi, 1996.

186. Kulshreshtha, Sushma & Narang, Satyapal-*Saṁskṛta-Saṅgīta- Jagadīśvarī, Jewels in Sanskrit & Musicology,* Prof. J.S. Kulshreshtha Felicitation Volume, Eastern Book Linkers, Delhi, 1995.

187. Kulshreshtha, Sushma & Narang, Satyapal-*Saṁskṛta-Saṅgita-Vaijayantī, Studies in Sanskrit & Musicology,* Smt. Kamlesh Kumari Kulshreshtha Commemoration Volume, Eastern Book Linkers. Delhi, 1992.

188. Kulshreshtha, Sushma & Sinha, J. P. — *Prabhākara-Nārāyaṇa-Śrīḥ, Studies in Indology & Musicology,* Dr. P. N. Kawthekar Felicitation Volume, Pratibha Prakashan, Delhi, 1993.

189. Lannoy, Richard, & Baines Harry—*The eye of Love in the Temple Sculpture of India,* Grove Press, New York. 1976.

190. Miller, Barbara Steller— *Gītagovinda of Jayadeva, Love Songs of the Dark Lord,* Motilal Banarsidass, Delhi.

191. Mirashi, Vasudev Vishnu & Navlekar, Narayan Raghunath—*Kālidāsa : Date, Life and Works,* Popular Prakashan, Bombay, 1969.

*192. Nandargikar, Gopal Raghunath— *Raghuvaṁśa of Kālidāsa,* Motilal Banarsidass, Delhi.

193. Nandargikar, Gopal Raghunath—*The Meghadūta of Kālidāsa,* Bharatiya Book Corporation, Delhi 1979.

194. Narang, S. P.— *Kālidāsa Bibliography,* Heritage Publishers, New Delhi, 1976.

195. Narang, S. P.— *Meghadūta Studies on the basis of the Commentary of Kṛṣṇapati,* Nag Publishers, Delhi, 1979.

196. Ruben, Walter— *Kālidāsa : The human meaning of his works*, People's Publishing House, New Delhi, 1984.

197. Saraswati, Swami Satya Prakash— *Parables and Dialogues from the Upaniṣads,* S. Chand & Co, New Delhi-55, 1975.

198. Shastri, Satya Vrat— *Kālidāsa in Modern Sanskrit Literature,* Eastern Book Linkers, Delhi, 1991.

199. Subbana, N. R. — *Kālidāsa Citations,* Mehar Chand Lachman Das, Daryaganj, Delhi, 1973.

200. Suryakant— *The Kumārasambhava of Kālidāsa,* General Introduction by Dr. S. Radhakrishnan, Sahitya Akademi, New Delhi, 1982.

201. Unni, N. P.— *Meghasandeśa*, Bharatiya Vidya Prakashan, Delhi, 1987.

202. Velankar, H. D.— *The Vikramorvaśīya of Kālidāsa*, General Introduction by Dr. S. Radhakrishnan, Sahitya Akademi, New Delhi, 1981.

203. Verma, Umendra— *Kāmasūtra of Vātsyāyana,* Seventh Edition, Times Paperback Company, Agra, London & New York.

204. Winternitz, Maurice—*History of Indian Literature,* Vol. I., Oriental Books Reprint Corporation, New Delhi.

205. Yadav., B. R.—A *Critical Study of the Source of Kālidāsa.*

शब्दानुक्रमणिका

शब्दानुक्रमणिका

अ

आ

इ

ख

ग

घ

च

छ

ज

ब

भ

य

र

PUBLICATION COMMITTEE

—o—